ポケットマスターピース07

フローベール

Gustave Flaubert

堀江敏幸=編
編集協力=菅谷憲興

集英社文庫ヘリテージシリーズ

❷

❶

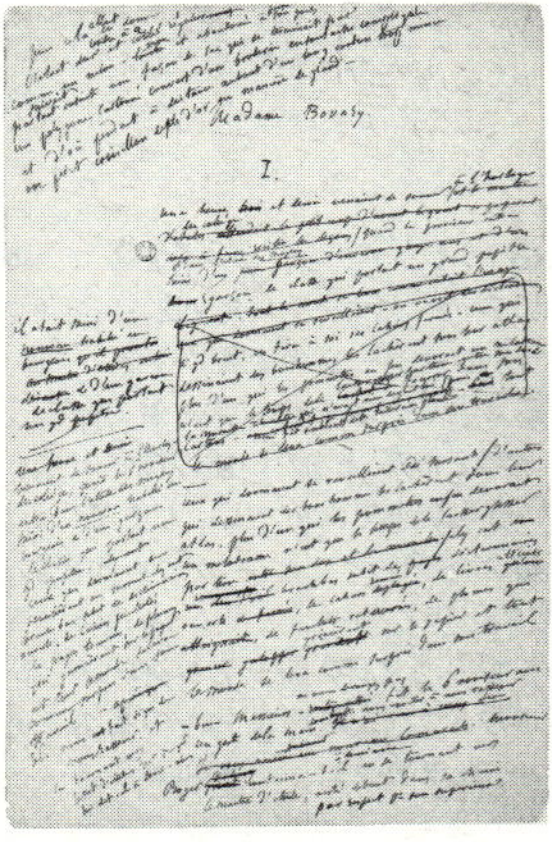
Madame Bovary

I.

❹『ボヴァリー夫人』冒頭部の下書き原稿（ルーアン市立図書館所蔵）。フローベールは完成稿にいたるまで、一つの段落を時には10回以上書き直した。この傾向は晩年の作品になるほど強まり、削除と加筆の跡に覆われた草稿はしばしば解読不可能な様相を呈している。

❸

❶フローベール家の友人の画家ラングロワが描いた9歳のギュスターヴ（1830年）❷兄アシルの描いた12歳のギュスターヴ❸ルモ画「ボヴァリー夫人を解剖するフローベール」（1869年）

❻

❺

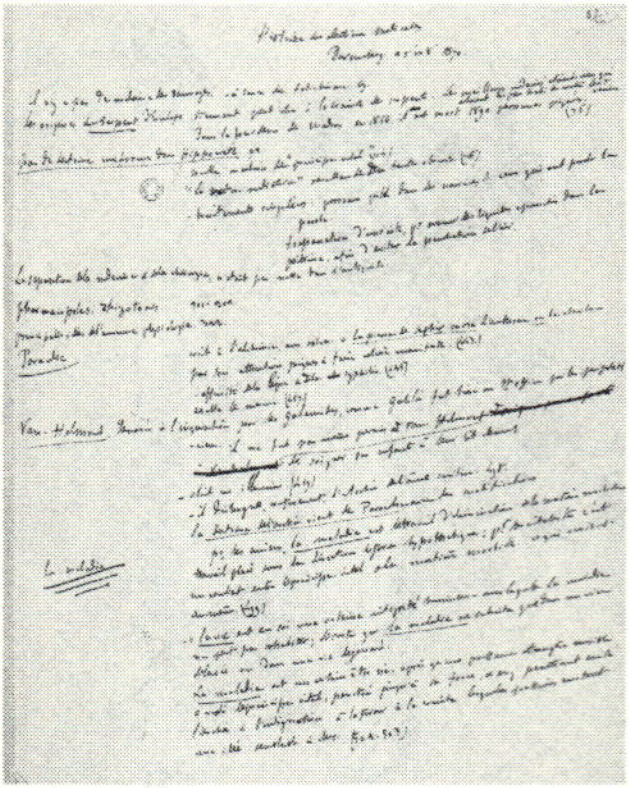

❼

❺『サランボー』にヒントを得た衣装のデッサン（ヴァランタン画、1863年）。ナポレオン三世の皇妃ウジェニーは、舞踏会にこれらの衣装を着ていこうと考えたが、あまりに体の線が出すぎると判断して諦めたといわれている。❻ギ・ド・モーパッサン（ナダール撮影、1888年）。モーパッサンはフローベールの若き日の親友アルフレッド・ル・ポワトヴァンの妹ロールの長男であり、晩年のフローベールから弟子として寵愛される一方、『ブヴァールとペキュシェ』執筆のための様々な調査に駆り出された。❼『ブヴァールとペキュシェ』の執筆準備のために取ったシャルル・ダランベール『医科学史』についての読書ノート。全部でなんと2215枚にも及ぶノートが、現在ルーアン市立図書館にこの未完の遺作の資料集として残されている。

❿

❾

❽

⓫

❽エリザ・シュレザンジェ(ドゥヴェリア画、1838年頃)。フローベールと彼女の関係はおそらく終生プラトニックなものであったと思われる。初期作品の一つ『狂人の手記』のマリア、『感情教育』のアルヌー夫人をはじめとして、フローベール作品のヒロインのいわば原型となった。❾愛人のルイーズ・コレ(ヴィンターハルター画)。フローベールと知り合う少し前、1845年頃。❿友人のマクシム・デュ・カン(ナダール撮影、1857年頃)。東方旅行以来、デュ・カンとフローベールはおもに文学観の違いから次第に疎遠になっていった。⓫クロワッセのフローベールの書斎(姪カロリーヌ画)。左奥に見えるのは仏陀の像。また肘掛け椅子の隣の床の上には白熊の毛皮が置かれているが、フローベールは自らの隠者のような生活を熊のそれになぞらえていた。

07 | フローベール | 目次

十一月

なんらかの文体の断片

「くだらないことを言ったり、あれこれ勝手に思いをめぐらせたりするために」

——モンテーニュ

秋が好きだ、物悲しいこの季節には思い出がよく似合う。木々が葉を失い、まだ赤みを残した夕暮れの空が枯れ草を黄金色に染めるとき、自分のなかで少し前まで燃えていた火がすべて消えていくのを見れば、ひとは穏やかな気持ちになる。

だれもいない草原のなか、柳が水面《みなも》に映る冷たい堀のほとりを散歩して、いま戻ってきたところだ。葉のない柳の枝を風がひゅうひゅう鳴らすのだが、ときに止《や》んだかと思うと、突然また鳴り出す。すると、まだ灌木《かんぼく》にくっついたままの小さな葉もあらためて一斉に震え出し、草はなぎ倒されて揺れ、なにもかもがいっそう色褪《いろあ》せ、いっそう寒々しくなる。彼方では円い太陽が白い空の色に半ば溶け入りつつ、息絶えそうにわずかな生命力で周囲を照らしていた。体が冷えて、怖くなってきた。

小高い丘になった芝生の陰に身を隠すと、風は止んだ。なぜだか知らないが、そうやって地面に座って、なにも考えず、遠くで藁屋根《わらやね》から煙が立ちのぼるのを見ているうちに、自分の生涯が幻のように目の前に現れ、いまは亡き日々の苦い香りが、干し草と枯れ木の匂いとともに甦《よみがえ》った。哀れな年月が、痛ましい木枯らしとともに冬に運ばれてきたかのように眼前をふたたび通りすぎた。なにか激しい力が、静かな小径で木の葉を走らせる風よりも荒々しく、かつての月日を記憶のなかへ吹きこんでいく。奇妙な皮肉がそれらの年月をそっと触ったり、ひっくり返したりしては、わたしに見せてくれる。それからすべてが一度に飛び立ち、どんよりした空のなかへ消えていった。

この季節は、寂しい季節だ。まるで太陽と一緒に生命が立ち去ってしまうようで、心にも肌にも寒気が走り、あらゆる物音が絶え、地平線は色を失い、なにもかもが眠りこむか、死んでしまう。先ほど牝牛《めうし》の群れが帰っていくのを目にしたが、牛たちは夕日のほうを向いて鳴き、茨の枝で牛を追う少年は布服でぶるぶる震えていた。牛たちはぬかるみに足を滑らせながら斜面を下っていって、草のなかに残ったりんごをいくつか踏みにじった。太陽はどれがどれだか見分けがつかなくなった丘の並びの向こうから最後の別れの挨拶を投げかけ、谷には家々の明かりが灯《とも》り、そして月が、つまり露の天体、涙の天体が、雲間に姿を現して、青白い顔を見せた。

失った時代の味わいを、わたしは長々と噛《か》みしめた。自分の青春は過ぎ去ったのだと思うと嬉《うれ》しかった。心が冷えてくるのを感じて、まだくすぶっている暖炉を調べるように心臓のあたりに手を当て、もう燃えていない、と口にできるのは喜ばしいことではないか。わたしはゆっくりと、人生に起きた出来事のすべてを回想した、考えたこと、夢中になったこと、昂揚の日々、弔いの日々、希望の鼓動、胸引き裂く悩み。地下納骨所《カタコンブ》を訪れて、右にも左にも次から次へとつづく死者を悠然と眺める男のように、わたしはすべてを振り返った。年数で数えるなら、生まれてからそう長く経ったわけでもないのだが、それでもわたしには多くの思い出がのしかかっていて、老人が一生分の日々の重みにあえぐのと同じ気持ちでいる。ときには自分が何世紀も生きてきて、世を去った無数の命の残滓《ざんし》を体内に取りこんでいるような気になる。なぜなのだろう？　自分は恋をしたことがあったか。憎んだことがあったか。なにかを探し求めたことがあったというのか。そうとは思えない。あらゆる身ぶりや行動から距離を置いて生きてきたわたしは、栄誉のためにも、快楽のためにも、科学のためにも、金銭のためにも、体を動かしたことはなかったのだから。

この先に書かれることについて知る者はいない、毎日わたしと会っていた者もふくめて。わたしにとって彼らは、いわば寝床のようなもので、眠るわたしに接していても、わたしの夢に関してなにひとつ知りはしない。そもそも、人間の心とは、だれにも入りこめないひとつの巨大な孤独ではないか？　そこへやってくる情念はすべて、サハラ砂漠の旅人のごとく暑さに苦しんで息絶え、その叫びが砂漠の外へ届くことはない。

小中学校のころからすでに、わたしは寂しかった。学校は退屈で、わたしは欲望に身を焦がしたり、常軌を逸した波乱の生涯に熱い憧れを抱いたり、熱烈な恋をいくつも夢みては、ひとつ残らず実現させるつもりになったりしていた。二十歳を過ぎれば、光と芳香にあふれた広い世界が開けると思っていた。遙《はる》か遠くから眺める人生は、わたしの目には、まばゆい輝きと勝利の賑《にぎ》わいに彩られていた。まるでおとぎ話のように、後から後から回廊がつづき、黄金のシャンデリアの火に照らされて無数のダイヤモンドがきらめき、魔法の名前を唱えれば蝶番が動いて不思議な扉がガラガラと開く、そして前へ進むにつれて、すばらしい光景が目を奪うので、その眩しさに微笑んで目を閉じずにはいられない、そんな未来を思い描いていた。

なにか輝かしいものを漠然と希求してはいたものの、それがなんなのかはどんな言葉にも表せず、はっきりした形で思い浮かべることもできなくて、それでもつねに、強く望んでいた。昔から、きらきらしたものが好きだった。子どものころは、人だかりを掻《か》きわけて、香具師《やし》の店先に立っては、使用人たちの赤い飾り紐やら、馬の手綱《たづな》に結ばれだリボンやらを眺めた。軽業師のテントの前に長いこと佇《たたず》んでは、ふくらんだズボンやレースの襞襟《ひだえり》に見入った。そう、とりわけ好きだったのは綱渡りの女だった、長い耳飾りが顔のまわりでゆらゆらと行き来し、大きな飾り石のネックレスが胸元で跳ねるのだ！　彼女が木と木のあいだに吊《つ》るされたランプの高さまで跳びあがり、金のスパンコールで縁取りしたドレスが、跳ぶ瞬間にカラカラと鳴って、ふわりとふくらむのを、わたしは不安の混じった貪欲な目で見つめたものだ。わたしが初めて恋を感じたのはこうした女たちだった。薔薇色《ばらいろ》のズボンをぴっちり穿《は》いた、あの奇妙なかたちをした腿《もも》や、うしろへのけぞってターバンの羽根を地面につける際に背中でシャランと鳴るあの腕輪を嵌《は》めたしなやかな腕を思うと、胸が騒いだ。わたしは早くも女のなんたるかを見抜こうと骨折っていた（そのことについて考えない年齢はない。子ども時代は、腕に抱きしめて口づけてくれる年嵩《としかさ》の娘たちの胸に、無邪気な性の欲求をおぼえて手を触れる。十歳になれば、恋を夢みる。十五歳で恋はやってくる。六十歳になっても、まだ恋は手放さない。そして、もしも死者たちが墓のなかで考えることがあるとすれば、それは近所の墓に地下経由で辿り着いて死んだ女の白衣を持ちあげ、彼女の眠りを邪魔することだろう）。女はわたしを惹《ひ》きつける一個の謎で、子どもにすぎないわたしの頭を悩ませた。女たちの一人にじっと見つめられたときに感じる気持ちからして、胸を揺さぶるこの眼差しになにか運命的なものがあること、人間の意志を溶かすものがあることを、わたしはすでに嗅ぎとり、魅了されると同時に恐怖を抱いてもいた。

晩の長い自習時間、同級生たちがペンをカリカリと紙に走らせ、本をめくる音や閉じる音が時おり響くあの場所で、机に片肘《かたひじ》をつき、炎のついたケンケ灯*1の灯心が繰り出されたり、油が受け皿へ一滴一滴落ちたりするのを眺めながら、自分はなにを夢想していたのだろう？いつも大急ぎで宿題を済ませては、お気に入りの想念に安心して身を任せることにしていた。いや実際は、詩人がなにかを創り出そう、発想を呼び起こそうとするときと同じ要領で、夢想には現実の快楽がもつのと変わらない魅力があるのだと前もって自分に言い聞かせた上で、無理にでも考えはじめる。自分の思考のなかへできるだけ深く入りこみ、その考えをひっくり返しては、あらゆる側面を検討し、底まで降り、戻ってきて、また初めからやり直す。じきにそれは想像力のとてつもない疾走、現実の外への驚くべき跳躍となって、わたしは冒険を重ね、物語を作りあげ、宮殿を建て、皇帝のごとくそこに住まい、あらゆるダイヤモンド鉱山を掘り返しては、採掘したものを自分の歩むべき道にバケツで何杯も撒《ま》くのだ。

そして夜がきて、全員が白いカーテンを引いて白いベッドに入り、自習監督だけが共同寝室を端から端まで歩きまわる時間になると、わたしはますますもって自分のなかに閉じこもり、羽をバタバタさせて温《ぬく》もりを伝えてくる小鳥を胸に隠して、喜びに浸ったものだ。いつもなかなか寝つかれず、時刻を告げる鐘を何度も聞いたが、その鐘の音は長ければ長いほど嬉しかった。鐘は歌いながら、大人の世界へと向かうわたしの背中を押してくれるように感じられ、こちらの人生が一時間過ぎるごとに「次だ、次だ、次の時刻はすぐそこだ！　さようなら、さようなら！」と挨拶してくれている気がした。最後の響きが消えて、もう耳がブーンとする感じがなくなると、わたしはつぶやく――「また明日。明日も同じ時刻に鐘は鳴るけれど、明日になれば一日減る、一日分あそこへ近づく、光り輝くあの目標へ、自分の将来へ、わたしを光で満たし、この手で触れることになるはずの、あの太陽へ向けて」と。けれども道のりはまだまだ遠い、そう思うと、わたしは泣きそうになって、そのまま寝入るのだった。

聞くたびに動揺してしまう言葉がいくつかあって、《女》や、とりわけ《情婦》はそうだった。《女》については、本や版画や油絵から説明を得ようとしては、体にまとった布地を引きはがして中がどうなっているのかわかればいいのにと思ったものだ。ようやく、あらかた見当がついた日、初めは至高の調和に出会ったかのごとく喜びに陶然となったが、間もなく落ち着いて、それ以降は生きるのが前より快くなった。自分は男なのだ、いつか自分の女を手に入れるように仕組まれた存在なのだと自分に言い聞かせては、誇らしい気分になった。生きていく上で大事な言葉の意味を知ったわけだが、それは実人生に足を踏み入れていくらかの体験をしたのとほとんど同じことだったから、わたしはそれ以上先は望まず、手に入れた知識だけで気が済んでしまった。《情婦》のほうはと言えば、わたしにとっては悪魔に等しい生きもので、その名の魔力だけでいつまでもうっとりしていたものだった。国王たちが身代をつぶしたり領地を獲得したりするのは情婦のためだし、インドで絨毯《じゅうたん》を織るのも、黄金を旋盤にかけるのも、大理石を彫るのも、世が乱れるのも、愛妾《あいしょう》たちのためなのだ。妾は奴隷を何人も使い、羽根の扇を持たせて羽虫を追い払わせながら、繻子《しゅす》の長椅子で眠る。贈り物を背負った何頭もの象に目覚めを待ってもらったり、輿《こし》に載せられてゆったりと噴水のほとりへ赴いたり、かぐわしく眩しい空気につつまれ、自分を憎悪しつつ崇拝する群衆から遠く離れて、玉座についたりする。

　このように、婚姻関係を結ばず、それゆえにいっそう女を感じさせる女の謎にわたしは刺激され、恋愛と富という二重の餌によって惹きつけられた。わたしは劇場がなによりも好きで、幕間のざわめきや、廊下までもが愛おしく、胸をいっぱいにして廊下を走りまわっては空席を探したものだった。上演がすでに始まっているときは、階段を駆けあがる。楽器の音や、歌声や、ブラボーのかけ声が聞こえる。そして中へ入って、腰をおろすと、あたりの空気は盛装した女が漂わせる温かな匂い、つまりすみれの花束や、白い手袋や、レースのハンカチなどの混ざった匂いにすっかり染まっている。観客が鈴なりになった三階席や四階席は、まるで花とダイヤモンドの冠が何段も重なって、歌を聴こうと虚空《こくう》に身を乗り出しているように見える。女優が一人だけ、舞台の前方に立って、変化の速いメロディを歌うにつれて胸を振動させつつふくらませたりひっこめたりしている。テンポに促されて声はさらに駆け足となり、美しい調べのつむじ風に運ばれていき、旋転《ルーラード》に入ると、彼女は目に見えない口づけの重みにたわむ白鳥の首のごとく、ぴんと張った首を波打たせる。両腕を差しのべ、叫び、泣き、閃光《せんこう》を放ち、途方もない愛情を抱いてなにものかを呼び求め、そしてモチーフに戻ったとき、彼女が声の響きでわたしの心臓をむしり取って自分の体に合流させ、同じ恋の波動ている。

人々は喝采し、花を投げ、わたしは興奮に浸りながら、観衆の心酔、ここにいる男たち全員の恋心、一人ひとりの欲望が、彼女の頭上に降りかかるのを堪能した。わたしはこの女にこそ好かれたかった。身を焼きつくして怖くなるような恋、王女や女優にふさわしい恋、わたしたちを誇りで満たし、あっという間に金持ちや権力者と対等にしてしまう恋！　みんなに讃えられ欲されるあの女はなんと美しいのだろう、群衆に夜ごとの夢として欲望の火照《ほて》りをあたえる女、燃えさかる火のもとにしか決して現れず、常にきらきらと輝きながら歌いつづけ、詩人が想像する理想の世界をわがもの顔で歩く女。きっと惚《ほ》れた男には、口を開けて待ち構える群衆の心に向かってぶちまける愛情よりもずっと素敵な、別種の愛情を見せるのだろう、もっと優しい歌、もっとひっそりした、恋しげな、胸震える調べを。そんな汚れなき歌を洩《も》らす唇の傍にいられたなら、真珠の飾りをつけてつやつやと光る髪にこの手で触れることができたなら！　けれども、わたしの目には、劇場のフットライトが幻影の境界線となっていた。自分にとっての恋と詩情の世界は、境界線の向こうにあり、そこでは熱情はより美しく朗々と響き、森や宮殿は煙と消え、空気の精《シルフィード》たちは空から舞い降り、あらゆるものが歌い、恋しているのだ。

こうしたことをわたしは、夜、廊下で風がひゅうひゅう鳴るのを聞きながら、あるいは休み時間にみんなが鉄棒やボールで遊んでいる最中、菩提樹《ぼだいじゅ》の落ち葉を踏みつつ壁沿いに歩いて、足先で葉っぱを舞いあがらせたり脇へ寄せたりするときのカサコソした音を楽しみながら、一人で夢想した。

ほどなく、恋への憧れに囚《とら》われた。満たされぬ飢えのように恋愛を求め、恋の苦悩を夢み、無上の喜びをあたえてくれるはずの悶絶《もんぜつ》をいまかいまかと待ち受けるようになった。ついに来たと何度も思ったものだが、美人と思える女にたまたま出会うたびに頭のなかで捕まえて「この女が好きなんだ」と自分に言ってみたところで、その女の記憶は強まる代わりにだんだん色褪せて消えてしまう。無理やり恋をしようとしているという自覚は最初からあって、自分の心に対して芝居を打とうとするのだが、心のほうはだまされるわけもなく、失墜しては、長いこと悲しんだ。実現してもいない恋をほとんど惜しむような気分になって、それから胸を満たしてくれる別の恋をまたも夢みはじめるのだった。

特に舞踏会や観劇の翌日、また二、三日の遠出から帰ったときには、熱烈な恋を夢みた。これと決めた娘を、現実に見たとおりの姿で思い浮かべた、たとえば白いドレスを着てワルツを踊り、体を支えつつ微笑みかける相手の男の腕のなかでふわりと宙に浮く姿、あるいはボックス席のビロードの手すりにもたれて、澄ました横顔を悠々と人目にさらしている姿。

コントルダンス[*2]の賑やかな音や照明のきらめきが、しばらくは耳に響き、目を眩《くら》ませ、それからすべては消え去って、代わり映えのしない辛い夢想ばかりが後に残る。こうしてわたしは無数の小さな恋をしたけれど、何世紀もつづけばいいと思うのに、つづいた期間は一週間やひと月にすぎない。自分がなにをもってそれらの恋を成り立たせているのか、漠然とした欲望の向かう先にどんな目標があるのかは、自分でもわからなかった。たぶんそれは、見知らぬ感情への欲求であり、頂上になにがあるのかも知らぬままに気高いものに憧れる、といったことだったのだろう。

思春期は、まず心に、次いで体に訪れる。ところがわたしは快楽を得るよりも恋することを必要とし、肉欲よりも恋愛を望んでいた。少年のころに考えていた恋愛というのがどのようなものだったか、いまとなっては実感も湧かないが、そこでは五感は意味を持たず、ただ広大無辺な感じだけがあった。この時期は、子ども時代と青年時代との狭間にある移行期間だけに、すぐに過ぎてしまって記憶に残らない。

詩人たちの作品で《恋》の一語を何度も目にし、その甘さに酔うために繰り返し一人で口にしたものだから、たとえば心地よい夜の青い空に輝く星や、海岸の波のささやきや、露のしずくに反射する陽光に出会うたびに、「恋だ、自分は恋してるんだ」とつぶやくようになり、そうすると嬉しく、優越感が得られたし、麗しい献身を果たす心づもりができている気になった。また、見知らぬ女が通りすがりにこちらの体に軽く触れたり、真っ直ぐこちらを見たりしようものなら、その女をいまの千倍も好きになりたい、そしてさらにそれ以上激しく彼女に苦しめられたいと思い、自分の心臓の高鳴りで胸が張り裂ければいいのにとまで願った。

読者諸君は覚えておいでだろうか、口づけの気配を感じとったかのようにふと微笑んでしまう年頃というものがあることを。薫り高い微風に胸は思いきりふくらみ、血は血管のなかで熱く打っては、クリスタルガラスの杯のなかで沸き立つワインのようにパチパチとはじける。目覚めるたびに、前の日よりも幸せな、豊かな気分で、ときめきも胸騒ぎも一段と強くなっている。甘い流れが体のなかを上り下りして、酔わせる熱気で体中を気持ちよく駆けめぐる。木々は風に吹かれて頭をよじってはしなやかに曲がり、葉は互いに重なり合って、話でもしているかのようにさわさわと震え、雲が流れ去り空が開ければ、そこでは月が笑いかけて、空の高みから川へ姿を映している。夕べに歩きながら、刈った干し草の匂いを嗅ぎ、林の郭公《かっこう》の声を聴いて、流れ星を眺めるとき、きっとあなたの心は、大地が空にそっと唇を触れている穏やかな地平線よりもなお清らかに、空気と光と紺碧《こんぺき》に浸されているはずだ。ああ、女の髪はなんと芳《かぐわ》しいのだろう。手肌はなんと柔らかく、眼差しはなんとわたしたちを突き刺すことか！

けれどもすでに、こうした夢想は、幼少期に起こる最初の眩暈《めまい》、昨夜の夢の興奮さめやらぬ思い出といったものではなくなっていた。むしろ、わたしは自分の位置が用意された現実の人生に入りつつあって、そこで大いなる調和に面して心は頌歌《しょうか》を歌い、感動に打ち震えていた。喜びいっぱいにこのすばらしい開花のときを味わい、五感の目覚めによってさらなる自信を得た。まるで最初に創造された男のように、わたしは長い眠りからようやく覚めかけていて、そのとき隣に自分と似た人間がいるのを認めたのだが、互いに異なる部分があるために、二人のあいだには目の眩むような引力が生まれ、また同時に、わたしはこの新しい人影に対しいままで抱いたことのない感情を抱いて、誇り高い気分になった。その間、太陽はより澄明《ちょうめい》に輝き、花々はかつてなく馥郁《ふくいく》と香り、日陰はより優しく、慕わしくなっていくのだった。

同じ時期、わたしは自分の知性が日ごとに発達していくのを感じていた。わたしのなかでは知性と情緒が同居していた。わたしの思考とは要するに感情だったのかもしれない、というのも思考はどれも情熱と同じくらい熱くたぎっていたから。わたしの存在の奥底にしまわれていた歓喜は世界にあふれ出し、世界はわたし自身の幸福の余剰によって芳香に満たされて、至高の悦楽にまつわる知識も遠からず手に届きそうだった。そこで、愛人の家の玄関先にいる男のごとく、わたしはわざとぐずぐずして、待ち遠しい思いを募らせたのだが、それは確実に実る希望をじっくりと賞味し、こんなふうに自分につぶやくためだった——もうすぐ彼女をこの腕に抱くんだ、彼女は自分のもの、自分だけのものになる、夢なんかじゃない。

奇妙な矛盾だ。わたしは女たちの集まりを避けておきながら、女たちの前に出ると得も言われぬ喜びを感じた。どの女も好きではないふりをする一方で、どの女にも反応し、一人ひとりの真髄に分け入ってそれぞれの美しさに包みこまれたいと思うのだった。女たちの唇はすでに、母親のくれるものとは違う接吻へとわたしを誘っていて、わたしは頭のなかで彼女たちの髪の毛にくるまれ、胸のあいだに顔を押しつけて陶然と息を詰まらせていた。女たちの首に口づける首飾り、肩を噛む留め金、全身を覆う衣装になれればいいのにと思った。衣装から先はというと、もうわけがわからず、服の下にはただ無限の愛情があるばかりで、そのことについて考え出すと時を忘れた。

手に入れたいと望む熱烈な恋愛については、本で学んだ。人生はわたしにとって、二、三の概念、二、三の言葉で動いていて、残りのものはそれらの周りを、天体の周囲をめぐる衛星のようにぐるぐる回っているのだ。かくてわたしは自分のなかの無限の宇宙に、金色の太陽を大量につめこんだ。わたしの脳裏では、恋物語の隣に輝かしい革命が、麗しい恋愛の真向かいに大犯罪があった。暑い土地の星降る夜と、火を放たれて燃えあがる町、原始林の蔓《つる》植物、失われた王国の盛大な儀式、あれこれの墓やら揺りかごやらを、一緒くたに夢想した。藺草《いぐさ》の茂みでさざめく波、鳩舎の上で喉を鳴らす雉鳩《きじばと》、銀梅花《ミルト》の木にアロエの香り、鎧《よろい》にカンカンと当たる剣の音、足踏みする馬、きらめく黄金、命の火花、絶望した者たちの断末魔、わたしはこうしたすべてを、足許にうごめく蟻の集団を見るようにまじまじと見つめた。けれども、表向きはいかにも動きがあって、多種多様な声が響いていると見えるこうした生を覆うように、ある苦い思いが茫漠《ぼうばく》と広がっていて、その苦みとは、このような生のありさまから引き出される総括であり、皮肉であった。

冬の晩、明かりのもと人々が踊っている家々の前でわたしは歩みを止め、赤いカーテンの向こうに人影が通っていくのを眺めたり、盆にぶつかるグラスや、皿の上で鳴る銀器といった贅沢品の立てる音を聞いたりしては、自分もその気さえあれば客の押し寄せるこのパーティー、だれもがたらふく食べるこの宴に加わることができるのだと心につぶやいた。自尊心が強く人嫌いなわたしは、そうした場を避けていて、孤独が自分を磨くのだと、人間を楽しませるすべてから遠ざかっていることによってより自由な心でいられるのだと考えていた。そこでわたしは、街灯が滑車をキイキイいわせながら寂しげに揺れる人気《ひとけ》のない通りを、先へ向かった。

わたしは詩人たちの苦悩を夢みて、彼らの美しき慟哭《どうこく》に接しては共に泣き、心の底まで作品を感じ、それらに射ぬかれ、胸を痛め、ときには詩人たちがもたらす熱狂のせいで、自分が彼らと対等になり、同じ地位まで引きあげられている気になった。人によってはなにも感じないページに魅せられ、巫女《みこ》さながらに取りつかれて、わたしは嬉々《きき》としてそれらのページを精神に雪崩《なだ》れこませ、海辺で暗誦《あんしよう》したり、あるいは草原をうなだれて歩きながらいかにも切なく甘い声でささやいたりした。

悲劇的な怒りに燃えたいと望んだことのない者、恋歌の詩節を暗記して月明かりのもとで独り何度もつぶやく術を知らぬ者に災いあれ！　永遠の美のなかに生き、王侯とともに襞《ひだ》つきの衣装を身にまとい、情熱のもっとも高度に表現された形を手にし、天才が不滅のものとした恋の数々を慕うのは、すばらしいことだ。

そんなわけで、わたしはもはや果てしない理想のなかにのみ暮らし、縛られることなく勝手気ままに飛びまわって、蜜蜂同様、栄養と生気をあたえてくれるものをどこへでも摘みに行った。森や波の音に、ほかの人間たちには聞こえない言葉を聞きとろうとし、それらの調べが告げるものを聞き逃すまいと耳を澄ませた。雲や太陽を組み合わせて、どんな言語にも写せない巨大な絵画を描きあげ、また人間のさまざまな行動に突如として関連性や対照性を見出して、その曇りのない正確さにわれながら目が眩んだ。芸術と詩は時おり、それぞれの無限の地平線を開け放ち、自ら発する光で互いを照らし出すように思われた。私は赤銅《しやくどう》の宮殿をいくつも建設し、羽根布団よりもやわらかな雲の階段を、まばゆい空へと永遠にのぼりつづけた。

鷲《わし》は堂々とした性質にふさわしく、高い梢《こずえ》にとまる。眼下で雲が山間を走り、燕《つばめ》たちを運び去るのを眺める。樅《もみ》の林に雨が降り、大理石が渓流のなかを転がり、牧人が山羊の群を口笛で呼び、高山山羊《シャモア》が谷間を飛び越えるのを見る。雨がしたたり、嵐が木々を折り、急流が嗚咽《おえつ》をあげて流れ、滝がしぶきを立てて跳ね返り、雷が轟《とどろ》いて山々の頂を砕いても、ものともせず鷲は上空を飛びまわり、羽ばたく。山の音を面白がって、鷲は歓喜の鳴き声をあげ、疾走する厚い雲と競争し、自分のものである広大な空をさらに高みへとのぼっていく。

わたしもまた、暴風雨の音や、下界から自分のもとへ届く人間たちの漠としたざわめきを楽しんだ。高い場所に暮らして、澄んだ空気に胸をふくらませ、孤独の退屈を紛らすために勝利の叫びをあげた。

ほどなく俗世のものに対して抜きがたい嫌悪を感じるようになった。ある朝、わたしは年寄りになったかのような、知りもしない多様な事柄について充分に経験を積んだかのような気分になり、蠱惑《こわく》的な女たちに無関心を、美しい女たちに軽蔑を抱いた。他人が羨むものすべてがわたしの目には哀れを誘い、あえて欲望に値するものなどひとつとして見出せなかったが、もしかするとわたしの虚栄心は通常の虚栄心を越えていたのかもしれないし、無関心は単に際限のない過剰な貪欲さのせいにすぎなかったのかもしれない。わたしは完成する前にすでに苔《こけ》が生えはじめてしまった新築の建造物のようなものだった。同級生たちのはしゃぎぶりにうんざりし、くだらない恋情に肩をすくめた。古びた白手袋やら、しおれた椿やらを一年も取っておいて、口づけや溜め息を浴びせる者がいた。婦人帽づくりの女工に手紙を書いたり、料理女と待ち合わせしたりする者もいた。前者は馬鹿らしいし、後者は滑稽に思えた。おまけに、善人の集団も悪人の集団も同程度に嫌いで、信心家に対しては鼻で笑い、道楽者に対しては神秘家を気取るといったふうだったから、みんなからそう好かれてはいなかった。

童貞だったこのころは、娼婦《しょうふ》たちを眺めるのが楽しみで、彼女たちの住む通りを歩きまわったり、散歩しにくる場所に通いつめたりしたものだ。ときには自分を試すつもりで、話しかけたり、後についていったり、触れてみたりして、彼女たちが振りまく空気のなかへ入っていった。図々しいところがあったので、自分では落ち着いている気でいた。心が空っぽなつもりでいたのだが、その空虚とは、実は底なしの淵《ふち》だったのだ。

街路のめまぐるしさに紛れこむのが好きだった。つまらない気晴らしに耽《ふけ》ることもよくあり、たとえば通行人を一人ひとりじっと見つめて、悪徳や情熱が顔つきに表れていないか見てとろうとした。たくさんの顔がわたしの前を通りすぎた。微笑を浮かべ、髪を風になびかせ、歩きながら口笛を吹く顔がある。青白い顔、赤ら顔、どんよりした顔もある。それらはわたしの左右へ素早く消え、馬車から見える看板さながら、次から次へと流れていく。またあるときは四方八方へ向かう足ばかりを見て、それぞれの足をひとつの体つきに、体つきをひとつの思考に、あれこれの動きを特定の目的に結びつけては、これらの足はいったいどこへ行くのだろう、これらの人々はなぜ歩いているのだろうと考えた。馬車の一団が音のよく響く柱廊へ入っていき、昇降段がガタガタとやかましく繰り出されるのを見た。群衆は劇場の扉の向こうへ吸いこまれていき、わたしは霧のなかにきらめく街灯と、その頭上にある星のない漆黒の空を見つめた。ある通りの角では、オルガン弾きが演奏し、粗末ななりの子どもたちが歌い、果物売りが赤いカンテラを灯した荷車を押す。カフェはがやがやとして、ガス灯の火のもと窓ガラスは輝き、大理石のテーブルでナイフが鳴る。戸口では貧乏人たちが、ぶるぶる震えながら背伸びしては、金持ち連中の食事を眺めている。わたしも見物人に混じって、同じ目つきで、幸せな暮らしを送る人々をとくと見つめた。彼らの平凡な喜びが妬《ねた》ましかった、というのも、悲しみのあまり、なおさら悲しくなろうとする日が人間にはあるものので、そんなとき、ひとは歩きやすい道を行くように喜んで絶望へと突き進み、心を涙でふくらませ、泣くことで興奮するのだ。惨めな境遇になって襤褸《ぼろ》を着たい、飢えに苦しみたい、傷口から血が流れるのを感じたい、憎しみを抱えて復讐を図りたい、わたしはよくそう願ったものだった。

このような不安に満ちた苦しみを、ひとは天賦の才のごとく誇りに思い、恋のごとく隠すのだが、この苦悩とは、いったいなんなのだろうか。ひとはそれを他人には洩らさず、自分のうちに秘め、涙いっぱいの口づけをして胸に抱きしめる。しかしなにを嘆くことがあるのだろう？　この世のすべてが微笑みかけるはずの年ごろに、なにがひとをそこまで暗澹《あんたん》とさせるのか。身を捧げてくれる友がいるではないか。自慢に思ってくれている家族も、ピカピカに磨いた長靴も、綿入り外套《がいとう》やら何やらもあるではないか。こうした名づけえぬ大いなる苦しみは、つまるところ詩的な狂想曲、悪い読書の思い出、修辞上の誇張なのだが、とはいえ幸福とて、ある退屈な日に発明された隠喩なのではなかろうか？　もしやと長いこと思っていたが、いまとなっては間違いないと確信している。

　わたしはなにも好きになったことがないのだが、好きになれればよかったのにとつくづく思う。うまいものをひとつも味わうことなく死ぬ羽目になるだろう。現時点でも、人間世界は、わたしがまだろくに覗《のぞ》いたこともないさまざまな場面を差し出してくれている。湧き出る泉のほとり、息を切らす馬の上で、森の奥から角笛の音がするのを聴いたこともないし、暖かな夜に薔薇の匂いを嗅ぎながら、親しいひとの手が自分の手のなかで震えるのを感じて、無言で握りしめたこともない。ああ、わたしは中身をすっかり飲まれて底の抜けた酒樽、暗闇のなか蜘蛛《くも》[*3]が巣を張る樽よりもなお空っぽで、虚ろで、わびしい。

　それはルネが抱く苦痛や、天空のごとく広大な悩み事とはまったく違うものだった、ルネの悩みは月光よりも美しく銀色に輝いているのだから。わたしはヴェルターほど純潔でもなければ、ドン・フアンほど放埒《ほうらつ》でもなかった。要するに、充分に清らかでもなければ、充分に強くもなかった。

つまりわたしは、読者諸君となんら変わることのない一人の男、つまり日々を生き、眠り、食べ、飲み、泣き、笑い、自分の殻にぴったりと閉じこもり、そしてどこへ移動しようと、築いた途端に崩される期待の廃墟や、打ち壊されたものがもうもうとあげる埃《ほこり》や、数えきれないほど通った細道、恐ろしくていやな感じのする未踏の奥地といったいつもの風景に心のなかで再会してしまう、そんな一人の男だった。あなたはわたしと同様、毎朝目を覚ますたびに同じ太陽と顔を合わせるのにうんざりしてはいないだろうか。同じ人生を生きること、同じ辛苦を苦しむことに、欲しては飽きることに、待つこと、所有することに、うんざりしてはいないか?

こんなことを書いてどうしようと言うのだろう。この同じ哀れっぽい声で、同じ陰気な物語をつづけてどうする? 書きはじめたときは、美しく書けているつもりでいたのだが、先へ進むにつれて、胸の奥に涙がこぼれ落ちて、声がかすれてしまう。

ああ、冬の青白い太陽は、幸福な思い出のごとく悲しい。わたしたちは闇につつまれて、暖炉の火を見つめている。広げた炭の上に、大きな黒い棒が何本も交差して、なにか別の生命を宿して鼓動する血管のように見える。夜が来るのを待とう。

よき日々を思い出そう、愉快だった日々、何人かで一緒にいて、太陽が照って、どこかに隠れている鳥たちが雨あがりに歌った日々、連れだって庭園を散歩した日々を。小径の砂は濡れ、薔薇の花弁が花壇に落ち、空気は芳しかった。なぜわたしたちは幸福がこの手に触れたとき、それを堪能しなかったのだろう？　あのような日には、幸せを一分一分じっくりと噛みしめ、味わうことだけを考えて、そうすることで時間の流れを遅らせるべきだった。あるいは、当時は普段と変わらずに過ぎていったのに、いま思い出すと夢見心地になる、そんな一日もある。たとえばあるとき、冬の日で、とても寒くて、わたしたちは散歩から戻ったところだったが、人数が少なかったので、ストーブの周りにいてもいいことになった。わたしたちはゆったりと体を温め、パン切れを定規に載せてあぶり、ストーブの煙突は唸《うな》った。みんなで四方山話《よもやまばなし》をした。観た芝居のこと、好きな女の子のこと、学校の遠足のこと、大人になったら何をしたいか、などなど。また別の日、わたしは午後いっぱい、草の合間からひな菊が顔を出す草原で、仰向けに寝ころんで過ごした。黄色や赤のひな菊が牧草の緑に見え隠れし、彩り豊かな色の絨毯が広がっていた。透明な空に小さな白い雲が点々とかかって、まるいかたちをした波のように揺らめいていた。顔を手で覆って、手の隙間から太陽を覗くと、日光は指の輪郭を黄金色に、肌を薔薇色に染め、わたしはわざと目を閉じて、まぶたの内側に金色に縁取られた大きな緑の斑点が現れるのを見た。そしてまた、ある晩、いつだったか忘れたが、干し草の山の傍らで眠ってしまったことがあった。目覚めると真夜中で、星が点滅しつつ輝き、山積みの干し草はそれぞれに長く影を曳《ひ》いて、月はあでやかな銀色の顔を見せていた。

こうしたことはすべて、遥か遠くへ行ってしまった。こんな時間をわたしは生きたのだろうか。本当に自分なのか、いまの自分と同じ人間なのか？　わたしの生は一瞬ごとに深い溝によって截然《せつぜん》と切り離されてしまうので、きのうと今日とのあいだには永遠に等しい隔たりがあって、その遠さを思うと恐ろしくなる。毎日、きのうはここまで惨めではなかった気がして、とはいえどんな悲惨が加わったのかはうまく言えないのだが、ともかく自分がだんだん貧しくなり、次々にやってくる時間になにかを奪われていることは確かに感じとれて、苦悩に割り当てられた場所が心のなかにまだ残っていること自体が不思議に思える。しかし、人間の心は悲しみに関しては無尽蔵なのだ。心というものは、ひとつかふたつの幸福でいっぱいになるのに、その同じ心に、人類のあらゆる悲惨が集合して店子《たなこ》のごとく住みつくこともできる。

いったいなにが欲しかったのかと、あなたがたに訊《き》かれたとしても、わたしはどう答えていいかわからなかっただろう。わたしの欲望の数々には対象がなかったし、わたしの悲しみには直接の原因がなかった。あるいはむしろ、あまりに多くの目的や原因があったために、どれとも言いがたかったのかもしれない。ありとあらゆる種類の熱狂が、わたしのなかに入ってきたきり出られなくなって、所狭しとひしめく。そして反射鏡で照らすようにして、互いに火をつけ合うのだ。わたしは控えめでありながら傲《おご》りに満ち、孤独に生きながら栄光を夢みていた。世間から身を引いておきながら、世に出て目立ちたくてじりじりしていた。貞潔でありながら、昼も夜も夢のなかでは完全に羽目を外した遊蕩《ゆうとう》、狂暴きわまる逸楽に身を委ねた。自分のなかに抑えこんでいる生き方が胸につかえて、心臓を容赦なく締めつけた。

ときには、際限のない情熱にむしばまれ、魂から流れ出る熱い溶岩にまみれ、名づけえぬものの数々を狂ったように慕い、また豪勢な夢を懐かしみ、ありとあらゆる思考の悦楽に惹かれ、さらに詩という詩、調和という調和に憧れ、自分の思慕と自尊心に押しつぶされることに耐えられなくなって、わたしはぐったりと苦痛の深淵へ陥った。すると血流が顔面を鞭《むち》打《う》ち、脈拍が意識を朦朧《もうろう》とさせ、胸は張り裂けそうになり、もはやなにも見えず、なにも感じられず、酔いがまわって正気を失い、自分のことを偉人だと、至高者の化身を秘めた存在だと思いこんで、その真実が明るみに出たならば世の中は驚嘆するはずだ、引き裂かれるようなこの体の痛みはわが臓腑《ぞうふ》が宿している神の命そのものなのだと思った。この壮麗なる神に、わたしは思春期のすべての時間を捧げた。自分自身を、聖なるものを納める神殿としたのだが、神殿は空っぽのままで、石の隙間には刺草《いらくさ》が生え、列柱は崩れ落ちて、いまやみみずくが巣くっている。わたしは日々の生活を使いこなすどころか、むしろ生活することで消耗させられていたし、夢はといえば大がかりな仕事よりもわたしを疲労させた。自分の正体をまだ知らずにいる世界がまるごとひとつ、わたしの生命の内側にじっと音もなく息づいていた。わたしはいまだ目覚めぬひとつの混沌であり、どのように姿を現せばいいのか、わが身をどう処すればいいのかわからずにいる無数の豊かな原料から成っていた。原料は自らのかたちを探し、入るべき鋳型を待っていた。

わたしという存在の多彩なことといったら、まるでインドの広大な森のようで、ひとつひとつの原子のなかに生命が躍動し、太陽の光の具合で、そのつど怪物めいて見えたり、可愛らしく見えたりする。蒼穹《そうきゅう》は香気と毒に満ち、虎は飛びかかり、象は生けるパゴダのごとく堂々と歩き、神々は謎めいた奇怪な姿をして、洞窟のくぼみに山と積まれた黄金のあいだに隠れている。中央には大河が流れ、ぱっくりと口を開けた鰐《わに》が岸辺の蓮の合間でうろこをギシギシ鳴らし、花の浮島が、木の幹や、ペストで緑色になった死体と一緒に水流に運ばれていく。わたしは生きていることが好きではあったのだが、ただし好きなのは開放的な、ぎらぎらと明るい光を発する生命だった。軍馬の猛然たる疾走や、星のまたたき、岸に向かって走る波の動きがはらむ生命力が好きだった。動悸《どうき》を打つきれいな裸の胸、恋する眼差しの震え、バイオリンの弦のわななき、楢《なら》のざわめき、また窓を金色に染める夕日、女王たちが肘をついてアジアを眺めたバビロンのバルコニーを連想させる夕日の生命力が好きだった。

そしてこうしたすべての中心にいて、わたしは動かなかった。これほどの動きに取り巻かれて、それらを眺めるばかりか、呼び起こしさえしておきながら、わたしは無為のまま、耳許でブンブン唸ったり大理石の上を走ったりする蠅《はえ》の群れに囲まれた彫像よろしく、微動だにしなかった。

ああ、もし恋することができたなら、身に降りかかる多種多様な力をただ一点に集中させることができたなら、わたしはどれほど強烈に恋したことだろう！　時々、わたしはなんとしても一人の女を見つけて、惚れ抜きたいと願った。その女はわたしにとって欠けるところがなく、すべての期待を託せる相手、わたしの詩の太陽で、あらゆる花を咲かせ、あらゆる美を照らしてくれるのだ。わたしは崇高な恋愛を自らに誓い、目の眩む後光を前もってこの恋にあたえ、そして群衆のなかで偶然こちらへ向かってくる女がいれば、すぐに自分の魂を差し出し、こちらの気持ちがはっきり伝わるような眼差し、わたしが何者なのかが目つきだけからすべて読み取れて、その上でわたしを慕ってもらえるような眼差しで見つめた。この偶然にわたしは自分の運命をゆだねたわけだが、運命の女はほかの人々となんら変わるところもなく、前の女とも後の女とも同じように通りすぎていくので、わたしは嵐に遭って引き裂かれた帆よりもぼろぼろになって、降参した。

このような発作のあとに再開される毎日の生活は、流れていく時間と繰り返す日々がひたすら単調に感じられて、わたしは夜になるのを待ち焦がれたり、あと何日経てば月末か数えたり、次の季節のほうが落ち着いた暮らしができそうな気がして、早く季節が移ればいいと思ったりした。時おり、双肩にのしかかるこの鉛の外套を振りはらい、学問や思想で気分を紛らすために、勉強や読書に勤《いそ》しもうとした。本を一冊開き、二冊目を開き、そして十冊目を開くのだが、どれも二行と読まないうちにいやになって投げ出してしまい、相変わらずの不機嫌さで寝直した。

現世ですべきこととはなんだろう？　この世でなにを夢みれば、なにを作りあげればいいのだろう？　どうか教えてほしい、あなたが人生を楽しんでいるなら、ある目的に向かって歩みつつあったり、なにかのせいで思い悩んだりしているなら！

わたしは自分に似つかわしいものをひとつも見つけられず、また自分はなんの役にも立たないと感じていた。働くこと、ある思想ないしはいじましくも些末《さまつ》な野望のためにすべてを犠牲にすること、地位や名声を得ること？　そのあとは？　そんなことになんの意味があるだろう。おまけに、わたしは栄誉がきらいで、どれほど輝かしい栄誉でも心に響きはしないのだから、満足することなどありえなかった。

わたしは死への欲望を抱いて生まれた。生きることほど馬鹿らしく思えることはないし、生に執着することほど恥ずかしく思えることはなかった。同世代の少年たちと同様、無宗教で育てられた結果、無神論者の乾いた幸福も、懐疑論者の皮肉に満ちた無頓着も身につかなかった。おそらくは単なる気紛れから、たまに教会に入ることもあったが、あくまでオルガンを聴いたり、壁龕《へきがん》に収まった小型の石像を観賞するためだ。教養にまで踏みこむことはなかった。自分が間違いなくヴォルテールの弟子であることは自覚していた。

わたしはほかの人々が生きるのを眺めていたが、それはわたしとは異なる生き方だった。信じる者もいれば、否定する者も、あるいは疑う者もいたし、そうしたことになんら関心を寄せずに仕事に励む者、つまり店で品物を売ったり、本を書いたり、教壇でがなり立てたりする者がいた。これこそがいわゆる人類、すなわち悪者や、卑怯《ひきよう》者や、愚か者や、醜い者を浮かべて揺れ動く水面なのだ。そしてわたしは群衆のなかにあって、大海から引き抜かれた海草のごとく、無数の波が押し寄せてさざめく只中で、途方に暮れていた。

皇帝になって、絶対権力と、多数の奴隷と、熱狂にあふれた軍隊を持ちたかった。女になって美しさを手に入れ、自分自身に見惚れたい、裸になって髪の毛をかかとまで垂らして小川に姿を映したいと思った。わたしは果てしない夢物語のなかを好き勝手にさまよい、見事な古代の祭りに参加したり、インドの王となって白い象を狩りに行ったり、イオニアの踊りを眺めたり、神殿のきざはしでギリシアの波音に聴き入ったり、自宅の庭で夾竹桃《きょうちくとう》に囲まれて夜更けのそよ風を耳にしたり、クレオパトラを連れて自分の所有する古代ガレー船で逃げたりしているつもりになった。いやはや、まったくどうかしている。作業の手を止めて頭をあげ、街道をゆく四人乗り馬車《ベルリーヌ》を見ようとする落ち穂拾いの女に災いあれ！　仕事を再開したとき、彼女はカシミアやら王子たちの恋やらを夢みてしまい、麦の穂を見つけられなくなって、麦束を作れないまま家へ帰ることになるだろう。

　普通の人々と同じようにしておけばよかったのだ、つまり生を真面目に考えすぎることも、滑稽に捉えすぎることもなく、生業《なりわい》を決めて営み、みんなで分け合う菓子のうち自分が取るべき一切れを取って、うまいと言いながら食べるほうが、こうして一人きりで寂しい道を歩くよりもよかったはずなのだ。そうしていればこんなことを書かずに済んだのだし、書くとしても別の物語になったに違いない。先へ進むにつれ、この物語はわたし自身にとっても焦点がぼやけて、遠すぎる場所から眺めた景色のようになってくる。というのも、もっとも熱い涙をこぼした思い出、もっとも声高く笑った思い出さえもふくめ、すべては過ぎ去ってしまうからだ。じきに涙は乾き、口は不満げな皺《しわ》を取り戻す。何年ものあいだ、冬になるたびに、あくびしたり、もう生きていたくないと思ったりしながら送った長い倦怠《けんたい》の日々について、いまのわたしにはもはやぼんやりとした記憶しかない。

もしかするとこうした諸々のせいで、わたしは自分を詩人だと思いこんだのかもしれない。

悲しいかな、ごらんのとおり、惨めな気持ちには事欠かなかった。そう、かつては自分に才能がある気がしていて、立派な想念で頭をいっぱいにして歩いていたし、文体は血管に血が流れるごとくわたしのペンからほとばしったものだ。美がほんの微《かす》かな衣擦《きぬず》れの音を立てただけで、わたしのなかには清らかなメロディが立ちのぼったが、それはあの宙を舞う軽やかな声、すなわち山々から聞こえてくる風の音を思わせた。わたしが触れたなら、人間のさまざまな熱情を堂々と響かせることが出来たに違いなく、わたしの頭のなかでは、狂乱の場や、明かされない懊悩《おうのう》を詰めこんだ何作もの戯曲がすっかり仕上がっていた。揺り籠の幼子から棺《ひつぎ》に入った死者まで、人間というもののあらゆる谺《こだま》がわたしのなかに響きわたった。ときには遠大な着想が唐突に頭をよぎることがあり、それはまるで、夏場のあの無音の大稲妻、ひとつの町全体を、建物の細部も通りの交差点も余すところなく照らし出す稲妻のようだった。わたしはその閃光にふらつき、目が眩んだ。ところが、自分が抱いたのと同じ構想、それどころか表現形式まで同じものを他人の作品のうちに見つけると、一挙に底なしの失望へと転げ落ちた。彼らと対等な気でいたのが、もはや模倣者にすぎないわけだ！　そこでわたしは天才であることの陶酔から、凡庸であることのやるせなさへと移行するのだが、その気持ちには退位させられた王たちの憤慨と、恥辱をこうむった苦痛とが、たっぷりと含まれていた。ある日は、自分は詩の女神《ミューズ》のために生まれたと誓わんばかりなのに、別の日は自分が馬鹿者同然に感じられた。こうして絶えず遙かな高みからどん底へと行き来するうち、一生のあいだに何度も金持ちになったり貧乏になったりする人々と同じように、しまいにはいつも惨めな気分のまま過ごすようになった。

このころは、毎朝目覚めるたびに、今日こそはなにか大変な出来事が到来しそうな気がしたものだ。まるで遠い国から幸福を積んだ荷物が届くのを待っているかのごとく、期待に胸をふくらませる。けれども、一日が進むにつれて、次第に気力が失せていく。とうとう夕暮れになると、なにもやって来はしないことが呑《の》みこめる。そして夜の帳《とばり》がおり、わたしは寝につくのだった。

物質界とわたしのあいだには、涙ぐましい呼応関係ができあがった。鍵穴で風がひゅうひゅう鳴ったり、街灯が雪をぼうっと照らしたり、犬たちが月に吠《ほ》えるのを聞いたりすると、たちまちわたしの心臓はきゅっと締めつけられるのだ！

すがるべきものは見当たらず、社交も、孤立も、詩も、科学も、不信心も、宗教も駄目だった。そうしたすべてのあいだを、地獄にも求められず天国にも断られた魂さながらにさまよった。そこでわたしは手をこまねいて、死人を見るように自分を見つめたが、自分はもはや、われとわが苦悩を焚《た》きしめたミイラにほかならなかった。若いころからわたしにのしかかっていた宿命の観念が、いまやわたしにとっては世界中を支配するものとなっていた。わたしの見るところ、宿命は地上を照らす太陽と同じくらい普遍的に、人間のあらゆる行為においで現れるものだった。宿命はわたしの残忍な神となり、インド人が自分たちの腹を踏みつけていく放浪の巨人を崇拝するのと同じように、わたしは宿命を崇拝した。自分の悲嘆に浸ったまま、もはや抜け出す努力をしなくなったばかりか、自分の傷を引っ掻いて爪についた血を見るや笑い出す病人と同じ絶望の愉悦を感じながら、じっくりと悲しみを味わっていた。

わたしは生や、人間や、あらゆるものに対する名のない憤怒《ふんぬ》に囚われた。ありあまる優しさを胸に抱いていながら、虎よりも獰猛《どうもう》な気持ちになった。天地万物を滅亡させ、自分自身も世界とともに果てしない虚無のなかで眠りにつきたいと思った。火を放たれた町の明かりで目を覚ますことができたなら！　炎に焼かれて骨がパチパチとはぜる音を聞き、死体でいっぱいになった川を渡り、かがみこんだ民衆の頭上を駆け抜けて、愛馬の四つの蹄鉄《ていてつ》で人々を蹴散らし、チンギス・ハーンとなり、ティムールとなり、ネロとなって、眉根を寄せるだけで世界を震えあがらせたかった。

興奮して、輝かしい気分に浸れば浸るほど、わたしは内向きになり、自分の殻にこもった。もうだいぶ前から心臓は涸《か》れはててしまって、もはや新しいものはなにも入ってこず、腐敗した死者たちのいる墓場のごとく虚ろだった。わたしは太陽を毛嫌いし、川の音や森の眺めに苛立《いらだ》ち、田園ほどくだらないものはないと感じた。すべてがどんよりして、卑小になって、わたしは永遠の夕暮れのなかに生きていた。

ときには、自分が間違っているのではないかと考えた。自分の青春と将来を一列に並べてみたが、見るからに哀れな青春、空っぽな将来なのだ。

惨めな自分を眺めるのがいやになって、世間に目を転じてみれば、そこに見えるのは怒鳴り声、叫び声、涙、痙攣《けいれん》、同じ役者が延々と繰り返すお芝居だ。こんなものを習い覚えて、

毎朝同じように行う人々もいるのだ、とわたしは思った。このような状態からわたしを引っ
ぱり出すことができそうなのは、もはや大恋愛しかなかったが、当時のわたしは大恋愛など
現世には存在しないと見なしていたので、自分がかつてどんなに幸福を夢みていたかを懐か
しく思い出しては、苦い気持ちになるばかりだった。
　こうなると、死が麗しいものに見えてきた。死には以前から惹かれていた。子どものころ
は、死とはなんなのかを知りたいがため、そして墓のなかにはなにがあるのか、いかなる夢
がその眠りのうちに潜んでいるのかを理解したいがために、死んでみたいと思ったものだ。
しばしば、古い硬貨の緑青《ろくしょう》を削って毒死しようとしたり、針を飲もうとしたり、屋根裏の
天窓に近づいて街路に身を投げようとしたりしたのを思い出す……。ほとんどの子どもがこ
んなふうに、遊びながら自殺を図るものなのだから、人間は結局、なんと言われようと、死
に恋い焦《こ》がれているのだと結論づけられるのではないだろうか。人間は自分の作りあげたも
のをひとつ残らず死にあたえ、死から出て死へと還り、生きているあいだじゅう死について
思いをめぐらせる。体のなかに死の萌芽を、心のなかに死への欲望を抱いているのだ。
　自分がもはや存在しないことを思い描くのは、なんとも快いものだ！　墓場はどこも静ま
りかえっている。そこでひとは真っ直ぐ横たわって屍衣《しい》にくるまれ、胸元で腕を十字に組ん
だまま、草上をわたる風と同様に何事にも眠りを妨げられることなく、数世紀の時が過ぎて
いく。大聖堂の小礼拝堂で、わたしは幾度、墓石の上に長々と横たわった数多《あまた》の石像をじっ
と見つめたことだろう！　石像たちの静けさには、此岸の人生にはない深みがある。冷たい

昏に、墓の底からのぼってきた微笑を湛《たた》えて、眠っているようにも見え、また死の味わいを堪能しているようにも見える。もはや泣かなくてもいいこと、腐った梯子《はしご》のごとくすべてが崩れ落ちるような絶望感にもはや囚われずに済むこと、これこそあらゆる幸福に勝る幸福、後日談のない喜び、目覚めのない夢だ。それに、もしかすると星の向こうの、ここよりも美しい世界に行けるかもしれないのだ。そこでは、ひとは光や芳香のようにして生きる。薔薇の匂いや草原の爽やかな香りの一部になるのかもしれない。いやいや、やはり完全に死ぬのだと考えるほうがいい、棺から生まれ出るものなどないのだと。それでも死後になにかしら感じる必要があると言うのなら、死そのものの虚無の感覚を味わえばいいだろう。死が自分自身に耽溺《たんでき》し、見惚れるわけだ。自分がもう存在しないことを感じるのにちょうど足りるくらいの生命の名残があれば、それでいい。

そうして、わたしは塔にのぼっては、虚空へ身を乗り出し、眩暈が起きるのを待ちながら、身を投げたい、宙を飛びたい、風とともに散って消えたいという途方もない欲求を抱くのだった。短刀の切っ先やピストルの銃口を見つめては、額に当ててみたりしたから、その冷たさや尖った感触にも慣れてしまった。あるいはまた、荷車が通りの角を曲がるときに、巨大な車輪が敷石に落ちているゴミを押しつぶすのが目に留まると、自分の頭もきっとあんなふうにぺしゃんこにつぶれて、馬たちは並足でそのまま行ってしまうのだろうと思った。ただ、わたしは埋葬されるのはいやだった。棺が怖いのだ。むしろ森の奥で、枯れ葉の寝床に置かれて、鳥につつかれたり嵐で雨に打たれたりして、少しずつ体がなくなっていくほうが好ましい。

ある日、パリにいたわたしは、ポン・ヌフ橋に長いこと佇んでいた。冬だった。セーヌ川は流氷を浮かべていて、大きなまるい氷がゆっくりと流れてきてはアーチの下で砕ける。川の水は緑がかっていた。わたしは自分に始末をつけるためここへやってきた人々のことを思った。どれほどの人間が、わたしの立つ橋の上を、かつて自分の恋や仕事を目指して意気揚々と走りすぎ、そしてある日、のろのろした足どりで、迫りくる死に身を震わせながら、この場所へ戻ってきたことだろう！　彼らは欄干に近づき、よじのぼって、跳んだ。ああ、いかに多くの悲惨がここで終わり、いかに多くの幸福がはじまったことだろう。なんと冷たい、濡れた墓場だろう。なんと広々として、だれをも受け入れてくれることか。なんと多くの者が沈んでいることか。みんなここに、水底にいて、顔を引きつらせ青白い手足をして、ゆっくりと回転しているのだ。凍った波のひとつひとつが、眠りについた彼らを運び、優しく海へと連れていく。

老人たちがわたしを羨ましげに見ては、若くて幸せだ、一番いい年頃だと言い、くぼんだ目でわたしの白い額に見とれたり、自分たちの恋を思い出して語ったりすることもあった。しかし、それなら彼らの若いころは、人生というものが今日よりも充実していたのだろうかとわたしはよく自問した。そうであるなら、わたし自身には羨ましがられるような理由がひとつも見当たらない以上、彼らの示す懐旧の情は、こちらには手に入れられなかった幸福を秘めていることになるわけで、わたしは嫉妬を覚えた。それに、そうした発言には子ども時代に対する人間の弱さが表れていて、痛々しいくらいだった。わたしは快復期にある病人のように、ほんのちょっとしたことにもくすくす笑ってしまうことがあった。ときには、飼い犬への愛情が高まって、熱烈に抱きしめた。あるいは、洋服簞笥《だんす》を探って学校時代の古い服を見返し、その服をおろした日のこと、それを着て行ったいくつもの場所のことを思い、生きてきた日々の追想にわれを忘れて耽った。というのも思い出とは、甘くても悲しくても愉快でもかまわないもので、どれほど悲しい思い出であっても、わたしたちにとっては甘美なのだ。思い出とは、凝縮された無限ではないだろうか？　ときに人は、戻ってこない、過ぎ去った、永久に無に帰してしまった一時間について考えるのに何世紀も費やし、未来のすべてと引き替えにその一時間を買い戻したいとすら願う。

けれども、このような思い出は、暗い大きな部屋に点々と灯る燭台と同じように暗闇のなかで光っている。その明かりが届く範囲でしか、ものは見えないので、炎の近くにあるものは皓々《こうこう》と照らされる一方、残りのすべてはいっそう黒々として、影と倦怠につつまれてしまう。

先へ進む前に、次のことを読者諸君に話しておかなければならない。

いつの年だったか覚えていないが、夏休みのある日、わたしは気分よく目が覚めて、窓の外を見た。日がのぼるところで、純白の月が空に懸かっていた。丘の狭間には、灰色や桃色の霧がふわりとたゆたい、あたりの大気へと消えていく。飼育場の雌鶏《めんどり》が鳴いている。家の裏手の、野原へつづく道を、轍《わだち》に車輪を軋《きし》ませながら荷車が通っていくのが聞こえた。刈草を干す作業に出かける人々だった。垣根には朝露が降りて、陽光がその上に注ぎ、水と草の匂いがした。

わたしは家を出てX…へ行った。三里の道のりを、一人きりで、杖《つえ》も持たず、犬も連れずに歩き出した。はじめは麦畑のあいだをうねる小径を歩き、りんごの木の下、垣根沿いを通っていった。なにも考えず、自分の足音に聴き入っていた。自分の動作のリズムが精神をあやしてくれる。自由で、静かで、穏やかで、暑かった。ときどき立ち止まると、こめかみは脈打ち、こおろぎが刈株のなかで鳴いていて、それからわたしはふたたび歩きはじめる。だれもいない集落を横切ったが、どこの中庭もしんとしていたのは、たぶん、日曜日だったのだと思う。牛たちは草地の木陰に腰をおろして、悠然と反芻《はんすう》しながら、耳を振って羽虫を追い払っていた。砂利の上を小川が流れ、緑色のとかげや金色の背をした虫が、道ばたの溝が葉に覆われているところをのそのそと這《は》いあがる、そんな道を歩いたのを覚えている。

次いで、わたしは高台の、刈り取りを終えた畑にいた。目の前には海があり、海は真っ青で、光る真珠を太陽が無数にまき散らしていて、波頭には炎の畝《うね》が走っていた。紺碧《こんぺき》の空と、さらに濃い色をした海のあいだで、水平線がきらきらと燃えている。わたしの頭上を起点とする円天井は海原の向こうへ降りていき、海原のほうは天井へ向けてせりあがって、目に見えない無限を表す円を描いているようだった。わたしは畑の畝に寝ころんで空を眺め、その美しさに見とれて茫然とした。

わたしのいた畑は麦畑で、うずらの鳴き声が聞こえ、うずらたちはわたしの周りを飛びまわっては、土塊《つちくれ》に向かって急降下した。海は穏やかで、声よりは溜め息に近い感じでさざめいていた。太陽そのものも、音を立てていると感じられるほど、あらゆるものに燦々《さんさん》と降り注いだ。日の光はわたしの四肢を焼き、土はわたしに熱を伝え、わたしは陽光におぼれて目を閉じたが、それでも太陽は見えた。海草類の匂いの混じった潮の香が、わたしのところまでのぼってきた。ときどき、波は岸辺を水泡で飾りながら、すっと止まるというか、音もなく途絶えてしまうことがあって、そういった波はまるで音を立てずに口づける唇のようだった。そこで、音のない波が二度つづいて、満潮の大海が沈黙すると、わたしは束の間うずらの歌を聴き、それから波音がふたたび聞こえ、そのうちにまた鳥の番になるのだった。

わたしは海辺まで、土砂が崩れたところをしっかりした足取りで飛び越えながら駆け降りていき、毅然《きぜん》と顔をあげて、汗に濡れた髪を乾かしてくれる涼風を誇らしげに吸いこんだ。神の息吹に満たされて、心が大きくなった気分、なにかを崇めているような不思議な気持ちになり、太陽の光のなかへ吸いこまれたい、海面から立ちのぼる匂いとともに、この広大無辺の青のなかへ溶け入ってしまいたいと感じていた。そのとき、常軌を逸した歓喜に襲われて、わたしは天上のあらゆる幸福がわが魂に入ってきたかのように歩み出した。その場所は断崖が突き出ていたので、海岸の景色はすっかり消えて、もはや海しか目に入らなかった。風浪が砂利浜を越えてわたしの足許まで巻きあがり、海面すれすれに顔を出している岩の上で泡立ち、一定のリズムで岩を打って、液状の腕のように岩を抱いては、澄みきった布地のように青く光りながら滴《したた》り落ちた。風は、そうした波が立てる泡をわたしの周りに散らし、石のくぼみに残った水溜まりにさざなみを立て、海草は去っていった波の動きにまだ揺さぶられることをやめず、涙をこぼしてはゆらゆら揺れていた。時おり、かもめが羽を大きく羽ばたかせて通り、崖の上まで飛んでいった。潮が引いて、消え入るリフレインさながら波音が遠ざかっていくにつれ、波が砂の上に描いた畝もあらわに、磯がわたしの目の前に広がった。するとわたしは天地万物のもたらす幸福、神が人間のために用意された喜びのすべてを了解した。自然は、忘我の境地においてのみ耳にすべき完璧な和音と同じほどの美しさをもって現れた。恋のごとく優しく、祈りのごとく純粋なものが、水平線の彼方から立ちあがり、裂けた岩の天辺から、空の高みから、わたしのほうへ落ちてきた。大海のざわめきと、太陽の光から、なにか得も言われぬものが形づくられ、わたしは天界から授かるようにしてそれを我がものとなし、そのなかで幸せに気高く生きている自分を感じた。太陽を見つめながら、その光のなかへのぼっていく鷲のように。

そして地上のすべてが麗しく感じられ、ちぐはぐなものも出来の悪いものも、もはや見当たらなかった。なにもかもが好きだった、足を疲れさせる石も、いま手をついている硬い岩も、わたしの声を聞き届けて慕ってくれているとこちらで思いこんでいるだけの無情な自然までも好きになった。このときわたしは、夕べに、膝をついて、枝つきの大きな燭台に照らされた聖母の足許で聖歌を歌うこと、また船乗りたちが見つめる空の片隅に優しき幼子イエスを腕に抱いて出現する処女マリアを愛することの、果てしない心地よさを思った。

それで終わりだった。ほどなくわたしは自分が生きていることを思い出し、われに返って、歩き出しつつ、呪いがこの身に戻ってきたのだと、自分が人間世界へ帰っていくのだと感じた。凍えた四肢に生気が戻ってくるように、生きている感覚が戻ってきたのだが、それは辛い思いとしてやってきた。わたしは計りしれない幸福を感じていたのと同様に、今度は名づけようのない絶望に陥り、そしてわたしはX…へ行った。

晩にわたしは家へ帰ったが、行きと同じ道を通ったので、砂の上には自分の足跡、草地には自分の寝そべった場所を見つけた。夢を見たのかもしれないと思った。ふたつの生を経験する日というのが人間にはあるものだが、そうなったとき、ふたつめはもはや、ひとつめの思い出にすぎなくなる。そんなわけでわたしは道中、まるで今朝それらの場所で自分の人生を彩る事件が起きたかのように、茂みの前や、一本の木の前や、道路の角で、たびたび立ち止まった。

帰宅したころには、ほぼ真っ暗で、家の者は戸を閉めており、犬たちは吠えかかった。

十五歳でわたしを襲った官能と恋愛にまつわる想念は、十八歳でふたたび訪れた。ここまでに書かれたものが、読者諸君にとって多少とも理解可能だったとするならば、この歳でわたしがまだ童貞であり、恋愛経験もなかったことを覚えておいでだろう。熱烈な恋のすばらしさや衝撃の強さに関しては、詩人たちがわたしの白昼夢に主題を提供してくれた。感覚の喜び、若者たちが渇望する例の肉体の快楽については、頭で生み出す自発的な興奮の数々を通じて、絶えずそうしたものへの欲望を胸のうちに養っていた。恋人たちが、休みなく恋愛に身をゆだねることで恋愛が尽き果てるところまで行こう、恋を思いつづけることで恋をお終いにしようと願うのと同じように、わたしはただ思考しつづけていれば、そのうち自ずからこの題材は出つくすだろう、ひたすら飲みつづけることによって誘惑は涸れるだろうと思っていた。ところが、いつでも最後には振り出しに戻ってしまい、わたしは抜けられない円の内部をぐるぐる回るばかりで、もっと広い場所へ出ようと頭をぶつけてみても無駄だった。夜は、申し分のない夢を見るらしく、朝になってみると、笑顔や、とろけるような抱擁で胸がいっぱいで、目覚めるのが悲しく、ふたたび眠りがやってくればあの戦慄をもう一度得られるのだと待ち遠しくて、一日中そのことを考えていた。その戦《おのの》きは自分次第で今すぐにでも手に入れられるものだったが、わたしはそれに対して信仰上の恐怖のようなものを覚えていた。

このときこそ、わたしは肉体の魔物が確かに自分の全身の筋肉に息づき、全身の血液に流れていると感じた。女にじっと見られて震え出したり、絵画や彫刻の前でぼうっとしたりしていた無邪気なころの自分が哀れに思えた。生きたい、快楽を得たい、恋をしたい。太陽が顔を出す最初の数日、まだ草も葉も薔薇もなくても、ぬるい風が夏の暑さを運んでくるのにも似て、自分の暑い季節が近づいているのを漠然と感じた。どうすればいい？　だれに恋すればいいのだろう、だれがあなたに恋するのだろう？　あなたを欲しがるのはいかなる貴婦人か。あなたに腕を差し出すのはいかなる絶世の美女か。いったいだれが、小川沿いに一人きりで重ねる寂しい散歩のこと、胸の詰まる暑い夜に、張り裂けそうな心から吐き出されては星々へと散っていく溜め息のことを語るのだろうか。

恋を夢みることとは、すべてを夢みることに等しい。恋の夢は幸福における無限、喜びにおける神秘だ。どれほどの熱気で瞳はあなたをむさぼることか、どれほどの強さで視線はあなたの顔を射ぬくことか、ああ、勝ち誇る美女たちよ！　あなたがたの身ぶりのひとつひとつに粋《すい》と堕落が息づき、ドレスの襞が立てる衣擦れの音はわたしたちを心の奥底まで動かして、あなたがたの全身の肌が、わたしたちを殺し、あるいは虜《とりこ》にするなにかを醸し出している。

このころから、わたしには人間の言葉のなかでもとりわけすばらしいと思われる言葉があった。《密通》、この言葉にはうっとりするような甘さがほのかに漂い、不思議な魔法が焚きしめられている。青年の心持ちからすれば、ひとが語るあらゆる話、ひとが読むあらゆる本、ひとが示すあらゆる動作が、そのことについて絶え間なく述べたり評したりしている。だから青年は好きなだけ飲んでは、そこに呪いと肉欲の混ざった至高の詩を見出すものなのだ。

特に早春、リラが咲きはじめ、鳥たちが若葉のもとで歌い出すとき、わたしは恋を求める思い、恋愛に体ごと溶け入りたい気持ち、なにか甘い大きな感情に浸かりたい気持ち、さらには光と香気のなかでわが身を造り直したいとすら望む気持ちに囚われた。いまも毎年、何時間かのあいだ、わたしはこのように木の芽とともに芽生える純潔な年頃の気持ちにつつまれる。とはいえ、薔薇とともに喜びがふたたび花咲くことはないし、いまやわが心には、乾いた日射しに目が痛み、つむじ風に埃が舞いあがる本街道と同じくらい、緑が欠けている。

しかし、これから先を諸君に語る準備はできてはいるものの、記憶のなかへ降りていくまさにこの瞬間、わたしは震え、迷っている。かつての情婦に再会しにいくようなものだ。胸が苦しくなって、彼女の家の階段で一段ごとに歩みを止めては、面と向かうことになったらと怯え、また留守だったらと怖れる。長く抱きすぎた想念についても、同じことが起きる場合がある。永遠に追い払いたいと思うのだが、それらは生そのもののごとくあなたの内部を流れ、心はそれを自然な環境と見なして馴染《なじ》んでいるのだ。

自分は太陽が好きだと、先に述べた。少し前まで、太陽が照る日には、わたしの心は、光る水平線や空の高みのもつ安らぎをなんとなく感じたものだ。そう、夏のことだった……ああ！　こんなことをこの筆が書ききれるとは思えないが……。暑い日だった。わたしは家を出たが、家の者はわたしが出かけたことに気づかなかった。通りに人はまばらで、敷石は日に干され、ときどき熱い空気が地面から立ちのぼって顔を撫《な》でた。家々の壁はぎらぎらと光を反射して、日陰すらも日射しに劣らず熱そうに見えた。街角では、ゴミの山の周囲で蝿の群れが陽光を受けてぶんぶん唸り、金色の大車輪のごとく旋回していた。屋根の角は青空を背にくっきりと直線で切りとられ、石は黒く、鐘楼《しょうろう》のまわりに鳥はいなかった。

わたしは休息を求め、微風を欲し、なにか自分を地上からさらってくれるもの、つむじ風に乗せて運んでくれるものを乞いつつ歩いていった。

住宅街を抜けて、庭園の裏側、半分は街路で半分は田舎の細道といった道が延びるあたりに来ていた。強い日光が木漏れ日となって射し、散在する日陰の塊のなかで草の芽がぴんと立ち、小石の尖った角が光を跳ね返し、砂が足裏でジャリジャリと鳴り、自然のすべてがひりつくようだったが、そこへとうとう、太陽が顔を隠した。大きな雲が現れて、嵐になりそうだった。それまでわたしが感じていた悩ましさは様相を変え、苛立ちは収まってきた代わりに、胸が締めつけられた。引き裂かれる気分だったのが、息苦しい気分になった。

わたしは日陰と静寂と闇が一番濃いと思われる場所、自分を一番うまく隠してくれそうな場所で、腹ばいに地面へ横たわり、喘《あえ》ぎながら、止まらない欲望を抱えた心をそこへ沈めた。厚い雲はふわふわとわたしにのしかかり、胸の上に別の胸がかぶさるようにしてわたしを押しつぶした。わたしは、仙人草《クレマチス》の香りよりも強い匂いを放ち、庭の壁に照りつける太陽よりもじりじりと焼けつく官能の欲求を覚えていた。ああ！　この腕になにかを抱きしめ、相手がわたしの体温を感じながら息を詰まらせるようなことができればいいのに。あるいは、わたしが自分の分身をつくり、もう一人の自分を愛して、互いに溶けあうことができるなら。それはもはや茫漠とした理想への憧れでも、消え失せた美しい夢への切望でもなかった。わたしの激情は川床のない大河のように猛然たる奔流となって四方へあふれ出し、わが心を溺れさせて、山地の急流よりも轟々《ごうごう》と目まぐるしい流れをあちこちへ響かせた。

わたしは川辺へ行った。昔から水が好きで、押し合う波の優しい動きも好きだった。川は和やかで、白い睡蓮《すいれん》がせせらぎに震え、波はゆっくりと繰り出されては、次々に広がっていく。川の真ん中ではいくつかの小島が緑の茂みを水に垂らし、岸は微笑んでいるかのようで、波の声ばかりが聞こえた。

この場所には何本かの大木があり、水辺の爽やかさと日陰の涼しさがなんとも心地よくて、自然と笑みがこぼれた。わたしたちのなかにいる詩の女神《ミューズ》が、妙なる調べを耳にしたとき、鼻をふくらませて美しい音を吸いこむのと同じように、なにか名状しがたいものがわたしの内部でふくらんで、万物をつらぬく喜びを吸いこんだ。空を走る雲や、日光のせいで黄ばんだ川岸のすべらかな芝生を眺め、また水音を聴いたり、木々の梢が独りでに、風もないのに、せわしなくも静謐《せいひつ》にさわさわと揺れる音を聴いたりしながら、わたしはこの愛情豊かな自然の重みに押しひしがれて快感のあまり気が遠くなるのを感じて、恋を！　と呼びかけた。震える唇は、あたかも別のだれかの口が吐く息を感じとったかのように差し出され、両手は触れるものを求め、眼差しは波の襞にも、膨張した雲の輪郭にも、なんらかの形を、悦楽を、天啓を見出そうとした。欲望が毛穴という毛穴から染みだし、心は和らぎと、秘めた調べに満たされて、わたしは自分の髪の毛をくしゃくしゃに掻きまわしては、髪で顔をさすり、その匂いを嗅いで楽しんだ。木の根元の苔の上に横たわりつつ、さらに強烈なやるせなさに襲われることを願った。薔薇に埋もれて窒息してしまいたい、口づけに責められてへし折られてしまいたい、風に揺さぶられる花、川に濡れる岸辺、太陽に孕《はら》まされる大地になりたいと思った。

草は柔らかな歩き心地だった。歩いてみた。一歩一歩が新たな快楽をもたらし、わたしは足の裏で芝の柔らかさを堪能した。遠くの牧草地には動物がたくさんいて、馬や仔馬《こうま》が見えた。いななきや駆け足の音が遥かに響き、耕作地は丘とひとつながりに大きく波打って緩やかに上下し、川は蛇行して、島々の向こうへ消えたかと思うと、その先で草と葦《あし》のあいだに現れる。なにもかもが美しく、幸せそうで、自らの法則、自らの流れに従っている。わたしだけが病み、欲望にまみれて、息も絶え絶えになっていた。

不意にわたしは逃げだし、橋をいくつも渡って、町へ戻った。街路や広場を歩いていった。するとずいぶんたくさんの女たちがすぐ傍を通っていったが、どの女も急ぎ足で、かつ驚くばかりに美しい。女たちの輝く瞳や、山羊のように軽やかな足どりを、これほど真正面から見つめるのは初めてだった。公爵夫人たちが、紋章を入れた馬車の扉から身を乗り出してわたしに微笑みかけ、絹を敷いた寝床での情事に誘っているような気がする。バルコニーの上から、肩掛けを羽織った貴婦人方がわたしのほうを見ようと身をかがめて、こちらをじっと見つめながら口々に「あたしたちを愛して！」と言っている。だれもがそれぞれの姿態、それぞれの眼差しで、じっとしている場合ですらこちらを慕っているのが、わたしの目には明らかだった。唯一の女は至るところにいて、わたしは彼女の肘に触れ、体をかすめ、匂いを嗅ぎ、大気は彼女の芳香にあふれていた。巻きつけたショールの隙間から汗をかいた首筋を覗かせたり、帽子の羽根飾りを歩みに合わせてゆらゆらと揺らしたりするのが目に留まる。わたしの前を歩くとき、彼女のかかとはドレスの裾をまくりあげていく。横を通りすぎる拍子に、手袋を嵌めた彼女の手が動く。この女やあの女、ある女より別の女、というのではなく、無限に多様な体形をもち、各々の体に見合った欲望をそそるすべての女、あらゆる女に対して、彼女たちがどんな服を着こんでいようと、わたしはたちどころに華やかな裸身の装いをあたえ、目の前に置いてみる。そうやって、女たちの隣を通りすぎる一瞬のうちに、扇情的な思いつきや、好きにならずにいられない匂いや、感覚を刺激する肌の接触や、魅力のある姿かたちを、相手からさらえるだけさらっていった。

自分がどこへ行くのかはわかっていた。小さな通りにある一軒の家で、その通りはこれまでも、心臓が高鳴るのを感じたくて、よく歩いたものだった。緑色の鎧戸があり、階段を三段あがる。そう、すっかり頭に入っている、それくらい頻繁に、わざわざ遠回りして見にきては、閉まった窓をただ眺めていたのだ。一世紀もつづいたかと思われる道のりを経て、ようやくわたしはその通りに入った。窒息しそうだった。人通りはなく、わたしはどんどん進んでいく。肩で押した扉の感触をいまも思い出す。扉は開いた。壁に埋めこんだ開かずの扉ではないかと怖れていたのだが、そんなことはなく、蝶番を支点に、ゆっくりと、音もなく開いた。

階段をのぼった。階段は黒ずんで、踏み板はすり減り、足許でぐらぐら動いた。さらにのぼっていく。真っ暗で、わたしはぼうっとなった。声をかけてくる者はいない。息を詰めた。とうとう、ひとつの部屋に入った。大きな部屋に見えたが、それは辺りが暗いせいだった。窓は開いているものの、床まで届く大きな黄色いカーテンが日を遮り、室内は金色の薄明かりに色づいている。部屋の奥、右側の窓の傍に、一人の女が座っていた。こちらの立てる物音が耳に入らなかったらしく、踏みこんだときに彼女は振り向かなかった。わたしは足を踏み出すことなく佇んだまま、彼女の姿をじっと見ていた。

袖の短い白いドレスをまとい、窓のへりに肘をついて、片手を口許にやり、床に目を落として、なにか漠然とした、形にならないものを見ているようだった。黒髪を撫でつけ、鬢《びん》のところで三つ編みにしているのが、からすの羽に似て艶《つや》やかに光っている。首を少しかしげていて、うなじに幾筋かの後れ毛が波打っている。赤い珊瑚《さんご》の粒で飾った、大ぶりな弓形の金の櫛《くし》を挿していた。

わたしを目に留めると彼女は叫び声をあげて、ぱっと立ちあがった。なによりもまず、大きな両目が放つきらきらした眼差しに打たれた。視線の重みに耐えかねてうなだれた顔をなんとかふたたびあげたとき、見惚れるほどきれいな顔だちが目に入った。頭頂を起点として髪の分け目をたどる直線が、そのまま弓なりの両眉のあいだを通り、古代のカメオのように縦に長くてひくひく震える鼻孔をともなった鷲鼻の上を通ってから、青い和毛《にこげ》が影を落とすぽってりした唇を真ん中からふたつに割っており、さらに下れば、そこには肉づきのよい、白く丸々とした首がある。薄物の衣装を透かして、呼吸に合わせて上下する胸の形が見てとれる。そうやって彼女はわたしの正面に立っていたが、黄色いカーテン越しの陽光に取り巻かれているせいで、白い衣装と黒い髪の毛がなおさら際立って見えた。

やっと彼女は微笑んだが、それは主に憐れみと優しさからくる笑顔だった。わたしは近づいていった。なにをつけているのか知らないけれど、髪の毛からいい香りがして、わたしは心臓が舌にとろける桃よりも柔らかく脆《もろ》くなっているのを感じた。

「どうしました？　こちらへどうぞ」

そして彼女は、灰色の布で覆って壁際に寄せた長いソファのほうへ行って、腰かけた。わたしが隣に座ると、彼女はわたしの手を取った。手は温かく、わたしたちは長いこと黙って見つめ合った。

こんなに間近に女性を見るのは初めてだった。彼女の美しさはまるごとわたしを包みこみ、腕がわたしの腕に触れ、ドレスの襞がわたしの脚にかぶさり、腰から伝わる体温がわたしを火照らせた。こうして触れあいながら、相手の体の曲線を感じ、まるい肩や、こめかみの青い静脈に目を凝らしていた。彼女が言った。

「さて?」

「さて」とわたしは、眠りへ誘うこの陶酔状態に揺さぶりをかけようと、陽気な調子で返した。

けれどもそこで、はたと止まってしまい、わたしは無我夢中で相手の全身を眺めまわした。彼女はなにも言わず片腕をわたしの体にまわして引き寄せ、沈黙の抱擁に導いた。そこでわたしは両腕で彼女を抱いて肩に口を押しつけ、はじめての交情の口づけをうっとりと飲み干し、長らく抱えてきた青春の欲望、いつも夢みていてようやく手に入れた悦楽を味わった。それから顔をあげて、相手の顔を見つめた。輝く目が、わたしを燃え立たせた。彼女の眼差しは腕以上にわたしに巻きつき、わたしは彼女の目のなかに溶け入って、二人の指は絡み合った。女の指は長くて、華奢《きやしや》で、わたしの手のなかですばしこく濃《こま》やかに動きまわり、少しでも力をこめれば折れてしまいそうで、その感触を確かめるために、わざときつく握った。

いまはもう彼女がなにを言ったかも自分がどう答えたかも覚えていないが、わたしはそうやってそのまま長いこと、ぼんやりと、宙づりの状態で、自分の胸の鼓動に揺られていた。一分ごとに陶酔感は深まっていき、一瞬ごとに心のなかでますます高まっていくものがあって、体中が焦燥に、欲望に、喜びに震える。とはいえ同時に深刻な気分、明るいというよりは暗く、真剣な、なにか神聖な至高の対象に心奪われているような気分だった。彼女は片手でわたしの頭を、まるで押しつぶさないよう気をつけるかのように、そっと胸元へ押しつけた。

肩をさっと動かして袖を抜くと、ドレスがはだけた。コルセットはつけておらず、肌着は前が大きく開いている。恋心に満たされたまま埋もれて死んでしまいたくなるような、豪勢な胸だ。わたしの膝に座って、夢みる子どもさながらの無邪気な姿勢になると、端整な横顔が清らかな線をくっきりと描いた。腋《わき》の下にできた皺が可愛らしい曲線をつくって、まるで肩が微笑んでいるように見える。白い背を疲れたかのごとく少しまるめ、ずり下がったドレスの裾が大きな襞を成して床に落ちている。彼女は上を見ながら、口を閉じたまま、なにか悲しく物憂げなリフレインを口ずさんでいた。

櫛に手を触れて、外すと、髪の毛が波打ってほどけ、黒く長い髪の束が揺れながら腰まで垂れた。まず髪の表面を撫で、次いで髪のなかへ手を入れ、さらに裏側から撫でる。髪に腕を突っこみ、顔を浸すと、切ない気分になった。ときどき髪を後ろでふたつに分け、前へ持ってきて胸を隠して遊んでみる。あるいは全部ひとまとめにして引っ張り、頭がのけぞって喉元がぐっと伸びるのを眺めたが、彼女は死人のごとく、されるがままになっていた。

突然、彼女はわたしから逃れ、ドレスから足を抜いて、牝猫のごとく敏捷《びんしょう》にベッドに飛び乗ったので、マットレスは踏まれて沈み、ベッドは軋んだ。彼女は勢いよくカーテンを後ろへはねのけると、横たわり、両腕をこちらへ伸ばしてきて、わたしを抱きとめた。ああ！そのシーツは、そこを通りすぎていった愛撫の名残でまだ温まっているように感じられた。

柔らかくしっとりした手がわたしの体を撫でまわし、彼女はわたしの顔に、口に、目に口づけたが、これらの手早い愛撫のひとつひとつにわたしは気絶しそうになった。彼女は仰向けに寝そべると、溜め息をつく。半眼を開けて、からかいをこめた肉感的な目つきでこちらを見つめたかと思うと、肘をついて腹ばいになり、かかとを宙にあげて、可愛らしい甘えたしぐさや、わざとらしさのない場慣れした身ぶりをたっぷりと見せる。とうとうすっかりわたしに身を任せると、天井を見上げ、体ごと浮きあがるほど深い溜め息をついた……。熱く息づく彼女の肌が、わたしの下に横たわり、わななないていた。自分が頭から爪先まで性の快楽にすっぽりと包まれているのを感じた。口と口を重ね、互いに指をもつれさせ、同じ戦慄に揺さぶられ、同じ抱擁で絡み合い、相手の髪の匂いを、唇から洩れる息を嗅いで、わたしはうっとりと死んでいく自分を感じた。しばらくはそのまま、口を開けて、自分の心臓の鼓動と、昂ぶった神経の最後の痙攣を嚙みしめた。それから、すべてが消えてなくなった気がした。

そして彼女のほうも、黙っていた。生身の彫像のごとくじっとして、豊かな黒髪が青白い顔を取り囲み、ほどいた腕はぐったりと広げられたきりだった。時おり膝や腰に震えが走る。乳房にはわたしが口づけた跡がまだ赤く残っていて、喉からはしわがれた痛ましい音が洩れているが、それは長く泣きじゃくったあとに寝入った人間を思わせた。急に、彼女がこう口にするのが耳に入った――「きみが官能を忘れて、母となるならば」、それからその先はもう覚えていない。次いで両脚を組むと、ハンモックに寝ているかのように右へ左へと体を揺らした。

彼女は子ども相手のように戯れながらわたしの髪に手を入れ、情婦がいるのかどうか尋ねてきた。わたしはいると答え、相手がさらに訊いてくるので、女は美人で、人妻だとつけ加えた。彼女はわたしの名前や、生活や、家族についても質問した。

「それできみのほうは」とわたしは言った、「これまでに恋をしてきたの?」

「恋? まさか!」

そして不自然に声をあげて笑うので、こちらはうろたえた。

彼女はもう一度、わたしの情婦が美人かどうか尋ねてから、いっとき黙ったあと、こう言った。

「ああ、そのひとはよっぽどあなたのことが好きでしょうね。ね、あなたの名前教えてよ」

そこでこちらも名前を訊いた。

「マリーよ」と彼女は答えた、「といっても元は別の名前だったの、家では違う名で呼ばれてたのよ」

このつづきは忘れた。もうなにもかも済んだこと、ずいぶん昔の話だ！　とはいえ昨日のことのように目に浮かぶものもいくつかある、たとえばあの部屋。ベッドの脇の、真ん中が磨《す》り減った敷物、銅の装飾と赤い波紋形《モアレ》の絹のカーテンがついたマホガニー材の寝床。手をつくと軋んで、総飾りも古びていた。暖炉には造花を入れた花瓶がふたつ。そのあいだに時計があって、雪花石膏《アラバスター》でできた四本の柱のあいだに文字盤が収まっていた。あちこちの壁に黒い木製の額に入れた古い版画が懸かっていて、入浴する女、葡萄《ぶどう》の収穫、釣り人などが描かれていた。

それから彼女！　彼女！　ときどき記憶に甦るのだが、あまりに生々しく正確な記憶で、たとえば何年も前に死んだ旧友が、まったく変わらぬ服装、変わらぬ声音《こわね》で夢に現れてぞっとするのと同じような具合で、彼女の顔だちのあらゆる細部が、夢にのみ可能な驚くべき忠実さをもって目の前に再現されるのだ。よく覚えているのだが、彼女は下唇の左寄りにほくろがひとつあって、にっこり笑うとそれが皮膚の皺のあいだから見えた。もう瑞々《みずみず》しいとも言えない女で、口の片端をきゅっと閉じているのが、苦々しげな、疲れた感じに見えた。

わたしが出ていく間際、彼女はさよならと言った。

「さよなら」

「また会えるかしら」

「たぶん」

そうして外に出ると、外気のおかげで力が湧いてきた。自分ががらりと変わった気がして、もはや同じ男ではないことが顔を見ればわかるに違いないと感じながら、軽やかに、堂々と、解放され満ち足りた気分で歩いていった。もはや生を営む上で教わったり、予感したり、乞い求めたりすべきことは何もないのだ。家に帰ると、出かけたのが遠い昔に思われた。上階の自分の部屋に入ってベッドに腰かけたときには、一日の疲れがとんでもない重さでのしかかってきて、倒れそうだった。夜の七時ごろだったと思う、太陽が沈みかけて、空は燃え、家々の屋根の上で地平線が真っ赤に炎をあげていた。すでに暗くなった庭は寂寥《せきりょう》に満たされ、黄色や橙《だいだい》色《いろ》の渦が壁の隅でくるくるまわって茂みのなかへ落ちてはまた吹きあがり、土は乾いて灰色をしていた。通りには庶民の男たちがちらほらといて、おのおの妻と腕を組み、歌いながら歩いて市門へ向かっていく。

その間ずっと自分のしたことを思い返していたのだが、急に形容しがたい悲しみに襲われ、嫌悪感でいっぱいになって、うんざりした。「でも、今朝までは」とわたしは思った、「こんな気分じゃなかった。すがすがしい、幸せな気分だった。どうしてこんなふうになったのだろう?」そして頭のなかで、歩いた通りをすべて辿り直し、出会った女たち、めぐった野の小径を残らず甦らせ、マリーのところへ戻って、細かい記憶のひとつひとつに立ち止まっては、できるかぎり思い出そうと自分の記憶力を絞りあげた。晩はずっとそうしていた。夜中になったとき、わたしはまるで老人のように、ある考えに魅了されて、そこから離れられなくなった――つまり、今日のことは二度と取り戻すことはできない、今後ほかの恋愛がいくつやってこようとも、今日の体験とはまったく別物なのだと、そう感じたのだ。初めて嗅ぐ芳香は嗅ぎ終え、初めての響きは飛び去ってしまった。わたしは自分がかつて抱いた欲望を求め、かつて感じた喜びに未練を覚えた。

自分の過去と現在、言い換えれば、過ぎし日々に抱いた期待と、いまの自分を打ちひしぐ倦怠とについて考えてみると、自分の心がどちらの立場に置かれているのかわからなくなってきた。自分は夢みているのだろうか、それとも行動しているのだろうか。嫌気が差しているのか、それとも欲望でいっぱいなのか。というのも、わたしは飽食の吐き気と燃えるような希望を、同時に感じていたのだ。

要するに性愛とは、これだけのことなのか！　女とは、これだけのことに過ぎないのか！ああ、神よ、なぜわたしたちは食べ飽きてなお腹を空かせるのだろう？　なぜこれほどの憧れと失望を抱くのだろう？　なぜ人間の心はこれほどまで大きく、生はこれほどまでに小さいのだろう？　人間には天使に愛されても満足できないとすら思える日があるのに、その同じ人間が、世界中のどんな愛撫にも一時間もすれば飽きてしまうのだ。

けれども、消え失せた幻はわたしたちの胸に妖精の匂いを残し、わたしたちは彼女が逃げていった細道をくまなく追っては、残《のこ》り香《が》を追い求める。こんなに早くすべてが終わってしまうはずはない、人生は始まったばかりで、ひとつの世界が目の前に開けているのだと人間はどうしても考えたがる。あれほど多くの崇高な夢や、沸き立つ欲望を費やして行き着いた場所が、本当にこんなところだというのだろうか。いや、わたしは自分で作りあげた種々の美しいものを諦めるつもりはない。童貞を失う前のわたしが自分のために創造したものは、より茫漠としてはいるものの、より美しい別の形象であり、またわたしがつくりあげた官能は、欲する対象という点では正確さに欠けるとしても、天にのぼるような果てしなさを有していた。かつて拵《こしら》えた想像の産物をなんとか呼び起こそうとするところへ、初体験で得た感覚の強烈な記憶が加わって、亡霊と身体、夢と現実、あらゆるものが入り混じる。別れたばかりの女は、わたしにとって総合の役割を担うに至り、過去のすべてがそこに集約され、未来に向かうすべてがそこから放たれた。一人で彼女のことを思いつつ、延々と彼女をあちこちひっくり返しては、新たななにか、最初は気づかなかったなにか、素通りしていたなにかを見出そうとした。また会いたい、という思いが、まるで運命に惹かれ、坂道を転げ落ちるかのように、わたしに取りついて離れなくなった。

ああ、美しい夜！　暑くて、戸口に着いたときは汗まみれだった。窓には明かりが灯っている。彼女は起きているに違いない。わたしは立ち止まった。怖くなって、どうすればいいのかわからず、無数の不安が錯綜《さくそう》して頭がいっぱいになったまま、長いこと立ちすくんでいた。わたしはふたたび足を踏み入れ、わたしの手はもう一度、階段の手すりを撫で、鍵をまわした。

彼女は午前中と変わらず、一人でいた。同じ位置に、ほとんど同じ姿勢で座っていた。ただドレスが違った。今度は黒いドレスで、上身頃《うわみごろ》の襟元についたレース飾りが白い胸の上でひとりでに震えている。肌はつやつやと光り、顔はろうそくの明かりがもたらす例の色っぽい青白さをたたえていた。口を半ば開けて、髪の毛はすっかりほどいて肩に垂らし、なにやら消えた星を目で探しているとでもいうふうに空を見上げていた。

すぐに嬉しそうにひとっ飛びでやってきて、わたしをぎゅっと抱きしめた。それは二人にとって心震える抱擁で、あたかも夜中に逢《あ》い引《び》きをする恋人たちが、延々と暗闇に目を凝らして、落ち葉を踏みしだく音、林の空き地を通るぼんやりした影のひとつひとつに注意を向けたあげく、ようやく落ち合った瞬間のような抱擁だった。

彼女は早口ながら優しい声で言った。

「ああ、あたしのこと好きなのね、だから会いに来たのね？　ね、言って、あたしのこと好き？」

その声音はフルートのもっとも高い音域に似て、鋭いのに心地よかった。

くずおれそうになりつつ、わたしの体に腕を絡めて、彼女は深く酔いしれた目でわたしを見つめた。こちらとしては、これほど急に相手が熱をあげたことにいささか驚きはしたものの、嬉しかったし、誇らしくもあった。

繻子のドレスがわたしの指に触れてカサカサと乾いた音を立てる。何度か、布地のなめらかな手触りを確かめたあとに温かく柔らかな裸の腕に触れてみると、衣装が彼女の体の一部をなすように思われて、豊満な裸体に匹敵するほど欲情をそそった。

彼女は無理やりわたしの膝に乗ってきて、前と同じやり方でわたしを可愛がりはじめた、つまりわたしの髪の毛に手を通しながら、顔を突き合わせて、こちらの目を射ぬかんばかりに、じっと見つめるのだ。この体勢のまま動かずにいると、彼女の瞳が膨張してくるように見えて、そこからなにかが流れ出しては、こちらの心臓に注ぎこむ感じがする。見開いた眼差しから放たれる力が、尾白鷲がぐるぐると円を描くのと同じようにして、わたしをこの空恐ろしい魔法へ、ぐんぐん引きこんでいく。

「ああ、あたしのことが好きなのね」と彼女は繰り返した、「好きだからまたうちへ来たんでしょ、あたしに会うために！　ね、どうしたの？　そんなに黙って、悲しそうにして。もうあたしなんか要らないの？」

ひと息ついてから、また話しはじめた。

「あなた、ほんとに美形ね、眩しいくらい！　さあ、抱いてよ、あたしを愛して！　キスして、早く！」

わたしの口にしがみつき、鳩が鳴くような甘い声を出しながら、吐息をつこうと胸をふくらませた。

「ねえ、泊まっていくでしょ、そうよね、二人きりで一晩中でしょ？　あなたみたいな愛人が欲しいわ、若くて瑞々しくて、あたしに惚れてて、あたしのことだけ思ってくれる男。ああ、そんなひとなら、あたし夢中になるのに！」

そして、神も天から降りてきかねないほどの激しい欲望をこめて息を吸った。

「だって、いるんじゃないの？」とわたしは言った。

「だれに？　あたしに？　あたしたちみたいなのに惚れるひとがいる？　あたしたちのことを思ってくれるひとがいるものかしら、あたしたちを欲しがるようなひとが？　あなただって、明日になったらあたしのこと覚えてる?『そういえば昨日、どこかの女と寝たな』なんて思うだけかもよ。ぞっとするわね。ラ、ラ、ラ」(と彼女は腰に拳を当て、下品な物腰で踊り出した)「あたし、踊りがうまいの。そうだ、見て、あたしの衣装」

箪笥を開けると、棚板に黒い仮面と青いリボン、仮面舞踏会用の外套《ドミノ》があった。また、金筋が入った黒いビロードのズボンが釘にかけてあって、これもかつてのカーニバルの色褪せた名残だった。

「あたしの大事な衣装」と彼女は言った、「これ着てずいぶん舞踏会に行ったのよ。この冬はうんと踊ったわ!」

窓が開いていて、風がろうそくの炎を震わせていた。彼女は暖炉に置かれたその明かりを取りに行き、ベッド脇の小卓へ移した。ベッドの傍まで来ると、そこへ腰かけて、胸の上に首をうつむけて深い物思いに沈んでいった。こちらも黙って、待っていた。八月の暑気の匂いがここまでのぼってきて、大通りの木々のざわめきも耳に届き、窓のカーテンが揺らめく。雷雨が降ったり止んだりの天気が一晩中つづいた。ときおり稲妻に照らされて、彼女の青ざめた顔が強い悲しみの表情に歪《ゆが》んでいるのが垣間見える。雲はどんどん走りすぎ、月は半ば雲に隠されながらも、たまに黒雲の切れ目に澄んだ空のかけらがのぞけば顔を出す。

彼女は機械を思わせる一定した動作で、ゆっくりと服を脱いだ。肌着だけになると、石の床の上を裸足でこちらへ向かって歩いてきて、わたしの手を取り、ベッドへ導いた。なにか別のことを考えているらしく、こちらには目もくれない。薔薇色の唇はしっとりして、鼻孔はふくらみ、目には炎があって、まるで自分の思考に爪弾《つまび》かれて感情が昂《たか》ぶっているかのようで、それはたとえば、音楽家が去ったのちも、眠りについた音色の密かな香りが楽器から立ちのぼるのと似ていた。

けれども、わたしの隣に身を横たえると、彼女は遊女の矜持《きようじ》をもって、自分の肉体の輝きを余すところなくさらけ出した。胸はしっかりした感触で、嵐のざわめきをはらむかのごとく張りつめ、臍《へそ》が刳《く》られた真珠色の腹は、弾力があって、びくびくと震え、首をうずめると温かな繻子の枕のように肌触りがいい。圧巻の腰は、これぞ紛《まご》うかたなき女の腰というべきもので、丸々とした腿に向かって降りていく輪郭を横から見ると、うねって退廃的なかたちが、いつもどことなく蛇か悪魔を連想させる。汗に濡れたせいで肌は吸いつくような潤いを見せ、闇のなかで目は恐ろしげにぎらりと光る。寝台に沿った壁の羽目板を掴むと、右腕につけた琥珀《こはく》のブレスレットがカラカラと鳴る。この数時間のあいだに、わたしの頭を胸に抱きしめながら、彼女はこんなことを言った。

「愛の申し子、至福の子、享楽の子、あなた出身はどこ？　お母さんはどこにいるの？　あなたを孕んだとき、お母さんはなにを思っていたんでしょうね。アフリカのライオンの強さ、それともあまりに香りが濃いので嗅ぐと死んでしまうという、遠い土地の木々の匂いのことかしら。黙ってるのね。その大きな目であたしを見て、ねえ、あたしを見て！　唇をちょうだい、唇を！　ほら、あたしのをあげる！」

それから、ひどく凍えたかのように歯をガタガタ鳴らし、半開きの唇をわななかせて、狂った台詞《せりふ》を宙にまき散らした。

「ああ、あたしきっと嫉妬するわ、もしあたしたちが恋人同士だったら。ちょっとでもよその女があなたを見たら……」

この文句を彼女は叫び声で終えた。また別のときには、こわばった腕でわたしを止めて、微かな声で死にそうだと言った。

「ああ、若い男ってほんとに素敵ね！ もしあたしが男だったら、女という女にもてるはずよ。目がきらきらして、身なりもしゃんとして、かっこいい男になるの。あなた女に愛されてるんでしょ？ そのひとに会ってみたいわ。どんなふうに逢い引きするの？ あなたの家、それとも彼女の家？ 馬に乗って遠出するの？ あなた乗馬がうまいでしょうね。劇場で、出てきて外套を受け取るときに会うのかしら。それとも自宅の庭で夜更けに待ち合わせ？緑の四阿《あずまや》に腰かけて二人でおしゃべりするのは楽しいでしょうね！」

わたしは言わせておいた。こうした言葉によって彼女がわたしに理想の情婦を拵えてくれる気がしたし、この幻の恋人が自分の頭へ入ってきて、田園の夜の鬼火さながら、一瞬ぴかりと光るのが好もしかった。

「知り合って長いの？ 少しくらい教えてよ。どんなことを言って喜ばせてやるの？ 背は高い、低い？ 歌は歌える？」

わたしはとうとう、彼女の勘違いだと告げて、さらに、自分が女を求めてここへ来るまでの不安、そのあと感じた後悔、あるいはむしろ奇妙な恐怖、そして突如、駆り立てられるようにして彼女の元へ戻ってきたことも話してしまった。いままで一人も情婦はいなかったこと、あちこち探しまわったこと、ずっと夢みてきたこと、その末に初めて自分の愛撫を受け入れてくれた女が彼女だったことを話し終えると、彼女は驚いてわたしにぐっと近寄り、まるで幻覚を捕まえようとするかのようにわたしの腕を取って言った。

「ほんとなの？　ね、嘘つかないで。それじゃ童貞だったの、あたしが最初だったの？　そういえばあなたのキスはなんとなく不器用で、子どもが大人のキスを真似てるようなところがあったけど。それにしてもびっくりさせるわね！　あなた、可愛いわ。見れば見るほど好きになる、頬は桃みたいに柔らかいし、肌は本当に真っ白だし、髪もきれいで、コシがあって、ふさふさだわ。ああ、あなたに望まれるような立場なら、あたし、あなたに恋をするのに。だって、こんなふうに感じるのはあなたが初めてなんだもの。優しく見守ってくれる目つきなのに、その目で見られると熱くなる、すぐに近づいて抱きしめたくなる」

それはわたしが人生で初めて聞いた恋の台詞だった。だれの口から発されようと、こうした言葉は幸福の身震いとともにわたしたちの心に届くものだ。読者諸君も肝に銘じてほしい！　わたしはたっぷりとこの喜びを味わった。そしてたちまち天に舞いあがった。

「そう、そうよ、あたしを抱いて、しっかり抱いて！　あなたのキスであたしは若返る」と彼女は言った、「うちの忍冬《すいかずら》が六月に放つ匂いみたいな、あなたの匂いを嗅ぐのが好きよ、爽やかなのに甘い匂い。歯を見せて、あら、あたしのより白い、あたしはあなたほどきれいじゃない……。ああ、こうするといい気持ち！」

そして彼女は唇をわたしの首に押しつけ、野獣が獲物の腹を掘りあさるように、激しい口づけでまさぐった。

「あたし今夜はどうしたんだろう？　あなたのせいですっかり火がついたわ。飲みたい、歌って踊りたい。小鳥になりたいと思ったことない？　そうしたら一緒に飛ぶの、空中で交わるのは心地いいでしょうね、風に吹かれて、雲に囲まれて……。駄目よ、黙って、顔を見ていたいの、ずっと見ていたい、いつまでもあなたのことを覚えていられるように！」

「どうして？」

「どうしてって？」と彼女は引き取った、「だって思い出したいもの、あなたのこと考えたいもの。夜中に眠れないときも、朝起きたときも考えるし、昼間も、窓に寄りかかって道行くひとを眺めながら一日中考えるし、なにより夕方ね、もう物が見えなくなって、でもまだろうそくを灯さない時分。あなたの顔、あなたの体、そう、官能が滲《にじ》み出てるきれいな体、それにあなたの声を思い出すのよ。そうだ！　聞いて、好きだからお願い、髪の毛を切らせてよ、そうしたらこのブレスレットに入れて、二度と離さないから」

すぐに立ちあがると、鋏《はさみ》を取ってきて、後頭部の髪をひとふさ切りとった。先が尖った小さな鋏で、動かすとネジがキイッと軋んだ。いまもまだ、首筋に鋼の冷たさとマリーの手の感触が残っている。

髪の毛を贈ったり、交換したりするのは、恋人たちの行いのなかでもとりわけ気高いものだ。遙か昔から、どれほど多くの美しい手がバルコニー越しに黒い三つ編みを差し出したことだろう！　[*4]8の字にねじって懐中時計の鎖にしたもの、指輪の上に貼りつけたもの、クローバー型に整えてロケットに収めたものなど、理髪師の月並みな手に汚された髪の毛は引っこむがいい。わたしが好むのはごく飾り気のないもの、一本も失くさないよう両端を糸で結んだだけの髪の毛だ。それは好きなひとの頭から自分自身で切りとったものだ、初恋のもっとも濃密な時期や出立の前夜といった、ここぞという瞬間に。そう、髪の毛。原始時代には女の見事な外套となって、かかとまで届き、両腕を覆い、その姿で女は男と並んで大河の岸を歩いた。そのころは、神の創った世界の最初のそよ風が、椰子《やし》のいただき、ライオンのたてがみ、女たちの髪を一斉に震わせたものだった。わたしは髪が好きだ。墓地を掘り返すときや古い教会を壊すとき、掘り起こされた土のなかから、黄色い骨や腐った木片に混じって髪の毛が現れるのを、わたしは幾度じっと見つめたことだろう！　淡い日の光がその髪の毛に当たって金鉱の金のごとくきらきら輝いて見えることもよくあった。昔、あの髪の毛は白い頭皮の上でひとまとまりに生え、香油をつけられて、いまは干からびてしまった誰かの手に撫でられたり、枕に広げられたりしていたのだろう、いまはもう歯茎もない誰かの口がその髪の真ん中へ口づけ、嬉し泣きしながら毛先を噛んだに違いないと、そんなことをわたしは好んで夢想した。

　くだらない見栄を張りつつ自分の髪を切らせたわたしは、恥ずかしい気がしてお返しを頼みそびれたのだが、いまとなっては、手袋も、ベルトも、本に挟んで乾かした三輪の薔薇すらなく、一人の娼婦がくれた愛情の思い出しか手許に残っていないことを後悔している。

切り終えると、彼女はふたたびわたしの隣に寝て、快感にわななきながら布団に入ったが、ぶるっと身を震わせると、わたしの上で子どものように体をちぢこめた。そのうち、わたしの胸に頭を載せたまま寝入った。

わたしは息を吸うたびに、眠った女の頭がぐっと持ちあがる重みを心臓のあたりに感じた。自分がこの未知の存在と結んでいる密接な関係とは、いったいどういうものなのだろう？　今日まで互いを知らなかったのに、偶然が二人を引き合わせ、名のない力によって繋がれて、ここにこうしてひとつの寝床にいる。このあと二人は別れて、二度と相まみえることはないだろう。宙を飛びまわる原子が互いに出会う時間よりもなお、地上で愛を交わすふたつの心の出会いは短い。夜になれば、きっと孤独な欲望はそれぞれに空中へ浮かびあがり、夢のなかで互いを探しはじめるのだろう。ある者は見知らぬだれかに恋い焦がれ、その見知らぬだれかは地球の裏側、別の空の下で、当の相手を思っているのかもしれない。

いま、この頭のなかを、どんな夢が訪れているのだろう？　家族のことを思っているのか、それとも最初の愛人のこと、世の中のこと、男たちのこと、華々しく豪奢な富豪の生活、実ってほしい恋のこと？　わたしのことを思っているのかもしれない！　青白い額にじっと目を凝らして、わたしは彼女の眠りをうかがい、鼻孔から洩れる低く濁った音になんらかの意味を読み取ろうとした。

外は雨で、わたしは雨音とマリーの寝息に聴き入っていた。もうすぐ尽きそうな火がクリスタルガラスのろうそく皿のなかでパチパチとはぜていた。曙光《しょこう》が射して、空に黄色い筋が現れ、水平に広がり、だんだんと黄金色のワインめいた色合いを濃くしながら、部屋に紫がかった白っぽい光を投げかけたが、その光はまだ夜の闇や、鏡に映る消えかけたろうそくの明かりと戯れていた。

だから、わたしの上に横たわったマリーの体は、ある部分は照らされ、ある部分は暗く見えた。少し寝相が乱れて、頭が胸より低くなっている。右腕、つまりブレスレットをつけたほうの腕が、ベッドから垂れさがって、床に届きそうだった。ベッド脇の卓にはコップの水に挿したすみれの花束があり、わたしは手を伸ばしてそれを取ると、糸を噛みちぎって、匂いを嗅いだ。昨晩の暑さのせいか、あるいは摘んでから時間が経ったせいで、すみれは萎《しお》れていたが、それでも唯一無二の馥郁たる香りと感じられて、わたしは一輪一輪の芳香を吸いこんだ。水分を含んでいるので、両目の上から当てて目を冷やした、というのもわたしの血はたぎっていたし、疲れた四肢はシーツに触れるとズキズキ痛んだのだ。そして、することもない上、眠っている彼女を眺めるのに奇妙な嬉しさを覚えている自分としては彼女を起こしたくもなかったため、わたしはすみれを全部、そっとマリーの胸元に置いていき、じきに彼女はすみれだらけになって、眠る女を覆うこれらの萎れた美しい花は、わたしのなかで彼女の象徴となった。実際、すみれと同じく、瑞々しさは失われたにもかかわらず、いやひょっとするとまさにそのせいで、彼女はよりきつい、刺激のある香りを漂わせていた。彼女を踏みにじったであろう不幸は、眠るときすら口許に刻まれている苦みによって彼女を美しくしていたし、首の後ろにある二本の皺、昼間は髪で隠しているに違いない皺も、彼女を美しくしていた。快楽のさなかでもあまりに寂しげで、抱いているとどこか陰鬱な喜びを感じさせるこの女を眺めていると、無数の激しい熱情が稲妻のごとく彼女の体を駆け抜けていったことが、残された痕跡の多さから推しはかられた。彼女が自分の人生を語ってくれればぜひとも聞きたいと思った。人間の生において心に響くものを、大恋愛と美しき涙の世界を探し求めているわたしなのだから。

そのとき、女は目を覚まし、すみれはすべて下へ落ちた。まだ半分目を閉じたまま、微笑むと同時に、わたしの首に両腕をまわし、朝の長い口づけを、目覚めた小鳩の口づけをした。

いままでの人生を語ってほしいと頼んでみると、彼女はこう言った。

「あなたになら、いいわ。ほかの女なら嘘をついて、昔からこんな女だったわけじゃないなんて言い出して、家族や惚れた男について作り話をするでしょうけど、あたしはあなたを騙《だま》したくないし、お姫さまのふりをする気もない。あたしがいままで幸せだったかどうか、聞けばわかるわよ！　あのね、あたし、自殺したいって何度も思ったことがある。一度は窒息しかけたところで部屋にひとが入ってきたわ。まあ、もし地獄が怖くなかったなら、とっくの昔に死んでたはずよ。あたしは死ぬのが怖くて、その瞬間を迎えなくちゃいけないと思うとぞっとする、なのに、死んでしまいたいとも思うの。

あたしは田舎の出で、父親は百姓だった。初聖体までは毎朝、牧草地へ牛の番にやらされたわ。一日中、一人きりで、堀ばたに座って居眠りしたり、林へ入って巣の卵を取ったりしてた。男の子みたいに木登りするから、いつも服が破けてたの。りんごを盗んだとか、牛を近所の土地に入らせたとかで、よくぶたれたわ。刈り入れの時期は、夜になると、中庭で輪になって踊るんだけど、そこで聞く歌はあたしにはわからないところがあった。男の子たちが女の子たちにキスして、みんな、わっと笑うの。それであたしは悲しくなって、ぼんやり考えごとをしたものよ。たまに家への帰り道で、干し草を積んだ馬車に、乗せていってと頼むの、すると馬車の男はあたしを抱えあげて、うまごやしの山の上に置いてくれたわ。あたしったら、しまいにはなんとも言えず気持ちよく感じるようになったの、日に灼《や》けた顔と汗まみれの胸をした頑丈な男の、がっしりした手で、地面から持ちあげられる感触がね。その男はいつも袖を腕の付け根まで捲《まく》っていたから、手を動かすたびに筋肉が盛りあがったりへこんだりするのを触ってみるのが好きだったし、キスされるのも好きだったわ、ひげが当たって頬がちくちくするのが面白くて。あたしが毎日行く牧場を下りていったところに、両岸にポプラの並んだ小川があって、岸辺にいろんな花が咲いてた。花束とか、冠とか、鎖を作ったりしたわ。なかなかまどの実で首飾りを作るんだけど、止まらなくなっちゃって、いつでもエプロンにいっぱい入れてたものだから、父親に叱られて、おまえは浮ついた女になるのがオチだなんて言われた。自分の小さな寝室にも飾ったの。濃い匂いのせいで酔っぱらって、ぼうっとなってうたた寝することもあったけど、そうやって変な気分になるのが楽しかった。たとえば刈った草の匂いとか、発酵したほかほかの干し草の匂いって、あたしは昔からすごくいい匂いだと思っていたから、日曜になると納屋に閉じこもって、午後中、蜘蛛が横木に巣を張るのを眺めたり、蠅がぶんぶん唸るのを聞いたりしてたの。ぐうたら暮らしてたわけだけど、きれいな娘になってきたし、健康ではちきれそうだったのよ。なんだか頭がおかしくなるみたいなときもよくあって、転ぶまでひたすら走ったり、目いっぱい大声で歌ったり、延々と独り言を言ったりしたわ。妙な欲求に取りつかれてたの。鳩舎の上で鳩がつがうのをいつも見てたわ。あたしのいる窓辺まで来て、日光を浴びてバタバタしてから、葡萄畑へ遊びにいくつがいもいたのよ。夜中になっても、羽音やクルルという鳴き声が聞こえて、それがあんまり優しくて甘い感じがするから、鳩になってあんなふうに首をひねってキスしたいと思ったわ。『あんなに幸せそうにして、いったいなにを語り合っているんだろう』と思ったものよ。牡馬が牝馬を追いかけるときの颯爽《さっそう》とした様子、鼻の穴をうんとふくらませた姿を思い出すときもあったわ。牡羊が寄ってきたときに牝羊が嬉しそうに毛を震わせるところや、果樹園の木々に房なりにぶらさがる蜜蜂のブーンという音も思い出した。よく家畜小屋で動物たちのあいだに潜りこんで、脚から立ちのぼる匂いを嗅いだわ、生きものの湯気を胸いっぱい吸いこんだの、それと動物の剝《む》き出しの部分をちらっと覗いたりもしたわ、見るとどぎまぎして、目が眩んで、いつも気になって仕方ないんだもの。それからね、林を歩いていて、特に夕暮れどき、木々が不思議な形になることがあった。空に向かって伸びる腕みたいだったり、幹が風にあおられる体みたいに身をよじったり。夜中に目が覚めて、月と雲が出てると、空に怖いものや欲しいものが浮かんで見えたわ。一度なんか、クリスマス・イブに、大きな裸の女のひとが、立ち姿で、目をぎょろぎょろさせてるのを見た覚えがある。

高さが百尺《ピエ》*5もあったけど、だんだん細くなりながら横へ流れていって、最後は切れ切れになっちゃった。手足がちぎれたままになって、頭が一番先に飛んでいって、残りはしばらくふわふわ動いてたわ。あとね、よく夢を見たの。十歳で、もう熱烈な夜、淫蕩《いんとう》な夜を送ってたのよ。あたしの目に光るもの、血のなかに流れるもの、自分の手足が触れ合うときに心臓をどきっとさせるものは、やっぱり色欲だったのよね。色欲があたしの耳に、官能を讃える聖歌をひっきりなしに歌ってたんだわ。あたしの見る幻のなかでは、肉体が黄金みたいにきらきら光って、わけのわからない形が水銀をまき散らしたようにうごめいてた。

教会では、十字架に架けられたあの裸の男を眺めては、頭を真っ直ぐに持ちあげて、脇腹に肉を足して、手足に色を塗って、それからまぶたを開かせてみたものよ。炎の眼差しをした美男が目の前にいるって想像したの。十字架から外して、あたしのほうへ、祭壇の上へ降りてこさせた。彼はお香につつまれて、煙のなかをこちらへ歩いてくるのよ、そうすると気持ちよくて肌がぞくぞくしたわ。

男に話しかけられるときは、相手の目と、目から出てる力をじっと観察するんだけど、一番好きなのはまぶたをパチパチ動かす癖のある男たちだった。まぶたの動きが蛾《が》の羽ばたきみたいで、瞳が見えたり隠れたりするの。洋服の生地を透かして、謎だらけの男の性についてこっそり知ることができないかと目を凝らしてみたものよ。その点については、同世代の女友だちに訊いてみたり、お父さんとお母さんがキスするのを盗み見たり、夜には二人の寝床から聞こえる音に耳を澄ませたりもした。

十二歳のときに、初聖体をしたの。素敵な白いドレスを町から届けさせて、みんなで青いベルトをつけて。あたし、貴婦人みたいに、髪をカールペーパーで巻き毛にしてってお願いしておいたのよ。出かける前に、鏡で自分の姿を見たら、惚れ惚れするほどきれいで、自分に恋しちゃいそうだった、そうできたらいいのにって思ったわ。聖体の祝日《フェット＝デュ》の時期だったから、修道女さまが教会を花でいっぱいにして、いい香りにしてた。あたし自身、三日前からほかの子たちと一緒に、信仰宣言するときに使う小さな台をジャスミンで飾りつけたし、祭壇はヒヤシンスで埋めつくされて、内陣へあがる階段には絨毯が敷いてあるの。あたしたちはみんな白い手袋を嵌めて、大きなろうそくを手に持った。すごく嬉しかったわ、このために生まれてきた気がしたくらい。ミサのあいだじゅう、絨毯の上で足をもぞもぞ動かしてたの、家には絨毯がなかったから。素敵なドレスのまま、この絨毯に寝そべって、ろうそくがたくさん灯った教会の真ん中で一人きりでいられたらいいのにって思った。いままでにない期待で心臓がどきどきして、不安な気持ちで聖体拝領のときを待ったわ。初聖体を受けると変わるんだって聞いてたから、秘蹟が済めば自分の欲望はぴたりと収まるものだと信じてたの。ところが違った！　自分の席に戻ってみたら、相変わらず体が火照ってるのよ。司祭さまのところへ向かう途中で、見られてる感じがしたの。みんなあたしに見とれてる気がしたものだから、あたし得意になって、自分はきれいなんだって思った。この体に隠されていて自分でもまだ知らない楽しみがあるのを、なんとなく誇りたい気分になったのよ。

ミサが終わると、全員が列を組んで墓地を歩いた。親族や野次馬が両脇の草地にいて、あたしたちが通るのを眺めてた。あたしが先頭だったの、一番背が高かったから。昼食のときは、胸が苦しくて、食べられなかった。母はお勤めのあいだ泣いちゃって、まだ赤い目をしてたわ。近所の人たちが何人かあたしにお祝いを言いにきて、愛情たっぷりにキスしていったけど、やたら撫でるのがいやだった。夜になって、晩課の時間が来ると、朝よりもさらにひとが増えたわ。あたしたちの正面に、男の子たちが並ばされて、こっちをじろじろ見るのよ、特にあたしを。目を伏せても、見られてるのを感じたわ。男の子たちも髪を縮らせて、あたしたちと同じでおめかししてた。聖歌の最初の節をこちらが歌い終えて、男の子たちの番になったとき、その声にあたし、心を揺さぶられたわ、そして声が止むとあたしの喜びも鎮まって、また男の子たちが歌い出すと、こちらもまた気分が高まるのよ。あたしは信仰宣言をした。でも白いドレスと無垢《むく》について話したことしか覚えてないけど」

マリーはここで言葉を切ったが、それはおそらく胸を打つ思い出に捕らわれて、その思い出に呑みこまれるのが怖かったからだろう。次いで、やけになったような笑い方をしながら先をつづけた。

「ああ、白いドレス！　もうずいぶん前にぼろぼろになっちゃった。無垢も同じく！　ほかの子たちはどこにいるんだろう？　死んじゃった子もいるし、結婚して子どもができた子もいるわね。もうだれにも会わないの、だれとも縁が切れてるのよ。いまだって一年中、毎日のように母に手紙を書きたいと思うけど、勇気が出ないの、なんてね、馬鹿ばかしいったら、こんな感傷！」

昂ぶる感情を撥《は》ねつけると、彼女は言葉を継いだ。

「次の日も祝日で、同級生の男の子が遊びに来たの。母は『もう大きな女の子になったんだから、男の子と遊びに行っちゃだめ』と言って、あたしたちを引き離したわ。それだけであたしはその子のことが好きになっちゃったの。つけ回して、言い寄ったわ、一緒に地元から逃げ出したい、大きくなったらお嫁さんにしてもらうんだと思って。あたしはその子のことを、夫よ、恋人よって呼んだけど、相手はひるんでた。ある日、二人きりで、いちごを摘みに林へ行って戻ってくる途中、干し草の山の傍まで来たとき、あたしはその子に襲いかかって、口にキスしながら思いきり抱きついて、『あたしを愛してよ、結婚しようよ！』って叫び出したの。彼は振りはらって逃げちゃったわ。

それ以来、あたしはだれとも会わなくなって、うちの農場から出かけることもなくなった。よく一人きりで自分の楽しみに浸って暮らすひとがいるけど、あたしの場合は自分の欲望に浸って過ごしたの。誰それが結婚を許してもらえなかった娘をさらったなんて話を耳にすると、その娘になりきって、彼の馬のうしろに乗って草原を一緒に逃げたり、彼をぎゅっと抱きしめたりするつもりになった。結婚の話題が出れば、すぐに白いベッドに横たわって、花嫁みたいに不安と快楽におののいたわ。子どもを産む牝牛の切なげな鳴き声すら羨ましかった。そうなった原因を想像すると、出産の痛みまで妬《ねた》ましく思えたんだもの。

このころ父が死んで、母はあたしを連れて町へ出た。兄は軍隊に入って、その後、大尉になったわ。家を出たときあたしは十六歳だった。林や、お気に入りの小川がある牧場に、永遠のさよならを言ったわ、太陽のもとで遊んでうんと楽しい時間を過ごした教会の入口にもさよなら、小さな寝室にもさよなら。二度と再会することはなかったわね。お友だちになった近所の女工たちは、それぞれ恋人に会わせてくれて、あたしはみんなと一緒に遊びに出かけたから、いちゃいちゃするところを眺めてたの、そういう光景ならいくらでも堪能できたのよ。毎日のように新手の口実を見つけては家を空けたから、母は当然気がついて、初めは文句を言われたわ、でもしまいには放っておかれるようになった。

ある日、しばらく前に知り合ったお婆さんが、いい話があると言ってきたの、愛人にするのにぴったりの大金持ちの男がいるから、明日の晩、町外れへ仕立物を届けに行くふりをして出てくれれば、案内してやるって。

それからの二十四時間は、頭がおかしくなりそうって何度も思った。時間が近づけば近づくほど、残りの待ち時間が長くなって、頭のなかは、愛人、愛人の一点張り。愛人を持つんだ、愛される女になるんだ、愛する女になるんだ！ まず手持ちのなかで一番細身の靴を履いてみた、そしたら足が横に広がるのに気づいたから、ショートブーツにした。髪型も百通りも変えてみたわ、ねじったり、真ん中分けにして撫でつけたり、カールペーパーで巻き毛にしたり、三つ編みにしたり。鏡を見るたびに、どんどんきれいになっていったけど、それでもまだ足りなかった、だって服が平凡なんだもの、恥ずかしくて顔が赤くなったわ。どうして自分はビロードをまとって、レースを目いっぱいつけて、龍涎香《りゅうぜんこう》と薔薇の匂いをさせて、カサカサ鳴る絹物と裕福な召使いを持つ、白い肌をした女たちの仲間に入ってないんだろう！　あたしは母親を呪い、過去の生活を呪って逃げ出したのよ。ありとあらゆる悪魔の誘惑に背中を押されて、もう誘われたことを全部味わっている気になってね。

ある通りを曲がったところで、辻馬車が待っていて、あたしたちは乗りこんだ。一時間後に、公園の柵門の前で降ろされたわ。しばらくそこを散歩したあと、お婆さんがいなくなったことに気づいたけど、そのまま一人で小径を進んでいった。木がどれも大木で、葉がもくもくと茂っていて、芝生の帯に囲まれた花壇があって、あんなにきれいな庭は見たことなかったわ。真ん中に小川が流れてるんだけど、岩をあちこちうまい具合に置いて滝にしてあるの。白鳥が水の上で遊んでは、羽をふくらませて流れに身を任せてた。あと、鳥小屋を眺めたのも面白かったわ、いろんな種類の鳥が鳴いたり吊り輪に止まってゆらゆら揺れたりしてるのよ。派手な尾羽を広げてぞろぞろ歩いて、そりゃきらびやかだったわ。階段を降りたところに白い大理石像が二体あって、可愛らしいポーズで見つめ合ってた。正面の大きな水盤が夕日で金色に染まってて、浸かってみたい気分にさせた。あたしはここに住んでる恋人のことが気になって、木立のうしろから美男子が出てきてアポロンみたいに堂々と歩いてくるのを、いまかいまかと待ち受けたわ。夕食が終わって、ずっと鳴りつづけていた屋敷の物音が収まると、あたしの主人が現れた。これが血の気のない痩せ細った老人でね、きつすぎる衣装を無理に着て、服には十字勲章をつけて、ズボンの裾のひもを無理やり足の裏に引っかけてるものだから、膝がうまく曲がらないのよ。鼻が大きくて、目は緑色で小さくて、意地悪そうな感じ。にたにたしながら寄ってきたけど、歯がなかった。笑顔になるなら、あなたみたいに、薔薇色の可愛い唇で、口ひげが両端にちょっと生えてるんじゃなきゃ駄目よね、そうでしょ？

ベンチに並んで腰かけると、そのひとはあたしの手を取って、あんまり可愛いからと言って一本一本の指に口づけたわ。自分の愛人になって、おとなしくしてずっと一緒にいてくれたら、うんと金持ちになれるし、身のまわりの世話は召使いがやってくれるし、毎日きれいなドレスを着て、馬に乗って、馬車でお散歩だってできるって。でもそのためには、自分を好きでいてくれなくちゃいけないって言われたの。あたし、好きになるって約束した。

だけど、少し前までは男が近づくたびにはらわたがカッと燃えあがったはずなのに、そういう体内の火はちっとも点《つ》かなかった。ずっと隣同士に座ったまま、自分はこのひとの情婦になるんだって心のなかでしつこく言い聞かせていたら、なんとかそれなりの気持ちになってきたの。うちへ入ろうかと言われたとき、あたしは思い切りよく立ちあがったわ。相手は大喜びで、嬉しくてぶるぶる震えてたわよ、あのおじいさんったら。家具がぜんぶ金ピカの見事な客間を通り抜けて、あたしを寝室まで連れてくると、彼は自分であたしの服を脱がせたいって言って。まず頭巾を取って、次に靴を脱がせようとしたら、かがむのが一苦労でさ、あたしにこう言ったわよ、『歳を取ったもんだからねえ、お嬢さん』って。ひざまずいて、すがるような目であたしを見つめて、両手を合わせて言い足したの、『なんて可愛らしいんだろう！』って。あたしどうなるのかしらって怖くなったわ。

寝室の奥に巨大なベッドがあって、彼は大声をあげながらあたしを引きずっていった。羽根布団やマットレスの海におぼれた気分で、相手の体がずっしり重たいし、ものすごい苦痛だったわ。ぶよぶよの唇で冷たいキスを浴びせられて、部屋の天井に押しつぶされる気がした。彼の幸せそうなこと、失神寸前よ！　こっちも気持ちよくなれないかと頑張ったら、そのせいで彼はますます興奮したらしい。だけど彼の快感なんてどうでもよかった。あたしのが必要だったの、あたしのが欲しかったの、あのすぼんだ口やひ弱な手足から、それらしきものを吸いこもうとしたわ、あの老人から引き出せるだけ引き出したわ、そして自分のなかに貯めこんでる色情を信じがたい努力で残らず掻き集めたわよ、それでも結局、行き着いたのは嫌悪感だけっていうのが、あたしの初めての放蕩の一夜だったわけ。

彼が出て行くとすぐ、あたしは立ちあがって窓辺へ行って、窓を開けて外の空気で肌を冷ました。大海を満たすほどの水を使ってあの男の跡を洗い流せたらいいのにって思いながら、ベッドをきれいに整えたわ、あの生きた屍《しかばね》がぴくぴく痙攣してはあたしを疲れさせたことを示す箇所を丁寧に消すようにして。一晩中、泣き明かしたわよ。絶望して、去勢される虎みたいに吠えた。ああ、あのときにやって来たのがあなただったら！　あのころあなたに出会ってたら！　もしあたしたちが同い年だったなら、あのころに愛し合ったでしょうね、あたしが十六歳で、まっさらな心を持っていたころ！　きっと一生愛し合って過ごしたはずよ、あたしは腕が擦り切れるまであなたを抱きしめつづけて、目がくたびれるまであなたの目を見つめつづけたに違いないわ」

彼女はつづけた。

「上流婦人になったから、毎日昼の十二時に起きて、どこへ行くにもお付きの者がいるし、クッションに囲まれてゆったりできる幌つき四輪馬車《カレーシュ》も持ってたわ。愛馬は純血種で、丸太を見事に飛び越える、するとあたしの乗馬用帽子についた黒い羽根飾りが優雅に揺れるってわけ。だけど、一夜にして金持ちになったものだから、そういう贅沢に満足して落ち着く代わりに、のぼせちゃったのね。じきに有名になって、引く手あまた。愛人たちはあたしに気に入られるためなら、とんでもないことをいくらでもやった。毎晩あたしはその日に届いた恋文を読んでは、ほかとは違う個性を感じさせる心、あたしにぴったりの心を表す新味のある表現を探したものよ。でも、どれも似通ってるの、文章の締めの一句は読む前からわかるし、どんなふうに相手がひざまずくかもお見通し。気紛れで断ったら自殺しちゃったのが二人いたけど、死んだと聞いてもなんの感慨もなかった、だってなんで死ぬの？　それよりか、どんな障害も乗り越えてあたしを手に入れればいいじゃないの。もしもあたしに好きな男がいたなら、どんなに広い海だって、どんなに高い壁だって、相手のもとへ辿り着くのを阻むことなんてできないわよ。もしあたしが男だったら、守衛を金で買うのも、夜中に窓へよじのぼるのも、狙った獲物が叫ぼうとするのを口で塞ぐのも、お手のものだったはずだわ。そして朝が来るたび、前の晩に抱いた期待を裏切られたって思ったでしょうね。

あたしは腹を立てて男たちを追い払っては、どんどん別のに手を出した。どの快楽も代わり映えしないことにがっかりしてたけど、それでも想像力を駆使した新たな喜びに絶えず飢えていて、がむしゃらに追い求めたの。きっと遭難した船乗りが、あんまり喉が乾いてヒリヒリするからって海水を飲んでしまうのと似たようなものね。

洒落た男でも、がさつな男でも、だれでも同じなのかどうか知りたかったの。肉づきのいい白い手をして、染めた髪をこめかみに貼りつけた男たちの熱愛ぶりも味わったし、金髪で女の子みたいになよなよした青白い青年たちもあたしの上で死にかけたわ。年寄り連中も老いぼれらしい喜びようであたしを汚して、あたしは起き抜けにそいつらの息苦しそうな胸元やどんよりした目に見入ったものよ。村の居酒屋の木のベンチの上で、壺入りワインを飲んでパイプをふかす合間に、乱暴にあたしを抱いた庶民の男もいたわね。こっちも相手に倣って、粗っぽく楽しんだり、尻軽ふうにふるまったりした。だけど下々《しもじも》もお偉方より色事に長《た》けてるわけじゃないし、藁の山だってソファだって、あったかさは同じなのよ。もっと相手を燃えあがらせようと思って、奴隷みたいに尽くしたことも何度かあったけど、別にだからといって余計に惚れてくれるわけでもないの。馬鹿なやつらのために、おぞましい下劣な行為も受けてたったけど、かえって嫌われて、軽蔑されたわ。こっちは愛撫を百倍にして、至福の海に浸してあげようとしたのにね。しまいには、異形の者なら普通より色恋が上手かもしれない、体の弱いひとは性愛でもって命にしがみついてるのかもしれないなんて期待して、背むしや、黒人や、小人に体を差し出したの。億万長者も焼き餅を焼くような夜を捧げたんだけど、怯《おび》えさせちゃったのかもしれない、みんなすぐにあたしから離れていった。貧乏人も金持ちも、きれいなのも醜いのも、だれもあたしが求める愛欲を満たしてはくれなかった。みんな弱々しくて、気力がなくて、いやいや出来ちゃった子どもっていうか、ワインに酔っぱらってしまいには女に殺されるような病人がつくった子どもみたいな出来損ないで、シーツの上で死ぬのを戦死なみに怖がってさ、一人残らず最初の一時間でもう疲れてくるのよ。つまりこの地上にはもう、昔ながらの若き神々はいないんだわ！　バッカスも、アポロンもいない、葡萄と月桂樹の冠を戴《いただ》いて裸で歩く英雄たちはいないのよ。あたしは皇帝の愛人にふさわしかったんだわ。アフリカの太陽のもと、硬い岩の上で盗賊に愛されたかった。蛇のようにもつれ合いたかった、ライオンが吠えながら交わす口づけが欲しかった。

当時はすごくたくさん本を読んだの。そのうちの二冊は、百度も読み返したわ。『ポールとヴィルジニー』と、もう一冊は『女王たちの犯罪』。その本にはメサリーヌや、テオドラや、マルグリット・ド・ブルゴーニュや、メアリー・スチュアートや、エカテリーナ二世の肖像があるの。『女王になるって、大衆を全員恋に落とすことなんだ！』って、あたし思ったのよ。それなら、あたしは女王だってことだわ、今日び可能なかぎりでね。劇場でボックス席に入ると、あたしは勝ち誇った挑戦的な目で観客たちを眺めまわすの、あたしの眉の動きを千個の顔が追ってるのよ、このふてぶてしい美しさですべてを支配してたわけ。

だけど、絶え間なく愛人を追いまわすのにもうんざりしちゃって、でもどうしても相手が欲しい気持ちに収まりがつかなくなってたし、悪徳にふけるのがあたしにとっては苦痛だけどやめられない癖になってたから、ここへ駆けつけたの、まるでまだこれから処女を売ろうとしてるみたいに胸を熱くして。高級な趣味を身につけていたのに、ひどい生活に甘んじることにしたの、裕福だったのに貧困にまみれて眠ることにしたのよ。だってそこまで落ちぶれれば、もうどこまでも登りつめたいと望む気持ちもなくなるだろうと思ったの、体が磨り減っていけば欲望はきっと鎮まるだろうと、つまりそうやってひと息におしまいにして、いままで熱烈に求めていたものを永遠に嫌いになってしまおうと思ったのよ。そう、いちごと牛乳のお風呂に入ってたあたしが、こんなところへ来て、大勢がわらわらと通《とお》っていく粗末な共用ベッドに横たわった。一人の男の愛人になる代わりに、みんなの召使いになったんだけど、この新しい旦那の情け容赦ないことときたら！　冬は暖房なし、食事に上等なワインが出ることだってない、ドレスはここ一年同じのを着てる。でも、どうでもいいのよ！　裸でいるのがあたしの仕事だもん、そうでしょ？　それでも最後まで残った思い、最後の願いがひとつあったの、わかる？　当てにしてたのよ。それはいつかある日、一度も出会ったことのないようなひとを見つけることなの、いつもあたしが取り逃していた男、粋にしつらえたベッドや劇場の二階席であたしが追いかけてた男を。幻なの、あたしの心のなかにしか存在しないのに、この手で捕まえようとしてる幻なのよ。ある日きっとやってくると、あたしは期待してた――こんなに男がいるんだから、一人くらいって思ったのね――もっと偉大で、もっと高貴で、もっと強い男が。目はトルコの皇帝みたいに切れ長で、艶めいたメロディに似た抑揚のある声で話して、手足は豹《ひょう》のように肉感的な、怖いくらいのしなやかさで、気が遠くなるほどいい匂いがするの、そしてそのひとは、自分のために張ったこの乳房をうっとりと嚙むのよ。新しい男が来るたびに『彼かしら』って思ったわ、そして次のが来るとまた思うのよ、『彼かしら？　あたしを愛してくれますように！　あたしをぶって、あたしを壊してくれますように！　たった一人であなたの後宮《ハレム》になってあげるわ、どんな花が気分を盛りあげるか、どんな飲み物があなたを刺激するか、それに疲れそのものが得も言われぬ恍惚《こうこつ》に変化することだって、あたしは知ってる。お望みなら愛嬌を振りまく女になって、自尊心をくすぐったり、知性を楽しませたりするし、かと思えば物憂げな女に豹変して、葦のようになびいては、優しい言葉や甘い溜め息を洩らすわ。彼のためなら蛇と見紛う動きで体をくねらせるし、夜は激しく跳ねあがったり痛々しいほど体を引きつらせたりする。どこか暑い国で、クリスタルガラスで上等なワインを飲みながら、彼のためにカスタネットを持ってスペインの踊りを踊ってあげる、でなければ野蛮人の女たちみたいに跳びはねながら戦の歌を声張りあげて歌ってあげる。もし彼が彫刻や絵画に目がないなら、巨匠の作品と同じ姿態になって、彼をひざまずかせるわ。男友達でいてくれたほうがいいなら、男の恰好《かっこう》をして一緒に狩りに行くし、仇討《あだう》ちにだって手を貸す。彼がだれかを殺したいなら、見張りを務めるし、泥棒なら、一緒に盗む。彼の服装や、まとった外套までも好きになるの』——ところが駄目、全然いないの！　月日は流れて、何度となく朝が来て、ひとはあたしの体のあちこちをこき使っては、男の性の喜びに舌鼓を打ったけど、あたしは昔のまま、十歳のときと同じ、処女のままだった。だって、夫もなく、恋人もなく、快楽を知らず、快楽をいつも夢みて、見目麗しい亡霊を勝手に拵えては、夢想のなかで会ったり、風音のなかに声を聴きとったり、お月さまの顔のなかに面影を探したりする女の子のことを処女というなら、あたしは処女なのよ！　笑っちゃう？　だけどあたし、なにかをぼんやりと予感してるようなところとか、熱っぽくて気だるそうなところとか、処女みたいでしょ？　全部揃ってるのよ、処女そのもの以外はさ。

　見て、このベッドの枕許、マホガニー材にたくさん、四方八方に線が引いてあるでしょ、これはここでもがいた男たちの爪痕、ここに頭をこすりつけた男たちが残した痕なの。あたしがこのひとたちと分かち合ったものなんて、ひとつもなかったわね。人間の腕に出せるかぎりの力を出してきつく抱き合ったのに、得体の知れない深淵が男たちとあたしを隔ててた。ああ！　相手が逆上して身も心も悦楽のなかに沈んでいこうとしてるとき、あたしのほうは内心しょっちゅう、そこから千里も遠くにいて、野蛮人と一緒にむしろに寝たり、アブルッツォ[*6]のどこかの羊飼いと一緒に羊の皮を敷きつめた洞窟にいたりしたものよ！

　だって、だれ一人、あたしに会いに来てくれるわけじゃないんだもの、だれもあたしを知らないのよ。もしかするとあたしのなかに、ある女の姿を探してるのかもしれないわ、こっちが男たちのなかに、ある男の姿を探してるのと同じでさ。通りでよく犬がゴミを嗅ぎあさって、鶏の骨や肉の切れ端を見つけようとしてるじゃない？　それと似たようなもので、どれだけ多くの狂おしい恋が一人の娼婦の元へ流れついてるのか、どれだけ多くの美しい哀歌があたしたちへのこんにちはのひと声に行き着いてるのか、知れたものじゃないわよね。恨みで胸をいっぱいにして、涙のあふれそうな目でここに来る男を、あたしずいぶん見てきたわよ！　舞踏会帰りで、さっき別れてきた何人もの女をたった一人の女にまとめてしまうつもりで来る男もいれば、結婚式から戻って、純潔なるものに興奮して来る男もいる。それから若い子たちは、話しかけられずにいる恋の相手を思う存分さわりに来るんだわ、目を閉じて心のなかで意中の女を見てるのよ。女房持ちは若者に戻ったつもりで青春の日の手軽なお楽しみを味わおうと思って来るし、坊さんは悪魔にそそのかされて、女じゃなしに高級な遊女を、罪の権化《ごんげ》を求めて来るの、あたしを呪ったり、怖がったりするんだけど、崇めてもいるのよ。もっと強い誘惑と激しい怖れが欲しいもんだから、あたしの足が悪魔のひづめで、ドレスが宝石できらきら輝いていればいいのにって思ってるの。だれもかれも寂しげに、一様に通りすぎていくわ、影の行列みたいに、無数の足音とか漠然としたざわめきとか、そういう音しかひとの記憶に残らない群衆みたいに。ほんとのところ、名前を覚えてる男なんか一人もいない。来ては去るだけで、損得なしの愛撫なんてしてもらったことないわ、それでいて向こうは欲しがるのよ、遠慮さえしなければ愛情だって要求しかねないわね！　いい男ねって言ったり、お金持ちだと思いこんだふりをしたりしなくちゃならなくて、そうすると相手はご満悦なの。それに男たちは笑いたがるから、ときどきは歌わなきゃならないし、黙るやら、喋《しゃべ》るやら忙しい。ずいぶんいろんなひとの相手をしたあたしだけど、この女にも心があるらしいと気づいた男はいなかった。馬鹿な男たち、あたしの弓なりの眉やあでやかな肩を褒めては、上物を安く手に入れたとほくほくするばかりで、こんなに燃えさかる恋心が駆け寄ってきて足許に身を投げ出してるのに、受け取ろうとしないんだもの！

　そうは言っても、こんなところにいたって、恋人のいる娘はいるのよ、惚れ合ってる本物の恋人がね。そういう女の子たちは、ベッドの上でも心のなかでも、特別の場所を取っておいてあげるの、そして恋人が来れば幸せな気持ちになる。つまりね、彼女たちがあんなに長々と髪の毛を梳《と》かしたり、窓辺の花に水をやったりするのは、惚れた男のためなのよ。だけどあたしには、だれもいやしない。可愛い子どもに好かれてほっとすることすらないの、だって娼婦なんて、後ろ指さされて、みんな顔もあげずに前を通っていくんだから。ああ、もう本当に長いこと、野原へ出かけたり田舎の景色を見たりしてないなあ！　日曜になるたび、あたしの行かないミサにみんなを呼ぶ寂しげな鐘の音を聴いたものよ。牝牛の鈴が林のなかで鳴るのも、もうずっと耳にしてないわ。ああ、ここから出たいな、つまらなくて、つまらなくて。あたしふるさとへ歩いて帰るわ、乳母の家に行くの、肝の据わった女だから、きっと迎え入れてくれる。うんと小さかったころ、彼女の家によく行ったものよ、行くと牛乳をくれるの。あたし、彼女が子どもたちを育てたり、家事したりするのを手伝うわ、森へ枯れ木を拾いに行って、雪が降ったら夜は火の傍で一緒にあったまるの、もうすぐ冬だものね。公現祭[*7]のときはみんなでガレット食べて王さまを決めるのよ。うん、彼女はきっとあたしを大事にしてくれるわ、あたしは赤んぼうたちをあやして寝かしつけるの、幸せだろうなあ！」

彼女は口をつぐみ、そして目をあげ、涙に濡れてきらめく眼差しをわたしに送ってきた——あなたとなら、とでも言いたげに。

わたしは貪るように話を聴き、口から出る言葉のすべてを見つめ、それらが伝える生きざまに同化しようと努めていた。おそらくこちらの思い入れのせいなのだが、彼女は急に大きく見えて、人知れぬ謎に満ちた新しい女に思われ、このような関係を結んだ相手であるにもかかわらず、刺激的な色香と新鮮な魅惑を感じさせて欲望をそそった。実際、彼女を抱いた男たちは、褪せた香水の匂い、消え去った情熱の痕跡のようなものを女の肌に残していったから、それが艶めいた威厳を彼女にあたえていた。放蕩が禍々《まがまが》しい美しさとなって彼女を飾り立てていた。死んだ女が愛欲によって目覚めたかと思わせる、こんな自暴自棄の微笑は、乱れた宴の数々を経てきたのでなければ身につくものではない。そうした経験があってこそ、頬はますます青白く、髪の毛はコシがあって匂いが濃く、四肢はしなやかで、柔らかくて、熱を帯びているのだ。わたしと同じように、彼女もまた喜びから悲しみへ、期待から嫌悪へ、狂気じみた痙攣から名づけようのない落胆へと歩んでいった。互いを知らないまま、売春する彼女と純潔なわたしは、二人して同じ道を辿り、同じ深淵に突きあたった。わたしが自分に合う愛人を探す一方で、彼女も自分の恋人を探していた。彼女は現実世界で、わたしは自分の心のなかで探していたが、どちらの場合も相手を手に入れることは叶わなかった。

「かわいそうに」と彼女を抱き寄せながらわたしは言った、「ずいぶん辛《つら》い思いをしただろうね」

「あなたも似たようなことで苦しんだの？」と彼女は応じた、「あなた、あたしと同類なの？　涙で枕を濡らすことはよくあるかしら。冬の晴れた日は寂しくなる？　霧の夜に一人で歩いてると、雨が心に浸みていって、心がぼろぼろに崩れそうな気がしたり」

「それでもきみはぼくほど現実に飽き飽きしたわけじゃないかもしれない、だって楽しい日々も過ごしたじゃないか。こっちときたら牢屋で生まれたも同然で、望みは無数にあっても、どれも日の目を見ないままだ」

「だけどあなたは若いじゃないの！　といっても、最近はだれもかれも年寄り同然ね、子どもたちまで老人みたいに渋い顔をしてるんだもの。いまの世代を孕んだ母親たちは、みんな鬱屈してたんじゃないかしら。昔はこんなじゃなかったと思うんだけど」

「確かにそうだ」とわたしは話を引き取った、「いまの家はどれも同じかたちで、墓場の墓石みたいに白くて気が滅入る。取り壊しが進んでる煤けた古い掘っ立て小屋のほうが、暮しは温かかったんじゃないかな。みんなで大声で歌ったり、食卓で水差しを割ったり、交わっていて寝台を壊したり」

「それにしても、あなたをそんなに悲しませるのはいったいだれ？　うんと恋をしたわけ？」

「そりゃ恋したよ！　きみの人生が羨ましくなるくらい」

「あたしの人生が羨ましいですって！」と彼女は言った。

「そうだよ。もしぼくがきみだったら、ひょっとすると幸せになれたかもしれないもの。だって、きみが望むような男はこの世にいないとしても、ぼくが求める女はどこかに生きていそうな気がするから。これだけたくさんの心臓が動いてる以上、ひとつくらいぼくに向いたのがあるはずじゃないか」

「それなら探してみなきゃ！」

「そう、恋したとも！　あんまりしたんで、内に秘めた欲望だけで満たされてしまった。きみには想像つかないくらい多くの女に惑わされたけど、心の底では天使のように清らかな恋心を抱いてたんだ。たとえば、ある女と一日一緒に過ごしたとき、ぼくはこう考えた。『どうして十年前に出会わなかったんだろう！　そうすれば去ってしまった彼女の日々はすべてぼくのものになって、初めて微笑む相手、生まれて初めて思う相手がぼくになったはずなに。いろんなひとがやってきて彼女に話しかけ、彼女は答えたり、考えたりした。読んで感心した本もあった。ぼくも同じ本を読むべきだった。彼女がくぐったすべての木陰を、どうして連れだって散歩できなかったんだろう。着古したドレスでぼくが目にしていないものが何着となくあるだろうし、生涯で最高のオペラを聴いたときもぼくはその場にいなかった。ぼくが摘んだんじゃない花の匂いをほかの男たちはすでに彼女に嗅がせた。ぼくにはどうにもできない、彼女はぼくを忘れるだろう。道ですれ違ったのと同じ存在にしかならないだろう』そして彼女と別れると、こう思った。『いまどこにいるんだろう？　ぼくから遠く離れて、一日なにをしてるんだろう、どうやって時間を過ごしてるんだろう？』もし女が男に惚れたなら、そう示してくれさえすれば、男は足許にひれ伏す。だけど男の場合は、よほどの偶然でもないかぎり女はこっちを見てくれないし、見てくれたとしても……金持ちでなくちゃいけないし、女を連れ去るための馬を持って、それから彫刻をいくつも飾った家を持って、宴会を開いて、金銀をばらまいて、評判の人物にならないといけないんだ。だけど、人波に埋もれたまま、才能や金で人々を圧倒することもできずに、下劣で愚かな人間と同じくらい無名でいながら、無上の恋に憧れて、好きな女が見つめてくれるなら喜んで死ぬのにと願う、その辛さをぼくは味わってきた」

「あなた、内気なのね？　女が怖いんでしょう」

「いまはもう違うけど。昔は、女の足音を聞いただけでびくっとしたし、美容室の店先で、花やダイヤモンドで髪を飾って胸元を大きく開けた血色のいい色白美人の蠟人形《ろうにんぎょう》をじっと眺めたりしたよ、いくつかお気に入りのもあってさ。靴屋のショウウィンドウもたまらなかったな。夜の舞踏会用に買われる小ぶりな絹の靴に、妄想の素足を入れてみるんだ、細い爪をした可愛い足、動く雪花石膏《アラバスター》の足、風呂に入るお姫さまのような足。服飾店の店先に吊るされたコルセットが風になびけば、それもまた妙な欲求の種になった。好きでもない女に花束を贈ったこともある、そこから恋がはじまるかもって期待したんだ、そんな話を聞いたことがあったから。文章で自分の感情を昂ぶらせるつもりで、適当な相手に手紙を書いて、涙を流したりもした。女の口にほんのちょっとでも微笑が浮かべば、嬉しくて心がとろけそうになった、でもそれきりだった！　自分はそこまで幸せになれるような人間じゃない、愛してくれるひとなんかいるもんか」

「待たなくちゃ。あと一年とか、半年とか待ってみたら。明日かもしれないもの、希望を持って！」

「希望を持ちすぎて、手に入れられなくなったんだ」

「子どもみたいな言い方」と彼女は言った。

「いや、自分にとっては、どんな恋だって二十四時間後には飽きてしまうとしか思えない。恋愛を夢みすぎて疲れたんだ、可愛がられすぎた人間と同じだよ」

「そうは言っても、世の中でこれ以上すばらしいことってないのよ」

「わかってる。愛してくれる女と一晩過ごせるなら、惜しいものはない」

「あのね、自分の心を隠す代わりに、胸にしまってるおおらかで気立てのいいところを全部さらけだせば、女はみんなあなたを欲しがるわ、一人残らず愛人になろうとするわよ。だけどあなたったら、あたしに輪をかけて極端なのね！　埋めて隠した宝をありがたがるひとなんているかしら？　あなたみたいな男のよさを見抜くのは手練《てだ》れの女だけで、そういう女はあなたを苦しめるばかりだし、その他の女たちは目に留めてくれないわ。好きになってみるだけの価値は充分ある男なのにねえ。ふむ、けっこう！　あたしがあなたを好きになってあげる、情婦になってあげる！」

「ぼくの情婦に？」

「ね、お願い！　どこへでもついてくわ。ここから出ていって、あなたの家の向かいに部屋を借りて、一日中あなたを眺めるの。きっと好きで好きでたまらなくなる！　夜も朝もあなたといて、夜中は体に腕をまわして一緒に眠って、同じ食卓で差し向かいで食べて、同じ寝室で着替えて、連れだって出かけて、隣にいるのを感じるの。あたしたち、お似合いじゃない？　あなたの期待とあたしの絶望、相性よさそうよ。あたしたちの人生って、同じなんじゃないかしら。あなたは一人きりでどんなに退屈だったか、いくらでも語ってちょうだい、あたしのほうはどんな辛酸をなめたか何度でも話すから。一時間しか一緒にいられないつもりで生きなきゃ駄目よ、お互いが持ってる欲情と愛情を全部注ぎこむのよ、それを繰り返すの、そうして一緒に死ぬの。抱いて、もっと抱いて！　あたしの胸のここのところに頭を載せてよ、そうすれば重みを感じられるから、あなたの髪の毛が首に触れるから、両手であなたの肩を撫でまわせるから。なんて優しい目！」

　乱れた布団が床に垂れて、二人の足がはみ出していた。彼女が膝をついて起き直り、マットレスに布団を押しこむと、白い背が葦のように曲がるのが見えた。わたしは徹夜でくたびれはてて、額は重く、瞼《まぶた》は焼けつくようだったが、彼女が唇の先でそっと両目に口づけたので、冷水で湿してもらったようにすっきりした。彼女のほうも、いっとき陥っていた朦朧《もうろう》状態からだんだん目覚めつつあった。疲れに刺激された上、先ほど交わした愛撫の味で火がついて、欲望にしがみつくようにわたしを抱きしめながら言った。「恋しましょう、だれにも愛されなかった同士で。あなたはあたしのもの！」

　彼女は口を開けて、荒い息をつき、猛然とわたしに接吻すると、急にわれに返り、真ん中分けにした髪が乱れたのを手で撫でつつ、さらに言った。

「あのね、こんな暮らしができたら素敵だと思う。日当たりがよくて、黄色い花が咲いたりオレンジが実ったりする土地に一緒に住むの、純白の砂浜というのがあるらしいけど、そういう海辺の土地で、男たちはターバンを巻いて、女たちは紗《しゃ》の服を着てるのよ。大きな葉をつけた木の下に寝そべったり、入り江の音を聴いたり、二人で貝殻を拾いながら海岸を歩いたりするの。あたしは葦で籠をつくって、あなたはそれを売りにいく。あなたの身支度もしてあげるわ、髪を指に巻いて巻き毛をつくったり、首飾りをかけてあげたりするのよ。ああ、あなたのことずっと好きでいるわ。あなたが好き！　あなたを味わいつくしたい！」

激しい勢いで寝床にわたしを押しつけ、わたしの全身に襲いかかって、淫《みだ》らな喜びを見せて体を伸ばす彼女は、青白い顔をして、震えて、歯を食いしばって、狂ったような力でわたしをきつく抱きしめていた。わたしは愛欲の嵐に巻きこまれるのを感じた。嗚咽が洩れ、やがて鋭い悲鳴があがった。唇が彼女の唾に濡れて、チリチリしてむず痒《がゆ》い。二人の肉はねじれてとぐろを巻き、互いに締めつけ合ったり、一方が他方に入りこんだりして、快感は狂乱に、喜びは責め苦になりはてた。

突然、はっと怯えた目をして、彼女は言った。

「子どもができたらどうしよう」

そして反対に、ねだるような甘えた口調へ変わると、

「そう、そうだわ、子ども！　あなたの子ども！　……行っちゃうの？　あたしたち、もうこれきり会わないのね、あなたは二度と来ないわ、たまにはあたしのこと思い出してくれ

る？　あたし、あなたの髪の毛、ずっとここに持ってる。さよなら！……待って、まだ外はほとんど真っ暗よ」

なぜわたしは急いで逃げようとしたのだろう？　すでに彼女を好きになっていたのだろうか。

さらに三十分はそこにいたが、マリーはもはや話しかけてこなかった。いない恋人のことを考えていたのかもしれない。別れの場面では、悲しみが先回りして、好きな相手がもう傍らにいない気がする瞬間があるものだ。

わたしたちはさよならの挨拶をしなかった。わたしは彼女の手を取り、彼女は応えたけれど、握るほどの力は出ないらしかった。

それきり二度と会わなかった。


以来、わたしは彼女のことを考えつづけてきた。毎日欠かさず、できるかぎり長い時間を費やして、彼女にまつわる夢想に耽る。ときにはわざわざ一人で閉じこもって、思い出を甦らせようとすることもある。眠りに落ちる前に強いて思い浮かべることもよくあって、それは夜中に彼女の夢を見られるのではと期待してのことなのだが、そんな幸運が訪れたことはまだない。

わたしはほうぼうで彼女を探した、遊歩道で、劇場で、街角で。どういうわけか、手紙をくれるだろうと思いこんでいた。家の玄関先に馬車の停まる音が聞こえるたび、彼女が降りてくるさまを思い描いた。ひどく不安な思いで、女たちのあとをつけることもあった。彼女なのかどうか確かめようと、激しい動悸を覚えつつ振り返ったものだ！

例の家は取り壊され、彼女がどうなったか知る者はなかった。

一度手に入れた女に対する欲望は、そうでない場合とは比べものにならないほど容赦がなくて、強烈な映像が悔恨《かいこん》さながらにつきまとってくる。自分よりも先に彼女を手にした男たちを妬むことはないが、自分のあとに関係した男たちは妬ましい。暗黙の約束で、互いに貞節を誓った気がして、こちらは一年以上も守った。けれどもその後、成りゆきだったか、嫌気が差したせいか、あるいは同じ気持ちを保つことに疲れたせいもあったのか、破ってしまった。それでも、追いかけている相手はいつもあの女だった。他の女の寝床にいても、夢みるのはあの女の愛撫だった。

昔の恋愛の上から、新しい恋の種をいくら蒔《ま》こうとも、古い恋はいつも顔を出すもので、その根を引き抜けるような力はこの世にない。執政官の戦車が通った古代ローマの街道は久しく前から打ち捨てられて、無数の新たな小径が横切り、上には牧草が茂ったり、麦が育ったりしているが、それでも街道の跡はいまだに見ることができるし、耕せば大きな石が当たって、犂《すき》の刃はこぼれるのだ。

ほとんどの男が探し求めている女の典型というものは、天国にいたころ、ないしは生まれて間もないころに抱いた愛情の名残なのかもしれない。典型につながるものばかりをわたしたちは追いかけるから、二人目に気に入った女はほぼ常に最初の女と似通っている。分け隔てなく愛するには、よほど堕落しているか、心の広い男でなくてはならない。それにご存じの通り、物書きはいつだって同じ女のことを語るもので、まったく飽きもせずに百回でも同じ女を描きつづける。わたしの友人に、十五歳のころ、子どもに乳をやる若い母親を目にして惚れこんでしまった男がいる。長いこと彼は市場の女将《おかみ》風の体型のみを高く評価し、すらりとした女性の美しさは彼にとって唾棄《だき》すべきものだった。

時が経てば経つほど、わたしは彼女のことがどんどん好きになっていった。不可能なことにこそ執念を燃やすのが人間の常だから、わたしは彼女を見つけるための冒険を妄想し、二人の再会を思い浮かべ、川の青い水泡を見れば彼女の目を、秋が来て山鳴《やまならし》の葉が色づけば彼女の顔色を思い出した。あるとき、わたしは野原を急ぎ足で歩いていた。進むにつれ草が足許でシュッシュッと音を立てる。彼女がうしろにいた。振り向くと、だれもいなかった。別の日、馬車が目の前を通りすぎて、顔をあげると、扉のところから大きな白いヴェールがはみ出して風になびいている。馬車が進むにつれヴェールはよじれて、わたしを呼んでいた。ヴェールが消えて、ふたたび一人きりになったとき、わたしは打ちのめされ、奈落の底にいるよりもなお見放された気分になった。

ああ、自分のなかにあるものをすべて引き出して、思考のみからひとつの存在を作り出せたなら！　こんなに多くの愛撫や溜め息を無駄に空中へ放るよりは、自分の内なる亡霊を両手に抱えて、その額に触れていられたらどんなにいいだろう。そうなるどころか、記憶は薄れ、映像は消えていき、なのに執着心と苦しみは胸に残る。ここまでのことをわたしが書いたのは彼女のことを思い出すためで、言葉が彼女を甦らせてくれるかもしれないと期待したのだった。失敗だ。語ったよりもずっと多くのことをわたしは知っている。

そもそもこれは、だれにも言ったことのない秘密の話だ。言えば馬鹿にされただろう。恋する者は揶揄《やゆ》されるものだ、男にとっての恥だから。ひとは、羞恥心のせいか身勝手なせいか、自分の心のなかにあるもっとも尊く繊細なものを隠す。他人に認められるためには、もっとも醜い部分だけを晒《さら》さなければならない、それが人並みでいる方法なのだ。そんな女に惚れたのか？　とひとはわたしに言ったことだろう、そしてまずだれも理解してはくれなかったにちがいない。となれば、口を開いても仕方がないではないか。

そう言われたとしても無理はないのかもしれない、彼女は特段美しくも熱烈でもなかったかもしれないのだから。自分の頭が作りあげたものに惚れているだけなのではないか、彼女を慕っているつもりで、実は彼女がわたしに夢みさせてくれた恋を慕っているだけなのではないかと、わたしは怖れている。

長いあいだ、わたしは自分の思いに抵抗してもがいた。恋愛を遙かな高みに置くことにした以上、自分の高さまで恋が降りてくることはないはずだと思っていたのだ。ところが物思いがいつまでも頭を去らないので、恋のようなものなのだと納得せざるを得なかった。そう実感したのは彼女と別れて数か月も経ってからのことだった。別れてすぐのころはむしろ淡々と穏やかに暮らしていた。

一人きりで歩む者にとって、世界はなんと空虚なのだろう！　これからなにをすればいい？　どう時間を過ごせば、どんなことに頭を使えばいいのだろう。なんて長ったらしい日々なんだ！　人生の短さを嘆いたとかいうやつはどこにいる？　顔を見てみたいものだ、きっと幸せな人間にちがいない。

気晴らしでもしろとひとは言う、でもなにをすればいいのだろう。幸福になれるよう努めよ、と言われるのと同じことだが、どうすれば幸福になれるというのだ？　第一、あちこち動きまわってなんの意味があるのだろうか。自然のほうは、すべて事もなしだ、木々は育ち、川は流れ、鳥は歌い、星は輝く。ところが苦悩する人間ときたら、じたばた身動きし、森を伐り倒し、土をひっくり返し、海へ飛び出し、旅立ち、走り、動物を殺し、自分自身も殺し、泣き、吠え、地獄を思う。まるで神が人間に魂をあたえたのは、身にこうむっている以上の苦しみを想像するためだとでもいうように。

かつて、マリーに出会う前、わたしの倦怠にはなにか立派な、壮大なところがあった。いまのわたしの倦怠はくだらない。質の悪い蒸留酒をしこたま飲んだ男の気だるさ、死ぬほど酔っぱらった男の眠気だ。

長く生きてきた者ですら、わたしのようにはなっていない。五十歳の男が、二十歳のわたしより若々しくて、まだあらゆるものに新鮮な魅力を感じている。わたしは駄馬のごとく、厩舎から出てきた途端にくたびれて、足を引きずったり苦しんだりしながら長い距離を歩いた末に、ようやく速歩に慣れてくる部類に属するのだろうか。世の中にはわたしを痛めつける光景があまりにも多く、憐れみを覚える光景も多い。いやむしろ、そうしたすべてが混ざり合って、ひとつの嫌悪感になってしまったのかもしれない。

育ちがいいせいで、ダイヤモンドを山ほどあたえたり宮殿に住まわせたりできるのでなければ情婦など要らない、と考えるような男は、俗悪な恋愛に立ち会っても、恋人同士と呼ばれるさかりのついた二匹の動物の醜さと愚かさを冷静な目で見つめて、そこまで自分の品位を落としたいと思うこともなく、油断を防ぐのと同じ要領で恋することから身を守り、襲ってくる欲望はひとつ残らず足許に打ち倒す。この闘いに彼は疲れはてるわけだ。男たちの冷笑的な利己主義はわたしと相容れないし、女たちの料簡《りようけん》の狭さに付き合うのはうんざりする。だが結局、わたしは間違っているのだ、世界のどんなに優れた弁舌よりも、美しい唇のほうが値打ちは高いのだから。

落ち葉が風に揺れて、飛んでいくのと同じように、わたしも飛んでいきたい、ここを去って二度と帰らぬ旅に出立したい、行き先はどこでもいいから、ともかく郷里を出たい。わが家の重みが両肩にのしかかる。同じ扉を何度出入りしたことだろう！　何度も何度も、寝室の天井の同じ場所を見上げてきたから、その箇所が磨り減っていないのが不思議なくらいだ。

ああ、らくだの背の上で体がたわむのを感じたい。目の前には真っ赤な空、焦げ茶の砂、長々と延びる夕焼けの地平線、波打つ土地、頭上には一直線に舞いあがる鷲。片隅には薔薇色の脚をしたこうのとりの群れがいて、貯水池へと飛び去っていく。自分は砂漠を移動する生きた船に優しく揺られながら、目を開けていられないほどの太陽の光を浴びている。先導者が歌い終えたいま、聞こえるのは自分が乗った動物のくぐもった足音だけ。さあ進もう、進もう。夜には杭を打ってテントを張り、ひとこぶらくだに水を飲ませ、ライオンの毛皮を寝床として、煙草を吸い、砂漠の果てで甲高い鳴き声をあげているジャッカルが近づいてこないよう火を焚く。普段目にしているものより四倍も大きい見知らぬ星々が天空に瞬いている。朝になればオアシスで革袋を満たして出発だ。わたしたちの他にひとはなく、風がひゅうひゅうと鳴り、砂は渦をなして巻きあがる。

それから、どこかの平原で一日中馬を駆る。立ち並ぶ柱のあいだに椰子の木がそびえてゆっくりと葉影を揺らし、その隣には破壊された神殿の動かぬ影がある。横倒しになった正面玄関に山羊たちがよじのぼって、大理石彫刻の隙間に生えた植物に咬《か》みつき、こちらが近寄ればひょいひょいと逃げていく。ここを越えて、巨大な蔓植物が樹木同士を縛りつけている森や、向こう岸が見えないほどの大河を渡れば、そこはスーダン、黒人の国、金の国だ。だが、もっと遠くへ行こう、そう、さらに先へ進もうではないか。狂乱のマラバール[*8]を、人死にが出るという現地の踊りを見たいのだ。ワインは毒のごとく死をもたらし、毒はワインのごとく甘い。珊瑚と真珠に満たされた青い海に、山々の洞窟で催される神聖な宴の喧噪《けんそう》が轟き、もはや波は収まり、大気は紅《くれない》、雲のない空が生ぬるい大海に映りこむ。水から引き揚げるロープが煙を立て、鮫《さめ》は船を追って死者を喰らう。

ああ、インド！　なんといってもインドだ！　白い連山はパゴダや偶像であふれ、辺りには虎や象のごまんといる森が広がる。黄色い肌の男たちは白い衣装をつけ、錫色《すずいろ》の肌をした女たちは足や手に指輪をいくつも嵌めて、霞に覆われるように紗の長衣に体をつつみ、目はと言えばヘンナで黒く染めた瞼ばかりが際立つ。女たちはなにかの神さまへの讃歌を歌い、踊る……。踊れ、踊れ、ヒンズーの舞姫よ、ガンジス川の娘よ、わたしの頭のなかで、爪先を立ててくるくる回れ。踊り子は蛇のごとくうずくまり、腕を広げる。頭は揺れ、腰はくねり、鼻孔はふくらみ、髪はほどける。四つの頭に二十本の腕をもつ、常軌を逸した金色の偶像を、香の煙が取り巻いている。

羽のような薄い櫂《かい》を備えた杉材の細長いボートに乗って、竹を編んでつくった帆の下、銅《ど》鑼《ら》と太鼓の音を聞きつつ、わたしはシナとひとの呼ぶ黄色の国へ行くだろう。女たちの足は手に収まるほど小さく、頭も小ぶりで、眉は細くて先が上向きになっている。彼女たちは緑の葦の四阿《あずまや》に暮らし、ビロードの肌をした果物を絵付きの磁器に盛って食べる。先細の口ひげを胸元に垂らし、剃りあげた頭に残したひと房の髪を背中まで伸ばしている高級官吏は、まるい扇を手にして、三脚台の明かりが燃える回廊をぶらつき、稲藁のむしろの上をゆったりと歩く。官吏のとんがり帽子には小さな煙管《きせる》が差してあり、赤い絹の服には黒い手書き文字が印刷されている。まったく、茶缶はずいぶんわたしに旅の夢を見させてくれたものだ。

わたしを連れ去ってくれ、樹齢数百年の楢を根こそぎにし、波間に蛇が遊ぶ湖を荒らす新世界の台風よ！　ノルウェーの渓流のしぶきよ、わたしをつつんでくれ。降りしきるシベリアの雪よ、わたしの道筋を消してくれ。ああ、旅だ、決して留まることなく旅するのだ、そしてこの広大なワルツを踊りながら、あらゆるものが現れては過ぎ去っていくのを眺めるのだ、皮膚が破れ血が噴き出すまで。

山のあとには谷が、田園のあとには町が、平野のあとには海がつづけばいい。丘を下っては上ろう、港にひしめく帆船のマストが消えたなら、次は大聖堂の鐘楼が消える番だ。滝が岩に落ちる音、森を抜ける風、陽光に溶ける氷河の音に耳を澄ませよう。見たいのは、アラブの騎手たちが駆ける姿、輿で運ばれる女たち、そしてさらに、円天井のまるみ、天に屹立《きつりつ》するピラミッド、ミイラが眠る密閉された地下室、追いはぎが銃をかまえる山間の隘路《あいろ》、ガラガラ蛇が身を隠す藺草《いぐさ》の茂み、丈高い草のなかを走る縞馬《しまうま》、後ろ脚ですっくと立つカンガルー、椰子の枝先にぶらさがる猿、獲物に飛びかかる虎、逃げ出すガゼル……。

さあ、先へ行くぞ！　ひげ鯨と抹香鯨《まっこう》がしのぎを削る大海原を渡ろう。ほら、大きな海鳥のように波の上で両翼をばたつかせて、野蛮人のカヌーがやってくる。血まみれの毛髪が船首に垂れさがり、彼らは脇腹を赤く塗っている。唇は割け、顔には色を塗りたくり、鼻に輪っかを通して、雄叫《おたけ》びをあげながら死の歌を歌う。手にした大弓を引き絞るが、緑色のやじりをつけた矢には毒が仕込んであって、当たれば苦しんだ末に死ぬ。胸と手に入れ墨をした裸の妻たちは、夫が捕まえてくる人間のために大きな薪の山をつくる、夫たちは歯触りのやわらかい白人の肉を持ち帰ると約束したのだ。

どこへ行こう？　地球は広い、わたしはあらゆる道を踏破し、あらゆる地平線を飲み干すだろう。喜望峰を迂回する途中で息絶えることができますように。コルカタでコレラに、あるいはコンスタンティノープルでペストに罹《かか》って死ぬことができますように。

せめて自分がアンダルシアの騾馬《らば》曳きだったなら！　そうしたら、日がな一日トコトコと山脈の峡谷を速歩で行き、夾竹桃の花咲く島々を浮かべたグアダルキビール川の流れを望んで、夜ともなれば、バルコニーの下のギターと歌声を聴いたり、かつてはスルタンの后《きさき》たちが水浴びしたというアルハンブラ宮殿の大理石の水盤に映る月を眺めたりするのに。

ヴェネツィアのゴンドラの船頭か、天気のいい季節にニースからローマまで客を乗せていく二輪馬車の御者になりたいものだ！　なにしろローマにはいまも変わらず住人がいるのだから。ナポリの物乞いは幸せ者だ、降り注ぐ太陽の下、海辺に横たわって眠り、葉巻の煙を吐きながら、ふと眺めれば、ヴェスヴィオ火山もやはり煙をもくもくと空に吐いている。彼が横たわる砂利の寝床や、そこで見るに違いない夢の数々がわたしには羨ましい。いつも変わらず美しい海が、波の香りと、カプリ島から来る遥かなざわめきを彼のもとに届けてくれる。

時おりわたしはシチリア島に到着したつもりになってみる、舟という舟がラテン帆をつけている小さな漁村に。朝だ。向こうのほう、籠や広げた網のあいだに、庶民の娘が座っている。裸足で、胴着に金色の紐を巻いているところは、ギリシア植民地の女たちのようだ。黒髪を二本の三つ編みにしてかかとまで垂らしている。立ちあがって、前掛けを揺する。歩き出すと、その胴はたくましいと同時にしなやかで、古代のニンフを思わせる。こんな女に好かれたなら！　なにも知らない哀れな娘で文字を読むことすらできないけれど、実に優しい声をして、シチリア訛《なま》りでわたしに言うのだ、「あなたが好き！　ここにいて！」

原稿はここで中断しているが、わたしは書き手を知っているので、もしもせっかくここまで紙を埋めつくしてきた隠喩やら誇張やら、その他もろもろの文彩を通り抜けてこのページに辿りついたのだから、ぜひ結末が欲しい、と思う者がいるならば、読み進めるがいい。当方から結末を差しあげよう。

さまざまな気持ちを言い表すのに、言葉はあまり使いものにならないらしい、そうでなければこの本は一人称で書き終えられたはずだから。おそらく件《くだん》の男は言うべきことが尽きてしまったのだろう。書くことをやめて、むしろ考えに耽るようになる時点というものがあるが、彼はその時点に行きついて書きやめたのだ、読者にはお気の毒だが！

この本が、ちょうどこれからよくなってきそうな瞬間に終わっているという偶然の力には、感心してしまう。作者は世の中に足を踏み入れようとするところだったのだから、これからわたしたちにいろいろ教えてくれてもよかったはずだ。ところが彼は逆に、なにも生まない厳しい孤独へと次第に嵌りこんでいった。そこで、嘆くのはもうやめておこうと判断したのは、きっと苦悶が本格化した証拠だろう。会話にも、手紙にも、彼の死後にわたしが引っかき回した紙類にも――その中にこの書きものを見つけたのだが――告白を書くのをやめたのちの精神状態を明らかにするようなものは、なにも見出せなかった。

彼は画家にならなかったことをひどく悔いていて、すばらしく出来のいい絵画が頭に思い浮かぶんだとよく言っていた。音楽家にならなかったことも残念がっていた。春の朝、ポプラの並木道に沿って散歩していると、終わりのない交響曲が頭のなかに響いてくるらしい。

いずれにせよ、彼は絵画も音楽もまるでわかっていなかった。正真正銘の駄作に見惚れたり、オペラから出てきて頭痛になったりするのをこの目で見てきた。もう少しだけ、時間と、忍耐と、勤勉さと、なにより芸術の造形に対する濃やかな趣味があったなら、凡庸な韻文くらいは作れるようになったはずだ。ご婦人の記念帳にお誂《あつら》え向きといった詩だが、そういったものは、だれがなんと言おうと、洒落ていることは間違いない。

少年のころ、彼はきわめて低級な作家を愛読していたのだが、文体からもそのことは見てとれるだろう。歳を重ねてからはそうした作家を嫌うようになったが、かといって優れた作家たちが同程度の熱狂をもたらしてくれるわけではなかった。

美しいものに目がない彼は、醜さを犯罪のように忌み嫌った。確かに、醜い存在はいやなもので、遠くから見ればぞっとするし、近くで見れば気分が悪くなる。醜い者が話せば、こちらは苦しくなる。泣けば、その涙が苛立たしい。笑えば殴りたくなるし、黙っていれば、その動かない顔があらゆる悪徳と下劣な本能の源に思えてくる。そんなわけで彼は初対面で気に入らないと感じた男は決して許さなかった。反対に、二言三言声をかけてくれたことすらない相手でも、歩き方や頭の形がいいと思えば忠実に尽くした。

彼は集会や見世物、舞踏会、音楽会を避けていた。というのも、入った途端、寂しさで凍りついたようになって、髪の毛のあたりがすうっと冷たくなるのだ。群衆と肘を突きあわせると、いかにも青くさい憎しみが胸に湧きあがり、群衆に対して狼のような気持ち、巣のなかで追い詰められた野生動物のような気持ちを抱いた。

虚栄心の強い彼は、自分は人々に嫌われていると信じていたが、人々は単に彼のことを知らないだけだった。

世間の不幸や集団の苦難には大して悲しむ様子を見せず、さらに言うならば、奴隷にされた人間よりも、晴れた日に籠のなかで羽をばたつかせるカナリアのほうに哀れを催すといったたちだった。思いやりあふれる良心のとがめや、真の恥じらいといったものなら充分に備えていて、たとえば菓子屋で食べているところを貧乏人に見つめられると、必ず耳まで真っ赤になった。店を出るや手持ちの金をすべてやってしまって、そそくさと立ち去るのだ。ところが、ひとが密かに考えるようなことを、歯に衣着せず高らかに述べるので、皮肉屋と思われていた。

囲われている女との恋愛は（自分で女を囲う資金のない若造にとっては理想的な相手なのだが）、彼からすれば穢《けが》らわしいもの、不愉快なものだった。金を出す男こそが主人であり、旦那であり、王なのだと思っていた。彼自身は貧しかったが、金持ちを敬うことはなくとも富には敬意を払っていたのだ。他人が衣食住の面倒を見ている女の恋人に無料でおさまるのは、自分にとっては他人の貯蔵庫からワインを一本盗むのと同じくらい気が利かない。そういうことを自慢するのは、遊び好きの召使いや身分の低い者のすることだ、と言い添えるのだった。

人妻を手に入れようとして、そのために夫の友人となり、親しげに握手を交わしたり、駄洒落に笑ったり、事業の失敗を残念がったり、使いを頼まれたり、同じ新聞を読んだりすること、つまり一言で言えば、十人の徒刑囚が一生のあいだに犯すよりも多くの低劣で卑屈な行いをたった一日でやってのけるようなことは、彼の自尊心をあまりに辱《はずかし》めるものだったが、にもかかわらず何人もの人妻に惚れた。順調に事が運ぶこともあったが、まるでせっかく花咲いた杏の木を五月の寒波が襲うように、相手が色目を使い出したころになって急に嫌悪を催してしまう。

それなら女工は、と仰《おつしや》るだろうか？　いや、駄目なのだ。屋根裏部屋へのぼっていって、昼にチーズを食べたばかりの口に接吻し、しもやけになった手を取るのも已《や》むを得まい、などと観念するのは無理な話だった。

若い娘を誘惑する手にいたっては、いっそ犯すほうが罪悪としてはましな気がするほどだった。彼にとって、だれかを自分の身に縛りつけるのは、殺すよりもひどいことなのだ。子どもをつくるよりは人ひとり殺すほうが害は少ないと、真剣にそう思っていた。殺人の場合、命を奪いはするが、人生まるごとを奪うわけではない。こちらがいなくてもいずれは終わる生命の、半分か四分の一か百分の一を奪うにすぎない。だが、もし子どもをつくったなら、その子が揺り籠から墓場までに流す涙のすべてに責任があるじゃないか、と彼は言うのだ。自分がいなければその子は生まれなかったのに、生まれてしまった、そして生まれた理由はと言えば、こちらの楽しみのためであって、どう考えても子どものためじゃない。自分の名前を残したいなら、どうせ馬鹿者の名前だ、壁にでも書いておけばいいだろう、三文字か四文字の重荷を背負うために人間ひとりが必要なのか？

彼の見方によれば、民法典を楯《たて》に取って、朝方もらった処女の寝床に押し入り、権力が保証するところの合法な強姦を行使するような者は、猿や河馬《かば》やひき蛙の世界には存在せず、雄も雌も共通の欲望が芽生えたときに互いを探しあてて交尾するのであって、片方が恐怖と不快を、もう片方は暴力と卑猥《ひわい》な独裁者気分を味わうなどということはない。さらに、この点について彼は不道徳な持論を長々と開陳したものだが、その内容をここでわざわざ伝えるには及ぶまい。

そのような次第で彼は結婚せず、妾も、人妻も、女工も、若い娘も、恋人にしなかった。残るは未亡人だが、そういう気はなかった。

仕事を決めなければならなくなったとき、ぞっとする選択肢ばかりで彼は迷った。篤志家になるには目端《めはし》が利かないし、生まれついての善良さからいって医学には向かない。商売をやろうにも計算ができず、銀行は目にするだけで虫酸《むしず》が走る。また、無分別なところもあるとはいえ、弁護士なる高尚な職に本気で取り組むには常識がありすぎた。第一、彼にとっての正義は、法律と折り合いがつくようなものではなかったはずだ。批評に手を染めるには趣味がよすぎる一方、文学で名を成すには、おそらく詩人でありすぎた。そもそも、こうしたものを「仕事」と呼ぶべきなのだろうか？　「腰を落ち着けねばならない、社会上の地位を築かねばならない、いつまでもブラブラしていては飽きがくる、他人の役に立つべきだ、人間は働くために生まれる」――こうした理解しづらい箴言《しんげん》を、ひとは念入りに彼に向かって繰り返したものだ。

どこにいても退屈だし、なにをしてもつまらない、と諦めきった彼は、法律の勉強をすると宣言してパリへ移り住んだ。村では多くの人々が羨んで、カフェや舞台やレストランに通ったり、きれいな女を眺めたりして愉快に過ごすんだろうと言った。彼は言わせておいたが、泣きそうな微笑を浮かべた。実家の子ども部屋を永久に去りたいと思ったことは数えきれないほどあった。その部屋で何度となくあくびをしたり、十五歳で最初の戯曲を書くのに使ったマホガニー材の古い机から肘をずり落としたりしたものだ。けれども、そうしたすべてと別れるのは辛かった。もっとも忌々しいと感じた場所ほど、実はもっとも気に入った場所なのかもしれない。囚人たちは牢獄を懐かしむではないか。それは要するに、牢獄で抱いていた希望が、出所した途端に消えるからだ。牢屋の壁を通して、彼らはひな菊が点々と咲き、小川があちこちに走り、黄色い麦が一面に広がって、両脇に木々の並んだ街道が伸びる田園を目にする——だが、元通り自由で惨めな境遇に置かれたとき、彼らはあるがままの暮らし、つまり貧しく、荒っぽく、泥まみれで寒々とした日常をふたたび見出す。そして田園にしても、あるがままの美しき田園では、喉の渇いた者が果物をもがぬよう田園監視官がちりばめられ、腹の減った者が鳥獣を殺さぬよう森林監視官が投入され、旅券のない者が散歩する気を起こさぬよう憲兵がばらまかれているのを目《ま》の当たりにする。

彼が住んだのは家具つきの貸部屋だったから、家具は他人のために買われたもの、他人が使い古したものだった。廃墟のなかに暮らしている気がした。日中は勉強したり、通りのざわめきに耳を澄ませたり、家々の屋根に雨が降るのを眺めたりした。

晴れの日は、リュクサンブール庭園へ散策に出かけ、落ち葉を踏んで歩いては、小中学校のころ同じことをしたのを思い出した。しかし十年後の自分がこんな状態にあろうとは、当時は思いもよらなかった。あるいはベンチに腰かけて、甘い思いや悲しい思いにとりとめもなく耽った。噴水の冷たく黒い水を見つめ、それから胸を締めつけられる気分で部屋に戻った。二度か三度、なにをすればいいかわからなくなった日に、*9聖体降福式《サリュ》の時分に教会へ入って、祈ろうとしてみた。聖水盤に指を浸して十字を切るところを友人たちが見たら、どんなに笑ったことだろう！

ある晩、場末をうろつきながら、わけもなく腹が立って、できることなら抜き身の剣に飛びついて死ぬまで斬り合いでもしたい気持ちでいたとき、不意に歌声と、歌に応えるオルガンの柔らかな響きが聞こえてきて、中へ入った。柱廊のもとで老女が床にうずくまり、ブリキのコップに入った小銭をジャラジャラと揺すりながら、お恵みをと言った。布張りの扉が、ひとの行き来があるたびにバタンと開け閉《た》てされ、木靴の音や、敷石の上で椅子を動かす音がする。奥では、内陣が明るく照らされ、聖櫃《せいひつ》が燭台の光を受けて輝き、司祭が祈りを唱えていて、身廊に吊り下げられたランプは長い綱の先で揺れ、頭上の交叉リブと側廊は闇に埋もれている。雨が激しく叩きつけるせいで、ステンドグラスの継ぎ目を埋める鉛の筋が軋むなか、オルガンは鳴りつづけていたが、そこへ声がふたたび響いてきて、それはまるで、あの日、断崖に立って海と鳥たちが語り合うのを聴いたときのようだった。彼は突如として司祭になりたい衝動に駆られた。死者の亡骸《なきがら》に祈りを捧げ、苦行服を着て、神の愛につつまれてうっとりとひれ伏す……。だが、ふと憐憫《れんびん》の嘲笑が胸の底からのぼってきて、彼は帽子を深くかぶると、肩をすくめて外へ出た。

かつてないほど悲しくなり、一日一日がいっそう長く感じられるようになった。窓の下で演奏している手回しオルガンの音を聴くと、胸が引き裂かれそうになる。彼にとって、この楽器には抗しがたい憂愁があった。あの箱には涙がいっぱい詰まってる、と彼は言っていた。いやむしろ、なにも言わずに済ませることが多かった。というのも彼は、冷めた男、退屈しきった男、すべてに幻滅した男を気取ったりはしなかったから。死ぬ直前には、以前に比べて明るい性格になったとすら見られていたのだ。オルガンを回しているのは大抵、南仏か、ピエモンテか、ジェノヴァ出身の貧しい男といったところだった。どういうわけで、このオルガン弾きは自分の生まれ育った海辺の道を、収穫期ともなればとうもろこしに囲まれるあばら屋を後にしたのだろう？　オルガン弾きが演奏するところを彼はずっと見ていた。角張った大きな顔、黒いひげに茶色い手をした男の肩には、小さな猿が、赤い服を着せられてぴょんぴょん跳ねてはしかめ面をつくっている。オルガン弾きが庇《ひさし》のついた帽子を差し出すと、彼は施しの金を投げ入れ、相手が遠ざかって見えなくなるまで見送っていた。

住まいの正面に家が建って、工事は三か月つづいた。壁がだんだん高くなり、階が上へ上へと重ねられ、窓に窓枠が嵌り、壁が粗塗りされ、仕上げのペンキが施され、それから扉が閉じられた。何世帯もの家庭が越してきて暮らしはじめ、彼は隣人ができたことに憤慨した。石が積まれた光景のほうがましだった。

彼は美術館をぶらつき、理想の世界のなかでいつまでも若いまま身動きせずにいる数多くの作りものの人物たちをじっと見つめたが、これらの人物たちは人目にさらされ、また当人たちのほうも目の前を群衆が通っていくのを見ているにもかかわらず、首を動かすこともなければ、剣にかけた手を離すこともなく、わたしたちの孫が埋葬されるころになっても、相変わらず瞳をきらきら輝かせている。彼は古代の彫像を前に、長いことわれを忘れて目を凝らし、とりわけ手足を欠いた像の前で時間をかけた。

悲惨な出来事があった。ある日、街なかで、傍を通りかかった男が知り合いのような気がして、向こうも同じそぶりを見せたので、二人は立ち止まって言葉を交わした。まさにあいつだった！　旧友、大親友、兄弟同然だったやつだ。学校にいたころは、教室でも、自習室でも、寝室でもくっついていた。居残りも宿題も一緒だった。校庭に出るときや散歩のときは腕を組んで歩き、いつか共同生活をして「死ぬまで友だち」でいよう、と誓った仲だった。まず互いの名を呼びながら握手し、次いで黙ったまま相手を下から上まで眺めた。二人とも変わってしまって、早くも少し年老いたようだった。いまどうしているのかと尋ね合ったあと、はたと話が止まって、それ以上先へ進めなくなった。六年間会わずにいたら、もう二言三言語り合う言葉すら見つからない。しまいには、真っ直ぐ互いの目を見つめているのも気まずくなって、二人は別れた。

なにをする気力もない上、哲学者たちの言に反して、時間とは世界でもっとも頼りになる財産だとも思えなかったので、彼は蒸留酒を飲んだり阿片を吸ったりするようになった。一日中寝そべって、なかば酩酊《めいてい》し、放心と悪夢の境といった境地に身を置いていた。

力が盛り返すときもあって、そうすると発条《ばね》さながら、すっくと起き直った。そんなときは勉学が魅力あふれるものと映り、思考の閃《ひらめ》きに笑みを浮かべたが、それは穏やかで深みのある、賢者の微笑だった。すぐに作業に取りかかり、目覚ましい構想をいくつも立てた。ある特定の時代をまったく新しい光のもとに浮かびあがらせよう、芸術と歴史を結びつけよう、大詩人や大画家について注釈しよう、そのために何か国語も学ぼう、古代に遡ろう、東方の地へ入ろうと目論んだ。自分が碑文を読み、オベリスクを解読しているところが早くも目に浮かぶ。だがじきに、われながら狂気の沙汰だと思って投げ出すのだった。

読書は止めてしまった。読むとしても、質の低い、ただその凡庸さそのものがある種の快楽をあたえてくれるといった本ばかりになった。夜は寝つかれず、不眠に苦しんで何度も寝返りを打ち、夢を見ては目を覚ますの繰り返しなので、朝になると、徹夜したよりもなおぐったりと疲れていた。

倦怠という恐るべき習慣によって磨り減らされ、またそのせいで頭がぼんやりしてくることに一種の喜びすら見出しつつ、彼は自分が死んでいくのを眺める人々に似てきた。もはや外の空気を吸うために窓を開けることもなく、手も洗わず、貧者同様の不潔さにまみれて暮らし、同じシャツを一週間着つづけて、ひげも剃らず髪も梳かさなかった。寒がりなのに、朝方に外出して足が濡れても一日中そのまま、靴下も替えず火も熾《おこ》さずに過ごしたり、あるいは服を着たままベッドに倒れこんで眠ってしまおうとしたりした。蠅が天井を飛びまわるのを見つめることもあったし、煙草を吸っては唇から立ちのぼる小さな青い螺旋《らせん》を目で追うこともあった。

彼に目標がないことは容易《たやす》く見てとれるだろう、そしてそれこそが不幸の源だった。どんな人物なら彼を元気づけ、感動させることができたのだろう？　恋愛からは離れてしまったし、野心などお笑いぐさだ。金銭については、欲しいのは山々ながら怠惰には勝てず、第一百万フランを苦労して手に入れたところで無意味な気がした。裕福に生まれた者こそ、贅沢が似合う。自ら財産を成した者は、必ずと言っていいほど浪費の仕方を知らないのだ。きわめて自尊心が強い彼のことだから、王座にすら食指を動かさなかったのではなかろうか。それならいったいなにが望みだったのかと、お尋ねになりたいところだろう。わたしにはわからないが、いずれ代議士に選出されたいなどとは思っていなかったことは間違いない。知事の地位も断っただろう、刺繍《ししゅう》入りの礼服で、首には十字勲章、革製の軍用半ズボンに乗馬ブーツで式典の日に臨むなどまっぴらだ。大臣になるよりはアンドレ・シェニエ[*10]を読んでいたかったし、ナポレオンになるよりは名優タルマ[*11]になりたかったにちがいない。

嘘や、支離滅裂な言葉に溺れ、形容詞を濫用する男だった。

遥かな高みから見ると、地上は消え、人々が奪い合うものもすべて目に入らなくなる。同様に、ある種の苦悩の高みに達すると、ひとはもう何者でもなくなり、あらゆるものが蔑みの対象となる。その状態から解き放たれるには、苦悩そのものが殺してくれるのでないかぎり、自殺が唯一の方法だ。彼は自殺せず、まだ生きていた。

謝肉祭がやってきたが、ちっとも気分は晴れなかった。いつも場違いな態度に出てしまう男なので、葬式の際はほぼ陽気と呼んでいいような気持ちに囚われるし、舞台を見に行けば暗澹とするのだ。骸骨の集団が着飾って、手袋にカフスに羽根つきの帽子といったいでたちでボックス席のへりから身を乗り出し、お互いに色目を使ったり、愛嬌を振りまいたり、虚ろなまなざしを送り合ったりしているのを、いつも想像してしまう。一階席のほうを見てみると、シャンデリアの明かりのもとで、白い頭蓋骨の一群がひしめき合っている。階段を駆けおりる人々の声がした。笑いながら女連れで出かけるところなのだ。

若いころの思い出が胸に甦った。X…という、いつか徒歩で訪れたことのある村、先ほど読者諸君がお読みになったもののなかで彼自身が語っている、あの村のことを思い出したのだ。先が長くないのを感じていたから、死ぬ前にもう一度見ておきたいと思った。ポケットに金を入れ、外套をつかんですぐに出発した。その年、肉食日[*12]の三日間は二月初旬と早い時期に当たっていたので、まだ寒さが厳しく、道は凍っていた。馬車は全力で駆け、彼はその箱馬車《クーペ》のなかで一睡もせず、もうすぐ再会できるあの海へ嬉々として引っ張られていく気分だった。屋上のランプに照らされた御者の手綱が、空中で揺れたり、湯気を立てる馬の尻に当たって跳ねたりするのを眺めた。空は澄んで星は輝き、まるでとびきり美しい夏の夜のようだった。

朝十時ごろ、Y…で降りて、そこからX…まで街道を歩いていった。前回と異なり急ぎ足で、いやそれどころか、体を温めるため駆け足で向かった。堀は氷だらけで、葉を落とした木々は枝先が赤茶けて、雨で腐った落ち葉が黒と鉄灰色の層となって森の根方を一面に覆っている。空は真っ白で、太陽は見えない。行き先案内の標識がことごとく倒れているのに気がついた。以前通ったときはあった木立の一部が伐採されていた。彼は早く着こうと急いだ。ようやく土地が下り坂になり、そこで野原を横切って、見知った小径に入ると、ほどなくして、遠くに海が見えた。立ち止まると、海が岸に打ちつける音、そして視界のかなた、沖合《イン・アルトゥム》で唸りをあげる音が聞こえた。塩辛い匂いが、冬の冷風に運ばれてきた。胸が高鳴る。

村の入口には新しい家が一軒建っていて、二、三軒、取り壊されたのもあった。海にはボートが並び、波止場には人影がなく、だれもが家に引きこもっていた。軒先や雨樋の端には、子どもたちが「王さまのろうそく」と呼ぶ細長いつららが垂れ、食料品店や宿屋の看板は鉄の横棒に支えられてキイキイと軋み、潮は満ちて小石の浜をこちらへ進み寄りながら、鎖の鳴るような、すすり泣きのような音を立てている。

昼食を摂ってみて、腹が減っていないことに気づいて驚き、それから浜辺へ散歩に出た。風の歌声が聞こえ、砂浜に生えるほっそりした藺草がひゅうひゅう鳴りながら激しくなびき、波頭は岸辺で跳ねあがって砂の上を走り、ときには突風が吹いて水泡を雲のほうへ運んでいく。

夜が来た。というよりも、一年でもっとも寂しいこの季節らしく、夜に先立つ長い黄昏《たそがれ》がやってきた。大粒の雪が空から舞い降り、海に溶けたが、浜に落ちたのは長いあいだ溶け残り、大きな銀の涙粒となって点々と散った。

ある場所で、砂に半ば埋もれた古いボートを見た。打ちあげられて二十年は経つだろうか、海茴香《クリストマリン》が中に生えて、いそぎんちゃくやムール貝が、緑色になった船板に貼りついている。彼はこのボートが気に入り、ぐるりと一巡りして、いろんな箇所に手を触れ、まるで死体を見るときのように、ためつすがめつした。

そこから百歩ほど離れた岩場のくぼみにちょっとした一角があるのだが、かつてはよく通ったもので、腰をおろしては何時間もぼんやりと過ごした——本を持っては行くものの読むことはなく、一人きりで、仰向けに寝転がって、切り立った岩の白い壁に挟まれた青空を眺めるのだ。まさにここで、彼はもっとも甘い夢の数々を夢み、もっとも澄んだかもめの鳴き声を聴き、垂れさがったひばまたは髪束のような葉に真珠に似た丸い気泡をつけて、彼の頭上でゆらゆらと揺れた。まさにここで、彼は帆船の帆が水平線へ消えていくのを見守り、また彼にとっては地上のどこよりも暑い太陽を浴びた。

行ってみると、その場所はまだあった。けれども、ほかの人間に取られてしまっていた、というのも、無意識に足で地面を探ったところ、瓶底とナイフを見つけたのだ。きっとここで宴会を開いたに違いない、ご婦人方を連れてきて、昼食を食べて、笑って、ふざけたのだろう。「ああ、まったく」と彼は思った、「心から気に入って、長い時間をそこで過ごせば、死ぬまで自分のものになってくれて、決してほかの者の目には入らない、そんな場所はこの地上に存在しないんだろうか」

そこで彼は崖沿いの道をふたたびのぼっていった。この道で、よく石を崖下に転がしたものだ。わざと力いっぱい投げて、石が岩壁に音を立ててぶつかり、孤独な谺がそれに応じるのに耳を澄ませたこともあった。断崖の上の台地では、空気はさらに冴えてきて、目の前に月が、群青色の空を背景にのぼっていくのが見えた。月の下、左側に、小さな星がひとつある。

彼は泣いていた。寒さのせいか、それとも悲しみのせいか？　胸が抉られるようで、だれかに話しかけたかった。ときどきビールを飲みに行ったことがある居酒屋へ入り、葉巻を一本頼んでから、店の女に、思わず「前にも来たことがあるんです」と言った。女は「あらそう！　だけどいまはいい季節じゃございませんでしょ、いい季節じゃないとねえ」そう答えて、釣りをくれた。

夜、また外へ出たくなって、猟師が鴨を撃つのに使う穴倉へ行って寝そべっていると、ある一瞬、月影がまるで大蛇のように波の上をすうっと動いて、海のなかで揺れるのが目に映った。次いでふたたび空一面に雲が厚く広がり、あたりは真っ暗になった。闇のなかで黒い波がゆらめき、次から次へとせりあがっては百門の大砲のごとき爆音を轟かせるのが、一種のリズムに従って鳴るせいか、恐怖をもたらすメロディに聞こえてくる。岸辺に打ち寄せる波の響きが、沖の轟音に応えていた。

いっとき、彼はもう決着をつけるべきなのではないかと思った。だれにも見られないだろうし、助けに来られることもない、三分で死に至るはずだ。だが、こうした場面で起こりがちな反動によって、たちまち生命が魅力あるものに映り、パリでの生活も楽しく将来性に満ちたもののように思われてきて、彼の脳裏には居心地のよい自分の勉強部屋が、そして今後ともそこで過ごせるはずの穏やかな日々が浮かんだ。それでもなお、奈落の底からの声は彼を呼び、海面は墓さながらにぱっくりと開いて、いまにも彼を呑みこんで口を閉じ、液状の折り目でつつんでしまいそうだった……。

彼は怖くなって宿へ戻ったが、一晩中、風がびゅうびゅう鳴る音が聞こえて、震えあがった。盛大に火を焚き、火傷《やけど》するほど脚を温めた。

旅は終わった。帰ってみると、窓ガラスは霜におおわれて白くなり、暖炉の炭は火の気がなく、服は置いていったままの状態でベッドの上にあった。インクはインク壺のなかで乾き、壁は冷たく、じっとりと結露していた。

「ずっとあそこにいればよかったんだ」と彼は独りごち、旅立ったときの嬉しさを思い返して苦い気持ちになった。

夏がめぐってきたものの、嬉しくもなんともなかった。ほんのたまに、芸術橋へ行ったり、テュイルリー庭園の木々がそよぐのを眺めたり、空を茜色《あかねいろ》に染める夕日が光の雨のようにエトワール広場の凱旋門をくぐるのを見つめたりした。

そうして、去年の十二月に彼は死んだのだが、ゆっくりと、少しずつ、どこの器官も悪くないのに、思考の力だけで死に至ったところは、いわば悲しみで死んだようなもので、これは多大な苦痛をしのいできた人々からすると実現しがたいことと思われそうだが、小説ともなれば奇想天外が身上なのだから、大目に見るべきだろう。

彼は生きたまま埋葬されるのを怖れて、解剖してくれるよう頼んだが、防腐処理を施すことは固く禁じた。

一八四二年十月二十五日

（笠間直穂子＝訳）

「十一月」訳注

1―**ケンケ灯**　油壺を灯心より高い位置に配し、ガラスのほやを備えたオイルランプ。

2―**コントルダンス**　数人で踊り、男女の組み合わせを次々と替えていくダンス。

3―**ルネ**　シャトーブリアンの小説『ルネ』（一八〇二）の主人公。

4―**8の字に～髪の毛**　当時、頭髪を編んで首飾り等に仕立てたり、美しく整えてガラスのロケットに収めアクセサリーとして用いる習慣があった。

5―**百尺《ピエ》**　約三十メートル。

6―**アブルッツォ**　イタリア中部の州。

7―**公現祭**　一月六日。東方三博士（三王）来訪を祝う祭日。陶製の小さな人形を入れたガレット・デ・ロワという菓子を食べ、切り分けたとき人形が当たった者はその日の「王さま」ないし「女王さま」となる。

8―**マラバール**　インド南西部の沿岸地域。

9―**聖体降福式《サリュ》**　聖体を礼拝するカトリックの儀式。聖体賛美式。

10―**アンドレ・シェニエ**　フランスの詩人（一七六二―九四）。恐怖政治に異を唱え三十一歳で死刑に処された。後にロマン派の先駆として高い評価を得た。

11―**タルマ**　フランスの悲劇俳優（一七六三―一八二六）。

12―**肉食日**　カトリックの四旬節（復活祭までの日曜を除く四十日間）に先立つ三日間。

ボヴァリー夫人——地方風俗　抄

パリ弁護士会会員
前国民議会議長
元内務大臣
マリー＝アントワーヌ＝ジュール・セナールに

親愛にして高名なる友よ

この書物の巻頭に、そして献辞より前にご尊名を記すことをお許し下さい。蓋《けだ》しこの書物の刊行は、とりわけ貴下に負うているのでありますから。貴下の絢爛《けんらん》たる弁護を経て、小生の作は小生自身にとっても予想外の権威のごときものを獲得致しました。よってここに小生の感謝の念をお受け下さい。ただ、いかに大きかろうとも、小生の感謝の念は貴下の雄弁と献身の高さには及ぶべくもありますまいが。

ギュスターヴ・フローベール

一八五七年四月十二日、パリにて

ルイ・ブイエに

第I部

I

私たちが自習室にいると、校長が制服でない普通の服装をした新入生と、大きな勉強机を運ぶ小使をうしろに引きつれて入ってきた。眠っていた者は眼をさまし、それぞれ勉強中に不意をつかれでもしたかのように立ちあがった。

校長は私たちに座席に坐《すわ》るよう合図をした。それから自習監督のほうを振りむいて、

「ロジェ君」と小声で言った、「君にお任せする生徒だよ。この子は第五学級〔フランスの学校制度では、リセの第五学級は日本の中学二年に相当する〕に入る。勉強と操行が優秀ならば、上級生のほうに移ることになるだろうね、年齢からすればそちらが当然なのだから」

ドアの蔭《かげ》になった部屋の隅にいるので、その姿はよく見えなかったが、新入生は田舎の子で、年はだいたい十五歳ぐらい、私たちの誰よりも背《せい》が高かった。村の聖歌隊員のように、髪の毛は額《ひたい》のところでまっすぐ切ってあり、鹿爪《しかつめ》らしい、そしてひどく間の悪そうな様子をしていた。肩幅はひろくないけれども、黒ボタンつきの緑色のラシャ地の短い尾を垂らした上着は、袖つけが窮屈らしかったし、袖口の折返しの切りこみからは、むきだしが慣れっこになった赤い手首が見えていた。脚は青い靴下をはき、ズボン吊《つ》りできっちり吊りあげた黄色っぽいズボンの下へと突きでていた。よく磨いてない、鋲《びょう》を打った頑丈な短靴をはいていた。

いろいろな課目の暗誦《あんしょう》がはじめられた。彼は教会の説教に列しているかのように緊張し、脚も組まず、肱《ひじ》もつこうともせず、一生懸命に聞きいっていたのだが、二時になって、鐘が鳴ったとき、自習監督は、私たち皆と一緒に整列するようにと、彼に注意しなければならなかった。

私たちは教室へはいったとたん、つぎにはすぐ手が空っぽになるように、帽子を床に投げつける習慣だった。埃《ほこり》をたくさん立てながら壁にぶつかるように、入口のドアの敷居をまたぐやいなや、腰掛けの下めがけて帽子を投げつけねばならなかった。それがしゃれた流儀だった。

しかし、このやりかたに気づかなかったのか、それともこのやりかたに従う気になれなかったのか、祈禱《きとう》が終ってからも、新入生はまだ帽子を膝の上にのせていた。それがまた、毛皮のコサック帽、槍騎兵帽《そうきへいぼう》、丸帽子、ラッコ皮の庇《ひさし》つきの帽子、ナイト・キャップなど、さまざまな要素が見出される混合様式のかぶり物の一種であり、つまり、なにを語るでもない醜さが愚か者の顔のような深刻な表情をただよわせている、哀れな品の一種だった。楕円形をし、芯《しん》をいれて中ぶくらみになったその帽子は、まずいちばん下のところには腸詰状の縁が三つ輪形にまわりを囲んでいる。つぎはビロードの菱形《ひしがた》模様と兎《うさぎ》の毛の菱形模様が、一本の赤い帯状のもので分離されながら、交互に並んでいる。その上は袋のような具合になっていて、その尖端《せんたん》は、こみいった飾り紐で縫いとりをほどこした多角形の厚紙でできており、そこからひどく細くて長い紐のさきにくっつけられて、飾り総《ふさ》のようになった小さな金糸の十字形が垂れさがっていた。帽子は新しかった。庇がきらきらしていた。

「立ちなさい」と先生が言った。

彼は立ちあがった。帽子が落ちた。クラス全体が笑いだした。

彼は身をかがめて帽子を取ろうとした。隣の生徒が肱を動かして帽子を落としたので、彼はもう一度拾いあげた。

「君のその兜《かぶと》を始末したまえ」機知に富む先生はそう言った。

生徒たちがどっと笑ったので、気の毒な少年はすっかりうろたえて、帽子をそのまま手にしていなければならないのか、床に置かなければならないのか、それとも頭にかぶっていなければならないのか、分らなくなってしまった。彼は腰をおろし、帽子を膝の上に置いた。

「立ちなさい」と先生は言葉をつづけた、「そして名前を言いなさい」

新入生は早口で、はっきりしない名前を口にした。

「もう一度言って！」

同じ分りにくい早口の音節が、クラス中の罵声《ばせい》に掻《か》き消されるようにして聞こえた。

「もっと大きく！」と先生は叫んだ、「もっと大きく！」

新入生はそこで極度の大決心をして、口を途方もなく大きく開け、まるで誰かを呼ぶためでもあるかのように、声を限りに、「シャルボヴァリ」という言葉を発した。

喧騒が一気に捲《ま》きおこり、甲高い声をまじえながらしだいに高まってゆき（わめき、吠《ほ》え、足を踏みならし、「シャルボヴァリ！　シャルボヴァリ！」と繰りかえすのだった）、それから別々の音になって響いて、やっとのことで静まったかと思うと、ときおりまた、忍び笑いがなかなか消えぬ花火のようにそこここに湧きあがる腰掛けの列のところで、だしぬけに騒がしくなったりした。

しかしながら、罰課が雨のようにつぎつぎに課されて、クラスのなかには秩序が少しずつ取りもどされ、先生はシャルル・ボヴァリーという名前をどうにか聞きとると、それをまた唱えさせ、綴《つづ》りを言わせ、もう一度読み直させてから、すぐさまこのかわいそうな子供に、教壇の下の遅鈍な生徒の席に坐るよう命じた。彼は動きかけたが、しかし、歩きだす前に、躊躇《ちゅうちょ》した。

「なにを探しとるのかね？」と先生が尋ねた。

「ぼくのボウ……」新入生は心配そうな視線を周囲にさまよわせながら、おずおずとそう言った。

「クラス全員、詩五百行を暗誦！」憤りの声で大喝されたその言葉が、「[*1]われ汝《なんじ》を」の叫びのように、またもや捲きおこった喧騒の突風をさえぎった、「静粛にしなさい！」先生は怒って言葉をつづけ、縁なし帽からハンカチを取りだして額に当てながら、「君はだね、新入生、君は《ridiculus sum》（われ道化者なり）という動詞を二十度書きうつしなさい」

　それから穏やかな声で、

「いや、君、ちゃんと見つけられるさ、君の帽子はね。盗まれたのではないからな！」

すべてが静粛を取りもどした。生徒たちの頭は紙挟みの上に垂れさがり、新入生は二時間のあいだ模範的な姿勢を取りつづけた、ただときおり、ペン先ではじいた紙つぶてをぶつけられて、顔にインクがはねかかることはあったけれども。しかし彼は手で拭《ぬぐ》って、じっとうつむいて身動きもしなかった。

　晩になると、自習室で、彼は勉強机から袖覆いを出して付け、こまごました所持品をきちんと整頓し、念いりに紙に罫《けい》を引いた。彼がすべての単語を辞書で探したり、大いに苦労したりしながら、良心的に勉強しているのを私たちは見た。たぶん、彼の示したこういう熱意のおかげで、下級のクラスにさがらずに済むことになった。そういう懸念があったのは、彼は文法規則はまあまあ知っていたものの、文章の言いまわしには手際のよさがあまりなかったからだ。両親は倹約のため、できるだけ遅くまで彼を学校へ行かせなかったので、村の司祭が彼にラテン語を手ほどきしてくれたのである。

父親シャルル＝ドニ＝バルトロメ・ボヴァリー氏は、元軍医補、一八一二年頃、徴兵事件*2に連座し、その頃軍務を退《しりぞ》かざるを得なくなると、美貌を利用して六万フランの持参金をすっと摑《つか》んだが、これは彼の風采に夢中になったあるメリヤス製造業者の娘に附いていたものだった。美男子で、自慢屋で、拍車の音を高々とひびかせ、口ひげとつながる頰ひげをはやし、指にはいつも指環を幾つも嵌《は》め、派手な色の服を着こんだ彼には、勇壮な人間の風貌とともに、行商人のような気さくな活潑《かっぱつ》さがあった。いざ結婚してしまうと、二、三年は妻の財産で暮らし、うまい夕食を食べたり、朝寝坊したり、陶製の大きなパイプをくゆらしたり、夜は芝居が終ってからでなければ家に帰らなかったり、カッフェへしじゅう出入りしたりしていた。義父が死んだが、ほとんど残してくれたものはなかった。彼はそれを憤って、製造業に身を投じたが、それでなにがしかの金を失い、次には田舎に引きこもって、開拓をやろうとした。だが、耕作にかけてもインド更紗《サラサ》*3と同じであまり通暁してはいなかったし、馬は畑仕事へ行かせずに自分で乗りまわし、林檎酒《りんごしゅ》は樽《たる》で売らずに自分で瓶で飲み、鶏小屋のいちばん立派な鶏は自分で食い、豚の脂は自分の狩猟靴に塗りたくるという有様だったので、ほどなくして、いっさいの投機はきっぱり抛棄《ほうき》するほうがよろしいと自ら悟ることになった。

そこで年二百フランの条件で、彼はコー地方［ノルマンディー州の北部に属し、セーヌ河の北岸に当る海岸地帯］とピカルディー州［ノルマンディー州の北側に隣接する州］との境界のある村落に、なかば農場なかば地主屋敷のような住居を借りることにした。そして鬱々《うつうつ》とし、悔恨にさいなまれ、天を非難し、あらゆるひとを妬《ねた》み、彼の言葉によれば人間どもに嫌気がさし、平和に暮らそうと心を決めて、四十五歳になると早々にそこに閉じこもった。

彼の妻はかつては彼に夢中だった。たいへん従順に彼を愛したのだが、そのせいでいっそう彼を引き離すことになってしまった。昔は陽気で、開けっぴろげで、情が深かったのに、年をとるにつれて、（ちょうど気のぬけた葡萄酒《ぶどうしゅ》が酢になるように）気むずかしくなり、たえずわめきちらすようになり、神経質になっていった。彼が村のふしだらな女なら誰でも追いまわすのを見たときとか、夜になって、彼があちこちの悪所から、へとへとになり酔いの臭気を吐きながら帰ってくるのを見たときなど、はじめは苦情も言わず、彼女はずいぶん苦しんだものだった！　ついで自尊心が反抗した。それで彼女はなにも言わなくなり、無言のストイシズムで怒りをじっと耐え忍び、そのストイシズムを死ぬまで保ちつづけた。彼女はたえず買物や用事で走りまわっていた。代訴人や裁判長のところへ出かけたり、手形の支払期日を思いだしたり、支払猶予を認めてもらったりしていた。そして家では、アイロンをかけたり、裁縫をしたり、洗濯をしたり、職人を監督したり、計算書の支払いをしたりしていたが、それにひきかえて旦那のほうときたら、なにひとつ心配するでもなく、しじゅう仏頂面で居眠りをきめこみ、眼をさますとただ彼女に不愉快なことを言うばかりという始末で、煖炉《だんろ》のそばの一隅で、灰のなかに唾をはきながら煙草《タバコ》をくゆらしつづけるのだった。

彼女が子供を産むと、その子は里子に出さねばならなかった。彼ら夫婦のもとに帰ってくると、子供は王子さまのように甘やかされた。母親は子供にジャムをたくさん舐《な》めさせた。父親は素足で走りまわらせ、そして哲学者ぶろうとして、獣《けもの》の子のように素裸で歩いてもかまわないのだが、などと言ったりさえした。母親の性癖とは反対に、彼の頭のなかには幼児期についてのある男性的な理想があり、それにしたがって彼は息子を躾《しつけ》ようと努め、息子の体格がよくなるように、スパルタ式に厳しく育てることを望んでいた。火の気のないところに寝に行かせたり、ラム酒をぐいぐい飲むことや教会の行列を罵倒することを教えた。だが、子供は生れつきおとなしくて、彼の努力にうまく報いてくれなかった。母親は子供をいつも自分のうしろに引きつれていた。彼女は子供に厚紙を切りぬいてやったり、いろいろなお話を聞かせてやったり、子供を相手にして、憂いをふくんだ陽気さと饒舌《じょうぜつ》な優しさがふんだんにいりまじった、果てしのない独白にふけったりするのだった。孤独な生活をしているせいで、彼女は自分のばらばらに散乱した砕け散った虚栄のすべてを、子供の頭上に移した。彼女は高い地位に憧れ、わが子がすでに成長し、美しくなり、才気に富み、職業に就き、土木界か法曹界にいるところを思いうかべた。彼に読みかたを覚えさせたり、自分のもっている古ピアノで二つ三つの甘美な歌曲を歌うことまで教えたりした。だが、文芸のことはほとんど気にかけようともしないボヴァリー氏は、そういうことすべてにたいして、そんなことやるに及ばん！　と言うのだった。この子を官立の学校に入れておいたり、役人の地位なり商売の営業権なりを買ってやるだけの金が、いつか彼ら夫婦の手にはいるだろうか？　それに、肝っ玉があれば、男というものはかならず世間で成功するんだ。ボヴァリー夫人は唇《くちびる》をかみ、子供は村をほっつき歩くのだった。

　子供は百姓たちのあとにくっついて歩いたり、土くれで鴉《からす》を追いはらって飛び去らせたりした。農場のまわりの土手に沿って桑の実を食べ歩いたり、竿《さお》を手にして七面鳥の番をしたり、収穫の時期には草を刈って干したり、森のなかを走りまわったり、雨の日は教会の入口で石蹴りをしたり、大祭のときには、教会の雑用係に鐘をつかせてくれと頼みこんでは、身体ごと鐘の大綱にぶらさがり、大綱に引っぱられて宙に舞う気分を味わったりした。

だから彼は柏《かしわ》の木のように丈夫に成長した。頑丈な手とみごとな血色を得た。

十二歳のとき、母親は彼に勉強をはじめさせる許しをもらった。それは司祭に託された。だが、授業は時間が短くてしかも途切れがちなので、大して役に立たなかった。授業が行われるのは司祭が閑《ひま》なとき、洗礼と葬式の合間に、聖具室で、立ったまま、あわただしくやるのだった。そうでなければ、「御告《おつ》げの祈り」のあと、外出しなくてもよいときに、司祭が使いを出して生徒を迎えにくることもあった。司祭の部屋へあがり、席に着く。すると蠟燭《ろうそく》のまわりには羽虫や蛾《が》が飛びまわっていた。暑いので子供は眠りこんでしまう。老司祭のほうも両手を腹に当てがってうとうとし、間もなく口をあんぐり開けて鼾《いびき》をかくのだった。また他のときには、司祭さまが近所のある病人のところに臨終の聖餐《せいさん》を授けて帰りしなに、野原をうろついているシャルルを見かけると、彼を呼びつけ、十五分ほど説教し、この機会を利用して、木の根方で動詞の変化を言わせることもあった。ところが雨が降ってきたり、知りあいが通りかかったりして、二人の邪魔をするのだった。それでも、司祭は彼のことがいつもお気に召していて、若者はたいへん物覚えがよろしいとさえ言った。

シャルルはそんなところで止まっているわけにはゆかないのだ。夫人は強硬だった。言い負かされ、というよりは疲れはてて、旦那のほうは逆らわずに屈服して、そして子供が最初の聖体拝受を済ますまで、もう一年待った。

さらに六カ月経った。そしてその次の年、シャルルはついにルーアン［パリの西北約百二十キロのところにある都会で、ノルマンディー州の首都］の学校へやられたのだが、そこには十月の末頃、[*4]聖ロマン祭の市《いち》が立つ時期に、父親が自分でシャルルを連れて行った。

今となっては、私たちのうちの誰にしても、彼のことでなにか思いだすことは不可能であろう。彼は温和な気質の少年であり、休憩時間には遊び、自習時間には勉強し、教室では授業をよく聞き、寝室ではよく眠り、食堂ではよく食べた。ガントリー街の金物卸商を保証人としていたが、この人物は月に一度、日曜日に、店を閉めてから、彼を港に散歩に行かせて船を眺めさせ、それから七時になると、夕食の前に彼を学校へ連れもどすのだった。木曜日の晩はいつも、彼は赤インクと封緘《ふうかん》用の糊《のり》を三個使って、母親にあてて長い手紙を書いて出した。それから歴史のノートにまた眼を通したり、でなければ自習室に散らかっている『アナカルシス』[*5]の古本を読んだりした。遠足のときは、彼は小使と話をしたが、この小使は彼と同じように田舎の出だった。

一生懸命やったせいで、彼はいつもクラスの中程のところにいた。一度など、博物学で一等賞を取りさえした。だが第三学級の学年末に、両親は彼が独力で大学入学資格試験まで進めるだろうと信じこみ、中学を退かせて医学を勉強させた。

知りあいの染色屋の家の、オー＝ド＝ロベック河に面した五階の一室を、母親が彼に選んでやった。彼女は下宿料の取りきめを行い、家具類、つまり机ひとつと椅子二つを買い、自宅から桜材の古いベッドをもってこさせ、その上さらに小型の鋳物のストーヴと、わが子を暖めることになる薪《まき》を買ってやった。そのあと、いまや彼は自分のことは自分ひとりでやることになるのだから、しっかり行動するようにと繰りかえし言いきかせてから、週末に帰っていった。

講義の課目を彼は掲示で読んだが、茫然《ぼうぜん》たる思いをさせられた。解剖学講義、病理学講義、生理学講義、薬学講義、化学講義、植物学、臨床、治療学、それに衛生学、医薬品原料学は申すに及ばず、すべての名称は彼にはその語源も分らぬ、荘厳な闇にみちた聖堂の扉のようなものばかりだった。

彼はなにひとつ理解できなかった。じっと耳を傾けても無駄で、さっぱり分らなかった。それでも彼は勉強し、きちんと綴《と》じたノートを何冊も持ち、すべての講義に出席し、回診の実習はただ一度とて怠けたことがなかった。自分がなにを砕いているのやら仕事のことは一向に分らずに、眼隠しをされたまま、ただ同じところをぐるぐる廻《まわ》っている粉挽き器を廻す馬のように、日々のこまごました課業を果たしているのだった。

出費を節約させるため、母親は毎週、配達夫に犢《こうし》の焼肉を一切れとどけさせたが、彼は病院から帰っているときには、朝、部屋の壁に靴の底をぶつけて足を暖めながら、その肉で食事をした。それから街路という街路をすべて通って、授業、階段教室、施療院へと駆けまわらねばならなかったし、そして自分の部屋へ帰らねばならなかった。晩は下宿の粗末な夕食のあと、自分の部屋へあがってゆき、また勉強に取りかかったが、湿った服を着こんでいたので、その服は真赤に燃える煖炉の前で、身体じゅう湯気をたてていた。

夏の晴れた晩、なまあたたかい街路に人通りのない時刻、女中たちが家の門口で羽根をついて遊ぶ頃、彼は窓を開けて肱をついていることがあった。川がルーアンのこの界隈を汚らしい小ヴェニスのようにしながら、彼の眼下で、黄色や紫色や青い色をして、橋や鉄柵のあいだを流れていた。職人たちが川のほとりにうずくまって、川の水で腕を洗っていた。屋根裏部屋の天辺《てっぺん》から突きでた竿には、木綿糸の桛《かせ》が干してあった。正面の家々の屋根の向うには、広大な澄んだ空がひろがって、赤い夕陽が沈もうとしていた。あそこへ行ったらじつに気持がよいにちがいない！　ぶなの木の下はどんなに涼しいだろう！　そして彼は鼻孔を開いて野原のよい香りを吸いこもうとしたが、それは彼のところまでとどいてこなかった。

彼は痩せ、背丈が伸び、顔は人目をひくといってもいいような一種の悩ましげな表情を帯びた。

もちろん、とくに何ということもなしに、彼は以前に固めたすべての決意を振りすてるにいたった。一度、回診の実習に欠席し、その翌日は講義に欠席し、そして怠惰の味を味わうと、徐々に講義に舞いもどらなくなった。

彼は酒場通いの習慣をつけるとともに、ドミノ遊びに熱中するようになった。毎晩汚らしい遊戯場に閉じこもり、そこで黒点のついた小さな羊の骨のドミノ札で大理石のテーブルを叩《たた》くことが、自分の自由を示す貴重な行為であると彼には思えたのであり、それが自分を相当な者だと思う気持をますます高めた。それは世間にはいる秘伝の伝授のようなものであり、禁じられた快楽への接近であった。そして遊戯場へ入ってゆく際、彼はほとんど肉感的な喜びを味わいながらドアの握りに手をかけた。そうすると、心のなかで抑えられていた多くのものが膨れあがった。彼は小唄の歌詞を暗記して、新しい会員の披露の宴《うたげ》ではそれを歌ったり、ベランジェ［ピエール＝ジャン・ベランジェ。一七八〇―一八五七。数多くの俗謡を書いた詩人で、当時は随一の人気作者だった］に熱中したり、ポンスがつくれるようになったり、遂に恋を知ることになったりした。

こういう準備作業のおかげで、彼は開業医《オフィシエ・ド・サンテ》[*6]の免許試験に完全に失敗した。まさにその当夜、家では合格を祝おうと彼を待っていたのに！

彼は徒歩で出かけ、村の入口のあたりで足をとめて、そこへ母親を呼んできてもらって、母親にすべてを話した。彼女は失敗の原因を試験官たちの不公平に転嫁して彼を許し、後始末は自分で引き受けて彼の気持を少し落ちつかせた。その後五年経《た》ってはじめて、ボヴァリー氏は真相を知った。真相は古いことであったし、彼も受けいれたが、そもそも自分の血をひいた人間が愚かだと思うことはできなかったのだ。

そこでシャルルはまた勉強に取りかかり、試験の題目についての準備の勉強にひっきりなしに打ちこんで、ありとあらゆる問題を前もって暗記してしまった。彼はかなりよい成績で合格した。母親にとってはなんというすばらしい日！　盛大な晩餐《ばんさん》が催された。

彼はどこで開業することになるだろう？　トストで。そこには年寄りの医者がひとりいるだけだった。ずっと以前からボヴァリー夫人はその老医師の死を当てこんでいたが、その老人がまだこの世におさらばしないうちに、シャルルはその後継者として真向いに腰を据えたのである。

だが、息子を育て、医学を学ばせ、開業するためにトストを見つけただけではすべてではなかった。彼には妻が必要であったから。彼女はそれを見つけてやった。ディエップの執達吏の未亡人で、四十五歳、千二百フランの年収があった。

この女は不器量で、ひどく痩せこけていて、吹出物だらけであったとはいえ、もちろんデュビュック夫人にだって選《え》り好みできる相手がないではなかった。目的に到達するために、母ボヴァリーはそれらの結婚相手をひとり残らず押しのけねばならなかったし、司祭たちに支持されたある豚肉屋の策謀を、いとも巧妙に出しぬくことさえやった。

シャルルは結婚すればもっとよい状態が到来するものと漠然と予想していたし、もっと自由になり、おのが身とおのが金銭は自由にできるだろうと想像していた。ところが、妻が支配者だった。人前ではこう言わねばならず、ああ言ってはならなかったし、金曜日はいつも肉を食べてはいけなかったし、着る物は彼女の好むようにしなければならなかったし、金を払わぬ患者にたいしては彼女の命令でうるさく催促しなければならなかった。彼女は彼のところにきた手紙を開封したり、彼の行動をひそかに探ったり、女性の患者がいると、彼が診察室で診断をくだしているのを、壁越しにじっと聞いたりするのだった。

彼女は毎朝ココアを飲まずには済まなかったし、どこまでも際限なくさまざまな世話が必要だった。たえず神経のこと、胸のこと、気分のことを訴えていた。足音がすると苦しくなる。ひとが向うへ行くと、ひとりでいるのが堪《たま》らなくなる。そのくせ、ひとがそばにもどってくると、たぶん、自分が死ぬところを見にきたのだろう、ということになった。晩になって、シャルルが帰ってくると、彼女はシーツの下から瘦せた長い腕を出して、その腕を彼の頭のまわりに廻し、ベッドの縁に坐らせて、悩みごとを話しだすのだった、彼は彼女のことを忘れて、別の女を愛しているのだ！　と。やがて不幸な女になるだろうと言われたことがあるが、あれは図星だった。そして最後は健康のために薬用シロップをいくらかと、もう少し多くの愛を彼に求めるのだった。

2

ある夜、十一時頃、ちょうど門口でとまる馬の蹄《ひづめ》の音で彼らは眼をさました。女中が屋根裏部屋の天窓を開けて、下の街路にいる男としばらく押し問答をした。男は医師を迎えにきたのだった。彼は一通の手紙をもっていた。ナスタジーは寒さで震えながら階段を降り、錠前を開け、閂《かんぬき》をひとつずつはずした。男は馬をその場に残し、女中のあとにしたがい、その背中についていきなり部屋に入ってきた。鼠色《ねずみいろ》の房のついた毛織の縁なし帽のなかから、ぼろ布にくるんだ手紙を取りだし、そっとシャルルに渡すと、シャルルは枕に肱をついてそれを読んだ。ナスタジーはベッドのそばで、明りをもっていた。夫人は恥ずかしがって壁のほうを向き、背中を見せていた。

その手紙は、小さな青い封蠟《ふうろう》で密封してあったが、ベルトーの農場まですぐお越しくださって、脚の骨折を治していただきたいと、ボヴァリー氏に懇願していた。ところでトストからベルトーまでは、ロングヴィルとサン＝ヴィクトールを通って、間道でもたっぷり六リュー［古い距離の単位、一リューは約四キロに相当する］はある。その夜は闇夜であった。ボヴァリー若夫人は夫の身に事故があっては、と心配した。そこで厩番《うまやばん》が先発することが決められた。シャルルは三時間後、月の出のときに出発する。農場への道を彼に教え、先に立って道々の柵門を開けてもらうように、子供をひとり途中まで迎えに出そうということになった。

明け方の四時頃、シャルルは外套《がいとう》をしっかり着こんで、ベルトーへむかって出発した。温かな眠りからまだ覚めきらず、彼は馬の静かな跑足《だくあし》に揺られるがままになっていた。畦《あぜ》のほとりに掘りこまれている、茨《いばら》でまわりを囲まれた穴の前で、馬がひとりで止まると、シャルルははっとして眼をさまして、骨折した脚のことを思いだし、自分の知っている限りの骨折をすべて記憶に蘇《よみがえ》らそうと努めるのであった。雨はもう降っていなかった。夜が明けはじめて、落葉した林檎の木の枝には小鳥がじっと身じろぎもせずに止まって、小さな羽根を朝の冷たい風に逆立てていた。平坦な畑が眼路《めじ》の限りひろがり、そして地平で陰鬱《いんうつ》な色調の空のなかに消えてゆくこの大きな灰色の野面には、あちこちの農場のまわりの木立が、間隔を置いて、黒ずんだ紫色の斑点をつくりだしていた。シャルルはときどき眼を開けた。が、ついですぐ頭がぼうっとなり、眠気が自然ともどってきて、まもなく半睡状態になってしまったが、そうするとつい先刻の感覚が思い出とごっちゃになってしまって、自分自身が二重に知覚され、学生でもあれば結婚してもいるし、さきほどのようにベッドに寝てもいれば、昔のごとく外科手術室を通りぬけているようでもあった。彼の頭のなかで、罨法薬《あんぽうやく》の温かい匂いが露の新鮮な匂いとまざりあっていた。病室のベッドのカーテンの鉄の輪がカーテン・レールの上をころがるのが聞こえ、そして妻の寝息が……ヴァッソンヴィルを通りかかったとき、土手のほとりの草の上に腰をおろしている少年の姿を見かけた。

「お医者さんですか？」と子供が尋ねた。

そしてシャルルの答えと同時に、子供は木靴を脱いで手にもって前方を走りだした。

開業医は、道すがら、案内者の話でルオー氏はたいへん暮らし向きの安楽な農民にちがいないことを呑《の》みこんだ。その前夜、隣家で御公現のお祝い「公現祭〈エピファニー〉の日〈一月六日〉、それを祝って夕食をする習慣がある」をして帰る途中、彼は脚を骨折したのであった。妻君は二年前に死んだ。お嬢さんがいるだけで、このお嬢さんが彼を助けて家のことを切りまわしていた。

轍《わだち》が深くなった。ベルトーへ近づいたのだ。子供は、垣根の穴をくぐって姿を消したが、それから中庭のはずれのところへまたもどってきて柵を開けた。馬は濡れた草の上で足を滑らせた。シャルルはかがみこんで枝の下を通った。番犬どもが犬小屋で鎖をひっぱりながら吠えたてていた。ベルトーの農場のなかへ入ると、馬は恐がって大きく跳びのいた。

立派な外観の農場であった。廏舎《きゅうしゃ》のなかには、開けはなった扉の上部を越して、新しい秣棚《まぐさだな》で静かに食べている大きな耕作馬が見えた。幾棟かの建物に沿って大きな堆肥《たいひ》の山がひろがり、湯気がそこから立ちのぼり、そしてその上では雌鶏《めんどり》と七面鳥に囲まれて、コー地方の家禽《かきん》飼育場の贅沢《ぜいたく》品である孔雀《くじゃく》が五、六羽、餌をつついていた。羊小屋は長く、穀物倉は高い建物で、人間の手のように滑らかな壁をめぐらしていた。物置場には二台の大きな二輪荷車と四梃の鋤《すき》が置いてあり、それに鞭《むち》や馬の首輪や完全に揃った馬具一式が一緒に付いていたが、そのなかの青く染めた羊の毛皮は、屋根裏の納屋から落ちてくる細かな埃で汚れていた。中庭はだんだん高くなってゆき、左右対称に間隔を置いた樹木が植えてあって、鵞《が》鳥《ちょう》の群れの陽気な騒がしさが池のそばに響いていた。

ひとりの若い女が、三重の襞飾《ひだかざ》りの付いた青いメリノ羊毛の服を着て、母屋の入口のところまで出てきてボヴァリー氏を迎え、彼を台所へ通したが、そこには竈《かまど》の火がさかんに燃えていた。その火のまわりでは、雇人たちの朝食が不揃いな高さの小鉢で沸騰していた。湿った衣服が煖炉の内側に干してあった。スコップ、火挟み、ふいごの口は、すべてひどく大きいものだが、磨いた鋼鉄のように光っていたし、その一方、壁に沿って揃いの台所用器具が豊富に並べられ、竈の火の明るい炎が、窓ガラスを通して射《さ》しこむ朝日のかすかな光にいりまじって、そこに不揃いにきらきら光っていた。

シャルルは患者を診るため二階へあがった。ベッドに横たわり、掛布団の下で汗をかき、ナイト・キャップをひどく遠くへ投げとばしてしまった患者の姿が眼にとまった。五十歳ぐらいのふとった小男で、白い肌、青い眼をして、前頭部が禿《は》げあがり、耳輪をつけていた。

彼はかたわらの椅子の上に、ブランデーの大きな瓶を置いていたが、ときどきそれを注《つ》いでは飲んで気力をつけていた。しかし、医者の姿を見ると、すぐさま興奮はしずまり、それまで十二時間もやっていたように悪口雑言で当りちらすのを止《や》めて、弱々しく泣き言を言いはじめた。

骨折はいかなる種類の併発症もない簡単なものであった。シャルルが願った以上に軽かった。そこで、怪我人のベッドのそばで自分の先生連がやった振舞を思いだして、あらゆる種類の冗談口で患者を元気づけたが、これはメスに塗る油と同じような外科的な慰撫《いぶ》なのだ。副木《そえぎ》をつくるために、荷車小屋へ小割り板を一束取りに行かせた。シャルルはそのなかの一枚を選んで、それを細かに切り、ガラスの破片で磨いたが、そのあいだに女中がシーツを裂いて繃帯《ほうたい》をつくり、エンマ嬢は患部用の小型の当てものを縫おうと骨を折っていた。彼女が裁縫箱を見つけだすのに時間がかかったので、父親はじれったがった。彼女はなにも答えなかった。だが、縫っているうちに、何度か針で指を突っついては、その指を口のところへもっていって吸った。

シャルルは彼女の爪の白さにびっくりした。その爪は光り、尖端がほっそりとし、ディエップ[*7]の象牙《ぞうげ》よりもきれいに磨きたてられ、巴旦杏《はたんきょう》形に細長く切ってあった。けれども彼女の手は美しくなく、おそらく十分に透き通った蒼白さがなかったし、関節のところが少しごつごつしていた。その手はまた長すぎもしたし、輪郭には柔らかく曲りくねった線がなかった。彼女の美しいところはといえば、それは眼である。褐色なのに、睫毛《まつげ》のせいで黒いように見えたし、その視線は無邪気な大胆さで率直に迫ってくるのだった。繃帯を巻き終えると、医者はルオー氏自身から、帰る前に「ちょっと一口召しあがって」と招待された。

シャルルは階下の広間へ降りていった。二人前の食器が、銀の杯と一緒に小さなテーブルの上に置いてあったが、このテーブルは、トルコ人の人物模様をあしらったインド更紗の覆いを掛けた、天蓋つきの大きなベッドの下のところにあった。鳶尾《いちはつ》の香料と湿ったシーツの匂いがしたが、これは窓と向かいあわせになったオーク材の背の高い簞笥《たんす》からただよってくるのであった。床の上には、部屋の隅々に、小麦の袋が立てて並べてあった。それはすぐそばの穀物倉からはみだした分であって、穀物倉には石の段を三段あがれば行けるようになっていた。部屋の飾りとすべく、湿気で硝石が吹いて緑色の塗料が剝げ落ちた壁の中央には、黒鉛筆で描いたミネルヴァ［ローマ神話の知識、芸術、技芸の女神］の顔が金縁の額にいれて釘に掛けてあり、その下のほうには、「A mon cher papa」（愛するお父さまに）という文字が、ゴシック字体で書きこんであった。

まず最初は患者のこと、それから天候のこと、ひどい寒さのこと、夜になると野原を駆けまわる狼《おおかみ》のことが話題になった。ルオー嬢は、とくにいまはほとんどひとりで農場の世話を任されていることもあって、田舎で楽しい思いはあまりしていない、ということだった。広間は冷え冷えとしていたので、彼女は食事をしながら震えていたが、そのせいで厚みのある唇、ふだん黙っているときは軽く嚙《か》むのが癖になっている唇が、ちょっぴりのぞいていた。

白い、折返した襟《えり》から頸《くび》が出ていた。髪の毛は、二つに分けた黒い髪の左右両側ともそれぞれ一つの塊かと思われるほど、それほど滑らかであって、頭の真中でその髪を分けている細い分け目の筋は、頭蓋の曲線にしたがってかすかにへこんでいた。そして耳のさきをほんのちょっと見せながら、髪の毛はうしろのほうで一つに合して豊かな巻髪となり、それとともにこめかみのほうへ波打つようなウェーヴもあったが、これは田舎医者が生れてはじめて眼にするものだった。彼女の頰は薔薇色《ばらいろ》だった。男のように、胸のあたりのボタンとボタンのあいだに、鼈甲《べっこう》の鼻眼鏡を差していた。

シャルルが、ルオー爺《じい》さんに別れを告げに二階へあがったあと、出発する前にもう一度広間へ入ってゆくと、彼女が額を窓にぴったりとつけて、立ったまま、庭を眺めている姿が眼にとまったが、庭では隠元豆の添え木が風でひっくり返ってしまっていた。彼女は振りむいた。

「なにかお探しですの？」と尋ねた。

「乗馬の鞭なんですが」と彼は答えた。

そして彼はベッドの上や、ドアの蔭や、椅子の下を探しはじめた。鞭は小麦袋と壁のあいだの床に落ちていた。エンマ嬢がそれを見つけた。彼女は小麦袋の上に身をかがめた。シャルルは、紳士らしく、すぐそこへ駆けより、そして彼のほうも同じように腕を動かして差し伸ばしたとき、自分の胸が下にかがんでいる娘の背中に軽くふれるのを感じた。彼女は真赤になって身体を起し、鞭を渡しながら肩越しに彼を見つめた。

約束したように、三日後にまたベルトーの農場へくることをしないで、彼が舞いもどってきたのはそのすぐ翌日であり、それから週に二回は定期的にやってきたし、その上にときおり、まるで間違えて来たかのように、不意に訪ねてくることもあった。

それにまた、万事はうまくいった。恢復《かいふく》は型通りに進んで、四十六日経って、ルオー爺さんが家禽飼育場をひとりで歩こうと試みる姿が眼にとまる頃には、ボヴァリー氏は大した腕の人物とみなされはじめていた。ルオー爺さんは、イヴトーの一流の医師、あるいはルーアンの一流の医師をもってしても、これほど順調には治らなかっただろうと言った。

シャルルはといえば、なぜ自分が喜んでベルトーへくるのやら、われとわが心に尋ねてみようともしなかった。よしんば考えてみたところで、たぶんその熱意を症状の重さのせいにするか、あるいはおそらく自分が当てこんでいる儲《もう》けのせいにするかであったろう。しかしながら、農場への訪問が、日々の生活のつまらない仕事のなかで、ひとつの好ましい例外をなしていたのは、はたしてそのためであったろうか？　そういう日には、彼は朝早く起きて、馬を速駆けさせて出発し、馬を急がせ、それから馬を降りて草の上で足を拭い、なかへ入る前に黒い手袋をはめるのだった。そんなふうにして中庭に着き、柵の入口が廻るのを肩のあたりに感じるのが好きだったし、塀の上で鳴く雄鶏《おんどり》、迎えに出てくる下男たちが好きだった。穀物倉や厩舎が好きだった。ルオー爺さんが好きだったが、この老人は彼のことを救い主と呼んで親し気に彼の手を叩いて握手するのだ。台所のよく洗ったタイルの上のエンマ嬢の小さな木靴が好きだった。その高い踵《かかと》のせいで彼女はちょっと背が高くなり、彼女が彼の前を歩いていると、木の靴底が素早くあがって、なかの編上靴の革とこすれて乾いた音を立てて鳴るのだった。

彼女はいつも玄関の石段の第一段のところまで彼を見送った。彼の馬がまだそこへ連れてこられていないときには、彼女はそのままたたずんでいた。別れの言葉は既にかわしていたので、なにも話はしなかった。大気が彼女のまわりを包んで、項《うなじ》のほつれ毛を乱雑にそよがせたり、あるいはまたエプロンの紐を腰のところでゆらゆらと揺すったりして、それが吹流しのようにくねくねするのだった。一度、雪どけの天候のとき、中庭では木々の樹皮が滴《しずく》をたらし、建物の屋根の上では雪が溶けていたことがあった。彼女は玄関のところにいた。日傘を取りに行き、それを開いた。玉虫色の絹の日傘には、陽の光が射し通って、彼女の顔の白い肌はゆらゆら動く照りかえしで輝いていた。彼女はその傘の下でほのかな暖かさに微笑を投げかけていた。そして日傘の絹の地の、ぴんと張りつめてきらきら光る光沢の上に、滴が一滴一滴と落ちるのが聞こえた。

シャルルがベルトーへしげしげ足を運んだ最初のうちは、ボヴァリー若夫人はいつもかならず患者のことを質問し、彼女のつけている複式記帳式の帳簿にも、ルオー氏のために、たっぷり一頁分の白いところを選定してあった。だが、ルオー氏に娘がひとりあると分ると、彼女はあちこちに問いあわせた。そしてルオー嬢がウルスラ女子修道会の尼僧院で教育され、いわゆる立派な教育なるものを受けたということ、したがってダンス、地理、図画も心得ているし、綴織《つづれおり》もできればピアノも弾けるということを知った。これ以上は放っておけなかった！

「じゃあ、そのためなのかしらん」と彼女は考えた、「あの娘に会いに行くとなると、あんなに晴れ晴れした顔をするのも、雨で傷むのもかまわずに新しいチョッキを着こむのも？　ああ、あの女、あの女！……」

　そして本能的に、彼女はその娘を嫌った。まず最初は、いろいろな当てこすりで気持を晴らした。シャルルはその当てこすりを理解しなかった。つぎには、話ついでの嫌味で気持を晴らしたが、彼は騒ぎを怖れてそれを聞き流した。最後には、彼には答えようのないあからさまな詰問で気持を晴らすのだった。――いったいどういうわけで、ベルトーへまた舞いもどるのか、ルオーさんは治ったし、あのひとたちはまだ支払いをしてくれていないというのに？　まあ！　あちらには立派なかた、話し上手なひと、話を飾れる女性、ご才女さまがいるからなんだ。あなたが好きなのはそれだったのだ。どうしても町のお嬢さんでなければいけなかったのだ！――そして彼女は言葉をつづけた。

「ルオー爺さんの娘が町のお嬢さんですって！　とんでもない！　あの家のお祖父《じい》さんは羊飼いだったし、なにかの争いで、ひどいことをやって重罪裁判所で裁判にかけられそうになった親類がいるのよ。あんなに見栄を張ってみたって、日曜日には伯爵の奥方みたいに絹のドレスで教会へ現れたって、なんにもなりゃあしませんよ。それに、気の毒に、爺さんだって去年の菜種がうまく売れなかったら、未払金を払うのにもとても困ってたでしょうね！」

うんざりして、シャルルはベルトーへ舞いもどるのをやめた。さかんに愛情を爆発させて、大いにすすり泣いたり接吻《せっぷん》したりしたあげく、エロイーズは、もう二度と行かないということを、ミサ典書に手を置いて彼に誓わせた。で、彼は言われた通りにした。けれども彼の欲望の放胆さが行動の卑屈さに反抗し、一種の素直な偽善から、彼女に会ってはいけないというこの禁止は、自分にとっては彼女を愛してよいという権利にひとしいのだ、と考えた。それに未亡人だった妻は痩せていたし、欲の皮が突っ張っていた。どんな季節でも小さい黒い肩掛けをしていて、その尖端が肩甲骨のあいだに垂れていた。ごつごつした胴体が刀の鞘《さや》のような形に仕立てたドレスにきっちり包まれていたが、そのドレスは短すぎて、踝《くるぶし》がのぞける上、鼠色の靴下の上で交叉《こうさ》している大きな靴のリボンも見えるのだった。

　シャルルの母親はときどき彼らに会いにきた。しかし数日経つと、嫁はその刃で母親をいっそう研ぎすますように思われた。そうなると、さながら二丁のナイフのように、彼女らはそれぞれの考えやら小言やらで彼を切りきざんだ。彼がそんなにたくさん食べるのはよくないことだ！　なぜしょっちゅう誰にでもすぐ一杯飲ませるのか？　ネルの衣類を着ようとしないとは、なんとまあ強情なことだろう！

　春のはじめ、デュビュック未亡人の資産の保管者であるアングヴィルのある公証人が、事務所の金をすっかり拐帯《かいたい》し、よい潮時を見はからって逐電するということが起った。エロイーズは、たしかに、六千フランと評価される船株のほかに、サン＝フランソワ街の邸《やしき》をまだ所有してはいた。けれども、あれほど大袈裟《おおげさ》に吹聴されていたその全財産は、僅かばかりの家具と若干の衣類を別にすれば、新世帯にはなにひとつ姿を見せなかった。事態をはっきりさせなければならなかった。ディエップの邸は土台の杭《くい》のなかにいたるまで抵当に蝕《むしば》まれていた。彼女が公証人にいくら預けてあったのか、それは神のみぞ知るであったし、船の持株は三千フランを超えていなかった。では、嘘をついていたのだ、あのいかさま女は！　激怒にかられて、老ボヴァリー氏は、椅子を床にぶつけて叩きこわしながら、あんな瘦せ馬、持参の馬具が毛並よりもまた劣っているあんな瘦せ馬に息子を繫《つな》いで、息子を不幸にしてしまったと言って妻を責めた。夫妻はトストへやってきた。釈明が行われた。喧嘩《けんか》騒ぎがあった。エロイーズは、涙にくれて、夫の腕のなかに身を投げかけ、両親の攻撃から自分を守ってくれと頼みこんだ。シャルルは彼女のために弁じようとした。両親は怒り、そして帰ってしまった。

しかし打撃は加えられた。一週間後、中庭で洗濯物をひろげているとき、彼女は喀血《かっけつ》に襲われ、その翌日、シャルルが窓のカーテンを締めようと背を向けていたそのあいだに、彼女は《ああ、苦しい》と言い、溜息《ためいき》をつき、気を失った。彼女はもう死んでいた！　なんという驚き！

墓地ですべてが終ってから、シャルルは家へ帰った。階下には誰もいなかった。彼は二階の部屋へあがって、寝所の足もとのほうの壁にまだかかっている妻のドレスを見た。そこで、書物机《かきもの》にもたれかかって、彼は夜になるまで悲痛な夢想にふけった。妻は彼を愛してくれていたのだ、結局のところは。

3

ある朝、ルオー爺さんが元通りになった脚の治療費をシャルルのところへもってきた。四[*8]十スー［スーは古い貨幣の単位で、一スーは五サンチームに当り、したがって四十スーは二フランになる］の貨幣で七十五フラン、それに七面鳥が一羽。彼はシャルルの不幸を聞き知っていて、できる限り言葉を尽して慰めた。

「わたしもどういうものか知っとりますよ！」シャルルの肩を叩きながら彼はそう言った。「先生とご同様でしたな、このわたしも！　女房をなくしたときには、よく野原へ出て行っちゃあ、ひとりっきりでいたもんでしたよ。木の根のところに倒れこんで、涙を流し、神さまの名を呼び、馬鹿なことを言いましたっけ。わたしはできることなら土竜《もぐら》みたいになりたかったですよ、木の枝に引っかけられているのが見える、腹のなかに、腹といったって裂けてしまってますがね、うじゃうじゃ動く蛆《うじ》をわかせてる土竜みたいにね。そして他の連中は、いま時分、かわいい女房どもと一緒で、女房どもをじっと抱きしめているんだと思うと、わたしは杖《つえ》でもって地面を力まかせにひっぱたいたもんです。いわば狂人同然で、もうものも食えませんでしたな。カッフェへ行くことを考えるだけで、気分が悪くなりましたよ、信じちゃあもらえんでしょうがね。ところがです、一日一日と日が経って、春が冬につづき、秋が夏の上に重なると、ひっそりと、そいつは少しずつ、ちょっぴりずつ失《う》せてゆきましたな。

どっかへ行ってしまった、立ち去ってしまった、まあ、降りていった、とわしは言いたいところですが、というのも、底のほうになにかがいつも残ってるからですがね、いわばまあ重石《おもし》とでもいったものが、そこに、胸の上にね！　しかし、これがわたしらすべての人間の運命なんですから、弱りこんじゃあいけません、ひとが死んだからって、自分も死にたいなんて……元気を出さなきゃいけませんな、ボヴァリー先生。いずれ過ぎてしまいますよ。わたしどもの家へ来てやってください。娘がときどき先生のことを思いだしてますよ、お分りでしょ、そして先生はわたしのことなんかお忘れなんだと、あの娘はそんなふうに言ってます。まもなく春になりますな。いい猟場へ兎撃ちにお連れしましょう、ちょっとばかり気晴しをしていただくためにね」

シャルルは老人の勧めに従った。彼はまたベルトーへ行った。すべてはもとのまま、つまり五カ月前のままであるのが分った。梨の木はもう花が咲き、ルオー老人はいまでは起きて動きまわっており、そのせいで農場はずっと活気づいていた。

辛《つら》い状態にいるのだから、このお医者にできる限りの礼儀を惜しみなく尽すのが自分の義務であると思って、老人は帽子はどうか脱がずにいてくれと頼んだり、まるで相手が病気でもあるかのように小声で話しかけたり、クリーム入りのパン粥《がゆ》とか梨の砂糖煮のような、他のどんなものよりも少し軽めのものがシャルルのために用意されてなかったことにたいして、怒りだすふりさえするのだった。彼はいろいろな話をしてくれた。シャルルは思わず笑いだしそうになる。ところが、妻の思い出がとつぜん蘇《よみがえ》ってきて、シャルルの心を暗く閉ざす。そこへコーヒーが運ばれてくる。彼はもう妻のことは思いださなかった。

ひとり暮しに慣れるにつれて、彼はだんだんそのことを思いださなくなった。気ままな生活の新しい楽しみが、やがて孤独をもっと耐えやすいものにしてくれた。いまでは食事の時間を変えることもできれば、理由をはっきりさせずに家を出入りすることもできるし、ひどく疲れたときには、ベッドで横幅いっぱいに手足を伸ばすこともできた。だから、彼は自分をいたわり、甘やかし、ひとが寄せてくれる慰めを喜んで受けいれた。一方また、妻の死は商売の上でだいぶ役に立った。というのは、一カ月のあいだというもの、《気の毒に、まだ若いのに！　なんとまあ不幸な！》とひとびとは口々に繰りかえしたからである。彼の名前はひろまり、患者は増えた。それからまた、誰に気兼ねもなくベルトーへ出かけていった。彼には当てのない希望があり、漠とした幸福があった。鏡の前で頬ひげにブラッシを当てながら、自分の顔つきがずっと感じよくなったと思うのだった。

ある日彼は三時頃に着いた。みんな畑に出ていた。彼は台所へはいっていった。ところが、はじめエンマの姿が眼にはいらなかった。窓の鎧戸《よろいど》が閉めてあったのだ。鎧戸の板の隙間《すきま》から、陽の光が床の上に細長い筋を伸ばし、その筋は家具の角で折れまがり、天井でゆらめいていた。蠅《はえ》が食卓の上で、使いずみのグラスを上のほうへのぼってゆき、それから底のほうの残った林檎酒のなかに浸って、ブンブンうなっていた。煙突から射しこんでくる陽の光が、煖炉の奥の壁の煤《すす》をビロードのように艶々《つやつや》とさせ、冷たい灰をいくぶんか青っぽい色に染めていた。窓と煖炉のあいだのところで、エンマは縫物をしていた。彼女は肩掛けをしてなかったので、むきだしの肩の上には小さな汗の玉が見えた。

田舎の流儀にしたがって、彼女はなにか飲物をと申し出た。彼は辞退したが、彼女はなおも言いはり、とうとう笑いながら、リキュールを一杯だけ自分と一緒に飲んでほしいと申しこんだ。彼女は食器戸棚へキュラソーの瓶を取りにゆき、二個の小さなグラスに手を伸ばし、一方には縁一杯までなみなみと満たし、もう一方にはほんのちょっとだけ注いで、グラスを触れあわせてから、口もとにもっていった。グラスはほとんど空だったから、彼女は身をのけぞらせて飲んだ。仰向けになり、唇を突きだし、頸を伸ばして、なにも飲んでる感じがしないとおかしがって笑ったが、そうやって笑いながらその舌の尖端が、形のよい歯のあいだから出て、グラスの底をちびちび舐めるのだった。

彼女はまた腰をおろし、仕事をまた手に取ったが、それは白い木綿の長靴下で、その繕いをしていたのだ。彼女はうつむいて仕事をしていた。彼女はものを言わなかったし、シャルルもそうだった。風がドアの下から吹きこんで、床のタイルの上に少しばかり埃を立てた。彼はその埃が床の上を這《は》うのを眺めていた。ただ自分の頭のなかで脈打つ音と、遠くの中庭で卵を産む雌鶏の鳴き声だけしか彼には聞こえなかった。エンマは、ときおり、両方の掌《てのひら》を押しあてて頬を冷やし、それが済むと今度はその掌を煖炉の大きな薪置台の鉄の頭球で冷やすのだった。

彼女はこの季節のはじめから、めまいを覚えると訴えた。海水浴は効能があるかどうかと彼に尋ねた。彼女は尼僧院のことを、シャルルは中学校のことを話しはじめ、言葉が二人のもとへやってきた。二人は階上の彼女の部屋へあがっていった。古い楽譜のノートや、賞としてもらった小さな本や、簞笥の下段にほったらかしにしてあった柏の葉の冠を彼に見せた。さらにまた母親のことや墓地のことを話し、毎月の第一金曜日に、母親の墓へ供えにゆくために花を摘む花壇は庭のあそこだと、彼に指さして教えることさえした。でも、ここの家の庭師はなにも分っていない、ひどい仕事しかしてくれない！　せめて冬のあいだだけでも、できれば町に住みたい、もっとも晴天の日が長くつづくせいで、田舎はたぶん夏のあいだのほうがずっと退屈だけれども。——そして、話すことがらにしたがって、彼女の声は明るくなったり、鋭くなったり、また急に物憂さに覆われて、抑揚を長びかせたりするのだったが、独り言を言うときなど、その抑揚は最後はほとんど呟《つぶや》きのようになった、——またあるときは楽しげになり、無邪気な眼を開け、それから瞼《まぶた》をなかば閉じ、眼差しを倦怠《けんたい》でうるませ、思いはとりとめなくさまようのだった。

夕方、帰ってゆく道すがら、シャルルは彼女の口にした言葉をひとつまたひとつと取りあげ、彼がまだ知りあいにならなかった時分の彼女の生活を思い描くために、その彼女の言葉を思いだし、その意味を補おうと努めた。けれども、最初に会ったときとは違う彼女の姿、あるいはいましがた別れたばかりのあのときのようでない彼女の姿は、どうしても頭にうかばなかった。それから、彼女はこのさきどうなるだろうか、結婚するかどうかと、彼は考えこんだ。で、誰とだ？　ああ、ルオー爺さんは相当に金持だし、それに彼女は！……あんなに美しい！　しかしエンマの顔はしじゅうもどってきては彼の眼の前にとどまり、そして独楽《こま》の唸《うな》る音のようななにか単調な声が、彼の耳にぶつぶつとささやくのだった。《それなら、お前が結婚すりゃあ！　お前が結婚すりゃあ！》夜、彼は眠れず、のどは締めつけられ、水が飲みたかった。彼は水差しの水を飲もうとして起きあがり、窓を開けた。空は星々に覆われ、暖かい風が吹きすぎ、遠くで犬が吠えていた。彼はベルトーの方向を見やった。

　結局なんら危ない橋を渡るわけではないと考え、シャルルは機会がきたら求婚しようと決心した。しかし、機会がくるとその度に、ふさわしい言葉が見つからないという心配が、彼の口を封じてしまった。

　ルオー爺さんは娘をもってゆかれても不満には思わなかったであろう、なにしろ娘は家であまり役に立ってないのだから。娘は百姓仕事には才気がありすぎるのだと思って、内心では娘のことを大目に見ていたが、この百姓仕事ときたら、決して百万長者など見当らないのだから、呪われた仕事なのだ。百姓仕事で財産をつくるどころか、老人は毎年損をしていた。それというのは、取引にかけては優れていて、いろいろ駆引をやるのは気にいっていたのだが、それにひきかえ本来のいわゆる百姓仕事にも、農場内の経営にも彼ほど不向きな人間はいなかった。ポケットへ入れた手は容易に出そうとはしなかったし、うまい物を食べ、ぬくぬくと暖を取り、いい気持で寝たいと思っているので、自分の生活に関係することとなったら、なんであれ出費を惜しまなかった。こくのある林檎酒、生焼きの羊の股肉《ももにく》、時間をかけてかきまぜたグロリア「ブランデーまたはラムをまぜたコーヒー。十九世紀には俗語としてこの名称がよく使われた」を彼は好んだ。台所で、ひとりで煖炉の前に坐り、ちょうど芝居でやるように、すっかり支度を整えて運ばれてくる小さな食卓で、食事をするのだった。

娘のそばにいるとシャルルが頰を赤らめるのに気がつくと、これは近いうちに彼が結婚を申しこむことを意味していたから、彼は事態をすべて前もって思いめぐらしてみた。シャルルはいささか貧相だと思えたし、かねがね望んでいたような婿ではなかった。しかし身持ちがよく、倹約家で、たいそう学もあるという噂だし、たぶん持参金のことでそんなにうるさく言いたてたりもしないだろう。ところが、ルオー爺さんは自分の資産のうち二十二アークル［古い面積の単位で、一アークルは約五十二アールに当る］を近々どうしても売らざるを得ないところだったし、石工にも、馬具屋にもたくさん借りがあったし、圧搾機の軸木も付けかえなければならなかったので、

「あの男が娘をほしいと言うなら、嫁にやるとしよう」と彼は考えた。

聖ミシェル祭［大天使聖ミシェル〈ミカエル〉の祝日で、九月二十九日。ノルマンディー地方では、貸借関係の支払期日に当てられていた］の時期に、シャルルはベルトーへやってきて三日間を過した。その最後の日も前の二日のように、十五分また十五分と尻ごみするうちに過ぎてしまった。ルオー爺さんは彼を送ってきてくれた。二人は窪《くぼ》んだ道を歩き、そろそろ別れようとするところだった。絶好の瞬間だ。シャルルは生垣の曲り角のところまでと自分で決め、そして遂《つい》に、生垣を越えたとき、

「ルオーさん」と彼は小声でつぶやいた、「ちょっとお話ししたいのですが」

二人は立ちどまった。シャルルは黙りこんでしまった。

「さあ、その話というのを言っちまいなさい！　わたしがなにもかも知らないなんてことがありますかい？」ルオー爺さんは穏やかに笑いながら、そう言った。

「ルオーさん……ルオーさん……」と、シャルルは口ごもった。

「わたしはですな、願ったりかなったりと思っとります」と農場主はつづけた、「たぶん娘も私と同じ考えでしょうが、しかしあれの意向を聞かなければなりませんな。このまま帰ってください。わたしは家へもどるとしましょう。もしええならば、いいですか、人眼もあることだし、家へもう一度おいでになる必要はありませんよ、それにそんなことになったら、あれもどぎまぎしちまうでしょうからな。しかし、あなたが気をもまずに済むように、窓の鎧戸を壁にぴったり大きく一杯に押しつけましょう。生垣越しに乗りだせば、家の裏手から鎧戸はごらんになれますよ」

そして彼は遠ざかった。

シャルルは馬を木につないだ。小径《こみち》に駆けこんだ。彼は待った。三十分経ち、それから彼は自分の時計で十九分数えた。とつぜん壁になにかがぶつかる音がした。鎧戸が垂れさがっていて、留金がまだ揺れていた。

翌日、九時になると、彼はもう農場へきていた。彼が入ってゆくと、エンマは平静を装ってちょっと笑おうと努力しながらも、顔を赤らめた。ルオー爺さんは未来の婿に接吻した。金銭上の取りきめについて話しあうのは後日のことにした。それに、結婚はシャルルの喪の終るまで、すなわち翌年の春頃までは当然ながら挙げるわけにゆかないのだから、時間はまだゆっくりあった。

冬はそういう期待のうちに過ぎた。ルオー嬢は嫁入り支度の衣裳のことに没頭していた。その一部分はルーアンに注文したが、下着や就寝用の布帽子は、よそから借りてきた流行のデザインにしたがって彼女が自分でこしらえた。シャルルが農場へ訪ねてきた際には、結婚式の準備のことが話しあわれた。晩餐はどの部屋で行うかが思案されたし、料理は幾皿くらい必要か、アントレは何にするかが考えられた。

それにたいして、エンマのほうは、できることなら夜の十二時に、松明《たいまつ》をともして結婚式を挙げたいと望んでいた。しかし、ルオー爺さんはそんな考えはまるで理解できなかった。そういうわけで、婚礼は四十三人の人間がやってきて、十六時間もずっと食卓にとどまり、翌日また再開され、そのあとまだ数日いくらかあとがつづく、そういう婚礼として行われた。

4

招かれた客たちは朝早く、一頭立ての幌馬車《ほろばしゃ》、二輪の腰掛け付の馬車、幌のない古い軽装馬車、革製の幕を張った遊覧馬車など、さまざまな乗物でやってきたし、ごく近くの村々の若者たちは荷車に乗ってきたが、大急ぎで走ってひどく揺れるので、落ちないように手を横木にかけて、一列に並んでいた。ゴデルヴィル、ノルマンヴィル、カニーなど、十リューも遠くから客がきた。両方の家族の親戚たちもすべて招待されたし、仲違《なかたが》いした友人たちとは和解したし、長いこと交際が絶えていた知人たちにも手紙が出されたのだ。

ときどき、生垣の向う側に鞭の音が聞こえた。すると、まもなく柵が開いた。幌馬車が入ってくるのだ。馬車は玄関の石段の最初の段のところまで疾駆してきて、そこでぴたっと止まり、客たちを吐きだす。客たちは膝をこすったり、腕を伸ばしたりしながら、馬車の両側から降りてきた。ご婦人がたは布帽子をかぶり、都会ふうのドレスを着こみ、金時計の鎖をつけ、ケープの端を重ねあわせてベルトにはさんだり、あるいはまた色物のスカーフをピンで背中に止めたりしていたが、そうすると襟足があらわに見えた。子供たちは、親父たちと同じような服装をしていたが、新しい服のせいで窮屈そうに見えたし（その日、生れてはじめて長靴《ちょうか》をはいた者さえ多かった）、彼らのかたわらには、この特別な折のために丈を伸ばした初聖体拝受のときの白い服を着こんで、一言もものを言わない十四か十六の娘の姿が見えたが、これはたぶん子供たちの従姉《いとこ》か姉だろうが、赤ら顔をし、ぼうっとなり、髪の毛には薔薇香水入りのポマードをべっとり塗りつけ、手袋を汚すまいとびくびくしていた。すべての馬車から馬をはずせるほど馬丁はいなかったので、旦那がたが腕まくりをして、自分たち自身でそれをやってのけた。相異なるそれぞれの身分にしたがって、彼らは燕尾服《えんびふく》やら、フロックコートやら、背広やら、短燕尾やらを着ていた。——一家の尊敬の念に取りまかれ、儀式のため以外には簞笥から出ることのない立派な燕尾服。風にひるがえる大きな裾、前が開いてない筒形の襟、袋のような大きなポケットのついたフロックコート。厚ぼったいラシャの背広、これは普通は庇に銅線をぐるっと巻きつけた縁なし帽子と付きものになっている。

たいへん丈の短い短燕尾、これは背中に一対の眼玉のようにくっつきあった二つのボタンがあり、裾の垂れは、まるで一個の木材の塊から大工の斧《おの》で切り割ったかのように見える。ある者たちは（もっともこの連中は、たしかに末席で食事をするに相違なかった）、儀式用の短上着、つまり襟を肩の上に折り返し、背中にはこまかな襞を取り、胴回りは縫いつけたベルトでもってひどく下のほうを締めつけた服を着ていた。

そしてワイシャツは胸の上でまるで鎧のように膨れあがっていた！　皆が髪を刈ったばかりで、耳と頭のあいだが離れて見え、顔は丁寧に剃《そ》ってあった。幾人かの夜明け前から起きた連中は、髭《ひげ》を剃る際にはっきり見えなかったせいで、鼻の下に斜めに切傷の付いた者とか、顎に沿って三フラン玉ほどの大きさの擦りむき傷のある者さえいたが、それが道中の強い風でひりひり火照《ほて》って、そのせいで彼らの晴れやかな大きな白い顔の上には、薔薇色の斑《まだら》が少しばかりくっついていた。

役場は農場から半リューのところにあるので、彼らは徒歩で役場へ行き、そして教会での式が済むと、同じく徒歩でもどってきた。行列は最初まず、緑色の麦畑のあいだを蛇行する狭い小道に沿って、まるでただ一本の色物の飾り帯のようになだらかにつづいていたが、やがて長く延び、あいだが途切れて幾つかの群れになり、それぞれの群れは話しこみながらのろのろと進んだ。楽師が柄の先の渦巻形の部分にリボンをつけたヴァイオリンをもって、行列の先頭を歩いた。新郎新婦がそのあとにつづき、親戚や友人たちは思い思いに列をなし、子供たちは最後尾にいて、燕麦《からすむぎ》の穂をむしったり、お互いにふざけあったりして遊んでいたが、べつにそれが見つけられるわけでもなかった。エンマのドレスは長すぎて、裾がちょっと引きずっていた。ときどき、彼女は立ちどまって裾をひっぱりあげ、それから手袋をはめたままの指で、ごわごわした草の葉や薊《あざみ》の小さな棘《とげ》をそっと抜きとったが、そのあいだシャルルのほうは手ぶらのまま、彼女が終るのを待っていた。ルオー爺さんは、真新しいシルクハットを頭にのせ、黒い燕尾服の袖の折り返しで両手は爪の先まで覆われ、ボヴァリー老夫人に腕を貸していた。老ボヴァリー氏はというと、こういう連中を実は軽蔑しているので、軍隊式に裁断したシングル・ボタンのフロックコートという略式でやってきており、ある金髪の若い百姓女にむかって、居酒屋むきの悪趣味なお世辞をべらべら並べたてていた。女のほうはお辞儀をし、真赤になり、どう答えていいものやら分りかねて困っていた。他の婚礼客たちは商売のことを話したり、お互いに背中に悪戯《いたずら》をしあって、早くも陽気な気分をかきたてたりしていた。そして耳を澄ますと、野原を弾きながら歩きつづけている楽師の安ヴァイオリンの音がしじゅう聞こえていた。ひとびとがずっと後方だと気づくと、楽師は立ちどまって息をつぎ、弦がもっとよく鳴るように弓に脂を塗り、それからまた歩きだして、自分でうまく拍子が取れるように、ヴァイオリンの柄をかわるがわる上げたり下げたりするのだった。楽器の音は遠くから小鳥を飛び去らせた。

　食卓は荷車置場*9の屋根の下に整えられてあった。食卓の上には、牛の腰肉《サーロイン》の上部の塊が四つ、若鶏のフリカッセが六つ、柔らかく煮た犢肉《こうしにく》、羊の股肉の塊が三つあり、そしてまんなかのところには、みごとな仔豚《こぶた》の丸焼きが置かれ、酸葉《すいば》で風味をつけた腸詰が四本添えてあった。食卓の隅には、ブランデーがガラス瓶に用意されていた。瓶詰の甘口の林檎酒が栓のまわりに濃厚な泡をたて、グラスはすべて前もって葡萄酒がなみなみと注がれていた。黄色いクリームを盛った大皿は、食卓がほんのちょっと動いてもゆらゆら揺れたが、その滑らかな表面には、新郎新婦の頭文字が細かな砂糖菓子を唐草模様のようにして書きだされていた。パイやヌガーのために、イヴトーから菓子屋が呼ばれていた。菓子屋はこの土地でははじめての仕事なので、万事に念を入れていた。そしてデザートには、建物をかたどったデコレーション・ケーキを自分で運んできて、ひとびとに感嘆の叫びをあげさせた。まずケーキの下部のところは、神殿をかたどった青いボール紙の四角形になっていて、それには廻廊、列柱が付き、さらに漆喰《しっくい》の小さな立像がまわりにあって、金色の紙の星をちりばめた龕《がん》のなかに収まっている。ついで第二段には、スポンジ・ケーキの天主閣が立ち、そのまわりを鎧草の茎の砂糖漬け、巴旦杏、乾《ほし》葡萄、オレンジの四つ切りでできた小さな城壁が取りかこんでいる。そして最後に、いちばん上の平屋根は緑の草原になっていて、そこには岩もあればジャムでできた湖もあり、湖には榛《はしばみ》の実の殻でつくった舟が浮んでいたが、この緑の草原には小さなキューピッドの姿が見え、これはチョコレートのぶらんこに乗ってゆらゆら揺れていたが、そのぶらんこの二本の柱の天辺のところは、球の代りに、本物の薔薇の蕾《つぼみ》が二つくっついているのだった。

夜になるまで食事はつづいた。ひとびとは坐っているのに疲れると、中庭へ出てぶらぶら歩きまわったり、納屋でコルク倒し[*10]の遊びをしたりする。それからまた食卓へもどるのだ。

ある連中は、終りごろになると、居眠りして鼾をかいた。しかしコーヒーが出ると、座はまた活気づいて、歌いはじめる者もあれば、力競べをする者もあり、錘《おもり》を担いで興じる者もあれば、親指を水平に高くあげてその下を通りぬける恰好《かっこう》をしてふざける者もあり、荷車を肩に担ぐ者もあれば、猥《みだ》らな冗談を言う者もあり、ご婦人がたに抱きつく者もあった。夜になり、いよいよ引きあげようとなると、鼻の穴まで燕麦をつめこんだ馬どもは、梶棒《かじぼう》のあいだにはいるのを苦しがった。後脚で蹴ったり、後脚で突っ立ったりして、馬具は壊れ、飼主たちはののしったり、笑いこけたりした。そして一晩中、月の光のもと、この地方の方々の街道には、全速力で暴走したあげく排水溝に落ちて跳ねかえり、数メートルの小石の山の上を飛び越し、土手の斜面にしがみつくようにして走る馬車が幾台もあり、手綱を取ろうとして馬車の出入口から身を乗りだす女たちもいた。

ベルトーに残ったひとびとは、夜通し台所で飲みつづけた。子供たちは腰掛けの下で眠りこんでいた。

花嫁は、慣習となっている悪ふざけは免除してほしいと前々から父親に頼みこんであった。けれども、一家の親類の海産物商（この男が婚礼の贈物に比目魚《ひらめ》を一対持参したのだが）が、口に水を含んでそれを鍵穴から吹きこみはじめたところへ、ルオー爺さんがちょうどやってきてそれをさえぎり、婿のきちんとした身分からすると、そういう無作法は許されないと説明した。だが、この親類はその理由をなかなか聞きいれようとしなかった。彼は心のなかで、ルオー爺さんめ高慢ちきだぞと非難し、部屋の隅へ行って四、五人の客と一緒になったが、この客たちは、宴席でたまたま肉の悪いところを続けざまに出されたせいで、自分たちは待遇を悪くされているのだと思いこみ、招待主を種にしてひそひそ話しあい、その破産を望むような話をそれとなく交していた。

　ボヴァリー老夫人は、頑として一日中ずっと黙りこくっていた。花嫁の衣裳についても祝宴の献立についても、相談を受けていなかったのだ。老夫人は早い時間に引きとっていった。旦那のほうは、夫人のあとを追うどころか、サン＝ヴィクトールへ使いをやって葉巻を買ってこさせ、明け方までそれをくゆらせては、キルシュ入りのグロッグ［ブランデー、ラム酒などを湯で割り、砂糖やレモンを加えたもの］を飲んでいたが、これはその場に居あわせた連中の知らない混合酒であって、老ボヴァリー氏にとっては、ますます絶大な敬意を寄せられる源となった。

　シャルルは陽気に騒ぐ気質ではなく、婚礼のあいだまるで目立たなかった。ポタージュが出るやいなや、皆が義務だとばかり浴びせかけてくる際どい当てこすりや、洒落《しゃれ》や、二通りに取れる仄《ほの》めかしや、お世辞や、卑猥《ひわい》な冗談などに、気のきかぬ答えかたをしていた。

　翌日になると、打ってかわって、彼はまるで別の人間に見えた。むしろ前日の処女は彼のほうだと思い違いされそうなくらいだったが、一方、花嫁のほうは、なにごとか見抜かれそうなところなどこれっぽっちも見せなかった。ひどく悪戯好きな連中でさえどう応答してよいやら分らず、彼女がそばを通りすぎると、途方もなく緊張してじっと見つめるのだった。が、シャルルはなにも隠そうとしなかった。彼女のことを女房と呼び、お前と言って話しかけ、彼女の姿が見えないと誰にでも問いただし、いたるところ探しまわるのだった。そしてしばしば彼女を中庭に連れだし、その姿が遠く木々のあいだに見えたが、彼は彼女の腰に腕をまわし、彼女の身体になかば身をもたせかけるようにして、彼女の胸衣《コルサージュ》の胸当てを頭で皺《しわ》くちゃにしながら歩きつづけるのだった。

婚礼の二日後、夫婦は出立した。シャルルは患者がいるので、それ以上留守にするわけにはゆかなかった。ルオー爺さんは夫婦を家の馬車で送らせ、自分もヴァッソンヴィルまで付き添ってきた。そこで、彼は娘に最後の接吻をし、馬車を降りて、家へ引き返していった。百歩ばかり歩くと、彼は立ちどまり、そして馬車が遠ざかり、車輪が土埃のなかを廻っているのを見ると、大きな溜息をついた。それから自分の婚礼のこと、昔の若かりし時分のこと、妻の最初の妊娠のことを思いだした。妻を実家から自分の家へ連れていったあの日、妻を馬の尻に乗せて雪の上を走っていったとき、彼はとても嬉《うれ》しかった。雪の上というのは、ちょうどクリスマスの頃だからで、野面は一面に真白だった。妻は一方の腕で彼にしっかり摑まり、もう一方の腕には籠《かご》がさがっていた。コー地方特有の被り物の長いレースを風が揺るがし、レースはときどき彼の口のあたりをさっと通り、そして彼がうしろを振りかえると、すぐ近く、自分の肩のところに妻の小さい薔薇色の顔が見え、その顔は被り物の金色の留金の下で、黙って微笑《ほほえ》んでいるのだった。冷たくなったのを温めようとして、彼女はときどき彼の胸に指を差しいれた。それはすべて、なんと昔のことだろう！　息子が生きていたら、いまはもう三十歳だ！　そこで彼はうしろを振りかえったが、街道にはなにひとつ見えなかった。彼は家具ひとつない空家のような寂しい気持になった。そして、大饗宴《だいきようえん》の酒気のせいでぼんやりした頭のなかで、優しい思い出が憂鬱な思いとまざりあったので、一瞬、教会の方角をぜひ一廻りして行きたいと思った。けれども、教会を見るといっそう物悲しくなりそうな心配があったので、まっすぐ家へ帰った。

シャルル夫妻は、六時頃トストへ着いた。近所の連中が、かかりつけのお医者さまの新しい奥さんを見ようと、窓のところへ出てきた。

年寄りの女中が出てきて、彼女に挨拶をし、夕食の用意ができていないことを詫《わ》び、用意が整うまで、奥さまは家のなかの様子をお見知りおきになるようにと勧めた。

5

煉瓦《れんが》づくりの表構えは、街路の、というよりは街道の建築線ぎりぎりのところまで出ていた。出入口の扉のうしろ側には、小さな襟つきの外套、馬の手綱、黒い革の庇つきの帽子が掛けてあり、片隅の床の上には、乾いた泥にまみれた革脚絆《かわきやはん》が一足置かれていた。右手には広間、つまり食事をしたり、くつろいだりする部屋があった。カナリヤ色の壁紙は、上端のほうは薄い色の花飾り模様で彩られており、たるんだ裏打ちの布もろとも全体がぶらぶら揺れていた。白いキャラコのカーテンは、赤い飾り紐で縁どられて、窓に沿って互いに重なりあっており、煖炉の狭い縁枠の上には、ヒポクラテス［前四六〇頃―前三七五頃。医学の祖と称せられる古代ギリシャの医者」の頭像のついた置時計が、卵形をしたガラス器をかぶせた二本の銀めっきの燭台のあいだで、きらきら輝いていた。廊下の反対側にはシャルルの診察室があったが、これは横幅が六歩ほどの小さな部屋で、テーブルが一つ、椅子が三脚、事務用の肱掛椅子が一脚置いてあった。『医学辞典』[*11]の全巻が、頁は切ってないけれども、次々に売られて転々と人手を渡っているうちに仮綴じが傷んでしまっていたが、樅《もみ》の板でできた本棚の六段をほとんどそれだけで塞いでいた。診察中に、ブラウン・ソース「小麦粉をバターいためして焦茶色にこがして作るソース」の匂いが壁を通して侵入してきたが、それと同じように、台所からは、患者が咳《せき》をしたり病状をしゃべりたてたりするのが聞こえるのだった。台所の向うには、荒れはてた大きな部屋があったが、これは廏舎のある中庭にすぐ通じており、その部屋にはパン焼き竈があり、いまは薪置場、酒倉、物置小屋として使われ、古い屑鉄《くずてつ》や、空樽や、使えなくなった農具や、その他《ほか》使い道の見当がつけかねるたくさんの品物が埃をかぶっていた。

　庭は間口よりも奥行が長くなっており、杏《あんず》の木を一面に這わせて果樹墻《かじゅしょう》に仕立てた漆喰の塀にはさまれて、外の畑との仕切りになっている茨の生垣のところまでつづいていた。庭のまんなかには、石細工の台座の上にスレート製の日時計が置かれていた。貧弱な野薔薇を植えた四つの花壇が、まともな植物のはえたもっと実用的な四角い畑を、左右対称に取りかこんでいた。いちばん奥のところでは、蝦夷松《えぞまつ》の木の下で、石膏《せっこう》細工の神父が聖務日課書を読んでいた。

エンマは二階の部屋へあがった。最初のとっつきの部屋には家具が備えつけてなかった。だが、第二の部屋には、これは夫妻の寝室であったが、襞のついた赤いカーテンをかけた寝所に、マホガニーのベッドが置かれていた。貝殻細工の箱が簞笥の上を飾っていた。そして、窓の近くの書物机の上には、白い繻子《しゆす》のリボンで結んで、造花のオレンジの花束が水差しに活けられていた。それは花嫁の花束、先妻の花束であった！　彼女はそれをじっと見つめた。シャルルはそのことに気がつき、花束を取って納屋へもっていったが、そのあいだエンマのほうは肱掛椅子に腰をおろして（彼女の持物がそのまわりに並べられているところだった）、自分の結婚の花束のことを思いうかべていたが、これはボール箱のなかに包んであった。そしてもし万一自分が死ぬようなことになったら、その花束はどうなるだろうかと、ぼんやりと考えこんだ。

最初の数日のあいだ、彼女はせっせと家のなかの模様がえのことを考えつめた。燭台のガラス器を取りはずしたり、新しい壁紙を貼らせたり、階段を塗り直させたり、庭の日時計のまわりにベンチをこしらえさせたりした。噴水があって魚のいる池を作るにはどうすればよいかということさえ、彼女は尋ねたほどだった。遂には、彼女が馬車で散策するのが好きであると知って、夫は中古の軽馬車を見つけだしたが、これは新しい角燈と、革を縫いあわせた泥除けを取りつけると、ティルビュリ型二人乗り二輪馬車にほぼ似ていた。

だから彼は幸せだったたし、これっぽっちの気がかりだになかった。差しむかいの食事、街道を歩く夕方の散歩、左右に分けた髪の毛に手をやる妻の仕草、妻の麦藁《むぎわら》帽子が窓の掛金に掛けてある眺め、その他シャルルがそれまで喜びがあろうなどとはおよそ思ってもみなかった多くのものが、いまや彼の幸福の絶えまない連続をかたちづくっていた。ベッドで、朝、同じ枕に並んで横たわりながら、陽の光が彼女の金色に輝く頬のうぶ毛のあいだを射すのを彼は眺めたが、その金色の頬は、布帽子の左右に垂れて顎のところで留めた薄布でなかば隠されていた。そんな近くから見ると、彼女の眼は大きく見え、眼を覚ましてつづけざまに何度も瞬きするときには、とりわけそうだった。日蔭では黒く、日向《ひなた》では濃い青に見えるその眼には、連続する色の層のようなものがあって、奥のほうがずっと濃くなっているこの色の層は、陶器の釉薬《うわぐすり》のような表面のほうに近くなるにつれてだんだん明るくなるのだった。シャルルの視線は、その深みのなかに没してゆき、そしてそこには自分の姿が、薄絹のマフラーを頭にかぶり、寝間着の上のほうをはだけて、肩のあたりまで小さく映っているのが見えた。彼は起きだした。彼女は彼が出かけるところを見送ろうと、窓のところへ出てゆくのだった。そして部屋着を着て、といってもゆったりと身体のまわりに巻きつけるだけだが、窓枠のジェラニウムの鉢を二つ置いたあいだのところに肱をついていた。シャルルは、通りに出ると、車除けの石の上で拍車の締金を締めた。そして彼女は上から彼に話しつづけたが、話しながら花びらや葉っぱを口でむしって、それを彼のほうへ吹き送ると、それがそこここと飛びまわり、宙にとどまり、鳥のように半円形を描き、地面に落ちる前に、出入口のところにじっと止まっている老いた白馬の、あまりよく手入れしてない鬣《たてがみ》に引っかかった。シャルルは馬に乗って、彼女に接吻を投げかけた。彼女のほうは身ぶりでそれに答えて、窓を締め、シャルルは出かけていった。すると、長い土埃のリボンを果てしなくひろげている街道を、木立が両側から円屋根のように彎曲《わんきょく》している窪地の道を、小麦が膝のところまでとどく小道を、肩に日光を浴び、朝の風を鼻孔に吸いこみ、心は夜の至福に溢《あふ》れ、精神は安らか、肉体は満ち足りて、彼はさながら夕食のあとで、すでに消化した松露の味をなおも噛みしめているひとのごとく、おのが幸福を反芻《はんすう》しながら進んでゆくのだった。

現在まで、彼の生活にどんな楽しいことがあったか？　あの学校の頃、高い塀のなかに閉じこめられ、自分よりも金持か、さもなければ自分より勉強のできる級友たちにまじってひとりぼっちで、しかも言葉の訛《なまり》のせいでその級友たちに笑い者にされ、服装を馬鹿にされ、そして級友たちのところには母親が菓子をマフのなかに隠して、面会にきてくれていたあの時代だろうか？　その後、医学を勉強し、財布はたんまりということが決してなくて、金があれば情人になってくれたかもしれぬお針女《はりこ》に一緒に踊ってくれた礼さえ払えなかった頃だろうか？　それからあと、彼は十四カ月のあいだ寡婦と暮らしたが、その女の足は、ベッドのなかでも、氷のように冷たかった。しかし、いま、彼は熱愛するあの美しい女を終生わがものとしているのだ。彼にとって、宇宙は、手ざわりのよい彼女のペチコートのまわりを越えなかった。そして自分は彼女をちゃんと愛してないとみずから咎《とが》め、すぐにも彼女に会いたいと思った。そこで急いで取って返して、胸をときめかせながら階段を昇ってゆく。エンマは自分の部屋で、身づくろいをしている。彼は足音を忍ばせて近づき、その背中に接吻すると、彼女は叫び声をあげるのだった。

彼は彼女の櫛《くし》、指環、スカーフにたえず触れていずにはいられなかった。ときおり、エンマの頬に口いっぱいのたっぷりした接吻をすることもあったし、またそれが、彼女のむきだしの腕に沿って、指の先から肩まで、一列につづく軽い接吻になることもあった。すると彼女は、うしろにすがりつく子供にでもするように、なかば微笑みながらも、うるさそうに彼を押しのけるのだった。

結婚する前、エンマは恋愛しているのだと思いこんでいた。しかしその恋愛から生じるはずの幸福がやってこないので、彼女は自分が間違っていたにちがいない、と思った。そしてエンマは、至福、情熱、陶酔という言葉は、それまで書物のなかではあんなにも美しいものと思われたが、実際の人生では正確にはどういう意味であるかを知ろうと努めた。

6

彼女は『ポールとヴィルジニー』[*12]を読んで、竹でできた小さな家、黒人のドマンゴ、犬のフィデールのことをあれこれ夢想したことがあったが、とりわけ、鐘楼より高い大木に登って赤い果実を取ってくれたり、砂の上をはだしで走って鳥の巣をもってきてくれたりする、優しい兄さんのような温かい愛情のことをいろいろ考えたものだった。

十三歳になったとき、父親は彼女をルーアンの町へ連れていって、修道女の経営する寄宿女学校に入れた。彼らはサン＝ジェルヴェ地区のある宿屋に泊ったが、そこでは夕食のとき、

ていた。
＊13
ラ・ヴァリエール嬢の物語を描いた焼絵皿が出た。伝説についての説明は、ナイフのこすり傷であちらこちらで途切れていたが、すべてこれ信仰と、心情の繊細さと宮廷の栄華を讃《たた》えていた。

最初の頃は退屈するどころか、エンマは修道女たちとの交際を喜んでいたが、修道女たちは彼女を楽しませようと、よく礼拝堂へ連れていってくれたが、そこには食堂から長い廊下を通ってはいってゆくのである。彼女は遊び時間にもほとんどまるで遊ぼうとせず、教理問答をよく理解し、難しい質問を出された際に助任司祭に答えるのは、いつでも彼女だった。そういうわけで授業のなまぬるい雰囲気から脱け出ることなく、そこにひたりきりになり、銅の十字架のついた数珠を手に持つ白っぽい顔色の信心深い女たちのあいだにまじって、彼女は、祭壇の薫香や、聖水盤の冷やかさや、大蠟燭の光などから発散される神秘的な物憂さに心地よくまどろんだ。ミサに出ないで、彼女は書物のなかの紺青に縁どられ渦形《うずがた》装飾で飾られた敬虔な版画をじっと見つめ、病める牝羊とか、鋭い矢に射抜かれた主の御心とか、あるいはまた十字架を負って歩く道すがら倒れる痛々しいイエスを愛した。苦行のために、一日中ずっと食べずにいることを試みもした。なにか果たすべき誓いを頭のなかに探したりもした。

告解に行くと、彼女はそこにもっと長いこと留《とど》まらんがために小さな罪をいろいろと考えだして、暗がりのなかでひざまずき、両手を合わせ、司祭のささやきを聞きながら格子に顔をくっつけていた。説教のなかに何度も出てくる許婚者《いいなずけ》、夫、天上の恋人、永遠の結婚の譬《たと》え話は、魂の奥底に思いもかけぬ心地よさをかきたてるのであった。

　夕方、祈りの前には、自習室で宗教書の朗読が行われた。週日は聖書の要約とかフレシヌス師の『講話集』[*14]であり、日曜日は息ぬきとして、『キリスト教精髄』[*15]だった。地上の世界と永遠の世界のありとあらゆる谺《こだま》に答えてまた繰りかえされるロマンチックな憂愁の調べも高い嘆きの声に、最初のうち、彼女はいかばかり耳を傾けたことだったろう！　もし彼女の幼少時代が商店街の店裏で過されたのであったら、彼女はおそらくこのときに、自然の抒情的なる氾濫をすっかり受けいれていたであろう、というのも、このような氾濫は、通常は作家の表現を通してわれわれのもとに達するのであるから。しかし彼女は田舎を知りすぎていた。家畜の群れの鳴き声のこと、乳類のこと、鋤のことを知っていた。静かな景観に慣れているので、彼女は逆に変化の多いもののほうに心を向けた。海が好きなのはもっぱら嵐のせいだったし、緑の草木が好きなのは、ただそれが廃墟のなかにまばらに生えているときだけだった。彼女としては、さまざまな物事から、一種の個人的な利益を引きだすことができるようになることを必要としていた。自分の心情の直接の消費に寄与しないものはすべて、無益なものとして拒絶していた――というのも、芸術家ふうというよりはむしろ感傷的な気質であったし、情緒を求めて風景を求めなかったからだ。

　修道院には、毎月のうち一週間のあいだ、衣類や寝具の針仕事にくる老嬢がいた。大革命で没落した古い貴族の家柄に属していたので、彼女は大司教館から保護されて、食堂では修道女たちの食卓で食事をし、食事が済むと、また二階へ仕事にあがってゆく前に、修道女たちとちょっとした雑談をするのだった。しばしば寄宿生たちは自習室を抜けだして、彼女に会いにゆくことがあった。彼女は前世紀の恋唄をそらで覚えていて、針を運びながら小声でそれを歌った。いろいろな物語を語ったり、噂話を教えたり、町へ使い走りもしてくれたり、前掛けのポケットにいつもなにか小説を忍ばせていて、それを上級の生徒に、こっそり貸してくれたりもしたが、また彼女自身が仕事の合間に、その小説の長い章を夢中になって読みふけるのだった。そこに出てくるのは恋愛、恋する男たち、恋する女たち、淋《さび》しい離れ家で責めさいなまれて気を失う貴婦人たち、宿駅に着けばかならず殺される馬車の馭者《ぎよしや》たち、頁ごとに乗りつぶされる馬、暗い森、心のざわめき、誓い、すすり泣き、涙と接吻、月下の小舟、茂みのなかの夜鶯《ナイチンゲール》、獅子《しし》のように勇敢で、小羊のように優しく、及ぶ者とてないほど美徳に溢れ、いつも身装《みなり》を整え、そして泣くときはさめざめと涙を流す殿方たちであった。

十五歳のとき、半年間、エンマはこうして古ぼけた貸本屋のそういう埃で手を汚した。その後はウォルター・スコットを読んで、昔のさまざまなことに夢中になり、衣裳櫃《いしようびつ》のことや、番所のことや、吟遊詩人のことをあれこれ夢想した。長い胸衣を身に着けた女城主、スペード型のアーチの下で、石に肱を突き掌に顎を埋めながら、向うの野原の奥から白い羽根飾りを着けて黒い馬で疾駆する騎士がやってくるのを眺めようとして、日々を過している女城主のように、どこかの古い館に住みたいものと思っていた。彼女はその当時メアリー・スチュアート[16]を崇拝し、高名な女性、あるいは不幸な女性にたいし熱烈な尊敬の念を抱いていた。ジャンヌ・ダルク[17]、エロイーズ[18]、アニェス・ソレル[19]、美女フェロニエール[20]、クレマンス・イゾールが、彼女にとっては、歴史の暗く広大なるひろがりを背景として彗星《すいせい》のようにうかびあがり、そしてそこにはまた、そこここに、といっても闇のなかにまぎれこんで互いになんの関係もなしにであるが、柏の木蔭の聖王ルイ[*21]や、瀕死のバイヤール[*22]や、ルイ十一世[*23]の幾つかの暴虐や、聖バルテルミー[*24]の大虐殺光景の若干や、アンリ四世[*25]の兜の羽根飾りや、そしてつねにルイ十四世を讃えるあの焼絵皿の思い出がうきだしていた。

音楽の授業のときに、彼女の歌う恋唄には、もっぱら金の翼の小天使、聖母の像、ヴェニスの入江、ゴンドラの船頭たちのことだけが歌われていたが、それはいかにものどかな曲であって、その歌詞の愚かしさと節まわしの軽率さを通して、さまざまな感傷的なできごとの魅惑的な幻影を彼女に垣間見《かいまみ》せてくれるのだった。友だちのなかのある者は、お年玉にもらった贈物用装飾本［当時流行した、挿絵入りの詩文集］を修道院へもってきた。それは隠しておかなければならず、それが一仕事だった。そういう本は寝室で読むのだった。美しい繻子の表紙にそっと手を触れながら、エンマは、作品の終りのところに、まずたいていの場合、伯爵とか子爵とか署名してある未知の作者の名前を、すっかり眩惑《げんわく》された視線でじっと見つめるのだった。

彼女は身を震わせて、版画の挿絵に上から当ててある薄葉紙を息で吹きおこしたが、するとその薄葉紙はなかば折り曲げられて、また頁の上にそっと落ちた。それはバルコニーの手《て》摺《すり》の蔭で、短いマントを着た青年が、白いドレスを着てベルトに網細工の袋をさげた娘を、腕のなかに抱きかかえている絵だった。あるいはまた、金髪の巻毛を垂らしたイギリスの貴婦人が、丸い麦藁帽子の下から、澄んだ大きな眼でこちらを見ている姿を描いた無署名の肖像画であった。公園のなかを滑るように走ってゆく馬車に乗って、得意そうに自分を見せびらかしている女たちの姿も眼にとまったが、そこでは、白いズボンをはいた二人の少年馭者に御される二頭立ての馬の前を、グレイハウンドが跳びはねていた。また他の女たちは、ソファーに坐って、開封した手紙をかたわらにして物思いにふけり、黒いカーテンになかば覆われた半開きの窓から、月を眺めていた。無邪気な娘たちは、頬に涙を一粒うかべて、ゴチック式の鳥籠の桟《さん》のあいだから雉鳩《きじばと》に接吻したり、あるいはまた首をかしげて微笑みながら、尖端のとがった靴のように反りかえった細い指先で、雛菊《ひなぎく》の花弁をむしっていた。そして舞姫の腕にもたれ、青葉に覆われた園亭《あずまや》で陶然としている、長煙管《ながギセル》を手にしたサルタンたちよ、異教徒たちよ、トルコ刀よ、トルコ帽よ、お前たちもそこにいたし、とりわけお前たちがいた、熱い抒情で讃えられる国々を描いた蒼白な色彩の風景画よ、棕櫚《しゆろ》の木立を、樅の木立を、右のほうには虎たちを、左のほうには一頭の獅子を、地平には回教寺院の尖塔を、それからまた、うずくまる駱駝《らくだ》の群れを、ときおりすべて一時に見せてくれるお前たちが。――そしてその風景の全体は美しく清められた処女林に縁どられ、水面に射しこむ赫々《あかあか》とした垂直の日光が照りかえり、その水面には、鋼鉄のような灰色を背景にして、白鳥の泳ぎまわる姿が、そこここに、白い傷痕のようにうかびあがっていた。

　そしてエンマの頭上の壁にかかったケンケ燈の笠が、これらすべての絵を照らしだしたが、それらの絵は寝室の静けさのなかで、まだ大通りを走る帰り遅れた辻馬車の遠い響きにまじって、ひとつまたひとつと彼女の前を通りすぎてゆくのだった。

　母親が死んだとき、最初のうちエンマは大いに泣いた。故人の髪の毛で形見の額を作らせたり、ベルトーへ送った手紙は、人生についての悲しい考察にみたされていたが、彼女はそのなかでいまに自分も同じ墓に埋めてほしいと求めたりした。老人は彼女が病気になったと思って、会いにやってきた。エンマは、凡庸な魂の持主は決してたどりつけない、薄明のような生活の稀有《けう》なる理想へ初手からたどりついたと感じていたので、内心では満足していた。そこで彼女は[*26]ラマルチーヌふうの迂路《うろ》のなかにはいりこみ、湖上に流れるハープの響き、瀕《ひん》死《し》の白鳥の歌という歌のすべて、落葉の落ちる音という音のすべて、空に昇ってゆく純潔な処女たちの声、谷間で語る「永遠なる神」の声に、耳を傾けた。彼女はいつかそれにも退屈したが、そのことを認めたがらず、はじめは習慣で、ついで虚栄心でつづけていたが、結局は気持も落着き、額に皺がないのと同じく心に悲しみがなくなったのに驚いた。

　修道女たちは、それまでは彼女の宗教的性向を過信していたので、ルオー嬢が自分たちの手から抜け出してゆくらしいことに気づいて、大いに驚いた。実際のところは、修道女たちが、聖務やら、心霊修行やら、九日間の祈禱やら、説教やらをふんだんに与え、聖者や殉教者に捧げねばならぬ尊敬を大いに説き、肉体の節制と魂の救済のために有益な助言をふんだんに与えたので、彼女は手綱を引かれる馬のような具合になった。つまり彼女ははたと立ちどまり、そのとたんに轡《くつわ》が歯から抜けだしてしまったのだ。熱中のさなかでも実際的なところのあるエンマの心は、それまでは花ゆえに教会を、恋の唄の歌詞ゆえに音楽を、情熱的な刺戟《しげき》ゆえに文学を愛していたのだが、いまでは信仰の玄義にたいして逆らったし、同じくまた規律にたいして苛立ったが、この規律というのが、彼女の体質と相いれないものだったのである。父親が彼女を寄宿舎から引きとったとき、彼女が去るのを見ても誰も残念がらなかった。院長は、彼女は近頃、修道女たちをほとんど尊敬しないようになった、とさえ思っていた。

エンマは家へ帰ると、最初はまず召使たちに命令するのを楽しんでいたが、やがて田舎に嫌気がさし、修道院をなつかしがった。シャルルがはじめてベルトーへやってきた頃、彼女は自分はすっかり幻滅しきった人間であり、もうなにも学ぶべきものもないし、もうなにも感じるはずもないと考えていた。

しかし以前だったら、新しい生活についての不安さえあれば、あるいはおそらくこのシャルルという男の存在によってかきたてられる興奮さえあれば、これまで壮麗な詩の天空を舞い飛ぶ薔薇色の羽根の大きな鳥のようなものとみなされていたあのすばらしい情熱を、遂にわがものにしたと信じるには十分だったのだ。——それなのに、いまとなると、自分が過しつつある静かな暮しがかつて夢みていたあの幸福であるなどとは、とても思ってみることもできなかった。

7

彼女はときおり、それでもこれが自分の人生のいちばん楽しい時期であり、これがひとの言う、あの蜜月なのだとぼんやり考えることがあった。蜜月の楽しさを味わうためには、響きのよい名称をもち、結婚の翌日のひとしお甘美な安逸のある国々へ、たぶん赴かねばならなかったのであろう！　駅伝馬車のなかで、青い絹の日除けのもと、山羊《やぎ》の鈴の音や滝の鈍い響きとともに山に谺する馭者の歌を聞きながら、切り立った道を並足でゆっくり登ってゆく。太陽が沈むと、入江のほとりでレモンの香りを嗅ぐ。それから、夕暮ともなれば、別荘のテラスに、二人きりで、指と指とをからませて、さまざまな計画を立てながら星を眺める。この地上のどこかに、そこの土地にだけ特有の、そしてほかのどこにも育たない植物でもあるかのように、幸福を生みだすはずの場所があるように彼女には思われた。裾の長い黒ビロードの上着を着こみ、やわらかい長靴を履き、尖端のとがった帽子をかぶり、袖飾りをつけた夫とともに、なぜ自分がいまスイスの山荘のバルコニーに肱をついてはいないのか、なぜスコットランドの山小屋に悲しみを閉じこめてはいないのか！

おそらく彼女は、そういうことすべてを誰かに打ち明けたいと望んでいたであろう。しかし雲のように様相を変え、風のように渦巻く捉えがたい不安を、どんなふうに語ればよいのか？　つまり彼女には言葉が欠けていたのだ、機会が、大胆さが欠けていたのだ。

けれども、もしシャルルがそうしたいと望んでくれたら、そんなこともあろうかと気づいてくれたら、一度だけでもシャルルの眼が彼女の思いを察してくれたら、ちょうど垣根の熟した果実が手でさわるだけでも落ちてくるが如く、さまざまな思いが堰《せき》を切ったかのように、どっと心から溢れでてくるだろうと思われた。しかし、生活の面での親密さが増すのにつれて、かえって内面的には疎遠になってゆき、エンマの心はシャルルから離れてゆくばかりだった。

シャルルの話すことはまるで歩道のように平々凡々としており、そこでは誰もが考えるありきたりの考えが、普段着姿で縦に並んで歩いてゆくだけで、感動も笑いも夢もそそりはしなかった。ルーアンに住んでいるあいだ、パリの俳優を見に芝居へ行こうと思ったことは一度もなかった、と彼は言う。水泳もできなければ、フェンシングもやれず、ピストルの撃ちかたも知らないし、そしてある日は、エンマが小説のなかでぶつかった馬術の用語のことを、彼女に説明してやることもできなかった。

男というものは、それとは反対に、あらゆることを知り、多種多様な活動に優れ、情熱の力や、生活の洗練や、ありとあらゆる神秘などを手ほどきしてくれるべきではなかったろうか？　それなのにこの男ときたらなにも教えてくれなかったし、なにも知らなかったし、なにも望んでいなかった。彼はエンマは幸せなのだと思いこんでいた。それで、エンマは彼のその微動だにしない平静さや、落着きはらった鈍重さや、さらには自分が彼を幸福にしてやっているそのことさえ、うらめしく思うのだった。

彼女はときどきデッサンをすることがあった。そんなとき、彼女のそばにじっと立ちつづけて、絵をよく見ようと眼をしばたたいたり、パンを親指でまるめて小さな団子を作ったりしながら、エンマが紙挟みの上にかがみこんでいる様子を眺めるのが、シャルルにとっては大きな楽しみだった。ピアノについては、指が早く走れば走るほど彼女は感嘆した。彼女は落着きはらって鍵盤をたたき、高音から低音まで、すこしも途切れることなく全鍵盤を弾きまくった。エンマがそんなふうに揺りうごかすと、ぼやけた音色をあげる古ピアノも、窓が開いていれば村はずれまで聞こえた。そして、無帽で布靴という身装《みなり》で街道を通りかかった執達吏の書記が、書類を手にしたまま立ちどまって、じっと耳を澄ますことがよくあった。

一方また、エンマは家政も巧みであった。患者に往診料の請求をするときは、計算書らしくない巧みな言い廻しの手紙を書いた。日曜日に誰か近所のひとを夕食に招くとなると、いろいろ工夫して気のきいた料理を出すことができた。葡萄の葉の上に、李《すもも》をピラミッド形に盛りつけることも上手だったし、壺にはいったジャムはそっくり皿の上に開けて出したし、さらにデザート用にフィンガー・ボールを買う話さえした。これらすべてのことから、ボヴァリーの上に非常な尊敬が波及することになった。

シャルルは、こういう妻をもった自分を大したものだと思うようになった。彼女の鉛筆描きの二枚の小さなスケッチを、広間で得々としてひとに見せたが、これは非常に大きな額縁にはめさせて、壁紙に緑色の長い紐で吊してあった。日曜日のミサを終えて出てくると、ひとびとは彼が綴織《つづれおり》の美しい部屋靴を履いて、家の入口にいる姿を見かけたものだった。

彼は夜遅く、十時に、ときおりは十二時に帰宅した。すると食べるものを要求するのだが、女中は床に就いているので、エンマが給仕をすることになった。彼はもっと気楽に食事をしようと、フロックコートを脱ぎすてるのだった。自分が会ったひとびとのこと、自分が行った村のこと、自分が書いた処方箋のことをつぎつぎに話し、自分で自分に満足して、牛肉と玉葱《たまねぎ》のシチューの残りを食べ、チーズの皮をむき、林檎をかじり、水差しをからっぽにし、それからベッドへはいり、仰向けになり、鼾をかいた。

彼は長年ナイト・キャップをかぶるのが習慣だったので、スカーフはどうも耳にぴったり付かずに外れてしまうのだった。そこで朝になると、髪の毛はばらばらに乱れて顔にかかり、夜のあいだに紐のほどけた枕の綿毛のせいで白くなっていた。彼はいつも頑丈な長靴を履いていたが、この靴は足の甲のところに、踝にむかって斜めに走る二つの厚い襞があり、一方そこから先の靴の甲の部分はまるで木製の義足のように突っ張って、直線状につづいていた。田舎にはこれでもう十分さ、と彼は言っていた。

母親はこういう倹約にかけては彼に賛成していた。というのは、彼女は自分の家にちょっと激しい揉《も》めごとが捲きおこると、以前のように息子に会いにきたのである。けれどもボヴァリー老夫人は嫁にたいして悪感情をもっているらしかった。嫁は身分不相応なやりかたをすると彼女は思っていた。薪、砂糖、蠟燭が、まるで大きな家のようにどんどんなくなってゆくし、この家の台所で燃えている火だったら、二十五人前の料理にも十分足りるだろう！彼女は自分の下着類を戸棚に整頓したり、肉屋が肉をとどけてくるとき、肉屋を監視するやりかたを嫁に教えたりした。エンマはそういう教訓を受けいれた。ボヴァリー老夫人はその教訓をのべつに振りまわした。娘やという言葉、お母さまという言葉が、一日中取りかわされたが、それには唇の震えが伴っていて、二人はそれぞれ怒りに震える声で優しい言葉を投げかけていたのだ。

先妻デュビュック夫人の頃には、老夫人はまだ自分のほうが息子に愛されていると感じていた。ところが、いまや、シャルルのエンマにたいする愛はすなわち彼女の愛情を放棄することであり、自分に属するものを侵すことであるように彼女には思われた。それで、老夫人は、ちょうど昔の自分の家で食卓に就いているひとびとの姿を、ガラス窓越しに眺めている没落した人間のように、悲しく黙りこんで、息子の幸福を見まもっていた。彼女は思い出話のようなかたちにして、自分の苦労やら犠牲やらを彼に思いおこさせ、そしてその苦労や犠牲をエンマの無頓着《むとんじやく》さと比較して、ただあの女だけ排他的に大事にするのは道理にかなっていないと結論をくだすのだった。

シャルルはなんと答えればよいのか分らなかった。彼は母親を敬い、妻を限りなく愛していた。母親の判断は正しいと思うその一方、妻にも非難すべき点は見つからなかった。ボヴァリー老夫人が帰ってしまってから、彼は母親の言っていた小言のなかでとくに当りさわりのないものを、ひとつふたつ母親が使ったのと同じ言葉でおずおずと切りだしてみたけれども、エンマは彼が間違っていることを一言のもとに証明して、彼を患者のところへ舞いもどらせるのだった。

しかしエンマはエンマで、自分がそれでいいと思っている理論にしたがって、愛情を感じようとした。月明りの庭で、暗誦しているかぎりの情熱的な詩句を朗誦し、物悲しい緩やかな調べの曲を溜息をつきながら夫に歌って聞かせた。しかし、そのあとでも、彼女は前と同じくらい冷静だったし、シャルルもいっこうに恋心をそそられたようでもないし、また感動した様子でもなかった。

そんなふうに夫の心に火をつけようとしても火花をほとばしらせることはできなかったし、それにエンマは元来が自分で実感しないことは理解できず、すべて月並な型どおりの現れかたをしないものは信じられないほうなので、シャルルの情熱には人並はずれたところはまるでないのだと、彼女はいとも簡単にそう信じこんでしまった。シャルルの愛情の表現は規則的になった。彼はある時刻がくると妻を抱擁した。それは他にいくつもある習慣のなかのひとつにすぎず、いってみれば単調な夕食のあとに出る、前もって品目のわかったデザートのようなものだった。

先生に肺炎をなおしてもらったある猟場の番人が、かわいらしいイタリア種のグレイハウンドの牝《めす》を奥さまにくれた。エンマはそれを散歩のときは連れていった。というのは、ほんのしばらくでもひとりきりでいるために、また変りばえのしない庭や埃っぽい通りを見ないで済ませるため、彼女はときどき外出することがあったから。

エンマはバンヌヴィルの橅《ぶな》の林のところまで、野原のほうに面した角に建っている、廃屋になった離れ家の近くまで行った。家のまわりにめぐらした空堀のなかには、雑草にまじって、鋭利な葉をつけた背の高い葦《あし》が生えている。

エンマはまずあたり一帯を眺めわたして、この前にきたときとなにか変ったところはないかと見てみるのだった。ジギタリスやにおいあらせいとう、大きな石を取り巻く刺草《いらくさ》の茂み、そして三つの窓に沿ってそこここに生えている苔《こけ》、それらはすべてもとの場所にあった。いつも閉ざされた窓の鎧戸が、錆《さ》びた鉄の横木の上に、腐ってぼろぼろと崩れ落ちていた。エンマの考えは、はじめはなんの目標もなく、あてどなくさまよっていた、ちょうど彼女の飼犬のグレイハウンドが、野原をぐるぐると駆けまわったり、黄色い蝶に吠えついたり、尖鼠《とがりねずみ》を追いかけたり、麦畑の縁のひなげしの花をちょっと嚙んでみたりするのと同じように。それからしだいに、考えがひとつところを動かなくなり、そしてエンマは芝草に腰をおろし、日傘の先で芝を突つきながらこう繰りかえすのだった。

「ああ、どうして結婚なんかしてしまったのかしら？」

いまとは別の運命の組合せで、ほかの男にめぐりあうことができなかったものかと、彼女はそう考えるのだった。そして、起らなかったそれらのできごと、その違った生活、自分の知らないその夫がどういうふうであるか、思い描いてみようとした。じっさい、みんながみんないまの夫のような人間ばかりではないのだ。そのひとは美貌で、才気に富み、上品で、魅力的な男性であったかもしれない。修道院の寄宿学校時代の昔の友だちが結婚したひとたちは、きっとそんなふうなのだろう。彼女たちはいまどうしているだろう？　都会にいて、街路の騒音や劇場のざわめきや舞踏会の輝かしさに親しんで、心も晴れ晴れとするような、感覚ものびやかに開かれるような生活を送っているのだろう。それなのに自分の生活は、明り取りの窓が北向きについた屋根裏部屋のように冷えきっていて、倦怠が物言わぬ蜘蛛《くも》のように、心の隅という隅の暗がりに巣を張っている。エンマは賞品授与式の日のことを思いだしたが、あの日彼女は褒美を受け取りに壇の上へ登っていったのだ。髪の毛を編み、白いドレスを着て、毛織の靴をあらわに見せて、彼女は見るからにかわいらしかったので、紳士連中は、彼女が自分の席へもどってくると、彼女にお祝いをしようと身をかがめたものだった。中庭には四輪馬車がいっぱいで、その馬車の出入口から彼女にむかってお別れの挨拶が告げられ、音楽の先生がヴァイオリンの箱をたずさえて、挨拶しながら通りすぎた。ああ、なんと遠いことだろう、こうしたすべてのことが、ああ、なんと遠いことだろう！

エンマはジャリ［この犬の名は、ヴィクトル・ユゴー『ノートル＝ダム・ド・パリ』の牝山羊の名を取ってつけたもの］を呼び、膝のあいだに入れ、そのほっそりした長い頭を指で撫《な》でてやって、こんなふうに言うのだった。

「さあ、ご主人に接吻なさい、あなたには悲しみがないのだからねえ」

それから、ゆったりと欠伸《あくび》をするこのすらりとした犬の物悲しそうな顔をじっと見まもっているうちに、彼女はいとおしい気持になり、犬を自分自身にくらべて、まるで慰めを受けねばならぬ苦しんでいるひとに話しかけるように、声高く犬に話しかけるのだった。

ときおり突風が吹くことがあったが、これはコー地方の高台全部を一吹きで渡ってゆき、遥《はる》かなこの田園まで潮をふくんだ冷気をもたらす海の風だった。燈心草は地面すれすれになびいてヒューヒュー鳴り、橅の葉は激しく震えて微《かす》かな音を立て、一方また木々の梢《こずえ》はたえず左右に揺れながら、大きなざわめきをつづけた。エンマは肩掛けを肩にぴったり巻きつけて、立ちあがった。

並木道では、木々の葉ごもりに照りかえされた緑色の日の光が、足もとで静かに鳴る苔を照らしていた。太陽は沈もうとしていた。空は枝々のあいだに赤く燃え、直線状に植えられた木々のどれもよく似た幹は、金色の背景からうきだす褐色の柱廊のように見えた。不安が彼女を捉え、彼女はジャリを呼んで、本街道を通って急いでトストへ帰り、肱掛椅子に倒れるように坐りこんで、一晩中ものを言わなかった。

ところが、九月の末頃、彼女の生活にある異例のことが降ってわいた。ヴォビエサール館へ、つまりダンデルヴィリエ侯爵の邸へ招待されたのである。

王政復古の時代に国務卿であった侯爵は、政治生活に復帰せんものと、早手廻しに下院に立候補する準備をしていた。冬は何個所となく薪を配り、県会では、自分の郡のためにいつも熱心に道路の建設を要求していた。夏の盛りの頃、彼は口中に膿瘍《のうよう》をこしらえ、シャルルがちょうど具合のよい時期にそれを切開して、奇蹟《きせき》のように治したことがあった。手術料を支払いにトストへ行かされた家令が、その晩、医師の家の庭でみごとな桜桃の実を見たことを話した。ところが、桜桃の木はヴォビエサールでは育ちがよくなかった。侯爵はボヴァリーに挿木を何本かわけてくれるように頼み、その礼をみずから述べにくるのが義務だと考えてトストへ出向き、エンマを眼にとめ、彼女は容姿も美しいし、挨拶にも百姓女ふうなところがちっともないと思った。そこで館のほうでは、この若夫婦を招待しても好意の限度を越すわけでもなければ、また不手際を犯すわけでもないと考えたのである。

ある水曜日の三時に、ボヴァリー夫妻は自家用の軽馬車に乗り、大きなトランクを後部にくくりつけ、帽子の箱を膝掛けの前に置いて、ヴォビエサールへ向かって出発した。シャルルは、その上、足のあいだにボール箱をひとつ挟んでいた。

彼らは夕暮、馬車を照らすために庭園で照明用ランプが燈《とも》されはじめた頃、館に到着した。

8

館はイタリア式の近代建築で、両翼がコの字形に張りだし、入口前の階段を三つそなえていて、ひろびろした芝生の裾にその全容を見せていたが、芝生には、間隔を置いて植えられた大木の茂みのあいだに牝牛が草をはみ、石南花《しゃくなげ》、梅花卯木《ばいかうつぎ》、肝木《かんぼく》など、籠形に刈った灌木《かんぼく》が、砂利道のうねりに沿って、大きさの揃わぬ緑の茂みを膨らませていた。橋の下には川が流れていた。たちこめる霧ごしに、牧場に散らばった藁屋根の家が見えた。牧場は樹木の茂ったなだらかな二つの丘で縁どられ、背後の茂みのなかには、取りこわされた旧館の名残である馬車置場と廏舎とが、二列に並んで立っていた。

シャルルの軽馬車は中央の玄関前に着いた。召使たちが現れた。侯爵が進みでて、医者の妻に腕を貸し、玄関に案内した。

玄関は大理石が敷きつめられ、天井は高く、靴音も話し声もまるで教会の内部のようによく響いた。正面にはまっすぐな階段が階上につながり、左手には庭に面した廊下が付いていて玉突室に通じ、そこでは象牙の玉のぶつかりあう音が、戸口でもう聞こえていた。客間へ行くために玉突室を横切るとき、エンマは玉突台のまわりに威厳のある顔つきの男たちを見たが、顎につくほどにネクタイを高く結び、みな勲章の略綬《りやくじゆ》を着け、キューを突きながら物静かに笑っていた。壁のくすんだ色の羽目板には、大きな金縁の額がいくつもかかっていて、それぞれ額縁の下に黒い字で名前が記されていた。彼女は読んだ。「ジャン＝アントワーヌ・ダンデルヴィリエ・ディヴェルボンヴィル。ラ・ヴォビエサール侯爵にして、またラ・フレネー男爵。一五八七年十月二十日、クートラ[*27]の役に戦死」。もう一枚のには、「ジャン＝アントワーヌ＝アンリ＝ギー・ダンデルヴィリエ・ド・ラ・ヴォビエサール、海軍元帥、聖ミッシェル勲章佩勲者《はいくんしや》、一六九二年五月二十九日、ラ・ウーグ[*28]＝サン＝ヴァーストの海戦に負傷し、一六九三年一月二十三日、ラ・ヴォビエサールにて没」。つづいて並ぶ絵は、はっきりとは見わけがつきかねた。ランプの光が玉突台の緑色のクロスの上で跳ねかえり、部屋中に影をただよわせていたからである。光は水平な画面全体を褐色に染めながら、画面にぶつかってはワニスの亀裂にしたがって細い角度をなして散乱した。そのため、金色で縁どったこれらの大きな黒い四角形のどれからも、あちらこちら、絵の明るい部分だけがうきだしていた。それは蒼白い額だったり、じっとこちらを見つめる眼だったり、髪粉のとんだ赤い衣服の肩の上にひろがる鬘《かつら》だったり、または丸味を帯びたふくらはぎの上部の靴下どめの留金だったりした。

　侯爵が客間のドアを開けた。婦人のひとり（侯爵夫人そのひと）が立ちあがり、エンマを迎えて、二人用長椅子に自分と並んで腰かけさせ、ずっと以前からの知りあいのように親しげに話をしだした。四十歳くらいの、肩の美しい、鷲鼻《わしばな》のひとで、ゆっくりとした低い声をだし、その夜は栗色の髪の上に、うしろに三角形に垂れる糸レースの簡単な肩掛けをしていた。かたわらの、長い背もたれの椅子には、ひとりの若い金髪の婦人が坐っていた。そして上着のボタン穴に小さな花を挿した紳士たちが、煖炉をかこんでご婦人たちと話していた。

七時に晩餐が出た。人数の多い男性は玄関の第一テーブルに、そして女性は侯爵夫妻とともに食堂の第二テーブルに着席した。

なかにはいるとすぐ、エンマは、花の香りと上等のテーブル・クロスやナプキンの香りが、肉類の香気と松露の香がまざりあう、暖かい空気に包まれるのを感じた。枝付き燭台の蠟燭は銀の皿覆いの上に炎を伸ばし、湯気にくもったカット・グラスは、ほのかな光を照りかえしていた。花束はテーブルの端から端へと一列に並び、広い飾り縁の皿にはナプキンが司教冠形にたたんで置かれて、その二つの襞の割れ目のあいだに、小さな卵形のパンがひとつずつ挟んであった。伊勢えびの赤い足は皿からはみだしていたし、透《すか》し編の籠に盛られた大きな果物は、苔を下に敷いてその上に段々に重なっていた。鶉《うずら》は羽根をつけたままの姿で湯気を立てていた。そして、絹靴下、短ズボン、白ネクタイ、レースの胸飾りという服装の給仕長が、裁判官のように厳粛な顔つきをして、あらかじめナイフをいれてある皿の料理を客の肩のあいだから差しだし、客の選んだ一切れを匙《さじ》で取りわけてくれた。銅の筋を入れた大型の陶製のストーヴの上では、襞をよせた衣裳で顎までくるまった女人像が、客のたてこんだ部屋をじっと眺めていた。

ボヴァリー夫人は、幾人かの女性が、ワイン・グラスのなかに手袋［酒をつぐのを断るしるし］をいれていないことに気がついた。

一方、食卓の上席のほうには、そういう婦人客たちにまじってただひとりだけ、老人が山盛りの皿の上にかがみこみ、ナプキンを子供のように首のうしろで結んで、ソースの滴を口から垂らしながら食べていた。その眼は充血して赤く、僅かな髪をうしろで束ねて、黒いリボンを巻いて垂らしていた。それが侯爵の義父のラヴェルディエール老公爵で、この人物はル・ヴォドルイユのコンフラン侯爵邸で狩の競技が催されていた頃には、ダルトワ伯［一七五七―一八三六。ルイ十六世の末弟で、のち王政復古期にシャルル十世となった人物］のお気にいりであったし、コワニー［一七三七―一八二一。ルイ十六世に仕えた将軍］、ローザン［一七四七―九三。ルイ十六世の宮廷に仕えたのち、アメリカの独立戦争に参加した将軍］の面々に伍《ご》してマリー・アントワネット王妃の愛人であったとも噂されていた。彼は決闘、賭博、婦女誘拐だらけの騒然たる放《ほう》蕩《とう》生活を送り、財産を蕩尽し、一家を震えあがらせた人物であった。ひとりの下僕が椅子の背後に控えていて、彼がどもりながら指さす料理の名を、耳もとに大声で告げていた。そしてエンマの眼は、なにか特別な尊いものでも見るかのように、たえずこの唇の垂れさがった老人のほうへひとりでにもどってゆくのだった。あのひとはかつて宮廷で生活し、王妃たちのベッドで寝たことがあるのだ！

氷で冷やしたシャンパンが注がれた。その冷たさを口のなかに感じると、エンマは全身の肌で身震いした。彼女はこれまでに柘榴《ざくろ》の実を見たことがないし、パイナップルを食べたこともなかった。粉砂糖までがよそよりも白く、細かなように思われた。

婦人たちは、そのあと、舞踏会の身支度をするために、それぞれの部屋へあがっていった。エンマは初舞台の女優のような細心の注意を凝らして化粧をした。髪結の勧める通りに髪を結い、ベッドにひろげてあったバレージュ織［婦人服によく用いられたガーゼのように薄い毛織物］のドレスを身につけた。シャルルのズボンは腹をきつく締めつけた。

「ズボンの留紐《とめひも》が邪魔になって踊りにくいだろうな」と彼は言った。

「踊るの？」とエンマは言った。

「そうさ！」

「まあどうかなさったのね！　そんなことをしたら笑われるわ、じっとしていらっしゃいよ。第一そのほうがお医者さまらしいし」と彼女は言いたした。

シャルルは黙りこんだ。エンマの支度ができるのを待ちながら、彼は部屋のなかを縦横に歩きまわっていた。

彼はうしろから、二つの燭台のあいだの鏡にうつるエンマの姿を眺めていた。黒い眼がひときわ黒さを増して見えた。耳にかけて柔らかく膨らませて真中で分けた髪の毛が、青い光沢を放って艶《つや》やかに輝いていた。巻きあげた髪に挿した一輪の薔薇は、葉のさきに人工の露を付けて、揺れうごく茎の上で震えていた。彼女のドレスは薄いサフラン色だったが、緑の葉をまじえたポンポン咲きの小輪の薔薇の花束三つでもって、そのドレスはいっそうひきたっていた。

シャルルはそばに寄って彼女の肩に接吻しようとした。

「やめて！　皺になるわ」と彼女は言った。

ヴァイオリンの前奏とホルンの音が聞こえてきた。彼女は駆けだしたいのをじっと我慢しながら、階段を降りた。

カドリールがはじまっていた。ひとがつぎつぎに集まってきた。押しあいをするほどだった。エンマはドアの脇の腰掛けに腰をおろした。

カドリールが終ると、床はすいたので、紳士たちはそこここに集まって立ち話をしたり、お仕着せの召使たちが大きなお盆を運んできたりした。並んで坐った婦人たちの列では、絵扇が揺れうごき、花束が微笑のうかんだ顔をなかば隠し、金色の栓をした香水瓶が僅かに開いた手のなかでくるくる廻っていた。その手の白手袋は爪の形まで見せて、手首のところが、ぴっちりと肉を締めつけていた。レースの飾り、ダイヤモンドのブローチ、ロケットの付いた腕輪が胸衣の上で小さく揺れ、胸もとできらめき、あらわな腕にかすかに鳴っていた。額にぴったり撫でつけ、項で束ねた髪の毛には、勿忘草《わすれなぐさ》、ジャスミン、柘榴の花、麦の穂、あるいは矢車草が飾られ、冠の形になったものも、房のようになったものも、あるいは枝を組みあわせたようなものもあった。それぞれの場所に静かに控えている気難しい顔つきの母親たちは、赤いターバンを巻いていた。

パートナーに指先を触れられて列にならび、踊りだそうとしてヴァイオリンの弓の最初の動きを待っているとき、エンマの胸は少しばかり高鳴った。しかしその興奮はすぐに消えた。

彼女はオーケストラのリズムにあわせて身体を動かし、かるく首を振りながら滑るように前に進みでた。ときどき、他の楽器がすべて鳴りやんでヴァイオリンだけが奏でていると、その繊細な調べに微笑がおのずから口もとに浮んでくるのだった。かたわらの賭博台の張り布の上に、金貨をばらまく澄んだ音がしていた。それから全楽器がいちどきに演奏を再開し、コルネットが高々と鳴りひびいた。足はまた拍子を取って踏みはじめ、スカートは大きく膨らんで触れあい、手は結ばれてはまた離れた。踊りの相手の同じ眼が、うつむいたかと思うと、またこちらをじっと見つめるのだった。

二十五歳から四十歳くらいの男性たちが（ざっと十五人ほど）、踊り手のなかにまじっている者も、戸口に立って話している者もいたが、年頃や服装、顔かたちは違っていても、彼らにはどこか似通ったところがあって、大勢のなかでもとくに目立っていた。

彼らの衣服は他のひとびとよりも高級な仕立てで、ラシャもずっとしなやかに見えたし、髪の毛は巻毛にしてこめかみのほうへ垂らしてあり、他のひとびとよりも上等のポマードで光らせてあるらしかった。彼らは裕福な人間らしい顔色を、つまり陶器の淡い色合いとか、波形模様のついた繻子の光沢とか、上等の家具のニスの艶などによっていっそう引きたてられ、とびきりの美味を控えめにとることで、その健康さを保っている白い顔色をしていた。彼らの首は低く結んだネクタイの上で楽々と廻った。長い頰ひげは折りかえした襟の上に垂れていた。彼らは大きな頭文字を縫いとったハンカチで唇を拭ったが、ハンカチからは甘い匂いがした。初老のひとたちには若々しい様子が見え、若者たちの顔にはどこか分別くさいところがあった。彼らの冷やかな眼差《まなざ》しのなかには、日ごとに情熱を満足させている人間の平静さがうかんでいた。さらに彼らの優しい物腰のなかには、ある特別な兇暴《きようぼう》性が現れていたが、それはたとえば純血種の馬を乗りこなしたり、売春婦とつきあったりするという、どちらかといえば容易な、それでいて力も発揮されれば虚栄心も楽しがるようなことを、自由にやってのけられることからくるのである。

エンマから三歩ばかりのところで、青い服を着たひとりの男性が、真珠の装身具をつけた蒼白い顔の若い女性と、イタリアの話をしていた。二人は、サン＝ピエトロ寺院の柱の太さ、チヴォリの町［ローマ郊外の景勝地］、カステルラマーレ［ナポリ湾にのぞむ港町で、温泉地として知られる］やカシーネ［フィレンツェの遊歩場］、ジェノヴァの薔薇、月下のコロセウム［ローマの円形闘技場の遺跡］などを讃美していた。エンマはもう片方の耳で、彼女にはなにやら分らない言葉だらけの会話を聞いていた。イギリスで、前の週に、「ミス・アラベル」と「ロミュラス」を打倒し、障害物をみごとに跳び越して賞金二千ルイを獲得した非常に若い男が、ひとびとに取りかこまれていた。ある者は自分の競馬馬が肥《ふと》っているのを嘆き、他の者は自分の持馬の名前を妙なものにしてしまった誤植のことを嘆いていた。

舞踏会の空気は重苦しくなっていた。ランプの光も薄れていた。玉突室へ引きかえす者もいた。召使がひとり椅子の上に乗り、空気を入れかえるために窓ガラスを二枚割った。ガラスが割れる音がしたので、ボヴァリー夫人はうしろを振りかえったが、するとその彼女の眼には、百姓たちが庭で窓ガラスにぴったりくっついて、じっとこちらを見つめている顔が見えた。するとベルトーの思い出が彼女の心にうかんだ。農場や、泥ぶかい沼や、仕事着を着て林檎の木の下に立っている父親の姿を思いうかべ、また彼女自身が、昔のように、搾乳場で、鉢のなかの牛乳からクリームを指で掬《すく》いとっている姿を目《ま》のあたりに蘇らせた。しかし、現在のこの輝かしい閃光《せんこう》に照らされると、過去の生活は、そのときまであんなに鮮明であったのに、隅々までまたすっかり消え失《う》せて、そういう生活をしたことをほとんど疑わしく思うほどになった。彼女はその場にたたずんでいた。それから、彼女にとっては舞踏会場の周囲にはもはや闇しかなくなり、それが舞踏会以外のすべてのものの上にひろがった。そこで彼女は金めっきをした銀の貝型の皿にいれて、左手で持ちながら桜桃酒《マラスカン》いりのアイスクリームを食べ、スプーンをくわえたまま眼をなかば閉じていた。

ある婦人が彼女のそばで、扇を落した。舞踏客がちょうどそこを通りかかった。

「わたくしの扇をお拾いいただけますでしょうか、あの長椅子のうしろにございますが!」

とその婦人は言った。

紳士は身をかがめ、そして彼が腕を伸ばそうとしかけたその瞬間、エンマは、その若い婦人の手が、三角に折り曲げたなにか白いものを紳士の帽子のなかに投げこむのを見た。紳士は、扇を拾って、それを恭《うやうや》しく婦人に差しだした。婦人はうなずいて彼に感謝し、花束の香りをかぎはじめた。

夜食のあと、この夜食にはたくさんのスペイン葡萄酒とライン地方の葡萄酒、ビスクふうでアーモンド乳液をまぜたポタージュ［海ざりがに〈オマール〉、鶏肉、魚肉などを煮つめた濃厚なスープ」、トラファルガー・プディング、皿のなかで揺れうごく煮こごりがまわりについたあらゆる種類の冷肉が出たが、その夜食のあと、馬車はつぎつぎに立ち去りはじめた。モスリンのカーテンの片はしをかかげると、馬車の角燈の灯《ひ》が闇のなかを滑ってゆくのが見えた。長い腰掛けには客の姿もまばらになった。賭博をする人間が幾人かまだ残っていた。楽師たちは指の先を舌で冷やしていた。シャルルは、とあるドアに背中をもたせかけて、なかば眠っていた。

午前三時に、コチヨン[*29]がはじまった。エンマはワルツの踊りかたを知らなかった。皆が踊り、ダンデルヴィリエ嬢までが、そして侯爵夫人も踊った。その数およそ十二人ばかりの、館に泊る客しかもう残っていなかった。

しかし、ワルツを踊る踊り手のひとりで、皆から親しみをこめて子爵と呼ばれ、大きく開いたチョッキが胸のあたりの身体の線にぴたりと合っている人物が、もう一度改めてボヴァリー夫人を誘い、自分がちゃんとリードするから、大丈夫ちゃんと踊れますと断言した。

二人はゆっくり踊りはじめ、それからしだいに早くなった。彼らはくるくる廻った。すると彼らのまわりでは、すべてのものが、ランプが、家具が、壁板が、床が、軸を中心として廻転する円盤のようにくるくる廻った。ドアのそばを通りかかると、エンマのドレスは、裾の部分で、相手のズボンをかすめるのだった。二人の脚は互いに入れちがった。彼はエンマのほうを見おろし、エンマは彼のほうを見あげていた。麻痺《まひ》状態が彼女を捉え、彼女はステップをとめた。彼らはまた踊りだした。そして前よりもいっそう早い動きでもって、子爵は彼女をひっぱり、彼女とともに廻廊のはずれへ姿を消したが、そこで彼女は息をはずませながら危うく倒れそうになり、そして一瞬、頭を彼の胸にもたせかけた。それから、相変らず、といってもずっと静かにくるくる廻りながら、彼は彼女をもとの場所へ連れもどした。彼女は身体をのけぞらせて壁にぴったり寄りかかり、片手を眼に当てた。

彼女がまた眼を開けると、広間の中央で、腰掛けに坐っているひとりの婦人の前に、三人の踊り手がひざまずいていた。その婦人は子爵を選び、ヴァイオリンがまたはじまった。

二人は皆に見つめられていた。彼らは行ったり来たりし、婦人のほうは身体を揺り動かさず、顎をひき、子爵のほうは相変らず例の同じ姿勢で、上体を反り身にし、肱をまるくし、口を前に突きだしていた。ワルツの踊りかたをなんとよく知っているのだろう、この婦人は！　彼らは長いこと踊りつづけて、他のひとびとすべてを疲れさせた。

まだしばらく雑談がかわされ、そしてお寝《やす》みの、というよりむしろお早うの挨拶のあと、館の泊り客たちは寝室へ行った。

シャルルは階段の手摺を頼りにやっと歩いていたが、両膝が身体のなかに食いこんでしまったのだ。彼は遊戯台の前に立ち、なにも分らずにホイスト［トランプ遊戯の一種］の勝負を眺めて、ぶっつづけに五時間を過したのだった。そんなわけで、長靴を脱いだとき、彼はふかい満足の吐息をついた。

エンマはショールを肩にかけ、窓を開けて肱をついた。

夜の闇がひろがっていた。雨の滴がいくらか落ちていた。彼女は瞼にひんやりと感じられる湿った風を吸いこんだ。舞踏会の音楽がまだ耳もとで鳴り、そして間もなく立ち去らねばならないこの豪華な生活の幻を長びかせるため、彼女は眼を覚ましていようと努力をするのだった。

夜明けの光が現れた。彼女は館の窓々をじっと見つめ、昨夜これはと注目したひとびとの部屋はどれかを当ててみようとした。彼らの生活を知りたい、そこにはいりこんでみたい、そこに溶けこみたいと彼女は思った。

しかし彼女は寒さに震えていた。衣裳を脱ぎ、眠りこんでいるシャルルにぴったりと身を寄せて、シーツのあいだで身体をまるくした。

昼食にはたくさんのひとがいた。食事は十分間つづいた。リキュールがまるで出なかったので、シャルルは驚いた。それから、ダンデルヴィリエ嬢がブリオッシュ［小麦粉、バター、卵でつくるパン菓子の一種］のかけらを集めて小さな籠にいれ、池の白鳥に運んでいってやり、そして皆は温室のなかをぶらぶら歩きまわったが、そこでは、毛を逆立てた奇妙な植物が、上から吊した植木鉢の下でピラミッド型に重なりあい、その植木鉢の縁からは、ちょうど蛇がいっぱい溢れすぎた蛇の巣のように、互いに巻きつきあった長い緑の紐が垂れさがっていた。オレンジ栽培室は、はずれのところにあって、館の炊事場まで屋根に覆われて通路が通じていた。侯爵は医師の若妻を楽しませようとして、厩舎を見せに彼女を連れていった。籠のような恰好の秣棚の上のところには、瀬戸物の貼札に黒で馬の名前が記してあった。舌を鳴らしながらそのそばを通ると、どの馬も仕切りのなかで身動きをした。鞍具《あんぐ》置場の床は客間の嵌木《はめき》の床のように輝いていた。馬車に使う馬具類は、中央の廻転柱にきちんと配置され、轡、鞭、鐙《あぶみ》、轡鎖は壁沿いに一列に並べられている。

シャルルはその間、ある召使に軽馬車に馬を繋ぐよう頼みにいった。馬車は玄関の石段の前に引かれ、荷物がすべて馬車のなかに詰めこまれると、ボヴァリー夫妻は侯爵と侯爵夫人に挨拶をして、トストにむかって帰路についた。

エンマは黙りこんで、車輪が廻るのを見つめていた。シャルルは座席の端に坐り、両腕を大きくひろげて馬を御していたが、子馬はその身体のわりにひろすぎる轅《ながえ》のなかで、とことこと走っていた。だらりと弛《ゆる》んだ手綱は馬の尻にぶつかっては汗に濡れ、軽馬車のうしろに結びつけた箱は、車体にぶつかっては同じ間隔を置いて大きな音を立てていた。

ティブールヴィルの高台までくると、彼らの前を、とつぜん、馬に乗ったひとびとが葉巻をくわえて、笑いながら通りすぎた。エンマはふと子爵の姿が見えたと思った。彼女は振りかえったが、速歩《トロット》かあるいは駆歩《ギャロップ》の不揃いな拍子にしたがって、さがったりあがったりする頭の動きが視界の果てに見えるだけだった。

四分の一リューほどさきで、尻帯が切れたのを紐で繕うために止まらなければならなかった。

シャルルは、馬具を調べて最後の一瞥《いちべつ》を投げながら、地面の、馬の脚のあいだのところになにかを見つけた。そして緑色の絹で縁取りがしてあり、その真中には、立派な幌つきの四輪馬車の扉のように紋章のついた葉巻入れを彼は拾った。

「葉巻が二本もなかにはいっている」と彼は言った、「これは今夜、晩飯のあとに吸うことになるな」

「あなた煙草を吸うの？」と彼女は尋ねた。

「ときどき、機会があるとね」

彼はこの拾い物をポケットに入れ、小さな馬に鞭を当てた。

彼らが家へ着いたとき、夕食の支度はまだできていなかった。奥さまは激昂《げっこう》した。ナスタジーは横柄に言い返した。

「出てゆきなさい！」とエンマは言った、「ひとを馬鹿にしてるのね、あなたはくびよ」

夕食には玉葱のスープと酸葉を添えた犢肉があった。シャルルはエンマの前に坐り、両手をこすりあわせながら幸せそうにこう言った。

「家に戻ってくると楽しいねえ！」

ナスタジーが泣いているのが聞こえた。シャルルはこの哀れな娘をちょっぴり好いていた。以前、やもめ暮しの無聊《ぶりょう》に悩んでいた際、彼女は幾晩も話し相手になってくれたのだった。この地方での彼の最初の患者であり、いちばん古い知りあいであった。

「本気で彼女にひまをやったのかい？」彼はとうとうそう言った。

「ええ。誰か止めだてするひとでもいるの？」と彼女は答えた。

それから寝室の用意ができるあいだ、彼らは台所で暖を取った。シャルルは葉巻をふかしはじめた。彼は口を前に突きだして葉巻を吸い、しじゅう唾を吐き、一吹き煙を出すごとにあとずさりした。

「気持が悪くなるわよ」彼女は軽蔑するように言った。

彼は葉巻を置き、ポンプのところへ行って冷たい水をコップに一杯飲んだ。エンマは、葉巻入れを摑んで、素早く戸棚の奥に投げこんだ。

一日がなんと長かったことだろう、その翌日は！ 彼女は小さな家を歩きまわり、同じ小径を何度となく行ったり来たりし、花壇の前とか、果樹墻の前とか、石膏の司祭の像の前などに立ちどまって、それら彼女がとてもよく知っている昔ながらのものを、驚きを覚えながらしげしげと見つめるのだった。あの舞踏会は既になんと遥かなものに思えたことであろうか！ いったい誰が、一昨日の朝と今日の夕方とをこれほど大きく隔ててしまったのであろう？ ヴォビエサール訪問は彼女の生活のなかに穴を開けてしまったのだ、ときおり嵐がたった一夜のうちに山中に掘りこむあの大きな亀裂のように。けれども彼女は諦めた。美しい衣裳、さらには繻子の靴まで簞笥のなかに大切にしまいこんだが、その靴の底はあの嵌木の床の滑らかな蠟で黄色くなっていた。彼女の心はその靴のようだった。富貴と触れあったので、彼女の心の上には今後もう消えはてぬなにものかが座を占めたのだ。

かくしてあの舞踏会を思いだすことが、エンマにとっての仕事となった。水曜日がめぐってくるたびに、いつも彼女は眼を覚ますとこう思うのだった、「ああ、一週間前には……半月前には……三週間前には、あそこにいたんだわ！」そして徐々に、ひとびとの容貌は彼女の記憶のなかでまざりあい、彼女はカドリールの曲を忘れ、召使たちの制服やさまざまな部屋のことも、もうそれほどはっきり眼にうかばなくなった。幾つかのこまごました点は消え去ったが、しかし哀惜の念は残った。

9

　しばしば、シャルルが外出しているとき、彼女は戸棚のなかの畳んだ下着類のあいだから、そこにしまって置いたあの絹の葉巻入れを取りだすことがあった。

　彼女はそれを眺め、それを開け、そして馬鞭草《ばべんそう》の香水と煙草の香りのまじりあった裏地の匂いを嗅いでみたりもした。これは誰の持物なのだろう？……子爵さまのだ。きっと恋人からの贈物だろう。これを紫檀《したん》の刺繍《ししゅう》枠に張って縫いとりをしたのだ。そのかわいらしい道具を誰にも見せずこっそりと隠して、何時間ものあいだ、物思いにふけりながら針を運んだとき、柔らかい巻毛が刺繍枠の上に垂れかかったことだろう。恋の息が、台に張られた生地の目のあいだを通りぬけた。一針一針が、そこに希望や追憶を縫いつけた。そしてこの絡まりあった絹糸は、すべて同じ無言の情熱の連綿たる持続にほかならない。そうしてある朝、子爵さまは、その葉巻入れをたずさえていったのだ。それが、大きな飾り枠のついた煖炉の上の、花瓶とポンパドゥール[*30]様式の置時計のあいだに置いてあったとき、恋人たちはなにを語ったのだろうか？　彼女はトストにいる。あの方はいまパリにおられる。はるか彼方に！　そのパリというのはどんなふうなのかしら？　なんという偉大な名前だろう！　彼女は、その名を小声で繰りかえしつぶやいては楽しんだ。それは彼女の耳に大聖堂の大鐘のように鳴りひびき、ポマードの瓶のレッテルの文字となってさえ、彼女の眼には燦然《さんぜん》と輝いて見えるのだった。

夜遅く、魚屋が荷車に乗って、「マヨラナの花」の歌を歌いながら窓の下を通ると、彼女はいつも眼を覚ました。そして、鉄輪をはめた車輪の音が、石畳の町なかを出ると、土を踏んで急に柔らかくなるのを聞きながら、

「あのひとたちは明日はパリなんだわ！」と彼女は思うのだ。

そして心のなかで彼女はそのひとびとのあとを追ってゆき、丘をのぼっては降り、村々を横切り、星明りのもと街道を走りに走った。ある距離までゆくと、かならずはっきりしない場所に出て、そこで彼女の夢想は尽きるのだった。

エンマはパリの地図を買いもとめた。そして指先で図面の上をたどりながら、町中を歩きまわった。町角のひとつひとつで、通りの線と線のあいだで、家をあらわす白い四角形の前で立ちどまりながら、彼女は大通りをのぼっていった。しまいには眼が疲れて瞼を閉じた。すると、暗闇のなかに、風にゆらめくガス燈の炎や、劇場正面の柱列の前で騒々しい音をあげて降ろされる馬車の踏段が、見えてくるのだった。

彼女は「花壇」という女性新聞や、「サロンの精」を予約購読した。芝居の初演や、競馬や、夜会の記事はひとつも飛ばさずにむさぼり読み、女性歌手の初舞台だとか商店の店開きなどに興味をもった。新しい流行や、上手な仕立屋のアドレスや、ブーローニュの森やオペ

ラ座の招待日も知っていた。ウジェーヌ・シュー*31の小説では、家具類の描写を注意して読んだし、彼女自身の渇望を空想のなかで癒すことを求めて、バルザックやジョルジュ・サンドの作品も読んだ。食卓にまで彼女は本をもちこんで、シャルルが話しかけながら食べている間も惜しく、頁を繰るのだった。子爵の思い出が読書中にたえず彼女の頭にうかんだ。子爵と作中人物とをつい結びつけて考えてしまうのだ。しかし、子爵を中心とする円はしだいに大きくなり、子爵の背負う後光はその顔から離れてさらに遠くにまでひろがって、ほかの夢想までも照らした。

パリは大洋よりも茫漠となって、エンマの眼には緋色《ひいろ》の靄《もや》のなかで煌《きら》めいているように見えた。もっとも、その雑踏のなかで揺れうごくあまたの生活は、さまざまの部分に分割され、それぞれ明瞭な画面に分類されていた。エンマはそのなかの二つか三つのもの、他のすべてを彼女の眼から隠し、ただそれだけで完全なる人間界を代表する二つか三つのものしか眼にとまらなかった。大使たちの世界が、鏡を張りめぐらした広間の、金総《きんぶさ》つきのビロードをかけた楕円形のテーブルのまわりの、艶やかに光る嵌木の床の上を歩いていた。そこには裳裾《もすそ》つきのドレスが行きかい、大きな神秘があり、微笑の蔭に隠された苦痛があった。その世界についで、公爵夫人たちの社交界がやってきた。そこでは皆が蒼白かった。皆が午後の四時に起きるのだった。女たちは、ああ、哀れにも優しく、ペチコートの裾にイギリス・レースの縁取りをつけていたし、男たちは浮薄な外見のせいで能力を認められず、物見遊山に出かけては馬を疲弊させたり、夏の季節をバーデン＝バーデン［ドイツの保養地］へ過しにいったり、四十歳頃になるとようやく遺産のある女性と結婚したりするのだった。夜の十二時を過ぎても夜食のできるレストランの個室では、蠟燭の光のもとで、文士や女優たちの色とりどりの群れが笑い興じていた。彼ら文士たちは、王侯のように浪費をし、空想的な野心と途方もない妄想に溢れていた。それは他のものよりもひときわ優れた生活、空中にただよい、嵐のなかにある生活で、なにやら崇高なものだった。それ以外の世界は、定まった場所もなく、まるで存在しないも同然に姿を消していた。その上、物が身近にあればあるほど、エンマの思いはその物から離れてゆくのだった。直接彼女を取りまいているもの、つまり退屈な田舎、愚鈍な小市民《プチ・ブルジョワ》、生活の凡庸さは、彼女にはこの世の例外であるように、たまたま自分がそのなかに捉えこまれた特殊な偶然であるように思われたが、一方それにひきかえ、彼方には、幸福と情熱の広大な国が、見渡すかぎりひろがっているのだった。彼女は贅沢の快楽と心情の歓びとを、習慣の典雅さと感情の繊細さとを、おのが欲望のなかで混同してしまっていた。インド産の植物がそうであるように、恋愛の場合もあらかじめ調えられた土壌と特殊な気候が必要なのではあるまいか？　したがって、月明りのもとでつく吐息も、長い抱擁も、相手に預けた手の上に流れ落ちる涙も、あらゆる肉体の熱狂も恋の憔悴《しょうすい》も、閑暇に充ちた大邸宅のバルコニーと切りはなすことはできないし、また分厚い絨毯《じゅうたん》を敷き、花籠には溢れるほどに花を活《い》け、ベッドを一段高い壇の上に置いて、絹のカーテンを掛けた閨房《けいぼう》とも、そしてまた宝石の輝きや、召使のお仕着せの肩の飾り紐の煌めきとも切りはなすことはできない。

毎朝、馬の手入れにやってくる馬車の宿駅の若者は、大きな木靴を履いて廊下を横切ってゆく。仕事着はあちこちに穴があき、木靴のなかに履いた布靴の足は素足である。これがつまりこの家の半ズボン姿の馬丁というわけだが、差しあたりこれで我慢しなければならないとは！　仕事が済むと彼はもうその日はやってこない。というのは、シャルルは帰宅すると自分で馬を廏舎に入れ、鞍《くら》をはずして端綱《はづな》をかけてやったし、そのあいだに女中も藁束を運んできて、なんとか秣桶のなかへ投げこんだからである。

ナスタジーのかわりとして（彼女はさめざめと泣きながら遂にトストを立ち去った）、エンマは十四歳になる孤児で顔だちのやさしい娘を雇いいれた。彼女はこの娘に木綿の布帽子をかぶることを禁止し、敬語を使って話さなくてはいけないこと、水のはいったコップはお皿にのせてもってくること、部屋にはいる前にはドアをノックすること、それからアイロンの掛けかた、糊の付けかた、衣裳の着せかたなどを教えこんで、自分の小間使に仕立てようとした。新しい女中は、暇を出されまいと、不平も言わず、よく言うことを聞いた。だが、奥さまはいつも食器戸棚の鍵を差しこんだままにしておかれるので、彼女フェリシテは毎晩砂糖を少しばかり盗みだしては、お祈りを済ませたあと、ベッドでこっそり舐めるのだった。

午後になると、女中はときどき馭者連中とおしゃべりするために、向かいまで出かけていった。奥さまは二階の自室に引きこもっていた。

エンマは胸もとが大きく開いた部屋着を着ていたので、上着のゆったりと広い襟の折返しのあいだから、金のボタンが三つある襞つき胸衣がのぞいて見えた。大きな総のついた打紐をベルトに締め、そして深紅色の小さなスリッパには幅の広いリボンの総がついていて、それが足の甲に麗々しくひろがっていた。彼女は、手紙を書く相手もいないのに、吸取紙や、文具箱や、ペン軸や、封筒を買いこんでいた。飾り棚の埃をはらったり、鏡に自分の姿をうつしたり、本を一冊手に取ってみたりはするが、眼は文字を追うでもなくいつしか夢想にふけって、膝の上に取り落してしまうのだった。彼女は旅がしたいと思い、また修道院へもどりたいとも思った。死ぬことと、パリに住むこととを同時に願っていた。

シャルルは雪の日も雨の日も、脇道を通って馬を走らせた。農家の食卓でオムレツを食べ、じとじとしたベッドに腕を差しいれ、瀉血《しゃけつ》の血の生温かい飛沫《ひまつ》を顔に受け、苦しげなあえぎを聞き、洗面器のなかを調べ、汚れた下着を何枚となくまくりあげた。しかし夜ともなれば、燃えさかる煖炉の火や、支度の整った食卓や、ふかふかの椅子や、洗練された身装《みなり》の妻が身近に見あたり、妻は魅力にみち、爽やかな香りがしたが、その匂いがどこからくるのか、また肌着をそのように匂わせているのは妻の肌なのか、よく分らなかった。

エンマはいろいろと趣味のよい気のきいたことをしては、シャルルを喜ばせた。あるときは紙で新しい蠟燭の受け皿をつくってみたし、またドレスの襞飾りを付けかえてみたりした。ごく簡単な料理にも彼女がご大層な名前をつけてやると、女中がつくりそこねても、シャルルは喜んできれいに平らげてしまった。彼女はルーアンで、婦人たちが時計の鎖に飾りをたくさん付けているのを見た。そこで自分もその飾りを買った。煖炉の飾り棚の上に、青いガラスの大きな花瓶を二つ置きたがったし、しばらくすると、象牙の裁縫箱と金めっきをした銀の指貫をほしがった。シャルルはこうした優雅な趣味を理解できないだけに、よけいにその魅力を感じた。それらは彼の感覚の喜びと家庭の楽しさに、なにものかを付けくわえてくれた。それは彼の生活のささやかな小道に沿ってずっと敷きつめられる、黄金の砂のようなものだった。

シャルルは健康で、血色もよかった。いまでは世間の信用を得ていた。偉そうにしないので、田舎のひとたちは彼に好意をもった。子供をかわいがるし、居酒屋へは足を踏みいれないし、その上また身持ちの堅さが信頼できるのだった。とくにカタル性炎症と胸部疾患の治療を得意とした。シャルルは患者を殺すことをひどく恐れて、実際には鎮静剤以外の処方はほとんど出さなかったし、それにときどき吐剤、足湯、吸玉を使うくらいだった。とはいえ外科を恐れたわけではない。瀉血のときは馬なみにたっぷりと血を抜いてくれたし、歯を抜くとなるとすさまじい腕っ節を発揮した。

それから彼は医学の趨勢に通ずるために、内容見本を送ってきた新雑誌、「医学界」に購読を申しこんだ。それを夕食後にちょっと読みはするのだが、部屋が暖かいのと食べものの消化との両方で、五分もすると居眠りをした。そして両手で顎をささえ、髪の毛を鬣《たてがみ》のようにランプの裾まで垂らしたまま、じっと身動きもしなかった。エンマはそれを見て肩をすくめた。夜には書物を相手に研究に没頭し、六十歳を迎えてそろそろリューマチも出てこようという年頃に、ようやく仕立の悪い燕尾服の胸に勲章掛けを付けるような、せめてそんな地味な努力家を夫にもちたかったのに。彼女は自分の姓であるこのボヴァリーという名前が、有名になってほしかった。その名が本屋の店頭に並び、新聞に繰りかえし現れ、フランス全土に知れわたってほしかった。しかしシャルルには野心など微塵もなかった！　最近、彼と一緒に診察をしたイヴトーの医者が、親戚のひとたちも集まった患者の枕もとだというのに、少々彼を侮辱したことがあった。夜になってからシャルルがその話をすると、エンマはその同業者にたいしてひどく腹を立てた。シャルルはそれを見て感動した。涙ぐんで彼女の額に接吻した。しかしエンマは恥ずかしさでいっそう憤激して、夫を殴りつけたい気持になり、廊下に出て窓を開け、冷たい空気を吸って落着こうとした。

「なんて情ないひとなのかしら、なんて情ないひとなのかしら！」彼女は唇を噛み、小声でそう言った。

それにまた、近頃、彼女は夫にたいして腹を立てることが多くなっていた。夫[*32]は年を取るにつれて動作が活潑でなくなってきた。デザートのとき空瓶のコルク栓を切ったり、ものを食べたあと舌で歯を舐めまわしたりした。スープを飲むとき一口ごとに喉をごくごく鳴らした。そして、そろそろ肥《ふと》りはじめてきたので、もともと小さかった眼が、頬骨についた肉のためにこめかみのほうに押しあげられ、いっそう小さく見えた。

エンマはときどき、夫の着ているセーターの赤い縁どりをチョッキのなかへ押しこんだり、ネクタイのゆがみを直してやったり、夫がはめようとする色の褪《あ》せた手袋を脇へどけたりした。しかしそれはシャルルが思いこんでいるように、夫のためにするのではなかった。それはただ彼女自身のためであり、自己本位な気持と、神経の苛立《いらだ》ちからであった。ときにはまた、小説の一節とか、新しい戯曲とか、新聞の消息欄に語られている上流社会の噂話のような、自分が読んだもののことを夫に話して聞かせることもあった。というのも、要するに、シャルルだって話し相手くらいにはなるわけで、いつでも喜んで聞き、すぐに相槌《あいづち》を打ってくれたから。エンマはグレイハウンドにまで、いろいろ打明け話をするのだった！　それどころか、煖炉の薪、時計の振子にだって、打明け話をしかねなかった。

しかし心の奥底では、彼女はなんらかの事件を待ち望んでいた。難破船の水夫のように、自分の生活の孤独を絶望の眼で眺めまわし、はるかな水平線の濃霧のなかに白い帆影を探しもとめた。その僥倖《ぎょうこう》がどういうものか、その僥倖を自分のもとに運んでくる風、この風が自分をはたしてどんな岸辺に連れていってくれるのか、それはランチなのか三層デッキの大型船なのか、舷門《げんもん》一杯に積んでいるのは苦悩なのか幸福なのか、彼女にはまるで分らなかった。しかし毎朝、眼が覚めると、今日こそはそれがやってくるだろうと期待するのだった。そしてあらゆる物音に耳を澄まし、はっとして立ちあがり、それがやってこないのに驚いた。やがて日暮ともなると、きまって悲しさはつのり、明日になってくれればよいと望むのだった。

ふたたび春がめぐってきた。梨の花が咲いて、ようやく暖かさが感じられてくると、エンマはときどき息切れの発作に襲われた。

七月のはじめから、彼女はダンデルヴィリエ侯爵が、今年もまたヴォビエサールで舞踏会を催すのではないかと考えて、十月まであと何週間と指折り数えた。しかし手紙も訪問もないまま九月はすっかり過ぎてしまった。

この失望の悲嘆のあとで、彼女の心はまたもやうつろになり、そして変りばえのしない日々の連続がまたはじまった。

それでは、これからは、いつも似たりよったりの毎日が、数えきれないほど、しかもなにももたらさずに、こうしてつづいてゆくのだろうか。他のひとたちの生活は、どんなに平々凡々であっても、すくなくとも事件のひとつぐらいは起る機会がある。ひとつの思いがけぬできごとが、ときとして次から次へと不測の事件を惹《ひ》きおこしてゆくこともあって、そうして境遇が一変する。けれども彼女にはなにも起らなかった、神さまはそうお望みになったのだ！ 未来は真暗な廊下であり、その奥にはぴたりと閉ざされた戸があった。

エンマは音楽も止めてしまった。弾いたってなんになろう？ 誰が聞いてくれるというのか？ 演奏会の壇上で、短い袖のビロードのドレスを身にまとい、エラール製*33のピアノに向かって軽やかな指を象牙の鍵盤に走らせるとき、恍惚《こうこつ》のささやきが微風のようにあたりにひろがるのを感じるような、そんな思いを今後もう味わえないであろう身であってみれば、嫌々ながらお稽古をするまでもない。彼女はデッサンの紙挟みも、やりかけの刺繡の布も、戸棚のなかにしまいこんだままだった。それがなんの役に立つのか？ いったいなんの役に？ 縫物をすると彼女は苛立った。

「もう読むものはすっかり読んでしまったし」と彼女はつぶやいた。

そして、火箸を赤く焼いたり、雨が降るのをじっと眺めたりして過した。

日曜日、晩禱《ばんとう》の鐘が鳴るときはどんなに悲しかったことだろう！　鈍い、調子はずれの音を立てて鐘がひとつまたひとつと鳴りわたるのを、彼女はぼんやりと耳を澄ませて聞きいっていた。屋根づたいにのろのろ歩くどこかの猫が、淡い日射しを受けて背中をまるめていた。風が、街道に、幾筋もの土埃を舞いあげていた。ときどき犬の遠吠えが聞こえた。そして鐘は同じ間合いで、単調に鳴りつづけ、その音《ね》ははるか野面に消えていった。

そのうちひとびとが教会から出てきた。磨きたてた木靴の女たち、新しい仕事着姿の百姓たち、その前を帽子もかぶらずに跳びはねる子供たち、皆が家に帰ってゆく。そしていつも同じ顔ぶれの男が五、六人、日が暮れるまで居酒屋の大きな戸口の前で、コルク倒しの遊びをしていた。

冬の寒さは厳しかった。窓ガラスには毎朝霜がつき、そこから射しこむ日光は、まるで磨《すり》ガラスを通したかのように白っぽくぼやけ、ときにはそれが一日中変らぬことがあった。夕方の四時ともなると、もうランプをともさねばならなかった。

天気のよい日にはエンマは庭に出た。キャベツ畑では、露がきらきらと輝く長い糸となって株から株へと伸び、まるで銀色の糸レースをかけたようになっていた。鳥の鳴き声も聞こえず、すべてが眠っているかのようだ。果樹墻は菰《こも》で覆われており、葡萄の木はあたかも塀の笠石の下を這う病める大蛇のように見えるが、近寄ってみると、そこには脚のたくさんある草鞋虫《わらじむし》が匐《は》いまわっていた。生垣のそばの蝦夷松の木立で、聖務日課を読む三角帽の司祭は右足をなくし、その上凍るような寒さに石膏までが剝げ落ちて、顔に白い疥癬《かいせん》をつくっていた。

それから彼女はふたたび部屋にもどり、ドアを閉め、熾火《おきび》をかきたてた。すると煖炉の温かさに全身の力が抜けたようになり、倦怠がいっそう重くのしかかってくるのを感じた。降りていって女中と話せばよかったのかもしれないが、恥ずかしい気がしてそれもできなかった。

毎日、同じ時間に、学校の先生が黒い絹の縁なしの帽子をかぶって、自分の家の鎧戸を開け、耕作地監視人が仕事着の上にサーベルを吊《つ》って通っていった。朝と夕方、宿駅の馬が三頭ずつ、通りを横切って沼へ水を飲みにゆく。ときどき、居酒屋の入口のドアが鈴を鳴らし、風のあるときには、床屋の真鍮《しんちゆう》の盥《たらい》が二本の鉄の棒とこすれてきしる音が聞こえたが、この盥は店の看板になっているのだった。床屋の店には飾りとして、窓ガラスに貼りつけた流行の衣裳を描いた一枚の古い版画、髪の毛の黄色い蠟細工の女の胸像があった。床屋もまた、行きどまりになった自分の仕事のこと、見込みのない自分の将来のことを嘆き、たとえばルーアンのような大きな都会で、河岸のほとり、劇場の近くになにか店をもつことを夢想している彼は、陰気な様子で、客を待ちながら日がな一日、役場から教会まで、一本道をぶらぶら歩きまわっていた。ボヴァリー夫人が眼をあげると、トルコ帽で耳を隠し毛織の上着を着て、まるで立哨《りつしよう》中の歩哨のような恰好で立っている彼の姿がいつも見えた。

午後、ときおり、広間の窓ガラスの向う側に、男の顔が現れることがあったが、それは日焼けして、黒い頬ひげをはやし、白い歯を見せて顔いっぱいの微笑をうかべてゆったりと笑うのだった。ただちにワルツの曲がはじまり、手廻しオルガンの上の、小さな広間に見立てた部分には、指くらいの背の高さの踊り手たちや、薔薇色のターバンを巻いた女たちや、モーニング・コートを着たチロル人たちや、燕尾服を着た猿たちや、短いズボンの紳士たちが、肱掛椅子、長椅子、渦形の脚の小卓のあいだをぐるぐる廻りつづけては、細い糸のような金《きん》箔《ぱく》の紙で四隅を繋ぎあわせたたくさんの鏡に、何度も映るのだった。手廻しオルガンの男は右を眺め、左を眺め、窓のほうを眺めながら、ハンドルを動かした。ときどき、道端の馬車除けの石にむかって遠くから茶褐色の唾を吐きだしながら、楽器を膝で持ちあげることがあったが、堅い負い革のせいで肩が疲れるのだ。そしてあるときは物悲しく緩やかになったり、かと思うと喜ばしく急速になったりしながら、オルガンの箱から流れる音楽は、唐草模様の真鍮の窓格子の下の薔薇色のタフタのカーテンを通して、低いざわめきの音のようになって洩れてきた。それはここと は別の場所、舞台の上などで奏でられる曲、広間で歌われる曲、夜には明るいシャンデリアのもとで踊る曲であり、エンマのところまではるばる届いてくる社交界の谺《こだま》であった。果てしのないサラバンド舞曲が彼女の頭のなかで鳴りつづけ、彼女の思いは、さながら絨毯の花模様を踏んで踊るインドの舞姫のように、音符にのって跳びはね、夢から夢へ、憂愁から憂愁へと揺れうごくのだった。楽師は施しの金を鳥打帽へ受けとると、青いラシャの古ぼけた覆いをおろし、手廻しオルガンを背中のほうへ廻してかつぎ、重たい足どりで遠ざかっていった。その後姿を彼女はじっと見送った。

しかし、エンマがとりわけ我慢できないのは、一階の小さな食堂での食事時間だった。そこではストーヴがくすぶり、ドアはきしんだ音をたて、壁は汗ばみ、床はじめじめと湿っていた。生活の苦悩のすべてが眼の前の皿に盛られているように思われたし、そしてゆでた肉の湯気にまじって、また別の不快の息吹とでもいうようなものが彼女の魂の奥底から湧きあがってくるのだった。シャルルの食事は長かった。エンマは、榛の実をかじったり、片肱をつきながら、ナイフのさきで防水したテーブル・クロスに線を引いたりして時間をつぶした。

いまでは彼女は家事いっさいを成行きに任せていたので、ボヴァリー老夫人は、四旬節の数日をトストに過しにやってきたとき、この変りかたにひどく驚いた。実際、以前はあれほど身装《みなり》に気を配り、好みもやかましかったエンマが、いまは何日間も着替えもせずにいたり、灰色の木綿の靴下をはいていたり、蠟燭で明りをとったりしていた。裕福な身分でもないのだから倹約しなければ、と繰りかえし言っては、そのあとで、自分はとても満足している、とても幸せだ、トストの町は大好きだなどと付けたしたり、そのほか姑《しゅうとめ》には返事のしようもないような、変った話をいろいろとした。それに、エンマにはもう姑の忠告に従う気はないように思われた。一度など、ボヴァリー老夫人が、主人としては召使の信仰も監督すべきであると言いはったとき、それに答えたエンマの眼つきがあまりにも怒りに満ち、口もとに浮んだ微笑がまたあまりにも冷やかだったので、老夫人はそれきり彼女に逆らおうとはしなくなった。

エンマは気難しく、気紛れになった。自分のための料理をわざわざつくらせておきながら、それには手も触れなかったり、ある日はなにも入れない牛乳ばかり飲んでいるかと思うと、翌日は紅茶を何杯も飲むのだった。外には出ないと強情を張るくせに、そのうち息がつまりそうだと言って、窓を開けはなち、薄物のドレスに着替えることもよくあった。女中をひどく怒鳴りつけておいて、あとから物をやったり、近所へ遊びに出してやったりしたし、それと同じようにして、ときには財布にありったけの銀貨を、乞食に投げてやることもあった。といっても、彼女は元来あまり気立ての優しいほうではなかったし、また父親の掌にできた胼胝《たこ》のように固いものを、いつも心のなかにもっているたいていの田舎出の人間がそうであるように、他人の感情にはめったに心を動かすこともなかったのだけれども。

二月の末頃、ルオー爺さんが、全快記念にといって、みごとな七面鳥を一羽、婿のところへ自分でぶらさげてやってきて、トストに三日滞在した。シャルルは患者で手が離せないので、エンマが父親の相手をした。父親は寝室で煙草を吸い、煖炉の薪掛けに唾をはき、作物や、子牛や、牝牛のこと、家禽のこと、そして村会のことなどをしゃべりまくった。そのため、父親が帰ってドアを閉めたとき、彼女は思わずほっとして、われながら驚いた。それに、エンマはもう、なににたいしても、誰にたいしても、軽蔑の色を隠さなくなっていた。そして、ときどき突拍子もない意見を述べては、ひとが褒めるものを悪しざまに言い、よこしまな、不道徳なものを褒めそやした。これには夫も驚いて眼をみはった。

こんな惨めな状態がいつまでも続くのだろうか？　ここから脱けだすことはできないのだろうか？　なんにせよ彼女は、幸福に暮らしているどの女性にくらべても決して見劣りはしないのだ！　ヴォビエサールでは、自分よりもずんぐりした身体つきで、態度や物腰にも品のない侯爵夫人を何人も見た。そこでエンマは神の不公平を呪い、壁に頭をもたせかけて泣いた。波瀾《はらん》の生活、仮面の夜、放埓《ほうらつ》な快楽、そしてそれらの快楽があたえてくれるはずの、自分はまだ知らないすべての熱狂を彼女は羨望した。

彼女は顔色が蒼ざめ、動悸《どうき》がするようになった。シャルルは鹿の子草《かのこそう》の根の煎薬《せんやく》と樟脳《しょうのう》をまぜた薬湯を投与した。が、試しにやってみることはすべて彼女をいっそう苛立たせるように思われた。

ある日々、彼女は熱にうかされたように大いにしゃべりまくることがあった。そういう興奮のあとに、突如として無気力状態がつづいて、じっとものも言わず身動きもせずにいるのだった。そんなとき彼女を活気づけるのは、オーデコロンを一瓶すっかり両腕に振りかけることだった。

彼女が絶えまなくトストのことで不平を言うので、シャルルは彼女の病気の原因は、たぶんなにか地方的な影響にあるのだろうと想像し、そしてこの考えを固めて、よその土地に住みつくことを本気で考えた。

そのときから、彼女は痩せるために酢を飲み、軽い空咳《からせき》をし、食欲をすっかりなくした。四年間住んでから、いざそこに腰を据えはじめたときになって、トストを捨てるのはシャルルにとっては辛いことだった。けれども、ぜひそうしなければならないのだから！　彼はエンマをルーアンに連れていって、昔の先生に診てもらった。神経の病気だった。転地しなければならないということだった。

あちこち調べたあげく、シャルルは、ヌーシャテル郡にヨンヴィル゠ラベイという名の大きな村があることを知ったが、そこの医者が、これはポーランドの亡命者だったが、先週そこを引きはらったばかりだった。そこで彼はその土地の薬剤師に手紙を書いて、住民の数はどのくらいか、いちばん近い同業者との距離はどのくらいか、前の医者は年にどのくらい収入があったか等々を知ろうとした。そして回答は満足すべきものだったので、彼はもしエンマの健康がよくならなければ、春頃に転居しようと決心した。

ある日のこと、いずれは出立を見越して抽出《ひきだし》のなかを整理していると、彼女は指をなにかで突いた。結婚の花束の針金だった。オレンジの蕾は埃で黄ばんでいたし、銀の縁どりのついた繻子のリボンは、縁のほうから糸がほぐれていた。彼女はその花束を火にくべた。それは乾いた藁よりも早く燃えあがった。それから灰の上で赤い茂みのようになり、そしてゆっくりと形がなくなっていった。彼女はその燃えるところをじっと見つめていた。ボール箱の小さい実は火に飛びはぜ、真鍮の針金はよじれ、飾り紐は溶けてしまった。そして紙の花冠は固く縮みあがって、煖炉の奥の鉄板に沿って黒い蝶《ちょう》のように揺れうごいてから、結局煙突から飛び去っていった。

三月にトストを立ち去ったとき、ボヴァリー夫人は妊娠していた。

第Ⅱ部

Ⅰ

ヨンヴィル＝ラベイ（いまはもうその廃墟《はいきょ》も存在しないカプチン会の修道院《アベイ》が昔あったせいで、こう呼ばれているのだが）は、ルーアンから八リュー、アブヴィル街道とボーヴェー街道とのあいだ、リュール川が潤す小さな盆地の奥にある村であるが、この川は合流点の近くで三台の水車を廻してから、アンデル河にそそぎこむ小さな川で、その合流点には虹鱒《にじます》がいるので、子供たちは日曜日になると、それを釣って楽しむのである。

ラ・ボワシエールで本街道を離れて、レ・ルーの丘陵の上までは平坦に道がつづき、その丘陵からは盆地が見通せる。盆地を横断して流れる川は、この盆地をそれぞれ別の相貌の二つの地域のようにしている。左側にあるのはすべて牧草地、右側にあるのはすべて耕地である。牧場はなだらかにつづく低い丘陵の起伏の下を長く伸びてゆき、後方でブレー地方の牧草地につながっており、一方、東のほうでは、平野がゆるやかに高まりながらしだいに広さを増し、見渡すかぎり黄金の麦畑を繰りひろげている。草原のほとりを流れる水が、牧草地の色と畑の色とを一条の白い線で区切り、こうしてこの野面は銀の飾り紐で縁どった緑のビロードの襟付きの大きな外套をひろげた恰好に似ている。

ここに着くと、地平の果てに、アルグイユの森の柏の木立が、サン゠ジャン丘陵の絶壁とともに正面に見えるが、この絶壁は上から下へと赤く不揃いな長い線で筋をつけられている。これは雨の跡であり、細い線となって山肌の灰色とくっきりと対照をなしている煉瓦色の色合いは、背後の近接地に湧きだしている多量の含鉄鉱泉のせいである。

ここはノルマンディー、ピカルディー、イール゠ド゠フランスの三地方の境界で、風景に特徴がないのと同じように、言語にも際立った特質のない折衷的な地域である。郡全体で最悪のヌーシャテル・チーズが作られるのはここだし、一方また砂と小石だらけの砕けやすい土地を肥やすには肥料がたくさん必要であるから、耕作はここでは高くつく。

一八三五年まで、ヨンヴィルへ行くための通行しやすい道というものがなかった。しかしその頃、アブヴィル街道をアミアン街道に結び、ときにはルーアンからフランドル地方へ行く荷馬車挽《ひ》きの役に立つ地方交通網の道が設けられた。けれども、新しい出口ができたにもかかわらず、ヨンヴィル゠ラベイは依然として停滞したままである。耕作法を改良するどころか、いかに評判が落ちても、いまだに放牧場に固執しつづけ、それでこの怠惰な村落は平野から遠ざかって、自然に川のほうに向かって大きくなりつづけた。遠くから見ると、この村はちょうど水際で昼寝する牛飼いのように、川岸に沿って長々と寝そべっているのが眼にとまる。

丘の麓、橋を渡ったところで、白楊《はこやなぎ》の若木を植えた土手道がはじまるが、これは村のいちばん手前の家々まで一直線に通じている。家々は生垣に囲まれて、庭のまんなかに建っているが、その庭には圧搾場、荷車置場、林檎酒の蒸溜場など、別々に離れて建てられた建物が、梯子《はしご》や竿や大鎌が枝に掛けてある厚く繁った木々の下に一面に散らばっている。藁屋根は、まるで毛皮帽を目深にかぶったように、丈の低い窓のほぼ三分の一のところまで垂れさがり、張りだした厚手の窓ガラスのまんなかには、瓶の底のようにまるいこぶがついている。黒い梁《はり》受けを斜めに渡してある漆喰の壁には、ときおり痩せた梨の木がからみついている。そして一階の出入口のドアには小さな廻転柵が付いていて、雛が一階の建物のなかにはいれないようにしてあるが、というのも雛は林檎酒を浸みこませた黒パンの屑を、ドアの敷居のところへついばみにくるからである。しかし村のなかのほうへ行くと、庭はだんだん狭くなり、住居は互いに近くなり、生垣は姿を消す。羊歯《しだ》の束が箒《ほうき》の柄のはしに吊されて窓の下で揺れている。蹄鉄工の仕事場があり、それから家の外の、道路にはみだした二、三台の新しい荷車を置いた車大工の店がある。つぎは指を口に当てたキューピッドの像に飾られた円形の芝生の向う側に、柵越しに一軒の白い家が現れる。鋳物でできた甕《かめ》が二つ石段のそれぞれの端にある。楯形《たてがた》の標識［公証人、執達吏の門扉等に掲げられる標識］が出入口の扉に輝いている。これは公証人の家であって、村でいちばん立派である。

教会は通りの反対側で、二十歩ばかり向う、広場の入口にある。教会を取りまく小さな墓地は、肱の高さの塀に囲まれ、墓石ですっかりいっぱいになっているので、地面とすれすれの古い石がひとつづきの舗石のようになり、そこに雑草がきちんと整った緑色の四辺形をいくつも描きだしている。教会はシャルル十世［王政復古期のフランス国王で、一八二四年から一八三〇年まで在位］の治下の末年に再建された。木造の円天井は上部から腐りはじめ、ところどころで、円天井の青い色のなかに黒いへこみがある。出入口の扉の上方には、そこにはパイプ・オルガンがあるべきなのだが、男性用の内陣高廊が設けられていて、木靴に踏まれるとよく響く廻り階段が付いている。

ただ一色だけのステンド・グラスから射しこむ日射しは、壁と直角に並んだ腰掛けを斜めに照らし、腰掛けにはところどころ蓙《ござ》が釘づけにして張ってあり、その下には《何某氏席《なにがし》》と大きな字で書いてある。その向うの、建物の内部が狭くなるところでは、告解室が小さな聖母像と対立をなしているが、この聖母は繻子の衣裳をまとい、銀の星をちりばめた薄絹のヴェールをかぶり、ハワイ諸島の偶像のごとく頬骨を真赤に塗ってある。最後に、内務大臣寄贈「聖家族」の複製が、四本の燭台のあいだから主祭壇を見おろしつつ、奥のほうの見通しを限っている。聖歌隊の席は樅でできていて、なにも塗らない白木のままである。

市場、すなわち二十本ほどの柱で支えた瓦屋根の建物は、ただそれだけでヨンヴィルの大広場のほとんど半分を占めている。役場は、パリのある建築家の設計にもとづいて建てられたもので、ギリシャの神殿まがいの建物であるが、これが薬剤師の家と並んで通りの角になっている。役場の一階にはイオニア式の円柱が三本、二階には半円形の廻廊があり、一方またその廻廊の上の欄間《らんま》一面には、一方の脚をフランス憲章［七月革命の際に成立した一八三〇年憲章］の上に、もう一方の脚を正義の秤《はかり》の上に踏まえたゴール［現今のフランス国の地域の古称］の標章たる鶏が一羽彫りつけてある。

しかしもっとも人目を惹きつけるのは、旅館「金獅子」の正面のオメー氏の薬局である！　とりわけ、夕刻、薬局のケンケ燈がともされ、店頭を美々しく飾る赤と緑のガラス球が二本の着色された光を地面に遠くまで長々と伸ばすときだ。そうすると、その二本の光を通して、まるで色鮮やかなベンガル花火のなかにいるかのように、机に肱をついた薬剤師の影が瞥見されるのだ。彼の家は上から下まで、イギリスふうの細い斜体や、まるみを帯びた肉太《にくぶと》の立体や、活字体で書いた品名が貼ってある。《ヴィシー水、ゼルツ水、バレージュ水、浮血果汁、ラスパイユ氏薬［カンフルを主成分にした駆虫剤］、アラビア澱粉《でんぷん》、ダルセ咳止めボンボン、ルニョー練薬、繃帯、浴剤、滋養チョコレート等々》。そして看板は店の間口いっぱいを占めているが、金文字で薬剤師、オメーと書いてある。それから店の奥、カウンターの上に固定された大きな秤のうしろでは、ガラス張りのドアの上のところに薬局という単語が麗々しく書き記され、そのドアの上下の高さの半分ほどのところに、黒地に金でもう一度オメーと繰りかえされている。

そのあとはもうヨンヴィルには見るべきものはなにひとつない。通り（ただひとつの通り）は、小銃の射程距離の長さで、両側には何軒かの店があるが、曲り角でばったり途切れてしまう。通りを右手に残し、サン＝ジャンの丘の麓をたどってゆくと、ほどなく墓地に到着する。

コレラの流行のとき［一八三二年の流行を想定していると思われる］、墓地を拡張するため、塀の一面を取りこわし、隣に三アークルの土地を買いいれた。しかしこの新しい部分はほとんど墓がなく、墓石は以前と同じように、入口のほうに詰めこまれつづけた。墓地の番人は、同時に墓掘人でもあれば教会の小使でもあるのだが（彼はこうして教区の死骸から二重の利得をあげている）、空地を利用して馬鈴薯《ばれいしょ》を植えた。けれども、彼の小さな畑は年々狭められてゆき、なにか伝染病が突発すると、彼は死亡を喜ぶべきか墓の増加を悲しむべきか分らなくなってしまう。

「お前さんは死人で身を養っているんだな、レスティブードワ！」ある日、遂に司祭さまが彼にそう言った。

この陰鬱な言葉で彼はすっかり考えこんだ。それはしばらくのあいだ彼の活動を阻んだ。しかし今日でもまだ、彼はやはり薯《いも》の栽培をつづけ、薯は自然に生《な》るのだと平然と主張してさえいる。

これから語ろうとする事件以来というもの、まったくのところ、ヨンヴィルではなにひとつとして変っていない。ブリキ製の三色旗は依然として教会の鐘楼の上で廻っているし、小問物屋の店はいまでも二本のインド更紗の吹流しを風の吹くままになびかせている。薬剤師の店の胎児標本は、白い止血綿の束のように、泥のように濁ったアルコールのなかでしだいに腐っているし、旅館の大きな扉の上のところでは、古い金の獅子が雨で色褪せながらも、尨犬《むくいぬ》のような縮れ毛を通行人に相変らず見せつけている。

ボヴァリー夫妻がヨンヴィルに着くことになっていた晩、この旅館の女主人である寡婦のルフランソワのおかみさんはひどく忙しくて、シチュー鍋のなかを搔きまわしながら大粒の汗をかいていた。その翌日は村に市が立つ日であった。前もって肉を切ったり、若鶏の臓物を抜いたり、スープやコーヒーをつくっておかなければならなかった。その上、泊り客の食事、医者、その妻、その女中の食事もあった。玉突場では大きな笑い声がひびいていた。三人の粉屋が小広間で、ブランデーをもってきてくれと呼び声をあげている。薪は燃え、燠火はパチパチはね、調理場の細長い台の上には、大きな塊に切った羊の生肉のあいだに皿の山が積みかさねられ、ほうれん草を刻むまな板の振動につれて揺れうごいていた。養鶏場では、女中が首を斬ろうと追いかけている鶏の鳴くのが聞こえていた。

緑色の皮の部屋靴をはき、顔には小さなあばたがあり、金の総のついたビロードの縁なし帽子をかぶった男が、煖炉に寄りそって背中を暖めていた。その顔には自己満足以外のなにものも現れていなかったし、柳の籠にいれられて、彼の頭上に吊されている五色鶸《ごしきひわ》と同じように、いかにも落着きはらった様子をしていた。これが薬剤師だった。

「アルテミーズ!」と宿屋のおかみさんが大きな声をだした、「たきぎの小枝を折ってきておくれ。それから水差しに水をいれて、ブランデーももっておいで。大急ぎだよ！　せめてねえ、オメーさん、あなたがお待ちかねのご一行にどんなデザートを差しあげたらいいか分ればねえ！　あらまあ、運送屋の店員たちが玉突場でまた大騒ぎをはじめたわね！　あの連中ときたら、荷車を正面の戸口にほったらかしなんだから！『燕《つばめ》』が着いたら、ぶつけられて穴があくよ！　ポリットを呼んで片づけるようにそうお言い！……ねえオメーさん、あの連中は朝からこれでもう十五回も勝負をやったんですよ、おまけに林檎酒を八本もあけてね！……こんなじゃあ、いまに玉突台のラシャが破けてしまいますよ」と、網杓子《あみじやくし》を手にして連中を遠くから見ながら、おかみは話しつづけた。

「たいした損害じゃありませんや」とオメー氏は答えた、「もうひとつ別の台を買えばいいんでね」

「別の台を買えですって！」と後家は叫んだ。

「あの台はそろそろ駄目だからね、ルフランソワのおかみさん。何度も言うが、あれではかえって損なんだ！　大損なんだ！　それにいまどきのお客はね、ポケットが小さくてキューの重いのを好むんだよ。球をぶつけるだけの昔ふうのビリヤードはもう流行《はや》らないのさ。なにもかもすっかり変ったんだよ！　時代とともに歩まなくてはな！　それよりもテリエを見てみなさい……」

おかみは口惜《くや》しさで真赤になった。薬剤師は付けくわえた。

「あなたがなんと言おうとですよ、あそこの玉突台はおたくのよりも気がきいている。それに、たとえばポーランドの難民や、リヨン市の水害罹災者救援のために［一八四〇年にリヨンが水害に見舞われた記録がある］、賭《か》け勝負の催しを考えつくなんてところはね……」

「あんなやつ、なにが恐いもんですか！」おかみは肥った肩をそびやかしてそうさえぎった、「なあにね、オメーさん、『金獅子』館が健在な限り、お客は来てくれますのさ。うちの身代は、なかなかどうして、しっかりしたものですからねえ！　それにひきかえ、いまに見てごらんなさい、そのうち『カッフェ・フランセ』は店じまいをして、鎧戸に結構な貼紙をだす破目になりますから……うちの玉突台を取りかえるなんて」と、おかみはいつか独り言になって言葉をつづける、「あれは洗濯物を並べるのにとても便利だわ。それに狩の季節には、あの上に六人ものお客を寝させたこともあったのに！……それにしてもイヴェールののろまめ、まだ着かないよ！」

「あいつを待って、それからお客の夕飯かね？」と薬剤師は尋ねた。

「待つですって？　とんでもないわ、ビネーさんがいますよ。あのひとは、六時が打つと同時に店にはいってきますよ。なにしろ几帳面なことといったら、あんなひとはまたといませんからね。いつでも小部屋のほうに席を取っとかなきゃならないし！　ほかで晩御飯を食べるくらいなら、殺されたほうがまだしもだというんですよ！　それにあれこれご注文が難しくてね！　林檎酒にはとてもうるさいし！　レオンさんとはなんという違いかしらね。レオンさんはね、ときどき七時にいらっしゃるし、それが七時半になることだってあるんですよ。なにをお出ししようと、ろくに見もしないで召しあがる。ほんとにいい方！　大きな声ひとつお出しになったことはないしね」

「そりゃあ違うのが当然だよ、ほら、教育を受けた人間と、重騎兵あがりの収税吏とではね」

六時が鳴った。ビネーがはいってきた。

彼は青いフロックコートを着ており、それが痩せた身体のまわりにまっすぐに垂れていた。そして、左右の垂れを頭のてっぺんに紐で結んだ皮の帽子をかぶっていたが、上に折りかえした庇の下からは、いつも鉄兜をかぶっていたために凹みのついた禿げた額がのぞいていた。黒ラシャのチョッキを着、馬の毛を織りこんだ堅いカラーをつけ、鼠色のズボンをはき、そして季節を問わず、ぴかぴかに磨いた長靴をはいていた。足指が盛りあがっているせいで、長靴には二本並んだ膨らみがついていた。短く、細く刈りととのえられたブロンドの顎ひげの線からは、一本の毛もはみ出してはいず、髭は顎に沿ってぐるりと廻って、花壇の縁どりよろしく、小さい眼に鷲鼻の艶のない馬面を縁どっているのだった。彼はどんなトランプ遊びでも強く、狩の名人で、能筆家で、家に轆轤《ろくろ》をもっていて、暇つぶしにそれでナプキン・リングをつくるのだが、芸術家めいた愛着と小市民の利己心からひとにはやらず、家中を作品でいっぱいにしていた。

彼は小部屋のほうに歩いていった。しかし、まず三人の粉屋をそこから追い出さねばならなかった。そして、自分のための食器が並べられているあいだ、ビネーはストーヴのそばの、いつもの席で押し黙っていた。それからドアを閉め、いつものように帽子を脱いだ。

「挨拶ぐらいしたって舌がすり減るわけでもあるまいに！」と、おかみと二人きりになるとすぐ薬剤師が言った。

「余計なことはひとつも言わぬひとですよ」と彼女は答えた、「先週もラシャ売りが二人うちに泊りましてね、それはおもしろい若いひとたちで、晩にはさんざん悪ふざけを聞かせるもんだから、わたしなんかもう涙の出るほど笑いころげましてね。ところが、あなた、あのひとときたら、貝のように口をつぐんだまま、あそこでじっとしているんですからね」

「そうそう」と薬剤師は言った。「想像力もなければ、機知もない。およそ社交人たらしめるものはなにもないんだ」

「でもあれでお金はもってるそうですよ」と、おかみが異議を唱えた。

「金だって？」と、オメー氏は言い返した、「あいつがか！　金をねえ？　なに、商売が商売だから、そうかもしれない」彼はやや落着いた口調でそう付けくわえた。

それからまた言葉をついだ。

「まったくねえ！　相当な数の取引先をもつ商人とか、法律家、医師、薬剤師なんかは、仕事に夢中になるあまり、常軌を逸したり、無愛想になったりするけれども、これは無理もないんだ。そんなのがよく話のなかで引きあいに出されたりするのさ！　しかしね、それはすくなくともなにごとかを考えているせいなのだ。たとえばこのわたしだが、薬瓶のレッテルを書こうとして机の上のペンを探しまわる、とどのつまりは自分の耳に挟んでいたのが分るなんてことが、これまで何度あったか知れないんだから！」

そのあいだに、ルフランソワのおかみは、「燕」がそろそろ着く頃かと戸口まで見にいった。彼女ははっと驚いた。黒衣の男がふいに調理場にはいってきたからである。日没前の最後の薄明りで、この男のあから顔、筋骨たくましい身体つきが見分けられた。

「なにかご用でございましょうか、司祭さま」宿屋のおかみさんは、蠟燭づきで列柱のように並べてある真鍮の燭台をひとつ、手を伸ばして煖炉の上から取りながら尋ねた。「なにか召しあがりますか？　カシス［黒すぐりの実を原料とするリキュールの一種］を少しか、葡萄酒を一杯いかが？」

司祭はいとも鄭重《ていちょう》にことわった。彼は、先日エルヌモン修道院に忘れてきてしまった傘《かさ》を受け取りにきたのであるが、ルフランソワのおかみさんに夜のうちにその傘を司祭館にとどけさせるよう頼んでから、教会へ赴くべく立ち去っていったが、教会ではちょうど御告げの鐘が鳴っていた。*34

司祭の靴音が広場に聞こえなくなると、薬剤師は司祭のいまの振舞はじつに穏当でないとみなした。あんなふうに飲物をことわるのは、彼にはもっとも忌わしい偽善のように思えるのだった。司祭どもは皆が皆、人目がないとしこたま飲んで、革命以前の十分の一税［一七八九年以前には、あらゆる土地の生産物には、十分の一の賦課税を教会に納入する義務が課せられていた］の時代を復活させようとしているのだ。

おかみさんは司祭を弁護した。

「それに、あの方はあなたのようなひとの四人くらいなら、片膝でへし折ってしまいますよ。

去年、うちの連中が藁の納屋入れをするのを手伝ってくれたんです。あの方はいっぺんに六束もかつがれましたよ、そんなに頑丈でいらっしゃるんだから！」

「いや、それはすごい！」と薬剤師は言った、「そういう体質の屈強な男たちのところへ、あんたの娘さんたちを懺悔《ざんげ》にゆかせなさい！　わたしが政府当局だったら、月に一度、司祭たちの瀉血をしたいところだね。そうとも、ルフランソワのおかみさん、毎月、盛大な刺胳《しらく》だ、治安維持のため並びに風紀取締りのためにな！」

「お黙りなさい、オメーさん！　あなたは不信心なひとです！　信仰がないんです！」

薬剤師は答えた。

「わたしには信仰がある、わたしにはわたしの信仰がある、あの連中全員よりもわたしのほうが信仰があるくらいでさえある、見せかけの儀式だの、ぺてんめいた真似をするあの連中全員よりもな！　それにひきかえ、わたしは神を崇拝しているよ！　「至上存在」を信じ、「造物主」を信じている、それがどんなものだろうと、それは一向に構わんが、とにかくわたしたちをこの地上に置き給《たま》い、市民の義務と一家の父の義務を果たさせる「造物主」をな。しかし、わたしは、教会へ、銀の皿に接吻しにいく必要はないし、わたしたちよりいい食物を食べているたくさんのおどけ者どもを、わたしの懐中物で肥えさせてやる必要はないさ！　なぜかといえば、森のなかでも、野原のなかでも、あるいは古代人のように、大空を眺めながらでも神を讃えることはできるのだからな！　わが神、わたしの神は、ソクラテス、フランクリン、ヴォルテール、ベランジェの神さ！　わたしは『サヴォワ人助任司祭の信仰告*35

白』と八九年の不滅なる諸原理［一七八九年の人権宣言のこと］に賛成する！　だから、わたしは、杖を手に花壇をそぞろ歩きしたり、鯨の腹のなかに友だちを泊らせたり、一声叫んで死んだのに、三日経つと蘇ったりする神さまの御子《みこ》なんておっさんを認めないのだ。これはそれ自体が馬鹿げているし、それに物理学のすべての法則に完全に対立することだ。そういうことは、さらにまた、司祭どもがずっと醜悪なる無智《むち》のなかに溺れこみつづけ、世のひとびとをそこへ彼らと一緒に巻きこもうと努力していることを証明してくれるのだ」

彼は話をやめて、自分のまわりに聴衆を探し求めたが、それというのも、すっかり熱狂して、薬剤師は、一瞬、自分が村議会のまっただなかにいると思いこんでいたからだ。しかし宿屋のおかみさんはもう彼の話を聞いていなかった。遠くの車輪の音に耳をそばだてていた。地面を叩くゆるんだ蹄鉄の響きにいりまじった馬車の音がはっきり聞きわけられ、そして遂に「燕」は旅館の出入口の前に止まった。

それは黄色い箱型の車体が二つの大きな車輪で支えられている馬車であったが、二つの車輪が幌の高さまであるので、乗客は道路を見るのを妨げられ、肩が埃で汚れる。狭い覗《のぞ》き窓の小さなガラスは、昇降口の扉が閉っているときは車体の枠のなかでがたがた震え、驟雨《しゅうう》でも完全には洗い落せない古い埃の層のなかの、そこここに泥の斑点をくっつけていた。馬車は三頭立てで、そのうちの一頭は二頭並べたその前に繫駕《けいが》されており、坂を降りるときには、馬車はがたがた揺れて車体の底が地面に触れるのだった。

ヨンヴィルの村のひとびとが広場にやってきた。消息を尋ねたり、説明を求めたり、食料品の籠を要求したりして、彼らは皆が一斉にしゃべる。イヴェールはどれに返事をしてよいやら分らない。彼は土地のひとびとからことづかった用事を町でやってくるのである。さまざまな店へ出かけていっては、靴屋のためにはぐるぐる巻きにした革を、鍛冶屋のためには古鉄を、雇主であるおかみさんのためには鰊《にしん》の樽詰めをもってきたし、婦人帽子屋からは縁なしの帽子を、床屋からは鬘を持ち帰ってくるのだった。そして帰りがけに、街道の道すがら、彼は包みを配達した。彼は馭者台に立ちあがり、精いっぱい声を張りあげて叫びたてながら、庭の塀越しにその包みを投げこむのだが、一方そのあいだ馬はひとりで走りつづけた。

ある事故のせいで彼はいつもの時刻より遅れてしまった。ボヴァリー夫人のグレイハウンドが野原を突っ切って逃げていったのである。たっぷり十五分ばかり口笛を吹いて呼んだ。イヴェールはしじゅう犬の姿を見かけたような気になりながら、半リューばかりもとの道へ引き返しさえした。だが、そのまま道中をつづけるしかなかった。エンマは泣いたり、怒ったりした。彼女はこの災難をシャルルのせいにした。馬車に一緒に乗りあわせた布地商人のルールー氏は、いなくなった犬が、長い歳月を経たのちに主人をちゃんと見覚えていた多数の例でもって、彼女を慰めようとした。コンスタンチノープルからパリまで帰ってきた犬の話がよく引きあいに出される、と彼は言った。また別のある犬は約二百キロを一直線にたどり、川を四つ泳いで渡った。そして、ルールー氏の父親も尨犬を飼っていたが、この犬はいなくなってから十二年経って、ある晩、父親が夕食を外でしようと出かけた際、通りでとつぜん背中に跳びついてきた。

2

エンマが最初に降り、それからフェリシテ、ルールー氏、ひとりの乳母が降りた。そして隅のほうの席にいるシャルルを起さなければならなかったが、彼は日が暮れるやいなや、そこですっかり眠りこんでしまったのである。

オメーが自己紹介をした。彼は奥さまに敬意を表し、先生に挨拶をし、お二人のお役に立つことができて嬉しいと言い、自分のほうからあえて罷《まか》りでましたが、妻が留守にしていましてと、心をこめた様子で付けくわえた。

ボヴァリー夫人は調理場にはいると、煖炉のほうへ近づいた。二本の指のさきで、ドレスの膝のところをつまみ、裾を踝まで引きあげると、焼串に通されて廻っている羊の股肉の上から、黒い編上靴を履いた足を火のほうに差し伸ばした。火は彼女を隅々まですっかり照らしだし、ドレスの横糸に、白い肌のむらのない毛穴に、ときおり瞬く瞼にさえ、まばゆい光を射しこませた。半開きになったドアから吹きこむ風につれて、大きな赤い色彩が彼女の上をかすめ過ぎた。

煖炉の向う側で、金髪の青年が黙って彼女を見つめていた。

ここで公証人ギョーマン氏の書記をしているのだが、彼レオン・デュピュイ氏（金髪の青年は、「金獅子」館の第二番目の常連たる彼である）は、このヨンヴィルで大いに退屈しているので、夜の時間を一緒に話しあえる旅行者がきてくれればと思って、食事の時間を遅くすることがしばしばあった。仕事が片づいてしまった日には、他の思案もうかばないので、定刻にやってきては、はじまりのスープからお終《しま》いのチーズまで、ビネーと向かいあっていなければならなかった。そういうわけだから、新しく着いた客たちと一緒に食事をするようにとおかみさんに言われると、彼は喜んで承諾した。一同は大部屋のほうに移動した。そこには、ルフランソワのおかみさんが、四人前の食器をせいぜい華やかに支度させてあった。

オメーは、鼻風邪を引くといけないので、トルコ帽はこのままでご勘弁願います、と断った。

そして隣席のエンマのほうを向いて、

「奥さま、さぞかしお疲れでしょう。なにしろあの『燕』ときたら、おそろしく揺れますからねえ!」

「その通りですわ」とエンマは答えた、「でも、引越しとか旅行とか、そういう騒ぎは面白いと思いますの。場所を変えるのが好きなんですわ」

「ひとつ所に釘づけにされて暮らすのは、じつに退屈なものですからね!」と書記は溜息をついた。

「いや、あなただってわたしのように、たえず馬に乗ってあっちへ行ったり、こっちへ行ったりしなきゃならないとなればね……」とシャルルが言った。

「でも」レオンはボヴァリー夫人に話しかけながらそう言葉をつづけた、「こんな快適なことはないように思えますがね。まあそうできればの話ですが」と彼は付けくわえた。「それに」と薬屋が言った、「医師の仕事は、ここの土地ではひどく骨が折れるわけではありません。なにしろ道路の状態からいって馬車が使えますし、それに、大体のところ、かなりよい報酬を払ってもらえます。農家のひとたちは暮し向きが楽ですからな。医学の点からすると、腸炎、気管支炎、胆嚢《たんのう》の病気など普通の症例をのぞけば、収穫のときにはときおり間歇熱《かんけつねつ》がありますが、しかし要するに、重大なものはあまりないし、注意すべき特別なものはなにもありません、ただし瘰癧《るいれき》がたくさんあるのだけは別であって、これはたぶん当地の百姓の住居の嘆かわしい衛生状態に由来するのでしょうな。いやあ、多くの偏見と戦わねばならないことになりますよ、ボヴァリー先生。頑固に旧套《きゅうとう》を墨守する風習が多々ありましてな、あなたの学識のいっさいの努力は日々それと衝突することでしょう。なにしろ医師のところや薬剤師のところへくるよりは、九日祈禱や、聖遺物や、司祭にいまだにすがっているのですからな。ですが、気候風土は、本当のところ、悪くなくて、村には九十歳を超えた老人も何人か数えられるくらいです。寒暖計は（わたしは観察をしたんですが）、冬は四度までさがり、熱い盛りの季節には二十五度に、せいぜいのところ三十度に達するくらいで、ですから最高で列氏［水の氷点を零度、沸点を八十度とする寒暖計］*36二十四度、いいかえれば華氏（つまりイギリス式の目盛りですが）五十四度ということになりますが、それ以上にはなりません！——なぜかというと、一方はアルグイユの森で北風から、もう一方はサン＝ジャンの丘で西風から守られているせいなのです。それなのに、この暑さ、これは川から立ちのぼる水蒸気と牧場に多数いる家畜のせいで、この家畜がご存じのように、多量のアンモニア・ガス、すなわち窒素と水素と酸素を吐きだすんですが（いや、窒素と水素だけですな）、それにまた暑さそれ自体で地面の腐植土から水分を吸いあげたり、そうした発散物をすべて混ぜあわせたり、そうした発散物を集めていわばひとつの束のようにしたり、大気中に拡散した電気、それがある場合のことですが、その電気と自然に結合したりして、この暑さは、遂には、熱帯地方におけるように、不衛生な瘴気《しょうき》を生みだすかもしれないのです。――が、これが肝心なんですが、この暑さは、それがやってくる方向、というよりはそれがやってくるはずの方向、すなわち南の方向において、南東の風によってうまく緩和されるのですが、この南東の風というのが、セーヌ河の上を通りすぎる際に自然に冷却されて、ときには突如として、まるでロシアの微風のようにわたしたちのところに届くのです！」

「この近くにどこか散歩するところはおありですの？」ボヴァリー夫人は青年にむかってまた話しつづけた。

「いや、じつに少ないんです」と彼は答えた、「丘の上、森のはずれのところに、放牧場と呼ばれている場所があります。ときどき、日曜日に、僕はそこへ行きます、そして本をもっていったり、夕日を眺めたりして過すのです」

「夕日のように素晴らしいものはないと思いますわ」と彼女は言った、「それも海岸ですと、とくに」

「ああ！　僕も海が大好きです！」とレオン君は言った。

「それに、こういう気はなさいませんか」とボヴァリー夫人は応じた、「じっと眺めていると魂を高め、無限とか理想とかについて考えさせてくれる、ああいう果てしない広がりの上のほうが、精神は自由に進んでゆけるのだと？」

「山の景色にしても同じことです」レオンはまた話しつづけた、「僕のいとこで去年スイスに旅行した男がいるんですが、彼の言うところによると、湖水の詩情や、滝の魅力や、氷河の巨大な印象はとても想像も及ばないそうです。急流の上を横切って伸びる信じられぬほどの大きさの松の木や、絶壁の上に吊りさがっている山小屋が見えたり、雲に晴間が開くと、足下のはるか下のほうに幾つもの渓谷がすっかり見えたりするのです。そういう光景はひとを感動させ、祈りたい、恍惚と酔いたいという気分にするにちがいありません！　ですから僕は、想像力をいっそう高めようと、どこか壮大な美景の前にピアノを弾きにゆくのを習慣としていたあの音楽家に驚いたりもしません」

「音楽をなさってるんですの？」と彼女は尋ねた。

「いいえ、でも音楽はたいへん好きです」と彼は答えた。

「いやあ！　彼の言うことをまともに聞いてはいけませんよ、奥さん」皿にかがみこんだままオメーが話をさえぎった、「それはまぎれもない謙遜《けんそん》ですよ。――なんだい、君！　いやあ、このあいだ、部屋でみごとに『守護天使』[*37]を歌っていたじゃないか。調剤室から君の歌を聞いてたよ。まるでオペラ歌手のようなスタッカートであの歌を歌ってたね」

　レオンは、いかにも、薬剤師の家に住み、広場に面した三階に小さな部屋を借りていた。

彼は家主のお世辞に顔を赤らめたが、こちらはもう医師のほうに向き直って、ヨンヴィルの主だった住人をつぎつぎに数えあげていた。逸話を話したり、情報を教えたりしていた。それによると、公証人の財産は正確には分らないし、たいへん勿体《もったい》ぶっているチュヴァッシュ家という家がある、ということだった。

エンマはまた言葉をつづけた。

「それでどんな音楽がお好きですの？」

「いやあ、ドイツ音楽です、夢を見させてくれる音楽です」

「*38イタリア座はご存じですか？」

「まだなんです。でも来年、法律の勉強の仕上げしにパリへ行くときに見ます」

「旦那さまに前にご説明させていただいた通り」と薬剤師は言った、「あの逃げていってしまったヤノダのことですが、彼の無茶苦茶な出費のおかげで、あなたはたまたま、ヨンヴィルでいちばん住みよい家を見つけられるというわけです。この家が医師にとってとりわけ便利なのは、散歩道に面した出入口でして、そのせいで誰にも見られずに出入りできるのです。それにまた、この家には家事に具合のよいものはすべて備えつけてあります。洗濯場、配膳室のついた台所、家族の居間、果物貯蔵所などが。豪勢に金を使う大した男でしたよ！　彼は、庭のはずれ、池のそばに、夏にビールを飲むためにわざわざ園亭《あずまや》をつくりましたが、もし奥さんが園芸をお好きなら……」

「家内はそちらにはあまり関心がなくて」とシャルルは言った、「運動を勧められても、部屋にずっと閉じこもって本を読んでいるほうが好きなんです」

「僕と同じですね」とレオンが応じた、「まったく、夜、風が窓ガラスを叩き、ランプが燃えさかっているとき、本を手にして煖炉のそばにいることほど楽しいことがあるでしょうか？……」

「そうでしょ」黒い大きな眼を見開いてレオンをじっと見つめながら、彼女はそう言った。

「なにを考えるともなく」と彼は言葉をつづけた、「時間が過ぎてゆきます。いまこの眼で見ていると思う国々を、その場を動かずにそぞろ歩き、そして思念は虚構の話とからまりあって、細部のさまざまな点で楽しんだり、波瀾の輪郭を追ったりします。思念は作中の人物とまじりあいます。作中人物の衣裳の下で心を高鳴らせているのは自分だと思えるのです」

「そうです、本当にそうですわ！」と彼女は言った。

「ときおりこんなことがおありですか」レオンはまた話しつづけた、「それまでに考えたことのある漠然とした考えとか、遠い昔からもどってくる茫漠とした影像とか、ご自分のもっとも微妙な感情の完全な展示とでもいったものに出会われたことが？」

「そういうことを感じたことがあります」と彼女は答えた。

「ですから」と彼は言った、「僕はとくに詩人が好きなのです。散文よりも詩のほうが情がこもっているし、ずっとよく涙を流させてくれると思います」

「ですけど詩は最後にはうんざりしてきますわ。それで、いまのところ、反対に、一息でつづいてゆくような、不安を感じるような物語が大好きですの。実際にありそうな、ありきたりの主人公や平穏無事な感情は嫌いですわ」

「本当は」と書記は指摘した、「そういう作品は心を打たないのですから、芸術の真の目的から離れているように思えますね。人生の種々の幻滅のなかにありながら、高貴な性格や、純粋な感情や、幸福な情景を心のなかで思いめぐらすことができるというのは、なんと楽しいことでしょう。僕としては、ここに、こうして世の中から遠く離れて住んでいるので、それがたったひとつの楽しみなのです。ところが、ヨンヴィルはその手だてをほとんど提供してくれないのですからねえ！」

「トストと同じようなのでしょうね、きっと」とエンマは言葉をついだ、「ですから、あたくしはいつも貸出図書室に申込みをしていました」

「奥さまにご利用くださるお気持がおありでしたら」いまの最後の言葉を耳にとめて薬剤師が言った、「わたしのところには、最高の作家のものから成る蔵書がありますから、ご自由にお読みください。ヴォルテール、ルソー、ドリール［ジャック・ドリール。一七三八―一八一三。教訓的な内容の古典的な詩を書いた詩人］、ウォルター・スコット、『新聞小説集』などですが。それに、各種の定期刊行物を取っていますが、そのうち《ルーアンの燈火》は毎日きます、ビュシー、フォルジュ、ヌーシャテル、ヨンヴィル地区、およびその周辺についての通信員になっているという利点がありますのでね」

もう二時間半も食卓についていた。それというのも、女中のアルテミーズが、ラシャの縁布で作った履き古したスリッパをだらしなく床の上に引きずりながら、料理をひとつまたひとつという調子で運び、なんでもかんでも忘れ、なにひとつ耳にとめず、玉突場のドアをしじゅう半開きにしたままなので、その掛金の尖端が壁にぶつかっていた。

話しているうちに、レオンは、知らず知らず、ボヴァリー夫人が坐っている椅子の脚の桟に片足をのせていた。夫人は青い絹の小さなタイを結んでいて、それが丸襞のついた薄い白麻の襟を、昔の円形襞襟のようにまっすぐに立てていた。そして頭を動かすにつれて、顎のさきがそっと襟のなかに沈んだり、またそこから現れたりした。シャルルと薬剤師が親しく話しあっているあいだ、こうして二人はたがいに身を寄せあい、あれこれと焦点のさだまらない会話にふけっていたが、そうした会話は一見とりとめのないように見えても、たまたま口にした言葉によって、かならず、共通の関心事の確固たる中心へと導かれてゆくものなのである。パリの興行物、小説の題、新しいカドリールの踊りかた、二人の知らない社交界のこと、彼女が暮らしたトストのこと、二人がいまいるヨンヴィルのこと、晩餐の終りまで、二人はあらゆることを吟味し、あらゆることを話した。

コーヒーが出ると、フェリシテは、新しい家の寝室の用意をするために出ていった。それから間もなく、会食者たちも席を立った。ルフランソワのおかみは煖炉のほとぼりのそばで眠りこけていたが、廏番の若者は、角燈を手にして、ボヴァリー夫妻を新居に案内しようと待ちうけていた。若者の赤い髪には藁くずがまじり、左脚が不自由だった。彼があいたほうの手に司祭の雨傘をもつと、一同は歩きだした。

村は寝静まっていた。市場の柱は大きな影を長々と引いていた。地面は夏の夜を思わせるような一面の灰色だった。

しかし、医者の家は宿屋からわずか五十歩ほどのところにあるので、あっという間におやすみの挨拶をかわさねばならぬときがきて、一行は散り散りに別れた。

エンマは、玄関をはいったとたん、漆喰の冷気が湿った布のように肩にかかるのを感じた。壁は塗りたてだったし、木の階段はきしむ音を立てた。二階の寝室では、カーテンのない窓から白っぽい光が射しこんでいた。木々の梢がかすかに見え、さらにその向うには、なかば霧のなかに隠れた牧場が、月明りのもとで、川の流れに沿って白く煙っていた。部屋の中央には、乱雑に、整理簞笥の抽出や、瓶や、カーテン・レールや、金めっきした棒が散らばっていて、ベッドの敷布団は椅子の上、洗面器は床に放り出してあった――家具を運んできた二人の男が、なんでもかんでもお構いなしに、そこにただ置いて帰ったのである。

エンマが未知の場所で寝るのはこれで四度目だった。最初は修道院の寮にはいった日、二度目はトストに着いた日、三度目はヴォビエサールに泊ったとき、そして四度目が今度である。どのときも、彼女の生涯で、いわば新しい局面を切りひらく役割を果たしてくれた。彼女はそれぞれ異なる場所で、物事が同じように出現するとは思わなかった。今日まで過してきた部分が悪かったのだから、たぶんこれから生きるべく残された部分はずっとよくなるだろう、と彼女は思った。

3

翌日、眼が覚めたとき、彼女は広場に書記の姿を認めた。彼女は部屋着を着ていた。書記はこちらを見あげて彼女に挨拶した。彼女はちらっと会釈して窓を閉めた。

レオンは晩の六時がくるのを一日中ずっと待ちつづけた。しかし、宿屋へはいっていったとき、食卓についているのはビネー氏の他に誰もいなかった。

前日の晩餐は彼にとっては大変な事件であった。彼はそれまで、一度たりとも、二時間もつづけて淑女と話したことなどなかった。前だったらあんなにうまくは言えなかったような多くのことを、どうして彼女にたいして述べたてることができたのだろう、それもあんな言葉遣いで？　彼はふだんから内気であったし、羞恥《しゅうち》心《しん》のようであるとともに隠蔽癖のようでもある遠慮ぶかさを失わなかった。ヨンヴィルでは、彼は紳士然とした物腰をしていると見られていた。彼は年配のひとたちが理屈を並べるのを傾聴したし、政治に興奮するとも見えなかったが、これは青年にはめずらしいことである。それに彼にはいろいろ才能があって、水彩画も描いたし、楽譜も読めたし、夕食のあと、トランプをしないときは好んで文学書を読みふけるのだった。オメー氏はその教養ゆえに彼に一目置いていた。オメー夫人はその親切さゆえに彼に好感をもっていたが、それというのはいつも汚らしくて、躾がひどく悪くて、母親と同じようにいくぶんか腺病質のオメーの子供たちと一緒に庭で遊んでくれるからである。夫妻は子供たちの面倒を見るために、女中のほかジュスタンという薬剤師見習を置いていたが、これは慈善心で家へ引きとられたオメー氏の遠縁の縁者で、同時に下男の役も兼ねていた。

薬屋は最良の隣人たることを示した。ボヴァリー夫人に小売商人についての情報を提供したり、林檎酒の商人をわざわざこさせて、自分でその味見をし、地下の酒倉へいって樽がきちんと置かれるよう看視したりした。またバターを安く手に入れるにはどうすればよいか教えてくれたし、教会の雑用係のレスティブードワと取りきめを結んでくれたりしたが、この男は教会の聖務と葬祭関係の仕事のほか、ヨンヴィルの主だった家の庭を、個人個人の好みにしたがって時間決めあるいは年決めで世話していたのである。

ただ他人の面倒を見てやりたいという欲求だけで、薬剤師はこれほど数々の諂《へつら》うような親切をつくす気になったのではなく、その裏にはひとつのもくろみがあった。

彼は革命暦第十一年風月《ヴァントーズ》十九日［通常の暦の一八〇三年三月八日にあたる］の法令、第一条に違反したことがあったが、この条項は免許状を所持せぬいかなる個人にたいしても医術の執行を禁じている。その結果、密告にもとづいて、オメーはルーアン初審裁判所の検事個室に呼び出された。検事は肩に白貂《しろてん》の毛皮のついた法服を着こみ、縁なしの法帽をかぶり、直立してオメーを迎えた。午前中で、開廷前であった。廊下には憲兵の頑丈な長靴の通行する音がしていたし、大きな錠前が締められる音のようなものが遠くから聞こえた。薬剤師の耳は、いまにも卒中で倒れそうだと思うほど耳鳴りがした。湿った地下牢、涙を流す家族、売りに出された薬局、薬瓶がすべて散乱している光景を彼はちらっと思いうかべた。そして帰りがけには、とあるカッフェにはいってゼルツ鉱水で割ったラム酒を一杯飲み、気力を取りもどさなければならなかった。

少しずつ譴責《けんせき》の記憶が薄らぎ、彼は以前と同じように、店の奥で効果のない診察をやりつづけていた。しかし町長はそれを面白く思わなかったし、同業者たちは妬んでいたし、すべてを恐れなければならなかった。鄭重に礼を尽してボヴァリー氏にしがみつくことでもって、ボヴァリー氏の感謝の気持をせしめておき、後日もしなにかに気づくことがあっても、彼の口をふさいでおこうというわけなのだ。そういう次第で、毎朝、オメーはボヴァリー氏のところに新聞をもってゆき、そしてしばしば、午後になると、薬局をしばらく留守にして、医師のところへ行って話しこむのであった。

シャルルは憂鬱だった。患者がこなかったからだ。何時間ものあいだ、口もきかずに、じっと椅子に腰かけたままでいたり、診察室へ行って眠ったり、妻が裁縫するのを眺めていたりした。気晴らしをしようと、家で人夫のようなことをやったり、ペンキ屋が置いていったペンキの残りでもって、屋根裏部屋を塗ることもやってみた。しかし金の問題が気がかりだった。トストの家の修理、奥さんの化粧、転居にたくさん出費したので、三千エキュ［九千フランに相当する］以上あった彼女の持参金も、二年間で消えてしまった。それにトストからヨンヴィルへの運送のあいだに、あまりにも激しすぎる動揺で荷車から落ちて、カンカンポワの舗道の上で粉々に砕けてしまったあの石膏の司祭は別としても、壊れたり紛失したりしたものがどれだけあることか！

もっと喜ばしい心配事、すなわち妻の妊娠が彼の気分を晴れやかにした。予定日が近づくにつれて、彼はいっそう妻を大事にした。もうひとつ別の肉の絆ができあがり、以前よりも複雑な結びつきを感じる不断の感情とでもいうべきものがつくりだされたのだ。彼女のだらだらした歩きかたとか、コルセットをしていない腰のあたりで上体が物憂げに廻る様子を遠くから眼にするとき、また二人で差しむかいになって彼女の姿をゆったりと見まもり、彼女のほうは肱掛椅子に坐って疲れたような様子をしているとき、彼の幸福感はもう抑えきれなくなるのだった。彼は立ちあがり、妻に接吻をしたり、顔を撫でまわしたり、ママちゃんと呼んでみたり、ダンスをさせようとしてみたり、そしてまた、頭にうかぶありとあらゆる種類の情愛のこもった冗談を、泣いたり笑ったりしながらまくしたてるのだった。子供をこしらえたという考えが彼を有頂天にさせた。いまやなにひとつ欠けるものはなかった。彼は人間の生存を端から端まで知りつくしたのであり、両肱をついて心安らかに、人間の生存というテーブルについていたのである。

エンマは、まず、大きな驚きを感じた。ついで、母親になるとはどういうことかを知るために、早く産んでしまいたいと思った。しかし、思うように金も使えず、薔薇色の絹のカーテンがついた舟形の揺籃《ゆりかご》も、刺繍したベビーフードも買うことができないので、彼女はすっかり苛立って赤ん坊の支度を自分でするのはあきらめて、なにひとつ品選びもせず、注文もつけずに、村のお針女にすべて一括して頼んでしまった。こうして彼女は、母親らしい愛情がしだいに育ってゆく出産の準備をして楽しむことがなく、そのために彼女の愛情は、そもそもの最初からおそらく幾分か弱められていただろう。

けれども、シャルルが食事のたびに子供の話をするので、やがてエンマもしじゅう子供のことを考えるようになった。

彼女は男の子を望んでいた。きっと丈夫で、褐色の髪の毛をしているだろう、ジョルジュという名前をつけよう。男の子をもちたいというこの考えは、これまで自分がしたくてもできなかったこと全部の、埋めあわせをしてもらいたいという、復讐の希望のようなものであった。男は、すくなくとも、自由でいられる。情熱から情熱へ、国から国へと駆けめぐることもできるし、障害を乗りこえることだって、はるか彼方の幸福を手にいれることだって可能である。しかし女はたえず妨害されている。女は無気力で従順であるから、まず肉体的な弱さと法律上の従属を相手に戦わねばならない。女の意志というのがまた、女のかぶる帽子に紐でとめてあるヴェール同様、どんな風にも揺れうごくのだ。そこにはつねに押し流そうとする欲望と、塞《せ》きとめようとする体面がある。

彼女はある日曜日の六時頃、日が昇る時刻に出産した。

「女の子だよ」とシャルルが言った。

彼女は顔をそむけて気を失った。

ほとんど即刻、オメー夫人が「金獅子」館のルフランソワのおかみさんとともに駆けつけて、彼女に接吻した。薬剤師のほうは、慎みぶかい人間のようにふるまい、なかば開いたドア越しに、ただ当座の祝いの言葉を彼女に述べるにとどめた。彼は子供を見たがり、見るからに立派な子供だと言った。

産褥期《さんじょくき》のあいだ、彼女は娘のために名前を探そうと大いに頭をつかった。まず最初、クララ、ルイザ、アマンダ、アタラのような、イタリアふうの語尾のある名前をすべて点検した。ガルシュアンドもかなり好きだったし、イズー[*39]とかレオカディーはもっと好きだった。シャルルは自分の母親と同じ名をつけることを望んだ。エンマはそれに反対した。聖人の名を記してある暦を端から端まで調べてみたり、外国人の名前を参照したりした。

「このあいだわたしはレオン君と話しましたが」と薬剤師は言った、「あなたがたがマドレーヌという名を選ばないのを彼は不思議がっていますよ、なにしろこの名はいま非常に流行してますからね」

しかしボヴァリー老夫人は、この罪深い女[*40]の名にたいして大反対を唱えた。オメー氏はといえば、彼は偉大な人物、顕著な事象、高潔な思想を想起させるすべての名前を偏愛しており、そういう方式に則《のつと》って、四人の子供の名前をつけていた。そういう次第で、ナポレオンは栄光を、フランクリンは自由を表象していた。イルマは、おそらく、ロマン主義への譲歩であったろう。しかしアタリーは、フランス演劇のもっとも不滅なる傑作への敬意なのだ。それというのも、彼の哲学的な確信は芸術的な讃美を妨げなかったし、彼のなかなる思想家は感情の人間を抑えつけはしなかった。彼はものごとの違いを確定することもできたし、想像力と狂信とに区別をつけることもできた。たとえば、この悲劇『アタリー』[*41]について、彼はその思想を非難してはいたものの、文体を讃美していた。その構想を呪ってはいたものの、細部はすべて賞讃し、作中人物にたいして憤激しながらも彼らの弁説に感激するのだった。素晴らしい部分を読むと、彼はすっかり感動した。しかし、あの忌々しい司祭どもが連中の商売のためにこれを利用するのだと思うと、彼はやりきれない気持になり、そして感情の混乱に陥って困惑し、作者ラシーヌにおのが両手で名誉の冠を授けられたらと思うと同時に、彼ラシーヌとたっぷり十五分間がところ議論を戦わせたいとも思うのだった。

　とどのつまり、エンマはヴォビエサールの館で、侯爵夫人がある若い女性をベルトと呼んでいるのを聞いたことを思いだした。そこでこの名前が選ばれ、ルオー爺さんはこられなかったので、オメー氏に代父になるよう頼んだ。オメー氏は自分の店の全製品を贈物にした。咳どめの棗糖《なつめとう》六箱、ラカウ［米や馬鈴薯の澱粉、砂糖、ココア、ヴァニラなどで作った粉末食品で、離乳食に用いられる］をいっぱい詰めた瓶を一瓶、ギモーヴいり捏粉《ねりこ》［ガム・シロップ、卵の白身、砂糖をまぜて作った一種の栄養剤］三箱、それに戸棚のなかから見つけた氷砂糖六個である。洗礼の晩には、豪勢な晩餐会があった。司祭もその席にいた。みんな陽気に騒いだ。オメー氏は食後のリキュールの頃、「善良なひとびとの神」*42を歌いだした。レオン君は舟唄を歌い、ボヴァリー老夫人は代母であったが、帝政時代の恋歌を歌った。遂には、老ボヴァリー氏が赤ん坊をベッドからおろしてこいと命じ、コップのシャンパンを上から赤ん坊の頭に注いで洗礼をやりはじめた。第一番目の秘蹟《ひせき》にたいするこの侮辱は、ブルニジャン師を激怒させた。老ボヴァリー氏は『神々の戦い』*43の一節を引いて反駁《はんばく》し、司祭が帰ろうとした。女たちは哀願した。オメーが仲にはいって取りなした。こうして、どうにか司祭をもとの席に着かせることができたが、司祭はなにごともなかったかのように悠然と、飲みさしのコーヒーのはいった小型の茶碗を受け皿から取りあげた。

老ボヴァリー氏は、それからさらに一カ月ヨンヴィルに滞在した。朝ごとに、広場へ出てパイプをふかしにゆくのに、銀モールのついた立派な軍帽をかぶって、村の住民たちの眼を眩惑した。彼にはまた、ブランデーを多量に飲む習慣があるので、よく女中を「金獅子」館へ走らせては一瓶買わせたが、その勘定は息子のほうにまわった。そして、絹のネッカチーフにつけるために、嫁が買っておいたオーデコロンをすっかり使いはたしてしまった。

エンマは義父と一緒にいるのをちっとも嫌がっていなかった。義父は諸国を歩きまわったひとである。ベルリンや、ウィーンや、ストラスブールの話、将校時代のこと、かつての愛人たちのこと、自分が催した盛大な昼食会のことなどを話してくれた。それに愛想のよい態度も見せて、ときどき、階段であろうと庭先であろうとエンマの腰をつかまえて、「シャルル、気をつけろよ！」と怒鳴ったりもした。

さてこうなると、ボヴァリー老夫人は、息子の幸福のためににわかに心配になり、そしてまた、おしまいには、夫が若い嫁の考えによからぬ影響をあたえはしまいかと気づかって、急に帰りを急いだ。おそらく彼女には、もっと深刻な不安があったのだろう。ボヴァリー老人は、およそなにごとも顧慮しない男だったのだ。

ある日のこと、エンマは、指物師の女房のところへ里子に出してある娘に、急に会いたくてたまらなくなった。そこで、聖母[*44]にちなんだ産後六週間の安静期間が、まだつづいているかどうか暦で確かめてみもせずに、ロレーの家をめざして歩きだした。その家は、村はずれの、丘の麓、街道と牧場に挟まれたところにあった。

正午であった。家々は鎧戸を閉ざしていた。スレートの屋根は、青空の強烈な光を浴びて輝き、切妻屋根の頂から火花を発しているように思われた。鬱陶しい風が吹いていた。エンマは歩きながら身体の衰えを感じていた。歩道の小石につまずいて怪我をした。家へ引き返そうか、それともどこかへはいって休ませてもらおうか、と彼女はためらった。

ちょうどそこへ、レオン君が、書類の束を小脇にかかえて近くの戸口から出てきた。彼はエンマに近寄って挨拶し、ルールーの店先の、張りだした鼠色のテントの下の日蔭に身を置いた。

ボヴァリー夫人は、子供に会いにゆくところなんですが、もう疲れてきまして、と言った。

「もしよかったら……」とレオンは答えて、あとは言えずに黙ってしまった。

「まだどちらかにご用がおありですか？」と彼女は尋ねた。

そして、書記の返事を聞くと、それでは一緒にきてくださいと彼女は頼んだ。このことは、夕方にはもうヨンヴィル全体に知れわたった。そして、村長の妻のチュヴァッシュ夫人は、女中の前で、ボヴァリーの奥さんは体面を傷つけるようなことをしたとはっきり言った。

乳母の家へ行くには、村の通りを出てから墓地へ行くときのように左へ折れ、小さな家々と庭とのあいだの、いぼたの木で縁どられた小径をたどらねばならなかった。いぼたの木は花ざかりだったし、おおいぬふぐりも、野薔薇も、刺草も、茂みから伸びでているほっそりした木苺《きいちご》もやはり花ざかりだった。生垣の穴からは、農家の家畜飼養場で豚が堆肥の上に寝ていたり、木の葉を食べないように木製の首輪をはめられた牝牛が、木の幹に角をこすりつけたりしているのが見えた。二人は並んでゆっくりと歩いていった。彼女は彼によりかかっていたし、彼は彼女の歩調にあわせて控えめに足を運んだ。二人の前には蠅の大群が、暑い空中にぶんぶん唸りながら飛びかかっていた。

乳母の家は、そこに大きな影を落している胡桃《くるみ》の古木で、それとわかった。褐色の瓦で覆われている低い家で、外の、屋根裏の明りとりの下に、玉葱を数珠つなぎにして吊してあった。茨の垣に立てかけた小枝の束が、レタス畑と、何株かのラヴェンダーと、支柱にからまって伸びたスイートピーのまわりを囲っていた。汚い水が草の上にはねを飛ばしながら流れていたし、あたり一面には、はっきり見分けのつかぬぼろ着や、手編み靴下や、赤い更紗の短上着が干してあり、そして生垣の上には、厚手の大きなシーツが縦に長くひろげて干してあった。柵の開く音を聞いて、乳母が乳を飲んでいる赤ん坊を抱いたまま現れた。片方の手には、顔一面にぐりぐりのできた、哀れな虚弱な子供の手を引いていた。これはルーアンのメリヤス製品店の息子で、両親が商売に忙しすぎるので、田舎へ預けたのであった。

「おはいりくださいまし」と乳母は言った、「お嬢ちゃまはあちらで眠ってらっしゃいますよ」

一階の部屋、それがこの家の唯一の部屋だったが、そこでは奥の壁に寄せて、カーテンのない大きなベッドが置いてあり、いっぽう窓側のほうは、パンのための粉捏り桶《おけ》が占めていた。窓ガラスの一枚は、青い紙をまるく切って繕ってあった。ドアの蔭になる隅のほうには、鋲を光らせた編上靴が、流し場のタイルの下に、口に羽根をさして油のいっぱいはいった瓶と並べて置いてあった。埃だらけの煖炉の上には、「マチュー・ランスベール暦」[*45]が、火打ち石や、蠟燭の燃えさしや、火口《ほくち》の断片が散らかっているなかに、放りだしてあった。最後に、この部屋にないほうがいいような余計ものの最たるものは、ラッパを吹く「名声の女神」の絵であって、これはたぶん香水屋の広告などからそのまま切り抜いたものであろうが、木靴用の六本の釘で壁にとめてあった。

　エンマの子供は柳の揺籃に寝かされて、床の上で眠っていた。彼女は子供をくるんである布団ごと抱きあげて、身体を左右に揺すりながら、そっと歌いはじめた。

　レオンは部屋のなかを歩きまわっていた。こんな見すぼらしい場所で、浅黄の南京《ナンキン》木綿のドレスを着たこの美しい女性を見るのは、異様なことのように思われた。ボヴァリー夫人は頰を赤らめた。きっと自分の眼つきに無遠慮なところがあったのだろうと思って、彼は脇を向いた。そのうちエンマは赤ん坊をもとのように寝かせた。赤ん坊が、彼女のレースの飾り襟の上に乳を吐いたのだ。乳母がすぐ飛んできてそれを拭き、跡がつくことはないでしょうと明言した。

「あたしなんかもうしじゅうこうでしてね」と彼女は言った、「で、しょっちゅうお嬢ちゃまを洗ってあげることが、あたしの仕事のようなものなんですよ。ですから、どうぞ、あたしのほうで必要なときには、石鹸を少々こちらに渡してくれるように、雑貨屋のカミユにそう言っておいてくださいませんか？　そのほうが、いちいちご面倒をおかけしないですんで、奥さまにもご便利かと存じますが」

「いいですよ、いいですとも！」とエンマは言った、「ではね、ロレーおばさん、さようなら」

そして彼女は、戸口で足を拭いて家の外へ出た。

乳母は夜中に起きる苦痛をこぼしながら、庭のはずれまで送ってきた。

「そのため、ときどきはあんまりくたびれて、椅子に掛けたまま居眠りをしてしまいましてねえ。ですからね、せめてコーヒーの挽いたのを一ポンドぐらい、いただけないでしょうかね。それだけで一カ月はもちますし、毎朝ミルクにいれて頂戴しますから」

お礼の言葉をながながと聞かされてから、ボヴァリー夫人は立ち去った。そして小径をしばらく行ったとき、木靴の音がするので振り返ってみると、またしても乳母だった！

「どうしたの？」

するとこの百姓女は、エンマを楡《にれ》の木の蔭へ引っぱっていって、亭主の話をしはじめたが、亭主というのは仕事でも稼ぎ、ほかにも年六フランの収入があり、それは親方が……

「早く最後まで言ってしまいなさいよ」とエンマは言った。

「それでは」乳母は一語一語のあいだに溜息をつきながら話しつづけた、「あたしひとりがコーヒーを飲むのを見たら、亭主が悲しがるんじゃないかと心配なんですよ。なにしろ、男のひとというのは……」

「あげると言ったら、ちゃんとあげますよ……」とエンマは繰りかえした、「うるさいひとだこと！」

「でもそれがねえ、奥さま、亭主は怪我をしたのがもとで、胸に恐ろしい痙攣《けいれん》をおこすようになったのでございます。林檎酒は身体が弱る、とまで申しましてね」

「早くおっしゃい、ロレーおばさん！」

「ですからね」とロレーのおかみさんは、ふかぶかと頭を下げながら言葉をついだ。「まことに厚かましいお願いかとは存じますが……――と、ここでもう一度頭をさげて――いつでもおよろしいときに――と、哀願する眼つきになり、――どうかブランデーの小瓶を」と、とうとう彼女は言ってのけた、「それでお嬢ちゃまのあんよもこすって差しあげます。ほんとに、舌みたいに柔らかいあんよをしていらっしゃって」

ようやく乳母から解放されると、エンマはふたたびレオン君の腕をとった。彼女はしばらく足早に歩いた。それから歩調をゆるめた。すると、前を見まわしていた彼女の視線が、ふと青年の肩にとまった。青年のフロックコートは黒ビロードの襟だった。その襟の上に、ぴったりときれいに撫でつけられた栗色の髪が垂れていた。彼女はまた彼の爪にも注目した。それはヨンヴィルのひとたちの爪よりも長く伸ばしてあった。爪の手入れは書記の大切な仕事のひとつだった。だからそのための特別なナイフを、いつも筆箱にいれて持っていた。

二人は川岸を通ってヨンヴィルに帰ってきた。暑い季節には水嵩《みずかさ》が減って土手がひろくなり、あちこちの庭の石垣が根もとまであらわに見えていた。石垣には、川へ降りる数段の階段が付いていた。川は音も立てず、素早く、見る眼にも冷たげに流れていた。丈の高い細い草が、流れに押し流されていっせいに倒れ伏し、まるで捨てられた緑色の髪のように、透明な水のなかにひろがっていた。ときどき、燈心草の尖端や睡蓮の草の上を、か細い脚の虫が這いまわっていたり、じっと止まっていたりした。砕けてはつぎつぎに打ち寄せる波の青い小さな水泡を、太陽はその光線で貫いていた。枝を払った柳の古木が、灰色の樹皮を水に映していた。向う岸一帯の牧場には人影も見えなかった。ちょうど農家では食事の時間だった。そのためこの若い人妻と連れの青年が歩きながら聞くのは、小道の土を踏んでゆく自分たちの足音と、互いにかわす言葉と、エンマの身体のまわりでかすかな音を立てるドレスの衣ずれの音ばかりだった。

笠石に瓶の破片を埋めこんである庭の塀は、温室に張ったガラスのように温かくなっていた。煉瓦の隙間には、にお いあらせいとうが生えていた。ボヴァリー夫人は、通りすがりに、開いた日傘の縁でその萎《しお》れた花に触れ、花の幾つかを黄色い粉にして散らした。あるいはまた、塀の外に垂れさがったすいかずらやぼたんづるの蔓《つる》が日傘の総飾りに引っかかって、しばらく絹地の上にこすれたりした。

二人は、間もなくルーアンの劇場にやってくるはずのあるスペインの舞踊団の話をした。

「見にいらっしゃるの?」と彼女は尋ねた。

「もしできれば」と彼は答えた。

二人には、これよりほかに語りあうことがなかったのだろうか？　いや、二人の眼は、もっと真剣な話しあいにみちていた。そして月並な言葉を探そうと努力している一方で、同じ悩ましい物思いにひたされるのを二人ともに感じていた。それは肉声のささやきを消してしまうほどの、深い、絶えまのない、魂のささやきのようなものだった。二人は、はじめて味わうこの甘い快感に驚いたが、その印象を互いに語りあったり、またその原因を見出そうなどとは思わなかった。未来の幸福は、あたかも熱帯の岸辺のように、その幸福の土地に生育するけだるさや、かぐわしい微風を、未来に先立って眼前にひろがる広大な空間のなかに送りこみ、そしてその陶酔のなかで、ひとはまだ見えていない水平線のことは気にかけもせずに、しばしまどろむのである。

ある場所で、地面が家畜に踏みしだかれてぬかるみになっていた。泥のなかに飛び飛びに置かれた、切出したままの大きな石をつたって歩かねばならなかった。エンマはたびたびちょっと立ちどまっては、編上靴の足をどこに置こうかと見まわした——そして、ぐらぐらする小石を踏んでよろめきながら、肱を張り、上体を曲げ、視線を定めなくさまよわせては、水たまりに落ちはしまいかと思って笑い声をあげた。

自宅の庭の前までくると、ボヴァリー夫人は小さな柵を押しあけ、石段を駆けあがり、なかに消えていった。

レオンは事務所にもどった。主人は出かけて留守だった。彼は書類にざっと眼を通し、それから鵞ペンを削り、最後にまた帽子をとると、外に出た。

彼はアルグイユの丘の頂の、森の入口にある「放牧場」へ出かけていった。そして樅の木蔭の地面に寝ころんで、指のあいだから空を眺めた。

「退屈だなあ!」と彼はひとりごちた、「じつに退屈だ!」

彼は、オメーを友人とし、ギョーマン氏を主人として、こんな田舎の村に暮らす自分を哀れだと思った。ギョーマン氏は仕事一途な男で、金のつるの眼鏡をかけ、白いネクタイの上に赤い頬ひげなどはやしているが、彼は堅苦しいイギリスふうの流儀を装って、最初のうちこそ書記の眼をくらませはしたものの、心の微妙な機微はまるで弁《わきま》えていなかった。薬剤師の奥さんのほうはノルマンディー地方きっての良妻というべきで、羊のごとく柔和であり、子供、父親、母親、いとこにいたるまで愛情をかけ、他人の不幸に泣き、家事はおっとりと成行きにまかせ、そしてコルセットが大嫌いだった。――ところが動作は緩慢、話は退屈、容姿は平凡、話題は少ないときているので、いくら彼女が三十歳、彼が二十歳であるとはいっても、またいくら同じ家に住んで、毎日言葉をかけている仲だとはいっても、このひとが誰かにとってはこれでも女であるということや、ドレス以外にも女らしいものをなにかもっているということなど、彼は一度も考えたことがなかったのである。

そして、それから誰がいるだろう? ビネー、数人の商人、二、三人の居酒屋の亭主、司祭、最後に村長のチュヴァッシュ氏と二人の息子だ。これらは金持で、気難し屋で、鈍感で、自分の土地は自分で耕し、家族だけでご馳走《ちそう》を食らい、おまけに信心家ぶるときている、まったく鼻もちならない連中ばかりだった。

しかし、こうしたひとたちの顔が全部並んでいる共通の背景から、エンマの面影だけがただひとつぽつんとうきだしてはいたが、といっても、それはずっと遠くにあった。というのも、彼は自分とエンマとのあいだに、漠然たる深淵のようなものを感じていたから。

はじめの頃、彼は薬剤師と一緒に何度かエンマの家を訪れた。シャルルは何が何でも彼を迎えたがっているようには見えなかった。そこでレオンは、不躾になりはすまいかという心配と、ほとんど不可能と知りつつも親しくなりたいと望む気持との板挟みで、どう振舞ったらよいのか分らなくなった。

4

寒くなりはじめると、エンマは自室を出て居間で暮らした。居間は天井の低い細長い部屋で、煖炉の上には、枝の茂った珊瑚樹《さんごじゅ》が鏡のほうに寄せて置いてあった。彼女は窓ぎわの肱掛椅子に腰かけて、村人たちが歩道を通るのを見ていた。

レオンは日に二度ずつ、事務所から「金獅子」館へかよった。エンマは遠くから彼の足音を聞きつけた。彼女はじっと耳を澄ませて、身をかがめていた。すると青年は、いつも同じ服装をして、振りかえりもせずに、カーテンの向う側を滑るように通ってゆくのだった。しかし夕暮、左手で頰杖をついて、しかけたばかりの綴織もいつか膝の上に放りだしてしまっているとき、ふいに横切ってゆくその影の出現に、彼女はしばしば身震いすることがあった。

彼女は立ちあがって、食卓の用意を命じた。

　オメー氏は夕食のあいだにやってきた。トルコ帽を手にして、誰の邪魔にもならないように足音を忍ばせ、《皆さん今晩は！》という同じ文句をいつも繰りかえしながらはいってくるのだった。それから、食卓のすぐ近く、夫妻のあいだのいつもの席に腰を据えると、医師にむかって患者たちの様子を尋ね、医師のほうは治療の謝礼の見込みについて彼に相談した。つぎには新聞に出ていることが話しあわれた。オメーは、その時刻には、それをほとんど諳《そら》んじていた。記者の論説やフランスおよび国外で起ったさまざまな個人的異変をふくめて、それを隅々まですっかり語るのだった。ところが、話題が尽きると、彼はすぐさまいま眼の前に見える料理についてなにがしかの観察を口にした。ときとして、なかば立ちあがり、いちばん柔らかい肉片をそっと夫人に教えたり、あるいはまた女中のほうを向いて、シチューの煮かたや調味料の食品衛生のための助言を述べたりした。聞く者の心を奪うような話しかたで、香料のこと、肉スープのエキス分のこと、果汁のこと、ゼラチンのことを彼は話した。そもそも彼の頭は、薬局が薬瓶で満たされているのにもまして、種々の製法で満たされているので、オメーは数多くのジャムや酢や甘いリキュールをつくることに長《た》けていたし、ありとあらゆる新発明の経済的なこんろのことについても、チーズを保存する秘訣《ひけつ》、腐った葡萄酒を扱う秘訣とともに、よく心得ていた。

　八時に、薬局を閉めるためジュスタンが彼を迎えにきた。するとオメー氏は、この見習が医者の家を好んでいることに気づいていたので、とくにフェリシテがその場にいたりすると、からかうような眼つきで彼をじっと見つめるのだった。

「うちの若い衆は」と彼は言った、「そろそろ物を思いはじめ、どうやらお宅の女中さんに夢中なんだと思いますな、うん、絶対そうですぜ！」

しかしジュスタンのもっと重大な、そしてオメーに叱責《しっせき》されている欠点は、絶えずひとの話に聞き耳をたてることだった。たとえば、日曜日、大きすぎるキャラコの椅子覆いを背中でひっぱりながら、肱掛椅子で眠っている子供たちを連れてゆかせようと、オメー夫人が彼を広間へ呼びよせると、もう彼をその広間から外へ出すことはできなかった。

薬剤師の家の夜の集りには大してひとがこなかったが、それというのも、薬剤師の悪口癖と政治的意見のせいで、種々の尊敬すべき人士が彼から遠ざかってしまったからである。書記だけはかならず姿を見せた。呼び鈴の音を聞くと、彼はすぐさまボヴァリー夫人を迎えに走ってゆき、ショールを受けとったり、また雪の日には彼女が靴の上に履いてくる、ラシャの縁布を編んでつくった大きなオーバーシューズを、薬局の机の下に別にして置いたりした。

まず皆で「三十一」［トランプ遊びの一種］を何勝負かやった。それから、オメー氏がエンマと「エカルテ」［主として二人でやるトランプ遊びの一種］をやった。レオンは背後から彼女に助言をあたえた。彼はうしろに立って椅子の背に手をかけ、彼女の巻髪に挿してある櫛の歯を見ていた。カードを投げようとして彼女が身体を動かすたびに、ドレスの右側がつりあがった。掻きあげて束ねた髪から、浅黒い色彩が背中に向かって流れ、その色はしだいに薄れながら、すこしずつ影にまぎれて見えなくなった。それから、彼女の衣裳は大きくふくらみ、たくさんの襞をつけて椅子の両側に垂れ、さらに床の上にまでひろがっていた。レオンはときどき、長靴でうっかりその上を踏んでしまったことに気づくと、まるで誰かの足を踏みつけたかのように脇に跳びのいた。

　トランプの勝負が終ると、薬屋と医者はドミノをやりはじめたが、そこでエンマは席をかえ、テーブルに肱をついて、「イリュストラシオン」[*46]の頁をあちこちとめくった。彼女は自宅からこのモード雑誌をもってきたのだ。レオンは彼女のそばに坐った。二人は一緒に挿絵を眺め、たがいに相手がその頁を読み終るのを待ちあった。彼女はよく詩の朗読を彼に頼んだ。レオンは低い、ゆっくりとした声で朗読し、恋愛のくだりにくると、ことさら念いりに消えいりそうな声を出した。しかしドミノの音が彼の邪魔をした。オメー氏はドミノに強かった。彼はシャルルに「六＝六」で圧勝した。つづけて百点勝負を三回やると、二人とも煖炉の前にながながと横たわり、じきに眠ってしまった。火は灰のなかで燃えつきようとしていた。紅茶沸かしはからだった。レオンはまだ読みつづけていた。エンマはランプの笠を指先で機械的に廻しながら聞きいっていたが、その笠に張った薄絹の上には、馬車に乗ったピエロや、平均棒を手にした綱渡りの女が描かれていた。レオンは眠りこんでいる聴衆を指さして、朗読を中断した。そこで二人は声をひそめて話しあったが、会話はほかに聞くものもないので、いっそう楽しく思われるのだった。

　かくて二人のあいだには一種の結合が作られ、本や恋歌の絶えまないやりとりがはじまった。ボヴァリー氏は、あまり嫉妬ぶかくないので、そのことをべつに変だとは思わなかった。

彼は誕生祝いに骨相学用の立派な髑髏《どくろ》をもらったが、それは胸部にいたるまでびっしりと番号が打たれ、全体は青色に塗ってあった。書記の心遣いによるものだった。書記はその他にもなにくれとなく気を配って、彼のためにルーアンに使いにゆくことまでしてくれた。また、ある小説家の本がサボテン類への熱中を流行させると、レオンは夫人のために早速サボテンを買いもとめ、「燕」に乗って固い棘で指を刺されながらも、膝の上に抱いて持ちかえった。

彼女は花瓶を並べて置くために、手摺のついた棚を窓際に作らせた。書記も三階の自室にささやかな花を植えた。二人はお互いに、窓辺で花の手入れをする姿を眺めあった。

この村の窓のうち、もっと頻繁にひとの姿が現れる窓がひとつだけあった。というのは、日曜日は朝から晩まで、週日には午後いっぱい、天気さえよければ、轆轤《ろくろ》にかがみこむビネー氏の痩せた横顔が、屋根裏部屋の天窓に見られたからであるが、その轆轤の廻る単調な音は、「金獅子」館まで聞こえてきた。

ある晩、部屋へ帰ると、レオンは薄い色の地に葉模様をあしらった、ビロードと羊毛をまぜた絨毯が置いてあるのを見つけて、オメー夫人、オメー氏、ジュスタン、子供たち、料理女を呼び、雇主にはそのことを話した。皆がその絨毯がどんなものか知りたいと望んだ。なぜ医者の妻君は書記に恩恵を施したのか？　それは奇妙に見えたし、彼女は彼の愛人に相違ないと、ひとびとは決定的にそう思った。

レオンはそう思われる種をまいていた。それほど彼は絶えず彼女の魅力と才気のことを話していたので、ビネー氏は一度などひどく乱暴にこう答えたこともあるくらいだった。「どうでも構わん、わしにはそんなことどうでも構わん、わしはあの女《ひと》の交際仲間じゃないからな！」

レオンはどういう手段で恋の告白をするかを考えだすのに頭を悩ませていた。そして彼女に嫌われるのではないかという心配と、これほど臆病であるのを恥じる羞恥とのあいだで逡巡《しゅんじゅん》しつづけながら、失意と欲望のために泣いていた。それから、彼は断固たる決意をした。何通もの手紙を書いては破り、ある時期までと延期しては、それをまた遅らせるのだった。しばしば勇気を出してすべてをやってのけようと計画して、一歩を踏みだすこともあった。しかしエンマの前に出ると、その決意はじつに速やかに彼を見捨ててしまったし、シャルルがふと姿を現して、軽馬車に乗って、一緒に近隣のある病人に会いにゆこうと誘われたりすると、彼はすぐさま承諾し、夫人に挨拶して、出かけてゆくのだった。彼女の夫、これも彼女のなかのなにものかではなかろうか？

エンマはといえば、彼女はレオンを愛しているかどうかを知ろうとして、われとわが心に問うたりしなかった。恋愛とは、と彼女は思っていたのだ。大きな雷鳴と雷光をともなって、突然にやってくるはずである——生活の上に落ちかかり、生活を一変させ、意志を木の葉のように引きちぎり、心を隅々まですべて深淵へと運びさる天空の大暴風なのだ、と。家の露台でも、樋《とい》がつまっているときには雨が湖のようになるということを彼女は知らなかったし、知らなかったので彼女は安んじていられたのだが、そんなときに突如として壁に亀裂を発見したのである。

5

二月のある日曜日、雪の降る午後のことだった。

ボヴァリー夫妻、オメー、レオン君、彼らは皆で揃って、ヨンヴィルから半リューのところ、とある谷間に、ちょうど建設中だった亜麻糸製造工場を見物に出かけた。薬屋はナポレオンとアタリーに運動をさせるべく、彼らを引きつれ、ジュスタンが肩に傘を何本かかついで、彼らに付きそっていた。

しかしながら、この見世物ほど面白くもないものはなかった。砂と小石の山のあいだに、すでに錆びついてしまった歯車がいくつか雑然と置かれている広漠たる空地が、数多くの小さな窓を穿《うが》たれた細長い四角形の建物のまわりを囲っていた。まだ建築は完成していなくて、屋根の梁受け越しに空が見えた。破風の小梁に結びつけてある、穂がまざった麦藁の束が、その尖端につけた三色のリボンを風に鳴らしていた。

オメーはさかんにしゃべった。彼はこの施設の将来の重要性をご一行に説明したり、床の強さ、壁の厚さを見積ったり、ビネー氏が自分個人で使うために所持しているような、物差し竿を持ちあわせていないのを大いに惜しんだ。

エンマは、オメーに腕を取らせ、その肩に少しばかりもたれかかり、遠くの霧のなかに、まばゆいような白っぽい光を放っている太陽の円盤を見つめていた。しかし彼女がうしろを向くと、シャルルがいた。彼は鳥打帽を眉のあたりまでまぶかにかぶっており、厚い唇は寒さで震えていたが、それが彼の顔になにか愚鈍な感じを付けくわえていた。その背中さえ、悠然としたその背中さえ、見るのも苛立たしかったし、そのフロックコートの上に、この人物の凡庸さがすっかり曝《さら》けだされていると彼女は思った。

彼女がそんなふうに、苛立ちのなかに一種の邪悪な快感を味わいながら彼の姿を見まもっているあいだに、レオンが一歩近づいてきた。寒さのために蒼ざめ、それが彼の顔にいっそう甘い悩ましさを添えているようだった。襟飾りと首のあいだに、シャツの襟が少しゆるいせいで、肌が見えていた。片方の耳のさきが、一房の髪の下からのぞいていた。そして、雲を見あげている彼の大きくて青い眼は、空を映す山間の湖よりも、さらに美しく澄みきっているようにエンマには思われた。

「困った奴だな!」だしぬけに薬屋が叫んだ。

そして息子のところへ飛んでいったが、息子は石灰を積みあげたなかに踏みこんでいって、靴を真白に塗ってしまったのである。こっぴどく叱られて、ナポレオンは大声で泣きだした。かたわらで、ジュスタンは、藁をまぜた荒壁土で、ナポレオンの靴を拭いてやっていた。しかしできれば小刀が欲しかった。シャルルが自分の小刀を差しだした。

「まあこのひとは」と彼女は思った、「ポケットに小刀をいれてもっているのね、お百姓みたいだわ!」

氷雨が降ってきた。そこで一同はヨンヴィルにもどった。

ボヴァリー夫人は、その夜、近所の家へは行かず、そしてシャルルが出かけてしまって、ひとりきりになるとすぐさま、ほとんど直接に触れているように感覚は鮮明になり、そしてまた思い出であるがゆえに対象が遠くまで見通せるあの展望の拡張を伴いつつ、あの比較がまたはじまった。あかあかと燃える煖炉の火をベッドから見つめながら、彼女はまたしても、昼間あそこで見たように、一方の手では細身のステッキを曲げ、もう一方の手では、おとなしく氷のかけらをしゃぶっているアタリーの手を引いて立っている、レオンの姿を思いうかべるのだった。彼を魅力的だと思っていた。彼から考えをそらすことができなかった。彼が他の日に取った他のさまざまな態度、彼の話した言葉、彼の声音、彼の風貌のすべてを彼女は思いうかべた。そして、接吻でもするかのように唇を前に突きだしながらこう繰りかえした。

「ほんとにすてき！　すてきだわ！……あのひと、恋をしているのじゃないかしら？」と彼女は自分に尋ねてみた、「いったい誰にかしら？　あたしにだわ！」

そのあらゆる証拠が一度に並べられて、彼女の心ははずんだ。煖炉の焰《ほのお》が、天井に楽しげな光をゆらめかせていた。彼女は両腕を伸ばしながら寝返りをうった。

するとはてしない嘆きがはじまった。「ああ、そうなってたらよかったのに！　どうしてそうならないのかしら？　いったい誰が邪魔したのかしら？……」

シャルルが夜半に帰宅したとき、彼女は眼を覚ましたようだった。そして、彼が服を脱ぎながら物音を立てるので、彼女は頭が痛いと訴えた。それから、その晩のできごとをさり気なく聞いた。

「レオン君は早くから自室へ引きとってしまったよ」とシャルルは言った。

彼女は思わず微笑せずにいられなくなり、そして新たな歓喜に胸をいっぱいにして眠りについた。

翌日、日の暮れがたに、彼女は小間物商ルールー氏の訪問を受けた。この商人は相当なしたたか者であった。

ガスコーニュの生れだがノルマンディー人になった彼は、南方人の饒舌と、コー地方人の悪賢い慎重さをあわせもっていた。脂ぎっていて、たるんでいて、髭のないその顔は、薄い甘草《かんぞう》の煎じ汁で染めたようだったし、白い髪の毛は、小さな黒い眼のきつい輝きをいっそう強烈なものにしていた。以前彼がなにをしていたか、誰も知る者はなかった。小間物の行商人だった、と言うひともあれば、ルートーで金貸しをしていた、と言うひともあった。確かなことは、この男が、ビネーでさえも恐れさすほどに、複雑な計算を暗算でやってのけられることである。お追従《ついしょう》と受けとれるまでに馬鹿丁寧な彼は、挨拶する人間か、誰かを招きいれようとする人間のような姿勢を取り、いつも小腰をかがめていた。

クレープのリボンの付いた帽子をドアのところに残したままにしてから、彼はテーブルの上に緑色のボール箱を置き、そして奥さまに向かって、その日まで奥さまのご信用が得られずにいたことを、多大の敬意をこめて嘆いてみせた。彼の店の如きしがない店は、趣味のよい方を惹きつけるようにはできていない。彼はその趣味のよい方という言葉を強調した。けれども彼の店でもご注文を頂戴しさえすればよい、小間物でも下着類でも、編物類でも、流行品でも、奥さまのお望みのものをご調達することを彼は引きうけた。それというのも、彼は月に四度、定期的にルーアンの町へ行くことになっているから。彼は強力な商店と取引関係があった。「レ・トロワ・フレール（三兄弟商会）」や、「ラ・バルブ・ドール（金の髯《ひげ》）」や、「ル・グラン・ソヴァージュ（大蛮風）」で彼のことを話してみて頂くとよい。こういう店の方々が身近な者のように彼のことをよく知っている。そんなわけで、今日のところは、まことにもって珍しい出物のおかげで、彼がたまたま手にいれた種々の品々を、ついでながら、奥さまにお見せしにきたというわけなのだ。そして彼は、半ダースの刺繍したレース襟を箱のなかから取りだした。

ボヴァリー夫人はそれを調べた。

「なにも要りません」と彼女は言った。

するとルールーはいかにも大事そうに、アルジェリアの肩掛けを三枚と、イギリス製の針を数箱と、麦藁のスリッパを一足と、そして最後に、徒刑囚が透かし彫りした椰子の実でできたゆで卵入れを四個並べてみせた。それから、テーブルに両手をのせ、首を伸ばし、上体をかがめて、彼は口を大きく開けながらエンマの視線を追っていたが、その視線は商品のあいだをどこと定まらず動きまわっていた。ときどき、埃を払うためでもあるかのように、彼はその長さいっぱいにひろげた肩掛けの絹地に爪はじきをくれた。すると肩掛けは、その布地に散らした金色に光る箔片を、黄昏《たそがれ》どきの緑色がかった光にさながら小さな星のようにきらめかせながら、かすかな音をたてて震えた。

「これはおいくら?」

「些細《ささい》なものですよ」と彼は答えた、「些細なものです。しかもまるで急いでおりません。いつでも結構でございますよ。手前どもはユダヤ人じゃありません!」

エンマはしばらく考えこんだが、結局またルールー氏に断りを言うと、彼はなんら動揺せずにこう応じた。

「それでは、いずれそのうち同じお考えになって頂けましょう。ご婦人がたとは、わたくしはいつもお話がつきます、もっとも、うちのとは別でございますがね!」

エンマは微笑した。

「こう申しましたのは」と、彼は冗談を言ったあと、いかにもひとの好さそうな様子で言葉をつづけた、「お金のことが気になっているのではないということを、お話しいたすためでして……ご必要とあれば、ご用立てもいたしますが」

彼女は驚きの身ぶりをした。

「いやあ!」彼は小声で勢いこんで言った、「ご用立てさせて頂くには、そんなに遠くまで参る必要はございません。お任せください!」

そして彼は「カッフェ・フランセ」の主人のテリエ爺さんの容態を尋ねはじめたが、その頃ボヴァリー氏がその男を診《み》ていたのである。

「どうしたのでしょうね、テリエ爺さんは？……爺さんが咳をすると、その咳で家中を揺りうごかすくらいですし、近いうちにフランネルの肌着などより樅の棺桶《かんおけ》という外套が必要になりはしまいかと、わたくしはとても心配しているんですがね？　爺さんは若い頃、ずいぶんと道楽をしたんです。奥さま、ああいう連中は、お堅いところはこれっぽっちもなかったものなんです！　爺さんは酒で焼けただれたんですな！　でも、知りあいがあの世へ行くのを見るのはやはり痛ましいことでしてね」

そして、ボール箱に紐をかけるそのあいだも、彼はさらに医者の患者のことを弁じつづけた。

「時候でしょうな、たぶん」渋い顔をしてガラス窓を見つめながら彼はそう言った、「時候がああいう病気の原因でしょうな！　わたくしも、どうも具合がよくないのです。どうも背中が痛むので、近いうちにこちらの先生に診察して頂きにこなければならないでしょうね。それでは、奥さま、おいとまします。どうぞご遠慮なくご用命ください。なんでもお役に立たせていただきますから！」

そして彼はそっとドアを閉めた。

エンマは自室の煖炉のそばの片隅に、お盆をのせて夕食を運ばせた。時間をかけてゆっくり食べた。なにもかもおいしく思われた。

「あたしはなんて賢明だったのかしら！」肩掛けのことをぼんやり考えながら彼女はそう思った。

彼女は階段に足音を聞きつけた。レオンであった。彼女は立ちあがり、箪笥の上に重ねて置いてある、これから縁かがりをしなければならない布巾のなかから、いちばん上のを手に取った。彼が姿を現したとき、彼女はとても忙しそうに見えた。

ボヴァリー夫人はたえず話をそっちのけにするので、話は活潑でなく、一方レオンのほうはすっかり当惑しきっていた。煖炉のそばの丈の低い椅子に坐って、彼は象牙の小箱を指のあいだでくるくる廻していた。彼女は針をせっせと動かしたり、かと思うとときどき、爪でもって、布に襞をつけたりしていた。彼女は話をしなかった。彼は、話をするエンマの言葉に心を奪われるのと同じように、彼女のその沈黙に心を奪われて、じっと黙りこんでいた。

「気の毒なひとだわ！」と彼女は考えた。

「僕のどんなところが気にいらないのだろう？」と彼は考えこんだ。

けれども、レオンは遂に、近いうちに事務所の仕事でルーアンへ行くはずだと言った。

「あなたの楽譜の予約が期限切れになっていますが、あとの申込みをしておくことにしましょうか？」

「いいえ」と彼女は答えた。

「なぜですか？」

「なぜって……」

そして、唇をきつく嚙みあわせながら、彼女は針にたっぷりと通した鼠色の糸をゆっくり縫いつけた。

この縫物はレオンを苛立たせた。エンマの指はこの縫物で指先の皮がすりむけるように思われた。ある艶っぽい文句が彼の頭にうかんだが、あえて口にする気にはなれなかった。

「あれをお止めになるんですか？」と彼はまたつづけた。

「なにを？」彼女は強い口調で言った、「音楽を？　あら、そうよ、そうですとも！　家をきちんと切りまわさなければいけませんし、主人を世話しなければいけないし、要するにとても多くのこと、音楽より前にやらなければならないたくさんの義務がありますもの！」

彼女は時計を見た。シャルルは帰宅が遅れていた。それで彼女はさも心配そうな様子をしてみせた。二度三度こんなふうに繰りかえしさえした。

「とてもいいひとなんです！」

書記はボヴァリー氏に好意をもっていた。しかし彼にたいするこのような愛情に驚かされ、不愉快な気がした。それでもレオンは彼のことを賞讃しつづけ、ボヴァリー氏は誰にでも賞讃される、とりわけ薬剤師には、と彼は言った。

「ああ、あの方はいい方ですわ」

「そうですとも」と書記は応じた。

それから彼はオメー夫人のことを話しだしたが、そのじつに形振《なりふ》りかまわぬ服装が、ふだんは彼らの笑いの種になっていたのだ。

「そんなことかまわないでしょ」とエンマはさえぎった、「立派な一家の母は身づくろいのことなど気にしないものですわ」

それから彼女はまた黙りこんでしまった。

その後の日々も同じことだった。彼女の話も、彼女の態度も、すべてが変った。彼女は家事のことを気にかけ、きちんと教会へ出かけてゆき、女中をいっそう厳しく扱うようになった。

彼女は里子さきからベルトを引きとった。訪問客があると、フェリシテがベルトをそこに連れてくるのだった。そしてボヴァリー夫人は赤ん坊の手足を客に見せようと服を脱がせた。彼女は子供たちが大好きだと明言した。子供は慰めであり、喜びであり、熱中の的なのだ。そしてベルトを愛撫しながら感情の昂揚の吐露を伴わせるのだが、それはヨンヴィルの住人ではないひとびとに、『ノートル＝ダム・ド・パリ』[*47]のサシェットを思いださせたことだろう。

シャルルが帰宅すると、彼のスリッパは煖炉の灰のそばに置いて暖められていた。いまはもうチョッキの裏地がとれていることもなければ、シャツにボタンが付いてないこともなく、簞笥のなかに、木綿の布帽子がすべて等しい高さに重ねて並べてあるのを見るのは、楽しみでさえあった。彼女は以前のように、庭を歩きまわるのを嫌がらなくなった。不平ひとつ洩らさず夫の意志に従ったが、たとえその夫の意志がどんなものやら推測がつかなくても、彼の提案することはかならず同意された。――そして、その彼が夕食のあと、煖炉のそばの一隅で、両手を腹のあたりに当て、両足を薪掛けにのせ、顔は消化の作用のせいで赤くなり、眼は幸福でうるみ、絨毯の上を這いまわる子供や、肱掛椅子の背もたれ越しに額に接吻してくれるすらりとした身体つきの妻とともにいる姿を見ると、レオンはこう思うのだった。

「なんたる無分別だ！　どうして彼女のところまで行きつけるだろうか？」

彼女は彼にとってはまことに貞淑で近寄りがたく思われたので、いっさいの希望、もっとも茫漠とした希望にさえ、彼は見放されてしまった。

しかし、この諦めによって、彼は彼女を異例な状態のなかに位置させることになった。彼にとっては、彼女は肉体の美質から、つまり彼にはそのなにものをも獲得できぬ肉体の美質から離脱していた。そして神の列に加えられて天空へ飛翔するあの神話に描かれた姿のように荘厳に、彼の心のなかで、彼女はつねにいよいよ高く昇り、肉体の美質から遠く離れてゆくのだった。それは生活の営みを妨げないあの純粋な感情、珍しいものであるがゆえに大事に育てられるものであり、その喪失はその所有が楽しいものである以上に深くひとを懊悩《おうのう》させるような、そんな純粋な感情のひとつだった。

エンマは瘦せ、頰は蒼白くなり、顔は細長くなった。まんなかから左右に撫でつけた黒い髪、大きな眼、まっすぐな鼻、小鳥のように軽やかな足どりをもつ彼女は、いまではいつも沈黙がちになり、実生活にはほとんど触れることなくただそれを横切るだけであり、まるでなにかしら崇高な宿命のおぼろげな刻印を、眉間に帯びているように見えはしなかったか？彼女はとても悲しげで、またとても物静かであり、その上とても優しくて、とても慎ましそうであったので、彼女のそばへ近寄ると、ちょうど教会で、大理石の冷気にまじる花の香りに戦慄を覚えるのと同じように、氷のように冷たい魅力に捉えられるのを感じるのだった。

それぞれ感嘆した。

主婦たちは彼女の倹約なことに、患者たちはその丁寧さに、貧乏人たちはその慈悲深さに、

「あのひとは大した能力の女だ、郡長夫人にしてもおかしくないな」

他のひとたちもこの魅惑を逃れることはできなかった。薬剤師は言った。

しかし、彼女は渇望と怒りと憎悪で心をいっぱいにしていたのである。まっすぐな襞のついたそのドレスには、乱れた心が包みかくされていたし、あまりにも内気な唇は、その狂おしい思いを語らなかった。彼女はレオンに恋していた。そして、もっと気ままに恋人の面影を楽しみたいために、ひとりでいることを求めた。恋人の姿を見ることは、かえってこの瞑《めい》想《そう》の歓びの邪魔になった。エンマは彼の足音に胸をときめかせたが、いざ彼を眼の前にすると興奮は消えうせてしまった。そしてそのあとに残るものは非常な驚きでしかなかったし、最後にそれは悲しみとなって終るのだった。

レオンは絶望して彼女のもとを立ち去るとき、通りを歩いてゆく自分の姿を見ようと、彼女がすぐそのあとから立ちあがっていることを知らなかった。エンマは彼の挙動が気になった。彼の顔色をうかがった。彼の部屋を訪ねる口実を見つけるために、ありもしない話をつくりあげた。薬剤師の妻は、レオンと同じ屋根の下に眠れて幸福だと彼女には思われた。ちょうど「金獅子」館の鳩の群れが、薬屋の家の雨樋のなかに、薔薇色の足と白い羽根を浸しにやってくるように、彼女の思いはたえずその家の上に舞いおりた。しかし自分の恋に気づけば気づくほど、それが外に出ないように、そしてそれを弱めようと、エンマはいっそう力

をこめて抑えつけた。レオンが感づいてくれたらと、彼女は願っていた。そして、そのきっかけともなるような偶然や破局を、あれこれと空想した。彼女を引きとめたものは、たぶん怠惰か恐怖、それに羞恥心もあっただろう。あのひとをあまりにも強く斥《しりぞ》けすぎた、もう遅い、すべてお終いだ、と彼女は思った。つぎには、「あたしは貞節だ」と自分に言える誇りと喜び、忍従の姿態をつくって鏡に自分の姿を映して見る誇りと喜びが、彼女が自分では払っているつもりの犠牲を、いくぶんか慰めてくれた。

そこで、肉欲も、金銭欲も、情念の憂愁も、すべてが同じひとつの悩みのなかにまざりあった。——しかも彼女はその悩みから思いをそらせるどころか、苦痛を感ずるまでにいきりたち、いたるところにその機会を求めては、ますますその悩みに没頭していった。料理の出来ぐあいが悪かったり、ドアが半開きになっていたりすると苛立ち、自分の欲しいビロードをもっていないことや、幸福に恵まれないことや、夢があまりに遠いこと、家があまりに狭いことを嘆いた。

彼女の憤懣《ふんまん》の種となったのは、シャルルが彼女の苦しみを察しているようには見えないことだった。彼女を幸せにしてやっているという、彼の陥っている確信が、彼女にはなんとも愚劣な侮辱のように思えたし、その点についての彼の安心ぶりは恩知らずなことであるように思えた。いったい誰のために貞淑にしているのか？　それなのに、彼ときたら、すべての幸福にたいする障害であり、すべての惨めさの原因ではないか、彼女を四方八方から締めつけるこの複雑にいりくんだ革帯の、鋭い留金の針のようなものではないか？

それゆえ、エンマは彼女自身のさまざまな憂慮が原因で生じる多様な憎しみを、すべて彼ひとりの上に向けた。憎しみを減らそうとする努力は、逆に憎しみを増すだけだった。というのは、その無駄な努力は数ある絶望の原因をさらにひとつ増やして、二人の隔りをなおいっそう大きくしたからである。自分自身の優しさまでが、彼女には反抗の動機となった。家庭生活の凡庸さは彼女を華やかな空想に駆りたて、夫婦の情愛が姦通《かんつう》の欲望へと彼女を追いやった。もっと正当にシャルルを憎み、彼に復讐《ふくしゅう》することができるように、シャルルが自分を殴ってくれればよいとすら彼女は望んでいた。自分の心にうかぶすさまじい臆測《おくそく》に、彼女自身がときどき驚くほどだった。それでもなお微笑みつづけねばならなかったし、あなたは幸せだと繰りかえし聞かされ、自分でも幸せであるかのように振舞い、そう思わせておかねばならなかったのだ！

しかし彼女はこの偽善が嫌でならなかった。レオンと一緒にどこかずっと遠いところに逃れていって、新しい運命を試してみたいという誘惑に彼女は捉えられた。だがたちまち、彼女の心のなかには、暗黒にみちた、漠として見定めがたい、深淵が口を開くのだった。

「それに、あのひとはもうあたしのことを愛してなんかいないわ」と彼女は考えた、「これからどうなるのだろう？　どんな救いを待てばいいのか、どんな慰めを、どんな安らぎを？」

彼女は疲れはて、喘《あえ》ぎ、もはや力もなく、声をひそめて忍び泣き、涙を流しつづけた。

「どうして旦那さまにそうおっしゃらないのですか？」こうした発作のときに部屋にはいっ

てきた女中は、彼女にそう尋ねた。

「これは神経なのよ」とエンマは答えた、「旦那さまに言ってはだめよ、心配なさるから」

「そうそう奥さま」とフェリシテは言葉をついだ、「奥さまはあのゲリーヌにそっくりでございますよ。ゲリーヌといいますのは、ル・ポレ［ディエップの近くにある漁村］で漁師をしておりますゲラン爺さんの娘でして、わたくしがこちらに参ります前に、ディエップで知りあった娘でございます。それはもうとても悲しそうにふさぎこんでいる娘でしてね、その子が家の戸口に立っているところを見ますと、まるで入口にお葬式の幕を張ったようでした。なんでも、頭のなかが靄でもかかったようにぼんやりしてしまう病気だそうで、お医者さまにも手の施しようがなく、司祭さまにだってどうしようもなかったのです。それがあんまりひどいときには、ひとりで海岸のほうへ出かけて行きましたから、税関の副所長さんなども、巡回の途中で、その娘が海岸の石ころの上に腹這いになって泣いているのを、よく見かけたということでした。そのあと、結婚いたしますと、よくなったそうでございますよ」

「でもあたくしのはね」とエンマは答えた、「結婚してからなのよ、これが起ったのは」

6

ある夕暮、開けはなした窓際に腰をかけて、ついいましがたまで、教会の小使のレスティブードワが黄楊《つげ》の木を刈りこむのを見ていたエンマは、とつぜん「御告げの鐘」が鳴りわたるのを聞いた。

　四月のはじめで、桜草が咲く頃だった。暖かい風が耕された花壇の上に吹いていて、家々の庭は、まるで女たちのように、夏の祝祭のための装いをこらしているように見える。園亭《あずまや》の格子を通してその向う一帯には、牧場を流れる川が見えたが、川は草の上にうねうねとさまよう曲線を描いていた。夕靄がまだ葉のないポプラの木立のあいだを流れ、木々の輪郭を菫色《すみれいろ》にぼかしていたが、それは枝々にたゆたっているごく薄いヴェールよりもなお淡く、なお透明な色であった。遠くに家畜が歩いていたが、その足音も、鳴き声も聞こえてはこなかった。そして鐘はいつまでも鳴りやまず、静かな嘆きの声を空に響かせていた。

　繰りかえすその鐘の音を聞くと、若い人妻の想いは、青春時代と寄宿生活の古い追憶のなかをさまよった。祭壇の上の、花を盛った花瓶よりも、小さな柱のついた聖櫃よりも、ひときわ丈の高い大きな枝付き燭台のことを彼女は思いだした。もう一度、昔のように、白いヴェールの長い列のなかにまじっていたいと彼女は思ったが、その列はところどころ、祈禱台の上にかがみこむ尼僧たちの堅い頭巾が黒い斑を散らしていたものだった。日曜日のミサの折、顔をあげると、立ちのぼる香煙の青味を帯びた渦のなかに、聖母マリアの優しい顔が拝されたものだった。するとある感動が彼女を捉えた。自分は嵐のなかをくるくる舞っている鳥の綿毛のように、弱々しくてすっかり見捨てられているのだと彼女は感じた。そして、そうとも意識せずに教会のほうへ歩きだしたが、どんな信仰でも構わない、そこに魂を没入させられさえすれば、全生活がそこに埋《うず》めつくされさえすれば、という気持になっていたのだ。

広場で彼女はもどってくるレスティブードワに会った。というのは、一日の稼《かせ》ぎを減らさないため、この男は内職を中断して教会に帰り、それからまたもどって内職を続けることにしていたからであり、そのために「御告げの鐘」は、彼の都合に合わせて鳴らされた。それに、定刻前に鳴らされると、鐘は子供たちに教理問答の時間のきたことを知らせることになった。

もうすでに幾人かやってきた者があって、墓地の敷石の上で玉遊びをしていた。ほかに何人か、塀に馬乗りになり、脚をぶらぶらさせて、この小さい囲いと最後の列の墓石とのあいだに生えた大きな刺草を、木靴で薙《な》ぎ倒していた。それは緑色をしている唯一の場所であった。あとはすべて墓石だけで、聖器室の箒があるというのに、しじゅう細かな埃に覆われていた。

布靴を履いた子供たちは、まるで自分たちのためにつくられた床の上ででもあるかのようにそこを走りまわり、鐘の鳴る音を縫って彼らの声の響きが聞こえてくるのだった。鐘の鳴る音は、鐘楼の頂から垂れさがって、その尖端を地面にひきずっている太い綱の揺れかたが小さくなるのにつれて、弱々しくなっていった。燕が何羽か、小さな鳴き声を出しながら通りすぎ、その飛翔の刃《やいば》で空気を切り、軒の水切石の瓦の下の黄色い巣に素早くもどっていった。教会の奥には、ランプが、すなわち吊りさげたガラス器にいれた小さな燈明の芯が燃えていた。その光は、遠くからだと、燈油の上に震える白っぽい斑点であるかのように見えた。一条の長い日射しが内陣をすっかり横切り、側廊と四隅をいっそう暗くしていた。

「司祭さまはどちらかしら?」ボヴァリー夫人は、ゆるくなりすぎた軸受けの穴のところで廻転木戸をゆすぶって遊んでいる子供に、そう尋ねた。

「すぐくるよ」と子供は答えた。

いかにも、司祭館のドアが軋《きし》んで、ブルニジャン師が姿を現した。子供たちは算を乱して教会のなかに逃げこんだ。

「腕白小僧どもめ!」と司祭はつぶやいた、「まったく相変らずだな!」

そして足にぶつかったぼろぼろの『公教要理』を拾いあげながら、

「なにひとつ尊重せんのだな!」

しかしボヴァリー夫人の姿を認めるやいなや、

「どうも申しわけない」と彼は言った、「あなただとは分らなかったものでして」

彼は『公教要理』をポケットに押しこみ、聖器室の重い鍵を二本の指のあいだに挟んで振りつづけながら、立ちどまった。

顔いっぱいに照りつける夕日の微光のせいで司祭服のラシャ地は白っぽく見え、肱のところは光り、裾のところは糸がほつれていた。脂や煙草のしみが、広い胸の部分の小さなボタンの列に沿ってくっついており、胸飾りから遠ざかるにつれてその数はだんだん多くなってゆき、胸飾りの上のところには、赤い皮膚のぼてぼてした皺がたくさん寄っていた。その赤い皮膚には黄色い斑点が点々として散らばり、それが半白の髭のごわごわした毛のなかに隠れていた。彼はちょうど夕食を済ませたところで、荒い息遣いをしていた。

「お元気ですかね？」と彼は付けくわえた。

「よくないんですの」とエンマは答えた、「苦しんでおります」

「それでは、わたしもそうだ」と司祭は言葉をつづけた、「暖かくなりはじめたせいで、ひどくだるい感じがする、そうじゃないですかな？　いやあ、どうも仕方がないですな！　聖パウロも申されたように、われわれは苦しむために生れてきたんですよ。だが、ボヴァリーさんは、どうお考えですかな？」

「あのひとなんぞ！」彼女は侮蔑の身ぶりをして言った。

「なんですと！」ひとの好《い》い司祭はすっかり驚いてそう問い返した、「なにか処方してくださらんのですかな？」

「いいえ」とエンマは言った、「あたくしに必要なのは地上の世界の薬ではありません」

しかし司祭は、ときどき教会のなかをのぞきこんだが、そこでは悪童たちが皆でひざまずいて肩で押しあったり、将棋倒しに倒れたりしていた。

「あたくしは知りたいのですけど……」と彼女は言葉をつづけた。

「待ちなさい、待ちなさい、リブーデ」司祭は怒りの声をあげてそう叫んだ、「お前の耳を痛めつけに行ってやるぞ、悪戯《いたずら》小僧め！」

それから、エンマのほうを振りかえり、

「あれは大工のブーデの伜《せがれ》ですよ。両親が安楽に暮らしているので、息子にしたい放題のことをやらせてるんですな。しかしそのつもりになれば、物覚えは早いでしょうな、才気に満ちてますから。で、わたしはときどき、冗談に、あの子をリブーデと呼ぶことがあるんです（あのマロンム［ルーアンの西北八キロのところにある村］へ行くときに通る丘のようにね）、モン［この一人称単数の所有形容詞をつけると、親しみをあらわす表現になる］を付けてリブーデ君と言うこともありますな。あ、はっは、モン＝リブーデ［山を示す名詞モンが、一人称単数の所有形容詞と同音であることを利用した洒落だが、ルーアンの郊外にこの通称で呼ばれる小高い丘がある］ってわけですな。先日、司教さまにこの言いかたをお話ししたら、司教さまは笑われた……あの方が笑ってくださったんです。——で、ボヴァリーさんはお元気ですかな？」

彼女は聞こえないらしかった。彼は話しつづけた。

「相変らずひどくお忙しい、たぶんそうでしょうな？　わたしども、ご主人とわたしは、この教区でいちばんすることの多い二人の人間ですよ。もっともご主人のほうは身体の医者」彼は鈍重な笑い声をあげてそう付けくわえた、「そしてわたしのほうは、魂の医者ですがね」

彼女は哀願するような眼を司祭の上に注いだ。

「そうですわ……司祭さまはすべての苦悩を軽くしてくださいます」

「いやどうか、その話はもうなさらんでください、ボヴァリーの奥さん。今朝だって、牝牛に腫物ができたからって呼ばれて、バ＝ディヨーヴィルへ行かねばならなかったんですよ。なにしろ、連中ときたら、それが呪いのせいだと思っているんですからな。その家の牝牛はぜんぶ、どういうわけだか……あっ、ちょっと失礼！　こら、ロングマールとブーデ！　しようがない奴《やつ》だな！　やめなさい！」

そして、ただ一跳びに司祭は教会のなかへ突進していった。

このとき、腕白どもは、聖書を置く大きな見台のまわりで押しあったり、聖歌隊の腰掛けの上に攀《よ》じのぼったり、ミサ典書を開いたりしていた。また、ある者は忍び足で、あわや告解所に踏みこもうとしていた。しかし司祭が、いきなり、全員に平手打ちを雨霰《あめあられ》と降らせた。上着の襟を摑んで子供たちを床から吊しあげ、そしてあたかもそこに植えこもうとでもするかのように、内陣の石畳の上に力まかせに両膝をくっつけさせた。

「いやあ」エンマのそばにもどってくると、大きなインド更紗のハンカチの片隅を口にくわえてひろげながら、彼はこう言った、「百姓たちはとても同情すべきものでしてな！」

「他にもそういう者はおりますわ」とエンマは答えた。

「もちろんですとも！　たとえば、都会の労働者たちですな」

「そういうひとたちではありません……」

「言葉を返して失礼だが、わたしはあちらで、貧しい家庭の母親たち、貞淑な女たち、これは確かなことだが、まさに聖女といってもいいような女性たちで、しかもパンにさえ事欠く者たちと知りあいましたよ」

「でも」とエンマは言いつづけた（そしてそう言いながら彼女の口もとは歪《ゆが》んでいた）、「でも司祭さま、パンのある女でも、ないもの……」

「冬、薪のない女」と司祭は言った。

「まあ！　それが大事ですの？」

「なんですと、大事ですかって？　わたしには、わたしにはこう思えますよ、ちゃんと暖かくし、ちゃんと食べていれば……というのも、まあ結局は……」

「まあ、そんな！」と彼女は溜息をついた。

「具合が悪いんですか？」心配そうな様子で進みよりながら彼は言った、「消化のせいでしょうよ、たぶんな？　お宅に帰らねばいけませんな、ボヴァリーの奥さん、お茶を少し飲まなければ。そうすれば元気が出るでしょうよ、それとも赤砂糖をいれた冷たい水を一杯飲まなければ」

「なぜそんなことを？」

そして彼女は夢から覚めた人間のように見えた。

「あなたが額に手を当てておられたからですよ。めまいでもなさったのかと思いましたよ」

それから、考え直して、

「ところで、なにかわたしにお尋ねになったですな？　なんでしょうか？　わたしは覚えておりませんが」

「あたくしがですか？　いいえ、なにも……なにも……」とエンマは繰りかえした。

彼女の視線は、しきりに周囲をさまよっていたが、やがて司祭服の老人の上にゆっくりと落ちた。二人とも、正面から向きあい、なにも言わずに見つめあっていた。

「それでは、ボヴァリーの奥さん」司祭はやっとそう言った、「失礼させてもらいますよ、とにかくお勤めがなにより先ですからな。あのぐうたらどもを片づけてしまわねばなりません。ほら、初聖体がもうすぐくるんですよ。今度もまた、そのときになって慌てることでしょうが、わたしはそれが心配でしてな！　そこで、昇天の祝日［イエス＝キリストの昇天を記念する祝日で、復活祭の四十日後に当る］以来というもの、きちんと水曜日ごとに一時間よけいに彼らを引きとめているのです。あの哀れな子供たち、あの子供たちを主の道へ導くには、どんなに早くても早すぎることはあり得ません、それにまた、これは神さまご自身で、神聖なる御子キリストさまの口を通してお勧めになったとおりですし……身体にお気をつけになってな、奥さん。ご主人によろしく申しあげてくださいよ！」

そして彼はドアのところですぐ膝を折って礼拝をしてから、教会のなかへはいっていった。彼が頭をいくぶんか肩の上に傾け気味にし、両手をなかば開いて外側に向け、重い足どりで歩きながら、二列に並んだ腰掛けのあいだに姿を消すのをエンマは見ていた。

それから、彼女は、軸で廻転する彫像のように、一気にくるりと踵《くびす》をめぐらし、家路についた。しかし司祭のどら声、悪童たちの明るい声がまだ彼女の耳に届き、背後でこう言いつづけていた。

「汝、キリスト教徒なりや？」

「しかり、我、キリスト教徒なり」

「キリスト教徒とはなんぞや？」

「洗礼を受け……洗礼を受け……洗礼を受け」

彼女は手摺に摑まりながら階段を昇り、そして部屋にはいると、肱掛椅子にぐったり倒れこんだ。

窓ガラスの白っぽい光は波のように揺れながら静かに沈んでいった。それぞれの場所にある家具はひときわ動かぬものと化したように思われ、さながら暗い大洋にまぎれこむかのように、闇のなかにまぎれこんでゆくように思われた。煖炉の火は消え、時計は相変らずかちかち音を立て、そしてエンマは、自分の心のなかにはこれほどの動揺があるというのに、さまざまなものがこんなにも静かなことが、なんとなく不思議でならなかった。しかし窓と裁縫台のあいだには、赤ん坊のベルトがいて、毛糸編みの靴をはいた足でよちよち歩きながら、母親のそばに近寄っていって、前掛けのリボンのはしを摑もうとした。

「うるさいわね!」母親は娘を手で払いのけてそう言った。

娘はすぐに、またもっと近く、膝のところまでやってきた。そして両腕で膝にしがみつきながら、母親のほうへその青い大きな眼をあげたが、同時にきれいな涎《よだれ》が一筋、唇から前掛けの絹地の上に流れおちた。

「うるさいのよ!」すっかり苛立った若い母親は繰りかえした。

その顔に怯《おび》えて、子供は泣きだした。

「ほんとにうるさいわね!」彼女は肱で子供を押しのけながら言った。

ベルトは簞笥の下のところに倒れて、真鍮の金具で顔を打った。頰が切れて血が流れた。ボヴァリー夫人は飛んでいって子供を抱きおこし、呼び鈴の紐がちぎれるほどに強く引き、大声で女中を呼びたてた。そして、われとわが身を呪いはじめたときに、シャルルが姿を現した。ちょうど夕食の時間だったので、彼は帰宅したのである。

「ほら見てくださいな、あなた」とエンマは落着いた声で彼に言った、「この子はいま遊んでいて、床で怪我しましたのよ」

シャルルは心配ないと妻を安心させた。傷は大したことはなかった。そして、鉛硬膏《えんこうこう》を探しにいった。

ボヴァリー夫人は食堂に降りてこなかった。ひとりで残って娘の看病をしたいと思ったからだ。ところが、子供の眠っているのをじっと見つめているうちに、まだ残っていた不安な気持もしだいに消えうせて、ついさきほどこんな些細なことに取り乱した自分が、われながらじつに愚かともお人好しとも思われるのだった。たしかにベルトはもう泣いていなかった。いま、彼女の呼吸は、木綿の掛布団をかすかに波打たせている。大粒の涙がなかば閉じた瞼の隅にとまり、睫毛のあいだから、色の薄い、奥まった二つの瞳がのぞいていた。頬に張った絆創膏《ばんそうこう》は、張りつめた皮膚を斜めに引っ張っていた。

「変だわねえ」とエンマは考えた、「この子の無器量なことといったら!」

シャルルは晩の十一時に薬屋の店からもどってくると(彼は夕食後、鉛硬膏の残りを薬屋に返しにいったのだ)、妻が揺籃のそばに立っているのを見た。

「なんでもない、大丈夫だとわたしが言ってるんだから」と彼は妻の額に接吻しながら言った、「心配はよしなさい。自分が病気になるよ!」

彼は薬屋の家に長居をしてしまった。彼が怪我の話にそれほど心配そうな様子を見せたわけでもないのに、オメー氏は彼を元気づけよう、彼に気力を取りもどさせようと、あれこれ努めてくれた。そこで、子供を脅かすさまざまな危険とか、召使たちの不注意とかが話題になった。オメー夫人はそのことを身をもって体験していて、昔、台所働きの女中が鉢いっぱいの燠火をこぼしたとき、それが彼女の上っ張りのなかにはいって大火傷《おおやけど》をし、その跡がいまだに胸に残っているのだった。だから彼女の両親は用心に用心を重ねていた。ナイフは決して研がなかったし、部屋の床は蠟で磨かなかった。窓には鉄格子がはめられ、縁枠には頑丈な横木が渡してあった。オメー家の子供たちも、放任主義であるにもかかわらず、背後に見張りの者がいなければ動きまわることはできなかった。ちょっと風邪を引いても、父親は肺と気管支の薬を多量に飲ませた。そして四歳を過ぎるまで、子供たちは皆、詰物をした怪我よけ帽子を情容赦もなくかぶらされた。これは、本当のところ、オメー夫人の偏執だった。ご亭主のほうは、そんなに頭を圧迫しては、知能器官にどんな結果をおよぼすかもしれぬと心配して、ひそかにそれを嘆いていた。そこでつい我を忘れて、こう言うこともあった。

「お前はあの子たちを、カリブ族[*48]かボトキュドス族にでもするつもりなのか？」

シャルルは、しかし、それまでに何度も会話を中断しようとしていたのである。

「あなたにお話しなければならんことがあるんですがね」彼は書記の耳もとに小声でささやいたが、書記は彼の前に立って階段を歩きかけたところだったのだ。

「彼はなにか気づいたのかな？」とレオンは考えこんだ。心臓の動悸が高鳴り、あれこれと臆測した。

ドアを締めると、やっと、シャルルは、立派な銀板写真の値段はどのくらいのものか、レオンが自分でルーアンへ見にいってほしいと頼んだ。それは妻のためにかねて用意の思いがけぬ情愛の贈物、細やかな心づくし、つまり燕尾服を着た自分の肖像であった。しかし彼は前もってすべきことを知ることを望んでいた。そんな手数がレオン君を困らせるはずはなかった、なぜならば彼はほぼ毎週、町へ出かけてゆくのだから。

どんな目的でか？　オメーはその蔭になにか若者らしい話、色事を推測していた。しかし彼は間違っていた。レオンはいかなる情事にふけってもいなかった。かつてないほど彼はふさぎこんでいたし、そしてルフランソワのおかみさんは彼がこのところ皿に残す食物の分量で、そのことにはっきり気がついていた。それをもっと詳しく知るために、彼女は収税吏に尋ねた。ビネーは横柄な調子で、自分は警察から金をもらっちゃいないと返答した。

けれども、彼の眼にも相棒レオンの様子はじつに奇異に見えた。というのも、しばしば、レオンは、両腕を大きくひろげて仰向けになるようにして椅子に坐り、生きていることについて取りとめなく嘆くことがあったから。

「それは十分な気晴しがないからだよ」収税吏は言った。

「どんな気晴しが？」

「ぼくが君だったら、轆轤を買うだろうがねえ！」

「でも、ぼくは廻せませんよ」と書記は答えた。

「ほう！　それはそうだなあ！」相手は満足のいりまじった侮蔑の様子をして、顎を撫でながらそう言った。

レオンは甲斐《かい》もなく愛することに疲れていた。それから、彼は、いかなる興味も生活を導くことがなく、いかなる希望も生活を支えることがないようなときに、同じ生活の繰りかえしのために生じるあの意気銷沈《しょうちん》の状態を感じはじめていた。ヨンヴィルとヨンヴィルの村人たちにすっかりうんざりしていたので、あるひとびと、ある家々を見ると、彼は耐えきれぬほど苛立った。薬剤師は、ひとのいい男ではあったけれども、彼にとっては、まったく我慢しきれぬ人間になった。しかしながら、新しい境遇について見通しを立てると、彼は魅惑されるとともに恐ろしくもなるのだった。

この危惧は急速に焦慮に一変し、そうするとパリがはるか遠くで、仮面舞踏会の吹奏楽を蓮《はす》っぱな娘たちの笑いとともに、彼をめがけて揺りうごかした。いずれは法律の勉強をパリで終えることになる以上、なぜ出立しないのか、誰が阻むのか？　そして彼は心のなかの準備をしはじめた。自分のすべき仕事をあらかじめ調整した。頭のなかで、アパルトマンに家具を備えつけた。彼はパリで芸術家の生活を送ることになるだろう！　ギターの授業を受けるだろう！　部屋着、ベレー帽、青いビロードのスリッパを身に着けるだろう！　そして早くも、煖炉の上に二本のフルーレ［フェンシングの試合に用いる切先に革のたんぽを付けた剣］をぶっちがいに交差させ、その上に髑髏とギターを置いた光景に見惚《みと》れていた。

難しいのは母親の同意であった。けれども、これほど道理にかなったことはないと思われた。彼の雇主さえ、もっと能力を増すことのできそうな、別の事務所を訪ねてみるよう彼に勧めた。そこで中間のところで心を決めて、レオンはルーアンに見習書記の地位を探したが、それは見つからず、それでとうとう長い詳細な手紙を母親に書きおくり、ただちにパリに居住しなければならぬ理由を述べたてた。母親は同意した。

彼はちっとも急がなかった。まる一月のあいだ、毎日、イヴェールは、彼のために、ヨンヴィルからルーアンへ、ルーアンからヨンヴィルへ、箱、鞄《かばん》、包みを運んだ。そしてレオンは必要な衣類をすっかり整え、三つの肱掛椅子の詰物を詰めかえさせ、絹のハンカチの予備を買いおきし、要するに、世界一周旅行用にもまさる準備を仕上げてしまうと、来週また来週と延期したあげく、逆に母親から二通目の手紙を受けとることになったが、その手紙では、夏休みの前に試験を受けたいと望んでいるのだから、早く出発するようせきたてられた。

お別れの抱擁のときがくると、オメー夫人は泣きだした。ジュスタンはすすり泣いた。オメーは、気丈な人間として、感情を面《おも》に出さなかった。彼はレオンの外套を公証人の家の門のところまで運びたがったが、というのも公証人が自分の馬車でレオンをルーアンまで送ることになっていたのである。レオンはボヴァリー氏に別れを告げる時間を、辛うじて見つけた。

階段を昇りきると、彼は立ちどまった。それほど息苦しく感じられたのだ。彼がはいって行くと、ボヴァリー夫人はすぐさま立ちあがった。

「またお邪魔しました！」とレオンは言った。

「きっときてくださると思ってましたわ！」

彼女は唇を噛みしめた。血は皮下を激しく流れ、肌は髪のつけ根から襟もとまですっかり薄赤く染められた。彼女は羽目板に肩をもたせてじっと立っていた。

「先生はいらっしゃらないんですか？」と彼はつづけて言った。

「留守ですわ」

彼女は繰りかえした。

「留守ですわ」

それっきり二人は黙りこんだ。二人は互いに見つめあった。そして二人の思いは、同じ苦しみのなかにひとつに溶けあって、さながら高鳴る二つの胸のように、ひしとばかり互いに抱きしめあった。

「ベルトにお別れの接吻をしたいんですが」とレオンが言った。

エンマは階段を二、三段降りて、フェリシテを呼んだ。

彼はあたり一面をすばやく見まわしたが、その視線は、あたかもいっさいを貫き、いっさいを運び去ろうとするかのように、壁や、飾り棚や、煖炉の上にひろがった。

しかしエンマがもどってきて、それから女中がベルトを連れてきた。ベルトは糸の端に風車をさかさまにぶらさげて振っていた。

レオンは何度も繰りかえしてその首に接吻した。

「さようなら、お嬢ちゃん！　さようなら、おちびさん、さようなら！」

そして彼は子供を母親に返した。

「さあ、あちらへ連れてって」と母親は言った。

二人きりになった。

ボヴァリー夫人は背中を向けて、窓ガラスに顔を押しあてていた。レオンは帽子を手にもち、それでそっと腿《もも》を叩いていた。

「雨が降りそうね」とエンマは言った。

「外套をもってます」と彼は答えた。

「まあ！」

彼女は顎を引き、額を前に出してむこうを向いた。光が大理石の上を滑るようにその額の上を滑り、眉の曲線までくっきりと照らしたが、エンマが眼前の視野になにを見ているのかも、あるいは心の底でなにを思っているのかも、知ることはできなかった。

「では、さようなら！」と彼は溜息とともに言った。

彼女はだしぬけに顔をあげた。

「ええ、さようなら……お出かけなさい！」

彼らは互いに近づいた。彼は手を差しだしたが、彼女は躊躇した。

「ではイギリスふうにね」彼女は笑おうと努力しながらその手を委ねて、そう言った。

レオンは自分の指のあいだに彼女のその手を感じ、そして自分の全存在の実体が、そのしっとり湿った掌のなかに降りてゆくように思われた。

それから彼は手を開いた。二人の視線がまた出会い、そして彼は姿を消した。

市場の軒下までくると、彼は立ちどまり、緑色の鎧戸が四つあるあの白い家をこれを最後にもう一度眺めておこうと、柱の蔭に隠れた。窓の向う側、部屋のなかに人影が見えるように思った。しかしカーテンは、あたかも誰も触れないのにひとりでにそうなったかのごとく総掛けからはずれて、その長い斜めの襞をゆっくり動かしたが、するとその襞全部が一挙に窓全体にわたってひろげられ、そして漆喰の壁よりももっと微動だにせず、まっすぐに垂れていた。レオンは駆けだした。

彼は遠くから、路上に、雇主の二輪馬車を、そしてそのかたわらには、馬をおさえている麻の粗布の前掛けをした男の姿を見てとった。オメーとギョーマン氏は話をしていた。皆が彼を待っていたのである。

「抱いてくれたまえ」薬屋が眼に涙をうかべながら言った、「ほら君の外套だよ。寒さに気をつけたまえよ。身体に気をつけてな！　お大事にな！」

「さあ、レオン、馬車に！」と公証人が言った。

オメーは車輪の泥除けの上に身を乗りだし、嗚咽《おえつ》でとぎれとぎれになった声で、こんな悲しい言葉を思わず口にした。

「道中元気でな！」

「さよなら」とギョーマン氏は答えた、「さあ走らせろ！」

彼らは出発し、オメーは帰っていった。

ボヴァリー夫人はさきほどから庭に面する窓を開けて、雲を眺めていた。

雲は西のほう、ルーアンの方角に累々とわだかまり、早い動きで黒い渦巻を巻き、その渦巻からは背後に、さながら壁に吊した戦勝牌の金の矢の如くに、太陽の輝かしい光線が射しだしていたが、それにひきかえ残りのなにもない空は磁器のような白さを帯びていた。ところが一陣の突風がポプラの木々を撓《たわ》ませ、そして突然に雨が降りだした。雨は青葉の上に細かな音をたてた。それから太陽がまた姿を現し、雌鶏《めんどり》が鳴き、雀《すずめ》が濡れた茂みで羽搏《はばた》きをし、砂の上に溜《たま》った水は流れしなにアカシアの薔薇色の花を運びさった。

「ああ、あのひとはもう遠くまで行ったにちがいないわ！」とエンマは考えた。

オメー氏は、いつものように、六時半、夕食中にやってきた。

「ところで」と彼は腰をおろしながら言った、「わたしたちは午後あの青年を送りだしましたよ」

「そうらしいですね」と医師は答えた。

それから、椅子に坐ったまま振りかえって、

「お宅ではなにかお変りはないですか？」

「大したことはありませんな。ただ、家内が、今日の午後、ちょっと興奮しましてね。まったく女というものは、なんでもないことで取り乱すものですなあ！　とくにうちの家内はね！　そうして、それに逆らうのは間違いでしょうね、なにしろ女どもの神経組織はわたしらのよりずっと従順ですからな」

「レオンも気の毒にねえ！」とシャルルは言った、「パリでどんなふうに暮らすことになりましょうかね？……いずれ慣れるでしょうかね？」

ボヴァリー夫人は溜息をついた。

「いや、なあに！」薬剤師は舌をチョチョッと鳴らして言った、「料理屋で女の子と一緒の集り！　仮面舞踏会！　シャンパン！　そういうことが万事好調に行くことになりますよ、請けあいますよ」

「彼が不品行になるとは思いませんね」とボヴァリーは異議を唱えた。

「わたしもそうは思いません」オメー氏は勢いこんで言葉をつづけた、「しかし猫っかぶりと見られる恐れがあるから、彼も他の連中に追従しなければならんでしょう。それに、パリのああいう道楽学生どもが、カルチェ・ラタンで、女優たちを相手にしてやってる生活をあなたはご存じない！　その上に、パリでは学生がたいへん受けがいいんですな。ほんの少しでも愛想《あいそ》よくする才覚がありさえすれば、最高の社交界に受けいれられますし、フォブール・サン＝ジェルマン界隈［富裕な貴族階級の邸宅の多かった地区］の上流婦人のなかにはそういう連中に恋する女さえいて、そういうことが結果として、じつに結構な結婚をする機会を提供することになるんですな」

「しかし」と医師は言った、「わたしは彼のために心配ですねえ、あちらでは……」

「おっしゃる通りです」と薬屋は話をさえぎった、「それは物事の裏の面ですよ！　あちらでは財布をいれたポケットに手を当てていなければなりません。そんなわけで、あなたがどこその公園にいらっしゃる、勲章の略綬さえ付けた、外交官とも見えるような男が現れる。男はあなたに近寄ってくる。あなたがたは話をかわす。彼はうまく取りいって、嗅煙草《かぎタバコ》を差しだしたり、帽子を拾ってくれたりする。それからいっそう親しくなる。彼はカッフェに連れていってくれたり、田舎の別荘にくるよう招いてくれたり、酒を飲む席で、合間にありとあらゆる知りあいに紹介してくれたりしますが、まあ四分の三のところは、それはあなたの財布をちょろまかすためか、それとも悪い仕事に引きいれるためなんですな」

「その通りですな」とシャルルは答えた、「しかしわたしはとりわけ病気のこと、たとえば地方からきた学生たちを冒す腸チフスのことを考えていたんですよ」

エンマは身震いした。

「食生活の変化のせいですな」と薬剤師はつづけた、「それとその結果として身体全体の調和に起る変調のせいですな。それから、ほら、あのパリの水ですよ！　レストランの料理、ああいう香辛料のきいた食物はしまいには血を熱くしてしまうし、誰がなんと言おうと、うまいポ・ト・フー〔肉と野菜を一緒に煮こんだシチューの一種〕には及びませんよ。わたしはですな、わたしは以前からずっと質素で質のいい料理を愛好してきました。そのほうが健全ですよ！　だから、ルーアンで薬学を勉強していた頃も、食事つきの下宿屋に下宿をしていました。教授たちと一緒に食事していたんです」

そして彼は自分の一般的な意見と個人的な好みを開陳しつづけ、卵入り牛乳をつくらなければならないからというので、ジュスタンが彼を迎えにくるまでそれがつづいた。

「一刻の休みもないんですからな！」と彼は大声で叫んだ、「いつでも鎖につながれっぱなしだ！　一分として外に出てられんのですよ！　耕作の馬のように、汗水垂らしてあくせくしていなければならないんです！　貧乏の首輪にすっかり締めつけられてねえ！」

それから戸口までくると、

「ところで、あの話はご存じですか？」

「なんですか？」

「それはですな」オメーは肩をつりあげ真面目この上ない顔つきをしながら言った、「下セーヌ県の農業祭が今年はどうやらヨンヴィル＝ラベイで開催されることになるらしい、ということです。とにかく、そういう噂が流れているんです。今朝、新聞がそのことにいささか触れていましたよ。そうなったら、わたしどもの郡にとってはこの上ない重大なことでしょうなあ！　でもその話はまたあとでしましょう。見えますよ、有難う。ジュスタンが角燈をもってますから」

7

翌日はエンマにとっては陰鬱な一日であった。すべてが、事物の外面を茫漠と漂う暗い雰囲気に包まれているように彼女には思われ、さながら遺棄された城館に冬の風が吹きこむように、悲哀があまり激しくない唸りをともなって、彼女の魂のなかに吹きこんできた。それはもはや二度と帰ってこないであろうものに馳せる夢であり、ことがすっかり終ったあとにひとの心を捉える虚脱感であり、慣れ親しんだ動きの中断によって、長くつづく振動の突然の中止によって、もたらされる苦痛であった。

　ヴォビエサールからの帰途、カドリールの光景が頭のなかでぐるぐる廻っていたときのように、彼女は暗鬱な悲愁を、無気力な絶望を感じていた。レオンの面影がいっそう大きく、いっそう美しく、いっそう甘美に、いっそうほのかな姿でまた現れた。彼女から離れてはいるけれども、彼は彼女のもとを去ったわけではなく、そばにいて、家の壁は彼の影をまだとどめているように思われるのだった。彼の足に踏まれた絨毯や、彼が腰をかけ、いまは坐るひともない椅子から、彼女は眼を離すことができなかった。川は依然として流れ、滑りやすい土手沿いに、ゆっくりとさざ波を送っていた。この同じ川波のささやきを聞きながら、苔むした小石を踏んで、二人は何度そこを散歩したことだろう。なんと気持のよい日射しを二人は浴びたことか！　庭の奥の木蔭で、二人きりになって、なんと楽しい午後を過したことか！　帽子もかぶらず、乾いた棒を組みあわせた腰掛けに腰を据えて、彼は声高に本を読んだ。牧場の涼しい風が本の頁をひるがえし、園亭《あずまや》の金蓮花《きんれんか》の花を震わせていた……　ああ、あのひとは行ってしまったのだ！　彼女の生活のただひとつの喜びであり、幸福を実現し得るただひとつの希望であったあのひとは！　どうしてその幸福が現れたときに摑まえなかったのだろう！　それが逃げ去ろうとしたとき、どうして両手を伸ばし、両膝《ひざ》をついて引きとめなかったのだろう？　そして彼女はレオンを愛さなかった自分自身を呪い、彼の唇に恋いこがれた。彼のあとを追って走ってゆき、その腕に身を投げかけて、「あたくしよ、あたくしはあなたのものよ！」と言いたい欲望が彼女を捉えた。しかしエンマは、この計画のもたらすさまざまな障害を前もってあれこれと心配した。そして、彼女の欲望は後悔とともにますますつのり、いよいよ活潑になるばかりだった。

それ以来、レオンの思い出は、彼女の倦怠のいわば中心のようになった。それは、ロシアの大草原の雪の上に旅人が残していった焚火《たきび》よりもなお激しく、倦怠のなかで燃えつづけた。彼女は急いでそこに駆けより、すぐ近くにうずくまって、消えかかるその火をそっと掻きたて、火をさかんにすることのできるものをあたりに探しまわった。遙かな追憶もごく身近な機会も、感じたことも想像したことも、むなしく四散する官能の欲望も、枯枝のように風に鳴るさまざまな幸福の計画も、不毛な貞節も、かなわぬ希望も、家庭の敷藁も、彼女はすべてを集め、すべてを拾いあげ、悲しみを掻きたてるためにすべてを役立てた。

しかし、燃料が尽きたためか、それとも薪を積みすぎたためか、炎はやがて鎮まってしまった。恋心は相手の不在によってしだいに薄れ、後悔は習慣の重圧に耐えかねて窒息した。そして、どんよりと白っぽい彼女の心の空を朱《あけ》に染めていた火事の明りは、さらに濃い暗闇に覆われてしだいに消えていった。おぼろげな意識のなかで、彼女は夫にたいする嫌悪を恋人への憧憬《しょうけい》と、身を焼く憎悪の熱さを愛情の燃焼と取りちがえていた。しかし嵐はなおも吹きすさび、情熱は燃えつきて灰となり、いかなる救いもあたえられず、いかなる太陽も姿を現さなかったので、あたりは四方八方が完全な闇となった。そして彼女は、骨身に沁みる恐ろしい寒さのなかで行き暮れていた。

そこでトストの嫌な日々がまたはじまることになった。彼女は自分はいまのほうがずっと不幸だと考えた。なにしろ彼女には悲哀の経験があって、しかもその悲哀はいつまでもつづくという確信を伴っていたのだから。

こんなに大きな犠牲をみずから引き受けた女なら、いろいろな気紛れな望みをかなえても差しつかえないはずだった。彼女はゴチック式の祈禱台を買い、爪をきれいにするのに一カ月に十四フランのレモン代を出費した。青いカシミアのドレスをこしらえるために、ルーアンに手紙を書いた。ルールーの店でいちばん上等のスカーフを選んだ。そのスカーフを部屋着の上から身体に巻きつけた。そして鎧戸を閉め、本を一冊手にし、そんな恰好で長椅子にじっと横たわったままでいるのだった。

しばしば彼女は髪型を変えた。中国ふうに、ふんわり柔らかい巻毛をつくり、編んだお下げ髪にしていることもあった。また男のように、横のほうに分け目をつくって髪を撫でつけていることもあった。

彼女はイタリア語を勉強しようと思った。辞書、文法書、用紙を買った。歴史、哲学など、謹厳な本の読書も試みた。夜、ときおり、シャルルは病人のことで誰かが呼びにきたのだと思って、はっとして眼を覚ますことがあった。

「すぐ行くよ」と彼はつぶやく。

ところが、それはランプに灯をともすために、エンマの擦るマッチの音なのだ。けれども彼女の読書というのは、どれもみな始めては戸棚を塞ぐことになる綴織と同じことだった。彼女は取りあげては捨てて、他の読書に移ってゆくのである。

彼女は感情の高ぶることがあったが、そんなときには、彼女に途方もないことをやらせるのはわけのないことだった。ある日のこと、彼女は夫にたいして、大きなグラスの半分ほどのブランデーを飲むと主張し、シャルルが愚かにもそんなことはとてもできまいと言ったので、彼女はそのブランデーを最後の一滴まですっかり飲みほしてしまった。

軽っぽい様子（これはヨンヴィルのおかみさん連中の用語だった）にもかかわらず、エンマは快活そうには見えなかったし、そして普段は、口もとのあたりに、老嬢の顔や失意の野心家の顔に皺をつくっている、あのこわばって動こうとしないひきつりをうかべていた。いたるところ血の気がなく、蒼白そのものだった。鼻の皮膚は鼻孔のほうに引きつれ、眼はぼんやりと見ているだけだった。こめかみに白髪が三本見つかったために、彼女は自分の年齢のことをしきりに話題にした。

しばしば彼女は気を失うことがあった。ある日など、血を吐くことさえあったが、シャルルがあわてふためいて、不安の色を見せると、

「まあ、くだらない！　これがなんだっていうの？」と彼女は答えた。

シャルルは診察室に逃げていった。そして仕事用の肱掛椅子に腰をおろし、机に両肱をついて、骨相学用の髑髏の下で泣いた。

そこで彼は母親に手紙を書いて、来てくれるようにと頼み、二人はエンマのことで長いあ

いだ一緒に話しあった。

彼女がいっさいの治療を拒んでいるのだから、どう決めればよいのか、どうすればよいのか？

「お前の嫁になにが必要か分ってるのかい？」とボヴァリー老夫人は言った、「無理にでも仕事をすること、手仕事をやることとだろうね！　自分でその日のパン代を稼がなければならない他のたくさんの女のようだったら、そんな鬱《ふさ》ぎの虫なんぞ起りはしないだろうがね、なにしろ頭のなかに詰めこんでいるいろいろな考えだとか、なにもしないでぶらぶらしている生活などがもとなのさ」

「だけど、あれは忙しくしてますよ」とシャルルは言った。

「ほう、あれが忙しくしてるって？　なににだい？　小説とか、よからぬ本とか、信心に反対したり、ヴォルテールから引っぱってきた演説で司祭さまを馬鹿にするような著述とかを読むのにだね。いやあ、あれではいずれ大変なことになるよ、信心のない人間はかならず最後は悪い結果になるものだよ」

そこでエンマに小説を読ませないようにすることが決められた。計画が簡単に行くとは思えなかった。老夫人がそれを引き受けた。ルーアンを通る道すがら、老夫人が自分で貸本屋へ行って、エンマが予約を止めたと貸本屋に告げることになった。本屋がそれでも害毒を流す商売をあくまでつづけるなら、警察に知らせる権利もあるではないか？

姑と嫁の別れは素っ気なかった。一緒にいた三週間のあいだ、食卓で出会ったときと、寝床にはいる前に、様子を聞いたり挨拶をしたりするのを別にすれば、二人はほとんど言葉を交さなかったのだ。

ボヴァリー老夫人は水曜日に出発したが、これはヨンヴィルに市《いち》の立つ日であった。「広場」は、朝から、荷車の列でいっぱいに溢れていたが、これらの荷車はすべて尻を地に着け轅を宙にして、教会から宿屋のところまで家々に沿ってひろがっていた。反対側には、天幕張りの小屋があって、綿布類、掛布団、毛糸の靴下などが売られ、それにまた馬の面繋《おもがい》、青いリボンの束もあったが、そのリボンの尖端が風になびいていた。かさばった金物類が、ピラミッド形に積んだ卵とチーズの籠とのあいだに、地面にひろげられていたが、そのチーズの籠からはねばねばした藁がはみだしていた。麦扱《こ》き機のそばでは、平らな籠のなかでこっこっと鳴きながら、雌鶏が籠の桟から首を出していた。人波は、同じ場所にいっぱいに溢れてそこから動こうとせず、ときおり薬屋の店先をいまにも壊しそうになった。水曜日には、薬屋はいつも客で溢れんばかりで、押しあいへしあいしていたが、それも薬を買うためというよりはむしろ、診察を受けるためであり、それほどオメーの旦那の評判は近在の村々では高かったのである。彼の逞《たくま》しい厚かましさが田舎者たちを眩惑したのだった。彼らはオメーをすべての医者に優る偉大な医者とみなしていた。

エンマは窓に肱を突き（彼女はよくそこにくることがあった。窓というものは、地方では、劇場や散歩道の代りをするのだ）、粗野な田舎者たちの雑踏を眺めて面白がっていたが、そのとき緑色のビロードのフロックコートを着こんだひとりの紳士の姿が眼にとまった。その男は、頑丈な革ゲートルを履いているくせに、手には黄色い手袋をきちんとはめていた。そして、ひどく考えこんだ様子でうなだれて歩いているひとりの百姓をうしろに従えて、医者の家のほうへ向かっていた。

「先生にお目にかかれますかね？」家の戸口でフェリシテと話しているジュスタンに、彼はそう尋ねた。

そして、ジュスタンをこの家の召使と思い違えて、

「ユシェット荘のロドルフ・ブーランジェがきていると先生に言ってください」

新しい来訪者が名前だけでなくユシェット荘のと付けくわえたのは、べつに地所についての虚栄のなせる術《わざ》ではなく、よりよく分ってもらうためであった。いかにも、ユシェット荘はヨンヴィルの近くの所有地で、この男はそこの邸を二つの農場とともに買ったばかりで、農場を自分で耕作していたが、さりとてそのためにさほど煩わしい思いをしているわけでもなかった。彼は独身生活であり、すくなくとも年収一万五千フランはあるという評判だった。

シャルルが広間にはいってきた。ブーランジェ氏は下男をシャルルに紹介したが、この男は、身体中に蟻がいる感じがするので瀉血してもらいたいというのだ。

「そうすりゃあ、きれいになれまさあね」あらゆる説得にたいして彼はそう言いかえした。

そこでボヴァリーは繃帯と血受けの容器をもってくるように言いつけ、ジュスタンにその容器をしっかり支えていてくれと頼んだ。それから、すでにすっかり蒼ざめているその村人にむかって、

「心配しないで大丈夫だからな」

「大丈夫でさあね」と相手は答えた、「まあとにかくやってくだせえ！」

そして、虚勢を張った様子で、太い腕を差しだした。刃針《ランセット》を刺すと、血が噴きだし、姿見の鏡にはねかかった。

「器を近くへ！」とシャルルは怒鳴った。

「うへえ！」と百姓は言った、「こいつはまあ噴水が湧いてくるみてえだな！　なんとまあ俺は赤い血をしてんだろうかね！　こりゃあきっといいしるしなんでしょうねえ？」

「ときどき」医者はまた言葉をつづけた、「最初はなにも感じなくて、そのあと人事不省が起ることがあるんだが、このひとのように、体格のよいひとの場合にとくにそうですな」

田舎者はそれを聞くと、手のなかでいじりまわしていた針のケースを離してしまった。肩が激しく震えて椅子の背をきしませた。帽子が落ちた。

「こんなことかと思ってましたよ」とボヴァリーは指で静脈を押えて言った。

容器がジュスタンの手のなかで揺れはじめた。膝ががくがくとして、顔面蒼白になった。

「早く家内を！」とシャルルが呼んだ。

エンマは階段を駆けおりてきた。

「酢だ！」と彼は叫んだ、「やれやれ、一度に二人もか！」

そう言う彼自身も動転して、止血のための圧定布《コンプレス》がなかなかうまく当てられなかった。

「なんでもないですよ」ブーランジェ氏がジュスタンを抱きとめながら落着きはらってそう

言った。

そしてジュスタンをテーブルの上に坐らせ、壁に背中をもたせかけた。ボヴァリー夫人は、ジュスタンのネクタイをはずしはじめた。シャツの紐には結び目があった。彼女はしばらく見習生の襟もとで、そのしなやかな指を動かしつづけた。それから白麻のハンカチに酢をたらした。それでジュスタンのこめかみを軽くたたいて湿し、その上からそっと息を吹きかけた。

荷車挽きは正気にかえった。だがジュスタンの気絶はまだつづいていて、彼の瞳は、ちょうど青い花が牛乳のなかに隠れるように、蒼白い鞏膜《きょうまく》のなかに隠れていた。

「これを隠さないといけないな」とシャルルが言った。

ボヴァリー夫人は洗面器を手に取った。それをテーブルの下に置こうと身をかがめると、ドレスが（それは裾飾りが四段ついた黄色い夏のドレスで、丈が長く、スカートの裾幅がひろかった）、広間の床の上で彼女のまわりに大きくひろがった。――そして、かがみこんだエンマが両腕を開いてちょっとよろめくと、布地の膨らみは、胴体の屈折にしたがってところどころが崩れた。それから彼女は水差しを取りにゆき、そして砂糖の塊を水で溶かしていると、ちょうどそこへ薬剤師がやってきた。騒ぎの最中に、女中が呼びにいったのだ。弟子が眼を開けているのを見て、彼はほっと一息ついた。それから弟子のまわりを廻りながら、頭のてっぺんから足の爪先までじろじろと見た。

「馬鹿野郎！」と彼は言った、「まったくしようがない野郎だ！　大馬鹿野郎だ！　たかが刺賂じゃないか！　恐いものなしのいい若者のくせして！　こいつは見てのとおりりすみたいな奴で、眼のくらむような高いところに攀じのぼって、胡桃を振りおとすなんざ平気なんですがね。そうだとも、言いふらすがいい、自慢するがいい！　ゆくゆくは薬剤の仕事をするのにご立派な素質だよ。なにしろお前はな、重大な事態で法廷に呼びだされ、そこで裁判官に弁明しなければならんかもしれんのだぞ。そのときはあくまでも冷静さを失わず、堂々と論じたて、一個の男子であるところを見せねばならん。さもないと低能呼ばわりされることになる！」

ジュスタンは答えなかった。薬屋はなおもつづけた。

「誰に頼まれてここへきた？　先生や奥さまに迷惑ばかしかけて！　それにな、水曜日はとくにお前がいなくては困るんだ。いまも家には二十人から詰めかけておる。それを、お前のことが心配だからこそ、みんなうっちゃってきたんだぞ。さあ行け！　走ってくんだ！　わたしもすぐ帰る。薬瓶でも見張っていろ！」

ジュスタンが身なりを直して出てゆくと、しばらくは失神の話になった。ボヴァリー夫人は一度も失神したことがなかった。

「それはご婦人には珍しいことですね！」とブーランジェ氏が言った、「なにしろ、ずいぶんと敏感な人間がいるものでしてね。決闘のとき、ピストルに弾丸《たま》をこめる音を聞いただけで意識を失った立会人を、わたしは見たことがあるのですよ」

「わたしは」と薬屋が言った、「他人の血を見るのはなんともないのですよ。しかし自分の血が流れるのは、あまりそのことを深く考えると、そう思っただけでふうっと気が遠くなりそうですな」

そのあいだに、ブーランジェ氏は、これで希望はかなえられたのだから安心するようにと言いきかせて、下男を帰らせた。

「あれが血を抜きたいと言いだしたおかげで、お知りあいになれました」と彼は付けくわえた。

その言葉のあいだ、彼はエンマをじっと見つめた。

それから彼はテーブルの隅に三フラン置くと、ぞんざいに一礼して立ち去った。

ほどなく彼は川の向う岸へ出た（それがラ・ユシェットへ帰る道だった）。そしてエンマは、彼が牧場のポプラの木の下を、考えごとをしているひとのように、ときどき歩調をゆるめながら歩いてゆくのを見た。

「いい女だなあ」と彼は考えた、「えらくいい女だな、あの医者の細君は。きれいな歯、黒い眼、魅力的な脚、そして様子はまるでパリ女だ。いったいどこの出だろう？　どこで掘りだしてきたんだろうか、あのうすのろめが？」

ロドルフ・ブーランジェ氏は三十四歳である。烈《はげ》しい気質と鋭い頭脳をもち、おまけに女性経験が豊富で、その道にはかなりの通だった。そんな彼の眼に、エンマは美人だと映ったのだ。だから彼はエンマのこと、そしてエンマの夫のことを考えた。

「あの男は相当の間抜けだな。きっと女房はうんざりしているだろう。爪はきたないし、髯は三日も伸び放題だ。亭主が患者のところへ駆けつけると、あの女は家で靴下の繕いでもするってわけか。これでは退屈もするさ！　都会に住みたい、毎晩ポルカを踊りたいと思うだろうよ。気の毒な女だ！　あの女は恋がしたくて喘いでいる、まるで調理台の上の鯉《こい》が水を欲しがって口をぱくぱくやっているみたいにな。二言三言甘い言葉をかけてやれば、夢中になってくるにきまっている！　あの女は情愛深いだろうて！　さぞかし楽しいことだろうて！……それはそうだが、しかしそれからどうやって厄介払いしたものやら？」

こうして、過剰なまでの快楽のひしめきあいが前途に垣間見られると、彼はそれと対照的に、現在の情婦のことを思いだした。彼がいま囲っているのはルーアンの女優だった。そして思いだしてさえ、飽き飽きするその女の姿をじっと心に描いて、

「ああ、ボヴァリー夫人は」と彼は考えた、「あの女よりずっときれいだし、なによりもずっと若々しい。ヴィルジニーの奴は明らかに肥りすぎてきた。あの嬉しがりようはまったくうんざりだ。それに、なんだってあんなに小海老《こえび》ばかり食うんだ！」

野原には人影がなく、そしてロドルフの耳に聞こえてくるのは、靴に当る規則正しい草の葉の音と、遠くの燕麦《からすむぎ》の蔭にひそむこおろぎの鳴き声だけだった。さっき見てきたあの服装で、広間にいるエンマの姿を、彼はふたたび思い描いた。そしてそのドレスを脱がせてみた。

「よし！　ものにするぞ！」彼は眼の前の土くれを、ステッキの先で一突きに押しつぶしてそう叫んだ。

そして早速、その企ての術策を要する部分を検討した。彼はこう自問した。

「どこで会おうか？　どんな方法で？　いつでも子供がまつわりついているだろうし、それに女中、隣近所、亭主ときている、これはなかなか厄介だぞ。やれやれ！」と彼は言った、「時間が無駄になるな！」

それからまた思い直した。

「あの女の眼が錐《きり》のようにこちらの胸に突きいってくるからだ。それにあの蒼白い顔色！　おれときたら、蒼白い女が好きだからな！」

アルグイユの丘を登りつめた頃には、もう決心がついていた。

「あとは機会を探すだけだ。ようし、ときどきあの家へ立ち寄るとしよう、猟の獲物や家の鶏も届けさせよう。必要とあらば、瀉血してもらったっていい。とにかく友だちになって、夫妻を家へ招待しよう……あ、そうだ！」と彼は付けくわえた、「もうすぐ農業祭だ。あの女もやってくるだろう。そこで会えるだろう。それで我々もはじめるわけだ、それも大胆にな、なにしろそれがいちばん確実だからな」

第Ⅱ部第8章〜第Ⅲ部第8章　梗概

Ⅱ—8　農業祭の日、ロドルフはお歴々をまんまとまいて、エンマと二人きりになることに成功する。役場の二階の会議室から式典を見物しながら、二つの魂を結びつける「運命」を持ち出してエンマを口説き、その手を握る。エンマの方では、その間、男の言葉にこころよく耳を傾けながら、頭の中ではさまざまな思い出がまじりあう。この場面、テクストは演説のことばと愛のことばを交互に配置することにより、独特の滑稽味をかもしだしている。

Ⅱ—9　農業祭の後、しばらく間をおいた方がよいと判断したロドルフは、ようやく六週間後に姿を見せる。エンマの反応から自らの目論見の正しさを確信。そこに現れたシャルルに対し、エンマの健康を気遣うふりをして、彼女を乗馬に連れていくことを申し出る。数日後、二人は馬で丘を散策し、森の中で結ばれる。その後、関係が深まるにつれて次第に大胆になったエンマは、明け方からしばしばロドルフの邸を訪れるようになる。

Ⅱ—10　ある朝、ユシェット荘からの帰り、密猟を働いていたビネーに出くわす。これを機にもっと慎重に行動することにしたエンマは、冬の間、自宅の庭で夜中にロドルフと逢引きを重ねる。だが、二人の関係は徐々に感情的なすれ違いを見せ始める。ちょうどその頃、ルオー爺さんが毎年送ってよこす七面鳥に添えられた手紙を読んだエンマは、初めて後悔の念に捉えられる。

Ⅱ—11　捩れ足の最新の治療法についての記事を読んだオメーは、エンマをたきつけて、シャルルにイポリットの足の手術をする決心をさせる。エンマとしては恋愛以外の何かにすがりつくような気持ち。手術は最初成功したかに思われたが、結局、イポリットの足は壊疽《えそ》に冒され、カニヴェ博士によって切断されることになる。カニヴェはオメーを罵倒。一方、ボヴァリー家では、シャルルの無能に屈辱を覚えたエンマが、今度こそ決定的に夫に愛想をつかす。

Ⅱ—12　エンマとロドルフは再び愛し合う。同時に、イポリットに贈る義足の注文をルールーに引き受けてもらったのをきっかけに、エンマはこの商人のもとで散財を始める。何度も恋人に駆け落ちを迫ったあげく、ついに承知させると、イタリア行きの手はずを整える。だが、面倒を抱え込むつもりはないロドルフは、エンマの美しさに未練を感じながらも、別れることを決意する。

Ⅱ—13　別れの手紙を書いたロドルフは、それをボヴァリー夫人に手渡すよう作男に言いつけ、自らはしばらく旅行に出る準備をする。一方、手紙を受け取ったエンマは、三階の屋根裏部屋でそれを読むと、絶望して窓から身を投げそうになる。すんでのところで自殺は思いとどまったものの、食事中に、遁走《とんそう》するロドルフの馬車を認めて失神する。四十三日間、シャルルは妻に付き添い、容体も徐々に回復したかに思われたが、庭を散歩した晩から再び病状がぶり返す。

Ⅱ—14　その間、金の心配もしなければならなかったシャルルは、思い切ってルールーから借金をする。返済の目途も立たないまま、問題を先送りして、何も考えないように努める。エンマの回復は長引き、特に病状の悪化したある日、聖体拝受を受けて、深い恍惚感を覚える。しばらくの間は信仰に没頭するが、健康が戻るにつれて、宗教熱も徐々に冷めていく。オメーの勧めにより、ボヴァリー夫妻はルーアンにオペラ座見物に出かけることになる。

Ⅱ—15　二階一等席に座って、『ランメルムーアのルチア』を観劇。エンマは、ウォルター・スコットの世界に胸をときめかせ、テノール歌手ラガルディーがまるで自分の恋人であるかのような錯覚を抱く。幕間に飲み物を買いに行ったシャルルが、パリでの勉強を終えてルーアンに戻ってきたレオンを連れてくる。偶然再会した青年を前に、もはや舞台への興味を失ったエンマは、二人を誘って、劇場の外に出る。シャルルは妻に、健康のためにも、もう一日ルーアンに残ってはどうかと勧め、レオンはここぞとばかりにエスコートを申し出る。

Ⅲ—1　翌日、レオンは、前夜こっそり尾行して確かめておいたホテルに、エンマを訪ねる。三年前には打ち明けられなかった恋心を告白するものの、なかなか人妻を口説き落とすことはできず、かろうじて翌日大聖堂で会う約束を取りつける。その晩、エンマは長い断りの手紙を書くが、宛て先が分からず、結局、直接会って渡すことにする。明くる日、大聖堂にやってきたエンマは、しばらく躊躇するものの、レオンに促されて辻馬車に乗り込む。途中、閉め切った馬車の窓掛けの下からのぞいたあらわな手が、ちぎれた紙、すなわち破られた手紙を投げ捨てる。

Ⅲ—2　エンマがヨンヴィルに戻ると、まずはオメー家に寄るようにといわれる。義父（老ボヴァリー）がなくなったことを薬剤師の口から伝えてもらおうというシャルルの配慮によるものだが、そこでたまたまエンマは砒素《ひそ》がしまってある場所を知ることになる。その後、ルールーから手形の書き替えに関連して委任状のことを吹き込まれたエンマは、夫にそのことを相談。レオンに手続きを依頼するため、ルーアンに三日間滞在することになる。

Ⅲ—3　エンマとレオンは、ブーローニュ・ホテルに泊まり、至福の三日間を過ごす。夜は小舟を雇って島にくりだしては、月明かりの下、レオンはエンマの歌声に聴きほれる。つらい別れの後、公証人書記は、なぜエンマが委任状にこだわるのかいぶかる。

Ⅲ—4　ある土曜日の朝、事務所を抜け出したレオンは、ヨンヴィルに行く。シャルルが家にいたため、夜も更けてから庭の裏手の路地でエンマと逢引きをする。恋人ともっと定期的に会える機会を作り出すため、エンマは急にピアノに夢中になったふうを装い、週に一度、レッスンのためにルーアンに出かける許しを得る。

Ⅲ—5　毎週木曜日、早朝から乗合馬車で町に向かうと、ホテルで一日レオンと過ごす。青年は「上流婦人」を恋人にしたことで、有頂天になっている。ルーアンからの帰路、峠に出没する盲人の乞食の声に、エンマは深い憂愁に包まれる。そんな中、ピアノのレッスンをめぐって嘘がばれそうになったエンマは、偽の受け取りを捏造《ねつぞう》し、以後、ますます嘘で塗り固めた生活へと落ちこんでいく。ルールーが手形の取り立てを開始。当座をしのごうと手形を書き替えるたびに、借金が雪だるま式に膨らんでいく。次第に自暴自棄になっていくエンマに怯えながらも、臆病なレオンは完全にエンマに支配されたままである。

Ⅲ—6　ある木曜日、かねてからレオンに招待されていたオメーは、エンマと同じ乗合馬車でルーアンに着くと、若者を連れて町にくりだす。その間待ちぼうけをくわされたエンマは激怒し、煮え切らないレオンの態度にいたく失望する。その後も二人の関係は続くものの、その抱擁は何かしら陰惨なものになっていく。そんなある日、見知らぬ男が手形を持って現れ、その翌日、今度は拒絶証書を受け取る。一方、レオンの方では、母親に匿名の手紙が届き、その相談を受けた上司が、将来の出世のためにも人妻との関係を清算するよう青年に忠告する。ますます自堕落になるエンマのもとに、ついに差し押さえの令状が届く。ルールーはエンマの懇願を冷たくはねつける。

Ⅲ—7　執達吏による差し押さえ調書の作成も終わり、いよいよ窮地に追い込まれたエンマは、金策のためにルーアンに出かける。レオンに事務所からお金をくすねるようほのめかすものの、怖くなった青年は、適当な口実をつけて逃げ出す。帰りの馬車で一緒になったオメーが、途中、「盲人」に薬局に診察を受けに来るよう勧める。翌朝、ボヴァリー家の財産売り立ての掲示が広場に貼りだされる。エンマは公証人ギョーマンに援助を請いに行くが、身体を求められて憤慨する。その後、収税吏ビネーの家に立ち寄ったところを村長夫人らに目撃されてから、乳母ロレーのところに逃げ込む。

Ⅲ—8　最後の手段として、ユシェット荘に向かう。再会したロドルフは、最初は優しい愛情を示すものの、エンマが借金のことを話したとたん、態度が豹変する。エンマは相手をののしって、出て行くと、幻覚の発作のようなものに襲われる。薬局まで走って行き、砒素を素手でつかんで食べる。家に戻り、うろたえている夫に手紙を渡して、横になる。発作が始まると、あまりの激しさに見かねたシャルルは手紙の封を切り、真実を知る。薬剤師を呼び、さらにカニヴェ博士とラリヴィエール博士をヨンヴィルまで呼び寄せるが、時すでに遅しであった。司祭が臨終の秘跡を授けてしばらくすると、歩道から「盲人」の歌声が聞こえてくる。それを耳にしたエンマは笑い出し、そのまま事切れる。

（菅谷憲興）

第Ⅲ部

9

　ある人間の死のあとには、いつもかならず死から発散する麻痺状態のようなものがあるものだが、虚無の不意の訪れを理解し、それを諦めて受けいれるというのは、それほどに難しいことなのである。しかし、彼女がもう動かなくなったのに気づいたとき、シャルルは彼女の上に身を投げかけてこう叫んだ。

「お別れだ！　お別れだ！」

　オメーとカニヴェは彼を部屋の外へ連れだした。

「落着きなさい！」

「ええ」彼はもがきながら言った、「分別はつきますよ、ひとを困らせることはしませんよ。でも、放っておいてください！　あれの顔を見たいんです！　あれはわたしの妻ですよ！」

そして彼は泣いた。

「お泣きなさい」と薬剤師はつづけた、「自然のままになさい、そうすれば気分が楽になるでしょうよ！」

子供よりも弱々しくなって、シャルルは階下の広間に連れ去られるがままになり、そしてオメー氏は間もなく家へ帰っていった。

彼は広場で「盲人」に近よってこられたが、盲人は消炎軟膏を期待してヨンヴィルまでやっと歩いてきて、通行人に会うたびに薬屋はどこに住んでいるか尋ねていたのである。

「これは、どうもねえ、まるでわたしは閑人《ひまじん》だというみたいじゃないか！　いやあ、弱ったねえ、またおいで！」

そして彼はあたふたと店へはいっていった。

彼は手紙を二通書かなければならなかったし、ボヴァリーのために鎮静の水薬をこしらえてやらなければならなかったし、服毒を隠せるような嘘を見つけなければならなかったし、「燈火」のために記事を書かなければならなかったし、その上おまけに情報を聞きだすために、彼を待ちかまえている連中もいた。そして、ヨンヴィルの村人たち皆が、彼女はヴァニラいりのクリームを作ろうとして、砒素と間違えたのだというオメーの話を聞いたそのあと、すぐさま彼はもう一度ボヴァリーの家へ引きかえした。

シャルルがたったひとりで（カニヴェ氏は帰っていったところだった）、肱掛椅子に坐り、窓のそばで、痴呆のような視線で広間の床をじっと見つめているのをオメーは見つけた。

「さて式の時間をあなたが決めなければなりませんな」と薬剤師は言った。

「なぜです？　なんの式ですか？」

それから言いよどむような怯えた声で、

「いや、だめです、そうじゃないですか、だめです、わたしはあれを家に置いたままにしたいですね」

オメーは落着きを装って、棚の上から水差しを取ってジェラニウムに水をやった。

「ああ、ありがとう」とシャルルは言った、「どうもご親切に！」

そして、この薬剤師の動作が思いださせた夥《おびただ》しい思い出に息をつまらせて、彼はその言葉を最後まで言えなかった。

すると、彼の気を紛らそうとして、オメーはすこし園芸の話をするのがよかろうと判断した。草木は水気を必要としていた。シャルルは賛意を表してうなずいた。

「それに、よい時候がもう間もなくもどってきますよ」

「ああ」とボヴァリーは答えた。

薬屋は考えの種が尽きて、窓ガラスの小さなカーテンをそっと開けた。

「やあ、チュヴァッシュさんが通りますよ」

シャルルは機械のように繰りかえした。

「チュヴァッシュさんが通りますね」

オメーは葬儀の段取りのことをまた蒸しかえす気にはなれなかった。結局、首尾よくシャルルをその気にさせたのは司祭だった。

彼は診察室に閉じこもり、ペンを取り、そしてしばらく嗚咽の声をあげてから、こんなふうに書いた。


婚礼衣裳を着せ、白い靴を履かせ、冠をかぶせて埋葬してやりたいと思います。髪を肩の上にひろげて垂らします。棺は三重にし、ひとつは柏、ひとつはマホガニー、ひとつは鉛です。小生にはなにも言わないでいただきたい、耐える力はあるでしょうから。いちばん上には大きな緑色のビロードを掛けることにします。小生はそう望みます。そうお取りはからいください。


これを読んだ司祭と薬剤師はボヴァリーの小説じみた考えにすっかり驚き、薬剤師はただちに出かけていって彼にこう言った。

「このビロードはどうも無用に思えますね。それに、費用も……」

「あなたに関係があるんですか？」とシャルルは叫んだ、「放《ほ》っといてください！　あなたはあれを愛してなどいなかったんです！　帰ってください！」

司祭はシャルルの腕を支えて、庭を一廻り散歩させた。地上の物事の空しさを弁じた。神はたいへん偉大であり、たいへん恵みぶかい。不平を洩らさずに神のご意志に従い、感謝さえしなければならないのだ。

シャルルは冒瀆《ぼうとく》の言葉を口にした。

「わたしは憎んでいますよ、あなたのおっしゃる神を！」

「反抗心があなたのなかにまだありますな」司祭はそう溜息をついた。

ボヴァリーはもう向うのほうに遠ざかっていた。塀に沿って、果樹墻の近くを大股で歩き、歯ぎしりをし、呪《のろ》いの視線を空に向けていた。しかし、そのせいで木の葉一枚動きはしなかった。

かすかな雨が降っていた。シャルルは、胸をはだけていたので、最後には震えだした。彼は台所へもどって腰をかけた。

六時に、鉄のぶつかるような音が広場に聞こえた。「燕」が到着したのだ。そして彼は額を窓に押しあてて、乗客全員がつぎつぎに降りてくるのをじっと見ていた。フェリシテは広間にマットレスをひろげてくれた。彼はその上に身を投げだし、そして眠った。


自由思想家ではあるけれども、オメー氏は死者には敬意を払っていた。それで、気の毒なシャルルにたいして恨みがましい気持を抱きつづけることなく、三冊の本と、メモを記すために紙挟みをたずさえて、その晩、死者の通夜をしにまたやってきた。

ブルニジャン氏もそこに居合わせて、寝所から引きだされたベッドの枕頭《ちんとう》には、二本の大きな蠟燭がともされていた。

薬屋は沈黙が苦痛になって、間もなくこの《不幸せな若い婦人》にたいしていささかの嘆きを述べたてはじめた。そして司祭は、いまはもう彼女のために祈るしかないのだと答えた。

「しかしですな」オメーは言葉をつづけた、「二つのうちのどちらかひとつですよ。奥さんは(『教会』が言うように言えばですな)恩寵に浴して亡くなられたのか、それならば奥さんはわたしたちの祈りなど必要とされないことになるし、それともまた、罪を悔い改めぬ罪人として(それが教会式の表現だと思いますがね)物故されたのか、それならば……」

ブルニジャンは彼の話をさえぎり、それでもやはり祈らなければならないのだと、気難しい口調で応酬した。

「しかし」と薬剤師はなおも異議を唱えた、「神がわれわれの欲求をことごとく知っている以上、いったい祈りがなんの役に立つのですかな?」

「なんですと」と司祭は言った、「祈りがですと! あんたはキリスト教徒ではないんですか?」

「申しわけありませんな!」とオメーは言った、「わたしはキリスト教は素晴らしいと感服していますよ。まず奴隷を解放しましたし、世界に道徳を導きいれましたし……」

「大事なのはそんなことではありませんぞ! 聖書の本文はことごとくが……」

「いや、いや、聖書の本文に関してなら、歴史をひもといてください。聖書がイエズス会によって変造されたことはよく知られていますよ」

シャルルが部屋にはいってきて、ベッドのほうに歩みよると、その帳《とばり》をゆっくり引いた。

エンマは頭を右の肩のほうへかしげていた。口許は開いたままになっていて、顔の下部に黒い穴のようなものをつくりだしていた。両手の親指は掌のなかに折れ曲っていた。白い粉のようなものが睫毛に散らばっており、眼は、あたかも蜘蛛がその上に巣をかけたかのように、薄い蜘蛛の巣に似たねばねばした蒼白いもののなかに消えはじめていた。掛布は胸から膝のところまでが窪み、それから爪先のところでまた高くもちあがっていた。そして無限に大きな塊が、とてつもなく巨大な重みが、彼女の上にのしかかっているようにシャルルには思われた。

教会の時計が二時を鳴らした。築山の下の、闇のなかを流れる川の大きなせせらぎの音が聞こえた。ブルニジャン氏は、ときどき、騒々しい音をたてて洟《はな》をかみ、オメーは紙の上にペンをきしらせていた。

「さあ、もうお引きとりなさい。この光景は見ているとあなたは辛くなるばかりですよ！」

シャルルが出ていったとたんに、薬屋と司祭はまた議論をはじめた。

「ヴォルテールを読みなさい」と一方が言った、「[*49]ドルバックを読みなさい。『百科全書』を読みなさい！」

「『[*50]あるポルトガル系ユダヤ人たちの書簡集』を読みなさい！」ともう一方は言った、「元司法官ニコラの『キリスト教の根拠』を読みなさい！」

彼らは熱中し、真赤になり、互いに相手の話を聞かずに同時にしゃべりあった。ブルニジヤンはかかる大胆不敵さに顰蹙《ひんしゆく》した。オメーはかかる愚昧《ぐまい》さに驚愕《きようがく》した。そして彼らが互いに罵詈雑言《ばりぞうごん》を浴びせかけそうになったときに、シャルルがふいにまた姿を現した。ある魅惑が彼を惹きよせるのだ。彼はたえず二階への階段を昇ってばかりいた。

彼女の顔がもっとよく見えるようにシャルルは真向いのところに立ち、我を忘れてまじまじと眺めいっていたが、それはあまりに深刻であるせいでもはや苦しいものではなかった。彼は死と間違えられるカタレプシーの話や、動物磁気で蘇る奇蹟の話を思いだした。そして精魂つめてそう欲すれば、おそらく彼女を蘇生させることもできるかもしれないと心ひそかに考えた。一度など彼女のほうに身をかがめて、《エンマ！　エンマ！》とごく低い声で呼びかけさえした。彼の息はたいへん強く吐きだされるので、蠟燭の焰は壁のほうにそよいだ。

明け方、ボヴァリー老夫人が着いた。シャルルは老夫人を抱擁しながら、また新たに涙を溢れさせた。老夫人は、薬剤師がやったと同じように、埋葬式の費用について若干の苦言を申し述べた。彼がひどく憤慨するので、老夫人は黙りこみ、そして彼は必要なものを買うために、すぐにルーアンの町へ出向いてくれるよう老夫人に依頼しさえした。

シャルルは午後のあいだずっとひとりきりでいた。ベルトはオメー夫人のところへ連れてゆかれていた。フェリシテがルフランソワのおかみさんと一緒に、階上の部屋にいた。

夜、彼は弔問客を迎えた。彼は立ちあがり、ものを言う力もなくひとびとの手を握ったが、それから客は、煖炉の前に大きな半円形を作っている他の客たちのそばへ行って腰をおろした。彼らは顔をうつぶせ、膝と膝を組んで、間を置いて大きな溜息をつきながら脚を左右に揺すぶっていた。誰しも途方もなく退屈していた。しかし誰もがひとより先には帰るまいと頑張っていた。

オメーは、九時にまたやってきたとき（二日前から広場には彼の姿しか見当らぬというありさまだった）、樟脳、安息香、芳香性の植物をかかえこんでいた。瘴気を追い払うために、塩素水を満たした壺《つぼ》も運んできた。そのとき、女中、ルフランソワのおかみさん、ボヴァリー老夫人は、エンマに埋葬式の衣裳を着せ終ろうとするところで、エンマのまわりをぐるぐる廻っていた。彼女らの手で長いヴェールがぴんと引きさげられて、繻子の靴のところまでエンマの身体はそのヴェールに覆われた。

フェリシテはすすり泣いていた。

「ああ、お気の毒な奥さま！　お気の毒な奥さま！」

「見てごらんなさいな」宿屋の女主人は溜息をつきながら言った、「まだとても愛くるしいことねえ！　ほんとに、いまにも起きだしてきなさりそうだわ」

それから彼女たちは身をかがめて、エンマに冠をかぶらせようとした。

頭を少し持ちあげなければならなかったが、そうすると多量の黒い液体がまるで嘔吐《おうと》のように、口からどくどくと出てきた。

「あれ、まあ、ドレスが汚れるわ、気をつけてくださいよ！」ルフランソワのおかみさんが声を張りあげてそう言った、「ちょっと手を貸して頂戴な」と、おかみさんは薬剤師に言った、「ひょっとしたら、恐がってるんじゃないんですかい?」

「わたしが、恐がるだと?」彼は肩をそびやかして応じた、「ええ、ええ、そうだともさ!薬学を勉強していた頃、わたしは『市立病院』で屍体《したい》はたくさん見たよ。われわれは解剖教室でポンスをこしらえたものさ! 無も哲人を恐怖させたりはせん。そればかりか、わたしはしばしば口にしているが、のちのち科学に寄与せんがために、わが遺体を病院に遺贈するつもりでさえおるのさ」

司祭はやってくるなり、ご主人はどんな様子かと尋ねた。そして薬屋の答えを聞くと、こんなふうに言い添えた。

「さよう、打撃がまだ生々しすぎますからなあ!」

するとオメーは、司祭には普通のひとと違って愛する伴侶を失う破目に陥ることがなくて結構だと祝福した。その結果、司祭の独身生活について議論が起った。

「なにしろ」と薬剤師は言った、「男が女なしでいるのは自然ではありませんからな! いろいろな犯罪が見られたのも……」

「いや、なにを言っとるんですか!」司祭は声を張りあげた、「結婚生活に囚《とら》われている人間が、たとえば告解の秘密を守れるものですかね?」

オメーは告解を攻撃した。ブルニジャンは弁護した。告解によって本心に立ち返ったさまざまな場合を、彼は詳しく述べた。突如として正直になった泥棒の種々の逸話を彼は例にあげた。ある軍人たちは告解場に近づいてゆく途中で、迷妄から覚めるのを感じた。フリブール［スイス西部の都会。カトリックの信仰の盛んな土地として知られる］の町にひとりの大臣がいて……

相棒は眠っていた。それから、部屋のあまりにも重苦しい空気のなかにいるせいで少し息苦しいので、司祭は窓を開けたが、そのために薬剤師は眼を覚ました。

「さあ、嗅煙草を一服どうぞ！」と司祭は言った、「お取りなさい、気分が晴れますよ」

切れめのない犬の吠え声が、どこか遠くで長々とつづいていた。

「犬が吠えているのが聞こえますか？」と薬剤師は言った。

「犬というものは死人を嗅ぎつけると言われておりますな」と司祭は答えた、「蜜蜂のようですね。蜜蜂は人間が物故すると巣から飛び立ちますからね」

オメーはこの偏見を責めたてなかった、なにしろ彼はまた眠りこんでいたから。

ブルニジャン氏のほうが頑丈で、彼はなおしばらくのあいだ唇をぼそぼそと動かしつづけた。それから、いつのまにか顎をがっくり垂れ、分厚い黒い本を手から放して、鼾をかきはじめた。

腹を突きだし、顔をふくらませ、顰《しか》めっ面をし、あれほど多くの意見の食い違いがあったあとで、結局は人間としての同じ弱さのなかでやっと出会って、いま彼らは互いに向きあっていた。そしてそのかたわらの、こちらは眠っているように見える屍体と同じように、まったく動こうとしなかった。

シャルルが部屋にはいってきた際にも、彼らの眼を覚ますことはなかった。これが最後だった。彼は別れを告げにきたのである。

芳香性の草はまだ煙っていて、青っぽい煙の渦が、窓の縁のところで、流れこんでくる霧とまじりあった。星がいくつか光り、夜は穏やかだった。

蠟燭の蠟が大きな滴りとなってベッドの掛布の上に垂れていた。シャルルは黄色い焰の輝きで眼を疲れさせながらも、蠟燭が燃えるのを見つめていた。

月の光のように白い繻子のドレスの上で、きらきらした光沢がこまかく震えていた。エンマはその下に隠れていた。そして彼女が彼女自身の外へひろがっていって、周囲のさまざまなもののなかに、静寂のなかに、夜の闇のなかに、吹き過ぎる風のなかに、立ちのぼってくる湿った香りのなかに、茫漠と没するかのように彼には思われた。

そのあと、突如として、シャルルは、トストの家の庭に、茨の生垣のそばのベンチにいる彼女の姿、あるいはまた、ルーアンの街々にいる姿、この彼らの家の戸口の閾《しきい》にいる姿、ベルトーの農場の中庭にいる姿を眼のあたりに思いうかべた。あの林檎の木の下で踊りながら陽気にさんざめく少年たちの笑い声がいまだに聞こえていた。部屋には彼女の髪の香りがいっぱいに満ちていたし、彼女のドレスは彼の腕のなかで火花のような音をたてて震えていた。あれは同じドレスなのだ、このドレスと同じものだ！

そんなふうにして、彼は長い時間をかけて、いまは消え失せたすべての幸福を、彼女のさまざまな姿態、彼女のさまざまな仕草、彼女の声音を思いだした。ある痛恨の思いのあとには、別の痛恨の思いがやってくるのだった、ひっきりなしに、涸《か》れつきることなく、さながら溢れでてくる潮のように。

彼は恐ろしい好奇心を抱いた。ゆっくりと、指のさきで、胸をどきどきさせながら、彼女のヴェールをめくった。しかし彼は恐怖の叫び声をあげ、その声で他の二人が眼を覚ました。彼らはシャルルを階下の広間へ連れて行った。

やがてフェリシテがやってきて、彼が髪の毛をほしがっていると言った。

「切りなさい！」と薬屋が答えた。

そして、フェリシテには切る勇気がないので、彼がみずから鋏《はさみ》を手にして歩みよった。彼はひどく震えていたので、こめかみの皮膚を何個所か突いてしまった。ようやく、心の動揺を抑えて、オメーは二度三度とやみくもに鋏を動かしたが、そのためにあの美しい黒い髪のなかに白い痕がいくつかできてしまった。

薬剤師と司祭はそれぞれの仕事にふたたび打ちこんだが、さりとてときどき居眠りをしなかったわけではなく、彼らは眼を覚ますたびに互いにそれを咎めあうのだった。するとブルニジャン氏は聖水を部屋のなかに注ぎまわり、オメーは塩素水をちょっぴり床に撒《ま》いた。

フェリシテが彼ら二人のために、簞笥の上にブランデーを一瓶、チーズ、大きな菓子パンを置いておくという心遣いをしてくれていた。それで、薬屋はもうどうにも我慢がならなくって、明け方の四時頃、溜息をついた。

「まったくのところ、栄養をとれるとありがたいですなあ！」

司祭はただちに快諾した。彼はミサを唱えるために出てゆき、また帰ってきた。それから、悲しみの集りのあとで心を捉えるあのそこはかとない浮かれた気分に駆られて、なぜとも分らずに、ちょっぴり皮肉な笑いをうかべながら、彼らは食い、かつ飲んだ。そして、最後の一杯を飲むにあたって、司祭は薬剤師の肩を叩きながら言った。

「わたしらは結局は理解しあえるようになるでしょうな！」

彼らは階下の玄関口で、ちょうどやってきた人夫たちに出会った。それでシャルルは、二時間のあいだ、床の上に響く金槌の音の責苦に耐えなければならぬことになった。やがて彼女は柏の柩《ひつぎ》に納められ、その柩は他の二重の柩のなかに嵌めこまれた。しかし外側の棺は大きすぎて、マットレスの羊毛で隙間をふさがなければならなかった。やっと、三枚の蓋が磨きをかけられ、釘で打ちつけられ、接合されると、柩は家の戸口の前に置かれた。家中すっかり開け放され、そしてヨンヴィルのひとびとが大勢で集まってきはじめた。

ルオー爺さんが到着した。黒い幕を眼にとめると彼は広場で気を失ってしまった。

10

ルオー爺さんは、事件後三日も経ってからやっと薬屋からの手紙を受けとった。そして、爺さんの心の痛手を思いやって、オメー氏は曖昧な書きかたをしたので、どう考えればよいのやら要領を得ないことになってしまった。

老人は、まず最初、卒中の発作でも起したように倒れてしまった。それから、娘はまだ死んだのではないのだと理解した。いや、しかし、あるいは死んだのかもしれない……結局、老人は仕事着を引っかけ、帽子をかぶり、短靴に拍車をつけ、全速力で馬を飛ばした。そして道中ずっと、ルオー爺さんは喘ぎながら、極度の不安に悩まされた。一度などは、馬から降りなければならなかった。眼がよく見えなくなり、あたりには人声が聞こえ、気が狂いそうな気がしたのだ。

夜が明けた。三羽の黒い雌鶏が木にとまって眠っているのが見えた。この前兆に怯えて、彼は身を震わせた。そこで聖母マリアに祈願し、三重ねの上祭服を教会に寄進すること、ベルトーの墓地からヴァッソンヴィルの礼拝堂まで、跣《はだし》で巡礼することを約束した。

老人は遠くから宿屋のひとたちに呼びかけながらマロンムの村に乗りいれ、宿屋の戸口を肩で押し開け、燕麦の袋のところへ跳んでゆき、秣桶には燕麦の他に甘い林檎酒も一瓶そそぎこみ、そしてまた馬にまたがったが、馬は四つの蹄鉄から火花を散らして走った。

娘はたぶん助かるだろうと彼は考えた。お医者さんたちが療法を見つけてくれるだろう、それは確実だ。これまでに聞いた奇蹟的な治癒の話をすべて思いだした。

やがて娘の死んだ姿が眼の前にうかんできた。彼女はそこに、すぐ眼の前に、街道のまんなかに、仰向けに寝ていた。老人は手綱を引きしめ、そして幻覚は消えた。

カンカンポワの村で、元気をつけようと、コーヒーをたてつづけに三杯も飲んだ。

手紙を書く際に名前を間違えたのではないかと老人は考えた。彼はポケットのなかの手紙をさぐり、それに触りはしたが、しかし開けてみる気にはなれなかった。

あげくの果てに、老人は、これはおそらく悪ふざけか、誰かの仕返しか、それとも一杯機嫌になった男の気まぐれだろうと臆測するようになった。それにしても、もし娘が死んだものなら、なんとなくそれと分りそうなものではないか？　ところが、違う！　野原にはなんら変ったところはなかった。空は青く、木々は風に揺れていた。羊の群れが通った。ヨンヴィルの村が見えた。馬の背にかがみこみ、力いっぱい馬に鞭をくれて駆けつける老人の姿がひとびとの眼にとまり、そして馬の革帯からは血が滴り落ちていた。

彼は意識を取りもどすと、ボヴァリーの腕のなかに泣きくずれた。

「娘が！　エンマが！　わたしの子供が！　わけを聞かせてくれますな？……」

そして相手も涙にむせびながら答えた。

「分りません、分りません！　悪運に呪われたんです！」

薬屋が二人を引きはなした。

「あのむごたらしい話を詳しくしてもなんにもなりません。こちらにはわたしからお話ししましょう。それより皆さんが見えますよ。威厳が大事ですぞ！　毅然《きぜん》たる態度がね！」

気の毒な男は強靭《きょうじん》なところを見せたがり、何度もこう繰りかえした。

「そうだ……元気を出さなきゃ！」

「ようし！」と老人が叫んだ、「わたしも元気を出すぞ、畜生め！　ちゃんと最後まであの子を見送ってやるさ」

鐘が鳴っていた。すべて準備は整っていた。葬列につかねばならなかった。

そして、内陣の祈禱席に、すぐ隣りあって腰をおろして、彼ら二人は三人の聖歌隊員が詩篇を誦《しょう》しながら、たえず眼の前を行ったり来たりするのを見た。蛇状《じゃじょう》管楽器の奏者は力いっぱい吹きまくっていた。盛装したブルニジャン氏は、甲高い声で歌っていた。彼は聖櫃に礼拝し、手を上にあげ、腕を伸ばした。レスティブードワは鯨骨の杖をもって、教会のなかを歩きまわっていた。譜面台のそばに、大蠟燭の列に四方を囲まれて、柩が安置されていた。シャルルは立っていって、蠟燭の灯を消してしまいたいと思った。

彼はそれでも神を信じようと懸命に努め、エンマに再会できる来世の希望に没入しようとした。彼女はずっと前から遠い旅に出ているのだとも想像してみた。しかし、じじつ彼女はあのなかにいるのだし、もうどうしようもない、間もなく彼女は土のなかへ連れ去られてしまうのだと考えると、狂暴で、陰惨で、絶望的な怒りに捉えられるのだった。ときどき、もうなんにも感じられないような気がすることがあった。そして、情けない男だとみずから咎めながらも、彼はその苦痛の和らぎをじっくり味わった。

尖端に金具のついた杖で、規則正しい間隔を置いて石畳を叩きつけるような、乾いた音が聞こえてきた。その音は奥から響いてきて、教会の側廊ではたと止んだ。粗末な褐色の上着を着た男が苦心惨憺《さんたん》して膝を折り曲げた。「金獅子」館の下男のイポリットだった。彼は新品の義足を着けていた。

聖歌隊員のひとりが喜捨を集めるために、本堂を一廻りしにやってきた。すると、二スー貨幣がつぎつぎに銀の皿に投げいれられて音を立てた。

「早くしてください！　わたしは苦しいんだ！」ボヴァリーは聖歌隊員にむかって五フラン金貨を腹立たしそうに投げながら、そう叫んだ。

教会の男はながながとお辞儀をして彼に感謝した。

皆は歌い、膝を折り曲げ、立ちあがり、いつまでもきりがなかった！　まだ新婚の頃に、一度、二人で一緒にミサに出席したことを彼は思いだした。そのときは、向う側の、つまり右手の壁際に腰をかけたのだった。鐘がまた鳴りだした。椅子がいっせいに動かされた。棺担ぎの人足が棺の下に棒を三本挿しこんで、そして一同は教会を出発した。

そのときジュスタンが薬屋の戸口に姿を現した。彼は蒼白になり、よろめき、すぐ店のなかへ引っこんでしまった。

ひとびとは葬列の通るのを見ようと窓辺に出ていた。シャルルは、先頭で、胸をそらしていた。彼はしっかりしている様子を装って、路地や戸口から出てきては群衆のなかに並ぶ知人たちに合図し、挨拶を送っていた。

柩の片側に三人ずつ、六人の男が、すこし息を喘がせながら小刻みに進んでいった。司祭たちと、聖歌隊員と、二人の少年歌手が、「深き淵より《デ・プロフォンディス》」を唱えていた。その声は高く低くうねりながら、野面をわたって消えていった。ときどき行列の姿は小道の曲り角で見えなくなった。しかし大きな銀の十字架だけはいつでも木立のあいだに聳《そび》えたっていた。

女たちは頭巾を背に垂らした黒いマントで身を包んで、そのあとにしたがった。彼女らは、手に手に、灯をともした大きな蠟燭をもっていた。そしてシャルルは、この祈りと燈明の絶えまない繰りかえしのために、蠟と司祭服の胸をむかつかせる臭いをかがされつづけ、いまにも気が遠くなりそうだった。爽やかな微風が吹き、ライ麦や菜種は青々と茂り、露の滴が道路脇の茨の生垣に震えていた。あらゆる種類の楽しげな物音が四方をいっぱいに満たしていた。たとえば遠くに轍を踏んで走る荷車の音、繰りかえし鳴く雄鶏の声、あるいは林檎の木蔭に逃げこむのが見える子馬の蹄の音。澄みわたった空には薔薇色の雲が点々とうかんでいた。青みを帯びた煙の渦は、いちはつで覆われた藁屋根の上に垂れこめていた。シャルルは、通りがかりのあちこちの中庭をよく見覚えていた。ちょうどこんな朝、患者を往診してから、それらの中庭を通りぬけて、妻のもとへ帰ったことを彼は思いだした。

白い涙の斑を散らした黒い覆い布がときどきまくれて、その下の柩が見えた。棺担ぎの人足たちは疲れて歩みが遅くなり、柩は波がくるごとに縦揺れするランチのように、絶えずぎくしゃくと揺れながら進んだ。

到着した。

男たちは低まったほうの、芝生に墓穴が掘ってある場所まで歩きつづけた。

一同は墓穴を囲んで並んだ。そして、司祭がお祈りを唱えている一方で、墓穴の縁に積みあげられた赤い土は、はしのほうから、間断なく、音も立てずに崩れ落ちた。

それから、四本の綱が用意されると、柩はその上に押しだされた。シャルルは柩が降りてゆくのをじっと見ていた。柩はいつまでも降りつづけた。

やっと、ぶつかる音が聞こえた。綱がきしみながらあがってきた。そこでブルニジャンは、レスティブードワが差しだす鋤を手に取った。彼は右手で聖水を振りかけながら、左手でたっぷりと土をすくって力いっぱい押しやった。すると、柩の木に小石が当って、これぞ来世の響きであると思わせる恐ろしい音がした。

司祭は灌水器《かんすいき》を隣の男にまわした。それはオメー氏だった。彼は厳粛な顔をしてそれを振り、つぎにシャルルに渡したが、シャルルは土のなかに膝まで埋《うず》もれて、「さようなら！」と叫びながら両手いっぱいに土をすくっては投げこんだ。彼はエンマに接吻を送った。彼女とともに墓穴に呑みこまれようと、穴のほうに這いよった。

彼は連れてゆかれた。そして間もなく落着きを取りもどしたが、おそらく彼も他のすべてのひとびとと同じように、やっと終ったという淡い満足感を覚えたのだろう。

ルオー爺さんは、帰り道、悠々とパイプをふかしはじめた。オメーはそれを、内心では、場所柄をわきまえぬ行為だと思った。彼はまた、ビネー氏が姿を見せようとしなかったこと、チュヴァッシュがミサのあとで《こっそり消えた》こと、公証人の召使のテオドールが、《しきたりである以上、黒い服を着るのが当然なのに、なんともはや、まるで工面できなかったように》青い服を着ていることに気がついた。そして自分の意見を伝えるために、あちらの群れ、こちらの群れと話してまわった。どこの群れでも、エンマの死は哀悼されていたが、とりわけルールーがそうであって、彼は埋葬式にもちゃんと来ていた。

「あの奥さまもお気の毒なことをしましたねえ！　ご主人はずいぶんとお悲しみでしょうな！」

薬屋はこう答えた。

「そうですとも、もしわたしがいなかったら、あの方は忌わしいことをやりかねなかったでしょうよ！」

「じつにいい方でしたがねえ！　つい先週の土曜日、うちの店でお会いしたばかりなのに！」

「わたしは」とオメーは言った、「墓前に捧げる追悼の言葉を準備する暇さえなかったですよ」

家に帰るとシャルルは礼服を脱ぎ、ルオー爺さんはまた青い仕事着を着た。仕事着は新品だったが、老人は道々その袖《そで》でたびたび眼を拭ったので、仕事着の色が落ちて顔についてしまった。そしてその顔を汚している埃の層には、涙の跡が幾筋もの線になってくっついていた。

ボヴァリー老夫人も彼らと一緒だった。三人とも黙りこんでいた。とうとう、老人が溜息をつきながら言った。

「覚えておいでかな、あんたが前の奥さんを亡くされたばかりのときだったが、わたしは一度トストへ出かけていったことがあったな。あのときはわたしがあんたを慰めたもんだった！　言うべき言葉も分っていたが、しかし今度ばかりはなあ……」

それから、胸中を大きく盛りあげる長いうめき声とともに、

「ああ、これでもうわたしはお終いですわ！　女房には先立たれ……つぎには息子……そし

て今日は娘ですからなあ！」

老人はこの家ではとても眠れそうにないからと言って、すぐにベルトーへ帰りたがった。孫娘に会うことすら拒んだ。

「いいや、やめとこう！　なんとも悲しすぎるでしょうからな。ただし、あんたが十分に接吻してやってくださらんか。ではさようなら！　あんたはいいひとですねえ！　それから、あれは決して忘れませんからな」と老人は自分の腿を叩きながら言った、「心配はいらん、七面鳥はいままで通りちゃんと送りますよ」

しかし、丘の上へきたとき、老人はうしろを振りかえった、その昔、娘と別れる際、サン＝ヴィクトールの道で振りかえったのと同じように。牧草地に沈む斜陽に照らされて、村の家々の窓は炎のように燃えていた。彼は小手をかざした。すると遠くの地平に、塀で囲った一劃《いっかく》が望まれ、そこには白い墓石のあいだに、木立がところどころに黒い茂みをつくっていた。それから、馬がびっこをひくので、老人は今度は小走りに走らせながら、また道をつづけた。

その夜、シャルルと母親は、疲れているにもかかわらず、たいへん長いあいだ語りあった。二人は昔のこと、今後のことを話した。母親がヨンヴィルにきて住むことにし、家事の世話をし、二人はもう離れ離れには暮らすまい。母親は、もう何年も前から自分のもとを逃れていった愛情を取りもどせるのを心ひそかに喜んで、言葉たくみで情愛深かった。真夜中の鐘が鳴った。いつものように、村はひっそりと静まりかえり、そしてシャルルは寝つけぬままに、ずっとエンマのことを思いつづけていた。

ロドルフは、気晴しにその日一日獲物を求めて森のなかを駆けまわり、館で平和に眠っていた。そしてレオンもまた、あちらの町で眠っていた。

この時刻に、眠っていないもうひとりの人間がいた。

樅の木立のなかの墓穴のほとりで、ひとりの少年が膝を折って涙を流し、そして嗚咽で張り裂けんばかりのその胸は、月の光よりも甘美な、夜の闇よりも深い果てしない哀惜の重みに耐えかねて、暗闇のなかで喘いでいた。ふいに鉄柵の門のきしむ音がした。レスティブードワだった。さきほど置き忘れた鋤を取りにきたのである。彼は塀を乗りこえて逃げるジュスタンの姿を認め、そして自分のじゃがいもを盗む不埒な輩《やから》は大方あいつだろうと見当をつけた。

II

シャルルはその翌日子供を家に帰らせた。子供はお母ちゃまに会いたがった。いまはお留守だけれど、もうじき玩具《おもちゃ》をもってきてくれるからと答えた。ベルトは同じことを何度も尋ねた。それから、しまいには、忘れてしまった。子供の快活さがボヴァリーを悲しませ、彼はまた薬剤師の我慢のならない慰めの言葉も耐え忍ばねばならなかった。

ルールー氏がまたしても仲間のヴァンサールをけしかけたので、間もなく金銭の問題がまたはじまり、シャルルは法外な額を払う約束をした。というのも、あれのものだった家具はどんなつまらぬものまでも、彼は決して売らせなかったからである。母親はそのことでひどく腹を立てた。彼は母親以上に憤慨した。彼はすっかりひとが変ったようになった。母親は家を出ていった。

すると、皆それぞれつけこもうとしはじめた。じつはエンマは（いつかボヴァリーに受領のサインのある計算書を見せはしたものの）ただの一度も授業を受けはしなかったのに、ランプルール嬢は六カ月の授業料を請求してきた。それは彼女ら二人のあいだでは話しあいがついていた。貸本屋は三年分の予約購読料を請求した。ロレーおばさんは二十通あまりの手紙の運び賃を請求した。そしてシャルルがその説明を求めると、彼女は用心してこう答えた。

「さあ、わたしは一向に存じませんねえ！　ご用の手紙でございましたね」

借金を払うたびに、シャルルはこれで片がついたと思った。しかし別口が、絶えまなく、ふいに襲ってくるのだった。

彼は古い往診料の滞りを請求した。彼はエンマが出した手紙を見せられた。それで詫びを言わなければならなかった。

フェリシテはいまでは奥さまのドレスを着ていた。しかし全部ではなかった。というのは、彼がそのうちの何枚かを取っておいたからで、彼は化粧室にそれを眺めにいっては、そこに閉じこもった。フェリシテはエンマと背丈がほぼ同じくらいなので、シャルルはたびたび、その後姿を見て錯覚に捉えられて、こう叫んだ。

「あっ、ちょっとそのままそうしててくれ！」

しかし、聖霊降臨の祝日に、フェリシテはテオドールに誘惑され、衣裳戸棚に残っていたもの全部をかっさらって、ヨンヴィルから姿を消した。

デュピュイ未亡人が、「イヴトー市の公証人である息子レオン・デュピュイと、ボンドヴィルのレオカディー・ルブーフ嬢の結婚」を謹んでお知らせ申しあげる旨を通知してきたのは、その頃だった。シャルルは未亡人への祝いの手紙のなかに、こういう文句を書いた。

「妻が生きておりましたらどんなにか喜んだことでしょう！」

ある日、彼は家のなかをあてもなく歩きまわっているうち、屋根裏部屋に昇り、部屋靴の下に、なにやら薄い紙をまるめたものがあるのを感じた。ひろげて読んだ。《元気を出しなさい、エンマ！　元気を！　小生は貴女《あなた》の生活を不幸にしたくないのです……》それはロドルフの手紙だった。箱のあいだの床の上に落ちて、そのままになっていたのを、天窓の風がいましがたドアのほうへ吹きよせたのである。シャルルは、かつてエンマがいまの彼よりもなお蒼ざめて、絶望の果てに死のうとしたその同じ場所に、身じろぎもせずに、茫然と突っ立っていた。とうとう、彼は手紙の二枚目の下のほうに、小さなRの字を見つけた。誰だろう？　ロドルフがしげしげ訪ねてきたこと、それが急に姿を見せなくなったこと、そしてその後二、三度ロドルフが彼女と顔をあわせたとき、ぎごちない様子だったことを思いだした。しかし鄭重な文面に彼は欺かれた。

「二人はきっと精神的に愛しあっていたんだろう」と彼は考えた。

その上、シャルルは、物事の奥底まで降りる性質の人間ではなかった。彼は証拠を前にして尻ごみし、そして彼の不確かな嫉妬は、悲哀の果てしなさのなかに紛れこんでしまった。あの男もエンマを熱愛したにちがいない、と彼は思った。すべての男が、たしかに、エンマをわがものとしたがったはずだ。そう思うと彼女がいよいよ美しく思われた。そして絶えまのない、狂おしい欲望に苛《さいな》まれて、彼の絶望はいっそう深まるとともに、いまとなっては叶える術《すべ》とてないその欲望は、際限もなく募ってゆくのだった。

まだエンマが生きているかのように、彼女の気にいるようにシャルルは彼女の好み、彼女の考えを採用した。彼はエナメル革の長靴を買い、白いネクタイを締めるようになった。口髭はチックで固めたし、エンマに見ならって約束手形に署名もした。彼女は墓の彼方からすら、彼を堕落させた。

銀器を一品ずつ売らねばならなくなり、そのつぎは客間の家具を売った。どの部屋もがらんとしてしまった。しかしあの部屋は、エンマの部屋だけは昔のままになっていた。夕食後、シャルルはその部屋へあがっていった。煖炉の前に円テーブルを置き、それからあれの肱掛椅子をそこに近づけた。彼はその椅子と向かいあって坐った。蠟燭が一本、金色の燭台にともっていた。彼のそばでは、ベルトが版画に色を塗っていた。

ベルトの身装《みなり》があまりにみすぼらしく、編上靴には紐がなく、上っ張りの袖付は腰のあたりまで裂けているありさまを見て、この哀れな男は心を痛めた。家政婦がほとんど構ってくれなかったからだ。しかしベルトはとても優しく、とても愛らしく、そしてみごとな金髪を薔薇色の頬に垂らしながら、小さな頭をかしげる様子もまたとても可愛かったので、シャルルの胸は限りない喜びでいっぱいひたされたが、これはつまり樹脂の匂いのするできの悪い葡萄酒のような、苦しみのまじった喜びであった。彼は娘の玩具を修理してやったり、厚紙で操り人形をこしらえてやったり、また人形の破れたお腹を縫いあわせたりした。それから、裁縫箱とか、散らばったリボンとか、あるいはテーブルの割れめに挟まったピンを見てさえ、彼は物思いにふけりはじめた、そして父親の様子がとても悲しそうなので、子供も同じように悲しくなってしまうのだった。

いまでは誰ひとり訪ねてこなくなった。ジュスタンはルーアンへ逃げだして、食料品店の小僧になってしまったし、薬屋の子供たちも、だんだんとベルトと遊ばなくなってしまったが、これはオメー氏がお互いの社会的地位に差がついたので、今後も親しく付きあおうとは思わなくなったからである。

オメー氏の軟膏で治らなかった例の「盲人」は、ボワ・ギョームの丘にもどり、薬剤師の無駄な試みを道行くひとごとにしきりに吹聴したので、オメーは町に出るときも顔をあわせないように、「燕」のカーテンの蔭に身を隠すほどだった。オメーは彼を憎悪した。そして、自分の評判を守るために、どうあってもあいつを追い払ってしまおうと、ひそかに攻撃を開始したが、そこにおいて、彼の知謀の深さと虚栄心の悪辣《あくらつ》さが、遺憾なく発揮されたのだった。そこでひきつづき六カ月間、「ルーアンの燈火」に、こういう文面の小記事が読まれることとなった。

ピカルディーの肥沃な各地方に赴くひとびとは皆、ボワ・ギョームの丘において、顔面に恐るべき傷痕のある乞食にたぶん気づいたであろう。彼はひとびとにつきまとい、うるさくせがんでは、旅行者から通行税のごとく金品を徴収している。われわれはいまもなお、浮浪者がかの十字軍遠征よりもち帰った**癩病や瘰癧を、公共の広場で衆目に曝すことが許されていた、恐るべき中世の時代にいるのであろうか？

あるいはまた、

　浮浪禁止令にもかかわらず、わが国大都市の周辺は、依然として乞食の群れに荒らされつづけている。また、単独で徘徊する者もあるが、おそらく危険な点では両者とも同様であろう。わが市の吏員諸氏にいかなる目算があるのか？

それからオメーはいくつかの話もこしらえあげた。
《昨日、ボワ・ギョームの丘において、ものに怯えやすい一頭の馬が……》そして、「盲人」がいたために起った事件の話が、そのあとにつづくのである。
オメーが巧妙にやったので、「盲人」は牢屋に入れられた。しかしやがて釈放された。彼はまたはじめ、オメーもまたはじめた。それは戦いだった。オメーは勝利を収めた。敵は隔離所に終身禁錮《きんこ》重労働を宣告されたからである。

この成功はオメーを大胆にした。それからというものは、郡内で犬が一匹ひき殺されても、納屋が一棟焼けても、女房がひとりぶたれても、彼がさっそく公表しないものはない始末だったが、その彼の筆の規範となるのは、相も変らぬ進歩への愛情と、聖職者への憎悪とであった。彼は公立小学校と、「文盲修道士」と呼ばれるキリスト教団の小学校で教える修道士とを比較しては、後者に多大の不利益をあたえ、教会に百フランの補助金があたえられたことと関連しては聖バルテルミーの大虐殺を想起し、さらに悪弊を告発し、警句をつぎつぎと放った。これが彼の秘訣だった。オメーは根柢から掘りくずすのだった。彼は警戒すべき人物となった。

しかし、彼はジャーナリズムの狭い枠内では息がつまりそうになり、やがて、書物が、いわゆる著作が必要になった！　そこで彼は『ヨンヴィル地区の全般的統計、ならびに風土学的観察』なる一巻をものした。さらに、統計学は彼を哲学へと導いていった。彼は、社会問題、貧民階級の教化善導、養魚法、弾性ゴム、鉄道等々の大問題に専念した。遂には普通人であることを恥じるまでになった。彼は芸術家流儀を気取った、煙草を吸った！　客間の装飾にと、ポンパドゥール様式のしゃれた小彫像を二つも買いこんだ。

彼は薬局のほうもなおざりにしなかった。それどころか、新しい発見の情報にはたえず精通していた。彼はチョコレートの活潑な動静を追っていた。下セーヌ県で、ショ＝カ［ココアいりの小麦粉］とルヴァランシア［レンズ豆の粉を主にして、そこへ豌豆《えんどう》、とうもろこし等の粉をまぜたもの」を最初に取りよせたのは彼である。彼は、ヴォルタ電池を使ったピュルヴェルマシエール帯に熱中し、自分でもそれを身に着けていた。そこで、夜ともなり、彼がフランネルのチョッキを脱ぐと、オメー夫人は、夫の胴体を隠すほどびっしりと巻きついた金色の螺旋《らせん》を前にして、眼のくらむような思いがし、スキタイ人［古代、黒海、カスピ海地域に居住した騎馬民族］よりも厳重に縛り、古代の魔術師のように燦然と輝くこの男にたいして、いっそうの情熱の昂揚を覚えるのだった。

　オメーはエンマの墓についてもいくつかの素晴らしい着想を抱いた。まず最初は衣服の襞のような波形模様を彫った円柱の断片を、つぎはピラミッドを、それから円屋根に柱をめぐらした円形の[*51]ヴェスタ神殿を……あるいはいっそのこと《瓦礫《がれき》の山》を象《かたど》ろうと提案した。そしてどの案にも、オメーは、絶対にしだれ柳が必要だと言ってきかなかったが、彼はこれこそ悲哀の象徴として欠かせぬものだとみなしていたのである。

　シャルルとオメーは連れだってルーアンへ行き、ある石碑屋で墓碑の見本をいくつか見せてもらったが——ブリドゥーの友人で、ヴォーフリラールという、のべつ洒落ばかり言っている画家が二人に同行した。結局、百枚あまりの図案を吟味し、注文し、ふたたびルーアンへ赴いたあげく、シャルルは、《火の消えた松明をかかげる精霊》を前後の主要な二面に彫った霊廟《れいびょう》ふうの大きな墓に決めた。

　墓碑銘としては、オメーは、「スタ・ヴィアトール」（旅人よ足をとめよ）という文句が最良だと認めたが、それから先へは行かなかった。彼はしきりに知恵をしぼった。が、しじゅう「スタ・ヴィアトール……」と繰りかえした。最後にやっと、「アマビレム・コンユングム・カルカス!」(君が足下に踏まえるは我がいとしの妻なり!)を見つけて、それが選ばれた。

　ふしぎなことには、ボヴァリーは、エンマのことをしじゅう思いつづけながらも、そのくせしだいに忘れていった。彼女の面影を記憶にとどめておこうと努力するさなかにも、それが記憶から逃れ去ってゆくのを感じて彼は絶望に駆られた。それでも、毎晩、エンマの夢を見た。それはいつも同じ夢だった。彼はエンマのほうに近づく。しかし、彼女を抱きしめたかと思うと、彼女は彼の腕のなかでぼろぼろに腐れおちてしまうのだった。

　一週間のあいだ、夕方になると、彼が教会にはいってゆく姿が見られた。ブルニジャン氏のほうからも二、三度訪ねてきたが、やがて見捨ててしまった。なにしろ、あのご仁は不寛容になり、狂信になってきた、とオメーは言った。ブルニジャン師は時代精神を痛烈に攻撃し、そして半月ごとに、説教では、誰もが知っているように、自分の糞《くそ》を食らいながら死んだというヴォルテールの臨終の話をきまってもちだすのだった。

　つましく暮らしているにもかかわらず、ボヴァリーは、とうてい古い借金をなしくずしに返済できるどころではなかった。ルールーはどんな手形を書きかえることも拒絶した。差押えが切迫してきた。そこでシャルルは母親に援助を訴え、母親は自分の財産を抵当に取らせることには同意したが、しかしエンマのことをさんざん非難してよこした。そして、自分の払う犠牲の代償として、フェリシテの略奪をまぬがれた肩掛けを一枚ほしいと言った。シャルルはそれを断った。二人は仲違いした。

母親のほうで先に和解の申しいれをしてきて、孫娘を引きとろう、家に置けば慰めにもなるからと言った。シャルルは承知した。しかしいざ娘が発《た》つというときになると、いっさいの勇気は阻喪してしまった。そこで今度は、決定的な、完全な決裂となった。

愛するものがつぎつぎと消え去るにつれて、シャルルはますます子供への愛情だけに執着するようになった。しかし子供の様子には心配なところがあった。ときどき咳をしたし、頬骨のあたりに赤い斑点が出ていたから。

シャルルの真向いでは、薬剤師の一家が、いよいよ盛んに、明朗にわが世の春を見せつけ、この世のすべてはあげて一家を満足させるのに貢献していた。ナポレオンは調剤室で父親の手助けをするし、アタリーはトルコ帽に刺繡をしてくれるし、イルマはジャムの壺の蓋にする丸い紙片を切りぬくし、フランクリンは一息で九九を暗誦してみせた。オメーほど幸福な父親はなく、また彼ほどの果報者はなかった。

ところが違う！　あるひそかな野心が彼を悩ませていた。オメーは勲章が欲しかったのである。その資格は彼には十分あるはずだった。

第一に、コレラ流行の際に、限りのない献身的奉仕によって認められたること。第二に、公共に益する各種の著作を、それも自費で出版したること、たとえば……（と、彼はここで、『林檎酒、その製法と効能』と題する研究報告、およびルーアンの学術協会に提出した細毛油虫の観察、統計書物、そして薬剤師資格論文にいたるまで数えあげた）。さらに、いくつかの学会（といってもじつはひとつなのだが）の会員であることは申すに及ばない。

「さあこれで」とオメーは、片足で爪先立ってくるりと一廻転しながら叫んだ、「あとはもう、火事でもあって一働き注目されさえすれば、いただきだな！」

そこでオメーは権力のほうに傾いた。選挙の際は、県知事のために、ひそかにご奉仕に励んだ。お終いには身を売り、節を売った。国王に嘆願書を奉ることさえして、そこでしかるべきご配慮をと乞うた。彼は国王をわれらのよき国王陛下と呼び、アンリ四世になぞらえた。そして毎朝、薬屋は自分の叙勲の辞令を見つけんものと、新聞に飛びついた。それはなかなか出なかった。とうとう、待ちきれなくなった彼は、名誉の星の形をした芝生を庭につくらせて、その頂点から短い草の撚《よ》り紐《ひも》を二本出して、綬を象らせた。彼は政府の無能と人間の忘恩についての瞑想に耽りながら、腕組みをしてそのまわりを歩きまわった。

愛するものへの敬意からか、それとも一種の官能の欲求が探究をゆっくりと手間どらせているためか、シャルルは、エンマがふだん使っていた紫檀の机の秘密の仕切りを、まだ開けてみたことがなかった。ある日、彼はとうとうその前に坐って、鍵を廻し、発条《ばね》を押した。レオンの手紙が全部そこにあった。今度こそ、もう疑いの余地はなかった！　彼は最後の一通まで貪るように読むと、すすり泣き、わめき、取りみだし、狂ったように、部屋の隅という隅は全部、家具も抽出もひとつ残らず、壁のうしろにいたるまで探しまわった。彼は箱をひとつ見つけて、それを足で踏みつぶした。ロドルフの肖像が跳ねあがってまともに彼の顔を打ち、恋文があたりに散乱した。

ひとびとは彼の落胆ぶりに驚いた。彼はもう外にも出ず、客にも会わず、患者を往診しにゆくのさえ断った。そこでひとびとは、閉じこもって飲んでいるのだろうと言った。それでも、ときどき、好奇心の強い男が庭の生垣越しに伸びあがって見てみると、シャルルは髭も伸ばし放題、汚れた服を着て、顔つきもすさまじく、歩きながら大声で泣いているので、びっくり仰天した。

夏、夕暮どき、シャルルは娘を連れて墓地へ行った。二人がそこからもどるのは日もとっぷり暮れてからなので、その頃、広場にはもうビネーの家の天窓の明りしか見えなかった。

しかし苦しみを味わう官能の快楽は不完全なものだった、というのは、苦しみをともにわかちあえるひとが、身近に誰もいなかったからである。そこでシャルルはあれのことを話すために、たびたびルフランソワのおかみさんを訪ねた。しかし、宿屋のおかみのほうもシャルル同様に悩みごとがあるので、親身になって彼の話を聞いてはくれなかった。というのは、ルールー氏が遂に、人気馬車屋と称する乗合馬車を開設したところだったからであり、そして町での用達が上手だという評判を博しているイヴェールは、給料の増額を要求し、《競争会社》に鞍替えすると脅迫していたのだ。

ある日、シャルルは、馬を——金策の最後の手段を——売ろうとアルグイユの市場に出かけたとき、ばったりロドルフに出会った。

二人は互いに顔を見るなりさっと蒼ざめたが、ロドルフのほうは名刺を届けておいただけだったので、最初は口のなかでなにやら言いわけを言っていたが、そのうちしだいに大胆になり、とうとう図々しくも（おりから八月で、ひどい暑さだったので）、居酒屋へビールを一本飲みにゆこうとシャルルを誘った。

ロドルフはシャルルと向かいあって肱を突き、しゃべりながらしきりに葉巻を嚙み、そしてシャルルのほうは、彼女がかつて愛したこの男の顔を前にして、さまざまな夢想にふけっていた。彼女の面影のなにかが見えるような気がした。感嘆の思いが湧いた。できればこの男になりたいと思った。

相手は、例のことをほのめかす言葉がふと忍びこみそうな隙間という隙間を、月並な台詞《せりふ》でせっせと塞ぎながら、耕作のこと、家畜のこと、肥料のことを話しつづけていた。シャルルは聞いていなかった。ロドルフもそれと気がついて、変りやすいシャルルの表情のその変化の上を思い出がよぎる跡を見まもった。シャルルの顔はしだいに真赤になり、鼻孔はせわしなく動き、唇は震えていた。一度など、陰鬱な怒りを燃えあがらせて、シャルルが敵意のこもった目でロドルフを見すえたので、ロドルフは一種の怯えを感じて、言葉をとぎらせた瞬間もあった。しかしやがてまた同じ陰鬱な物憂さが、シャルルの顔に現れた。

「わたしはあなたを恨んでいません」と彼は言った。

ロドルフは黙っていた。するとシャルルは、両手で頭をかかえ、消えいりそうな声で、限りない苦しみをじっとこらえた口調で繰りかえした。

「そうです、わたしはもうあなたを恨んではいませんよ」

彼はさらに大仰な言葉を、かつて彼が口にした唯一の大仰な言葉を付けくわえさえした。

「これというのも運命のせいです！」

その運命を操ったロドルフにしてみれば、その文句は、シャルルのような立場の男が口にするにはいかにもひとがよすぎるし、滑稽ですらあるし、いささか卑屈であると思われた。

翌日、シャルルは、園亭《あずまや》の下のベンチへ行って腰をかけた。日射しは格子の隙間から射しこんでいた。葡萄の葉は砂の上にその形なりの影をおとし、ジャスミンの花は香り、空は青く、いまを盛りと咲く百合《ゆり》のまわりにははんみょうが羽音を立て、そしてシャルルは悲しい胸にはち切れんばかりの茫漠とした恋の香気に耐えかね、若者のように息をつまらせた。

七時に、午後ずっと彼と会っていなかったベルトが、夕食に呼びにきた。

父親は頭を仰向けに塀にもたせかけ、眼を閉じ、口を開けて、一房の長い黒い髪の毛を両手に握っていた。

「お父ちゃま、いらっしゃいよ！」とベルトは言った。

そして、父親がふざけているのだろうと思って、ベルトはそっと父親を押した。彼は地面に倒れた。既に死んでいた。

三十六時間後に、薬屋の求めに応じて、カニヴェ氏が駆けつけた。解剖してみたが、なにも見あたらなかった。

すべてを売り払っても、十二フラン七十五サンチームしか残らず、それがちょうど、ボヴァリー嬢が祖母のところまで行く旅費になった。老夫人はその年のうちに死んだ。ルオー爺さんは中風なので、ひとりの叔母がベルトを引きとった。この叔母は貧乏なので、ある綿糸工場でベルトを働かせ、生活の資を稼がせている。

ボヴァリーの死後、三人の医者がつぎつぎにヨンヴィルで開業しては成功することができずにいるが、オメー氏はそれほどたちまちのうちに、彼らを撃退してしまったのである。彼はすさまじい数のお顧客《とくい》をかかえている。当局は彼を大事に扱い、世論は彼を擁護している。

彼は最近レジヨン・ドヌール勲章を受けた。


(菅野昭正＝訳)

「ボヴァリー夫人」訳注

第Ⅰ部

1―**「われ汝を」**　ウェルギリウス（前七〇―前一九）『アエネーイス』第一巻第百三十五行の一節。海の神ネプトゥーヌスが、彼に命じられたわけでもないのに、海上に荒れ狂う風にたいして怒って発する威嚇の言葉である。目上の人間が威嚇と怒りを示す表現として慣用的に用いられる。

2―**徴兵事件に連座し**　ロシア遠征で敗北を喫した頃、ナポレオンは新規に兵士を徴募する必要に迫られていたが、当時、徴兵適齢者から金銭をとって、健康上の理由で兵役に不適という偽の診断をする軍医がいたという。

3―**インド更紗**　その名の通り元来はインド原産の布地だが、フランスでも製造されるようになり、ルーアン付近ではとくに盛んに行われた。

4―**聖ロマン祭**　聖ロマンは七世紀のルーアンの司教。十月二十三日がその祭日にあたり、当日はこの聖者にちなんで建てられた教会を中心に市が立つ。

5―**『アナカルシス』**　正式の題名は『若きアナカルシスのギリシャ旅行』（一七八七）。フランスの古代史学者ジャン・ジャック・バルテルミー神父（一七一六―九五）の著作で、紀元前四世紀のギリシャの風俗を綴った物語体記録。

6―**開業医**　これは医師免許の段階のひとつで、この資格を得ただけでは、ある特定の治療を行うことしか認められていなかったという。この制度は一八〇三年から一八九二年まで存続した。

7―**ディエップの象牙**　ディエップは象牙の輸入港のひとつで、中世末期より象牙細工が発達し、十七、八世紀頃は、十字架、数珠、機織りの筬《おさ》、煙草入れ等々、象牙細工の実用品が特産物として知られるようになった。

8―**四十スーの貨幣で七十五フラン**　この記述について、これでは七十五フランをきちんと払えないという批判がある。しかし小額の硬貨をたくさん出して払ったという描写のほうが、農民の風俗を如実につたえる効果があるとする反論もある（たとえばガルニエ版の注釈者C・ゴト＝メルシュ）。

9―**フリカッセ**　鶏、子牛、兎などの肉を小さく細切りにし、煠《いた》めて、ホワイト・ソースで煮こんだ料理。

10―**コルク倒し**　葡萄酒瓶のコルク栓の上に、賭金として貨幣を何枚かのせ、離れたところから鉄環《かなわ》などを投げてそれを倒す遊び。

11―**『医学辞典』** 一八一二―二二年にわたって刊行された六十巻からなる辞典。

12―**『ポールとヴィルジニー』** ベルナルダン・ド・サン＝ピエール（一七三七―一八一四）の小説。一七八七年刊行。インド洋上の孤島（フランス島、今日のモーリス島）を舞台とし、二人の幼い主人公が、汚れのない自然のなかで純粋な愛情を育ててゆく経緯《いきさつ》が物語られる。

13―**ラ・ヴァリエール嬢** ルイーズ・ド・ラ・ボーム・ル・ブラン（一六四四―一七一〇）のこと。ルイ十四世の初期の愛妾《あいしょう》で、ラ・ヴァリエール公爵夫人の称号を受けた。十七歳で王弟妃の侍女として宮廷に出ると、まもなく王の寵《ちょう》を得て四人の子供をもうけたが、その子供たちの養育係モンテスパン侯爵夫人に王の愛が移ると、やがて宮廷を退き、一六七四年以降はパリのカルメル会修道院にひきこもり、厳格な悔悛《かいしゅん》の生活を送った。

14―**『講話集』** ドニ・フレシヌス（一七六五―一八四一）は、文部大臣等の要職でも活躍したフランスの大司教。説教家としても優れた業績を残し、『キリスト教擁護』と題されたその講話集は、一八二五年に刊行され、長いあいだ大きな影響をあたえた。

15―**『キリスト教精髄』** フランスの作家シャトーブリアン（一七六八―一八四八）の主著として知られるキリスト教護教論。一八〇二年に刊行され、広汎な読者層に熟読された。

16―**メアリー・スチュアート** 一五四二―八七。スコットランド王家の出で、フランソワ二世との結婚によりフランス王妃となったが、王の死後スコットランドに帰り、最後にイギリス女王エリザベス一世によって処刑されるまで、波瀾に富む薄幸の一生を送った。

17―**エロイーズ** 一一〇一―六四。神学者ピエール・アベラールとの不幸な恋愛によっても、また後年、修道院にはいった二人が交した往復書簡によっても有名な女性。

18―**アニェス・ソレル** 一四二二頃―五〇。ジャンヌ・ダルクの奮闘によって王位に就いたシャルル七世の愛妾。その領地がボーテ＝シュール＝マルヌにあったところから、《ボーテ（普通名詞で〈美〉の意味）の奥方》と呼ばれた。

19―**美女フェロニエール** フランソワ一世の寵愛を受けた女性として知られているが、生没年など詳細は不明。

20—**クレマンス・イゾール**　十四世紀にトゥールーズにいたと伝えられ、有名な詩会「アカデミー・デ・ジュー・フロロー」を開いたといわれる貴婦人。現在ではこれは単なる伝説とみなされ、実在は否定されている。

21—**聖王ルイ**　ルイ九世（一二一四—七〇）のこと。敬虔な信仰に生きた有徳の君主として、また正義と公正の精神にもとづいてよく内外を治めた有能な国王として、中世の理想像とされる。古来、柏はフランスでは神聖な木とみなされ、聖王ルイも、パリ郊外ヴァンセンヌの森の一本の柏の木の下に坐《すわ》って、裁判を行ったという伝説があるが、むろんこの一節では、その伝説をふまえている。

22—**バイヤール**　一四七〇—一五二四。シャルル八世、ルイ十二世、フランソワ一世の三代の王に仕え、イタリア戦争で功績を立てた名将。ミラノの近くで致命傷を負ったバイヤールが、瀕死の身でありながら、通りかかったひとりのフランス人貴族の背任をきびしく咎めたという故事がある。

23—**ルイ十一世の幾つかの暴虐**　ルイ十一世（一四二三—八三）は、王権拡張のための権謀術数に明け暮れて、あらゆる手段を講じて封建貴族の勢力を奪ったが、なかでもブルゴーニュ公家を滅ぼした話は有名である。

24—**聖バルテルミーの大虐殺**　一五七二年八月二十三—二十四日、聖バルテルミーの祭日の深夜に、パリで新教徒約二千人が虐殺された事件。旧教派である摂政カトリーヌ・ド・メディシス（シャルル九世の母）とギュイーズ公が、その主謀者であるとされている。

25—**アンリ四世の兜の羽根飾り**　アンリ四世（一五五三—一六一〇）は自らも新教から旧教へと改宗して、フランスにおける宗教内乱を収拾、ブルボン絶対王権の基礎を築いた国王。一五九〇年三月十四日、アンリ四世は、ウール県のイヴリーにおいて、マイエンヌ公の率いる旧教同盟軍を打ち破ったが、戦闘に先立って、「余の兜の白い羽根飾りのもとに結集せよ。余の羽根飾りは、つねに栄誉と勝利への途上にあるであろう」との言葉を与えたと伝えられる。

26—**ラマルチーヌ**　一七九〇—一八六九。フランス・ロマン派の代表的な詩人であるが、フローベールのラマルチーヌにたいする評価はかなり低く、平凡なことをくどくど表現する詩人とみなしていたが、この一節はその片鱗をうかがうことができる。

27—**クートラ**　フランス南西部ジロンド県にあり、アンリ四世がジョワユーズ侯麾《き》下《か》のカトリック教徒軍を破った戦場。

28―**ラ・ウーグ＝サン＝ヴァースト**　現在はサン＝ヴァースト・ラ・ウーグと称するのが普通。英仏海峡セーヌ湾に面する港。この沖合で、ルイ十四世麾下のトゥールヴィル伯の率いるフランス艦隊が、イギリス・オランダの連合艦隊を撃破したことがある。

29―**コチヨン**　十九世紀には、舞踏会の最後に四人、八人などで組を作り、ワルツ、ポルカなどを次々に踊る方式をこの名で呼んだという。

30―**ポンパドゥール様式**　ルイ十五世の寵妾であったポンパドゥール侯爵夫人（一七二一―六四）が好んだ十八世紀中葉の衣裳、家具の様式。華麗な優美さを特徴とする。

31―**ウジェーヌ・シュー**　一八〇四―五七。フランスの小説家。代表作『パリの秘密』（一八四二―四三）はパリの下層階級の生態を描いて大好評を博すとともに、大衆的な新聞小説の先駆となった。

32―**夫は年を取るにつれて〜**　小説の上での事実の経過からすれば、この個所の表現はかならずしも妥当とはいえない。「実際は、シャルルはほぼ二十八歳くらいになっているはずで、結婚してから一年しか経っていない。だから、彼が年を取るのを見るなどという時間はエンマにはほとんどない」と、ゴト＝メルシュは述べている。しかし、それにすぐつづけて、この注釈では、フローベールが時間の経過の記述を心理状態に適応させる場合がしばしば見られることが指摘されている。この個所でも、結婚生活に倦怠を感じているエンマの心境が間接的に表現されていると考えられる。

33―**エラール製**　セバスティアン・エラール（一七五二―一八三一）はピアノ、ハープなど、楽器の改良に業績をあげた技術家として知られる。

第Ⅱ部

34―**ルフランソワのおかみさんに〜**　エルヌモン修道院はルーアンにあるが、司祭はそこに置き忘れた傘を馬車で持ち帰っておいてくれるよう、前もって頼んでおいたのであろう。

35―**『サヴォワ人助任司祭の信仰告白』**　ジャン＝ジャック・ルソー（一七一二―七八）の『エミール、または教育について』第四編の一部分。ルソーが独自の哲学的思想、宗教的思想を盛りこみ、熱烈な自然宗教論を吐露した個所としてよく知られている。

36―**いいかえれば華氏（つまりイギリス式の目盛りですが）五十四度〜**　華氏温度計は、ドイツ人の物理学者G・D・ファーレンハイト（一六八六―一七三六）が考案したもので、氷点を三十二度、沸点を二百十二度とすることは周知の通りだが、この華氏温度計はとくにイギリスでは好まれて、長期にわたって利用されている。

37—**『守護天使』** ポリーヌ・デュシャンジュ（一七七八—一八五八）の作った感傷的な歌曲で、当時は大流行して盛んに歌われたらしい。

38—**イタリア座** 元来はイタリアのオペラやオペレッタを主に上演していたパリの劇場。

39—**イズーとかレオカディー～** 中世の有名な伝説の女主人公。これらの名前を列挙したのは、エンマの物語好きや空想癖を示すためである。

40—**罪深い女** 『聖書』のマグダラのマリアは、フランス語読みではマリー・マドレーヌと呼ばれる。マグダラのマリアは、ルカ福音書第七章などに出てくるイエスの足に接吻し、多くの罪を悔い多くの罪を赦される「罪深い女」と同一人物と一般にみなされているから、母親はこの名前に反対したのであろう。オメーがそれを提案したのも、作者の意図では、べつにオメーに悪意があってのことではなく、単なる軽率さによるものとされていたと考えられる。

41—**『アタリー』** ジャン・ラシーヌ（一六三九—九九）の最後の劇作となった『アタリー』は、自己の力を信じて神を怖れぬユダ王妃アタリーの死と、アタリーに対立して神を信じるジョアスの信仰の勝利を主題とする。オメーが『アタリー』に並々ならぬ関心を抱いたのは、女主人公アタリーが神を怖れぬ強い性格の女性だったからであろう。

42—**「善良なひとびとの神」** ベランジェの作になる有名な小唄のひとつで、素朴な反教会思想、反権力思想が明快に盛りこまれ、この歌は当時の民衆のあいだにひろく流布したらしい。

43—**『神々の戦い』** フランスの詩人パルニー（一七五三—一八一四）の長詩。一七九九年に発表された作品。パルニーは恋愛を主題とする作品を多数書いたが、『神々の戦い』には、キリスト教の信仰にたいする皮肉が盛りこまれ、背教的な雰囲気が濃厚にただよっている。

44—**聖母にちなんだ～安静期間** キリストが降誕したクリスマスの日から、聖母マリアの御潔めの祝日（二月二日）まで約六週間あることにちなんで、産婦は産後の六週間、安静に過すべきだとされ、昔は一般にその習慣が忠実に守られていたらしい。そして六週間経つと産後の祝別式の宴が催された。

45―**「マチュー・ランスベール暦」**　ベルギーのリエージュ市の教会参事会員であったランスベールが、一六三五年に『リエージュ年鑑』と題して刊行して以来、十九世紀までひろく流布していた暦。天候の予測、事件の予告、家庭療法等々を記載し、十九世紀のフランスでは医師界からその非科学的な迷信を非難されたが、地方ではまだ大いに利用されつづけていたといわれる。

46―**「イリュストラシオン」**　一八四三年、A・ポーランらが創刊した絵入りの週刊雑誌で、ひろく一般に流布し、二十世紀までフランスの代表的な大衆紙として長い生命を保った。

47―**サシェット**　実際はパケット＝ラ＝シャントフルリーという名で登場する人物で、その娘アニェスがジプシーに誘拐されて、のちにエスメラルダとなる。

48―**カリブ族かボトキュドス族**　カリブ族はかつて小アンチール列島はじめカリブ海地域に住んでいた種族だが、今日ではほとんど絶滅したと言われる。ボトキュドスはブラジルの先住民。

第Ⅲ部

49―**ドルバック**　ポール・アンリ・ドルバック（一七二三―八九）。フランスの啓蒙《けいもう》的唯物論哲学者。百科全書派のひとりで、無神論の立場から、宗教、教会、僧侶を激烈に批判し、とくに主著の『自然の体系』（一七七〇）は唯物論の聖書といわれた。『百科全書』はディドロ、ダランベールの監修により、本文十七巻、図版十一巻の体裁で、一七五一年から一七七二年にかけて刊行され、フランス啓蒙思想を集大成した画期的な刊行物となった。

50―**『あるポルトガル系ユダヤ人たちの書簡集』**　アントワーヌ・ゲネー師（一七一七―一八〇三）の主要著書で、正式には『あるポルトガル系、ドイツ系、ポーランド系ユダヤ人たちの、ヴォルテール氏に宛てた書簡集』（一七六九）。このなかで、ヴォルテールの聖書攻撃にたいし、反証を挙げて反駁している。ジャック・ニコラ（一八〇七―八八）の『キリスト教の根拠』は、その主著『キリスト教の哲学的研究』のことであろう。

51―**ヴェスタ神殿**　ヴェスタはローマ神話の女神で、炉、火を司るとされ、その神殿の祭壇では聖火が間断なく燃やされる習慣であった。

［**付記**］『ボヴァリー夫人』の翻訳は、コナール版全集、クリュニー版、プレイヤッド版、クリュブ・ド・ロネ

ー・トンム版全集、ガルニエ全集等を比較対照して行った。また翻訳にあたっては、伊吹武彦氏訳、山田𣝣氏訳を参照させていただき、多大の貴重なご教示にあずかった。厚く御礼を申し述べたい。

編集部注

＊＊癩病　かつて日本では『癩病』『らい』と呼ばれていたハンセン病は、「らい菌」によって末梢神経や皮膚がおかされる感染症です。「らい菌」の感染力は弱く、感染したとしても発病することは稀です。この作品が書かれた当時はほぼ不治の病であり、多くの地域でハンセン病患者は差別や迫害を受けてきましたが、現在では薬によって治る病気となりました。

サランボー　抄

I 宴

カルタゴ郊外、メガラにある、ハミルカルの庭園でのことだった。

シチリアでハミルカルの指揮下にあった兵士たちは、エリュクスの戦いの戦勝記念日だというので大宴会を開いていたが、主《あるじ》は留守で、しかも兵士たちは大勢集まったから、みな大いにくつろいで飲み食いしていた。

銅の厚底靴を履いた隊長たちが中央の通路に陣どっていて、頭上には金ふさのついた赤紫色の天幕が、厩舎《きゅうしゃ》の壁から宮殿の一番低いテラスのところまで、ひとつづきに掛かっている。一般の兵士たちが散らばる林のほうは、平屋根の建物がいくつも目につく。圧搾場もあれば、食糧貯蔵庫、武器庫、製パン所、武器製造所もあり、さらに象用の中庭、野獣用の堀、奴隷用の牢屋《ろうや》まで揃《そろ》っている。

無花果《いちじく》の木立ちが炊事場を取り巻く。桑林の先は鬱蒼《うっそう》とした緑地になっており、そこでは白いふわふわした綿花のあいだにのぞく柘榴《ざくろ》が眩《まぶ》しい。房をいっぱいにつけた葡萄《ぶどう》のつるが松の枝をよじのぼる。すずかけの木々の下には花咲く薔薇《ばら》の園。芝生のところどころに百合《ゆり》が揺れる。小径には珊瑚《さんご》の粉を混ぜた黒砂が散らしてある。そして中央に糸杉の並木道が、まるで緑色をしたオベリスクの列柱が二列に並ぶかのように、端から端までつづいている。

その一番奥に黄斑のあるヌミディア産大理石で築かれた宮殿が、広大な石積みのテラスを四層重ねた姿で控えている。黒檀《こくたん》でできた幅広く真っ直ぐな階段は、撃破した軍船の船首を踏み板の端にひとつずつ備えつけたもので、赤い扉はすべて黒い十字で四つに仕切られており、また地面近くは青銅の柵をめぐらせて蠍《さそり》を防ぐ一方、階上の開口部はそれぞれ金の棒を組んだ格子でふさいであって、兵士たちの目から見ると、ひとを撥《は》ねつけるようなこの宮殿の豪華さは、ハミルカルの顔だちと同じくらい厳《おごそ》かで、取りつく島がなかった。

元老院が、兵士たちの宴《うたげ》の会場としてハミルカル邸を指定したのだ。そこでエシュムン神殿で臥《ふ》せっていた治りかけの傷病兵たちは、夜明けとともに歩き出し、松葉杖にすがって足を引きずりつつやって来た。兵士は続々と到着する。小径という小径から絶え間なく押し寄せてくるところは、湖に流れこむ急流さながらだ。木々の間を料理番の奴隷たちが半裸であたふたと走っていくのが見える。芝生ではガゼルが鳴き声をあげて逃げていく。日はだんだんと沈み、汗まみれの群衆から立ちのぼる臭いは檸檬《れもん》の木の香りと入り混じって、いっそう重くまとわりつく。

あらゆる国の人間がいた。リグリア人、ルシタニア人、バレアレス人、黒人、ローマからの逃亡奴隷。のったりしたドーリア方言の隣で、戦車のごとくけたたましいケルト語の音節が響き、イオニア語の語尾が、ジャッカルの吠《ほ》え声《ごえ》なみに鋭い砂漠地帯の子音とぶつかり合う。ギリシア人は細身の体型から、エジプト人は怒り肩から、カンタブリア人は太いふくらはぎから見分けがつく。カリア人は兜《かぶと》の羽根飾りを誇らしげに揺らし、カッパドキアの弓兵は体に大輪の花をいくつも描き、また何人かのリュディア人は女の衣装に身をつつんで、スリッパを履き耳飾りをつけて食事している。盛装のつもりで朱を塗りたくった者もいるが、まるで珊瑚製の彫像だ。

　クッションの上に寝そべったり、大皿の周りにしゃがんで食べたりする者もいれば、腹ばいになって肉切れを手許《てもと》へ引き寄せ、獲物を食いちぎるライオンのように悠然と肘《ひじ》をついて頰ばる者もいる。遅れてきた者は、木に寄りかかって立ったまま、低いテーブルが緋色《ひいろ》の絨毯《じゅうたん》に半ば隠れているのを眺めながら、自分の番がまわってくるのを待つ。

　ハミルカルの厨房だけでは間に合わないので、元老院は奴隷や食器や寝台をあらかじめ送ってきていた。庭園の中心では、戦場で死者を焼くときのような盛大な焚火《たきび》がいくつも赤々と燃えて、牛肉が炙《あぶ》られている。アニスをまぶしたパンと、円盤よりもずっしりした大きなチーズが交互に並び、葡萄酒を満たした混酒甕《クラテル》や、水を満たした把手付杯《カンタロス》が置かれて、花を活《い》けた金細工の籠《かご》が添えてある。ようやく気兼ねなく飲める喜びに、どの目もぎらついている。あちらこちらで、歌が出はじめた。

　まずは鳥に緑のソースをかけたものが、黒い線画のあしらわれた赤い陶皿に盛りつけて供され、つづいてカルタゴ周辺の海岸で採れる多種多様な貝、小麦や空豆や大麦の粥《かゆ》、そしてクミン味のかたつむりが、黄色い琥珀《こはく》の皿で出てきた。

次いで食卓は各種の肉で埋めつくされた。角つきの羚羊《れいよう》、羽つきの孔雀《くじゃく》、甘口葡萄酒で煮た丸ごとの羊、牝駱駝《らくだ》や水牛のもも肉、魚醬《ぎょしょう》で味つけしたはりねずみ、蟬《せみ》の揚げ物に、やまねの脂漬け《コンフィ》。タムラパンニ産の木材でつくった鉢には、サフランに浸った脂の塊がごろごろと浮いている。どの料理も、漬け汁や、トリュフや、阿魏草《アサフェティダ》がふんだんに使われていた。ピラミッド型に積みあげられた果物は崩れかけて蜂蜜菓子の上に転げ落ち、かと思えばよその者は怖気《おぞけ》をふるう例のカルタゴ名物、すなわちオリーブの搾りかすで太らせた薔薇色の毛をして腹が突き出た小型犬も、忘れずにいくらか用意してある。食べものの目新しさが食欲を掻《か》き立てる。長い髪を頭頂にまとめたガリア人は、西瓜《すいか》や檸檬を奪い合っては皮ごとかぶりついた。伊勢海老を見たことのない黒人は赤い棘《とげ》で顔を引っ掻いてしまった。髭《ひげ》を剃って大理石と見紛うほど色白のギリシア人が皿に残った食べかすを後ろへ放り投げる一方、狼《おおかみ》の皮を着たブルティウムの牧人は各々の器に顔をうずめて、静かに貪っていた。

暗くなってきた。糸杉の並木道に掛かっていた幕は外されて、明かりが運ばれてきた。すると、斑岩《はんがん》の壺《つぼ》に入った灯油のゆらめく炎に、月神への捧げものである猿たちがレバノン杉の天辺で怯《おび》えた。キイキイ鳴くので、兵士たちは面白がった。

細長く伸びる炎が青銅の鎧《よろい》に映って震える。宝石を嵌《は》めこんだ大皿が、色とりどりに燦《きら》めく。混酒甕《クラテル》は縁飾《ふちかざ》りが凸面鏡になっているので、ものを映すと拡大されていくつもに増える。

兵士たちは周りにつめかけて驚嘆の面持ちで自分の顔を覗《のぞ》きこみ、笑いを取ろうとしかめ面をした。テーブル越しに象牙《ぞうげ》の腰かけや金のへらを投げ合った。革袋に入ったギリシア・ワインも、把手付壺《アンフォラ》に密閉されたカンパニア・ワインも、樽《たる》入りで運ばれるカンタブリア・ワインも、さらに棗《なつめ》や肉桂《シナモン》や蓮の酒もごくごくと飲み干した。地面に酒の水溜まりができて、足が滑る。肉から立つ湯気が、ひとの吐く息と一緒に葉叢《はむら》へとのぼっていく。顎《あご》を鳴らす音、話し声や歌や杯の音、カンパニアの壺がこなごなに砕ける音、それに銀の大皿を打つ透きとおった音などが入り混じって響く。

酔いがまわるにつれ、カルタゴの不当な仕打ちが、兵士たちの心にじわじわと甦《よみがえ》ってきた。

戦争で疲弊したこの共和国は、引き揚げてきた連隊が市内に増えつづけるのを放置していた。司令官ジスコンは慎重を期して兵士たちを少数ずつ送り返したので、俸給の支払いは滞りなく進むはずだったのに、元老院のほうは、粘ればそのうち多少の減額にも応じてくれるだろうと見込んだのだ。しかし今日、兵士たちに支払う金が足りないのは兵士たち自身が悪いのだと人々は思っていた。民衆の頭のなかでは、兵士に対する負債と、ローマ執政官ルタティウスが要求してきた三千二百[*1]エウボイア・タラントとがごっちゃになっている。だから、兵士たちはローマと同じくカルタゴの敵、ということになるわけだ。その態度は傭兵《ようへい》たちに伝わった。そこで彼らは怒りを爆発させて、脅《おど》したり罵《ののし》ったりした。結局、かつて自分たちが勝利した戦いを記念する会を開くよう兵士たちは求め、講和派がこれを受け入れたのだが、そこには戦争をあれほど支持したハミルカルに復讐《ふくしゅう》する思惑もあった。自らの尽力にまったくそぐわないかたちで戦争が終結したため、カルタゴの行く末に絶望したハミルカルは、傭兵たちの管理をジスコンに委《ゆだ》ねてしまっていた。傭兵たちをもてなす場としてハミルカルの宮殿を指定するということは、すなわち民衆が傭兵に対して抱いている憎しみを幾分かハミルカルのほうへ引き寄せることでもあった。おまけに出費は法外なものとなるはずだった。ほぼ全額をハミルカルが負うのである。

カルタゴに要求を吞《の》ませて自信をつけた傭兵たちは、血を流した分の給料をマントのフードに収めて帰途につける日も間近だろうと踏んでいた。けれども、酔いのまわった頭であらためて考えてみると、自分たちが異常なまでに疲れきっているのに対して、見返りがあまりに少ない気がしてきた。彼らは傷を見せ合い、自分が参加した戦闘や、旅や、それから故郷での狩りについて語った。猛獣の吠え声や、飛びかかるときの身ぶりを真似たりした。そうこうするうち、下品きわまりない張り合いがはじまった。何人もが把手付壺《アンフォラ》に頭を突っこんだまま、喉《のど》の渇いた駱駝さながら息もつかず飲みつづける。巨体のルシタニア人が、両腕に一人ずつ男を抱えて、鼻の穴から火を噴きながらテーブルからテーブルへと駆けまわる。鎧をつけたままのラコニア人たちが、ドンドンと足を踏みならして飛び跳ねる。卑猥《ひわい》なしぐさをしつつ女のように歩いてみせる者がいるかと思えば、裸になって、杯の並ぶ真ん中で剣闘士《グラディアトル》ふうに闘い出す者もいる。ギリシア人の一団が妖精《ニンフ》の絵のついた甕《かめ》を囲んで踊る一方、黒人が青銅の楯《たて》を牛の骨で叩《たた》く。

突然、物悲しい歌声、力強く優しい歌が、傷ついた鳥の羽ばたきのごとくふらつきながら宙を舞うのが、兵士たちの耳に届いた。

地下牢にいる奴隷たちの歌声だ。解放してやろうと何人かの兵士が瞬時に立ちあがって消えていった。

そして戻ってきたときには、砂埃《すなぼこり》のなか、叫び声に囲まれて、青白い顔色でそれとわかる二十人ばかりの男を急《せ》き立てていた。揃って黒いフェルト地でできた円錐形の小さな帽子を、剃りあげた頭にかぶっている。木製のサンダルを履き、手足の鎖を走行中の荷車のようにガラガラと響かせて歩く。

奴隷たちは糸杉の並木道に着くと、あれこれ話しかける群衆のなかに紛れていった。一人だけが集団から離れて立ちすくんでいた。貫頭衣の破れ目から、長い切り傷を何本も刻んだ両肩が見える。顎を引き、警戒するように周りを見渡して、明かりの眩しさに眼を細めている。ここにいる武装した人間たちは自分に危害を加えるつもりがないらしいと見てとると、深い溜め息が胸から洩れた。ぶつぶつとつぶやいては、顔を伝う透明な涙にまみれて引きつった笑いを浮かべる。それから、なみなみと注がれた把手付杯《カンタロス》の両の把手《とって》を摑《つか》むと、鎖をぶらさげた両腕で頭上へ真っ直ぐ持ちあげ、そのまま杯を捧げつつ天を見上げて、言った。

「まずはあなたにご挨拶を、救いの神バアル＝エシュムン、わが祖国の民がアスクレピオスと呼ぶ者よ。そしてあなたがたに、泉と、光と、森の精よ。山なみの底、地の洞窟に潜む神々よ。そして私を解き放ってくださったあなたがた、輝く甲冑《かっちゅう》を身につけた屈強なる男たちよ！」

彼は杯を取り落とすと、身の上を語った。名はスペンディオス。アルギヌサイの戦いでカルタゴ軍の捕虜となった。ギリシア語、リグリア語、ポエニ語を話せるので、それらの言葉であらためて傭兵たちに礼を述べ、手に次々と口づけた。それから、この祝宴を褒《ほ》め称《たた》えつつも、神聖軍団の杯がひとつも見当たらないことに驚いてみせた。黄金の六面すべてにエメラルド製の葡萄の木の模様があしらわれたものだが、これらはもっとも長身の上流子弟のみから成る市民軍に属する杯である。これを使えるのは、神々しい栄誉と呼んでいいほどの特権にあたる。したがって、共和国の宝物のなかでも傭兵たちにとってはこれが一番の垂涎《すいぜん》の的なのだ。この杯のせいで彼らは神聖軍団を蛇蝎《だかつ》のごとく嫌っており、これで酒を飲むという想像もつかない喜びを味わいたいがために生命の危険を冒す者すら一人ならずいた。そういうわけで、傭兵たちは杯を持ってこいと口々に命じた。杯はシュシティア、すなわち共同で食事をする商人たちの団体が預かっている。奴隷たちが戻ってきた。時間が時間なので、シュシティア会員はもうみな眠っているという。

「起こせ！」と傭兵たちは答えた。

二度目の使いの結果、杯は、ある神殿にしまわれているとの説明がなされた。

「開けろ！」と傭兵たちは返した。

そして奴隷たちが、震えあがりつつ、実は杯はジスコン司令官の掌中《しようちゆう》にあると白状すると、兵士たちは怒鳴った。

「本人に持って来させろ！」

間もなくジスコンが、神聖軍団を従えて、庭園の奥に姿を現した。ゆったりした黒いマントが、宝石をちりばめた金の冠で頭に留められ、体全体を覆って、馬のひづめまで垂れており、遠目には闇夜の色と見分けがたい。目につくのは白い顎鬚《あごひげ》、冠の燦めき、それに胸元で揺れる青い大きなプレートを連ねた三重の首飾りだけだ。

兵士たちは、ジスコンが入ってくると大喝采で迎え、こぞって叫んだ。

「杯を！　杯を！」

ジスコンはまず、諸君の勇敢な戦いぶりは間違いなく例の杯にふさわしい、と述べた。群衆はどっと歓声をあげて拍手した。

自分は諸君のことならよく知っている、向こうで自ら指揮に当たり、最後の歩兵隊とともに、最後の軍船で戻ってきたのだから。

「そうだ！　そのとおりだ！」と兵士たちは言った。

戦のあいだ、とジスコンはつづけた、カルタゴ共和国は民族別の部隊編成を重んじ、それぞれの慣習や信仰を尊重した。カルタゴにおいて諸君は自由に過ごせるのだ。ところで、神聖軍団の杯に関して言うならば、これらは私有財産である――するとスペンディオスの傍から、いきなり一人のガリア人がテーブルを飛び越えてジスコンのもとへ一直線に駆け寄ると、抜き身の剣二本をやたらに振りまわして脅しをかけた。

司令官は話を中断することなく、手に持っていた重い象牙の杖で相手の頭を殴った。蛮人は倒れた。ガリア人たちは大声をあげ、その憤怒《ふんぬ》はほかの連中にも伝わって、いまにも傭兵軍全体に波及しそうだ。ジスコンは肩をすくめた。自分が体を張ったところで、こんな乱暴な怒り狂った野獣どもが相手では甲斐《かい》がない。あとからなんらかの策略を弄《ろう》して仕返しするほうが賢明だろう。そこで彼は軍団に合図をして、ゆっくりと遠ざかった。それから、門のあたりで傭兵たちのほうへ振り向くと、いまに後悔するぞと怒鳴った。

宴は再開した。とはいえジスコンが戻ってくるかもしれないし、その場合、一番外側の城壁に接したこの郊外一帯をやつが包囲して、自分たちは城壁に押しつぶされるかもしれない。こうなると、傭兵たちは多勢にもかかわらず、心細い気分になった。そして、眼下に見える闇のなかで眠っている大都市の、層を成す階段や、背の高い黒い家々や、民衆よりもなお獰《どう》猛《もう》な謎めいた神々に恐怖を覚えた。彼方では、港にいくつか船の信号灯が滑らかに移動し、またハモン神殿に明かりが灯っている。傭兵たちはハミルカルのことを思い出した。ハミルカルはどこにいるのだろう。なぜ和平が結ばれた時点で傭兵隊を見放したのか？　元老院と対立したのも、自分たちを手放すための手管だったにちがいない。兵士たちの行き場のない怒りの矛先はハミルカルに向かった。ハミルカルを罵倒しつつ、自分たちの怒りをぶつけ合うことで互いの憤怒に油を注いだ。そのとき、すずかけの木々のもとにひとが集まってきた。一人の黒人が、目をかっと見開き、首をねじ曲げ、口から泡を吹いて、地面に手足をばたばた叩きつけながら転げまわっているのを見にきたのだ。毒を盛られた、とだれかが声をあげた。みな自分も毒を飲まされた気がしてきた。そこで奴隷たちに飛びかかった。酒に酔った軍隊を、眩暈《めまい》にも似た破壊の衝動が駆けめぐった。手当たり次第に打ち、壊し、殺していく。数人が薬叢に松明《たいまつ》を投げた。また別の数人は、ライオンのいる囲いの欄干に肘をつき、矢を放ってライオンを虐殺した。特に大胆な連中は象のほうへ駆けていき、鼻を切り落として象牙を喰らおうとした。

もっと好き放題に略奪してやろうと考えたバレアレス人の投石兵たちが、宮殿の角を曲がってみると、インド藺草《いぐさ》で編んだ高い柵が行く手を遮った。短刀で錠の紐《ひも》を切って先へ進んだところ、カルタゴの町を望む玄関の真下に出たが、そこには多様な植物を刈り整えたもうひとつの庭園があった。途切れなく並んだ白い花の列が、紺碧《こんぺき》の地面の上に長い放物線をいくつも描いて、まるで星々が噴きあがるようだ。黒々とした灌木《かんぼく》の茂みが温かな蜜の匂いを放つ。真っ赤に辰砂《しんしゃ》を塗った木の幹があって、血まみれの柱を思わせる。庭の中央には銅製の台座が十二台置かれ、それぞれに大きなガラス球が据えられている。これらの空洞の球体を、赤みがかった光がぼうっと照らすさまは、あたかも未だ脈打つ巨大な目玉のようだ。兵士たちは松明の明かりを頼りに、深く耕された土地の傾斜に足を取られながら歩いていった。池があるのに気づいた。青い石壁でいくつかの槽に分けられている。水がおそろしく澄んでいて、松明の揺れる炎が、白い砂利と金粉を敷いた水底にまで映る。すると水が泡だち、きらきらと砂金が流れて、何匹もの大きな魚が、宝石を口にくわえて水面に顔を出した。

兵士たちは大いに笑いながら、魚のえらに指を突っこんで、食卓へ持ちかえった。

バルカ家の所有する魚だった。いずれも、女神を宿す神秘の卵をかえしたという、かの原初の魚である川明太《かわめんたい》の子孫なのだ。神聖なるものを冒瀆《ぼうとく》するのだと思うと、傭兵たちの食欲は湧いた。たちまち火を焚いて青銅の甕を載せ、立派な魚が熱湯のなかでじたばたするのをを眺めて興じた。

兵士の群れが押し合う。恐怖は吹き飛んだ。飲み直しだ。額から流れ落ちる香油が大粒のしずくとなってぼろぼろの貫頭衣を濡らす。船のようにぐらつく感じのするテーブルに両の拳をついて寄りかかりながら、泥酔した目でぎろりと辺りを睨《にら》みつけることで、手に摑めぬものをせめて目で貪ろうとする。あるいは、赤紫色の卓布の上に並んだ料理のど真ん中を歩きつつ、象牙の腰かけやティルス産のガラス小壜《こびん》に蹴りを入れて壊していく。歌声に混じって、砕けた杯の散らばる地面の上で死につつある奴隷たちの喘《あえ》ぎ声《ごえ》が聞こえる。兵士たちは葡萄酒を、肉を、黄金を求めた。女をよこせと怒鳴った。百にのぼる言語でうわごとを喚《わめ》いた。四方に漂う蒸気のせいで、蒸し風呂に入っているのだと勘違いする者もいれば、生い茂る木の葉を目にして狩りの最中だと思いこみ、野獣を追うつもりで仲間を追いかける者もいる。火は木から木へと燃え移り、あちこちで背の高い木立ちの葉叢から白い螺旋《らせん》が細長くのぼっていくのが、まるで火山の群れが一斉に煙を噴きはじめたかのように見える。怒号が一段と激しさを増す。傷を負ったライオンが闇のなかで吠える。

宮殿の一番高いテラスにぱっと明かりが点くと、中央の扉が開き、一人の女、ハミルカルの娘そのひとが、黒い衣装に身をつつんで戸口に現れた。建物に沿って斜めに設《しつら》えられた階段を一階分降り、次いで二つめ、三つめと降りて、一番下のテラス、軍船をあしらった階段の降り口で止まった。じっと佇《たたず》んで、うつむいたまま、兵士たちを見つめている。

女の後ろにずらりと列を成して左右に控えた青白い顔の男たちがまとっている衣装は白く、裾に赤いふさ飾りが施され、真っ直ぐ足許まで垂れている。彼らは髪の毛がなく、眉毛もない。指輪が眩しく光る手に巨大な竪琴を持ち、全員が甲高い声でカルタゴの神を讃える歌を歌っている。これらはタニト女神の神殿に属する宦官《かんがん》祭司で、サランボーはしばしば彼らを自分の住む宮殿に呼ぶのだ。

ややあってから、女は軍船の階段を降りはじめた。祭司たちがあとに続いた。糸杉の並木道を進み、隊長のテーブルのあいだをゆっくりと歩いていくと、隊長たちはみな少し後ずさって、娘が通るのを眺めた。

紫色の砂を振りかけた髪は、カナンの乙女の流儀にしたがって塔のかたちに高く結ってあるので、実際よりも長身に見える。こめかみに留めた真珠の編み紐が口角のあたりまで垂れ、唇は割れかけた柘榴に近い薔薇色をしている。きらびやかな宝石を組み合わせた胸元の装飾は、うつぼの鱗《うろこ》をまねた斑模様《まだらもよう》を描く。ダイヤモンドで飾った剝《む》き出《だ》しの両腕が、漆黒の地に赤い花の紋を散らした袖なしの貫頭衣からすらりと伸びる。両のくるぶしは歩幅を均《なら》すため金色の鎖でつないであり、見たこともない素材で仕立てた濃い赤紫色の大きなマントが背中に垂れて、女が一歩進むごとに、付きしたがう大波のようにたゆたう。

祭司たちは、時おり竪琴を爪弾いて、消え入るばかりにか細い和音を奏でる。その楽の音が途切れると、金の鎖が立てる微《かす》かな音とともに、パピルス草で編んだ彼女のサンダルのパタンという足音が一定間隔で耳に届く。

この娘について知る者はまだ一人としていなかった。引きこもって日々敬虔《けいけん》な勤めに精進していることだけが伝わっていた。兵士たちのなかには、夜中に宮殿の最上階で、灯した香炉から渦を巻いてのぼる煙に囲まれて、星々の前にひざまずく彼女を見たことのある者もいた。顔色がひどく青ざめているのは月の働きのせいで、神々の霊気のようなものが靄《もや》のごとくうっすらと体をつつんでいる。瞳はこの世の果てを越えて遥《はる》か遠くを見ている感じがする。首をかしげ、右手に小さな黒檀の竪琴を持って歩いていく。

女のつぶやきが兵士たちの耳に聞こえてきた。

「死んだ。みんな死んでしまった！　もうわたしの声に従って来てくれることもない、池のほとりに腰かけて、西瓜の種を口のなかへ投げてやろうとしても。タニトの神秘は、川の水泡よりも透明なあなたたちの目の奥をめぐっていた」そして相手の名前を呼んでいったが、それらは暦月の名だった。「シブ、シバン、タムーズ、エルール、ティシュレー、シュバット――ああ、女神よ、わたしに憐れみを！」

兵士たちは、彼女がなにを言っているのかわからないまま、周囲に群がった。豪奢《ごうしゃ》な装いに唖然《あぜん》としていた。女は怯えた眼差しで兵士たちを長々と見渡し、次いで深く頭《こうべ》を垂れながら両腕を広げると、何度も繰り返した。

「あなたがたは、なんということをしたのです！　なんということを！　愉快な思いをしたいのであれば、パンも、肉も、油も、倉という倉から持ってきた印度肉桂《マラバスラム》もあったではありませんか。わたしはヘカトンピュロスから牛を運んでこさせました、砂漠に狩人を送りました」声は大きくなり、頬が赤らんでくる。彼女はつづけた。「あなたがたはどこにいるとお思いですか。ここは征服した都市なのですか、それとも主の宮殿？　そして、主とはだれのこと？　主宰《スフェス》ハミルカル、わが父、バアル神の僕《しもべ》！　いまハミルカルの奴隷の血に赤く染まっているその武器は、まさにハミルカルがルタティウスに渡さなかったからこそ、あなたがたの手にあるのです。ご自分の生まれ故郷に一人でも、彼ほど戦の指揮に長《た》けた者がいますか。ごらんなさい。わが家の宮殿の階段は、勝ち戦に充ち満ちているではありませんか。どうぞお続けなさい。焼いておしまいなさい。わたしのほうは一家の精霊、上で蓮の葉の寝床に眠っている大事な黒蛇を連れて出ていきますから。口笛を吹けば、ついてきます。わたしが軍船に乗れば、さざなみの泡に乗って航跡を走ってきます」

細長い鼻孔が震えていた。胸元の宝石に爪を食いこませている。ものうげな目になった。話を継いだ。

「ああ、哀れなカルタゴよ、いたましい都よ！　おまえを守ってくれるのは、もはや大海を越えて海辺に神殿を築いていった在りし世の強い男たちではない。あらゆる国がおまえの周りで働き、海原はおまえの櫂《かい》に耕されて、おまえのための作物を波間に漂わせていたものだが」

そして彼女は、シドン人の神にしてバルカ家の始祖であるメルカルトの波瀾《はらん》の生涯を歌い出した。

北方《エルシフォニー》の山々への登攀《とうはん》、タルテッソスへの航海、そして蛇の女王の仇《かたき》を取るためマシサバルに挑んだ戦について語っていく。

「女の怪物を追って森へ入ると、怪物の尻尾《しっぽ》は銀の小川のごとく枯れ葉の上に波打った。着いた先の野原では、竜の尻をもつ女たちが、尻尾の先でぴんと立ち、大きな焚火を取り囲む。月は血の色をして、青白い輪に縁取られて照り映え、漁師の銛《もり》さながらに裂けた女たちの真紅の舌は、くねくねと炎のきわまで伸びる」

それからサランボーは息もつかずに、マシサバルを倒したメルカルトが、刎《は》ねた首を船首に飾る様子を物語った。「波が船を打つたび、首は水泡に埋もれた。太陽が首を乾かした。首は黄金よりも固くなった。目は泣くことをやめず、涙が絶えず海へこぼれ落ちた」

彼女はこうしたすべてをカナンの古い方言で歌ったので、蛮人たちには理解できなかった。恐ろしげな身ぶりを交えて語っているが、一体なんの話をしているのだろうと不思議でならない。そこで兵士たちは食卓や寝台の上に乗ったり、桑の枝によじ登ったりして彼女を取り巻きつつ、口をぽかんと開け、首を伸ばして、難解な神々の系譜学がつくる暗闇の向こう側にさまざまな物語の影が、まるで雲間に見え隠れする幽霊のごとくぼんやりと脳裏に揺らめくのを、なんとか捉えようとしていた。

サランボーの話がわかるのは、鬚のない祭司の一団だけだった。彼らは竪琴の弦に添えた皺《しわ》だらけの両手をぶるぶると震わせては、折に触れ悲しげな和音を鳴らす。実のところ、老女よりも弱々しい彼らの震えは、神々しい感情の昂《たか》まりがもたらすものであると同時に、兵士たちになにをされることかと怯えているせいでもあった。だが蛮人たちは祭司のことなど眼中になかった。乙女の歌声に、ただ聴き入っていた。

だれよりも熱心に見つめていたのが、隊長級のテーブルで同郷の兵士に囲まれて座っている若いヌミディア人隊長だった。ベルトに大量の投げ槍《やり》を差しているために瘤《こぶ》のように盛りあがった幅広のマントを、こめかみのところに革紐で留めている。肩先にかけて半開きになった布地の陰に顔が隠され、両の瞳が放つ炎だけがうかがえる。彼がこの宴席にいるのは偶然の成りゆきだった。父親の計らいでバルカ家に滞在していたのだが、これは各国の王が子息を名家に送りこむことで同盟関係の下準備をするという慣例に則《のっと》ったものだ。ナラヴァスは半年前からここに暮らしているが、サランボーを見るのは初めてだった。しゃがみこんで、鬚をたくわえた顎を投げ槍の柄の束に触れそうなほど低く下げ、鼻孔をふくらませて凝視する姿は、竹藪《たけやぶ》にうずくまる豹《ひょう》を思わせた。

テーブルを隔てた反対側には、縮れた短い黒髪をした巨体のリビア人がいた。戦闘用の胴衣を着たままで、服につけてある青銅の刃が寝台の緋布を裂いてしまっている。銀の月をあしらった首飾りが胸毛に埋もれそうだ。血しぶきにあちこち汚れた顔をして、左の肘をついて寄りかかりつつ、大口を開けて嬉しげな表情を浮かべている。

サランボーはもはや聖なるリズムを刻んではいなかった。あらゆる蛮人たちの言語を同時に用いていたが、それは彼らの怒りを和らげるための女らしい気遣いだった。ギリシア人にはギリシア語で語りかけ、それからリグリア人のほうへ、カンパニア人のほうへ、黒人のほうへと振り向く。各々が、彼女の歌を聴くにつけ、その声音に祖国の安らぎを想起した。カルタゴの来し方に思いを馳《は》せつつ、いまや彼女は昔の対ローマ戦について吟《ぎん》じていた。蛮人たちは喝采を送った。抜き身の刀の光を受けて、彼女は奮い立った。両腕を広げて声を張りあげる。竪琴が手から落ち、彼女は歌い止《や》んだ。次いで、両手で心臓のあたりを押さえると、何分かのあいだ目を閉じたまま、兵士たちの興奮ぶりを味わった。

マトーという名の、例のリビア人が、彼女のほうへ身を乗り出した。サランボーは自分でも意識しないうちにそちらへ歩み寄ると、誇りを満たされたことに感謝したい気持ちに駆られて、金の杯にとくとくと葡萄酒をつぎ、軍隊との和解の印にしようとした。

「飲みなさい」と彼女は言った。

マトーは杯を手に取り、口許へ持っていったが、そのとき先ほどジスコンに怪我を負わされたガリア人が肩を叩いてきて、自国の言葉を使って陽気な調子でべらべらと冗談を言った。スペンディオスが近くにいた。意味を説明しようと申し出た。

「そうしてくれ」とマトーは言った。

「おまえには神々の加護がある、もうじき金持ちになるのだから。婚礼の日はいつだ?」

「だれの婚礼だ」

「おまえのだよ。おれたちの国では」とガリア人、「女が兵士に酒を飲ませたら、寝床へどうぞという意味だ」

言い終わらぬうちにナラヴァスが跳びあがってベルトから槍を一本抜き、テーブルの角に右足をかけると、マトーめがけて投げた。

槍はひゅっと唸《うな》りつつ杯の合間を飛び、マトーの腕を貫いてテーブルクロスに突き刺さったが、反動で柄がびりびりと震えるほどの勢いだった。

マトーはすぐに槍を引き抜いた。しかしこちらは丸腰で、裸同然だ。とっさに食器類がぎっしり並んだテーブルを両手で持ちあげてナラヴァスに投げつけたが、そのとき、二人のあいだにはすでに大勢の人間がどっと押し寄せていた。傭兵側とヌミディア人側がぎゅうぎゅう押し合って、両刃剣を抜く隙間すらない。マトーは容赦ない頭突きを喰らわせながら進んでいった。顔をあげたとき、ナラヴァスは消えていた。探そうと見まわす。サランボーもいない。

そこで宮殿のほうへ目を移すと、一番上の階で黒い十字のついた赤い扉がまさに閉まろうとするのが見えた。マトーは飛び出した。

軍船の船首が並ぶ階段を駆けのぼる彼の姿が垣間《かいま》見《み》え、次に人々の目に留まったときには四階までつづく階段をあがっていく途中で、のぼりきって赤い扉の前に着くなり渾身《こんしん》の力でぶつかった。息を切らしながら、下に落ちないよう壁に背をつけた。

別の男があとからのぼってきた。宴会の明かりが宮殿の角で遮られているため辺りは暗かったが、よく見るとスペンディオスだった。

「失《う》せろ」とマトーは言った。

奴隷スペンディオスは答えず、自分の貫頭衣を歯で裂きはじめた。それからマトーの傍にひざまずくと、そっと腕を取り、闇のなか、傷を確かめようと触っていった。

雲間から射しこむ月明かりで、スペンディオスは腕の真ん中に開いた傷口を見つけた。布きれをぐるぐると巻いていく。だが相手は苛立《いらだ》って、「放せ、放せ！」と言う。

「いいえ」とスペンディオスは答えた。「あなたが地下牢から出してくれたんです。私はあなたについていく。あなたは私の主人です。命令してください」

マトーは壁にぴったりと身を寄せながら、テラスを一周した。一歩ごとに耳を澄ませ、金色の格子の狭間から、しんとした部屋のひとつひとつに視線を注いでいった。やがて落胆した様子で立ち止まった。

「いいですか」とスペンディオスは言った。「ひ弱だからといって私を見くびらないでください。私はこの宮殿に暮らしてきた。蝮《まむし》みたいに壁と壁のあいだに滑りこむことだってできます。さあこちらへ！　先祖の墓所へ行けばすべての敷石の下に金塊が眠っています。墓所に通じる地下道があるんです」

「そんなものはどうでもいい」とマトーは言った。

スペンディオスは黙った。

二人はテラスにいた。眼前に広がる巨大な闇は、茫漠《ぼうばく》とした層がいくつも積み重なっている感じをあたえ、まるで波打つ黒い大海がそのまま固まったかのように見える。

けれども東方《オリエント》から、光り輝く帯がのぼってきた。左手の遥か下の方では、メガラの運河が、庭園の緑のなかに白く入り組んだ筋を描きはじめている。七角形の神殿を覆う円錐形の屋根や、階段や、テラスや、城壁が、少しずつ夜明けの淡い光を受けてくっきりと輪郭を現していく。そして、カルタゴ半島全体を白い水泡の輪がぐるりと取り巻いてゆらめく一方、エメラルド色の海は朝の冷気に凝《こご》っているように映る。薔薇色の空がふくらむにつれ、坂沿いに傾いて建つ丈の高い家々が伸びあがり、ひしめき合い、その姿は山を下りていく黒山羊《くろやぎ》の群れを思わせる。ひとけのない街路が延びる。ほうぼうで塀から顔を出している椰子《やし》の木は、そよとも動かない。水を満たした貯水槽の列が、まるで中庭に置き忘れた銀の楯のようだ。ヘルマエウム岬の灯台の明かりが霞《かす》んできた。神殿の丘《アクロポリス》の頂上にある糸杉の森ではエシュムン神の馬が、明け方の光を感じて大理石の欄干にひづめを置き、暁《あかつき》の方角に向かっていななく。

朝日が現れた。スペンディオスは両手をあげて、あっと叫んだ。

なにもかもが真っ赤に染まって蠢《うごめ》いていた。というのも、神は、わが身を引き裂いたかのごとく、血管に流れる黄金の雨を光線にしてカルタゴの町にたっぷりと注いでいたのだ。軍船の衝角《しょうかく》はきらめき、ハモン神殿の屋根は炎につつまれているかのよう、そして扉を開けはじめた各神殿の奥にも光が射すのが見えた。田園から到着した大型の荷車が、車輪をゴトゴトと回しながら石畳の街路を走っていく。荷を積んだ駱駝が坂道を下りてくる。交差点では両替屋が店の日除けをあげている。こうのとりが飛び立ち、白い帆が揺れる。タニト女神の森で聖なる遊女たちが打つタンブリンの音が聞こえ、またマパリア岬のほうでは、粘土の棺《ひつぎ》を焼きあげる窯から煙がのぼりはじめた。

スペンディオスはテラスから身を乗り出した。歯をカチカチと鳴らしながら、何度も言った。

「ああ、そうだ……そういうことなんだ……ご主人さま！　先ほど、この家の金品を奪おうと言ったとき、あなたが鼻先であしらったわけがわかりました」

マトーは相手のうわずった声音を聞いて目が覚めたといった顔つきで、言葉の意味を測りかねているように見える。スペンディオスはつづけた。

「ああ、なんという莫大な富だろう！　なのに持ち主は、この財産を守るための刃《やいば》すら持ってはいない」

それから、数人の下層民が突堤から外れた砂の上に這《は》いつくばって砂金を探しているのを、右手を伸ばして指し示しつつ言った。

「ほら、カルタゴ共和国はあの哀れなやつらと同じです。大海の岸辺にうずくまって、浜という浜に欲深い腕を突っこんでいる。波音が耳を満たしているものだから、主人が後ろからやってきたとしても足音に気づかない」

彼はマトーをテラスの反対の隅へ連れていくと、木々に吊《つ》り下げられた兵士たちの剣が陽光にきらきらと反射している庭園を見せて言った。

「ところがここには憎しみを募らせた手強い男たちがいる。この連中はカルタゴにはなんの縁もない、自分の家族も、立てた誓いも、信ずる神々もここにはない」

マトーは壁に寄りかかったまま、じっとしていた。スペンディオスは近づいて、小声でさらに言葉を連ねた。

「どうです、わかるでしょう？　私たちは地方総督なみに緋の衣をまとってそぞろ歩くことができるかもしれない。香につつまれて体を洗ってもらえるかもしれない。今度は私が奴隷をもつ番だ！　固い地面に寝て、野営地で酢になったワインを飲んで、ひっきりなしにラッパの音を聞くのはもううんざりだと思いませんか？　いつか休めるとしたって、それは鎧を剝ぎ取られた自分の死体がポイと禿鷲《はげわし》に放り投げられたときの話。でなければ、棒切れにすがって、目も見えず、足を引きずりながらよぼよぼの姿で戸から戸へとまわっては、子どもたちや魚醬売りに若いころの話でもするのかもしれない。思い出してみてください、上官連中の不正の数々、雪のなかの野営、炎天下の行軍、規律に従えという締めつけ、十字架に架けるぞというおなじみの脅し。あれだけ惨めな思いをした末にもらえるのが、栄誉の勲章がついた首飾りだなんて。驢馬《ろば》の首に鈴つきの帯を吊るして歩かせることで、やかましい音で驢馬の頭を乱して疲れを感じなくさせるのと変わりはしません。ピュロス[*2]よりも勇敢なあなたともあろうお方が！　だけど、あなたさえその気なら、大きな涼しい部屋で、なんとも幸福に暮らせるんです、竪琴の調べを聴きつつ、花の上に寝そべって、道化もいれば女もいて。そんな企ては不可能だなんて言わないでください！　すでに傭兵軍がレギオンその他のイタリアの城塞都市を占拠した例もあるのですから。行く手を阻む者がいますか？　ハミルカルは留守です。民衆は富豪を忌み嫌っています。ジスコンは周りの臆病者どもをどうにもできないでしょう。ところが、あなたは度胸があります。みんなあなたに従うはずです。指揮してください！　カルタゴは私たちのものです。飛びこみましょう！」

「いいや」とマトーは言った。「モロク神[*3]の呪いがおれにのしかかっている。あの女の目にそれを感じた。それに先刻、どこかの神殿で黒い牡山羊が後ずさるのを見た」それから周囲を見まわしながら「あの女はどこだ？」とつけ加えた。

スペンディオスは相手が猛烈な不安に囚われているのを見てとった。あえて話をつづける気にはなれなかった。

二人の背後では木々がまだ煙をあげていた。黒焦げの枝からは半分焼けた猿の骸《むくろ》が、料理の真ん中に時おりぼとりと落ちた。酔っぱらった兵士たちは死体の隣で口を開けていびきをかき、寝つかれぬ者は陽光の眩しさにうなだれている。踏み荒らされた地面はどこも赤い水溜まりだらけだ。象は飼育場を囲う杭のあいだから血まみれの鼻を出して揺らす。扉を開けられた穀物倉のなかでは小麦袋が散乱し、城門の下には蛮人たちの掻き集めた荷車が所狭しと並んでいる。杉に止まった孔雀が尾羽を広げて鳴き出す。

マトーがいつまでも動かないので、スペンディオスは訝《いぶか》しんだ。テラスのへりに両の拳を押しつけて体重をあずけながら、先ほどにも増して蒼白《そうはく》な顔をして、瞳をじっと据え、遥か彼方のなにかを目で追っている。スペンディオスは身をかがめて、ようやく相手がなにを凝視しているのか見てとった。遠くに金色に光る点がひとつ、土埃の舞うウティカ街道で回転している。二匹の騾馬《らば》に引かせた戦車の輪心だ。一人の奴隷が騾馬の手綱《たづな》を握って梶棒《かじぼう》の前を走っている。戦車のなかには腰かけた二人の女性。騾馬のたてがみはペルシア風に両耳のあいだでふくらませて、青い真珠の網で覆ってある。スペンディオスは二人がだれだか気づいた。叫びそうになって、押しとどめた。

大判のヴェールが後ろへなびき、風にはためいていた。

II シッカにて

二日後、傭兵たちはカルタゴを出た。

シッカへ行って野営してくれるならという条件で、一人につき金貨一枚があたえられた上、いやというほどおだてられつつ、こう言われたのだ。

「おまえたちはカルタゴの救い主だ。しかしここに居座っては町が飢えてしまう。そうなれば支払いもできなくなるぞ。町から離れろ。そういう気配りを見せてくれれば、共和国としては恩に着る。われわれは今後ただちに税を引きあげる。それで未払い分を全額払い、こちらでガレー船を用意して各々の祖国へ送ってやろう」

兵士たちはこのようにまくし立てられて、どう答えればいいかわからなかった。戦場に慣れた男たちだから、都市に滞在するのもつまらなくなってきた。したがって手もなく説得に応じ、民衆は城壁にのぼって兵士たちが去るのを見守った。

傭兵たちはハモン通り、キルタ門と行進していったが、雑然とした並び方で、弓兵が重装歩兵と、隊長が兵卒と、ルシタニア人がギリシア人と隣り合っていた。石畳に厚底靴を音高く鳴らし、堂々たる足どりで歩いていく。甲冑は投石機にやられて凸凹に歪《ゆが》み、顔は戦地で日に晒《さら》されて真っ黒だ。蓬々《ほうほう》と生えた髭の奥から、しわがれた怒号があがる。破れた鎖かたびらが両刃剣の柄《つか》にジャラジャラとぶつかり、鎧の青銅に開いた穴から覗く剝き出しの四肢は兵器なみに猛々しい。長槍、斧、矛、フェルトの縁なし帽に銅の兜、すべてが一斉にゆらゆらと揺れる。両側の壁がひび割れそうなほど通りを埋めつくして、この武装した兵士たちの長い行列は、七階まである背の高いアスファルト塗装の家々のあいだを流れていった。鉄や葦《あし》でできた格子の向こうで、ヴェールで頭を覆った女たちが、蛮人たちの通るさまを物も言わず眺めている。

テラスや要塞や城壁は、どこも黒い服を着たカルタゴ人の群衆で埋まっていた。水夫たちの貫頭衣が、暗い色をした人だかりのなかで血痕のように見える。裸同然の子どもたちが円柱の葉模様や、椰子の枝の合間でふざけている。元老院議員たちは塔の平屋根で見張りに立った。それで人々は、あちらこちらに長い顎鬚をたくわえた人物が夢みるような姿勢で佇んでいるのはどういうわけだろうと思った。遠くから見ると、亡霊のごとく漠として、岩のごとく不動に見えた。

だれもが同じ不安を抱いてはらはらしていた。蛮人たちが自らの武力を自覚して、やはり留《とど》まりたいと言い出すのではないかと怖れていたのだ。ところが、なんの疑いも持たない様子で出ていくので、カルタゴ人たちは強気になって、兵士たちの列に入っていった。誓いや抱擁をこれでもかと浴びせる。香料や、花や、銀貨を投げる。病気退散のお守りをあたえる。

だがそのお守りは、実は死を引き寄せるように前もって三度唾を吐きかけたり、あるいは臆病風が吹くようにジャッカルの毛を入れたりしてあるのだ。人々は大声でメルカルト神のご加護をと祈りながら、小声でメルカルト神の呪いをと祈っていた。

つづいて軍備品、荷運びの動物、落伍兵の集団がやってきた。駱駝の上で呻《うめ》いている病人たちがいる。折れた槍を杖にして、片脚を引きずっていく者もいる。酔っぱらいは革袋を握り、大食漢は肉きれや菓子、果物、無花果の葉につつんだバター、布袋に入れた雪などを手に持つ。日傘を差した者もいれば、鸚鵡《おうむ》を肩に載せた者もいる。そのあとには、番犬や、ガゼルや、豹がつづく。驢馬に乗ったリビア女たちが、マルカの売春宿を捨てて兵隊についてきた黒人女たちを罵る。何人かの女は、革紐で胸元にくくりつけた赤子に乳をやっている。騾馬は両刃剣の先で突かれながら、テントの重みに背骨をたわめる。さらに、多数の召使いや水運び人夫が通っていったが、全員げっそりとやつれて、熱病のため肌が黄色っぽい上に不潔で虱《しらみ》だらけ、これはカルタゴ住民のなかでも最下層に属する連中で、蛮人たちに付きしたがって生きているのだ。

一行が最後まで通りすぎたところで、人々は家へ入って扉を閉めたが、庶民のほうは城壁から降りなかった。軍隊はじきに地峡の幅いっぱいに散らばった。

全体が大小さまざまな集団に分かれていった。そのうち槍の列が丈の高い草原に見えるほど小さくなって、とうとうすべては一筋の砂のなかへ消えた。カルタゴのほうを振り返る兵士の目には、もはや長く延びる城壁しか見えず、人影のない狭間《さま》のぎざぎざした輪郭が空との境目を区切っていた。

蛮人たちの耳に、大きな叫び声が届いた。きっと仲間が町に残って(というのも彼らは総人数を把握していなかったので)、面白半分に神殿を略奪しているのだろうと見当をつけた。この予想を愉快がって、彼らは大笑いした。それから、ふたたび旅路についた。

以前のように顔なじみ同士で野原を一緒に歩いていくので、心は弾む。ギリシア人たちが都市強奪傭兵《マメルティニー》の古い歌を歌う。

「おれは槍と剣とでもって、耕しては刈り入れる。おれこそ一家の大黒柱! 武器を取られりゃだれでも土下座、主人よ大王よとおれを呼ぶ」

大声をあげ、飛びはねて、特に陽気なやつらは物語をはじめる。苦難の日々は終わったのだ。チュニスに到着したとき、バレアレス人の投石部隊が欠けていることに何人かが気づいた。まあ、近くにいるのだろう。それきりその件は忘れた。

ある者は民家に宿を借りに行き、またある者は城壁のふもとに野営した。町の住民が兵士たちと話をしにきた。

夜じゅう、カルタゴ方面の地平線に火が燃えているのが見えた。その明かりは巨大な松明の列に似て、静まりかえった湖の上に延々と連なっている。一体なんの祭りなのか、言い当てられる兵士はいなかった。

翌日、蛮人たちは、農地が一面に広がる平原を突っ切った。分益制[*4]を課する貴族の小作地が街道沿いにつづく。椰子の林のなかを水路が走る。オリーブの木々が長い緑色の筋を何本も描く。丘と丘のあいだに薔薇色の靄が浮かぶ。青い山脈が後方にそびえている。風が熱い。カメレオンがサボテンの大きな葉を這いあがる。

蛮人たちは歩く速度を落とした。

三々五々連れだって、あるいは一人のあとに長い間を空けて次の一人というふうにのろのろ歩いていく。葡萄畑の脇へ来れば葡萄を食べた。草に寝ころんでは、人工的にねじ曲げた牡牛の大きな角、毛を守るために毛皮を着せられた牝羊、十字に交差して菱形模様を描いている畝《うね》、船の碇《いかり》みたいな形をした犂《すき》の刃、また柘榴の木にタンジェ茴香《シルフィウム》の汁をあたえているのを眺めて、目をまるくした。豊穣な土地と知恵の詰まった工夫の数々に、感嘆しきりだった。

晩には、テントを畳んだまま敷いて横になった。そして星々をあおいで眠りに就きつつ、ハミルカルの宴を惜しんだ。

次の日は、日中、川岸の夾竹桃《きょうちくとう》の茂みで小休止した。みな槍や楯やベルトを手早く投げ捨てた。奇声をあげながら体を洗ったり、兜に水を汲《く》んだりする者もいれば、荷物がずり落ちそうな動物たちに混じって、腹ばいで水を飲む者もいた。

スペンディオスは、ハミルカルの庭園で盗んだ駱駝に乗っていたが、見ると遠くにマトーが、片腕を胸元に吊り、兜もかぶらずにうなだれて、騾馬に水を飲ませつつ、川の流れを見つめている。「ご主人さま!」と呼びながら、スペンディオスは群衆のあいだを縫って駆けつけた。

挨拶代わりの祝福の言葉にも、マトーは礼を返すか返さないかといった反応だった。スペンディオスは気にせず後ろについて歩き出したが、ときどき心配そうな目つきでカルタゴの方角を見やった。

スペンディオスはギリシア人の弁論術教師と、カンパニア人の売春婦のあいだにできた子だった。はじめは女を売る商売で儲けた。ところが難破がもとで破産し、サムニウムの羊飼い連中に加わってローマ人と戦った。捕まって、脱出した。だが、ふたたび捕らえられ、以後は石切場で働き、蒸し風呂で喘ぎ、拷問に叫び、多くの主人の手に渡り、さんざんな目に遭った。ある日、絶望しきって、漕ぎ手をしていた三段櫂船《さんだんかいせん》から海へ身を投げたのだが、死にかけたところを船員たちに拾われて、カルタゴへ連れていかれ、メガラの地下牢に入れられた。ローマからの脱走兵はいずれローマへ送り返される予定だったので、今回の混乱に乗じて兵士たちと一緒に逃げることにしたわけだ。

道中ずっと、彼はマトーの傍を離れなかった。食べものを持ってきたり、坂を下りるとき体を支えたり、夜には寝床となる絨毯を敷いてやったりした。マトーは度重なる思いやりに心を動かされて、だんだん口を開くようになった。

生まれはシルティス湾。父親に連れられて[*5]アモン神殿へ巡礼に行った。次いでガラマンテスの森で象狩りをした。その後、カルタゴに雇われる身となった。ドゥレパナ占領のとき四列歩兵《テトラルケス》隊長に任命された。カルタゴには馬四頭、小麦[*6]二十三メディムノイと給料ひと冬分の貸しがある。神々の仕打ちが恐ろしい、祖国で死にたい。

スペンディオスは、これまでに経験した旅、出会った民族や訪れた神殿について語った。自分はたくさんのことを知っている。サンダルや、矛や、網を作ることもできるし、野獣を飼い慣らすことも、毒薬を煎じることもできる。

時おり話を中断しては、喉の奥からしわがれた唸《うな》り声《ごえ》を絞り出す。マトーの騾馬は歩みを速める。残りの騾馬も追いつこうと急ぐ。そしてスペンディオスはふたたび語りはじめるのだが、不安に苦しめられているのは変わりがないようだった。四日目の夜になって苦悶《くもん》は収まった。

二人は肩を並べて軍隊の右手に附き、丘の中腹を歩いていた。眼下には平野が遥かに広がり、夜霧に呑まれている。ふもとのほうをゆく兵士たちの列が闇のなかでうねる。隊列は時々、月に照らされた高台を横切っていく。すると、並んだ槍先に星がちらちら瞬《またた》き、兜の群れが一瞬きらりと光って、ふっと消え、それが次々と繰り返される。遠くでは目を覚ました山羊の群れが鳴いていて、なにか果てしなく優しいものが地上に降りてくる感じがする。

スペンディオスは、仰向《あおむ》いて目を半ば閉じ、涼しい風を深々と吸いこんだ。両腕を広げて指を動かすことで、体じゅうを駆けめぐるこの愛撫の感触を味わい尽くそうとした。恨みを晴らしてやる、という思いがあらためて湧きあがり、胸が熱くなる。嗚咽《おえつ》を止めようと片手で口をふさいだ。陶然とするあまり気が遠くなって、乱れのない大股の足どりで歩いていく駱駝の引き綱も手放してしまった。マトーのほうは、またも悲しみに沈んでいた。だらりと垂れた両脚が地面をかすめ、草が厚底靴にはじかれて絶えずシュッシュッと鳴っている。

街道はどこまでも延びて、終わる気配がなかった。平野の端まで来ると、そのたびに円形の高台に着く。それから谷へと下っていくのだが、遠い彼方で行く手をふさいでいるように見える山々は、近づくにつれて滑るがごとくだんだんと位置を変えていく。折にふれて御柳《タマリクス》の緑の合間にふと川が現れては、丘の曲がり角で姿を消す。あるいは巨大な岩が出現して、船の舳《へさき》、あるいは今はなき巨像のあとに残った台座とでもいった様子でそびえ立つ。

一定の間隔を置いて、シッカへ赴く巡礼者用の小さな四角い神殿に出くわす。墓のように閉め切ってある。リビア人たちが開けさせようとしてドンドンと戸を叩く。しかし中の者が答えることはない。

次いで耕作地が減っていった。いきなり棘だらけの茂みに覆われた砂地に足を踏み入れていた。岩に紛れて羊の群れが草をはむ。青い毛皮を胴まわりに巻いた一人の女が羊の番をしている。兵士たちの槍を岩の隙間に見かけた途端、女は叫び声をあげつつ逃げていった。

赤みを帯びた丘の連なりに左右を囲まれた長い峡谷のようなところを歩いていたときのこと、吐き気を催させる悪臭が兵士たちの鼻孔を襲うと同時に、いなご豆の木の天辺に何やら異様なものがあるのが目に映った。葉叢の上に、ライオンの頭部が突き出ている。

兵士たちは駆け寄った。まさしくライオンで、罪人のごとく四肢を十字架に縛りつけてある。巨大な鼻面が胸元に垂れ、両前肢は豊かなたてがみに半ば隠れつつ、鳥の翼のように大きく左右に開かれている。あばら骨の一本一本が、ぴんと張った皮膚に浮いて見える。重ねて釘で留めた後肢が少したわんでいる。そして、どす黒い血が毛並みのあいだを縫って流れ落ち、十字架に沿って真っ直ぐ垂れさがった尻尾の先に、つらら状に溜まっている。兵士たちは取り囲んでふざけた。ローマの執政官にして市民、と呼んでみたり、目玉に小石を投げつけて羽虫を散らしたりした。

百歩先で、また同じものをふたつ見つけたが、さらに先へ行くと、不意にライオンを磔《はりつけ》にした十字架の長い列が現れた。死んでから日が経って、もはや骸骨の断片が木にくっついているだけのものもあれば、半分腐った状態で口を歪めて恐ろしい形相をしているものもある。なかにはとんでもない大物も混じっていて、重みで十字架の木材が折れそうだ。風になびく死骸の頭上では、鴉《からす》の群れが延々と空中に円を描きつづける。カルタゴの農民は野獣を捕獲すると、このようにして意趣返しをするのだ。こうやって見せしめにしておけば仲間は恐れをなすだろうと期待してのことらしい。蛮人たちは笑う気も失せ、開いた口がふさがらなかった。「なんという民族だ」と思った、「ライオンを十字架に架けて喜ぶとは！」

ただでさえ兵士たちは、北方出身者を中心に、なんとなく気分が冴えなかったり、調子が悪かったりする者が多く、すでに病気にかかっている者もいた。アロエの棘に手を裂かれ、耳許でブンブン唸る大きな蚊に悩まされ、さらに軍隊内では赤痢《せきり》の流行がはじまっている。シッカがいつまでも見えてこないので、いやになってきた。道に迷って、砂漠という名の、砂と恐怖の待ち受ける地に行きつくのではないかと不安だ。多くの者が、もうこれ以上進みたくないとまで言い出した。カルタゴへ引き返す者も出てきた。

ある山のふもとを長々と回りこんだ末、七日目になってようやく、道は突如、右へ折れた。

すると白い岩山の上に、岩と一体を成すかたちで築かれた城壁の輪郭が現れた。そして不意に、都市の全体が立ちはだかった。城壁の上のほうに青や黄や白のヴェールがはためいて、赤い夕空に映えている。男たちを迎えようと駆けつけたタニト神殿の巫女娼婦《みこしようふ》だ。城壁にずらりと並んで、タンブリンを叩き、竪琴を爪弾《つまび》き、棒カスタネット《クロタル》を振り鳴らしており、背後に広がるヌミディアの山々へと沈みゆく夕暮れの光が、剝き出しの腕を添えた琴の弦のあいだから射しこんでいる。楽器はときどきぴたりと止んで、つんざくような声、威勢がよく猛々しいひとつづきの叫び声が響くのだが、これは女たちが口の左右の端を交互に舌で叩くことで鳴らす一種の遠吠えのようなものだ。なかには肘をついて片手に顎を載せたきり、スフィンクスなみにじっと動かず、坂をのぼってくる軍隊を黒い大きな目で射るように見つめている女もいた。

聖なる都市シッカといえども、これだけの大人数を収容するのは無理だった。なにしろ神殿とその附属施設だけで、町の半分を占めているのだ。そこで蛮人たちは平原へ好き好きに寝場所をつくった。規律正しい連中は正規の部隊ごとに集まり、その他は国ごとに固まったり、あるいは気まぐれで決めたりした。

ギリシア人は革製のテントを列に並べた。イベリア人は布の四阿《あずまや》を円形に配置した。ガリア人は板でバラックをこしらえ、リビア人は乾いた石で小屋を建て、黒人は爪で砂を搔いて掘った穴を寝床とした。多くの者が行き場に迷って荷物のあいだをさまよい、夜は穴の開いたマントにくるまって、地面にじかに寝そべった。

四方に平野が広がり、その周縁に山なみがぐるりと連なる。砂の丘のところどころに椰子の木が傾《かし》いで立ち、崖の斜面には樅《もみ》や楢《なら》が点々と生えている。遠くで驟雨《しゅうう》が長い帯のように空から垂れることもあるが、平原のほうはどこも紺碧の澄んだ空につつまれたままだ。次いで生温《なまぬる》い風が、土埃の渦を吹き払う。そして、一本の小川が滝をなして流れ落ちる高台の上に築かれたシッカの町を見上げれば、この地域を支配するカルタゴのウェヌスを祀《まつ》った、金の屋根と青銅の柱をもつ神殿がそびえている。まるで女神自身の魂が国土を満たしているかのようだ。こうした険しい土地の起伏や、寒暖差や、日射しの加減を通じて、女神は絶えず麗しい微笑を湛《たた》えつつ自らの法外な力を示してみせる。山脈の頂上付近は三日月のかたちをしている。女が張った乳房をこちらへ差し出しているように見える山もある。蛮人たちは、疲れているところへ、なんとも言えず気持ちのいい重みがずしりとのしかかってくるのを感じた。

スペンディオスは、駱駝を売った金で奴隷を一人買った。そして日がな一日、マトーのテントの前で眠っていた。夢のなかで革の鞭《むち》がひゅんと鳴る音を聞いた気がして目を覚ますことがよくあった。そんなときは、両脚の傷痕、つまり長いこと鎖の重みに耐えてきた辺りを撫《な》でてみる。それから、ふたたび眠りに就く。

マトーはスペンディオスが傍にいることを受け入れていた。スペンディオスは、腿《もも》に長い両刃剣を提げて、護衛官《リクトル》さながらマトーに付き添った。マトーがあまり気にも留めずスペンディオスの肩に手を置いて寄りかかることもあったが、それくらいスペンディオスは小柄だった。

ある晩、二人で野営地の通路を歩いていると、白いマントに身をつつんだ男たちを見かけた。そのなかにヌミディアの王子、ナラヴァスがいた。マトーは身震いした。

「剣を貸せ！」と怒鳴った。「殺してやる」

「まだ早い」と言いながらスペンディオスは止めた。すでにナラヴァスはマトーのほうへ向かってきていた。

ナラヴァスは友好のしるしとしてマトーの両の親指に口づけ、あの宴席で頭に血がのぼったのは酔いのせいだ、水に流そうと言った。次いでカルタゴ批判を長々と開陳したが、なぜ蛮人たちのところへ来たのかは話さなかった。

「こいつは傭兵たちを裏切るつもりなのか、それとも共和国を？」とスペンディオスは自問した。そして、自分としてはあらゆる混乱から利益を引き出すつもりでいるのだから、いまこちらが考えているような背信をいずれナラヴァスが行う魂胆なら大歓迎だと思った。

ナラヴァスは傭兵たちのもとに居つづけた。マトーを惹《ひ》きつけたいらしい。よく肥えた山羊やら、金粉やら、駝鳥《だちょう》の羽根やらを送ってくる。マトーのほうは、こうした好意に驚き、返事をしたものか憤慨したものか迷っていた。けれどもスペンディオスになだめられて、マトーは言いなりになった――マトーは相変わらず何事にも決断をつけかね、抗しがたい無気力に囚われていて、まるで死に至る飲み物を飲んでしまった者のような状態だったのだ。

ある朝、三人でライオン狩りに出かけたが、ナラヴァスはマントに小刀を忍ばせていった。ただ、スペンディオスが絶えずナラヴァスの後ろについて歩いたので、三人が帰ってくるまで小刀が抜かれることはなかった。

また別の日、ナラヴァスは二人を遥か遠く、自分の王国の境界近くまで連れていった。山に挟まれた隘路《あいろ》に入りこんだ。そこでナラヴァスはにやりとして、道がわからなくなったと言った。だが、スペンディオスは道を見つけ出した。

マトーは大抵、卜占官《アウグル》のごとく憂鬱な顔をして、日の出とともに平原へ出ては歩きまわった。そして砂の上に横になり、夜が来るまでそこでじっとしていた。

傭兵軍のなかで占いができる者に次から次へと見てもらった。蛇の進み方を観察する者もいれば、星を読む者、死者の灰に息を吹きかける者もいた。大茴香樹脂《ガルバヌム》や伊吹防風《セセリ》や、心臓を冷やす蝮の毒を飲んだ。月明かりのもと、野蛮な詞を詠じる黒人女たちに金の短剣で額の皮膚を突つかれた。首飾りやお守りをむやみにつけた。バアル＝ハモン神、モロク神、七人のカベイロイの神々、タニト女神、ギリシアのウェヌスに次々と祈りを捧げた。ある名前を銅板に彫りつけて、自分のテントの入口あたりの砂に埋めた。一人で呻いたり喋《しゃべ》ったりしているのが、スペンディオスの耳に届いた。

ある夜、スペンディオスはテントに入ってみた。

マトーは、死人のように裸体のまま、ライオンの毛皮の上に腹ばいに寝そべり、両手に顔をうずめていた。吊り下げたランプが、テントの支柱に引っかけた武具を照らしている。

「苦しいのですか」とスペンディオスは訊《き》いた。「要るものは？　返事をしてください」そして肩を揺さぶりながら何度も呼んだ。「ご主人さま、ご主人さま！」

マトーは顔をあげ、うろたえた目をかっと開いてこちらを見た。

「聞いてくれ」と、口許に指を一本立てて小声で言った。「これは神々の怒りだ。ハミルカルの娘がおれに付きまとう。スペンディオスよ、おれは怖い」まるで幽霊に怯える子どものように、自分の胸をぎゅっと抱きしめた。「話してくれ。おれは病気だ。治りたい。試せるものはなんでも試した。しかしひょっとすると、おまえなら、もっと力の強い神々や、効果覿面《てきめん》な祈りの言葉でも知っているんじゃないか？」

「どうしたいのです？」とスペンディオスは尋ねた。

マトーは両の拳で頭を叩きながら答えた。

「払いのけたい！」

それから、自分に言い聞かせるように、ところどころ長い間を挟みつつ、こうつぶやいた。

「あの女はおそらく、おれの身柄を神々への生贄《いけにえ》として捧《ささ》げようと誓ったに違いない。見えない鎖でおれを縛っている。おれが歩くのは、あの女が前へ進むせいだ。おれが止まるのは、あの女が休みたいからそうするんだ。あの瞳に焼かれる、あの声が聞こえる。四方八方にいる、体のなかにまで入ってくる。あの女がおれの魂になってしまったみたいだ。

ところが、二人のあいだには果てしない大海のような目に見えない水面が広がっている。あの女は遠くにいて、まったく手が届かない。輝くばかりの美しさが光の靄《もや》となって女をつつんでいる。そしてときどき、あの女に一度も会ったことがないような気がしてくる……あの女がこの世に存在しないような……すべてが夢にすぎないような」

マトーはそう言って暗闇のなかで泣いた。蛮人たちは眠っている。

スペンディオスは、相手を見つめながら、かつて自分が遊女の一行を連れて町を流していたとき、金の壺を手に懇願してきた若い男たちのことを思い出した。憐れみを覚えて、言った。

「しっかりしてください、ご主人さま！　意志をもつんです、神々に泣きつくのはやめてください。人間の叫びに振り向く神々ではないのですから。そんなふうに泣いては、まるで臆病者です。そこまで一人の女に苦しめられて、恥ずかしくないのですか」

「おれが子どもだというのか？」とマトーは言った。「女の顔やら歌やらに胸ときめかす年ごろだとでも思うのか。ドゥレパナでは厩舎の掃除女たちがいた。攻撃のさなかに抱いたものだ、天井が崩れ、投石機がまだビリビリ震えているなかで……だがスペンディオス、あの女だけは……」

相手は遮った。

「これがもしハミルカルの娘でなければ……」

「いや」とマトーは大声を出した。「どんな人間の娘とも比べものにならない。あの大ぶりな眉の下の大きな目を見たか、凱旋門《がいせんもん》の下から見える太陽みたいじゃないか。思い出せ、あの女が現れたとき、すべての明かりが霞んだ。首飾りのダイヤモンドの光を受けて、胸元の素肌が燦めいていた。通ったあとは神殿のような残り香、そして全身から葡萄よりも甘美で、死よりも恐ろしいなにかが漂っていた。そうやってあの女は歩いていって、それから立ち止まった」

口を開けてうなだれたきり、一点を見つめている。

「あの女が欲しい！　どうしても手に入れたい。苦しくて死にそうだ。この腕に抱きしめることを思っただけで狂おしいほどの喜びが湧く、ところがおれはあいつを心底憎んでもいるんだ、スペンディオス。叩きのめしてやりたい。どうすればいい？　自分を売り飛ばしてあの女の奴隷になりたい。そう、おまえはあの家の奴隷だったな。見かけることもあっただろう。あの女のことを話してくれ。毎晩、宮殿のテラスにのぼるんだろう？　ああ、石はサンダルに踏まれて打ち震え、星は彼女を見ようと覗きこんだに違いない！」

激情に堪《た》えきれずどっと倒れこむと、手負いの牡牛のごとく唸った。

次いでマトーは歌った。「彼が森のなかへ女の怪物を追ってゆくと、怪物の尻尾は銀の小川のごとく枯れ葉の上に波打った」――声を長く引いて、サランボーの声音を真似ながら、両手を伸ばし、軽やかな手つきで竪琴の弦を弾くしぐさをした。

スペンディオスがいくら慰めても、返事は同じだった。二人は夜ごとにこうした呻吟《しんぎん》と励ましを繰り返した。

マトーは葡萄酒で気を紛らそうとした。酔いが覚めるとなおさら寂しさは増した。気を晴らすつもりで距骨遊《オスレ》びの賭けをして、首飾りの金板を一枚失った。女神に仕える遊女たちのもとへ、誘われるがまま連れていかれた。しかし嗚咽を洩らしながら丘を降りてくる姿は、まるで葬式の帰りだった。

スペンディオスは逆に、どんどん大胆に、陽気になっていった。木陰の酒場で、よく兵士たちに囲まれて一席ぶっているのが目についた。古い鎧の修理を担う。短剣でお手玉をしてみせる。病人のために野原へ薬草を摘みに行く。剽軽《ひょうきん》で、頭が切れて、新しい思いつきや巧みな一言がぽんぽん出てくる。蛮人たちは彼のお節介に馴染《なじ》んできた。みなに慕われるようになった。

傭兵たちは、カルタゴからの使いが金の詰まった籠を騾馬に載せて運んでくるのを待ちつづけていた。何度となく同じ計算をはじめては、砂の上に指で数字を書いてみる。人それぞれに、早くも暮らし向きがよくなったつもりでいた。側妻《そばめ》を、奴隷を、土地を持てるはずだ。手にした宝を埋めておこう、あるいは危険を承知で船を買おうと考える輩《やから》もいた。それにしても、手持ちぶさたなこの状態では、みな怒りっぽくなる一方だった。騎兵と歩兵、蛮人とギリシア人のあいだでしょっちゅう諍《いさか》いが生じ、女たちのキイキイわめく声に絶えずうんざりさせられた。

毎日、半裸の男たちが、日光を避けるため頭に草を載せた姿で、群れを成してやってくる。裕福なカルタゴ人から借金したあげく、貸し手の土地を耕すことを強いられていた人々が脱走してきたのだ。リビア人も大量に流れこんでいたし、また税を納めきれず破産した農民、追放された者、犯罪者もいた。そのうち、商人の団体や葡萄酒売り、油売りが、支払いがなされないので腹を立て、カルタゴ共和国を槍玉に挙げた。スペンディオスもカルタゴを弾劾した。間もなく、食糧が底をついてきた。一丸となってカルタゴへ向かおう、ローマ人を呼び寄せよう、そうした言葉が口の端《くちは》にのぼるようになった。

ある晩、夕食の時間になるころ、低く濁った音がこちらへ近づいてくるのが聞こえたかと思うと、遠くの丘陵に赤いものが現れた。

それは赤紫色の大きな輿《こし》で、駝鳥の羽根の束が四隅に飾られていた。水晶を連ねたり真珠を組み合わせたりした装飾が、閉じたカーテンの前でジャラジャラとぶつかり合う。後ろからついてくる駱駝は、それぞれ胸元につけた大型の鐘をガラガラ鳴らし、駱駝を囲む騎兵たちは足先から肩まで黄金の小札《こざね》をつづり合わせた鎧をまとっている。

騎兵隊は野営地から三百歩のところで止まると、馬の尻に提げた容れ物《いれもの》から、円形の楯、幅広の両刃剣、騎兵用兜《ボイオティア》を取り出した。何人かは駱駝の傍に留まり、残りの者は歩き出した。ここでとうとうカルタゴの旗印、すなわち青く塗った木の棒の先に馬の頭部や松ぼっくりの彫刻をつけたものが掲げられた。蛮人たちは一斉に立ちあがって喝采した。女たちはこの神聖軍団の衛兵たちに駆け寄り、足に口づけた。

輿は、小刻みな早足で調子を揃えて歩く十二名の黒人の肩にかつがれて進んでいく。テントの綱や、うろつく動物や、肉を焼いている最中の三脚台に邪魔されて、そのつど右へ左へとよける。時おり、指輪を何個も嵌めた肉太の手が輿のカーテンをちらりと開ける。そして、る。

しわがれた声が罵倒の言葉を吐く。すると担ぎ手たちは停止して、野営地の別の道へと曲がる。

赤紫のカーテンが捲《まく》りあげられた。ぶくぶくに膨れた無表情な人間の頭部が、大きな枕に横たわっているのが見てとれた。眉毛は端と端をくっつけた二本の黒檀の弓のようだ。縮れた髪に金のスパンコールが燦めき、顔色はあまりに蒼白で、大理石の削りくずをまぶしたように見える。首から下は輿いっぱいに詰めこんだ羊の毛皮に埋もれている。

兵士たちは、そこに寝そべっている男が主宰《スフェス》ハノンであることを認めた。つまり、判断の遅れでアエガテス海戦を敗北に導いた人物だ。リビア人相手にヘカトンピュロスで勝利をあげた際は寛大な振る舞いを見せたとはいえ、それは欲得ずくだと蛮人たちは考えていた。というのもハノンは、捕虜は全員死んだと共和国のほうへ言明しておきながら、一人残らず売り払って自分の儲けにしてしまったのだ。

兵士たちに向けて演説するのに具合のよい場所を求めてしばらく行き来したのち、ハノンは合図をした。輿は止まり、ハノンが二人の奴隷に支えられて、よろめきながら地面に足を置いた。

足に履いた半長靴は、黒いフェルト地に銀製の月型装飾を散らしたもの。ミイラのように包帯をぐるぐると脚に巻きつけているが、重なった生地のあいだから素肌がのぞく。太腿までつつむ緋色の胴衣からでっぷりとした腹の肉がはみ出す。首まわりの脂肪は幾重にも襞《ひだ》を成し、牡牛の肉だれのごとく胸のあたりまで垂れている。花柄が描かれた貫頭衣は、腋のあたりがはちきれそうだ。懸章も帯もつけて、さらに二重袖を紐でまとめた幅広の黒いマントをまとっている。このように目いっぱい衣を重ねた上に、青い石でできた大ぶりな首飾り、あちこちにつけた金の留め金、重たげな耳飾りも加わることで、もともと奇怪な容姿がむしろおぞましさを増していた。言わば石の塊から何かずんぐりした偶像の輪郭を粗削りに彫ってみた、といった風貌だった。というのも、全身に広がったレプラ**の症状のせいで血の気がなく、静物のような外見を呈しているのだ。しかし、禿鷲の嘴《くちばし》のごとく曲がった鼻は空気を吸いこもうと激しくふくらみ、睫毛《まつげ》がくっついて束になっている小さな目は、金属質の非情な光を放っている。片手にアロエのへらを持ち、それで体を引っ掻く。

ようやく、二人の伝令が銀のラッパを鳴らした。騒ぎは鎮まり、ハノンは語り出した。

まず最初に、神々と共和国を讃えた。蛮族の諸君も共和国のお役に立ててさぞ嬉《うれ》しかろう。ただ、もう少し道理をわきまえる必要がある。厳しい時世なのだから、「もしも主人が三粒しかオリーブを持たないならば、うち二粒を自分の取り分とするのは正当なことではなかろうか？」

老いた主宰《スフェス》はこうした格言や寓話を織り交ぜて演説しつつ、首を振って多少の賛意を促した。

ポエニ語で話していたのだが、周りにいるのは（武器も持たずに駆けつけた敏捷《びんしょう》な連中、ということだが）カンパニア人、ガリア人、ギリシア人で、要するにこの群衆は一人としてハノンの言葉を理解できなかった。ハノンはそのことに気づいたので話を止め、左右の脚に重心を移してずっしりした体を揺らしながら、考えこんだ。

そこで、隊長一同を召集しようと思いついた。伝令たちが集合の命令をギリシア語で叫んだ――クサンティッポス以来、カルタゴ軍の指揮にはギリシア語が使われている。

衛兵が鞭をふるって、兵士たちの群れを退けた。そして間もなく、スパルタ式密集軍団《ファランクス》の隊長や、蛮人の歩兵隊長が、各々の階級の記章と国ごとの甲冑を身につけて集まってきた。日は落ち、平野にはざわざわと人声が飛び交う。あちこちで火が焚かれている。人々は火から火へと移動しては、「どうなってるんだ？」と尋ね合った。主宰《スフェス》はなぜ金を配らないのか？

主宰《スフェス》は隊長たちに向かってカルタゴ共和国の際限のない支出について説明していた。国庫は空だ。ローマへの年賦金が重くのしかかっている。「われわれにはもはや打つ手がない。共和国はまことに憐れむべき状況なのだ！」

時おり、アロエのへらで手足を引っ掻き、あるいは話を中断して、奴隷が差し出す銀杯から、小鼬《いいずな》の黒焼きとアスパラガスを酢で煎じた薬を飲んだりした。飲み終えると真紅のナプキンで唇を拭いて、先を続けた。

「銀[*7]一シクルの値だったものがいまは金三シェケルだ、しかも農地は戦争のあいだ放置されたから、まるで利益を生まない。ツブリボラ貝の漁場はほぼ失ってしまったし、真珠すら目玉の飛び出るような値段。香油も神々に仕えるのにやっと足りるかどうかというありさまだ。食料品に至っては、お話にならない、まさしく災難だ。ガレー船がないので香辛料は切れる、その上キュレネ国境の叛乱《はんらん》のせいでタンジェ茴香《シルフィウム》を手に入れるのが至難の業なのだ。シチリアは奴隷の宝庫だったのに、もはやわれわれには出入りできない。ついきのうも、風呂の世話係一名と料理係四名のために、以前なら象をひとつがい買えたほどの金を出したところだ」

彼はパピルスの長い巻き物を広げた。そして、政府の出費を逐一読みあげていった。寺院の修復にいくら、道路の敷石を敷くのにいくら、船の建造に、珊瑚漁に、商人会《シュシティア》の拡充に、それからカンタブリア方面の鉱山で使う道具類にいくら。

ところが、隊長といえども、兵士と同じでポエニ語は解さず、傭兵同士の挨拶にポエニ語を使うにすぎなかった。通常なら蛮人軍にはカルタゴ人の士官を何人か配して通訳させるのだが、士官たちは戦争のあと復讐を怖れて身を隠してしまった。ハノンは通訳を連れてくることは思い及ばなかった。第一、彼のくぐもった声は、風に掻き消されて聞こえない。

鉄のベルトを締めあげたギリシア人たちが、耳をそばだてて、ハノンがなにを言っているのか見当をつけようとする一方、熊のごとく毛皮に身をつつんだ山の民は、警戒する目つきでハノンのほうを見たり、青銅の鋲《びょう》を打った棍棒《こんぼう》にもたれてあくびしたりしている。気が散りやすいガリア人はにやにやしながら高く結いあげた髪を揺すり、砂漠の民は灰色の羊毛でつくった衣を頭からかぶったまま、微動だにせず聞いている。ほかの者が後ろからどんどんやってくる。雑踏に押されて、馬に乗った衛兵たちがよろける。黒人たちは火のついた樅の枝を握っている。そんな中で、太ったハノンは芝の小山に立って説教をつづけた。

しかし蛮人たちは我慢も限界になってきて、不満のざわめきがのぼり、ほうぼうから罵声が飛びはじめた。ハノンは盛んにへらを振りまわした。周囲を黙らせるつもりで一段と声を張りあげる者も出てきて、騒ぎは加熱した。

突然、ひ弱そうな体つきの男がハノンの足許へ飛び出し、伝令のラッパをもぎ取ってひと吹きした。そしてスペンディオスは（そう、彼だったのだ）これから重要なことを言わせてもらう、と告げた。ギリシア語、ラテン語、ガリア語、リビア語、バレアレス語と、多彩な五つの言語で、この予告を早口にまくし立てると、隊長たちは半ば笑い、半ば驚いて、口々に答えた――「話せ！　話してみろ！」

スペンディオスはためらった。ぶるぶる震えていた。とうとう、もっとも数の多いリビア人に向かって、こう言った。

「みんな、この男の非道な脅しを聞いたか！」

ハノンは抗議しなかった、ということはリビア語を解さないわけだ。さらに試してみようと、スペンディオスは同じ台詞《せりふ》を蛮人たちの使うほかの言語で繰り返した。

蛮人たちは仰天して互いを見つめ合った。次いで全員が、ハノンの演説を理解できた気にでもなったのか、無言で示し合わせたかのごとく、一斉にうなずいて賛意を示した。

そこで、スペンディオスは激越な口調で語り出した。

「こいつはまず、よその民が崇《あが》める神々など、カルタゴの神々と比べれば絵空事にすぎないと言った。おまえたちのことを卑怯者、盗人、嘘《うそ》つき、犬ども、雌犬の産んだ畜生どもと呼んだ。共和国は、おまえたちさえいなければ（よくも言えたものだ！）、ローマに年賦金を払う羽目にならずに済んだのに、と。おまえたちが好き放題したおかげで、カルタゴの香油も、香辛料も、奴隷も、タンジェ茴香《シルフィウム》も使い果たしてしまった、なにしろおまえたちはキュレネの国境あたりの遊牧民と仲よしだからな。だが犯罪人には罰がくだされるであろう！そう言ってから、こいつは犯罪人に科される刑罰を読みあげた。道路の敷石を敷く作業や、軍艦の艤装《ぎそう》、商人会《シュシティア》の改装といった仕事に就かせ、残りはカンタブリア方面の鉱山へ送って岩を掘らせるのだと」

スペンディオスは同じ内容をガリア人、ギリシア人、カンパニア人、バレアレス人に言った。先ほど耳に留まった固有名詞がちらほら出てくるので、傭兵たちは彼が主宰《スフェス》の言葉を正しく伝えたものと信じた。「嘘をつくな！」と叫んだ者もいた。だがその声は周りの喧噪《けんそう》に搔き消された。スペンディオスは言い添えた。

「あいつが予備の騎兵隊を野営地の外に残してきたのを見なかったのか？　あの騎兵隊は合図ひとつで駆けつけて、おまえたちの首を残らず搔き切るんだぞ」

蛮人たちがそちらを見ようと振り向いて、人波が二手に割れたとき、ちょうどその真ん中に一人の人間が、痩せ細り、背中をたわめ、裸で、亡霊のごとくのろのろと歩いてきた。脇腹のあたりまで覆う長い髪は、枯れ葉や塵や棘にまみれている。腰や膝のまわりには藁《わら》の束や布の切れ端を巻いてある。土気色の皮膚が、肉のそげた四肢からだらりと垂れて、まるで枯れ枝に引っかかったぼろ切れのようだ。両手を絶えずがたがたと震わせ、オリーブの木の杖にすがって歩を進める。

松明を掲げている黒人たちの傍まで来た。すると色の悪い歯茎を見せて、呆《ほう》けた薄笑いのようなものを浮かべた。怯えた目で四方を取り巻く蛮人たちの集団を見つめている。

ところが、急に恐怖の叫びをあげると、男は群衆の背後へ飛びこんで隠れようとした。舌を縺《もつ》れさせて「やつらだ、やつらだ！」と言いながら、燦めく甲冑をまとってじっとしている主宰《スフェス》の衛兵を指さした。衛兵の馬はみな松明の明かりを眩しがって前肢で地面を踏みならしている。松明が闇のなかでパチパチとはぜる。生ける亡霊は身もだえしつつ怒鳴った。

「やつらにみんな殺された！」

バレアレス語で叫んだこの言葉によって、バレアレス人たちが寄ってきて、男の正体に気づいた。呼びかけに応えることなく男はただ繰り返す。

「そう、殺したんだ、一人残らず！　葡萄みたいに潰しやがった。あんなに立派な若い衆を、投石の名手を、おれの仲間、おまえたちの仲間を！」

葡萄酒を飲ませると、泣き出した。それから滔々《とうとう》と語りはじめた。

スペンディオスは喜びを隠すのに苦労しながら、ザルクサスが語る惨劇の内容をギリシア人やリビア人に説明した。スペンディオスにとってはあまりに折良く起きた出来事で、にわかには信じがたかった。バレアレス人たちは仲間の死にざまを知って色を失った。

三百名からなる投石部隊が、前日に下船したばかりだったために、傭兵軍出発の当日に寝過ごした。ハモン広場に着いたときには、蛮人たちはすでに発ったあとで、そのうえ陶製の弾丸は駱駝に背負わせる荷物のなかに入れてしまっていたから、武器もない。部隊がサテブ通りに入り、楢材に青銅板をかぶせて仕上げた市門のところまで来るように人々は仕向けた。そして民衆は一気に彼らに襲いかかったのだ。

そういえば、と兵士たちは怒号を耳にしたのを思い出した。スペンディオスはそのとき隊列の先頭に立っていたので、聞こえなかった。

その後、バレアレス人兵士たちの死骸はハモン神殿を取り囲む守り神《パテクス》の腕のなかに置かれた。人々は傭兵軍の犯したあらゆる罪をこれらの死体に着せて咎めた。大食、盗み、冒瀆、傲慢、それにサランボーの庭園の魚を殺したこと。死体は身の毛もよだつほどに切り刻まれた。祭司たちは死者の霊魂が苦しむよう髪の毛を焼いた。バラバラにした屍肉《しにく》を肉屋の店先に吊り下げた。噛みついた者すら一人ならずいた。夜になると、仕上げとして辻々に薪《まき》の山を組んで火をつけた。

遠くから湖が光って見えたのは、その炎だったのだ。何軒かの家に火が移ると、人々は死体の残りや瀕死の者を塀ごしに手早く投げこんでいった。ザルクサスは翌日まで湖のほとりの葦原にじっとしていた。それから野をさまよい、地面に残る足跡を頼りに軍隊の行方を探し求めた。朝のうちは洞穴に身を潜める。夜がくると歩き出す、傷から血を流し、飢えて、病んで、木の根と腐肉で命をつないで。ある日とうとう、地平線の彼方に槍の影を認めて、追った。あまりの恐怖と悲惨に見舞われたせいで、気がふれていた。

ザルクサスが話し終えるまではどうにか抑えていた兵士たちの怒りが、嵐のごとく爆発した。衛兵どもを主宰《スフェス》もろとも殺してしまえ。何人かが割って入り、まず主宰《スフェス》の話を聞くべきだろう、せめて自分たちの給料が支払われるのかどうか確かめようじゃないかと言った。そこで全員が「おれたちの金はどうした！」と叫んだ。ハノンは、持ってきたと答えた。

一同は前哨のほうへ駆けていき、やがて主宰《スフェス》の荷物が、蛮人たちに押し出されるかたちでテント群の中央に到着した。みなは奴隷が来るのも待たず、籠を開けていった。出てきたのは菫色《すみれいろ》の長着、スポンジ、孫の手、ブラシ類、香水、目許の化粧に使う錐型のアンチモン――これらはすべて、こうした贅沢《ぜいたく》に親しんだ富裕層からなる衛兵隊の持ちものだ。次いで、一頭の駱駝が銅製の大きなたらいを背負っているのが見つかった。主宰《スフェス》が道中で風呂をつかうために運ばせたものだった。これに限らず主宰《スフェス》の備えは万全で、生きたまま焼いて煎じ薬にするヘカトンピュロス産の小鼬《いいずな》まで、わざわざ檻《おり》に入れて持ってきていた。その上、病のせいで食欲旺盛なので、大量の食糧に大量の葡萄酒、魚醬、蜂蜜漬けの肉や魚、さらに溶かした鵞鳥《がちょう》の脂を雪と刻み藁で覆ったコンマゲネ名産の小壺もいくつもある。備蓄はとてつもない量に達していた。籠を開けても開けてもきりがない。そのたびに、波が寄せるように笑いが起こった。

傭兵への未払い金はといえば、エスパルトで編んだ大籠ふたつをほぼ満たす程度の量だった。しかも見てみると一方の大籠には、共和国が正式な通貨を惜しむときに使う円形の革が入っている。蛮人たちが愕然《がくぜん》としているのを見て、ハノンは、勘定があまりに煩雑だったために元老院のほうで確認作業が間に合わなかったのだと告げた。調べが済むまでの代用として、これを送ってきたのだと。

そこで、なにもかもがひっくり返され、滅茶苦茶にされた。騾馬も、召使いも、輿も、食糧も、装備も。兵士たちは袋から貨幣を取り出して石打ち刑のごとくハノンに投げつけた。ハノンはどうにかこうにか驢馬にまたがった。毛にしがみついて、叫び、泣き、こづきまわされ、あざだらけになって逃げながら、あらゆる神々の祟《たた》りが傭兵軍に降りかかるようにと呪った。宝石を連ねた大きな首飾りが耳許まで跳ねあがる。マントが長すぎて引きずってしまうので口にくわえて逃げていると、遠くから蛮人たちが怒鳴った。「失せろ、卑怯者、豚、モロク神のドブ！　カネと疫病の臭いでも撒き散らしてろ！　ほら行けよ、もっと急げ！」護衛隊もハノンの両脇について潰走していった。

蛮人たちの憤激は収まらなかった。カルタゴへ発った仲間たちが何人も戻ってきていないことを思い出した。殺されたんじゃないか？　不当にもほどがあると頭に血がのぼって、それぞれテントの杭を引き抜き、マントをまるめ、馬に手綱をつけはじめた。兜を着け、剣を差して、瞬く間に準備は整った。武器を持たぬ者は林へ飛んでいき、棍棒になる木を切ってきた。

夜明けだった。目を覚ましたシッカの住民たちが通りで騒ぎはじめた。「連中はカルタゴへ行くらしい」と口々にささやき、その噂はじきに国中に広まった。

どの山道からも、どの峡谷からも、男たちが姿を現す。羊飼いたちが山を駆けおりてくるのが見える。

蛮人たちが発ったあと、スペンディオスはカルタゴ産の種馬に乗り、別の馬に乗った奴隷に三頭目の手綱を引かせ、連れ立って平原をひとまわりした。

一張だけテントが残っている。スペンディオスは入った。

「起きてください、ご主人さま。立つんです。出発します!」

「どこへ行く?」とマトーは尋ねた。

「カルタゴ!」とスペンディオスは声を張りあげた。

マトーは、戸口で奴隷が用意していた馬に飛び乗った。

Ⅲ　サランボー

のぼりかけの月が海面すれすれに顔を出した。いまだ闇につつまれた町に、輝くもの、白いものが点々と光を放っている。どこかの中庭に置かれた戦車の梶棒、吊り下げた布きれ、塀の角、神像の胸元にかかった金の首飾り。神殿の屋根に取りつけたガラス球が、あちらこちらで巨大なダイヤモンドのごとく燦めいている。他方、建物の残骸らしきものや、黒土の山、庭園は、暗がりのなかでひときわ黒々とした塊を形づくる。マルカの低地では、漁師の網が家から家へと張りめぐらされ、あたかも巨大なこうもりが羽を広げているかのようだ。宮殿の最上階へ水を送る水車のキイキイと軋《きし》む音が止んだ。立ち並ぶテラスのあいだで、駱駝たちが駝鳥のように腹ばいになって悠然と休んでいる。門番はみな外で家の戸口にもたれて眠っている。巨像がひとけのない広場に長い影を落とす。遠くでは、時々、まだ燃えている供物の煙が青銅の屋根瓦から立ちのぼり、湿った微風が香辛料の香りとともに、海のにおいや、太陽に温められた城壁から漂う蒸気を運んでくる。カルタゴの周囲一帯で不動の水面が照り輝いているように見えるのは、山に囲まれた入り江とチュニス湖との両方に月明かりが射しているためだ。湖では砂州の合間にフラミンゴが薔薇色の長い列をなして並び、また彼方に見える墓所のふもとでは、広々とした潟が銀のかけらのように光っている。蒼穹《そうきゅう》が地上と交わる辺りには、かたや埃が濛々《もうもう》と巻きあがる平地、かたや海上を覆う霧が広がり、神殿《アクロポリス》の丘の頂上を見やれば、エシュムン神殿を取り巻く先細の糸杉がそよいでさわさわと鳴って、その音は城壁の下で埠頭《ふとう》に沿ってゆったりと同じリズムで打ちつける波のざわめきと呼応していた。

サランボーは、女奴隷に体を支えられて宮殿のテラスにのぼった。奴隷は燃えさかる炭を載せた鉄製の皿を手にしている。

テラスの中央には象牙でできた小ぶりな寝台があり、大山猫の皮を敷いた上に、神々に捧げられる宿命を負った動物である鸚鵡の羽根で作ったクッションが置いてあって、四隅に立てられた丈の高い香炉には、甘松《ナルド》、香料、肉桂《シナモン》、没薬《ミルラ》が入っている。奴隷は香を灯した。サランボーは北極星を見上げた。空の四方位にゆっくりと敬意を表すると、床にひざまずいたが、その床は天空を模して青金石《ラズライト》の粉を敷きつめ、金の星を散らしてある。次いで両肘を脇につけ、前腕を真っ直ぐ伸ばして両手を広げ、仰向いて月の光に顔をさらすと、言った。

「おお、我らが女神《ラベトナ》よ……バアラトよ……タニトよ！」その声は切々とした調子で長く引きのばされ、だれかに訴えかけるかのようだった。「アナイティス、アシュタルテ、デルケト、アシュトレト、ミュリッタ、アタラ、エリッサ、ティラタ！　秘められたる印によりて、鳴り響くシストルムによりて、地の畝によりて、永遠《とわ》の静寂と永遠の豊穣《ほうじょう》によりて、昏《くら》き海と碧き浜を統《す》べる女神、潤うものの女王に、栄えあれ！」

　二、三度、全身を大きく揺らすと、両腕を伸ばし、床の粉に額を埋めてひれ伏した。間髪を容れず奴隷がサランボーを引き起こした。というのも、しきたりによれば、祈願者が平伏したときは起こさなくてはならないのだ。それは神々に祈りが届いたと言ってやるのと同じことで、サランボーの乳母はこの信者のつとめを決して怠らなかった。

　乳母はまだほんの幼いころ、ゲトゥリアのダラ地方の商人たちによってカルタゴに連れてこられた。解放されたのちも主人たちを置いていこうとしなかったことは、*8右耳に開いた大きな穴が証し立てているとおりだ。穿《は》いているスカートは色とりどりの縞模様に彩られ、腰にぴったり沿ってくるぶしまで覆っており、そのくるぶしに嵌められた錫の輪がチリンチリンとぶつかり合う。やや平たい顔は、着ている胴衣に似て黄色い。非常に長い銀針の束を放射状にして後頭部に差しているのが、後光のように見える。鼻に珊瑚の粒をつけて、ヘルメス柱像よりもぴんと背筋を伸ばし、目を伏せて寝台の傍に控えている。

　サランボーはテラスの端へ進んでいった。束の間、地平線に目を走らせたのち視線を落として、眠りこんだ町を見やり、胸をふくらませてふうっと溜め息をつくと、留め金も帯もなしに体をつつんでいる白い長衣が上から下までふわりと揺れた。爪先の曲がったサンダルは山とちりばめたエメラルドに半ば隠され、髪は結わずに赤紫色の糸を編んだ網でまとめてある。

顔をあげると、月をじっと見つめ、それから頌歌《しょうか》の断片を交えた言葉でつぶやいた。

「なんと軽やかにまわることか、手に触れられぬ天の精気《エーテル》に支えられて！　エーテルもおまえの周りでは磨きあげられて艶《つや》を増し、おまえの絶え間ない運動のおかげで、実りをもたらす風や露が生み出される。おまえの満ち欠けにつれて、猫の目も豹の斑点も伸びては縮む。妻たちは子を産む苦しみのさなかにおまえの名を叫ぶ。おまえは貝をふくらませる。葡萄酒を泡立たせる。死体を腐らせる。海の底に真珠を成す。

そしてあらゆる芽が、おお女神よ！　おまえの潤いに満ちた昏き深みにて醸《かも》される。おまえが姿を現せば、地には安らぎが広がる。花々は閉じ、波は静まり、疲れた者はおまえに胸を向けて横たわり、そしてすべての大海と山々を含めた世界が、まるで鏡に向かうように、おまえの顔のなかに姿を映す。おまえは白く、優しく、明るく、汚れなく、救いをもたらし、清めをあたえ、澄みきっている！」

そのとき三日月は入り江の向こう側、温泉《オー＝ショード》山のふたつの頂に挟まれた谷間にあった。月は真下に小さな星をひとつ従え、全体が青白い輪に囲まれている。サランボーは言葉を継いだ。

「しかるにおまえは恐るべき主！　おまえを通じて、怪物が、ひとを脅かす亡霊が、偽りを告げる夢が創り出される。おまえの目はそびえ立つ建物の石を貪り、猿たちはおまえが若返るたびに病を得る。

おまえはどこへ行く？　なぜきりもなく姿を変える？　ときには細身になって背をかがめつつ、帆柱のないガレー船のごとく滑らかに宙を進み、あるいは群れを守る羊飼いさながら星々に取り巻かれる。艶々と円くなれば、戦車の車輪のごとく山々の頂をかすめる。

おおタニトよ！　おまえはわたしのことが好きだろう？　こんなにおまえを見つめてきたのだから。けれども、おまえは蒼穹を自由に駆けめぐり、わたしは動かぬ地上に残っている。タアナク、ネベルを取って、銀の弦をごく小さな音で鳴らしなさい、心が寂しくてたまらないから」

奴隷は自分の背丈を越す、デルタのような三角形をした黒檀製の琴の一種を持ちあげた。角を水晶球に入れて固定させると、両腕を使って弾きはじめた。

音は途切れなく、微かに、素早い動きで、蜂が唸るかのように鳴っていたが、だんだんと響きが増し、夜の闇へと飛び去って、すすり泣く波音や、神殿の丘《アクロポリス》の頂上に立ち並ぶ大木のささやきと混じり合った。

「やめて！」とサランボーは声をあげた。

「いったいどうしたのです、ご主人さま？　風がそよと吹いても、雲がひとつ流れても、いまはなにもかもが不安の種となって、心乱れるご様子」

「わからない」とサランボーは言った。

「お祈りが長すぎて疲れるのでしょう」

「ああ！　タアナク、葡萄酒に花を浸すように祈禱《きとう》に浸かって、溶けてなくなってしまいたいの」

「香の煙のせいかもしれない」

「それは違う」とサランボー。「芳香には神々の精が宿っているのだから」

そこで奴隷は主人の父上のことを話題にのぼせた。どうやらメルカルトの柱を越えた先、琥珀《こはく》の地へ向かって出発したらしい。「ですが、もしお戻りにならない場合は」と奴隷は言った、「お父様のかねてのご意向どおり、元老院議員の子息のなかから結婚相手をお決めにならねばなりません。男の方の腕に抱かれれば、ご主人さまの物思いも消えるでしょう」

「なぜ？」と娘は尋ねた。いままでに目にした男たちは、だれもかれも野獣のような笑い方をする上に、手足がごつごつして、見るたびに虫酸《むしず》が走る。

「ねえ、タアナク、時々自分の体の底から熱い息吹が、火山の湯気よりも重苦しいものが立ちのぼってくることがある。わたしを呼ぶ声が聞こえて、それから胸のなかで火の玉がぐるぐるまわりながら上へあがってきて、喉が詰まって死にそうになる。そのあと、なにか甘美なものが額から足まで流れて、体のなかへ染みこんでいく……優しく撫でられるような感覚につつまれて、体の上に神が横たわっているかと思うほどずっしりと重い感じがして。ああ、わたしは夜霧のなかに、泉の流れに、木々の樹液に溶け入りたい。この体から出て、ひと吹きの風、ひと筋の光になって、母なる神よ、おまえの許へのぼっていくことができたなら」

身を反《そ》らし、高々と両手を差しのべる白い衣装の彼女は、月のごとく青白く軽やかだった。それから象牙の寝台にくずおれると、荒い息をついた。そこでタアナクは主人の恐怖を追い払うため、海豚《いるか》の歯をあしらった琥珀の首飾りを首にかけてやり、するとサランボーは消え入りそうな声で言った。「シャハバリムを連れてきなさい」

父はサランボーが巫女の学校へ行くことをよしとせず、民衆にとってのタニト信仰についてもなにひとつ娘に知らせまいとした。自分の政治に役立つ結婚をさせるつもりで手許に置くことにしたのだ。だからサランボーはこの宮殿の真ん中で、一人きりで暮らしていた。母はとうの昔に亡くなっている。

物忌みや、断食や、浄《きよ》めの儀式を繰り返しながら育ち、つねに繊細で厳かな品物に囲まれて、体は香水にあふれ、心は祈りに満ちている。葡萄酒を味わったこともなければ、肉を口にしたこともなく、また穢《けが》れた獣に触れたことも、死者の家に足を踏み入れたこともない。猥褻《わいせつ》な神像の類は知りもしない。というのも、神々はそれぞれに多様な形をとって現れるため、同じひとつの原理を示すのにいくつもの祭式があり、互いに食い違うことも珍しくないのであって、サランボーが崇めるのは天体に託されたタニト女神の姿だった。月の影響が乙女のもとへ降りかかる。月が細くなるにつれ、サランボーは体が弱くなる。日中はずっとぐったりしていて、夜がくると元気を取り戻す。月蝕《げっしょく》の折に命を落としかけたこともあった。

女神《ラベト》は、サランボーが自分に身を捧げず純潔を守っているのを恨みに思い、妄念をあたえることで敢えてサランボーを苦しめていた。これらの妄念は漠然としている上に、乙女の信心のなかに染みこみ、信心によって掻き立てられるだけに、なおさら強い威力を発揮した。

サランボーは、絶えずタニトのことを気にかけていた。女神の身に起きた波瀾万丈の出来事や、重ねた旅の数々、またあらゆる別名を覚えて、どんな意味合いがあるのかはっきりとはわからないままにそれらの名を繰り返し唱えた。教義の深みへ分け入るため、神殿の一番奥にあるという、カルタゴの運命を左右する見事なヴェールをまとった古い偶像をこの目で見てみたいと思っていた。ある神についての思念は、その神を象《かたど》った物体と明確に切り離されてはおらず、そのため神の模像を手にすること、あるいは目で見ることさえも、その神のもつ徳の一部分をわがものとすること、そしてある意味でその神を支配することと見なされていた。

サランボーは振り返った。シャハバリムが衣の裾につけている金の鈴の音がしたのだ。

シャハバリムは階段をのぼってきた。そしてテラスに踏み入ったところで、腕を十字に組んで立ち止まった。

落ちくぼんだ目が墓場の灯のごとく光っている。ひょろりと痩せた体を覆うたっぷりした麻の長衣は、足首のところで鈴とエメラルドの玉を交互に連ねて、重たげに見える。ひ弱な四肢に、傾げた首、尖《とが》った顎。肌は触れればひやりとしそうで、深い皺が刻まれた黄色い顔は、ある欲望、ないしは永遠の悲しみにこわばったかのようだ。

これがタニト神殿の祭司長、サランボーを育てた者だった。

「話しなさい」と彼は言った。「なんの用だね」

「わたしの望みは……約束してくれたと言ってもいいはずですが……」サランボーは口ごもり、戸惑いを見せた。それから急に語り出した。「なぜわたしを軽んずるのです？ わたしが儀式の折にしそびれたことでもありましたか？ あなたはわが師であり、わたし以上に女神のことに通暁している者はいないとあなたは言いました。なのにわたしに言おうとしないことがある。そうではありませんか、祭司よ？」

シャハバリムはハミルカルの命令を想起した。こう答えた。

「いや、私にはもう教えることはない」

「ある精霊が」と彼女は引き取った、「この憧憬《しょうけい》にわたしを駆り立てるのです。わたしは遊星と知性の神エシュムンのきざはしを一歩一歩のぼった。テュロスの全植民地の守護神メルカルトの金のオリーブの根元で眠った。光明と豊穣をもたらすバアル＝ハモンの扉を押し開けた。地下のカベイロイの神々や、森の神、風の神、河の神、山の神にも犠牲を捧げた。けれども、どの神もあまりに遠いところ、高いところにいて、感覚を欠いているのです、わかりますか？ ところが、かの女神のほうは、わたしの生命に溶けこんでいる感じがする。わたしの魂はかの女神に満たされていて、ときどき体内に痛みが走って震えるのも、女神が逃げ出そうとして跳ねたせいかと思うほどです。もうじき声を聴けそうな、顔をひと目なりと見られそうな気がして、燦めく閃光を感じて目が眩《くら》む、でもそのあとは暗闇に舞い戻るのです」

シャハバリムは黙っていた。サランボーはすがる目で促した。

ようやくシャハバリムは、カナン系に属さない奴隷タアナクに対して下がるよう合図した。

タアナクが立ち去ると、シャハバリムは片腕を高くかかげて、語りはじめた。

「神々の寄り来る以前、闇のほかにはなにもなかったが、ただひとつの息吹が、夢見るひとの意識のごとく、重々しく茫漠とたゆたっていた。息吹は収斂《しゅうれん》して《欲望》と《虚空》を創り、《欲望》と《虚空》から始原の物質が生じた。それはどろどろした水で、黒く、冷たく、どこまでも深かった。水のなかには感覚をもたぬ怪物たちがいた。すなわち多くの聖所の壁に描かれているとおり、生まれつつある形態のさまざまな部分がとりとめなく散らばっていたのだ。

次いで物質は凝《こご》った。一個の卵となった。それが割れた。半分は地となり、もう半分は天となった。太陽、月、風、雲が現れた。そして轟《とどろ》きわたる稲妻に、賢き動物たちが目覚めた。そこでエシュムンは星光る天球に延び広がった。ハモンは太陽のなかで輝いた。メルカルトは両腕で太陽をガデスの向こうへ押しやった。カベイロイの神々は火山の底へ降りてゆき、我らが女神《ラベトナ》は乳母さながらに世界の上に身をかがめて、乳のごとく光を注ぎ、マントのごとく闇を注いだ」

「それから？」とサランボーは言った。

起源の神秘を語ったのは、より高い視点に立つことで相手の気を紛らせようとしたためだった。ところが最後の一言で乙女の欲望にふたたび火がついてしまったので、シャハバリムは半ば相手に譲歩するかたちで、つづけた。

「女神は人間の愛情を呼び起こし、統治する」

「人間の愛情を」とサランボーは夢みるように復唱した。

「女神はカルタゴの魂」と祭司は言葉を継いだ。「各地に広まってはいても、女神が住まうのはここ、例の聖なるヴェールのもとなのだ」

「ああ、祭司よ」とサランボーは声をあげた。「わたしは拝見できるのでしょう？　連れていってください。もう長いこと迷ってきました。けれども、どんなお姿なのか知りたい気持ちをどうしても抑えることができません。お願いです、救ってください。すぐに参りましょう！」

祭司は威厳に満ちた激しいしぐさで振り払った。

「言語道断！　そんなことをすれば命を落とすと知らぬわけでもあるまいに。両性具有の神々《バアル》は、男の精神と女の弱さを併せもつわれわれのような祭司にのみ姿を露《あら》わにするものなのだ。おまえの望みは冒瀆にほかならない。学んだ知識以上のものを求めるな」

サランボーはひざまずき、悔い改めのしるしに指を両耳に当てた。祭司の言葉に打ちのめされ、反撥《はんぱつ》と怖れと屈辱とで胸がいっぱいになって、すすり泣いている。シャハバリムはすっくと立ったまま、平然としていた。足許で震えているサランボーを上から下まで眺めまわした。そして、この娘がタニト女神に近づきたくて苦しむのを見ていると、やはり女神を完全にはわがものとできない身として、ある種の喜びが湧いてきた。早くも鳥が鳴きはじめ、冷たい風が吹き、白んできた空に小さな雲の群れが走っていく。

突然、遥か遠く、チュニスを越えた辺りに、薄い霧のようなものが地面にたなびくのが目に入った。次いでそれは高くそびえる巨大な灰色をした砂埃の幕となり、その大群衆のあちこちから駱駝の頭部が、槍が、楯が出現した。カルタゴへ押し寄せる蛮人軍だった。

Ⅳ章～Ⅸ章梗概

傭兵軍はカルタゴに対して給与の支払いを求めるが、交渉に来たジスコンを傭兵たちは怒りに任せて捕らえてしまう。一方、サランボーを忘れられないマトーは、スペンディオスに導かれ、高架水道を通じてカルタゴに潜入《ザインフ》する（Ⅳ章）。夜間、タニト神殿に忍びこんだ二人は女神像を覆う聖衣を盗み出す。さらにマトーはサランボーの寝室に入りこんで衣を差し出すが、恐怖に駆られたサランボーは助けを呼び、マトーは衣をまとったまま逃げ出す（Ⅴ章）。

マトーはナラヴァスと同盟を結び、対カルタゴ戦の準備を進める。カルタゴ軍を指揮する主宰《スフエス》ハノンは、味方についた植民都市ウティカを守るべく傭兵軍を撃退するが、ウティカ城内で贅沢に耽《ふけ》るあいだに傭兵軍が反撃、ハノンは潰走する（Ⅵ章）。

長い留守を経てカルタゴに帰還した主宰《スフエス》ハミルカルは、元老院で娘のサランボーが傭兵と情を通じたと告げられ衝撃を受ける。傭兵たちの乱暴狼藉《ろうぜき》がわが財産にあたえた被害を目にして、ハミルカルは傭兵軍と戦う任務を引き受ける（Ⅶ章）。マカラス河畔で両軍は戦を交えるが、スペンディオス率いる部隊は、戦略に長けたハミルカルの罠《わな》に嵌り、別部隊を連れたマトーが到着したときには完敗を喫していた（Ⅷ章）。

勢いに乗ってハミルカルは地域全体を掌握するものの、本国からの食糧援助が届かないために軍の士気は下がっていく。戦局の停滞に苛立つカルタゴ住民は、これをタニトが聖衣《ザインフ》を失ったせいだと考え、衣を奪われたことの責任をサランボーに押しつける（Ⅸ章）。

Ⅹ　蛇

民衆が浴びせる非難の嵐に、ハミルカルの娘は怯《ひる》まなかった。

それよりも差し迫った心配事のために気が気でなかった――飼っている大蛇、黒い錦蛇に元気がないのだ。蛇はカルタゴ人にとって、国家単位でも、また民間においても崇拝の対象となっていた。地中深くから這い出てくる上に、足がなくても動きまわれるところから、泥土の息子と信じられている。蛇の動きは河の波を、体温は無数の生命をはぐくむ古《いにしえ》のぬめぬめした暗闇を連想させ、またおのれの尾を嚙んだときに形づくられる輪は、惑星の集合、エシュムンの知性を思わせる。

サランボーの蛇はもう何度も、満月と新月のたびに供される四羽の生きた雀を拒んでいる。天空のごとく真っ黒な地に金の斑点が散って美しかった肌は、いまや黄色くなって、張りを失い、皺が寄り、たるんでいる。ふわふわした黴《かび》が頭部を覆いつつある。さらに瞼の隅に点々と小さな赤い粒ができて、しかもそれらが動いているように見える。時おり、サランボーは銀糸で編んだ蛇籠の傍へ寄った。赤紫のカーテンと、蓮の葉と、鳥の綿毛をのける。蛇はいつもとぐろを巻いたまま、萎《しお》れた蔓草《つるくさ》も同様、微動だにしない。じっと見つめつづけていると、自分の心のなかに螺旋のようなもの、もう一匹の蛇のようなものがいる感じになって、それがだんだん喉元へよじ登って首を絞めつける気がしてくる。

サランボーは聖なる衣《ザインフ》を目にしてしまったことに絶望していた。けれども、ある種の嬉しさ、密かな誇りを感じてもいた。ひとつの神秘が、きらびやかな襞のあいだに隠れている。あのヴェールは神々を、万物の存在の秘密をつつむ霞《かすみ》なのだ。そう思うと、自分で自分を空恐ろしく感じながらも、捲りあげてみればよかったと悔やんだ。

彼女はほとんど常に続き間の奥の方にうずくまったきりで、立てた左脚を両手で抱え、口を半ば開けてうつむき、目を凝らしていた。父の顔を思い出しては、ぞっとした。フェニキアの山地へ旅立ちたい、タニト女神が星の姿を借りて降り立ったというアファカの神殿へ詣でたいと思った。ありとあらゆる想像に惹きつけられ、あるいは脅かされる。加えて孤独が辺りをつつみ、日ごとにふくらんでいく。父ハミルカルがどうなったかすら、知らずにいた。

思い悩むのにも飽きて、立ちあがると、一歩ごとに踵《かかと》のところで靴底がパタンと鳴る小ぶりなサンダルを引きずりつつ、しんとした広い寝室をあてもなく歩きまわる。天井のアメシストやトパーズが、震える光の斑点をあちこちに投げかけていて、サランボーは歩きながら、少し首をひねってそれらを眺める。いくつも吊り下げてある把手付壺《アンフォラ》の首を握ってみる。大きな扇で胸元に涼しい風を送ったり、空洞ビーズに入った肉桂《シナモン》を燃やしたりして遊ぶ。日暮れになると、タアナクが壁のところどころに設けた穴をふさぐ四角い黒のフェルトを外す。するとタニト神殿の鳩と同じように麝香《じゃこう》をすりこんだ数羽の飼い鳩がひょいと入ってきて、大麦の粒が散ったガラスのタイルの上に薔薇色の脚を滑らせるが、その大麦はサランボーが、畑で種を蒔くひとさながら、手にいっぱい摑んでは投げるのだ。けれどもサランボーは不意に泣き出して、牛革の紐を張った大きな寝台に横たわると、身じろぎもせず、目を見開き、死人のごとく青白い顔をして、麻痺したような生気のない様子でひとつの言葉を、いつでも同じたったひとつの言葉を何度も何度もつぶやく。そうしながら、椰子の梢《こずえ》にいる猿の鳴き声と、斑岩製の大盆に注いだ清水を上階へ運びあげる大車輪の小止《こや》みなく軋む音とを、聞くともなく聞いている。

ときには、何日にもわたって食事を拒んだ。妖しい星が足の下を通る夢を見た。シャハバリムを呼んだが、相手が来てみると、言いたいことはなくなっていた。

シャハバリムのいる安心感がなくては暮らしていけない。だが内心、こうして支配されていることに反撥を感じてもいる。祭司長に対する感情は、怖れと、妬《な》みと、憎しみと、傍にいれば独特の刺激が得られることへの感謝が生む一種の愛情とが綯《ま》い交ぜになったものだった。

　どの神が病気をもたらしているかを判断する能力に長けたシャハバリムは、女神《ラベト》が影響を及ぼしていると見てとった。そこで、サランボーを癒すため、住まいにバーベナと蓬莱羊歯《アディアンタム》の消毒液を撒《ま》くよう指示した。サランボーは毎朝マンドラゴラを食べた。眠るときには祭司たちの調合による香料を詰めた袋を枕にした。バアラ、すなわち北方において死の精を追い払うとされる炎の色をした根までも、シャハバリムは使った。とうとう北極星に向かってタニトの神秘の名を三度つぶやいたが、それでもサランボーが相変わらず臥せっているので、祭司の懸念は深まるばかりだった。

カルタゴに彼以上に博学な者はいなかった。若いころにはバビロン近郊、ボルシッパにある拝火教祭司《モグベド》の学校で学んだ。次いで訪れたのはサモトラケ、ペシヌス、エフェソス、テッサリア、ユダヤ、砂に埋もれたナバテアの数多の神殿。それからナイル河沿いを滝のつづくあたりから河口まで踏破した。《恐怖の父》たるスフィンクスの胸先を目の前にして、ヴェールに顔をつつみ松明を振りながら、サンダラック樹脂の炎に黒い雄鶏を投げこんだ。プロセルピナの洞窟へ降りていったこともある。レムノス島の迷宮を成す五百本の柱がまわるのも見れば、一年の日数と同じだけの燭台を一本の軸が支えるタラントの巨大燭台が輝くのも見た。時々、深夜にギリシア人を招いては質問した。世界の構造が、神々の性質に劣らず気にかかるのだ。アレクサンドリアの柱廊に置かれた天球儀を用いて、春分点と秋分点を観察し、恵与者プトレマイオス三世の命を受けた歩行家《ベマティスト》、つまり自分の歩いた歩数を計算して天空を測る専門家たちに付き添って、キュレネまで行った。そうしたことから、いまや彼の頭のなかには、ある特殊な宗教が育ちつつあって、それは定まった形式をもたないのだが、まさにそれゆえに眩惑《げんわく》と熱気に充ち満ちていた。地球が松ぼっくりのようなものだとは、もはや信じていない。彼の信ずるところでは、地球は丸く、無限の空間のなかを、人間には感知できないほど驚異的な速度で落ちつづけているはずなのだ。

太陽が月よりも高い位置にあることから、彼はバアル神が常に優位にあると結論していた。そもそも太陽とはまさしくバアル神の反映、現身《うつしみ》にほかならないのだ。のみならず、地上のさまざまな物事を鑑《かんが》みるに、殺戮《さつりく》と結びついた男性原理の優越は認めざるを得ない。しかも彼は密かに、自分の不運な人生を女神《ラベト》のせいにしていた。かつて祭司長がシンバルの大音響のなか、こちらへ向かって進み寄り、男としての将来を摘みとったのは、ほかならぬタニト女神のためではないか。そのようなわけで、彼は鬱々とした目つきで、楷樹《テレビン》林の奥へ巫女とともに姿を消す男たちを見やるのだった。

シャハバリムの日々は香炉や金の壺、火ばさみ、供物台の燃えがらに使う熊手、さらにはあらゆる神像の衣装を点検する仕事に費やされ、それは一体の古いタニト像の髪の毛を縮らせるための銅針一本が、三番目の厨子《ずし》のなか、エメラルドの葡萄の隣に置いてあるといったことにまで及ぶ。毎日同じ時刻に、大判の壁布を捲りあげる、するといつもと同じ扉が背後で閉まる。同じ姿勢で両腕を広げて、しばしそのままでいる。同じ敷石にひれ伏して祈り、その間、周りでは多数の祭司が、永遠の夕暮れを思わせる薄明かりに満たされた回廊を裸足で行き来する。

しかし、かくも無味乾燥な生活にあって、サランボーの存在は墓石の割れ目に咲いた一輪の花も同然だった。にもかかわらず、彼はサランボーに厳しくあたり、贖罪《しょくざい》を課したりきつい言葉をぶつけたりすることも辞さない。シャハバリムの身分からして、二人のあいだには言わば同性同士の対等な関係のようなものが成り立っており、彼としてはこの娘を手に入れられないことよりも、彼女が見るからに美しく、かつあまりに純粋無垢であることこそが恨めしかった。しばしば、彼女がこちらの考えについていくのに疲れてきたことが伝わってくる。そうなると、部屋を去るときには悲しさが募った。いつもに増して見放された気持ちになり、寂しく、空しかった。

時には、シャハバリムの口から洩れる奇妙な言葉が、谷底を皓々《こうこう》と照らす稲妻のようにサランボーの目の前を通っていくこともあった。そうしたことが起きるのは夜更けのテラスで二人きりで星を眺めているときだ。カルタゴは二人の足許に広がり、入り江と沖は闇の色にぼんやりと紛れている。

シャハバリムは、魂が太陽と同じ道を辿り、黄道十二宮《こうどう》に沿って地上へ降りてくるという理論をサランボーに説明していた。腕を伸ばし、牡羊座において人間が生成する門にあたる位置を、また山羊座において神々のもとへ帰還する際にくぐる門にあたる位置を指さす。するとサランボーはなんとかしてその門を見つけようとする。要するに彼女はこうした概念を現実と勘違いしていた。純然たる象徴も、言葉の綾《あや》さえも、それ自体として本当にあるものと見なしてしまうのだが、その区別は、祭司シャハバリムにおいても、必ずしも明確とはかぎらなかった。

「死者の魂は」と彼は言う、「死体が地中で分解するのと同様に、月のなかで分解する。魂の流す涙が月の水分を成す。ぬかるみと瓦礫《がれき》と嵐の絶えない暗黒の地だ」

サランボーはそこで自分がどうなるのかと問うた。

「はじめは、海上にたゆたう靄のごとく重みを失って、無気力に過ごす。その後は試練や懊《おう》悩《のう》に見舞われる長い期間が訪れ、それが終われば太陽の中心へ、《叡智《えいち》》の源そのものへと入っていく」

このとき祭司は女神《ラベト》に言及しなかった。自分の仕える女神が凌駕《りようが》される立場にあることから遠慮して口に出さずにいるのだろうとサランボーは独り合点して、月を指す一般的な言葉を用いて女神に呼びかけ、優しき豊穣の星への祝福を連ねた。すると、しまいに祭司は一喝した。

「違う！　女神のもつ富はどれも相手から分けあたえられたものなのだ。太陽の周りをうろつくさまを見なさい、恋した男を野原で追いまわす女のようではないか」そして祭司は絶え間なく日光の徳を讃えた。

サランボーの抱く神秘への欲望をくじくどころか、祭司は逆にそうした傾向を助長しており、それればかりか無慈悲な教義を明かしては相手を困惑させることに楽しみを見出している気配すらあった。サランボーは自分の憧れが傷つけられる痛みを覚えながらも、教義が示されるたび必死に飛びついた。

だがシャハバリムは、タニト女神を疑っている自分を意識すればするほど、かえって信じたい気持ちに駆られた。心の底で、良心の呵責《かしゃく》に引き留められていた。神々がもたらすなんらかの証、神々の顕現に相当するものがあればよいのだと思い、そこで、あわよくばそれを手に入れられそうな、そしてそうなれば祖国と自分自身の信仰とを同時に救ってくれるはずの企てを思いついた。

それからというもの、彼はサランボーの前で、神が冒瀆されたために天の領域にいたるまで不幸が生じていると嘆くようになった。次いで唐突に、主宰《スフェス》ハミルカルがマトー率いる三つの軍隊の襲撃を受けて危機に瀕していると告げた。というのもカルタゴ人にとってマトーは、ヴェールの一件以来、蛮人たちの王に等しい存在なのだ。祭司はさらに、カルタゴ共和国およびハミルカルの生命は、娘であるサランボーただ一人にかかっていると言い添えた。

「わたしに！」と彼女は叫んだ、「わたしになにができると？」

するとし祭司は侮蔑の笑みを浮かべて言う。

「どうせ受け入れないだろう」

サランボーは懇願した。そこでようやくシャハバリムは応じた。

「蛮人たちのところへ行って、聖衣《ザインフ》を取り返すのだ」

彼女はくずおれるように黒檀の腰かけに座りこむと、脚のあいだに両腕をだらりと垂らしたまま、あたかも祭壇の下で棍棒の一撃を待つ生贄のごとく全身で震え出した。こめかみが激しく脈打ち、目の前を火の玉が旋回するのが見えて、ただ茫然としながら、ただひとつ理解できたのは、自分は間違いなくもうすぐ死ぬ、ということだった。

しかし、それで女神《ラベト》が勝利するならば、それで聖衣《ザインフ》が戻ってカルタゴが解放されるならば、女一人の命などかまうものか！　そうシャハバリムは思っていた。第一、ヴェールを手に入れて、かつ生きながらえることも、あり得ないわけではなかろう。

シャハバリムは三日間、顔を出さなかった。四日目の夜、サランボーは彼を呼びにやった。サランボーの気持ちを掻き立てるため、シャハバリムは元老院の会議中にハミルカルに対して放たれた罵詈《ばり》雑言《ぞうごん》を残らず伝えた上で、おまえは過ちを犯したのだ、罪を償わねばならない、女神自身がこの犠牲を命じていると語った。

大きなどよめきが何度も、マパリア岬越しにメガラまで聞こえてきた。シャハバリムとサランボーは急いで外へ出た。そして軍船の階段の上から、二人で眺めた。

ハモン広場に集まった人々が、武器を求めて怒鳴っていた。元老院のほうでは、戦っても無駄だと判断して受け渡しを拒んでいる。司令官なしで先に出発した者はすでに軒並み殺されているのだ。それでもとうとう戦地へ向かうことが認められると、人々はモロク神を讃えるためか、あるいはただなにかを破壊せずにいられなくなったのか、神殿の林の大糸杉を何本も引き抜き、カベイロイの神々がかかげる松明で火をつけて、通りから通りへとかついで歩きながら歌を歌った。いくつもの巨大な炎が、ゆっくりと左右に揺れながら進んでいく。神殿の天辺にあるガラス球や、巨像を彩る装飾、船の衝角を照らし出し、家々のテラスを越えるほど高く燃えあがって、まるでいくつもの太陽が街を転がっていくかに見える。炎は神殿の丘《アクロポリス》を下っていった。マルカの門が開いた。

「覚悟はできたか？」とシャハバリムは声を張りあげた、「それとも、あなたを見捨てますと父上に伝えてくれるよう、あそこにいる連中に頼んでおいたのか？」サランボーはヴェールで顔を隠した。あかあかと光る炎はだんだん遠ざかり、波打際へと下りていった。

得体の知れない恐怖に囚われて、サランボーは決めかねていた。モロク神が怖い、マトーが怖い。巨人並みの体をしたあの男は、聖衣《ザインフ》の主である以上、バアル神と同じほど女神《ラベト》を圧倒し、バアル神と同様の眩しい光につつまれているように思える。そもそも神々の魂というものは、人間の体に宿る場合がある。シャハバリムがマトーに関して言っていることは、要するにモロク神を打ち負かせとこの自分に命じているのではないか？　モロク神とマトーが混ざり合う。どちらがどちらかわからなくなってきた。両方に追われている気がした。

未来を知ろうと、蛇のほうへ近づいた。蛇の身ぶりで吉凶を占う慣わしがあったのだ。籠は空だった。サランボーは狼狽した。

見つけたとき、蛇は吊り寝台の傍にある銀の柵に尻尾を巻きつけ、黄色味を帯びた古い皮から抜け出そうと柵に体をこすりつけており、明るく艶《つや》やかな新しい体が、鞘《さや》から半分出した剣のように長々と横たわっていた。

つづく数日、サランボーがだんだん説得に応じる気持ちになって、タニト女神を救う意志が固まってくるにつれ、錦蛇は癒えて、太っていった。生き返ったといった様子だ。

こうなると、シャハバリムの言が神々の意志を表しているという確信は揺るぎないものとなった。ある朝、目覚めるなり意を決して、彼女はマトーからヴェールを返してもらうにはなにをすべきかと問うた。

「要求することだ」とシャハバリムは言った。

「断られたら？」

祭司はじっとこちらを見つめながら、いままでに見たことのない微笑を浮かべた。

「ですから、どうすればよいのでしょう？」とサランボーは重ねて訊いた。

祭司はうつむいて佇んだまま、冠から両肩へ垂らした細帯の先を指でまるめていた。相手が察していないと見て、ようやく言った。

「あの男と二人きりになるのだ」

「そのあとは？」と彼女は訊いた。

「男のテントに入る」

「それで？」

シャハバリムは唇を嚙んだ。遠回しな文言を探した。

「おまえが死なねばならぬとしても、それはもっと先の話だ」と言った、「先のことだ。安心しなさい。そして、やつがなにを仕掛けようと、ひとを呼ぶな。怖がることはない。慎ましくしていればいい、わかったな、天の命令と心得て、相手の望みにおとなしく従うように」

「ヴェールは？」

「神々の計らいがあるはず」とシャハバリムは答えた。

サランボーはさらに言った。

「祭司さま、付き添ってはいただけませんか」

「駄目だ！」

彼はサランボーをひざまずかせると、左手を上へあげ、右手を横へ伸ばした姿勢を保って、タニトのヴェールをカルタゴに持ち帰ることをサランボーに代わって誓った。彼女は激しい呪いの言葉を交えて神々にわが身を捧げ、シャハバリムが一言発するたびに、気を失いそうになりながら復唱した。

祭司はサランボーが済ませておくべきさまざまな浄めや断食の儀式、そしてマトーのもとへ辿りつく方法を教えた。いずれにせよ、道を知っている男が一人、同行する手筈になっている。

彼女は解放されたような気分になった。聖衣《ザインフ》にふたたびまみえる幸運をひたすら思い、いまとなってはシャハバリムの勧告に深く感謝していた。

ちょうどカルタゴの鳩がシチリア島内、エリュクス山のウェヌス神殿辺りへ渡っていく季節だった。旅立ちに先立つ数日間、鳩は互いに探し、呼びかけ合って、集まる。そしてある晩、一斉に飛び立つ。追い風にあおられつつ、その白い大きな雲のようなかたまりは、海上の遥かな高みを移動していく。

水平線は血の色に染まっている。鳩の群れは少しずつ海へ降りていくように見える。しまいには太陽の口に自ら落ちて呑みこまれるごとく消えた。遠ざかっていく鳩の群れを見つめていたサランボーは、うなだれた。タアナクはその心痛を察した気になって、優しく言った。

「ご主人さま、鳩は戻ってまいりますよ」

「ええ。わかっています」

「また会えます」

「どうでしょうね」そう答えて、溜め息をついた。

彼女は自分の決断をだれにも洩らしていなかった。極力ひとに知られずに実行するため、必要なものは（家令に言いつけるのではなく）タアナクを城壁外のキニスド地区へ遣《や》って買ってこさせた。朱、香料、麻の帯に新しい服。老いた女奴隷はこのような支度に仰天したものの、問い質すことは憚《はばか》られた。そうして、サランボーの出立の日とシャハバリムが決めたその日がやってきた。

十二時ごろ、サランボーは桑林の奥に盲目の老人が一人、前を歩く子どもの肩に片手を載せ、もう片方の手で黒い色の木でできた一種の竪琴を小脇に抱えているのを目に留めた。宦官たち、奴隷たち、女たちは周到に遠ざけられていた。これから密かに行われようとしていることを知りうる者はいない。

タアナクが、部屋の四隅にストロブスとカルダモンをたっぷり入れて置いた三脚台に火をつけていった。それからバビロニア製の大判のタペストリーを何枚も広げ、紐に吊るして、寝室の壁面をぐるりと覆った。なぜならサランボーは、壁にすら見られることを嫌ったのだ。竪琴奏者《キノール》は扉の外にしゃがみこみ、少年のほうは立ったまま、口に葦笛を当てていた。遠くでは、通りの喧噪が落ち着いてきて、神殿の柱廊の手前には紫色の影が伸び、入り江の対岸では山裾や、オリーブ園や、用途の知れない黄色い土地が、どこまでもうねりつつ、青みがかった霧に溶けこんでいく。音ひとつせず、なんとも言えない重苦しさが空気を満たしていた。

サランボーは、水盤をふちどる縞瑪瑙《しまめのう》の段差のところでうずくまった。幅広の袖をたくしあげて肩の後ろで縛ると、神聖な作法に従って、型どおりに、浄めの儀式をはじめた。

次いでタアナクが、雪花石膏《アラバスター》の小壜に入った固まりかけの液体を持ってきた。冬の夜中、墓の残骸のなかで石女《うまずめ》たちによって喉を掻き切られた黒犬の血だ。サランボーがそれを耳と踵と、右手の親指にすりこむと、爪にも少し赤みが残って、果物を潰したときのように見えた。

月が昇った。すると竪琴と笛が同時に鳴り出した。

サランボーは耳輪、首飾り、腕輪を外し、白い長衣を脱いだ。髪に巻いたバンドもほどいて、しばらくのあいだゆっくりと肩に垂れた髪の毛を揺すり、髪に空気を含ませて冷やした。外では音楽がつづいている。ずっと同じ三音が、昂《たか》ぶった急激な速さで奏でられる。弦が軋み、笛が唸る。タアナクが手拍子を打つ。サランボーは全身を右へ左へと傾けながら祈りの言葉を朗唱し、着ていた服は一枚一枚、足許へ落ちていった。

重たいタペストリーが揺らぎ、吊り紐を乗り越えて錦蛇の頭が現れた。壁を伝う水滴のごとく、そろりそろりと降りてきて、散らばった布の合間を這い進むと、尻尾を床につけたまま、ぴんと立ちあがった。そして紅玉よりもきらきらと光る目で、サランボーを睨《ね》めつけた。

冷たさを怖れてか、あるいは羞恥《しゅうち》のせいか、彼女は最初ためらった。けれどもシャハバリムの命令を思い出して、前へ進んだ。大蛇はサランボーに凭《もた》れかかると、胴体の真ん中を首筋に引っかけて、頭と尾をぶらさげたので、まるで首飾りが途中で切れて両端が床まで垂れているようなかたちになった。サランボーは胴回りや、腋の下や、膝のあいだにも蛇を巻きつけた。次いで蛇の顎を摑むと、小さな三角形の口許を、自分の前歯すれすれまで近づけた。そして、半ば目を閉じながら、月光のもとで体を反らした。白い明かりを浴びた姿は銀の霧につつまれたように見え、濡れた足で歩いた跡が敷石を点々と光らせて、水底には星々が瞬いている。蛇は金色の虎斑《とらふ》の入った黒い輪となって体を締めつけてくる。サランボーはあまりの重さに息があがって、腰も真っ直ぐ保っていられず、このまま死んでしまいそうな気がした。蛇は尻尾の先でそっと腿のあたりを叩いている。それから音楽が止み、蛇は滑り降りた。

タアナクが傍へ戻ってきた。水を満たした水晶玉の内側で炎が燃える仕掛けの燭台を二台置くと、主人の手のひらをヘンナで染め、頬に朱を、瞼のきわにアンチモンを塗り、ゴム、麝香、黒檀、擂《す》った蠅の肢を混ぜたもので眉を長く引いた。

サランボーは、脚が象牙でできた椅子に深く腰かけて、奴隷の進める手入れに身を委ねていた。あちこち触られるのと、香料の匂い、それに度重なる断食のせいで、体がだるくなってくる。顔色が蒼白になって、さすがにタアナクは手を止めた。

「つづけなさい」とサランボーは言い、自らを奮い立たせて、一気に気力を取り戻した。すると居ても立ってもいられなくなった。早く早くとタアナクを急《せ》かせるので、老いた女奴隷はぶつぶつと言った。

「わかってますとも、ご主人さま！　まったく、待つひとがいるわけでもないのに」

「いるのよ」とサランボーは言った、「わたしを待つひとが」

タアナクは驚いて後ずさり、そして詳細を知ろうと、こう言った。

「わたしに命じておくことがおありですか。もし長く留守にされるのでしたら……」

ところがサランボーは泣き出している。奴隷は声をあげた。

「お辛《つら》いのですね。一体なにがあったのです？　行かないでください、連れていってください！　幼いころは、泣けばこの胸に抱いて、乳首をふくませて笑わせました。この乳を飲み尽くしたのはあなたです」そう言って干からびた乳房を叩いた。「いまやこの身は老いました。お役に立てることもない。もうわたしのことなど慕ってはくださらないのでしょう。悩みを隠して、この乳母を軽んずるのですね！」そして愛しさと悔しさのあまり、涙が頬を伝い、入れ墨の傷跡に沿って流れた。

「まさか」とサランボー、「あなたのことは好き。泣かないで」

タアナクは、老猿のしかめ面にも似た微笑を浮かべると、作業のつづきにかかった。シャハバリムの勧めにしたがい、サランボーは壮麗ないでたちになるようにとタアナクに言いつけてあった。そこでタアナクは主の注文に蛮人風の趣味で応え、創意と工夫を凝らした。

葡萄酒色の薄手の貫頭衣を着せた上に、もう一枚、鳥の羽根で刺繍《ししゅう》した貫頭衣を重ねた。金色の鱗を連ねた幅広のベルトを腰回りに沿わせ、その下には銀を点々と散らした青いズボンがふわりと波打っている。次にタアナクは、たっぷりした長衣に腕を通させたが、これは絹《セレス》の国から来た生地で仕立てたもので、白地に緑の縞模様。片方の肩先に結びつけた赤紫の四角い布は、下のほうに砂金紅玉《サンダストルム》の粒をつけてあるので、ずしりと重い。そして、こうした重ね着の仕上げに、裾を引く黒いマントを羽織らせた。それからタアナクは主人をしげしげと見つめ、自分の仕事の出来栄えに誇らしくなって、思わず口にした。

「いずれ来る婚礼の日にも、ここまでの美しさになるかどうか」

「婚礼の日」とサランボーは繰り返した。象牙の椅子に肘をついて、物思いに耽っている。

しかしタアナクが目の前に縦横とも特別に大きな銅製の鏡を押し立てたので、自分の全身が目に入った。そこでサランボーは立ちあがり、軽やかな手つきで、ほつれた髪の毛をひとすじ、元に戻した。

髪は金粉をまぶして、前髪を縮らせ、後ろのほうは長い巻き毛にして背中に垂らし、毛先には真珠をあしらってある。燭台の明かりに照らされて、頬紅や、衣装の金色の部分、肌の白さが際立つ。胴回りにも、腕や手にも、足の指にも、ふんだんに宝石をつけているので、鏡はまるで太陽のように光を跳ね返してくる。サランボーは、身を乗り出して主の姿を見ようとするタアナクと並んで佇みつつ、眩《まばゆ》い燦めきにつつまれて微笑んだ。

それから、まだ時間があるのを持て余して、うろうろと歩きまわった。

不意に、雄鶏の鳴き声が響きわたった。長い黄色のヴェールをさっと摑んで髪を覆い、肩掛けを首に巻きつけ、青い革の半長靴に足を入れると、タアナクに言いつけた。

「銀梅花《ミルト》の下に馬を二頭連れた男がいるかどうか見にいきなさい」

タアナクが戻るか戻らぬかのうちに、サランボーはもう軍船の階段を降りてきた。

「ご主人さま！」と乳母は叫んだ。

サランボーは振り向き、口許へ指を一本当てて、静かにするように、その場を動かぬようにと合図した。

タアナクは船首に沿って階段を一段一段ゆっくりと降り、テラスの下に着いた。そして遥か遠く、月光が注ぐ糸杉の並木道に、巨大な影がひとつ、斜めに傾いでサランボーの左側を歩いているのを認めた。これは死の予兆を示す。

タアナクは階段をのぼって寝室に戻った。床に身を投げ、爪でわが顔を引っ掻いた。髪の毛をむしり、力いっぱいに鋭い叫び声をあげた。

聞かれるかもしれないと思い至った。それで叫ぶのを止めた。

頭を両手で抱え、敷石に顔を押しつけ、声を殺して泣きつづけた。

XI　テントのなか

案内役はサランボーを連れて、灯台を越え墓所へ向かう道をのぼり、次いで狭い坂道が錯綜するモルヤという郊外の細長い町を降りていった。空が白みはじめた。時々、椰子の木でできた梁《はり》が塀からはみ出しているので、頭を下げてくぐらなくてはならない。二頭の馬は、並足でなだらかに進んでいく。こうして二人はテベステの市門に到着した。

重厚な扉が細めに開いている。二人は進み入った。背後で扉が閉まった。

しばらくのあいだ城壁のふもとを辿り、それから貯水場のところで折れて、テニア、すなわち湾と潟湖《かたこ》とを隔てながらラデスまでつづく幅の狭い帯状をした黄色い陸地に入っていった。

カルタゴ周辺は、海にも、草原にも、人影がなかった。スレートの色をした波がひたひたと寄せ、微風がほうぼうで水泡を押しあげて、海面に点々と白い裂け目をつくっている。ヴェールを何枚も巻いてきたとはいえ、サランボーは朝の冷気に身を震わせた。運動と外気のせいで頭がぼうっとする。そこへ太陽が昇ってきた。日光が後頭部をじりじりと灼《や》く。気づかぬうちに、少しまどろんでいた。二頭の馬は隣同士に並んで、音立てぬ砂に蹄《ひづめ》をめりこませつつ、側対歩で進んでいった。

温泉山《オー＝ショード》を過ぎると、地面がしっかりしてくるので、速度をあげて先へ向かった。

種をまき畑を耕す時節だというのに、見渡すかぎり砂漠も同然、人っ子一人いない。ところどころに、麦が小山をなして散らばっている。あるいは茶色くなった大麦から実がぼろぼろとこぼれている。明るい地平線を背景に、村々の黒い輪郭が、とりとめのないかたちを切りとったようにくっきりと浮かびあがる。

時おり、半ば黒焦げになった壁が一面だけ、道路沿いに立っている。小屋は屋根が崩れていて、なかを覗けば、陶器の破片、服の切れ端、その他さまざまな道具類が壊され、原形をとどめない状態になっているのが見てとれる。ぼろをまとい、土気色の顔をして、瞳ばかりらんらんと光らせた人間が、こうした廃墟から出てくることも珍しくなかった。たちまち駆け出すか、穴に隠れてしまう。サランボーと案内役は立ち止まらなかった。

打ち捨てられた田園が次から次へとつづく。広々とした黄金色の土地に、ぽつぽつと不揃いな点線を描いて撒かれた炭の粉が、二人の馬の歩みに蹴散らされて背後で舞いあがる。時にはのどかな一角、たとえば丈の高い草の合間を流れる小川に巡り合うこともあった。対岸の川辺へあがるとき、サランボーは手を冷やそうと濡れた木の葉をちぎり取る。だが群生する夾竹桃の片隅で、一人の男の死体が地面に横たわっているのを見て、馬は大きく飛びのいた。

案内役の奴隷はすかさずサランボーがクッションの上に座り直せるよう手を貸した。元々は神殿に仕える者だが、シャハバリムは危険な任務があるときはこの男を使うのだ。用心するに越したことはないからと、奴隷は馬を降り、サランボーに寄り添って二頭の馬のあいだを駆けていった。腕に巻きつけた革紐の先で馬を鞭打ち、胸元に提げた食糧袋から、小麦と棗《なつめ》椰子と玉子の黄身をまるめて蓮の葉につつんだ団子を取り出しては、口も利かずサランボーに差し出しつつ、走りつづけた。

昼ごろ、獣の皮を着た三人の蛮人と小径ですれ違った。徐々に、十人、十二人、二十五人と集団をなしてうろつく蛮人たちの姿が目につきはじめた。山羊の群れや、脚を引きずる牝牛などを追い立てている者もいる。手にした重たげな棍棒には、青銅の棘がびっしりと並ぶ。汚れきった服の上に短剣が光り、見開いた目は威嚇するようにも、愕然としているようにも見えた。通りすぎるとき、何人かは通り一遍の挨拶を述べた。卑猥な冗談を放つ者もいた。シャハバリムの奴隷は、一人一人に、自分の方言で返事をした。そして、これは病気の少年で、癒してもらうために遠くの神殿へ行くのだと話した。

そうするうちに日が傾いてきた。犬の鳴き声らしきものが響いてきた。二人はその方角へ向かった。

黄昏《たそがれ》の明かりのなか、空積みの石でつくった塀が、形も定かならぬ建築物を取り巻いているのが目に入った。塀の上を一匹の犬が駆けていく。奴隷は犬に小石をいくつか投げつけた。それから、二人はアーチ形の高い天井のある一室へ入った。

部屋の中心に一人の女がうずくまって、灌木の焚火で暖を取っており、立ちのぼる煙は天井に開いた穴から抜けていく。女は膝のあたりまで白髪を垂らしているので、体は半分しか見えない。こちらの言葉に応える気もなく、呆けた様子で、傭兵軍とカルタゴ人の双方に向けた復讐の文句をもぐもぐとつぶやいている。

案内役は四方八方を漁《あさ》りまわった。次いで老婆の傍へ戻ってきて、食物を要求した。老婆は首を左右に振ると、燃える薪を見据えつつ、ささやいた。

「あたしは手が命だった。指を十本とも切られた。この口に入れる食べものはない」

奴隷はひと握りの金貨を見せた。老婆は飛びついたが、じきに元通り動かなくなってしまった。

とうとう奴隷はベルトに差してあった短刀を老婆の喉元に突きつけた。すると、老婆はぶるぶる震えながら立っていって、大きな石を持ちあげると、把手付壺《アンフォラ》に入った葡萄酒と、ヒッポ゠ディアリュトス産の魚を蜂蜜漬けにしたものを運んできた。

サランボーはこの穢らわしい食物から顔をそむけて、部屋の隅に敷いた馬衣《うまぎぬ》の上で眠りに落ちた。

夜明け前に、奴隷は彼女を起こした。

犬が吠えている。奴隷はそろそろと近づいた。そして短刀のひと突きで犬の頭を割った。次いで犬の血を馬の鼻面にこすりつけて元気を出させた。老婆が後ろから呪いを放った。サランボーはそれに気づいて、胸元に提げたお守りを握りしめた。

二人はふたたび旅路についた。

時として彼女は、まだ着かないのだろうかと思った。道はうねりながら小さな丘をいくつも越えていく。ギシギシと蟬の声ばかりが響く。黄色い枯れ草を陽光が灼いている。地面はすっかりひび割れ、縦横に裂け目が走って、まるで奇怪な敷石のようだ。たまに鎖蛇が通ったり、鷲が飛んでいったりする。奴隷は走りつづける。サランボーは、暑いものの美しい衣装を汚すわけにはいかないので、ヴェールに身をつつんだまま、ぼんやりと考え事をしていた。

一定の間隔で塔が建っている。カルタゴ人が各種族を見張るために建設したものだ。二人は入っていって日陰で休んでは、再度出発する。

前日は、慎重を期して相当な遠回りをした。しかしいまや誰と出くわすこともない。ここは不毛の地であるため、蛮人たちの通り道にはならなかったのだ。

少しずつ、惨禍の痕がまた目につくようになってきた。時には、野原の真ん中に広がるモザイクの床が、消えてしまった屋敷の唯一の名残を伝えていた。オリーブの木々は葉を失い、遠目には大きな茨の茂みのように見える。通りすぎた集落のひとつでは、家々が土台から焼き払われていた。城壁沿いには人間の骸骨が目につく。駱駝や騾馬の骸骨もある。腐って半分喰われた死骸が道をふさぐ。

日が暮れてきた。空は低く、雲に覆われている。

二人はなおも二時間、西へ向かって坂道をのぼっていき、そして突如、前方に小さな炎がたくさん燃えているのを目に留めた。

炎は、擂り鉢状にくぼんだ土地の底に輝いていた。あちらこちらで金色の板が燦めきながら移動していく。カルタゴ軍勢、重装騎兵《クリナバル》の鎧だ。さらに周囲を見渡すと、ほかにも多くの明かりが灯っているのが見分けられた。というのも、傭兵軍のほうはいまやすべての軍隊が入り乱れて、広い範囲に散っていたのだ。

サランボーは前へ進もうとした。だが、シャハバリムの奴隷は彼女をもう少し離れた場所へ連れていき、二人は傭兵軍の陣地を取り囲む盛り土に沿って回りこんだ。抜け穴がひとつあり、奴隷はそこから姿を消した。

砦の頂上で、一人の歩哨《ほしょう》が、片手に弓をもち、槍を肩にかついで歩いていた。

サランボーはぐんぐん近づいていった。歩哨は膝をつき、長い矢がサランボーのマントの裾を射貫いた。そのまま動かずにいるので、歩哨はなんの用かと大声で尋ねた。

「マトーに話がある」と彼女は答えた、「カルタゴ軍から脱走してきた者だ」

歩哨が口笛を吹くと、間を置いて何度か谺《こだま》が返ってきた。

サランボーは待った。馬は怯えて、鼻を鳴らしながら旋回した。

マトーが到着したとき、サランボーの背後には月がのぼりつつあった。しかし、顔を黒い花模様の黄色いヴェールで覆っている上、体に布を何枚も重ねてまとっているから、正体を見抜くことは到底できない。盛り土の上から、マトーは夜の暗がりのなかで幽霊のように佇む漠とした人影をじっと見つめていた。

しまいに彼女は言った。

「おまえのテントに案内してくれ。ぜひとも」

マトーの頭に、はっきりとは定めがたい記憶がよぎった。心臓が高鳴るのを感じた。命令するような相手の口調にたじろいだ。

「ついてこい」と彼は言った。

柵の横木がおろされた。たちまち彼女は、蛮人たちの陣地のなかにいた。

大群衆がひしめいて、喧噪にあふれていた。吊るした鍋の下で皓々と火が燃える。茜色《あかねいろ》がかった炎がところどころを照らし出すほかは、まったき暗闇につつまれている。叫ぶ者、ひとを呼ぶ者。足枷《あしかせ》につながれた馬が、テントの列のあいだに長い直線をなして並んでいる。テントは円いのもあれば、四角いのもあり、革製も布製もある。また、葦で編んだ小屋や、犬のように砂に穴を掘ったねぐらもある。兵士たちは柴を担いで運んだり、地面に寝そべって肘をついたり、あるいは筵《むしろ》にくるまって眠ろうとしている。サランボーの馬は寝ている者をまたぐため、時おり歩幅を広げて跳んだ。

サランボーは確かにこれらの面々を以前に見た覚えがあった。ただ、みな以前よりも鬚が伸び、顔はいっそう黒く、声はますます嗄《しわが》れている。前を歩くマトーが兵士たちを退かせようと腕をあげて合図するたび、赤いマントがひるがえる。彼の手に口づける者もいれば、指図を請うべく腰を低くして近寄ってくる者もいる。それもそのはず、彼はいまや傭兵軍にとって、たった一人の真の指導者だった。スペンディオスも、アウタリトゥスも、ナラヴァスも意気阻喪するなか、マトーだけは剛胆で粘り強いところを少なからず見せてきたため、だれもが彼に従っていた。

サランボーはマトーのあとについて、野営地全体を突っ切った。彼のテントは一番奥、ハミルカルの陣地から三百歩という距離にあった。

右のほうに大きな穴が掘ってあるのにサランボーは気づいたが、その穴の縁にはいくつかの顔が地面に直接置いてあるように見えて、切り落とした生首かと思われた。しかし目玉は動いており、半開きの口からはカルタゴの言葉で苦痛を訴える呻き声が洩れていた。

二人の黒人が松脂《まつやに》の灯火を手にして、入口の左右に立っている。マトーは勢いよく幕を開けた。サランボーはついて入った。

奥行きのあるテントで、中央に柱が立っている。内部を照らす大きな燭台は蓮のかたちをして、黄色い油がたっぷりと満たされたなかに麻屑の芯がいくつも浮き、暗がりに武具の類が艶々と光るのが見分けられる。抜き身の両刃剣が腰かけに立てかけてあり、隣には楯がある。河馬《かば》革の鞭、シンバル、鈴、首飾りなどは、エスパルトで編んだ複数の籠に雑然と入れてある。黒パンの屑がフェルトの毛布を汚している。片隅では、円形の石の上に銅貨がぞんざいに積みあげられ、そしてテントの布地の破れ目からは、風が外の砂埃もろとも、鎖を鳴らしつつ音を立てて餌を食べる象のにおいを運んできた。

「おまえはだれだ」とマトーは言った。

返事もせずに、彼女はゆっくりと周囲を見渡した。次いでテントの奥、椰子の枝でできた寝台の上に、なにか青みがかった燦めくものが垂れさがっているのを目に留めた。

彼女はすかさず駆け寄った。叫び声が洩れた。マトーは背後で足を踏み鳴らした。

「だれの差し金だ？　なにをしに来た」

彼女は聖衣《ザインフ》を掲げつつ答えた。

「これを取り戻しに！」そしてもう片方の手で、かぶっていたヴェールをもぎ取った。マトーは後ずさり、肘を後ろへ引いたまま茫然として、恐怖に駆られたようにすら見えた。

彼女は神々の力に支えられている気がした。相手の目をひたと見つめながら、聖衣《ザインフ》を渡すよう求めた。ほとばしるような見事な言葉で要求した。

マトーには聞こえなかった。ひたすら女の姿に見入っていたが、見るほどに衣装と肉体の区別がつかなくなった。布地の波紋形《モアレ》は、肌の艶とまったく同様に、この女だけがもつ特別なものに思える。双眸《そうぼう》もダイヤモンドも燦々と輝いている。爪の光沢が、指に嵌めた宝石の濃《こま》やかさをそのまま引き継ぐ。貫頭衣の左右についた留め金が両の乳房を軽く持ちあげつつ引き寄せていて、彼の想念はその狭い谷間へ迷いこむが、谷間を降りていく紐の先にはエメラルドをちりばめた板状のペンダントが下がっているのが、胸元を覆う菫色の紗《しゃ》から透けて見える。耳飾りはサファイヤをあしらった天秤型で、香水を満たした空洞ビーズが一粒、根元についている。ビーズの穴から、時おりぽたりとしずくが垂れて、素肌の肩を濡らす。マトーは落ちるしずくを見つめていた。

彼は抑えがたい興味に突き動かされた。そして、見知らぬ果実に手を伸ばす子どものように、震えながら、指先で相手の胸の上のあたりにそっと触れた。少しひやりとする肉が、たわみつつ、押し返す感触を伝えてきた。

感じるか感じないかといった程度にすぎないこの接触が、しかしマトーを心底から揺るがした。体ごと浮きあがるかのように、猛然と相手に惹き寄せられていく。できることなら、つつみこんで、食い尽くして、飲み干したい。胸がはずみ、歯の根が合わない。

マトーは相手の両の手首を摑んで、そっと引き寄せた。次いで鎧の上に腰をおろしたが、隣にはライオンの毛皮を敷いた椰子の寝台がある。サランボーは立ったままでいる。マトーは両脚のあいだに彼女を挟んだ恰好《かっこう》で、下から上へと目を走らせながら、何度も言った。

「美しい。本当に美しい」

じっと見つめつづける相手の目が、サランボーには辛かった。不快と嫌悪が一気に募って大声をあげたくなるのを、必死にこらえた。シャハバリムの言ったことを思い出し、観念した。

マトーは相変わらず彼女の華奢《きゃしゃ》な両手を握っている。時々、祭司の命令に反して、彼女は顔をそむけつつ腕を振って相手を引き離そうとした。マトーは小鼻をふくらませて、女の体から立ちのぼる芳香を思うさま嗅いだ。なんとも形容しがたい香りで、爽やかなのに、香炉から立つ煙のように頭をくらくらさせる。蜂蜜と、胡椒《こしょう》と、香料と、薔薇と、さらになにか別の匂い。

しかし、どういうわけでこのテントにいて、自分の傍で言うなりになっているのか。だれかが仕向けたに違いない。聖衣《ザインフ》のために来たのではないのか。急にいろいろな思いがめぐり、彼は力なく手をおろして、うなだれた。

サランボーは相手の心を動かそうと、切なげな声で訴えた。

「あなたに殺されねばならないほどのことを、わたしがしましたか」

「殺す？」

彼女は言葉を継いだ。

「あなたを見かけた夜、わが庭園を焼く火で辺りは明るみ、湯気を立てる盃や喉を切られたわが家の奴隷たちが散らばっていて、あなたは激しい怒りを見せて飛びかかってきたので、わたしは逃げるしかなかった。その後、カルタゴは恐慌に見舞われました。あちこちの町が荒らされたと、畑に火がつけられたと、兵士たちが虐殺されたと人々は訴えました。そうやって町や畑を潰したのはあなた、兵士たちを殺したのはあなたです。あなたが憎い！　あなたの名を聞いただけで、まるで後悔に襲われるときのように心が苛《さいな》まれる。疫病よりも、ローマとの戦争よりも、あなたは忌み嫌われています。どの属領もあなたの憤怒におののいて、畑の畝は死体だらけではありませんか。わたしはあなたが放った火の跡を辿ってきましたが、あたかもモロク神の足跡を追うかのようでした」

マトーはさっと立ちあがった。強烈な自負心がむくむくと胸のなかで膨らんでいく。自分が神に劣らぬほど偉大になった気がした。

鼻孔をひくつかせ、歯を食いしばって、サランボーはさらにつづけた。

「それでも冒瀆が足りないとでもいうのか、あなたはわたしが眠っている最中に部屋に入ってきた、しかも聖衣《ザインフ》を身にまとって！　そのとき言われたことはわたしには理解できなかった。けれども、なにかひどく恐ろしいところへ、奈落の底へわたしを連れていこうとしているのはわかりました」

マトーは両腕をよじるようにして叫んだ。

「違う、そうじゃない！　渡そうと思ったのだ、おまえに返そうと思ったのだ！　女神がおまえに授けるために衣を脱いだのだと、だから衣はおまえのものだと、そう感じた。場所が神殿だろうとおまえの家だろうと、かまうものか。おまえはタニト女神と同じほど、全能で、無垢で、輝かしく美しいのだから」そして、限りない憧れをこめた眼差しで見つめながら言った――「それとも、おまえ自身がタニトなのか」

「わたしが、タニトだと」そうサランボーはつぶやいた。

二人は黙った。遠くで雷鳴が轟く。羊が嵐に怯えて鳴いている。

「さあ、こちらへ」とマトーは口火を切った。「こちらへ！　怖がることはない」

「かつて、おれは傭兵軍の最底辺にうごめく兵士たちの一員にすぎなかった、それもとりわけ大人しくて、他人のために木材を背負ってやるような男だった。カルタゴのことなど、おれにはどうでもいい。カルタゴ兵がどれだけ騒ごうと、おまえのサンダルが立てる埃の向こうに霞んで見える。カルタゴのもつ数々の宝といえど、属領も船隊も島々も含め、おまえの唇の瑞々しさや肩の曲線に比べれば大して欲しいとも思わない。カルタゴの城壁を打ち崩そうとしたのは、おまえのもとへ到達するため、おまえを手にするためだった。言わば、その日を待ちつつ、恨みをぶつけてきたわけだ。いまのおれは、人間を貝殻同様ぶっつぶす、密集軍団《ファランクス》に突っこむ、長槍を素手で払う、種馬を鼻面つかんで止める。投石機さえおれを殺せはしない。ああ、戦のさなかで、どれほどおまえのことを考えているか知りもしないで！　時々、ふとした身ぶりや衣のひだが突然、記憶に甦っては、網のようにおれを絡め取る。火矢の炎や楯の鍍金《メッキ》におまえの瞳が見える。シンバルの響きにおまえの声が聞こえる。なのに振り向くといない。そうしておれはまた戦いに飛びこんでいく」

　高くあげた両腕は静脈がもつれ合って、木の枝に絡む蔦《つた》を思わせる。盛りあがった胸の筋肉のあいだを汗がつたう。息づかいに合わせて脇腹とともに揺れる銅製のベルトからは、細長い革紐の総《ふさ》が一面に垂れて膝まで届いているが、その膝のいかついことは大理石にも劣らない。宦官たちを見慣れたサランボーは、この男の力強さにただただ驚愕していた。きっと女神がくだされた罰か、あるいはモロク神の威力が、いま自分を取り囲む五つの軍隊に渦巻いているのだ。気力が尽きて、ぐったりしてきた。合図を交わす歩哨兵のかけ声が断続的に響くのを茫然と聴いていた。

　ランプの炎が熱風にあおられて揺れる。時おりぱっと明るくなり、次いで暗闇は濃さを増す。もはや目に映るのは、闇のなかでふたつの炭のかけらのように燃えるマトーの瞳だけだ。いま、ひとつの宿命が身に迫っていること、取り返しのつかない瞬間に自分が触れようとしていることを、サランボーはひしひしと感じていた。力を振りしぼって、聖衣《ザインフ》のほうへ戻っていき、摑もうと手を伸ばした。

「なにをする？」とマトーが声をあげた。

　サランボーは平然と答えた。

「カルタゴへ戻ります」

マトーは腕を組んだままこちらに向かってきたが、あまりにも鬼気迫る顔つきに、彼女はたちまちその場に釘づけになった。

「カルタゴへ戻るだと」と彼は回らぬ舌でつぶやき、それから歯ぎしりしながらもう一度言った。

「カルタゴへ戻るだと！　そうか、おまえはおれを打ち負かすために聖衣《ザインフ》を取りに来ただけで、用が済めば消えるつもりか。駄目だ！　おまえはおれのもの、もうおまえをここから救い出せる者などいない。おまえの落ち着き払った大きな目がどれほど傲慢だったか、その神々しいまでの美しさにどれほど押しつぶされたか、おれは忘れたわけじゃない。今度はこちらの番だ。おまえはおれの捕虜、おれの奴隷、おれの召使いだ。おまえの父親でも、父親の軍隊でも、元老院議員でも富豪連中でも、忌々しい民衆でも、まとめて呼びたければ呼ぶがいい。おれの許には三十万の兵士がいる。さらにルシタニアからもガリアからも、砂漠の果てからも連れてこよう、そしておまえの町を打ち倒す、神殿を軒並み焼きつくす。三段櫂船が浮かぶ海は血の海だ。家一軒、石一個、椰子一本残さない。兵士が足りなければ、山の熊もおびき寄せるし、ライオンもけしかける。逃げる気を起こすな、殺す」

真っ青になり、握った拳を引きつらせて、弦の切れそうな琴のごとく震えている。不意に、嗚咽を洩らして息を詰まらせると、膝を屈してくずおれつつ、

「ああ、許してくれ！　おれは卑劣だ、蠍よりも、泥よりも、塵よりも価値のない男だ。い

ましがた、おまえが話していたとき、息吹が顔にかかっただけで、瀕死の者が小川の岸辺で腹ばいになって水を飲むのと同じくらい快かった。おまえの足の感触を味わうためなら、踏みつぶされてもかまわない。声が聴けるなら、呪ってくれてもかまわない。行かないでくれ、頼む。好きだ」

彼はひざまずいてサランボーと向かい合っていた。両腕を女の腰にまわして、仰向いたまま、手をさまよわせている。両耳にさげた金の円盤が、日灼けした首の脇できらりと光る。大粒の涙を溜めた両目が銀玉のように見える。そっと触れるような溜め息をついては、微風よりも軽く、口づけのごとく甘美に響く曖昧な言葉をつぶやいている。

サランボーは全身から力が抜けて、自分がなにをしようとしているのかがわからなくなってきた。自分の心の奥にありつつ、同時に自分を超えた高いところにあるもの、神々の命令のようなものが、身を任せよと強要してくる。ふわりと持ちあげられる感じがした。そして気を失い、寝台を覆うライオンの毛の上へ仰向けに倒れた。マトーが彼女の両の踵を摑むと、金の鎖がふたつにちぎれて飛び、二匹の蛇が跳ねるように聖衣《ザインフ》を打った。聖衣が落ちてきて、女をつつむ。マトーの顔が胸元へ降りてくるのが目に入った。

「モロクよ、おまえの火に焼かれるようだ！」そして兵士マトーの口づけは、燃え広がる炎のごとく、女の体を駆けめぐった。サランボーは嵐にさらわれるか、あるいは太陽の力に捕らえられるかしたも同然だった。

マトーは女の両手の指に一本ずつ口づけし、さらに両腕に、両足に、そして長い三つ編みにした髪の毛にも端から端まで接吻した。

「持っていけ」と彼は言った、「こんなものに未練はない。この布と一緒におれを連れていってくれ。軍隊など捨ててやる。なにもかも諦める。ガデスの向こう、海を二十日間行ったところに、金粉と緑と鳥に覆いつくされた島がある。山々には大輪のかぐわしい花々が、永遠に消えぬ香炉のごとく煙を立てて揺れている。レバノン杉よりも高く伸びた檸檬の木には乳色の蛇がいて、ダイヤモンドと見紛う歯で果実を芝生へ落としていく。空気があまりに心地いいせいで、死は遠のいてしまう。おい、見ているがいい、おれはその島を見つけてみせる。丘のふもとに穿《うが》った水晶の洞窟に暮らそう。ほかにはだれもまだ住んでいない。もし住んでいるなら、おれがその地の王になる」

女の半長靴の埃を払った。四つ割りにした柘榴の実を口許へもっていった。首の下に服を積み重ねてクッション代わりにしてやった。仕えよう、尽くそうと心を砕いたあげく、聖衣《ザインフ》をただの織物のように彼女の脚の上に広げすらした。

「首飾りを吊るしておくあの小さなガゼルの角はまだ持っているのか?」と彼は言った、「そのうちおれにくれないか。気に入ったんだ」その話し方はまるで戦争が終わったかのようで、時々嬉しそうな笑い声まで立てた。傭兵軍も、ハミルカルも、あらゆる障害物が消え去った。月がふたつの雲のあいだを昇っていく。二人はテントの隙間からそれを眺めていた。

「ああ、おれは一晩中月を見つめて過ごしたことが何度もある。おまえの顔を覆うヴェールのように見えた。ヴェールの向こうからおまえがこちらを見ている。おまえの思い出が月の光と混じり合う。おまえなのか月なのか、見分けがつかなくなったものだ」そしてサランボーの胸に顔をうずめて、滂沱《ぼうだ》の涙を流した。

「このひとが」と彼女は思った、「カルタゴを震えあがらせている怪物なのか」

男は寝入ってしまった。そこで、絡みつく腕を逃れて、片足を地面におろしたとき、足首の鎖が切れていることに気づいた。

名家の乙女は、この足枷をほぼ神聖なるものとして大事に扱うよう躾《しつ》けられている。サランボーは顔を赧《あか》らめ、ふたつに切れた金の鎖を脚に巻きつけた。

カルタゴ、メガラ、自分の家と寝室、そして通ってきた田野の風景が、慌ただしいながらもひとつひとつ明瞭な画像の連続となって、頭のなかに渦巻いている。だが、ひとつの深淵が忽然と現れ、一連の画像は遠くへ、果てしない彼方へと押しやられた。

嵐が去りつつあった。まばらな雨粒が、一粒落ちるごとにテントの屋根を揺らす。

マトーはまるで酔いつぶれた男のように、横向きになり片腕を寝床のへりから突き出した姿勢で眠っていた。真珠の鉢巻きが少しずりあがって、額が露わに見える。口許を緩めて微笑を浮かべている。並んだ歯が黒い髭の隙間に光り、半分閉じた瞼には、不遜といった趣きすらある静かな歓喜が漂っていた。

サランボーはじっと動かず、うつむいて両手を組んだまま、相手を見ていた。

枕許の杉材のテーブルに、短刀が置いてある。ぎらりと光る刃を目にしたとき、血なまぐさい欲望に火がついた。悲しげな声が遠い闇のなかから長く尾を引いて聞こえてきて、それが精霊たちによる合唱のごとく彼女を励ます。彼女は近づいていき、短刀の柄を摑んだ。だが衣が触れてしまったせいで、男は目を開きかけて、女の手へ唇を差し出し、短刀は手から落ちた。

ほうぼうで叫び声があがった。テントの布地の向こうで、ぞっとするほど強烈な光が瞬いている。マトーはテントを捲った。リビア人の野営地が大きな炎につつまれていた。葦で編んだリビア兵の小屋が燃えている。煙のなかで茎がよじれ、はじけて、矢のように飛んでいく。見渡すかぎり真っ赤に染まり、その手前を黒い影があたふたと駆けまわる。小屋のなかにいた者が喚くのが聞こえる。象や牛や馬が群衆の只中になだれこみ、火事から救い出した弾薬や荷物もろとも、人間を踏みつぶす。ラッパが鳴った。「マトー、マトー！」と呼ぶ声がする。入口に集まった者が中へ入ろうとする。

「出てこい！　ハミルカルがアウタリトゥスの野営地に火を放った」

マトーは飛び起きた。サランボーは独り残った。

そこで、彼女は聖衣《ザインフ》をじっと眺めた。充分に見つめ終えたとき、かつて夢想していた幸福感が訪れないことに驚いた。実現した夢を前にして、気分はふさいだ。

そのとき、テントの裾が持ちあがり、化け物めいた姿が現れた。サランボーの目には、最初は両の目玉と、地面まで垂れる白く長い顎鬚しか見えなかった。というのも、首から下はぼろぼろになった薄茶色の衣に身動きを妨げられて、地面を這いずる恰好になっていたのだ。前へ進もうとするたびに、両手を鬚のなかに突っこみ、それからばたりと地面へ落とす。そうして這ってきて、足許まで辿りついたとき、サランボーは老ジスコンだと気づいた。

傭兵たちは捕らえた元老院議員が逃げられないよう、青銅の棒で殴って脚の骨を折った。そして全員が一緒くたに穴に入れられ、汚穢《おわい》にまみれて腐りかけていた。それでも特に体の丈夫な者は、食器の音が聞こえるたびに身を乗りだして叫ぶ。そうした折にジスコンはサランボーを目に留めた。半長靴にぶつかる砂金紅玉《サンダストルム》の粒から、カルタゴ女だと見てとったのだ。重大な秘密の予感に駆られ、仲間の助けを得て、どうにか穴から抜け出すと、肘と手で二十歩分の距離を這い進んで、マトーのテントに着いた。二人の人間の話し声が聞こえた。外から耳をそばだてて、すべてを聞いた。

「あなたでしたか」とようやく彼女は、恐怖に近いものを感じつつ言った。

彼は拳をついて体を引き起こすと、応じた。

「そう、私だ。死んだと思われているのだろう？」

彼女はうなだれた。相手はつづけた。

「ああ、死なせてくださるほどの憐れみを神々《バアル》がお持ちなら！」そして体が触れるほどぐっと近づいて言った。「そうなっていれば、おまえを呪うなどという辛苦を背負わずに済んだのに」

サランボーは激しい勢いで飛びすさったが、それほどまでにこの醜悪な生きものが怖くてたまらなかった。芋虫同然のおぞましさ、亡霊同然の不気味さだ。

「私はもうじき百歳になる」と彼は言った。「アガトクレスも見た。レグルスがローマ軍の旗印たる鷲の像を掲げて、刈り取った作物が散らばるカルタゴの平原を通っていくのも見た。戦の恐ろしさなら、いやというほど見てきたし、味方の船団の残骸に埋めつくされた海も目の当たりにした。私は自分が指揮した蛮人兵士に四肢を鎖でつながれたのだ、まるで人を殺《あや》めた奴隷のように。周りの仲間たちは一人また一人と死んでいく。連中の亡骸《なきがら》のにおいで夜中に目が覚めてしまう。死骸の目玉をついばもうとやってくる鳥を追い払う日々だ。それでも、一日とてカルタゴに望みを失ったことはなかった！　地上のあらゆる軍隊を敵にまわしたとしても、攻囲戦の炎が神殿より高くあがったとしても、私はカルタゴの不滅を信じたことだろう。だがいまや、すべては終わった。すべては失われた。神々はカルタゴを憎んでいる。恥ずべき行いによってカルタゴを破滅に突き落としたおまえに天罰が下されんことを！」

　彼女は唇を開いた。

「ああ、私はそこにいたのだ！」とジスコンは怒鳴った。「おまえが娼婦のごとく愛欲に喘ぐのをこの耳で聞いた。それからやつはおまえに自分の欲望を語り、おまえは手に接吻させた。だが、もしも淫《みだ》らな衝動に駆り立てられたというのなら、せめて交わるときに身を隠す野獣を見習うべきではないのか、それをよりによって父上の眼前で恥をさらすとは！」

「どういうことです？」と彼女は言った。

「ほう、知らなかったのか、双方の陣地は互いに六十腕尺《クビトウス》[*9]しか離れていない、しかもマトーは思いあがりも甚《はなは》だしく、ハミルカルの真正面にテントを張ったのだ。父上はそこにいるぞ、おまえの後ろに。もしも物見台へつづく細い道をのぼることが私にできるなら、行って大声でこう告げるだろう——おまえの娘が蛮人に抱かれているぞ、見に来たらどうだ！　気に入られようと女神の聖衣までまとってみせた。そうして体を捧げることで、おまえの名の栄光も、神々の尊厳も、祖国の復讐も、カルタゴの救済そのものも売り渡したぞ、と」歯の欠けた口が動くにつれて鬚全体が震える。目を彼女のほうへぐっと寄せ、じろじろと眺めまわす。そして土埃にまみれて荒い息をつきながら繰り返した。

「ああ、なんたる冒瀆！　呪われよ、呪われよ！」

サランボーはその間テントを開けて、布を手でたくしあげた姿勢のまま、ジスコンには答えずにハミルカルのいる方角をじっと見ていた。

「こちらの方向から行けるのですね」と彼女は言った。

「それがおまえにとってなんだと言うのだ。目をそむけよ、どこへなりと行ってしまえ！　土に顔をこすりつけでもしたらどうだ。神聖な場所をおまえの視線で穢されてはたまらない」

彼女は聖衣《ザインフ》をひらりと体に巻きつけると、着けてきたヴェールやマントや肩掛けを素早く掻き集めた。「走っていく」と叫んだ。そしてサランボーは抜け出し、姿を消した。

はじめは暗闇のなかをだれにも出くわすことなく歩いていった。人々はみな火事の現場へ駆けつけていたのだ。騒ぎはいや増し、背後では高くあがった炎が空を赤紫に染めている。彼女は長い土手に行く手をさえぎられた。

周囲を右へ左へとあてどなく見まわして、梯子か、縄か、石か、なにか役立ちそうなものを探した。ジスコンが怖い、それに怒鳴り声や足音が追いかけてくる気がする。空が白みはじめている。砦《とりで》の壁の内部に細道が穿ってあるのを見つけた。まとわりつく衣の裾を口にくわえると、瞬く間に駆けのぼって、土手の上に出た。

足許の闇のなかから、よく通る鳴き声があがった。前に軍船の階段の下から聞こえたのと同じ声だ。身をかがめて覗いてみると、シャハバリムの使いが、互いにつないだ二頭の馬を連れてそこにいた。

この男は一晩中、両陣地のあいだを彷徨《さまよ》っていた。そこへ火事が起きたので心配になり、マトーの野営地の状況を確認しようと引き返してきた。そして、この場所がマトーのテントから一番近いと知っていたため、祭司の命令どおり、そのまま動かずにいたのだ。

男は片方の馬にのぼって、立ちあがった。サランボーは滑り降り、受けとめてもらった。それから二人は門を探してカルタゴ軍の陣地をぐるりと回りこみつつ、全力疾走で逃げた。

マトーはテントへ戻っていた。ランプがひどくくすぶって、ほとんど明かりの用をなしておらず、マトーはサランボーが眠っているものと思いこんだ。そこで、椰子製の寝台を覆うライオンの毛皮にそっと触れてみた。呼んだが、返事はない。とっさにテントの布きれを一枚むしり取り、外光を入れた。聖衣《ザインフ》は消えていた。

大勢の足音が入り乱れて、地響きが伝わってくる。大きな叫び声、馬のいななき、甲冑のぶつかる音が空にのぼり、突撃を知らせるラッパ隊のファンファーレが鳴る。マトーの周囲はまるで嵐が吹き荒れるかのようだった。猛烈な怒りに突き動かされ、マトーは武具に飛びつくと、外へ走り出た。

傭兵軍が長い隊列となって、次々に山を駆けおりていく。方陣を組んだカルタゴ軍が、重厚に、規則正しくゆらりゆらりと左右に揺れながら、傭兵軍のほうへ向かってくる。霧が陽光に切り裂かれ、ふわふわした小さな雲となってたなびく。霧があがるにつれて、軍旗や、兜や、槍先が徐々に姿を現した。軍隊の展開が速やかなので、まだ日陰に入っているところでは地面の一部が丸ごと移動しつつあるように見える。目を転じれば、互いに交わりながら急流のごとく下っていく何本もの隊列があって、両軍のあいだには、槍を林立させた一群がじっと動かずにいる。その一群に、隊長や、兵士や、伝令や、さらに後方には驢馬に乗った従卒まで揃っているのを、マトーは見てとった。ところが、そうやって歩兵隊を掩護《えんご》する位置につけていたはずの騎兵隊を率いるナラヴァスは、まるで自らハミルカルに叩きつぶされに行くかのように、突如として右へ折れた。

ナラヴァスの騎兵たちは、歩みを緩めた象隊を追い抜いて駆けていく。すべての馬が轡《くつわ》なしの頭部をぐっと前へ突き出して、腹が地面をこするように見えるほどの猛然たる勢いで疾走する。出し抜けに、ナラヴァスは一人の歩哨のほうへ決然と歩いていった。身につけていた剣、槍、投げ槍を捨てると、カルタゴ兵の只中に消えた。

ヌミディア王ナラヴァスは、ハミルカルのテントに到着した。そして遠くのほうに留まっている部下たちを指しつつ言った。

「バルカよ、あれらの者を連れてきた。自由に使ってほしい」

服従のしるしにひれ伏したのち、つねに忠実であった証拠として、戦がはじまって以来の自分の行いをあらためて述べた。

まず、ハノンに対するカルタゴ包囲と捕虜の虐殺を押しとどめた。また、ウティカでカルタゴが敗北した際、ハノンに対する勝利に乗じるようなことはしなかった。テュロスの植民都市に関しては、自分の王国との国境にあるのだから仕方がない。それに、マカラス河畔の戦闘には参加しなかった。主宰《スフェス》ハミルカルと戦わねばならなくなるのを避けるため、あえてその場を離れたのだ。

ナラヴァスは実際のところ、カルタゴの属領に侵食して勢力を伸ばそうと狙っていたので、勝負の成りゆきに応じて、傭兵軍を助けたり見捨てたりしていた。しかし、どうやらハミルカルのほうが決定的に強いと見て、こちら側につくことにしたのだ。この離反の裏には、マトーに対する意趣返しもあったかもしれないが、それは指揮権にまつわる恨みのせいとも、長年あたためた恋をめぐるものとも考えられた。

主宰《スフェス》は口を挟まずに聞いていた。こんなふうに、自分に対して復讐心を抱いている陣営にわざわざ飛びこんでくる者は、援軍としてはむしろ悪くない。ハミルカルはこの同盟が今後の遠大な計画に利することをたちまち悟った。ヌミディアと結んで、まずリビアを片づける。次いで西方の領地を引きこんでイベリア半島征服に取りかかる。そこで、なぜもっと早く来なかったと尋ねもしなければ、嘘の数々を指摘することもなく、ナラヴァスに接吻し、胸と胸を三度打ちつけた。

リビア人の野営地に火を放ったのは、もう決着をつけようと思い、ほかに手立てがなくてしたことだった。そこへナラヴァスの軍隊がやってこようとは、神々の助けに等しい。ハミルカルは嬉しさを隠しつつ、こう答えた。

「神々《バアル》の加護があらんことを！　わが共和国がおまえをどうするか知る由はないが、このハミルカルは恩を忘れる男ではない」

騒々しくなってきた。何人もの隊長が入ってくる。ハミルカルは武装を調えながら話した。

「さあ、戻れ。おまえは騎兵隊を率いて、われわれ双方の象のあいだに敵の歩兵隊を追いこむのだ。頼むぞ。皆殺しだ」

そこでナラヴァスが急いで出ようとするところへ、サランボーが現れた。

彼女は馬からさっと飛び降りると、幅広のマントの合わせ目を開き、両腕いっぱいに聖衣《ザインフ》を広げてみせた。

革のテントは、四隅を持ちあげて、兵士に埋めつくされた山の四方から中の様子が見えるようになっている上、サランボーはテントの中央に立っていたので、どの位置からも彼女の姿が目に入った。どよめきが、勝利と希望の長い喚声が湧き起こった。歩いていた者は立ち止まり、瀕死の者は肘で体を支えつつ振り返って彼女を祝福した。他方、蛮人たちはいまや彼女に聖衣《ザインフ》を奪い返されたことを知った。みな遙か彼方にサランボーの姿を見た、あるいは見た気がした。そして憤怒と報復を告げる新たな叫び声が、カルタゴ勢の喝采にかぶさるかたちで響きわたった。山腹に段を成して集まっている五つの軍隊は、こうしてサランボーを取り巻きつつ、足を踏みならし、喚き散らした。

ハミルカルは、言葉もなく、ただうなずいて感謝を表した。聖衣《ザインフ》へ、娘へと交互に目を移した。娘の足の鎖が切れている。そう気づいて彼は怖ろしい疑念に襲われ、身を震わせた。しかしすぐに落ち着きを取り戻すと、顔は動かさず、横目でナラヴァスの様子をうかがった。ヌミディア王は控えめな態度で、離れた位置にいた。額にはひれ伏したときの土埃が少しついている。間を置いて、主宰《スフェス》はナラヴァスのほうへ歩み寄り、荘重な顔つきで言った。

「助力を申し出てくれた礼として、ナラヴァス、おまえに娘をやろう」そして言い添えた、「わが息子となって、父たる私を守るのだ」

ナラヴァスは大きな身ぶりで驚きを示し、それからハミルカルの両手に飛びついて、口づけを浴びせた。

サランボーは、彫像のようにおとなしく、なにが起きたのかわかっていないように見えた。少し顔を赧らめて、目を伏せた。くるりと反った長い睫毛が頬に影を落としている。

ハミルカルは解消の許されない婚約によって、いますぐ二人を結びつけることとした。サランボーの両手に一本の槍を持たせ、彼女はそれをナラヴァスに差し出した。二人の親指をくっつけて牛革の紐で結わえたのち、頭に麦を振りかけた。麦粒が二人の周りに落ち、霰のようにパラパラと音を立てて跳ね返った。

XII章～XIII章梗概

傭兵軍は痛手をこうむったが、態勢を建て直す。ジスコンを処刑し、またウティカ、ヒッポ＝ディアリュトス、チュニスの諸都市を味方に引き入れ、マトーらの軍勢はカルタゴへ向かう。スペンディオスは高架水道に孔《あな》を穿ち、カルタゴ市内への水の供給を断つことに成功する（XII章）。

傭兵軍はカルタゴを包囲し、巨大な兵器を用いた戦闘がはじまる。混乱の中、サランボーは奇妙な落ち着きを見せる。水と食糧の不足に苦しむカルタゴ市民は、モロク神に生贄を捧げることに決め、犠牲となる良家の子息が集められるが、ハミルカルは幼い息子ハンニバルの命を救うため身代わりを差し出す。モロク神殿で盛大な儀式が催され、巨像の手に載せられた子どもたちが次々と火中に投じられる（XIII章）。

XIV 斧の隘路

カルタゴ人たちがまだ家に帰り着かないうちに、雲が厚みを増してきた。巨像のほうを見ようと顔をあげた者は、額に大粒のしずくが落ちるのを感じた。間もなく雨となった。

雨は一晩中、滝のごとく大量に降った。雷も鳴った。モロク神の声だ。モロクがタニトを征服したのだ。そうして子を孕《はら》んだタニトが、空の高みで巨大な乳房を剝き出しているのだ。時おり眩しい晴れ間がのぞくと、雲のクッションに身を横たえたタニトが垣間見えると言う人々もいた。次いでふたたび空は闇に閉ざされるのだが、それはまるで、まだ疲れの取れない彼女が寝直そうとしているかのようだ。カルタゴ人は――水は月が産むものだと、だれもが信じているので――女神の安産を願って声を張りあげた。

　雨は家々の屋上を打ってあふれ出し、中庭に池をつくり、階段には急流を、通りの角には渦をつくった。生ぬるく重たい水のかたまりのような雨、筋状に滔々と落ちる雨だった。あらゆる大型建築の四隅から、泡混じりの太い水流が勢いよく流れ落ちている。壁は白っぽく霞んだ水の膜が一面に張られているように見え、神殿の屋根は洗われて、稲妻に照らされるたび暗闇にきらりと光る。奔流が無数の道を辿りつつ神殿の丘《アクロポリス》を下ってくる。いきなり崩れ落ちる家々もある。すると小梁や漆喰の破片や家具類が、石畳の上を轟々《ごうごう》と流れる川に呑まれていく。

　人々は把手付壺《アンフォラ》や、水差しや、布を外に出しておいた。松明が消えてしまうので、モロク神殿の薪の山から火種を持ってきた。そしてカルタゴ人たちは首を反らし、口を開けっ放しにして、雨水を飲んだ。また別の手合いは、泥だらけの水溜まりの縁に座り、腋まで浸かるほど両腕を突っこんでがぶ飲みしては、飲みすぎて水牛のように吐いた。少しずつ、涼気が広がった。みな湿った空気を吸いこみながら手足をぶらぶらさせていたが、この喜びがもたらす陶酔感から、間もなく絶大な希望が湧き起こった。悲惨なことはなにもかも忘れ去った。もう一度、きっと祖国は生まれ変わる。

内輪でぶつけそこなった憤怒の余りをよそ者に投げつけずにいられないような気持ちを、彼らは抱えていた。あれほどの生贄が無駄であるわけはない。良心の呵責などは微塵《みじん》も感じていないものの、取り返しのつかない罪に荷担してしまった者に特有の狂乱に取り憑《つ》かれていた。

蛮人たちは隙間だらけのテントのなかで嵐を迎えた。翌日、びしょ濡れのまま、ぬかるみに足を取られながら歩きまわって、武器や弾薬を探したが、駄目になっているものもあれば、見つからないものもあった。

ハミルカルは、自らハノンに会いに行った。そして、自分の有する全権により、ハノンに指揮権をゆだねた。老主宰《スフェス》は、怨恨と権力欲の板挟みとなって何分か迷った。結局、引き受けた。

次いでハミルカルは、前後に投石機を備えた軍船を引き出させた。湾内の筏《いかだ》の正面に停めた。それから使用可能なほかの船に、自分の率いるなかでもとりわけ頑強な部隊を乗りこませた。つまり、抜け出すつもりなのだ。船は北へ向かい、彼は霧のなかへ消えた。

三日後(攻撃を再開しようとする矢先)、リビアの沿岸の住民がどやどやとやってきた。ハミルカル・バルカが自分たちの地域に攻め入ってきたのだという。すでにあちこちで食糧を徴発していて、かの地に勢力を広げつつある。

これを聞いた蛮人たちは、ハミルカルに裏切られたかのごとく憤慨した。包囲戦に嫌気が差していた連中、特にガリア人などは、迷わず城壁を捨ててハミルカルの居場所へ行こうとした。スペンディオスは城攻めの櫓《やぐら》を建て直すつもりでいたし、マトーはといえば、自分のテントからメガラまでの理想的な道筋を考えてあって、必ずこの通りにやってみせると心に誓っていた。ところが部下の者は一人として動かなかった。一方、アウタリトゥスの指揮下にある者は、城壁の西側の一角を放棄して去ってしまった。だれもが完全に意欲を失っている証拠に、代わりの兵士を城壁沿いに配置しようと思いつく者すらいなかった。

ナラヴァスは山のなかから傭兵軍の動静をうかがっていた。夜のあいだに全軍を潟湖の外側に伸びる海辺の道づたいに移動させて、カルタゴに入った。

マントの下に小麦粉を抱えた六千名の兵士、さらに飼料や干し肉を積んだ四十頭の象を引き連れて、ナラヴァスは救い主といった態《てい》で登場した。人々はたちまち象を取り囲んで、名前をつけたりした。援助にも増して、象という、バアル神に捧げられた屈強の獣を目にすることが、カルタゴ人にとっては嬉しくてたまらなかった。これこそナラヴァスの厚情のしるし、ようやく自分たちを守るため戦に加わる気になってくれた証拠ではないか。

ナラヴァスは元老院議員たちからの挨拶を受けた。それからサランボーの宮殿にあがった。

ハミルカルのテントで、五つの軍隊に囲まれて、冷たく柔らかい華奢な手が自分の手にくっついているのを感じたあのとき以来、サランボーには会っていなかった。婚約のあと彼女はカルタゴに発った。それまでほかの野心に気を取られて遠のいていた恋心が、彼の胸に戻ってきていた。いまこそ、自分の権利を享受するつもりでいた。彼女と結ばれるのだ、彼女をわがものとするのだ。

サランボーはどういうわけでこの若者が自分の主人となりうるのか、理解できなかった。毎日、タニト女神にリビア人マトーの死を願ってはいるものの、マトーに対する恐怖は薄らぎつつある。マトーの投げつけてくる憎悪が、崇拝に近いものであることを、彼女は漠然とながら感じていた。そして、いまでも自分を惑わせているあの荒々しさに多少とも似たものを、ナラヴァスの人となりに見出すことができればいいのにと思った。ナラヴァスのことをもっとよく知りたい気持ちはあるが、面と向かうのは困る。会うことはできないという返事を伝えさせた。

そもそも、ハミルカルはヌミディア王が娘の屋敷に入ることを部下たちに禁じていた。この報酬を戦争終結まで引き延ばすことで、忠誠を保ってもらおうという算段だ。そこでナラヴァスは、主宰《スフェス》を怖れて引き下がった。

ただし元老院に対しては横柄にふるまった。議員たちの配置を変えてしまった。自分の配下の者に特権をあたえるよう要求して、重要な持ち場につけた。その結果、ヌミディア人が塔の上に立つようになったので、これを見た蛮人たちは目をまるくした。

それにも増して大きな驚きが、カルタゴ人たちを待ち受けていた。シチリアでの戦争中に捕虜に取られていた四百名の同胞が、カルタゴ軍の古い三段櫂船に乗って戻ってきたのだ。実はハミルカルは、テュロスの植民都市群が離反する前に捕らえたローマ船の船員を、密かにローマに送り返していた。そこでローマは、義理を果たすため、こうして捕虜を返してきたのだ。ローマはまた、サルディニア島の傭兵軍から届いた申し入れを撥ねつけるとともに、ウティカ住民を臣民と認めることも断った。

シラクサを統治していたヒエロンも、ローマの出方に同調した。ヒエロンとしては、自分の領土を保持する都合上、ローマとカルタゴの両者が均衡を保っている必要があった。そういうわけで、カルタゴ人を救うことが利益になると見た彼は、味方である旨を宣言し、牡牛千二百頭に混じりけなしの小麦を五万三千ネベル[*10]つけてよこした。

だが、諸国がカルタゴを救ったのには、より深い理由があった。もしも傭兵軍が勝利してしまえば、自国においても、兵隊から皿洗いまで、だれもかもが叛乱を起こして、いかなる政府も、いかなる名家も持ちこたえられないだろうと切実に感じていたのだ。

ハミルカルはこの間、東の平原を制圧しつつあった。ガリア人を撃退した。こうなると傭兵軍は、自分たちのほうが包囲されている恰好になった。

ここでハミルカルは傭兵軍を消耗させる策に出た。攻めてきたと思わせては遠ざかるという機動を繰り返すことで、少しずつ蛮人たちを陣営から引き離す。スペンディオスは蛮人たちについて行かざるをえなかった。マトーのほうも、しまいにはスペンディオスと同じく、この動きに従った。

ただし、マトーはチュニスの先へ行くことはなかった。チュニスの町に籠もった。この粘り強い態度は実に賢明だった。というのも、じきにナラヴァスが象や兵士を引き連れてハモン門から出てくるのが見えたのだ。ハミルカルの呼び出しに応えたのだろう。しかし、ほかの蛮人たちはすでにハミルカルを追って、属領のあたりを彷徨っていた。

ハミルカルはクリュペアで三千名のガリア人を雇っておいた。キュレナイカから馬を、ブルティウムから鎧兜を送らせて、戦闘を再開した。

彼の才能はこれまでになく苛烈に、豊かに発揮された。五か月にわたって傭兵軍を引きずり回した——導く先を心得てのことだった。


蛮人たちは最初、小編成の分遣隊でハミルカルを取り囲もうと試みた。しかしどうしても逃げられてしまう。そこで、全軍がまとまって動くようにした。傭兵軍はおよそ四万名からなり、何度かカルタゴ軍を後退させては喜びに湧いた。

悩みの種はナラヴァスの騎兵隊だった。一番疲れが溜まる時刻、重い武器を携えてうつらうつらしながら平野を進んでいる最中、突如として地平線に濛々たる土埃の帯がのぼることがよくあった。ドドドドと馬の群れが迫ってくる音がしたかと思うと、燃える瞳を無数に光らせた靄のなかから投げ槍が雨あられと飛んでくる。白いマントに身をつつんだヌミディア騎兵は大声をあげ、後肢で立った種馬を膝でしっかりと挟んで両手を振りかざし、急旋回して、姿を消す。離れた場所に駱駝を置いて槍の備蓄を積んであるので、しばらくするとさらに威力を増して戻ってきては、狼のように雄叫《おたけ》びをあげ、禿鷲のように去るのだ。隊列の端に配された蛮人たちが、一人また一人と斃《たお》れていく。日が暮れるまでこれが繰り返され、夜になって蛮人たちは山中へ入ろうとした。

山地は象にとっては危険なのに、ハミルカルは入っていった。ヘルマエウム岬からザグアン山頂にいたる長い山脈に沿って進んだ。兵力不足を隠すためなのだろうと蛮人たちは思った。だが、不確かな状況に絶えず留め置かれることで、しまいにはどんな負け戦よりも激しい苛立ちが募ってきた。それでも蛮人たちは諦めることなく、ハミルカルのあとについていった。

ある晩、《銀の山》と《鉛の山》のあいだの、大きな岩塊が林立する隘路の入口で、傭兵たちはとうとう軽装歩兵の部隊に出くわした。どうやら前方にカルタゴ軍が一丸となって控えているらしく、足音やラッパの音が聞こえてくる。カルタゴ歩兵たちはすぐさま峡谷のなかへ逃げていった。駆けおりていく先には斧の刃のかたちをした平地があって、周りを高い崖に囲まれている。歩兵隊に追いつこうと蛮人たちは飛び出した。ずっと前のほうで、牡牛の群れと一緒になって、歩兵以外のカルタゴ兵も慌ただしく走っていくのが見えた。そのなかにいる赤いマントの男、あれは主宰《スフエス》だ。激昂と歓喜がどっと押し寄せて、蛮人たちはわれを忘れた。とはいえ、蛮人たちのなかには、怠けてか、警戒してか、谷の入口に留まったままの者もいた。ところが木陰から不意に現れた騎兵隊が、槍や剣でそうした者を追い立てて、先を行く兵士たちに合流させた。間もなく、蛮人たちは全員、谷底の平原に下りていた。

それから、この大群衆はしばらく蠢き、そして止まった。どこにも出口がない。

隘路のすぐ近くにいた者は、こぞってそちらへ戻っていった。しかし、道は忽然《こつぜん》と消えている。早く進めと先頭に向かって呼びかける声があがった。一同は山に向かって詰めかけ、通り道を見つけられずにいる仲間たちを遠くから罵った。

実は、蛮人たちが下りきったと見るや、岩陰に隠れていた兵士たちがそれぞれ梁で岩石を持ちあげ、ひっくり返したのだ。急斜面とあって巨大な岩は入り乱れて転げ落ち、狭い出口を完全にふさいでしまった。

平地の向こう側の端には、ところどころに亀裂の走る長く険しい山道が延びており、その先の峡谷を登っていくと、カルタゴ軍が拠点とする高台にいたる。この山道の両脇にそびえ立つ絶壁には、あらかじめいくつもの梯子が置いてあった。亀裂によって道が曲がりくねっているおかげで、軽装歩兵は蛮人たちに追いつかれる前に梯子へつかまって昇りおおせた。というのも峡谷の奥まで入りこんだカルタゴ兵もいたが、そうした者は綱で引きあげられた。とうのもこの場所は地面が流砂になっている上に傾斜がきつく、たとえ四つん這いになったとしても自力で登ることは不可能なのだ。蛮人たちは、ほとんど間を置かずにやってきた。だがそのとき、高さ四十腕尺《クビトウス》、幅は狭い道幅ぴったりに造られた落とし格子が、まるで空から城壁が降るかのごとく、いきなり蛮人たちの目の前に落ちてきた。

要するに主宰《スフエス》の策略は成功したのだった。傭兵たちはだれ一人としてこの山を知らなかったので、縦列の先頭を行く者がほかの者を道連れにするかたちとなった。この辺りの岩は下のほうが少しくびれていて、突き崩すのは簡単だった。兵士たちが駆けていくあいだ、カルタゴ陣営にいる者は遙か遠くから悲鳴にも似た叫び声をあげていた。確かに、ハミルカルは軽装歩兵を失う危険を冒していたし、実際のところ、生き残りはたった半数だった。とはいえ、このような企てを成し遂げるためならば、彼はこの二十倍の人員でも犠牲にしたことだろう。

朝になるまで、蛮人たちは密集した隊列を成して押し合いながら、平野の端から端まで移動した。手で山肌を触っては、抜け道のありかを探していた。

ようやく日が昇った。垂直に切り立つ白い大きな壁に四方を取り巻かれているのがわかった。救いの手立ても、希望のかけらもない。この袋小路に本来空いていたふたつの出口は、片方は落とし格子で、もう片方は積み重なった岩で閉ざされている。

そこで、だれもが口も利かずに見つめ合った。腰のあたりが氷のように冷たくなり、瞼が耐えがたいほど重たくなって、へなへなとくずおれた。

ふたたび立ちあがると、岩の堆積に飛びかかった。しかし、一番下の岩は、上に積まれた岩の重みで、びくともしない。よじのぼって頂上まで行こうにも、巨大な岩塊はそれぞれまるくふくらんだかたちをしているため、手の掛けようがない。隘路の左右の山肌をかち割ろうとしたが、道具のほうが壊れてしまった。テントの支柱で大きな炎を焚いてみたものの、山に火は移らなかった。

一同は落とし格子のほうへ戻ってきた。格子は長い棘に覆われており、それも棒杭なみに太く、山あらしの針のごとく尖ったのが、ブラシの毛さながらにびっしりと並んでいる。それでも、彼らはいきり立つあまり、その落とし格子へ一斉に突入していった。先頭にいた者は背骨まで棘に突っこみ、その背中へ後の者がぶつかって跳ね返る。騒ぎが鎮まったとき、枝状に生えた恐るべき棘には人肉の切れ端や血まみれの髪の毛が残った。

落胆が多少とも収まってくると、手許にある食糧の確認が始まった。傭兵たちは荷物を失っていたから、二日もつかどうかというところだ。傭兵以外の者は全員、まったく食糧がない。南の村々が約束してくれた救援隊の到着を待っている最中だったのだ。

ただし、カルタゴ軍が蛮人たちを惹きつけるため隘路に放った牡牛がうろついていた。蛮人たちは槍で牛を殺した。食べて、腹が満たされると、陰鬱な思いも少しはましになった。

翌日は、四十頭ほどいた牡騾馬の喉をすべて掻き切って、皮の表面を削いだり、内臓を茹《ゆ》でたり、骨を砕いたりしつつ、まだ希望をつないでいた。チュニスにいる軍隊が、きっと連絡を受けて、もうすぐ来てくれるはずだ。

しかし五日目の夜ともなると、飢えはきつくなってきた。両刃剣の負い革や、兜の裏地のふちについた小さな海綿をかじったりした。

四万人の男たちが、こうして周囲を山に閉ざされた一種の競技場のなかにひしめいていた。落とし格子の前や、道をふさぐ岩のもとに留まる者がいる。その他の者は雑然と平野を埋めつくしている。強い者は互いを避け、臆病者は度胸のある者を探した。しかし度胸があったところで頼りにはならない。

悪臭を抑えるため、軽装歩兵の死体は早い段階で土に埋めてあった。墓穴がどこにあるかは、もはやわからなくなっている。

蛮人たちはみな地面に寝そべって、ぐったりしていた。列のあいだを歩いていく古参兵が点々と見える。みな口々にカルタゴ人への、またハミルカルへの呪いの言葉を怒鳴り散らした。さらに、現在の自分たちの苦境に対してはなんの咎《とが》もないのに、マトーへの呪いも吐いた。このように口に出して分かち合えば、苦しみが少しは和らぐ気がしたのだ。次いで、彼らは呻き出した。幼い子どものようにむせび泣く者もあった。

それぞれの隊長の許へやって来ては、苦痛を抑えるものをなにか分けてくれとせがんだ。相手は一言も答えなかった――もしくは、かっとして、小石を拾うなり顔めがけて投げつけた。

地面に穴を掘って、幾握りかの棗椰子の実やら、少量の小麦粉やらといった食糧を大事に保管している者も一人ならずいた。夜中に、うつむけた顔をマントで隠して食べるのだ。剣をもつ者は抜き身にして手で摑んでいる。なかでも警戒心の強い者は、山肌に背をもたせかけて立ったままでいた。

各々が自分の首領を槍玉に挙げて、脅しにかかった。それでもアウタリトゥスは怖れずに姿を現した。蛮人らしく、なにがあろうと諦めない粘り強さを発揮して、日に二十回も、平野の端にある岩塊の山のほうへ歩いていっては、ひょっとすると岩が動いているかもしれないと期待を寄せた。毛皮で覆った厚みのある肩を左右へ揺すりつつ歩くので、仲間たちはそれを見るたび、熊が春先に雪が溶けたかどうか確かめようと洞穴から出ていくところを連想した。

スペンディオスはギリシア人たちに囲まれて、岩山の割れ目の奥に潜んでいた。怖かったので、自分が死んだ噂を流した。

いまやだれもが、見るに堪えないほど痩せさらばえていた。皮膚に青っぽいあざが浮いてきた。九日目の夜、イベリア人が三人死んだ。

同胞たちは怯えて、場所を移った。死体は身ぐるみ剝がれた。裸になった白い体が砂の上に残り、陽光に晒された。

すると、ガラマンテス人がゆっくりと死体の周りをうろつき出した。孤立した暮らしを送る習慣があり、いかなる神も信奉しない輩だ。最年長の者がとうとう合図を出すと、一同は死体のほうへかがみこんで、各自ナイフで肉を一片切りとった。そしてしゃがんだまま食べた。ほかの者は遠くから見ていた。恐怖の叫びがあがった。だが心の底では、多くの者が彼らの大胆さを羨《うらや》んでいた。

そう感じた者のうち何人かは、夜更けになると近づいてきて、欲しくてたまらない気持ちを隠しながら、ほんの一口だけ分けてくれ、味見をしてみたいだけなのだと言った。そこまで物怖《ものお》じしない者も寄ってきた。だんだん数が増え、じきに人だかりとなった。とはいえ、大抵の者は、冷たい肉が口先に触れた途端、肉をもつ手をおろした。他方、舌鼓を打ってむさぼり食う者もいた。

一人が踏み出してくれればあとにつづくつもりで、蛮人たちは互いをあおった。はじめは断った者も、ガラマンテス人のところへ合流して、そのまま戻ってこなかった。剣先に肉片を刺して炭で焼いてみる。砂で塩味をつけて、一番うまい部位を奪い合う。三人の死体がすっかり食い尽くされると、ほかにはないかと平野を見渡した。

そういえば、これまでだれも気に留めなかったが、先日の戦いで捕虜にしたカルタゴ人が二十名いるではないか。これらの捕虜は間もなく消えた。復讐なのだから、かまうことはない。それが済むと今度は、生きるためには仕方がない、この食物の味にも馴染んできた、腹が減って死にそうだといった理由で、傭兵隊に同行してきた水運び人夫や、馬丁や、召使いの喉を切った。毎日、殺していった。たらふく食べて力がつき、明るくなってきた者もいた。

そのうちに、手が尽きてきた。すると怪我人や病人に物欲しげな目が向けられた。どうせ治らないのなら、苦痛から解放してやったほうがいい。したがって、誰かがふらつきでもすれば、周りはすぐさま、あいつはもう駄目だ、仲間の役に立つべきだと騒いだ。弱った者が早く死ぬよう、あれこれと策を弄した。たとえば、病人の手許に残ったおぞましい食糧の最後のひとかけを掠め取る。気づかないふりをして上から踏みつける。瀕死の者は、元気だと思わせるため、無理して両腕を伸ばしたり、起きあがったり、笑ったりしようとした。気絶した者は、自分の手や足が刃こぼれした刀に切られつつある感触で意識を取り戻した。さらには、ただ残忍な衝動に駆られ、鬱憤を晴らすためだけに、必要もないのに人を殺す者もあった。

十四日目になると、冬の終わりにこの地域を時々襲うじっとりと生ぬるい霧が、軍隊のもとへ降りてきた。気温の変化によって多数の死者が出た上、断崖にこもった蒸し暑い大気のせいで腐敗が劇的に進んだ。靄が死体をつつみ、ぐずぐずに崩して、間もなく平地全体が巨大なひとつの腐敗物となった。白っぽい蒸気が一面に漂う。鼻孔を刺激し、皮膚に染みこみ、目がかすむ。蛮人たちは、仲間の息吹か霊魂らしきものがふと見えた気がした。果てしない嫌悪感に打ちのめされた。もう耐えられない、死んだほうがましだと思った。

二日経つと、空気はふたたび澄んできて、同時に飢餓感も戻ってきた。時おり、胃袋をペンチで引きちぎられる感覚に襲われる。そのたびに、痙攣《けいれん》を起こして転げまわり、土を掴んでは口へ放りこみ、自分の腕に嚙みついたり、突然狂ったように笑い出したりした。

それにも増して、喉の渇きが辛かった、というのも九日目には革袋が完全に空になって、水は一滴もなかったのだ。欲求をごまかすため、革ベルトの金属片や、象牙の柄頭《つかがしら》や、両刃剣の刃を舌に当てた。隊商を先導したことのある者は紐で腹を締めあげた。小石を舐《な》める者もいた。あるいは青銅の兜に入れて冷ました尿を飲んだ。

それでも彼らはなお、チュニスから来るはずの援軍を待っていた！　こんなに長くかかっているのだから、近々到着するに違いない、というのが彼らの見立てだった。第一、あの勇壮なマトーが自分たちを見捨てるわけがない。「きっと明日だ」と言い合った。そして、その明日は過ぎていった。

当初は、祈ったり、誓いを立てたり、ありとあらゆる呪文を唱えたりしていた。いまとなっては神々には憎しみしか覚えず、仕返しのつもりで、神々などいないと考えることにした。気性の荒い連中から先に亡くなっていった。アフリカ人はガリア人より長く保《も》った。ザルクサスはバレアレス人仲間に取り巻かれて、真っ直ぐに体を横たえ、肘枕をした姿勢で動かずにいた。スペンディオスは水分をたっぷり含んだ大きな葉をもつ植物を見つけ、毒があると言いふらしてほかの者を遠ざけたのち、一人で食った。

飛び交う鴉を石で撃ち殺すほどの体力は、だれにも残っていなかった。時おり、ひげ鷲が死体に乗り、長い時間をかけて肉を引きちぎっているところへ、投げ槍を歯にくわえた男がじりじりと這い寄ってくることがあった。片手で上体を支え、狙いを定めて、槍を投げる。白い羽をしたひげ鷲は物音にはっとして食事を中断し、岩礁にいる鵜《う》のように落ち着き払って周囲を見まわすと、ふたたび醜い黄色のくちばしを死体に突っこむ。すると男はがっくりと土埃のなかへ腹ばいに倒れこむのだった。あるいはカメレオンや蛇を首尾よく見つけ出す者もいた。しかし、蛮人たちを生かしていたのは、なによりも命への執着だった。このたったひとつの思いに全霊を傾け、生きていたいという意志を絶やさぬことで生命にしがみつき、生きながらえていた。

忍耐強い者は互いに寄り添い、死者の散らばる平地の真ん中であちこちに車座になっていた。そしてマントにくるまったまま、静かに悲しみに耽った。

都会生まれの者は、賑やかな街路や、居酒屋、劇場、公衆浴場、それに理髪店で小耳に挟む噂話などを思い出した。ほかの者は、夕暮れの田園で黄色い麦が揺れ、大きな牡牛が首に犂の刃を載せて丘をのぼっていくさまを思い描いた。旅人は各地の貯水場を、狩人は森を、古参兵はかつての戦を夢想した。まどろんで朦朧《もうろう》とした意識のなかで、彼らのさまざまな思いは夢と変わらぬ魅惑と鮮やかさをたたえてぶつかり合う。突如として、彼らは幻覚に襲われた。逃げ出そうと山の斜面に出口を探して、通り抜けようとする。嵐のなかを航海しているつもりになって船の操作を指示したり、さらには雲の合間にカルタゴの大隊を見かけ、愕然として後ずさる者もいる。宴の最中と思いこんで、歌う連中もいた。

多くの者が奇妙な癖に囚われて、同じ言葉を繰り返したり、同じしぐさを延々とつづけたりした。そして、なにかの拍子に首をあげて互いの顔を見つめ合うと、自分たちの怖ろしいやつれように気づかされて嗚咽に喉を詰まらせた。もはや苦しみを脱した者も中にはいて、そうした者はかつて間一髪で危機を切り抜けた経験など語り合って暇をつぶしていた。

一人残らず死ぬことは確実で、そのときは刻一刻と迫っていた。数えきれないほど何度も、彼らは出口をつくろうと試みた。降伏に条件をつけてほしいと勝者に哀願するにしても、どういう手段があるというのか。ハミルカルがどこにいるかすら知らないのだ。

風が峡谷のほうから吹いてくる。そのせいで砂が落とし格子を抜けて、滝のように絶え間なくざあざあと流れ落ちる。蛮人たちのマントや頭髪は砂まみれになり、あたかも地面が彼らを埋めるべく、せりあがってきたかのようだった。動くものとてない。いつもそこにある山が、朝が来るたび、ますます高くなっていく気がした。

時おり、鳥の群れが羽ばたきながら、青空の真ん中を自由な空気につつまれて飛んでいった。それを見るのがいやで、蛮人たちは目を閉じた。

まずはじめに耳鳴りがして、それから爪が黒ずみ、胸の辺りまで寒けがのぼってくる。横向きに寝そべり、ひと声叫んで、息を引き取る。

十九日目には、アジア人二千人、エーゲ海の者が千五百人、リビアの者が八千人、さらに傭兵軍のなかでも特に若い者が亡くなり、いくつもの部族が全滅した。合わせると二万人、全軍の半数にあたる。

アウタリトゥスが、もはやガリア人が残り五十人となったため決着をつけようと自害しかけたそのとき、正面に見える山の頂上に人影らしきものを認めた。

その男は高みにいるので、小人ほどの背丈にしか見えない。しかしアウタリトゥスは、男が左手にクローバー型の楯を携えているのを目に留めた。「カルタゴ兵だ!」と怒鳴った。そこで、平地にいる者も、落とし格子の前や岩塊の山の傍にいる者も、一斉にさっと見上げた。兵士は懸崖《けんがい》のきわを行き来している。蛮人たちは揃って下から見ていた。

スペンディオスが牡牛の頭を運んできた。それから二本のベルトで冠をつくると、棒の先に突き刺した牡牛の角にその冠をかぶせて、和平の意志を示した。カルタゴ人は消えた。一同は待った。

夜になってようやく、絶壁から一片の石が剝がれ落ちるかのごとく、一本の負い革が突然降ってきた。赤い革製で、全面に施された刺繡にダイヤモンドで三つの星が象られ、中央には元老院の印章、つまり椰子の下に一頭の馬を配した図案が刻印されている。これがハミルカルの送ってきた返事、すなわち通行手形だった。

怖れるものなどなにもない。どのような運命の転回であれ、現在の苦しみを終わらせてくれるものには違いないのだ。とてつもない喜びに彼らは沸き立った。抱き合い、泣いた。スペンディオス、アウタリトゥス、ザルクサスのほか、ギリシア系イタリア人四名、黒人一名、スパルタ人二名が使者団として名乗りをあげた。一同は承知した。とはいえ、どうやってここを出ればいいのか。

そのとき、積みあがった岩のほうから、軋むような音が響いてきた。そして、天辺の岩がひとりでに揺らぎ、地面にごとんと落ちた。実際、蛮人たちの側からだと、上り坂の方向へ岩を押しあげねばならない（しかも岩は狭い峡谷に積み重なっている）ため、どうやっても動かせなかったのだが、逆側からであれば、強く突くだけで転げ落ちるのだ。カルタゴ兵たちは次々に突いていき、日が昇るころには押し出された岩が段々に並んで、巨大な階段の廃墟といった趣を呈した。

それでもまだ蛮人たちにはのぼれない。梯子が差し出された。だれもが突進していった。投石機から弾が発射されて、群衆を押しとどめた。こうして十人の使者のみが連れ去られた。

十人は重装騎兵《クリナバル》に囲まれ、馬の尻に手をついて体を支えながら歩いていった。

当初の歓喜が収まったいま、十人の心には不安が兆していた。ハミルカルの要求は情け容赦ないだろう。しかしスペンディオスはほかの者をなだめた。

「おれが話してやる！」そして、軍隊を救うのに役立つ台詞なら心当たりがあると豪語した。

どの茂みの陰にも、歩哨が待ち伏せているのが目に入った。歩哨たちは、スペンディオスが肩に掛けているハミルカルの負い革に向かってひれ伏した。

カルタゴ軍の野営地に着くと、人だかりができて、ひそひそ声や笑い声らしきものが聞こえた。あるテントの扉が開いた。

ハミルカルが奥の腰かけに座っており、傍らにある背の低いテーブルには抜き身の両刃剣が光っていた。数人の隊長が立ったままハミルカルを取り囲んでいる。

男たちを目にすると、ハミルカルはついと体を後ろへ引き、それから前へかがみこんで、一同の様子をまじまじと見つめた。

使者たちはみな瞳孔が異様なほど開いている上、目の周りには大きな黒い隈ができて、その黒ずみは耳の下のあたりまで広がっている。瘦せこけて深い皺の刻まれた両頬のあいだから青みがかった鼻が突き出す。体の皮膚は、肉が落ちた分だぶつき、しかも青灰色の土埃に覆われて地肌が見えない。唇が黄色い歯に貼りついている。悪臭が耐えがたい。半開きの墓、歩く墳墓と呼ぶにふさわしかった。

テントの真ん中には、隊長たちがこのあと腰をおろすはずの筵を敷いた上に、南瓜《かぼちゃ》の皿が湯気を立てていた。蛮人たちはその皿から目を離せず、手足をわなわなと震わせて、涙を浮かべた。それでも、なんとか我慢していた。

ハミルカルが別の者に話しかけようと後ろへ振り向いた。途端に全員が四つん這いで皿に飛びかかった。どの顔も脂に浸かり、呑みくだす音と、思わず洩れる嬉し泣きの嗚咽が入り混じる。おそらく哀れに感じてというよりは、ただ啞然として、周りは彼らが食べつくすに任せた。一同が立ちあがると、ハミルカルは負い革をつけた男に対し、話すよう手で指図した。スペンディオスは怖くなった。しどろもどろに話しはじめた。

ハミルカルは話を聴きながら、指に嵌めた大きな金の指輪、まさに負い革に刻印したカルタゴの国璽《こくじ》にあたる指輪をくるくるまわしていた。指輪が床へ落ちた。スペンディオスは間髪を容れず拾った。主人を前にして、奴隷時代の慣わしが甦ったのだ。仲間はこの卑しい行いに憤慨して、身を震わせた。

それでも、ギリシア人スペンディオスは声量をあげて、ハノンがハミルカル・バルカと敵対していることを踏まえた上で、ハノンの犯した数々の罪を訴えたり、また同情を惹くために自分たちの悲惨な状態を縷々《るる》述べたり、かつての傭兵軍の献身的な働きを呼び起こしたりしつつ、狡賢《ずるがしこ》く、攻撃的とすら思える調子で、長々とまくしたてた。しまいには自らの熱弁に引きこまれ、われを忘れた。

ハミルカルは、一同の謝罪を受け入れると答えた。したがって和平が成立することになり、これは恒久的なものになるだろう。ただし、こちらで選んだ傭兵を十名、武器も衣服も剝いだ姿で引き渡すように、とハミルカルは要求した。

一同にとっては予想外の寛大な措置だった。スペンディオスは大声で言った。

「お望みならば二十名でもかまいません、主宰殿《スフェス》」

「いや、十名で充分」とハミルカルは穏やかに応じた。

仲間内で協議できるようにと、使者たちはテントの外へ出された。自分たちだけになるとすぐ、アウタリトゥスは犠牲となった同胞の立場に立って反対し、ザルクサスはスペンディオスにこう言った。

「なぜあいつを殺さなかった？　すぐ傍に剣があったのに」

「あのひとを？」とスペンディオスは返した。さらに何度も、「あのひとは、あのひとは……」と繰り返した、まるでそんなことは不可能で、ハミルカルは不死身であるとでも言いたげに。

使者たちは疲れ果てて体に力が入らず、仰向けに地面へ横たわったきり、決心をつけかねていた。

スペンディオスはおとなしく従うよう勧めた。全員が同意して、テントへ戻った。

そこで、主宰《スフエス》は十人の蛮人の手へ順々に手を差し出し、親指を握った。終わると、その手を服にこすりつけた。なにしろ彼らの肌はべとついて、ごわごわしていながら妙に柔らかい感触があり、脂っぽくむず痒《がゆ》い感じが手に残って鳥肌が立った。次いで、ハミルカルは言った。

「おまえたちは確かに蛮人どもの首領で、全軍の代表として誓うのだな？」

「はい」と一同は答えた。

「自ら進んで、心の底から、約束を果たすつもりで誓うのだな？」

一同は仲間のもとへ戻って必ず約束を実行すると請け合った。

「では」と主宰《スフエス》は引き取った。「私ことハミルカル・バルカと、傭兵軍の使者一同とのあいだに交わされた取り決めに則り、私はおまえたちを選び、拘束する」

スペンディオスは気を失って筵にばたりと倒れた。蛮人たちはスペンディオスを見限るようにして、身を寄せ合った。言葉ひとつ、嘆きひとつ洩れなかった。

仲間の傭兵たちは、使者団がなかなか戻ってこないので、裏切られたと思いこんだ。あいつらは主宰《スフェス》に身売りしたに違いない。

さらに二日待った。三日目の朝、決意は固まった。綱や槍や矢を、梯子の段代わりにぼろきれに結びつけて、岩塊をなんとかのぼりきった。衰弱しきった三千人ほどをその場に残して、彼らはチュニスの軍に合流しようと歩き出した。

峡谷をのぼっていくと野原があり、灌木がまばらに生えていた。蛮人たちは若芽を貪った。次に、空豆畑を見つけた。まるでいなごの大群が通ったかのごとく、跡形もなくなった。三時間後に到着したふたつめの平野は、四方を緑の丘に取り巻かれていた。

なだらかに波打って連なる小山の合間に、銀色の麦束のようなものが一定間隔に置かれて、きらきら輝いている。蛮人たちは、陽光に目が眩んでよく見えなかったが、それぞれの銀色の束の下に、黒い大きなかたまりがあるような気がした。黒いものは一斉に立ちあがった。櫓に積んだ槍の束を背に載せ、物々しく武装を施した象の群だった。

胸先に取りつけた槍、尖らせた牙、横腹を覆う青銅板、膝当てに留めた短刀のほか、鼻の先に嵌めた革製の輪には太い短剣の柄が差しこまれている。平野の奥から一どきに出発し、左右から同時に迫ってきた。

言い知れぬ恐怖に、蛮人たちは凍りついた。逃げようとすらしなかった。早くも八方を塞がれている。

象はこの人間の集団のなかへ踏みこんでいった。胸先の刃が群衆を断ち割り、牙の切っ先が犂の刃さながらにひっくり返す。鼻の先につけた鎌で、切り裂き、削ぎ、ずたずたに刻む。櫓には火矢がごまんと積まれ、動く火山のように見える。場の全体が見分けのつかない巨大な一塊といった様相を呈し、ただところどころに人間の肌が白い斑点を、青銅の断片が灰色の四角を、血が赤い噴射を描いていた。そこを恐るべき獣が突っ切っては、黒い畝をあとに残していく。とりわけ獰猛な象を操っているのは、羽根の冠を戴く一人のヌミディア人だった。凄まじい速度で投げ槍を投げながら、間遠に鋭く長い口笛を吹く。巨獣たちは、犬のようによく従い、殺戮のあいだ常に片目でこのヌミディア人のほうをうかがっていた。

象隊の描く円はだんだんと小さくなっていった。すでに弱っている蛮人たちは、抵抗しない。ほどなく、象隊は平野の中央まで来た。密集しすぎて、半ば後肢で立った状態でひしめき合い、象牙がぶつかる。不意にナラヴァスが象たちをなだめ、くるりと向きを変えて、丘のほうへ駆け足で戻っていった。

ところがこのとき、十六列大隊《シンタグマ》二個分の兵士が、右手の窪地に避難した上ですでに武器を捨てていた。各々、カルタゴ軍のテントのほうを向いて膝をつき、両腕を天にかざして慈悲を乞うている。

そこで、全員の手足を縛った。ひとまとまりに横たえると、ふたたび象を連れてきた。

胸部が、大箱を壊すときのような音を立てて割れた。象はひと踏みで二人つぶした。太い足が体に食いこむときに腰をひょいと動かすのが、足を引きずっているように見える。延々とつづけて、やり遂げた。

下方の平野はふたたび、しんとした。夜が来た。ハミルカルは自ら下した復讐の光景を存分に味わっていた。だが突如、身震いに襲われた。

彼が、そしてだれもが目にしたのは、ここから六百歩離れた左のほう、まるく盛りあがった丘の天辺に、まだ残っている蛮人の姿だった！　事実、傭兵軍のなかでもっとも屈強な四百人、すなわちエトルリア人、リビア人、スパルタ人の兵士たちは、最初からすぐに高みへのぼったきり、決断をつけかねて留まっていたのだ。しかし仲間が惨殺されるのを見て、カルタゴ軍の陣地を突破しようと肚《はら》を固めた。早くも緊密に隊伍を組み、堂々と勇ましい姿で丘を降りつつあった。

ただちに伝令が遣わされた。主宰《スフェス》には兵隊が必要である。貴殿らの勇気にいたく感服したので、無条件で迎え入れよう。多少こちらの陣地に近づいてもかまわない、指定の場所へ来れば食糧が手に入るようにしておく、とまでカルタゴ人は言い添えた。

蛮人たちは駆けつけ、一晩中食いつづけた。すると、カルタゴ軍のほうでは、主宰《スフェス》殿が傭兵軍を贔屓《ひいき》しているという不満が巻き起こった。

こうした鎮めがたい憎悪の伝播に屈したのか、それとも手の込んだ裏切りだったのか？

翌日、ハミルカルは剣ももたず、兜もかぶらず、重装騎兵《クリナバル》に護衛されて自らやってくると、養うべき人数が多すぎるので、おまえたち全員を手許に置いておくつもりはないと告げた。とはいえ、兵士が要るのは確かで、ただどのようにして優秀な者を選べばよいか判断つきかねるため、全員に殺し合いをしてもらう。そして勝った者は親衛隊へ入隊させることとする。死に方としてはましだろう——こう言って、自軍の兵士を脇へ退かせると（というのもカルタゴ軍旗が傭兵たちの視界を遮っていたので）、ナラヴァス率いる百九十二頭の象がずらりと一直線に整列し、あたかも巨人が斧を握った手を振りかざすかのごとく、鼻の先に幅広の刃を構えているのを傭兵たちに見せた。

蛮人たちは黙って互いの目を見つめた。青ざめたのは死ぬこと自体が怖いからではなく、むごい強制に従う羽目に陥ったためだった。

同じ生活を分かち合ってきた傭兵たちのあいだには、深い友情が根を下ろしていた。ほとんどの者にとって、野営地が祖国代わりだった。家族のない暮らしのなか、情に飢えたときは仲間に頼り、二人並んで一枚のマントにくるまって星明かりのもとで眠るようなこともあった。あらゆる国を、殺しを、危険な賭けを絶えず股にかけてさすらう日々を通して、奇妙な愛情が芽生える——それは淫らではあれ結婚に劣らず真剣な交わりで、強いほうが若いほうを戦闘の最中に守り、断崖を越える際には手を貸し、熱を出せば額の汗を拭いてやり、また食糧を盗んでやるのだ。そして若いほう、すなわち子どものころ道端で拾われて傭兵になった青年は、相手の奉仕に対して妻同様、あれこれと濃やかな気配りを見せたり、愛想を振りまいたりすることで応える。

彼らは互いに首飾りや耳輪を交換したが、それらはかつて死の危険を乗り越えたときや、ともに夢見心地で過ごしたときに捧げ合った贈り物だった。だれもが死を願い、一人として攻撃しようと望まなかった。あちこちで、若者が灰色の顎鬚をたくわえた男に向かってこう言う。「違う、あなたのほうがたくましいじゃないか。おれたちの仇を取ってくれ、おれを殺してくれ！」すると相手の男は答える。「こっちはどうせ先は長くない。心臓を狙え、なにも考えるな！」兄弟は両手をしっかり握って見つめ合い、恋する者は立ったまま恋人の肩に顔をうずめ、泣きながら永遠の別れを告げた。

両刃剣の剣先が早く突き刺さるよう、みな鎧を脱いだ。するとカルタゴのために戦って得た大怪我の痕が現れた。円柱に彫られた書きこみのようだった。

剣闘士《グラディアトル》に倣って均等に四列に並ぶと、おずおずと戦いはじめた。布で目隠しした者も一人ならずいて、両刃剣は盲人の杖のごとく、ゆっくりと力なく宙を舞った。カルタゴ兵たちは野次を飛ばし、卑怯者と叫んだ。蛮人たちは次第に奮い立って、ほどなく全員が動きを速め、猛烈な戦闘に入った。

時おり、全身血まみれになった二人の兵士が、ふと動きを止めては、抱き合ったまま倒れこんで、接吻を交わしながら死んでいく。後ずさる者はいない。差し出された刃に向かって飛びこむ。常軌を逸した激しさに、カルタゴ兵は遠巻きに眺めつつ怯えた。

ようやく戦いが止んだ。男たちの胸からはぜいぜいと濁った大きな音が洩れ、赤紫の海から出てきたかのように濡れてだらりと垂れた長い髪に、瞳が半ば隠れている。額に傷を負った豹さながら、ぐるぐるとその場で回転している者が複数いる。また、じっと立ったきりで足許の死骸を見つめている者もいる。それから不意に、自分の顔を爪で掻きむしり、両刃剣を摑むと、我とわが腹に突き刺す。

それでも六十人残った。水をくれと口々に言った。剣を手放せとの声があがった。剣を投げ捨てたところで、水が運ばれてきた。

甕に顔を突っこんで彼らが水を飲んでいる最中に、六十人のカルタゴ兵が襲いかかって、細身の短剣で背中を刺して殺してしまった。

ハミルカルはこうすることで、自軍が本来備えている背信への好みを満たしてやり、それによって兵士たちの気持ちを自分に惹きつけようとしたのだ。

これで戦争は終わった。少なくともハミルカルはそう信じた。ここまで来ればマトーも抵抗しないだろう。主宰《スフェス》は気がはやって、すぐに出発するよう命じた。

何人かの斥候が、《鉛の山》のほうへ去っていく隊列を認めたと報告しに来た。ハミルカルは意に介さなかった。傭兵軍を殲滅《せんめつ》した以上、おそらく遊牧民はもはや手出ししてはこないだろう。重要なのはチュニスを手に入れることだ。彼は毎日の行程を長く設定し、どんどん向かっていった。

その一方で、勝利の報せを伝えるようにと、ナラヴァスをカルタゴへ遣わせた。ヌミディア王は自らの戦果に鼻を高くして、サランボーのもとへ姿を現した。

ナラヴァスを庭園に迎え入れたサランボーは、大きな桑の木の下で、黄色い革の枕に寄りかかっていた。傍らにはタアナクが控えている。顔を覆う白いショールが口許も額も隠しており、両眼だけが人目に晒されている。とはいえ、唇は薄布を透かして輝きを放っているし、指につけた宝石の輝きも透けて見える――実際、サランボーは、手までも布につつんでいた。そして二人で話しているあいだじゅう、身動きひとつしなかった。

ナラヴァスは蛮人たちの敗北を伝えた。彼女は父のために尽力してくれたことに対し、祝福の言葉をもって謝意を表した。そこで、ナラヴァスのほうは遠征の成りゆきを逐一語り出した。

二人を取り巻く椰子の木の上では鳩が優しく喉を鳴らし、ほかにも喉元に紋様のある四十雀《しじゅうから》や、タルテッソス鶉《うずら》、カルタゴほろほろ鳥など、さまざまな鳥が草のあいだを飛び交っている。庭はもう長いこと手入れしていないので、草木が伸び放題だ。コロシント瓜が南蛮皂莢《カッシア》の枝を這いのぼり、唐綿《アスクレピアス》が薔薇園のほうぼうに生え、あらゆる種類の植物がもつれ合ったり、頭上を覆ったりしている。そこへ日射しが斜めに降り注いで、まるで森のなかにいるように、あちこちに木の葉の影を映し出す。飼っている動物たちは野生に返って、少しの物音でも逃げてしまう。時々ガゼルが、辺りに散らばる孔雀の羽根を小さな黒い蹄に引っかけながら歩いていくのが目に入る。遥かな町の喧噪が、波のざわめきに掻き消されていく。空は真っ青だった。海には帆ひとつ見当たらない。

ナラヴァスは口をつぐんだ。サランボーは返事もせず、相手をじっと見る。男が身につけているのは花模様の描かれた麻の長衣で、裾には金のふさがあしらわれている。編んだ髪は二本の銀のかんざしで耳のあたりに留めてある。そして右手に木製の槍柄を握って体を支えており、その柄には琥珀金の輪がいくつも嵌められ、獣毛のふさ飾りがついている。

彼を見つめながら、無数の茫漠とした思いにサランボーは引きこまれていた。優しい声に女性的な体つきをしたこの若い男の艶《あで》やかなたたずまいから目が離せず、まるで神々《バアル》が自分を守るために遣わしてくれた姉のように感じる。急にマトーの記憶が甦った。どうなったのか訊かずにいられなかった。

ナラヴァスは、カルタゴ軍がマトーを捕らえるべくチュニスに向かっているところだと答えた。こちらが勝つ公算が大きいことや、マトーの戦力の弱さを説明するにつれ、サランボーは並々ならぬ期待に心躍る様子を見せた。唇がわななき、呼吸が荒くなる。締めくくりにナラヴァスが手ずからマトーを殺そうと誓うと、彼女は大声で言った。「ええ、殺してください、そうすべきです!」

ナラヴァスは、自分はマトーの死を待ちわびている、なぜなら戦争が終わったあかつきには夫婦になれるのだから、と応じた。

サランボーはびくりとして、うつむいた。

それでもナラヴァスはかまわずつづけ、募る思いを雨に焦がれる花々に、夜明けを待つ迷える旅人にたとえた。さらに、月よりも美しいひと、朝風よりも、また恩人の面差しよりも好ましいひとと述べた。彼女のために、これまでカルタゴになかった品々を黒人の国から取り寄せよう、二人の家は部屋という部屋に、床一面の金粉を敷こう。

日は暮れ、香の匂いが立つ。二人は黙っていつまでも見つめ合った。長い巻きものの奥に光るサランボーの眼差しは、雲間に覗くふたつの星のようだった。太陽が隠れる前に、ナラヴァスは辞した。

ナラヴァスがカルタゴから去ると、気を揉んでいた元老院の面々は、ほっと一息ついた。民衆が前回以上に熱狂的な喝采をもって彼を迎えたのだ。もしもハミルカルとヌミディア王ナラヴァスの二人だけで傭兵軍を倒したということになると、二人には逆らえなくなってしまう。したがって元老院は、ハミルカル・バルカの勢力を削ぐため、自分たちと親しい男、すなわち老ハノンを、共和国の解放に参加させることに決めた。

ハノンはすぐさま、かつて恥をさらした当の土地で雪辱を果たすべく、西方の属領へ赴いた。住民も蛮人も、死ぬか、身を隠すか、逃げ去っていた。ハノンは田野に怒りをぶちまけた。すでに完全な廃墟となっている場所にまで火をつけ、草木一本すら残さない。途中で子どもや障害者に出会えば、惨殺した。女は兵士たちにあたえ、犯させてから喉を切らせる。殊に美しい女であれば、自分の輿へ投げ入れる――というのも、例の残酷な病のせいで激しい情欲に取り憑かれていたのだ。自暴自棄になった男の荒々しさで、ハノンはその欲望を満たしていった。

丘の頂上あたりで、黒いテント群が風になぎ倒されるようにぱっとしぼみ、次いで荷車の車輪とおぼしき縁の光った大きな輪がキイキイと哀れげな音を立てて回転しつつ、徐々に谷間へ降りていくことがよくあった。カルタゴ包囲を諦めた部族が、こうして属領のなかを放浪しながら、たとえば傭兵軍が一勝あげるなどすれば戦線に復帰しようと、機会をうかがっていたのだ。しかし、怖じ気づいてか、飢えに耐えかねてか、だれもが故郷への帰路について、姿を消してしまった。

ハミルカルはハノンの勝ち戦を妬んだりはしなかった。ただ、早く決着をつけたい気持ちがあった。そこで、チュニスに襲いかかるようハノンに命じた。そこでハノンは約束の日に、チュニスの城壁のふもとへ来た。

チュニス防衛にあたるのは、現地の住民、傭兵一万二千名、それにマトーと同様あくまでカルタゴの見える範囲に留まっていた《穢れたものを食う輩》だった。下層民も、指揮官《シャリシム》たるマトーも、遠くからカルタゴの高い壁をじっと眺めては、壁の向こうにあるはずの果てしない享楽を夢みていた。このように憎悪の矛先が一致していたことから、抵抗勢力はたちまちのうちに組織された。革袋を使って兜をこしらえ、庭の椰子をすべて切り倒して槍をつくり、貯水槽を掘った。糧食としては、死骸や汚穢を食べて肥え太った白い魚をチュニス湖畔で釣ってきた。城壁は、競合を怖れるカルタゴによって荒れるがままに放置されてきたため、肩で押せば崩れ落ちそうなほど脆《もろ》くなっている。マトーは民家の石材で城壁の穴をふさいだ。最後の戦いだ。期待はしていない。それでも、運命は変わるものだと自分に言い聞かせていた。

カルタゴ軍が近づいていくと、城壁の天辺に、上半身をすっかり狭間の上へ出した男がいるのに気づいた。周りに矢がひゅんひゅんと飛び交っても、つばめの群れを相手にするかのごとく、まったく怯む気配がない。しかも驚くべきことに、矢は一本も当たらなかった。

ハミルカルは南側に陣地を設けた。ナラヴァスはその右側にあるラデス平野を拠点とし、ハノンは湖畔に陣を張った。そして、これら三名の司令官は各自の位置を守りつつ、全軍同時に城壁へ攻めこんでいくことになった。

ハミルカルは手はじめに、傭兵たちに向かって奴隷なみの罰を下すつもりであることを見せつけようと考えた。そこで例の十人の使者を、町の正面にある小山の上に一列に並べるかたちで十字架に架けた。

これを見て、包囲されたチュニス側は城壁を守るのを止めてしまった。

マトーは、もしうまく城壁を抜け出て、さらにヌミディア兵に攻撃の暇をあたえないほどの素早さでナラヴァスの野営地を突っ切れば、カルタゴの歩兵隊の背後に出られる、そうすれば自分の部隊と城内の部隊とで歩兵隊を挟み撃ちにできると踏んだ。古参兵の一群を連れて飛び出した。

ナラヴァスはこれに気づいた。湖岸を渡ってハノンのもとへ赴くと、ハミルカルのほうへ援軍を送るよう促した。ハミルカル・バルカが自力では傭兵軍に対抗できないほど弱いとでも思ったのだろうか。裏切りか、愚行か？　真意は謎のままである。

ハノンは政敵を貶《おとし》めたいがために、一も二もなく決断した。ラッパを鳴らせと叫び、彼の軍隊は一気に傭兵軍のほうへなだれこんだ。傭兵軍は方向転換して、真っ直ぐハノン側へ向かってきた。そしてカルタゴ兵をなぎ倒し、踏みにじり、一挙に押し返してハノンのテントまで到達した。ハノンは元老院でもっとも偉大な三十名のカルタゴ人の真ん中にいた。

ハノンは見るからに傭兵たちの図太さに驚愕していた。各隊長を懸命に呼んでいる。傭兵たちはみなハノンの喉元に拳を突きつけ、罵詈雑言を浴びせながら詰め寄る。揉み合いになり、ハノンを摑んでいる者は必死に離すまいとした。その間、ハノンは傭兵たちになんとか聞いてもらおうと耳許に言葉をかけていた。「なんでも欲しいものをやる！　私は金持ちだ。助けてくれ！」蛮人たちはハノンを引っ張り合った。これほどの体重がありながら、もはや両足が地面から浮いている。元老院議員たちは連行されていった。ハノンの恐怖は倍増した。「負けた！　私は捕虜だ。保釈金を払おう。仲間よ、聞いてくれ！」そして、自分を運んでいく兵士たちの肩に脇腹を締めつけられながら、なおも繰り返していた。「なにをする？　なにが望みだ？　悪あがきはしない、見てのとおりだ。私はいつでも公明正大にやってきたじゃないか！」

巨大な十字架が入口に立ててある。蛮人たちが「こっちだ、こっちだ」と怒鳴る。ハノンはますます大声をあげた。そして、傭兵たちの信ずる神々の名において、指揮官《シャリシム》の許へ連れていってくれ、傭兵軍の行く末を左右する重大な一件を打ち明けたいのだと告げた。

蛮人たちは動きを止め、そのうち何人かはマトーを呼んでくるのが得策だろうと主張した。そこで呼びにやった。

ハノンは草の上に倒れこんだ。すると自分の周りに十字架が何本も立っているのが目に入り、まるで自分の命をじきに奪うはずの拷問の苦しみが、前もって何倍もふくらんだような気がした。見間違いだ、十字架はひとつだけだと、どうにかして自分を説得しようと努め、さらに一歩進んで、実はひとつもない、と思いこもうとすらした。そのときようやく、引き起こされた。

「話せ」とマトーは言った。

ハノンは、ハミルカルを引き渡そう、それからともにカルタゴに入城して、二人で王になろうと提案した。

マトーは早くしろと仲間に合図しつつ、去っていった。どうせ時間を稼ぐための出まかせだと思ったのだ。

しかしそれは間違いだった。ハノンはもはや頭が働かないほどの極限状態にあったし、そもそもハミルカルを蛇蝎のごとく嫌っていたのだから、助かる見込みがほんの少しでもあるならば、ハミルカルを軍隊ごと犠牲に差し出すくらいのことはしたかもしれない。

三十本の十字架の根元で、元老院議員はみな地面に力なく伏せていた。早くも腋の下に綱が通されている。老主宰《スフェス》は、死なねばならぬのだと悟って、泣いた。

傭兵たちはハノンの体から衣服の残りを剝ぎ取った。すると、おぞましい全身が現れた。潰瘍《かいよう》に覆いつくされた、なんとも名づけようのない肉塊だった。脚は脂肪に埋もれて足の爪がどこにあるかもわからず、手の指からは緑色を帯びた切れ端のようなものがぶらさがっている。瘤だらけになった頰を縦横に伝う涙が、普通の泣き顔よりも涙に濡れた範囲が広いせいか、ぞっとするほど物悲しい印象をあたえる。王位を示す額の帯は半ばほどけ、白髪と一緒くたになって土埃にまみれていた。

この男を十字架の上まで引きあげられるほど丈夫な綱はなさそうなので、カルタゴ方式を採ることにして、十字架を立てる前に手足に釘を打った。だが傍若無人なハノンの質《たち》が、痛みをばねに甦った。蛮人たちをこれでもかと罵りはじめた。浜辺で喉を切られる海獣のごとく、泡を吹いては身をよじりつつ、おまえたちは自分よりも一層酷《むご》たらしい死に方をするだろう、この恨みはきっと晴らしてやると予言した。

実際、もうそのとおりになっていた。いまやチュニスの町からは次々に炎が噴きあがり、煙が濛々とのぼっていたが、その町の向こう側では、傭兵軍の使者たちが、死に瀕していたのだ。

何人かは、一度気を失ってから、涼風を受けて意識を取り戻したところだった。それでも顎が胸に届くほど深くうなだれた姿勢は変えず、また胴体のほうは、両腕の釘を頭より高い位置に打ってあるとはいえ、少しずり落ちかかっている。踵と手からは血が大粒のしずくとなって、ゆっくりと、まるで熟れた果物が木から落ちるように、ぼたり、ぼたりと落ちる。使者たちの目には、カルタゴも、入り江も、山も平野も、なにもかもが巨大な車輪のようにぐるぐるまわって見えた。時おり土埃が地面から舞いあがっては、渦を巻いて体をつつむ。焼けつくような渇きの辛さに、舌は口のなかをのたうちまわる。そして冷や汗が肌を伝うのを感じると、汗とともに自分の魂も抜けていく気がした。

だが同時に彼らは、足許の遙かな深みに、街路や、歩いていく兵士や、振りまわされる両刃剣があるのを垣間見ていた。戦の喧噪が、難破船のマストに取り巻かれて死んでいく遭難者の耳に届く波音のようにぼんやりと聞こえてくる。ギリシア系イタリア人たちは瞼を閉じて、他の者よりも頑丈なので、まだ折に触れ大声で叫ぶことがあった。スパルタ人たちは身をもたげて、黙っている。あれほどたくましかったザルクサスは、折れた葦さながらに身をもたげている。アウタ隣のエチオピア人は、十字架の横木から頭を後ろへ突き出すかたちで仰向いている。アウタリトゥスはじっとしたまま、目ばかりぎょろぎょろ動かす。長く豊かな髪の毛が木の割れ目に引っかかって、額の上に突っ立った恰好になっており、口から漏れる呻き声は、むしろ怒りのあまり吠えているように聞こえた。スペンディオスはどうかと言えば、不思議な勇気を感じていた。もう間もなく永遠に解放されるのだという確信を得たいまとなっては、生命などどうでもいいものに思えて、ただ心静かに死を待った。

気絶して、口に触れる羽根の感触にはっと意識が戻ることがあった。大きな翼が自分たちの周りに影を投げかけ、叩きつけるような鳴き声が宙に響く。スペンディオスの十字架が一番背が高いので、一羽目の禿鷲は彼のところへ舞い降りた。そこで、スペンディオスはアウタリトゥスのほうへ顔を向けて、いわく言いがたい微笑を浮かべつつ、のろのろと言った。

「シッカへ行く道端のライオンを覚えてるか？」

「おれたちの兄弟だったんだな」とガリア人は消え入りそうな声で答えた。

主宰《スフェス》ハミルカルは、この間、城壁に穴を穿ち、城塞にのぼっていた。一陣の風が吹いて、煙が散ったので、遠くカルタゴの城壁まで見渡せた。エシュムン神殿の台座から眺めている人々の姿まで見分けられる気がした。それから、目を移していくと、左手の湖岸に、異様に大きな三十本の十字架を認めた。

おどろおどろしい十字架をつくってやろうと、蛮人たちはテントの支柱を縦につないで組み立てたので、元老院議員三十人の死体は、空高く掲げられていた。それぞれ胸元に白い蝶のようなものがついている。下から打ちこんだ矢の羽根だ。

一番高い十字架の天辺に、大きな金色のリボンが輝いている。リボンの先が死体の肩に垂れているのだが、その肩の先に腕はない。ハミルカルはようやくのことで、ハノンだとわかった。鬆《す》が入って脆くなった彼の骨は鉄釘で支えきれず、四肢は端からだんだんもげていった。このため、十字架にかかっているのは形定かならぬ残骸ばかりで、解体された動物の部位が猟師の家の扉に吊り下げてあるのと大差なかった。

主宰《スフェス》は、この事態をいままでまったく知らずにいた。目の前にある町が、その外部ないし背後にあるものをすべて隠してしまっていた。司令官のもとへ次々と送った隊長たちは、確かに一人も戻ってこないままだった。逃げのびた者が到着して、惨敗の次第を語った。そこでカルタゴ軍は攻撃の手を止めた。勝利しつつある最中に舞いこんだ大惨事の報せに、軍は衝撃を受けた。兵隊はハミルカルの命令に従わなくなった。

マトーはこれ幸いと、ヌミディア軍相手に猛攻をつづけた。

彼はハノンの陣地を引っ掻きまわしたのち、あらためてヌミディア人のほうへ戻っていた。

象軍が出動した。しかし傭兵たちは、麦藁の松明を城壁から抜きとって、炎を振りまわしながら平野を進んだ。象は怯えて駆け出し、入り江に落ちて、暴れるうち互いに傷つけ、装甲の重みで溺れ死ぬ。ナラヴァスはすかさず騎兵隊を放った。傭兵はみな間髪を容れず、すぐさま地面にうつぶせになった。そして馬があと三歩の位置まで来たところで、馬の腹の下へ飛びかかって短刀の一撃で腹を割いた。こうしてヌミディア兵の半数が落命した時点で、不意にハミルカル・バルカが現れた。

すでに疲弊していた傭兵軍は、バルカの部隊に対しては持ちこたえられなかった。温泉《オー＝ショード》山まで、整然と後退していった。主宰《スフェス》は用心して、深追いを避けた。マカラス川の河口へ向かうことにした。

チュニスはハミルカルの掌中に落ちた。だが、その町はいまや、煙をあげる瓦礫の山でしかない。残骸は城壁の裂け目から外側へなだれ落ちて、平野のなかほどまで達している。彼方に見える入り江の水際では、象の死骸が風に押されてぶつかり合い、まるで黒い岩塊の連なりが水面に浮かんでいるようだった。

ナラヴァスは、この戦争を支援するために森という森の象を獲りつくし、老いた象も若い象も、牡も牝も動員したため、ヌミディア王国の軍事力は回復不能となった。カルタゴの民衆は象たちが命を落とすのを遠目に眺めては悲しんだ。街なかで、亡き友の名を呼ぶように象の名を呼んで嘆く男たちもいた。「ああ、《無敵》よ、《勝利》よ、《稲妻》よ、《つばめ》よ！」最初の日は、市民の死よりも象のことのほうが話題になったほどだ。翌日になると、傭兵軍のテントが温泉《オー＝ショード》山の山頂に張ってあるのが目に留まった。これを知った人々の絶望は深く、女をはじめ多くの者が、神殿の丘《アクロポリス》の頂上から真っ逆さまに身を投げた。

ハミルカルの目論見《もくろみ》はわからなかった。一人でテントに籠もって暮らし、傍には一人の少年が仕えるのみで、他にはだれ一人食事をともにすることはなく、ナラヴァスも例外ではなかった。ハノンの失墜以来、ナラヴァスに特段目をかけてはいる。ただ、自分の息子となることがナラヴァスにとってあまりに利益が大きい以上、警戒を解くわけにはいかない。

こうして無為を装いつつ、水面下では巧みな策動を展開していた。あらゆる手管を弄して、ハミルカルは各地の村長を籠絡《ろうらく》していった。これにより、傭兵たちは野獣のごとく狩られ、撃退され、追いつめられることとなった。林に足を踏みこめば、周囲の木々が燃え出す。泉の水を飲めば、毒が入っている。身を隠して眠る洞窟の入口がふさがれる。それまで傭兵軍を支持していた住民、かつて共闘した仲間が、傭兵を追いまわす側についた。追ってくる集団が常にカルタゴ製の武具を身につけていることに、傭兵たちは気づいていた。

傭兵のなかには、顔に赤い発疹が出ている者が複数いた。ハノンの体に触れたせいだと彼らは考えた。サランボーの魚を食べたからだと思いこむ者もいた。かといって、後悔するわけではなく、むしろもっと忌まわしい冒瀆をおかしてカルタゴの神々を一層卑しめたいと夢みた。いっそ根絶やしにしたいくらいだった。

このようにして傭兵たちは三か月のあいだ、東方の海岸沿いから、セルムの山の向こう、さらに砂漠の入口あたりまで彷徨った。逃げこめる場所を手当たり次第に探しつづけた。ウティカとヒッポ＝ディアリュトスだけは傭兵軍を裏切らなかったが、ハミルカルはこの二都市を包囲した。次いで兵士たちは北のほうへ、行き当たりばったりに、道も知らぬままのぼっていった。あまりに悲惨な目に遭って、正気を失っていた。もはや憤懣《ふんまん》だけが胸を占め、日増しに膨らんでいく。ある日、気づくとコブス峡谷にいた。またもカルタゴの目の前に来てしまったのだ。

そこで、あちこちで小競り合いがはじまった。勝負は互角だった。けれども、傭兵たちはみなひどく消耗していたので、こんな他愛ない応酬をつづけるよりは、一度きりの大決戦を交えたい、そしてこれを最後にしたいと望んだ。

マトーは自ら主宰《スフェス》に果たし状を手渡したいと思った。しかし部下のリビア人一名が身代わりを名乗り出た。この男が出発するのを見送りながら、二度と戻ってこないだろうとだれもが信じて疑わなかった。

同日の夜、早くもリビア人は帰ってきた。

ハミルカルは申し入れを承諾したという。明日の夜明けに、ラデス平野で相まみえるのだ。傭兵たちは、ハミルカルがほかになにも言わなかったか知りたがった。リビア人は言い添えた。

「おれがそのままハミルカルの前にいたら、なにを待っているのかと訊かれた。そこでおれは『殺されるのを待っている』と答えた。するとやつは『いや、行け。死ぬのは明日だ、ほかのやつらと一緒にな』と」

この寛大な措置に蛮人たちは驚いた。かえって怖じ気づく者も出てきた。軍使が殺されればよかったと、マトーは思った。

いまマトーの手許に残っているのは、アフリカ人三千名、ギリシア人千二百名、カンパニア人千五百名、イベリア人二百名、エトルリア人四百名、サムニテス人五百名、ガリア人四十名、それに《棗椰子の地》で出会った遊牧民の盗賊団であるナフールの一団、しめて七千二百十九名の兵力となるが、完全に揃った十六列大隊《シンタグマ》はひとつもない。それぞれ鎧に開いた穴を四足獣の肩胛骨《けんこうこつ》で埋め、青銅の厚底靴の代わりにぼろ布のサンダルを履いている。衣につけた銅板や鉄板がずしりと重い。あちこち破れた鎖かたびらが体を覆って垂れさがり、赤紫の糸のごとく走る切り傷の跡が、腕や顔の毛の合間から覗く。

死んだ仲間たちの無念が心に甦り、むくむくと力が湧いてきた。漠然と、自分たちが虐《しいた》げられた魂に宿る神に仕えているような、あるいは世界中の復讐をつかさどる祭司でもあるかのような気がした。加えて、目に余る不当な扱いに苦しんだことを思うと頭に血がのぼり、なにより彼方に見えるカルタゴの姿が激昂を呼んだ。お互いのために死ぬまで戦おうと誓いを立てた。

荷運び用の獣を殺して、精がつくよう、できるだけたくさん食べた。それから眠った。何人かは、それぞれ異なる星座に向かって祈った。

カルタゴ勢は相手より先に平野に着いた。矢の滑りをよくするため、楯のへりに油をこすりつけた。髪の長い歩兵は、万一に備えて額の上で髪を切った。そしてハミルカルは、五時になった時点で、大皿の料理をすべて空けるよう指示を出したが、これは満腹な状態で戦うと不利になると知ってのことだった。彼の軍隊は一万四千、傭兵軍のおよそ二倍だ。これほどの不安に苛まれるのははじめてだった。もし負ければ、共和国は滅び、自分は十字架に架けられて死ぬ。逆に、もし勝てば、そのあとはピレネーからガリア、アルプス経由でイタリアまで進んで、このバルカの帝国は不滅となるだろう。彼は夜更けに二十回も起き出しては、ごく些細《ささい》な箇所まで含め、自らくまなく点検してまわった。他方、カルタゴの住民は、脅威がいつまでもつづくので怒りを募らせていた。

ナラヴァスは自分の率いるヌミディア兵が裏切らないかと気がかりだった。それでなくても蛮人たちに負けるかもしれない。なぜか急に自信が揺らいだ。大きな杯に何杯も水を飲んだ。

ところが、そこへ見知らぬ男がテントを開けて、岩塩でできた冠に、硫黄《いおう》と菱形の螺鈿《らでん》で神聖な絵柄を描いたものを地面に置いていった。婚約者に婚礼の冠を届けるのは珍しいことではない。愛情のしるし、一種の誘いなのだ。

ただし、ハミルカルの娘はナラヴァスに恋しているわけではなかった。

彼女はマトーの記憶に耐えがたいほど煩わされていた。あの男が死ねば、きっと頭から離れるだろうという気がしたのだが、それは毒蛇に咬まれた傷を治すのに当の蛇を潰して傷の上に載せるのと似た思いつきだった。ヌミディア王ナラヴァスは、自分に魅了されている。彼は結婚式を心待ちにしていて、かつその式は戦勝に引きつづいて行われるのだからと考えて、サランボーは彼の勇気を奮い立たせようと、この贈り物をしたのだ。これでナラヴァスの不安は消えた。あれほどの美女を手に入れられる幸せを、ひたすら思い描いた。

同じ幻影に、マトーも襲われた。しかしマトーはすぐにその幻を振り払い、抑えこんだ愛情を、むしろ戦友たちに注いだ。仲間たちを自分の一部のように、自分の抱える憎しみの一部のように大切にした。すると、以前よりも心が気高くなり、腕もたくましくなってきた気がした。実行すべきことのひとつひとつが、くっきりと見える。時に溜め息をつくことはあったが、それはスペンディオスを思ってのことだった。

マトーは傭兵軍を均等な六列に割り振った。中央には、銅の鎖で互いをつないだエトルリア人を配した。投擲隊《とうてきたい》は後方に置き、両翼は、駝鳥の羽根で覆った短毛の駱駝に乗るナフールたちの持ち場とした。

主宰《スフェス》のほうも同様にカルタゴ軍を配置した。歩兵隊の外側、軽装歩兵の近くに重装騎兵《クリナバル》を配し、その手前にヌミディア騎兵をつけた。日が出たとき、両陣営はこのように並んで対峙《たいじ》していた。全員が、遠くから、獰猛な目を大きく開いて敵を見据えている。最初はいっときのためらいがあった。そしてついに両軍とも動き出した。

蛮人たちは息切れしないよう、ゆっくりと、地面を踏みならしつつ進む。カルタゴ軍は真ん中が凸型にふくらんでいる。そして激しい衝突が起こり、二艘《そう》の船がぶつかり合うときと同じ凄まじい音が響いた。傭兵軍の第一列はじきに隙間が空いて、後ろに隠れていた投擲隊が弾や矢や投げ槍を放った。その間にカルタゴ軍の曲線は次第に平たくなり、一直線となって、さらに内側へ曲がってきた。すると二手に分かれていた軽装歩兵の小隊が平行しつつ近寄って、コンパスの両端が閉じるようなかたちになった。傭兵軍のほうは密集軍団《ファランクス》を攻めるうちに、凹んだ部分に食いこんでいく。これでは負ける。マトーは前進を止めさせた。それから、カルタゴ軍の両翼が進みつづけるあいだに、自軍の内側にある三列を外へ向けて流していった。間もなく左右の側面に兵士が広がって、戦列の幅は三倍になった。

とはいえ、両端に置かれた傭兵はもっとも戦力が弱く、とりわけ左のほうは矢筒が空になって、ちょうど到着した軽装歩兵に相当痛めつけられている。

マトーは左端の兵士を下がらせた。右側には斧で武装したカンパニア人が入っている。マトーは彼らをカルタゴ軍の左翼にあたる戦列に向かわせた。中央は相変わらず敵を攻撃しており、左端のほうは危機を脱して、軽装歩兵を威圧している。

ここでハミルカルは騎兵隊を中隊に分割し、あいだに重装歩兵を挟んで、傭兵軍に放った。

錐状に編成されたこの集団は、最前線を馬が固め、幅の広くなった側面には槍が隙間なく立ち並んでいる。蛮人たちは、これには到底抵抗できなかった。青銅の鎧兜をつけているのはギリシア人歩兵だけで、ほかの者はと言えば、棒の先につけた短剣、小作地からもってきた鎌、車輪の外枠でこしらえた両刃剣というありさまなのだ。刃があまりにやわなので、振りおろして歪んでしまったのを踵で踏んで伸ばしているところへ、カルタゴ兵が右から左からやってきて、やすやすと殺していく。
鎖につながれたエトルリア人は、その場に留まっている。死んだ者も倒れることはできないから、死体になっても敵を妨害しつづける。この太い銅製の列は伸び縮みを繰り返し、蛇のごとくしなやかで、壁のごとく揺るぎない。蛮人たちはこの列の背後で態勢を建て直し、一分間、息を整える――そしてなけなしの武器を手に、ふたたび飛び出す。

もはや武器をもたぬ者も多く、そうした者はカルタゴ兵に飛びかかって、犬さながら顔に嚙みついた。ガリア人たちは俠気《きょうき》を示そうと、軍用衣を脱ぎ捨て、真っ白な巨軀《きょく》を遠くまで見せびらかし、また敵を怯ませるために自分の傷を広げた。カルタゴ軍の十六列大隊《シンタグマ》の中心では、もはや号令を伝える伝令の声が聞こえなかった。土埃の上に突き出た旗が号令を反復し、すると各人が周囲を取り巻く人波の揺れに運ばれるようにして進んだ。

ハミルカルはヌミディア兵に前進を命じた。だが、ナフールが迎え撃つべく駆けつけた。たっぷりした黒い長衣をまとい、頭頂に髪を一房垂らして、犀《さい》の革でつくった楯をもつナフールたちは、紐にくくりつけた柄なしの刃を操る。乗っている駱駝は一面に羽根飾りを広げ、しわがれた声を長く伸ばして鳴く。刃は狙いどおりの場所に落ちては、ひゅっと上へ戻り、そのあとから手や脚が一本舞いあがる。駱駝は猛然と十六列大隊《シンタグマ》のあいだを駆け抜けた。ところどころで、脚を切られた者が、怪我をした駝鳥のように跳ねている。

カルタゴ歩兵はあらためて全隊あげて蛮人たちのほうへ攻めこみ、戦列を突っ切った。蛮人側の中隊は互いに切り離されて、右往左往した。敵方に比べて光沢のあるカルタゴ軍の武器が、黄金の冠さながら蛮人軍を取り囲んでいく。真ん中では群衆がうごめき、上から照りつける太陽は両刃剣の剣先に白い光を点して、いくつもの光がひらひらと飛び交った。ただし、重装騎兵隊《クリナバル》の隊列の一部は、平野に横たわったまま動かなかった。傭兵たちはその鎧兜を奪い、身につけて、戦列に戻った。カルタゴ兵は騙《だま》されて、何度も傭兵軍のなかへ自ら入ってきた。気づいて茫然としたカルタゴ兵たちはその場に釘づけになり、あるいは後ずさり、遠くで巻き起こる勝利のどよめきに、まるで嵐に流される漂流物のごとく、どんどん押されていく。ハミルカルは絶体絶命だと思った。マトーの天才と傭兵たちの不屈の剛勇に負けて、なにもかも終わりになるのだ!

だが、遥か彼方にタンブリンの音が鳴り響いた。年寄り、病人、十五歳の子ども、女たちまでも含めた大群衆が、不安に耐えきれなくなってカルタゴを出立したのだ。なにか恐怖をもたらすものに守ってもらおうと、彼らはハミルカルの宮殿から、いまや共和国が有するたった一頭の象、例の鼻を切られた象を連れてきた。

するとカルタゴ兵一同は、祖国自らが城壁をあとにして、わがために死ねと命じに来たように感じた。激しい興奮に駆られ、ヌミディア人を先頭に突撃した。

蛮人たちは平野の中央で、小山を背にしていた。勝つ見込みは万にひとつもなく、生き延びる見込みすらない。それでも彼らは、もっとも優秀で、大胆不敵で、屈強な男たちに違いなかった。

カルタゴの住民は、ヌミディア兵の頭越しに、鉄串や、ピケ針や、金槌を投げつける。ローマの執政官を震えあがらせた剛の者たちが、女の投げた棒に当たって死んでいくのだ。カルタゴの民衆が、傭兵軍を虐殺していた。

傭兵たちは丘の上へ避難した。円をなして集まり、崩されそうになっても、その都度ぴったりと円を閉じた。二度にわたって円陣のまま斜面を降りかけたが、攻撃を受けてすぐに押し戻された。カルタゴ人たちは、われ先にと腕を伸ばしてくる。仲間の脚のあいだから槍を突き出して、目の前を滅茶苦茶に引っ掻きまわす。血だまりに足を滑らせる。傾斜が急なので、死体はふもとへ転がっていく。象は小山をのぼろうとして、腹まで死骸に埋まっている。一見、死骸の山に横たわってうっとりしているかのようだ。短く切られた鼻は先端がふくれていて、たまに持ちあげると、巨大な蛭《ひる》を思わせた。

それから、両陣営とも、ふと動きを止めた。カルタゴ勢は歯を食いしばりつつ、蛮人たちの立つ丘の頂上を凝視している。ややあってから、カルタゴ人側が一挙に襲いかかって、ふたたび乱闘がはじまった。

傭兵たちの多くは、カルタゴ人を近づかせておいて、降伏したいと大声で告げた。次いで怖ろしい形相でにやりとすると、ひと息に自害した。死んだ者が倒れるにつれ、ほかの者はその死体にのぼって防戦する。言わば次第に嵩《かさ》を増していくピラミッドのようだった。

そのうちに、残りは五十人となり、次いで二十人、三人、とうとう二人だけとなった。斧をもったサムニテス人と、まだ剣を手放さずにいるマトーだ。

サムニテス人は両膝を曲げて、斧を右へ左へと交互に突き出しながら、敵の仕掛ける攻撃をマトーに知らせる。「頭《かしら》、こちらだ、あちらだ！　伏せろ！」

マトーは肩当ても、兜も、鎧も失くしていた。真っ裸で、骸よりも青ざめて、髪は逆立ち、唇の両端には泡のかたまりが貼りついている。剣さばきがあまりに速いので、体が光の輪につつまれているように見える。一個の石がその剣を鍔《つば》のあたりから叩き折った。サムニテス人は殺されて、カルタゴ人の波がぐっと狭まってきた。もうすぐ体に触れる。ここでマトーは空《から》になった両手を天にかかげ、それから目を閉じた――そして、腕を広げ、岬から海へ身を投げる男のように、立ち並ぶ槍のなかへ飛びこんだ。

槍の群れは目の前でさっと引いた。何度も彼はカルタゴ人たちに向かって駆けていった。しかしそのたびに敵は後ずさり、武器を避《よ》ける。足に両刃剣が当たった。マトーは取ろうとした。手首と膝を縛られる感じがして、どっと倒れた。

実はナラヴァスがしばらく前から、猛獣の捕獲に使う大型の網を手に、マトーのすぐ後ろを追っていた。かがみこんだ隙を狙って、網に取りこんだのだ。

四肢を十字に伸ばした状態で、象に載せた。負傷者以外はだれもが付き添い、大喧噪のなか、慌ただしくカルタゴへ向かった。

戦勝の報せは、どういうわけか、夜中の三時には早々と町に届いていた。ハモン神殿の水時計《クレプシドラ》が五時を指したころ、一行はマルカに着いた。このときマトーが目を開けた。どの家の屋上も眩い明かりに照らされ、あたかも町が炎につつまれているようだ。

大きな喚声がぼんやりと耳に届く。仰向けに寝かされたまま、星を見ていた。次いで扉は閉まり、辺りは一面の闇となった。

翌日の同時刻、斧の隘路に残っていた者のうち、最後の一人が息絶えた。仲間たちが去っていった日、故郷へ帰る途中だったザウエケス人の一行が入口の岩を崩して、蛮人たちをしばらくのあいだ養ってくれた。

蛮人たちは相変わらずマトーが現れるのを待っていた。失望のせいか、衰弱のせいか、あるいは移動を嫌う病人特有の頑固さのせいか、山を出ようとはしなかった。備蓄も尽きて、ザウエケス人は立ち去った。せいぜい千三百人しか残っていないことはわかっており、始末するのにわざわざ兵力を使うまでもない。

戦がはじまって三年経つあいだに、猛獣、とりわけライオンが激増していた。ナラヴァスは大規模な狩り出しを行い、さらに縛った山羊を要所要所に置いた上で後ろから追い立てることで、斧の隘路へとライオンの群れを押しやった。蛮人がどれほど残っているか確認するためカルタゴ元老院から遣わされてきた者が到着してみると、そこはすっかりライオンの住みかと化していた。

平地いっぱいにライオンと死骸が横たわって、死者の体は衣服や武具と見分けがたくなっている。ほとんどの骸は、顔か片方の腕がない。まだ手つかずのものもいくらかはあるようだ。完全に干からび、頭蓋が埃まみれになって兜に収まっているものもある。肉の削げた足が脛当てからぴんと突き出ているもの、骸骨がマントをまとっているもの。太陽に洗われた骨が、砂の真ん中に光る斑点を描いている。

ライオンは胸を地面につけ、前肢を伸ばして休みつつ、ただでさえ明るい日光が白い岩に反射してなおさら眩いので、パチパチとまばたきしている。尻をおろして座った姿勢でじっと前を見つめるものもいれば、大きなたてがみに半ば埋もれたまま丸まって眠っているものもあり、どのライオンも満腹して、飽きて、退屈した様子だ。山や死体に劣らず、身動きひとつしない。夜のとばりが降りる。太く赤い帯が西の空に筋を描く。

平地のところどころに不規則な間隔で盛りあがっている小山のひとつから、幽霊のように茫漠とした影が立ちあがった。すると一頭のライオンが歩き出して、赤紫の空を背景に、怪物じみた影を黒々と浮かびあがらせた——そして男の傍まで来ると、前肢の一撃で倒した。

次いで、腹ばいにのしかかり、牙の先で、ゆっくりと内臓を引き出す。

それから口を大きく開けると、数分のあいだ長い咆吼《ほうこう》を放ち、その声は山に谺して、最後は荒涼とした静けさのなかへ消えていった。

突然、砂利が上から落ちてきた。駆けてくる足音が微かに聞こえた。それから、落とし格子のほうにも、峡谷のほうにも、尖った鼻面とぴんと立った耳がいくつも現れた。薄茶色の瞳が光る。残骸を食べようとやってきたジャッカルだ。

断崖の上から身を乗り出して見ていたカルタゴ人は、帰途についた。

XV　マトー

カルタゴは歓喜に沸き立っていた。狂気にも似た爆発的な喜びを、だれもが心の底から分かち合っていた。人々は崩壊した建物の穴をふさぎ、神々の像を塗り直した。銀梅花《ミルト》の枝が街にちりばめられ、四つ辻の角では香が焚かれ、テラスに出た群衆の彩り豊かな衣は宙に咲き乱れる花と見紛う。

絶えず飛び交う甲高い叫び声を掻き消す勢いで、敷石に水を打つ水運び人夫のかけ声が響く。ハミルカルの奴隷たちは、主人からの贈り物として、煎り大麦と生肉の切り身をふるまう。人々は言葉をかけ合い、涙ながらに抱き合う。テュロスの植民都市は奪取した、遊牧民は散った、蛮人は全滅した。神殿の丘《アクロポリス》は色とりどりの天幕に覆いつくされている。埠頭の向こうにずらりと並んだ三段櫂船の衝角は、ダイヤモンドでできた突堤さながら光り輝く。どこにいても、物事が元通りになったこと、新たな日々がはじまろうとしていること、幸福感が辺りに充ち満ちていることが感じられる。今日この日、サランボーがヌミディア王との結婚式をあげるのだ。

ハモン神殿のテラスには、巨大な金銀の器が三台の長いテーブルに所狭しと並んでいるが、ここには祭司、元老院議員、富豪の面々が座ることになっており、一段高いところにある四台目のテーブルに、ハミルカルとナラヴァス、サランボーが着く。サランボーは衣を取り返すことで祖国を救った存在であるゆえ、民衆はこの婚礼を国家的な祝祭と見なし、彼女が姿を現すのを下の広場で待ちかねていた。

ただしそれに加えて、もうひとつ別の期待が人々の焦燥を掻き立てていたのだが、こちらは棘を含んだ欲望だった。マトーの死が、儀式の一環として予定されているのだ。

はじめは、生皮を剝ぐ、はらわたに鉛を流しこむ、餓死させるといった案が出された。木に縛りつけて、後ろから猿に石で頭を叩き割らせてはどうか。タニト女神を辱めたのだから、女神の狒々《ひひ》が、女神に代わって復讐するわけだ。いや、油を染みこませた麻紐を体の数か所に通してから駱駝に乗せて引きまわそう、と主張する者もいた。そして人々は、街を歩きまわる背の高い駱駝の上で、あの男が風にあおられる燭台同様、体に火をいくつも灯して身をよじるさまを想像して楽しんだ。

しかし、市民のうちで拷問に携わる者をどう選ぶのか、選ばれなかった者の不満はどうなるのか。望ましいのは町じゅうが参加できる死刑の方法、どの手も、どの武器も、カルタゴにあるもののすべて、道路の敷石や入り江の波までもが、あの男を引き裂き、押しつぶし、息の根を止めることのできるような種類の死なせ方だ。そこで元老院は、罪人を牢屋からハモン広場まで、付き添いをつけず、後ろ手に縛った姿で歩かせることに決めた。長く命をもたせるため、心臓を攻撃してはならない、また自分に科される責め苦を見届けさせるため、目を抉《えぐ》ってはならないものとし、さらに、飛び道具を使うことと、一度に三本より多くの指で触れることを禁じた。

日暮れにならないと姿を見せないはずだったが、見えた気がすると言い出す者もあって、そのたびに群衆が神殿《アクロポリス》の丘に駆けつけるので、街は空っぽになり、次いで人々はぶつぶつと文句を言いながら戻ってくる。前日から同じ場所にずっと立っている手合いもいて、離れたところから互いに呼びかけては爪を見せ合うのだが、その爪は肉にしっかり食いこむよう伸ばしっぱなしにしてある。苛々と歩きまわる者がいるかと思えば、まるで自分がもうすぐ処刑されるかのように真っ青な顔をしている者もいた。

突如、マパリア岬の向こうで、人々の頭上にいくつもの羽根扇が高々とあがった。サランボーが宮殿から出てくるのだ。安堵《あんど》の溜め息が洩れた。

だが、行列が到着するまでずいぶんかかった。一歩一歩、練り歩くのだ。

先頭は守り神《パテクス》の祭司団、次にエシュムンおよびメルカルトの祭司団、さらにその他の団体がつづいたが、掲げている印も、並ぶ順番も、生贄の儀式のときと変わらない。モロク神の神官たちが頭をさげて通った。すると大衆はなんとなく気が咎めて、彼らから距離を置いた。他方、我らが女神《ラベトナ》の祭司団は誇らしげな足どりで、竪琴を手に進んでいく。あとにつづく巫女たちは黄色や黒の透ける生地の長衣を着て、鳥の鳴き声を出し、蛇のように身をくねらせつつ歩く。さらに彼女たちが笛の音に合わせて星の踊りを真似ると、軽やかな衣装から甘い匂いがふわりと通りに放たれた。これらの女たちに混じって喝采を浴びたのは、まぶたに化粧をしたケデシム[*11]たちで、彼らはタニト女神が両性具有であることを象徴する。巫女たちと同じ香と衣装をまとっており、胸は平たく腰は細くとも、女によく似ていた。そもそも、この日は女性の原理が圧倒的な力をもち、あまねく行き渡っていた。神秘をたたえた官能の気配が、じっとりとした大気に流れこみ、聖なる林の奥には早くも松明が灯されている。夜中には大がかりな売春が行われるはずだ。三艘の船がシチリアから遊女を連れてきており、砂漠のほうからも来ていた。

　祭司団は到着順に、神殿の中庭、外側の回廊、それに城壁の左右からそれぞれ延びて頂上で合流するかたちになっている長い階段へと、次々に並んでいく。白い長衣の列が柱のあいだに出現して、神殿の建物は石像と同様、微動だにしない生身の人間の彫刻でいっぱいになった。

　そこへ、財務官と各属領の総督、すべての富豪が加わった。下のほうでは大変な騒ぎになった。近くのあちこちの通りから人々が広場になだれこみ、それを神殿つきの奴隷が棒で叩いて追いやる。そして、金の冠をいただいた元老院議員たちの真ん中に、赤紫の天蓋つきの輿に乗ったサランボーがいるのが人々の目に映った。

　すると大歓声がどっと巻き起こった。シンバルや棒カスタネット《クロタル》が一層高らかに鳴らされ、タンブリンが轟くと、赤紫の大きな天蓋は塔門《ピュロン》のなかへ消えた。

　次いで天蓋は二階に現れた。サランボーはその下をゆっくりと歩いていく。それからテラスを横切って奥のほうへ向かい、亀の甲羅を彫って拵《こしら》えた一種の玉座に腰かけた。足許に三つの段を備えた象牙の踏み台が差し出された。一段目の両端には、一対のひざまずいた黒人の子どもの像が添えられていて、彼女は時々、重い指輪をいくつも嵌めた手を、子どもたちの頭に載せる。

くるぶしから腰までは、鎖を編んだ衣にぴったりと覆われ、この鎖目は魚の鱗を模したもので、螺鈿に似た光沢がある。胴まわりに巻いた真っ青な布には三日月型の切れこみが二箇所入り、そこから両の乳房がのぞく。涙型をした紅玉の粒が乳頭を隠している。髪には宝石をちりばめた孔雀の羽根が飾られ、雪のように白い幅広のマントが背中へ垂れる。そして、肘を脇につけ、膝を揃え、上腕にダイヤモンドの腕輪を嵌めて、背筋を伸ばしたまま、厳かな姿勢を崩さない。

彼女より低い位置に置かれた二脚の椅子に、それぞれ父親と新郎がいる。ナラヴァスは黄金色の長衣をまとって、岩塩の冠をかぶっており、冠からはアモン神の角のごとくねじ曲がった三つ編みが二本出ている。ハミルカルのほうは、金の葡萄葉模様を錦織りにした紫の貫頭衣を着て、脇には戦闘用の両刃剣を外すことなく身につけている。

テーブルに囲まれた空間の内側では、薔薇油の池を点々と散らした床の上にエシュムン神殿の大蛇が寝そべり、自分の尾を噛んで大きな黒い輪を形づくっている。輪の中央には銅柱が立ち、その頂きを飾るのは水晶でできた卵だ。そこへ太陽が照りつけるので、光は四方八方へ飛び散る。

サランボーの背後には、麻の衣に身をつつんだタニト女神の祭司団が並んでいる。右手には元老院議員たちの冠の列が長い金色の線を描き、その向かいには富豪たちのエメラルドの笏《しゃく》が、長い緑の線を描く。これに対し、奥のほうに整列しているモロク神の祭司団は、マントの色によって、言わば赤紫の壁を成している。その他の団体は階下のテラスに陣どった。民衆が街路を埋めつくしていた。家の屋上へあがったり、神殿の丘《アクロポリス》までずらりと長い列をつくったりしている。このように足許に人民を、頭上に蒼穹を、そして周囲に広大な海と、入り江と、山々と、属領へ開ける視界とを抱いて、絢爛《けんらん》たるサランボーはタニト女神と見分けがたく、カルタゴの真髄そのもの、カルタゴの魂の化身と映った。

　宴は夜を徹して催されることになっているため、いくつにも枝分かれした大燭台が樹木さながら、絵入りの毛織り絨毯を敷いた低いテーブルの上に鎮座している。琥珀金の大きな水差しや、青いガラスの把手付壺《アンフォラ》、鱗でつくった匙《さじ》、小さな丸パンなどが、ふちに真珠をあしらった皿を二列並べたあいだにぎっしりと並んでいる。葉のついた葡萄の房が、象牙でできた葡萄の株に木杖《テュルソス》のように巻きつけてある。雪のかたまりが黒檀の盆の上で溶けかかり、檸檬や柘榴や南瓜や西瓜が、背の高い銀器の根元に山と積まれている。猪が口をぱっくりと開け、香辛料の粉にまみれて寝転がっている。野兎は毛に覆われたままで、あたかも花畑で跳ねているかのようだ。各種の肉を組み合わせたものが貝殻に詰められ、菓子類はそれぞれに謂《い》われのあるかたちをしている。皿の蓋を取れば、鳩が飛び立つ。

　その間、奴隷たちは貫頭衣の裾をはしょって、爪先立ちで行き来する。折に触れて、竪琴が頌歌を奏し、あるいは合唱の声が立ちのぼる。民衆のざわめきが波音のごとく絶えず宴会の周囲に漂い、まるでこの宴が、辺りに広がる調べのなかを、ゆらゆらとたゆたっているかのように思われた。傭兵たちの宴を思い出す者もいた。幸福な夢想に人々は身を任せていた。

日が落ちはじめて、向かいの空にはすでに三日月がのぼりつつある。

そのときサランボーが、だれかに呼ばれたとでもいうように、振り返った。彼女を見ていた民衆も、その視線を追った。

神殿の丘《アクロポリス》の頂上、神殿の根元あたりの岩に彫られた牢獄の扉が、ちょうど開いたところだった。黒い洞穴の戸口に、一人の男が立っている。

男は体を折り曲げて、野獣が急に縛りを解かれたときのように、おずおずと外へ出た。太陽が眩しい。しばらく動かずにいた。だれもがその正体を認め、息を詰めていた。

この生贄の身体は人々にとって特別なもの、ほとんど宗教的な威光に彩られたものだった。その姿を見ようとこぞって身を乗り出したが、とりわけ女たちは熱心だった。自分の子どもや夫を死なせた男を見てやりたくてたまらない。だが彼女たちの心の底には、我知らずおぞましい好奇心が頭をもたげていた。それは、この男を知りつくしたいという望みであり、後ろめたさを孕んだこの欲望は、転じて一段と激しい憎悪となった。

とうとう男は前へ進み出た。不意の出現に茫然としていた人々は我に返った。無数の手が挙げられて、彼の姿は見えなくなった。

神殿の丘《アクロポリス》の階段は六十段ある。彼は山頂から落ちる滝に巻き込まれたかのような勢いで駆けおりた。三度、跳びはねるのが見えて、それから両足で階段の下に降り立った。

肩から血が流れ、胸が大きく波打っている。縄を引きちぎろうと力を振りしぼるので、裸の腰に十字に重ねた両腕が蛇の胴にも似てくねくねと盛りあがる。

いま彼がいる場所からは、前方に数本の道が出ている。どの通りにも、守り神《パテクス》の臍《へそ》に固定された銅製の鎖が三連、道の端から端へと平行に張ってある。家々の壁ぎわは群衆でごった返し、道路の中央では召使いや元老院議員が鞭を振りかざして歩きまわっている。

そのうちの一人が、マトーの背を乱暴に突いて、前へ押しやった。マトーは歩き出した。民衆は鎖越しに腕を伸ばしながら、道幅が広すぎるぞと叫ぶ。そしてマトーは、あらゆる指に触られ、刺され、引き裂かれつつ歩いていく。一本の通りが尽きると、また次の通りが現れ、彼は何度か横ざまに飛びかかって人々に嚙みつこうとした。相手はさっと飛びのき、マトーは鎖に引き留められて、人だかりはどっと笑った。

一人の子どもが彼の耳をちぎった。一人の少女は袖口に錘《つむ》の針先を隠していて、彼の頰を裂いた。一握りの髪の毛、一片の肉が次々とむしられていく。棒に取りつけた海綿を汚物に浸しては顔をぺたぺたと叩く者もいる。右の喉元から、血が噴き出した。たちまち熱狂の渦となった。この最後の蛮人は人々にとって、すべての蛮人の代表、全傭兵軍の代表だ。自分たちのこうむった災厄を、恐怖を、屈辱を、まとめてこの男にぶつけ、恨みを晴らしている。民衆の憤怒は吐き出せば吐き出すほど、むしろ激しさを増していった。鎖は強く引っ張られてたわみ、いまにも切れそうだ。押しとどめようとする奴隷に鞭で打たれても痛みを感じない。家々の壁の突起にしがみついている者もあり、城壁の開口部はどこも人間の頭が鈴なりになっている。そして自分で手を下すことのできない人々は、代わりに怒声を放った。

それらの悪罵は酷たらしく、下劣きわまるもので、皮肉混じりの激励や呪いの言葉を含んでいた。いま彼が味わいつつある苦痛では気が済まないとでもいうように、もっと残酷な苦しみの数々が今後永遠に下されることを人々は宣告した。

この大集団による罵倒の嵐は、異常なまでに延々とつづいて、カルタゴに充満した。時によっては、たった一音節を——濁った、地底から響くような、熱烈な調子で——何分かのあいだ、民衆が一丸となって繰り返す。城壁はふもとから頂までびりびりと震え、マトーは通りの両脇の壁がこちらへ迫ってきて、巨大な二本の腕のごとく自分の体を地面から抱えあげ、空中で締めつけて窒息させようとしている気がした。

だがそのとき、以前に同じような感じを受けたことがあるのを思い出した。やはり群衆がこうして屋上に詰めかけて、こんなふうに自分を見つめ、こんなふうに怒っていた。ただ当時は歩みを妨げられるようなことはなく、だれもが道を明け渡した、というのも、ある神が自分をつつんでいたから——この記憶は、少しずつはっきりと甦るにしたがって、こらえがたい悲しみを心にもたらした。目の前をいくつかの面影が通りすぎる。カルタゴの街が頭のなかで渦巻き、脇腹の傷から血がどくどくと流れて、もうすぐ死にそうな気がする。膝ががくんと曲がり、ごくゆっくりと、石畳にくずおれた。

だれかがメルカルト神殿の柱廊へ行って、炭で真っ赤に熱した三脚台用の棒を取ってくると、一番低く張った鎖の下をくぐらせて、マトーの傷口に押しつけた。肉が煙をあげるのが見えた。民衆の野次に、マトーの声は掻き消された。彼は起きあがっていた。

六歩進んだところでもう一度、さらに三度、四度と倒れた。そのたびに新たな責め苦が彼を引き起こした。煮えたぎる油を管に通して体にぽつぽつと垂らす。ガラスの破片を足許に撒く。マトーは歩みつづける。サテブ通りの角にある商店の庇の下で、壁に背をもたせかけると、それきり歩みを止めた。

元老院の奴隷たちが河馬革の鞭で打ったが、あまりに激しく長々と打ちつづけたため、貫頭衣のふさ飾りが汗だくになった。マトーは感覚を失っているように見える。だが突然、弾かれたように、極寒に凍える者のごとく唇をブルブルと鳴らしながら滅茶苦茶に走り出した。ブデス通り、セポ通りを抜け、青果市場を突っ切って、ハモン広場に着いた。

いまや、マトーの身柄は祭司たちの掌中にある。奴隷が人波を遠ざけたところだ。空間が開けた。マトーは四方を見渡し、そしてサランボーと目が合った。

彼が最初の一歩を踏み出したとき、彼女はもう立ちあがっていた。それから彼が近づくにつれ、彼女は自分でも気づかないままに少しずつ進んで、テラスの先端まで来た。じきに、周りのものはすべて消え失せ、マトーだけが目に残った。心がしんと静まった。ひとつきりの思念、ひとつの記憶、ひとつの眼差しの重みに全世界が消えてなくなる深淵に身を置いていた。こちらへ歩いてくるあの男に、吸い寄せられる。

もはや目を除いては、人間の姿をしていない。ただ真っ赤な縦長のかたちがあるばかりだ。切れた縄が腿に沿って垂れているのが、皮を剝ぎつくされた手首の腱と見分けがつかない。口は大きく開いている。眼窩《がんか》からはふたつの火が燃えあがり、炎の先が髪の毛まで届きそうに見える。それでもまだ、この無惨な者は歩いていた。

テラスの真下に着いた。サランボーは欄干から身を乗り出していた。怖ろしい瞳にじっと見つめられたとき、この男が自分のために味わった苦しみのすべてが意識にのぼった。瀕死の姿ではあっても、この男がテントのなかでひざまずき、両腕を自分の腰にまわして、優しい言葉を訥々《とつとつ》と口にしていたときの顔だちが目に浮かんだ。あの腕をもう一度感じたい、あの言葉をもう一度聴きたい。叫びそうになった。男は仰向けにどっと倒れて、動かなくなった。

サランボーは気を失いかけて、周囲に押し寄せた祭司たちの手で玉座に運ばれた。祭司はこぞって彼女を褒め称えた。仕事を果たしたのだ。みな手を叩き足を踏み鳴らしつつ、彼女の名を叫んだ。

一人の男が死骸に飛びかかった。髭がないのにモロク神の祭司のマントを肩にまとい、ベルトには聖なる肉を切り分けるための専用ナイフを携えていて、このナイフは柄の先に金のへらがついている。男はひと太刀でマトーの胸を切り開くと、心臓を引き抜いて、へらに載せた。そしてその男、すなわちシャハバリムは、手を高くかざして、心臓を太陽に捧げた。

太陽は海の向こうへ沈みつつあった。陽光が長い矢のごとく射して、真っ赤な心臓を照らした。日がだんだんと海原へ没するにしたがい、心臓の鼓動は弱まっていく。最後にぴくりと打ったとき、日は隠れた。

すると、入り江から潟湖にかけて、地峡から灯台にかけて、またあらゆる通り、あらゆる家の屋上、あらゆる神殿の屋上で、一斉に叫び声が響きわたった。時に休止しては、ふたたび声があがる。建物が震える。カルタゴは、莫大な喜びと果てしない希望の噴出により激震が走ったかに思われた。

ナラヴァスは誇らしさに陶然としつつ、サランボーの腰に左腕をまわして、自分のものであることを示した。そして右手で金の聖杯《パテラ》を取ると、カルタゴの守護神を祝して飲んだ。

サランボーは夫に倣って、杯を手に立ちあがり、飲もうとした。ばたりと後ろへ倒れ、のけぞった頭を玉座の背もたれへ引っかけたきり、青ざめ、こわばって、唇を開いた。ほどけた髪が床まで垂れている。

こうしてハミルカルの娘は、タニト女神の衣に触れたがために死んだ。


（笠間直穂子＝訳）

「サランボー」訳注

1―**三千二百エウボイア・タラント**　一エウボイア・タラントは金または銀約二十二キロに相当する。
2―**ピュロス**　ギリシアの将軍（前三一九―前二七二）。
3―**モロク神**　古代カルタゴにおける太陽神。フローベールは「憤怒、灼熱、破壊、火による再生」を表すものと見なしている。
4―**分益制**　小作農が地主に収穫の一部を納める制度。
5―**アモン神殿**　アモン神は古代エジプトの神。リビア砂漠のオアシス（現在のシワ）に神殿があった。
6―**二十三メディムノイ**　約千二百リットル。
7―**銀一シクル〜金三シェケル**　シクル（ラテン語）ないしシェケル（ヘブライ語）は一種の貨幣として用いられる金銀の単位。同じ語だがフローベールは「シクル」と「シェケル」を区別して表記している。銀一シクルは十三グラム、金一シクルは六グラム。
8―**右耳に開いた大きな穴**　主人の許に残る奴隷には耳に穴を開ける習慣があった。
9―**六十腕尺《クビトゥス》**　約三十メートル。
10―**五万三千ネベル**　約三千八百キロリットル。
11―**ケデシム**　フェニキア語で神聖な娼婦を意味する。ここでは男娼を指す。

編集部注

＊＊**レプラ**　ハンセン病のことを指します。ハンセン病については『ボヴァリー夫人』編集部注「癩病」（三七一ページ）をご参照ください。

ブヴァールとペキュシェ　抄

I

三十三度の暑さなので、ブールドン大通りにはまったく人影がなかった。

少し低まったところには、サン＝マルタン運河が、二つの水門に堰《せ》き止められ、インクのように真っ黒な水を一直線に湛《たた》えている。その真ん中には木材を積んだ船が一艘《そう》浮かんでおり、また土手には樽《たる》が二列に並んでいる。

運河の向こう、建築現場に隔てられた家々の間には、澄んだ大空がまるで瑠璃色《るりいろ》の板のように浮き出していた。照りつける陽射《ひざ》しの下、建物の白い正面、スレートの屋根、花崗岩《かこうがん》の河岸《かし》がまぶしく輝いている。漠としたざわめきが、遠くから生暖かい大気の中へと立ち上り、何もかもが、日曜日の所在なさと夏の日の物悲しさに麻痺《まひ》したかのようであった。

二人の男が現れた。

一人はバスティーユ広場から、もう一人は植物園からやって来る。夏服を着た大きい方の男は、帽子をあみだにかぶり、チョッキのボタンを外して、ネクタイを手に歩いている。小さい方の男の体は栗色のフロックコートの中にすっかり隠れてしまっており、庇《ひさし》のとがった鳥打帽の下で俯《うつむ》いている。

大通りの真ん中に着くと、二人は同時に、同じベンチに腰を下ろした。

額の汗を拭くために帽子を脱ぐと、それぞれ自分のわきに置く。すると小柄な方の男は、隣に座った男の帽子の裏地に「ブヴァール」と記されているのに気付いた。同時にもう一人も、フロックコートをはおった男の鳥打帽に「ペキュシェ」という文字を目ざとく見て取った。

「ほう!」と彼は言った。「お互い同じことを考えたのですな。帽子に名前を書き込むとは」

「ええ、本当に! 役所で間違って持って行かれると困りますから!」

「私も同じですよ。勤め人でしてね」

そこで二人はお互いをじっくりと眺めた。

ブヴァールの愛想のいい様子がただちにペキュシェを魅了した。

いつも半ば閉じたままの、青みがかった目が、血色のよい顔の中で微笑《ほほえ》んでいる。大きな腹当ての付いたズボンは、裾のところ、ビーバーの短靴の上で皺《しわ》になっており、またベルトがお腹を締め付けて、シャツを膨らませている。金髪が自然に縮れて軽い巻き毛になっているため、どこか子供っぽく見える。

彼は唇の端で、絶えず口笛のような音をさせていた。

ペキュシェの真面目な様子がブヴァールに強い印象を与えた。ぺたっとした黒髪が高い額にはりついている様は、まるで鬘《かつら》をかぶっているかと思わせるほどだ。鼻がかなり下まで伸びているせいで、どこから見ても横顔に見える。ラスティング地のズボンにおさまった脚は、胴長の上半身と釣り合っておらず、声は太くて、こもっている。

こんな感嘆が彼の口から漏れた。「田舎はさぞ良いでしょうな！」

しかし、ブヴァールに言わせれば、郊外は居酒屋がうるさくてかなわない。ペキュシェも同じ意見である。とはいえ、二人とも首都にはそろそろうんざりし始めていた。

そこで彼らは、建築現場に積んである石材の上、一束の藁《わら》が浮かんでいる汚らしい水の上、地平線にそびえる工場の煙突の上へと次々に視線をさまよわせた。下水の臭気が漂っている。反対側を向くと、今度は目の前に穀物貯蔵庫の壁が広がっていた。

確かに（ペキュシェはそのことに驚いていたのだが）、家の中より街中の方がずっと暑い！

ブヴァールは相手にフロックコートを脱ぐよう勧めた。自分はといえば、人が何と言おうと気にならない！

不意に酔っ払いが一名、千鳥足で歩道を横切った。それを見た二人は、労働者をめぐって、政治の話を始めた。ブヴァールの方がいくぶん自由主義的ではあるものの、彼らの意見は一致していた。

鉄のがちゃがちゃいう音が、埃《ほこり》の巻き上がる舗石《ほせき》の上に響いた。三台の貸馬車がベルシーに向かうところで、そこには花束を手にした花嫁、白ネクタイを着けたブルジョワたち、腋《わき》の下までペチコートに埋まったご婦人連、さらに二、三人の少女に、中学生が一人乗っている。この結婚式の眺めをきっかけに、ブヴァールとペキュシェは女について話しだした。曰《いわ》く、女は浮気で、気難しく、強情である。にもかかわらず、しばしば男よりはましだ。もちろん女の方が始末に負えないことだってある。要するに、女なしで生きるに越したことはない。だから、ペキュシェはずっと独身を通してきたのだという。

「私は妻を亡くしていましてね」とブヴァールは言った。「子供もいないんですよ!」

「あなたにとっては、その方がきっと幸せでしょう?」とはいえ、独り身も終《しま》いには淋しいものである。

するとと今度は、河岸の端に、娼婦《しょうふ》が一人、兵士を連れて現れた。青白い顔をし、黒髪で、あばた面《づら》の女は、軍人の腕にもたれて、腰を振りながらぼろ靴を引《ひ》き摺《ず》っている。

この女が遠ざかったのを見て、ブヴァールは卑猥《ひわい》なことを言い出した。ペキュシェは真っ赤になると、おそらく返事をするのを避けるためであろうか、司祭が一人近づいて来るのを目顔で知らせた。

聖職者は、やせた楡《にれ》の若木が歩道に沿って植えられている並木道をゆっくりと降《くだ》って行く。その三角帽が見えなくなった途端、ブヴァールはやれやれと口にした。なぜなら、彼はイエズス会の司祭どもを忌み嫌っていたのである。ペキュシェの方は、彼らを弁護するわけではないが、それでも宗教に対しては敬意を示した。

そうこうするうちに夕暮れが迫ってきて、正面のよろい戸が引き上げられた。通行人の数も多くなってくる。七時の鐘がなった。

二人の話はいっこうに尽きる気配もなく、逸話には感想が加えられ、個人的な考察の後には哲学的な見解が続くという具合である。土木局、煙草の専売、商業、劇場、わが国の海軍、果ては人類全体を、まるで大いなる幻滅を味わった人々でもあるかのように貶《けな》すのだった。お互いに相手の言うことを聞きながら、忘れていた自分自身の一部を思い出す。そして、素朴に感動するような年齢はとうに過ぎていたにもかかわらず、新たな喜び、心が綻《ほころ》びるような感覚、芽生えたばかりの愛情の魅力を感じていた。

幾度も彼らは立ち上がっては座り、また上流の水門から下流の水門まで大通りを端から端まで歩いた。その度に立ち去ろうと思うのだが、何か不思議な力に引き止められて、そうすることができずにいたのである。

だがついに別れるつもりで握手を交わした瞬間、ふとブヴァールが言った。

「どうです！　一緒に夕食をいかがですか？」

「私もそう考えていたのですよ！」とペキュシェが応じた。「でも、なかなか言い出せなくて！」

そこで彼は、市役所の正面にある、感じのよさそうな小さなレストランへと連れて行ってもらった。

ブヴァールは定食を注文した。

ペキュシェは、体がほてるので、香辛料は控えているという。これをきっかけに、医学的な議論が始まった。それから、彼らは科学の利点を褒《ほ》め称えた。何と多くの知るべきこと、研究すべきことがあることか！　時間さえあればなあ！　残念ながら、生活の資を稼ぐので手一杯だ。そして、二人とも筆耕だということが分かると、驚きで腕を上げ、テーブル越しに抱き合わんばかりであった。ブヴァールは商社で、ペキュシェは海軍省で働いている。役所勤めにもかかわらず、ペキュシェは毎晩勉強を怠ることなく、ティエール氏の著作の間違いをノートに書き留めているという。また、デュムシェルという名の教授について大いに敬意をこめて語った。

ブヴァールは、また別の面でまさっていた。髪の毛で編んだ時計の鎖や、辛いソースをかきまぜる手付きなど、世慣れた若作りの中年親爺《おやじ》といったところである。食べる時は腋の下にナプキンの端をはさみ、軽口をたたいてはペキュシェを笑わせた。それは独特な笑い声で、低い一本調子の、常に同じ音が、間をおいて発せられる。ブヴァールの方は切れ目のないよく響く笑い声で、歯をむき出しにして、肩を揺すりながら笑うと、店に入りかけていた客も思わず引き返すほどだった。

食事がすむと、彼らは別の店にコーヒーを飲みに行った。ペキュシェはガス灯を眺めては、贅沢《ぜいたく》の行きすぎについて不平を鳴らし、それからさも軽蔑したような仕草で新聞を押しやった。ブヴァールの方が、新聞に対しては寛大である。物書きならおよそ誰であろうと好意を持っており、若い頃には役者を志したことさえあったという！

彼は友人のバルブルーをまねて、ビリヤードのキューと象牙の球を二つ使って曲芸を試みた。何度やっても球は落っこちてしまい、床の上、それもお客の足の間を転がっては、遠くへ見えなくなる。給仕はその度に立ち上がっては、四つん這《ば》いになって腰掛けの下を探さねばならず、終いには文句を言い出した。ペキュシェがその給仕と喧嘩《けんか》になった。店の主人がとりなしに現れたが、その言い分を聞こうともせず、飲み物にまで言いがかりをつける始末である。

それから彼は、すぐそばのサン＝マルタン通りにある自宅で、穏やかに夜を終えようと提案した。

部屋に入るとすぐ、ペキュシェはインド更紗《さらさ》の上っ張りのようなものをはおり、恭しく友人を迎え入れた。

部屋の真ん中に置かれた樅《もみ》の机の角が邪魔になっている。周囲には、棚板の上にも、三脚の椅子や古い肘《ひじ》掛《かけ》椅子の上にも、さらに部屋の隅々にまで、ロレ百科事典が数冊、『動物磁気師マニュアル』やフェヌロンの著書、また他にも様々な書物が雑然と散らばっている。それに加えて、反古《ほご》の山、ヤシの実が二つ、種々のメダル、トルコ帽、そしてデュムシェルがル・アーヴルから持ち帰ったという貝殻などが置いてある。埃が積もったせいで、元々黄色く塗られていた壁がビロードのような光沢を帯びている。ベッドの端には靴用ブラシが転がっており、シーツがぶら下がっている。天井には、ランプの煙で作られた大きな黒い染みが見える。

ブヴァールは、おそらく臭いが気になったのであろう、窓を開けてよいかどうか尋ねた。

「書類が飛んでしまうじゃないですか！」とペキュシェは叫んだ。その上、彼はすきま風を怖れていたのである。

だが、屋根のスレートの熱気で小部屋の中は朝から蒸していたため、彼は息苦しそうであった。

ブヴァールが言った。「私だったら、そのフランネルのチョッキを脱ぎますがね！」

「何ですって！」ペキュシェは、健康用のチョッキを脱ぐことを考えただけでぞっとして、思わず俯いてしまった。

「どうです、私を送ってくれませんか！」とブヴァールが続ける。「外の空気に当たって涼みましょうよ」

結局ペキュシェは、ぶつぶつ言いながらも、長靴を履き直した。「まったく、あなたという人にはかないませんよ！」そして少し離れていたにもかかわらず、トゥルネル橋の正面、ベテューヌ通りの端にあるブヴァールの家までついていった。

ブヴァールの部屋はきちんと蠟引《ろうび》きされており、金巾《カナキン》のカーテンとマホガニーの家具を備え、セーヌ川に面したバルコニーが付いている。特に目立つ装飾は二つ。簞笥《たんす》の真ん中に置かれたリキュール入れと、鏡に沿って並べられた友人たちの銀板写真である。アルコーヴ［ベッドを置くための部屋の窪《くぼ》み］には油絵が一枚掛かっている。

「叔父です！」とブヴァールは言うと、手にした燭台《しよくだい》で一人の男の姿を照らした。赤い頰髯《ほおひげ》が顔を横に広く見せており、その上には先が縮れた頭髪がのっかっている。高く締めたネクタイに、シャツ、ビロードのチョッキ、黒い燕尾服《えんびふく》の三重の襟《えり》が加わって、猪首《いくび》に見える。胸飾りにはダイヤモンドがあしらわれている。切れ長の目は頰骨のあたりまで伸び、ちょっとからかうような様子で微笑んでいる。

「むしろお父上だと間違えそうですね！」ペキュシェは思わずこのような感想を漏らした。

「名付け親ですよ」とブヴァールはぞんざいに答えて、自分の洗礼名はフランソワ＝ドゥニ＝バルトロメというのだと言い添えた。ペキュシェの名はジュスト＝ロマン＝シリル。さらに二人とも同じ年齢、四十七歳であった！　この偶然の一致は彼らを喜ばせると同時に、驚かせもした。というのも、どちらも相手をもっとずっと年上だと思っていたのである。それから、彼らは神の摂理、その取り合わせの妙を褒め称えた。「だって、要するに、先ほど散歩に出掛けていなかったら、お互いに知りあうことなく死んでいたかもしれないのですからね！」そして勤め先の住所を交換してから、おやすみの挨拶を交わした。

「女のところへなんかしけこまないように！」とブヴァールは階段の上から叫んだ。

ペキュシェは、きわどい冗談には答えることなく、階段を下りて行った。

翌日、オートフイユ通り九十二番地、アルザス織物業デカンボ兄弟商会の中庭で、ある呼び声が聞こえた。

「ブヴァール！　ブヴァールさん！」

ブヴァールが窓から顔を出すと、そこにいたペキュシェはいっそう声を張り上げる。

「私は病気じゃありませんよ！　あれは脱ぎました！」

「いったい何のことです？」

「あれですよ！」とペキュシェは、自分の胸を指差して言った。

昨夜は、一日中話し続けて興奮していた上に、部屋の暑さと消化の悪さのせいで、なかなか寝つけなかった。そのうちついに我慢できなくなり、フランネルのチョッキを放り出してしまった。朝になってそのことを思い出したが、幸い体は何ともない。そこでブヴァールに報告に来たというわけだが、この一件によって、友人はすっかり彼の評価を勝ち得たのである。


ペキュシェは小商人の息子であった。母親は若くして亡くなったので、覚えていない。十五歳の時に寄宿学校から引き取られ、執達吏《しったつり》のもとに奉公に出された。そこに憲兵が現れて、主人は懲役刑に処された。この恐ろしい思い出は、今でも彼に恐怖を引き起こすほどである。それから、自習監督、薬局の徒弟、セーヌ川上流の郵便船の会計係など職を転々とした。最後にある局長が、彼の字の上手《うま》さに引かれて、書記として雇い入れた。しかし、十分な教育を受けていないという意識が、それがもたらす精神的欲求とあいまって、始終ペキュシェを不機嫌にしている。肉親もなければ、愛人もなく、完全に一人ぼっちで暮らしており、気晴らしといっては、日曜日に公共土木事業を見て回ることとくらいである。

ブヴァールの最も古い記憶は、ロワール川のほとりの、ある農家の中庭にまでさかのぼる。

叔父だと名乗る男が彼をパリに連れて行き、商売を習わせた。成人になると、数千フランの元手をもらったので、妻をめとって、菓子屋を開業した。六ヶ月後、妻がお金を持って失踪した。さらに、友人付き合い、美食、それにとりわけ怠け癖がたたって、たちまちのうちに破産してしまった。だが、字がきれいなのを利用しようと思い付き、それ以来十二年間、オートフイユ通り九十二番地、織物業デカンボ兄弟商会で、同じ務めをこなしている。叔父はといえば、ずっと以前に例の肖像画を記念に送ってきたものの、今ではどこに住んでいるのかさえ定かでない。ブヴァールはもう何も期待していなかった。千五百リーヴル［一リーヴルは一フランと同じ。年金や公債には、通常リーヴルを用いた］の年金と筆耕の給料のおかげで、毎晩、居酒屋にうたた寝しに行くくらいの余裕はあった。

かくして、二人の出会いはまるで冒険のような重要性を帯びることになり、お互いすぐに秘密の糸で結び付いた。ところで、どうやって共感を説明することができるだろうか？　ある人物のもとではどうでもよかったり、あるいは醜く思われさえするこれこれの特徴や欠点が、何故他の人物のもとでは魅力的になるのだろう？　一目惚れ《ひとめぼ》れと呼ばれるものは、あらゆる情熱にとって真実なのだ。一週間もたたないうちに、二人はごく親しい間柄になっていた。

彼らはよくお互いの職場に訪ねて行った。一方が現れるや否や、もう一方は机を閉じて、一緒に街中へと出かけて行く。大股で歩くブヴァールに対し、ペキュシェが踵《かかと》でフロックコートの裾を打ち、ちょこちょこ急ぎ足で進む様子は、まるでローラーですべっているように見える。同じように、各人の嗜好《しこう》も調和がとれていた。ブヴァールはパイプを吸い、チーズが好物で、コーヒーはきまってブラックで飲む。ペキュシェは嗅ぎ煙草を好み、デザートにはジャムしか食べず、コーヒーには砂糖を一かけら入れる。一方は他人を信じやすく、おっちょこちょいで、気前がよく、もう一方は控えめで、すぐに考え込む性質であり、節約家だ。

ペキュシェを喜ばせようと、ブヴァールはバルブルーを彼に紹介した。元セールスマンで、現在は株式仲買人をしているこの気さくな男は、女好きの愛国者で、場末の言葉を気取って使っている。ペキュシェは彼を不愉快な奴《やつ》だと思い、代わりにブヴァールをデュムシェルの所に連れて行った。この著述家は（というのも、小さな記憶術の本を一冊出していたからだが）、ある寄宿学校で文学を教えており、正統的な意見の持ち主にふさわしく、態度も真面目くさっている。こちらはブヴァールを退屈させた。

二人とも自分の意見を隠さず、お互いに相手の言うことをもっともだと認めた。彼らの習慣は以前とは様変わりした。賄《まかな》い付き下宿を出て、終いには毎日夕食をともにするようになった。

評判の芝居、政府、食料品の値段の高いこと、商業の不正などについて意見を述べ合う。時には、首飾り事件とかフュアルデス裁判事件などが話題になったり、また大革命の原因を探ったりすることもある。

骨董品街をぶらついた。国立工芸学校、サン＝ドニ寺院、ゴブラン織工場、廃兵院、要するにあらゆる公共のコレクションを見て回る。パスポートを求められると、なくしたふりをして、二人の外国人、イギリス人になりすますのだった。

博物館の陳列室では、四足獣の剝製に驚嘆し、蝶《ちょう》を喜んで眺めたが、金属の前は無関心に通り過ぎる。化石には夢想を誘われたが、貝類学は退屈であった。ガラス越しに温室を覗《のぞ》いては、これらの葉叢《はむら》がみな毒を発散しているのだと考え、ぞっとした。杉の大木について感心したのは、元々それを帽子に入れて持って来たという逸話である。

ルーヴル美術館では、ラファエロに夢中になろうと努め、国立図書館では、蔵書の正確な数を知りたがった。

一度など、コレージュ・ド・フランスのアラビア語の授業にもぐり込んだこともある。教授は、見知らぬ男が二人、一生懸命ノートを取ろうとしているのを見てびっくりしてしまった。バルブルーのおかげで、小さな劇場の舞台裏に入り込むこともできたし、デュムシェルは、アカデミーの会合のための傍聴券を手に入れてくれた。最新の発見について情報を集め、様々なパンフレットに目を通す。こうした好奇心によって、彼らの知性は発達した。日ごとに新たに開けていく地平線の果てには、漠然としてはいるが魅惑的な事物が垣間見えるのであった。

昔の家具を鑑賞すると、それが使われていた時代に生きていなかったことが悔やまれる。といっても、その時代のことなど実は何も知らないのであった。未知の国々のことを、その名前をもとにして想像してみる。何も正確なことが分からない分だけ、それらはますます美しく感じられた。理解しがたいタイトルの著作には、きまって何らかの神秘が含まれているように思われるのだった。

見識が広がるにつれて、それだけ苦しみも増した。通りで郵便馬車とすれ違う度に、それに乗ってどこかに立ち去ってしまいたいという欲求を覚える。花市河岸を通る度に、田舎への憧れが掻き立てられるのだった。

ある日曜日のこと、朝から出掛けると、ムドン、ベルヴュー、シュレーヌ、オートゥイユと散策した。ひねもすぶどう畑の間をさまよい、畑の端に咲いているひなげしを摘み、草の上に寝そべっては、牛乳を飲み、居酒屋のアカシアの木の下で食事をする。そして夜遅く、埃まみれでくたくたになって、だが大喜びで帰って来た。その後も何度かこうした遠出を繰り返したが、翌日になるとひどい物悲しさに襲われるので、そのうち散策をやめてしまった。

勤め先の単調さがやりきれなくなってきた。年がら年中、字消しナイフに艶《つや》付け用の樹脂、同じインク壺《つぼ》に同じペン、そして同じ同僚！　二人は仕事仲間を愚物《ぐぶつ》だと決めつけて、あまり話しかけなくなり、そのために周囲から嫌がらせを受けた。毎日遅刻しては、叱責されるのだった。

以前は、彼らはほとんど幸福だった。ところが、自尊心が芽生えて以来、自分たちの職業に屈辱を感じるようになった。そして互いにこの嫌悪感を煽《あお》っては、相手の気持ちを掻《か》き立てて、かえって自分たちのことを損なっている。ペキュシェはブヴァールのぶっきらぼうなところを身に付け、ブヴァールにはいくぶんペキュシェの陰気なところが移った。

「広場で軽業師にでもなりたいものだ！」と一方が言う。

「屑屋でもいいぞ！」ともう一方が叫ぶ。

何というやり切れない境遇であろうか！　しかも、抜け出す手立てもなければ、希望さえない！

ある日の午後（一八三九年一月二十日のことであった）、ブヴァールが職場にいるところに、郵便配達が一通の手紙を持ってきた。

彼の腕が持ち上がり、頭が少しずつのけぞる。それから、床の上に気絶して倒れてしまった。

同僚たちが駆け寄って、ネクタイを外し、医者を呼びにやった。

ブヴァールは目を開くと、皆の質問に対し、こう答えた。「ああ！……実は……実は……少し空気に当たれば、楽になると思います。いや、お構いなく！　ちょっと失礼！」そして太った体軀《たいく》をものともせず、海軍省まで一気に駆け付けた。道々、何度も額に手をやっては、気でも違ったのではないかと考え、とにかく落ち着こうと努める。

彼はペキュシェを呼び出してもらった。

ペキュシェが現れると、

「叔父が亡くなった！　遺産を相続したぞ！」

「まさか！」

ブヴァールは次のような文面を見せた。

タルディヴェル公証人事務所

サヴィニー＝アン＝セプテーヌ、三九年一月十四日

拝啓

元ナント市の卸売商で、今月十日に当地で逝去された貴殿の生父、フランソワ＝ドゥニ＝バルトロメ・ブヴァール氏の遺言状の件で、当事務所までご足労いただくようお願い申し上げます。なお、この遺言状は貴殿の有利となる非常に重要な条項を含んでいることを申し添えておきます。

敬具

公証人、タルディヴェル

ペキュシェは中庭の車よけの石にへなへなと座り込んでしまった。それから、手紙を返しながら、ゆっくりと言った。

「何か……いたずら……じゃなければいいんだけど？」

「いたずらだと思うのかい！」ブヴァールは、瀕死《ひんし》の人の喘《あえ》ぎ声《ごえ》にも似た、喉を絞めつけられたような声で答えた。

しかし、郵便切手も、印刷用活字で記された事務所の名前も、公証人のサインも、何もかも、この知らせが本物であることを証《あか》している。そこで彼らは、口の端をふるわせ、目には涙を浮かべて、お互いにじっと見つめ合った。

とりあえず広々とした場所に出たくなった。凱旋門《がいせんもん》まで歩いて行き、セーヌ川沿いに引き

返して、ノートルダム寺院を通り越してしまった。ブヴァールは真っ赤である。ペキュシェの背中をこぶしで叩《たた》いては、さらに五分もの間、まったく訳の分からぬことを口走った。

二人とも、自然と笑みがこぼれるのをどうしようもない。この遺産は、もちろん、金額にすれば……？　「ああ！　いくら何でも話がうますぎる！　もうやめにしよう」ところが、すぐにまたその話題へと戻るのであった。

ただちに詳細を問い合わせても差支えはないはずだ。そこでブヴァールは公証人に手紙を書いた。

公証人が送ってきた遺言状の写しは、次のような文言で終わっていた。「したがって、私は非嫡出子フランソワ＝ドゥニ＝バルトロメ・ブヴァールを認知し、法によって処分可能な財産の一部を彼に与えることとする」

老人は、まだ若い頃にできたこの息子を甥《おい》ということにしておき、注意深く遠ざけてきた。甥の方も、事情は十分承知の上で、いつも叔父さんと呼んでいた。ブヴァール氏は四十歳頃に結婚したが、その後妻に先立たれた。加えて、二人の嫡出子にも期待を裏切られてみると、これほど長年の間もう一人の子供を見捨てていたことが悔やまれてならなかった。女中への遠慮さえなかったら、息子を手元に引き取っていたであろう。家族の策略が功を奏して、結局この女中とも別れた。さて一人ぼっちとなり、死を間近に控えてみると、最初の恋の結晶である子供にできるだけの財産を残してやることで、これまでの過ちを償いたいと思うのだった。彼の財産は五十万フランにものぼっており、そのうち二十五万フランが筆耕のものということになる。長男のエティエンヌ氏は、遺言を尊重する旨をすでに表明していた。ブヴァールはまるで放心状態に陥ったかのようだった。酔っ払いによく見られるような穏やかな微笑を浮かべて、「一万五千リーヴルの年金!」と小声で繰り返している。ペキュシェの方が気持ちはしっかりしていたものの、それでも驚きがおさまらない。

タルディヴェルからの手紙が、突如として彼らを動揺させた。次男のアレクサンドル氏が、法廷にこの件の調整をゆだねる意向を宣言したという。しかも、できれば財産の遺贈に反対するつもりで、あらかじめ封印、財産目録作成、供託物保管者の任命を要求しているらしい。ブヴァールはあまりのことに、黄疸《おうだん》にかかってしまった。回復するとすぐにサヴィニーへ赴いたが、何の結論も得られないままそこから戻って来ると、旅の費用を無駄にしたと嘆いた。

それからは、眠れない夜が続いた。怒りを覚えるかと思えば、希望が湧き、ひとしきり興奮した後に、今度は意気消沈するといった具合である。ようやく六ヶ月後に、アレクサンドル氏が折れたので、ブヴァールは晴れて遺産を手に入れることとなった。

彼の第一声は、「一緒に田舎に隠遁《いんとん》しよう!」というものだった。自身の幸福に友を結び付けたこの言葉も、ペキュシェにはごく当然のものと思われた。それほどこの二人のつながりは絶対的な、深いものとなっていたのである。

とはいえ、ペキュシェもブヴァールの世話になって暮らしたくはなかったので、定年退職するまでは動かないと言い張った。あと二年、それくらいが何だろう! 彼は頑として主張を曲げなかったので、結局そのように決まった。

どこに居を定めたらよいか知るために、あらゆる地方について検討してみた。北部は土地は肥沃だが、寒すぎる。南部は気候は魅力的だが、蚊が多いのが難点だ。中部は、端的に言って何も惹《ひ》かれるものがない。ブルターニュ地方は、住人の気質が信心家ぶってさえいなければ、二人にはうってつけだったのだが。東部地方にいたっては、ドイツ訛《なま》りのせいで、考慮の対象にもならなかった。だが他にも様々な地域がある。例えばフォレ地方、ビュジェ地方、ルモワ地方とは、それぞれどんな所だろうか？　地図を見ても、こうした点については何も分からない。それにそもそも、どんな場所に落ち着こうが、肝心なのは自分たちの家を持つことである。

早くも彼らは、シャツ一枚になった自分たちの姿を思い浮かべるのだった。花壇の端でバラの木の枝を刈ったり、土をすいたり、耕したり、いじくったり、チューリップの花を植え替えたりする。雲雀《ひばり》のさえずりで目を覚まし、鋤《すき》を押しに行こう。籠《かご》を持って林檎《りんご》を摘みに行ってもよい。バター作り、穀物打ち、羊の毛の刈り込み、ミツバチの巣の世話などの様子を眺めて、牛の鳴き声や、刈り取った干し草の匂いを堪能しよう。もう書類もなければ、上司もいない！　家賃を払う必要さえない！　だって、自分たちの家を持つのだから！　食卓には、自分たちの鶏小屋の鶏や、自分たちの庭の野菜を並べ、木靴を履いたまま夕食をとろう！　「何でも好きなことをやるぞ！　髭《ひげ》も伸ばそうじゃないか！」

園芸の道具に加えて、「おそらく役に立つであろう」器具を山ほど買い揃《そろ》えた。例えば、(一家に必ず一つ必要だとされる) 道具箱、秤《はかり》、測量用の鎖、病気の場合に備えて浴槽、温度計、さらには気が向いたときに物理の実験をするための「ゲイ＝リュサック式」気圧計などである。また、(いつも戸外で働けるわけではないので) 文学の名作を何冊か揃えておくのも悪くなかろう。早速探し始めたところが、はたしてどんな著作が本当に「書架の本」なのか判断がつかず、時として大いに困惑した。ブヴァールがこの問題に決着をつけた。

「どうだい！　蔵書は必要ないじゃないか」

「それに、僕の蔵書だってあるしね」とペキュシェは答えた。

前もって、彼らは準備を進めていた。ブヴァールは家具を、ペキュシェは大きな黒いテーブルを持っていくことになっている。カーテンはそのまま使えるし、これに炊事用具を少し買い足せば、それで十分であろう。お互いにこのことは口外しないと誓い合った。しかし、自然と顔が綻んでくるので、同僚たちには「奇妙」な奴だと思われた。ブヴァールは机の上に覆いかぶさるようにして、折衷書体にさらに丸みを与えようと肘を外に突き出し、いかにもずるそうに重い瞼《まぶた》をしばたたかせて、独特の口笛のような音を出している。ペキュシェは大きな藁椅子の上にちょこんと座って、細長い書体の縦線に入念に気を配りながら、鼻孔を膨らませ、まるで秘密を漏らすのを怖れるかのように口元をぎゅっと引き締めている。

一年半も探し回ったというのに、まだ落ち着き先の目途さえ立っていなかった。彼らはアミアンからエヴルーまで、またフォンテーヌブローからル・アーヴルまで、パリのあらゆる近郊に何度も足を運んだ。田舎らしい田舎が希望で、絵のような景色にはさしてこだわらないものの、視界が限られている所は悲しい気持ちになる。人が大勢住んでいる場所の近くは避けたいと思いつつも、一方で孤独を怖れていた。一度は決めたつもりになっても、後悔するのが心配で、ほどなく意見を変えてしまう。場所が不衛生に思われたり、海風にさらされていたり、工場に近すぎたり、あるいは周囲との交通の便が悪いような気がするのであった。バルブルーが助け舟を出してくれた。

彼は二人の夢を知っていたので、ある日、カーンとファレーズの間にあるシャヴィニョールの地所の話を知らせにやって来た。三十八ヘクタールの農場に、ちょっとしたお城《シャトー》のような邸宅と、色々収穫できる庭園が付いているという。

彼らは早速カルヴァドス県へと出掛けると、すっかり夢中になってしまった。ただ問題は、農場と邸宅とをあわせて（どちらか一方だけでは売らないという）、売値が十四万三千フランにもなることだ。ブヴァールは十二万フランまでしか出さないと言い張った。

ペキュシェは友の頑なさを戒め、譲歩するよう頼み込んだ挙句、ついには自分が差額を支払おうと言い出した。それは彼の全財産で、母の遺産とこれまでの貯金からなっている。この資金については、今まで一言も口に出したことがなかったが、いざという機会に取っておいたのである。

彼の定年退職の半年前、一八四〇年の終わり頃には、支払いもすべて済んだ。

ブヴァールはもう筆耕の仕事をやめていた。最初のうちは将来への配慮から勤めを続けていたものの、遺産が入ることが確実になると、すぐに職を辞したのである。しかし、その後もちょくちょくデカンボ商会には顔を出しており、出発の前日も、職場の仲間全員にポンチ酒をふるまった。

ペキュシェは、それとは対照的に、同僚に対しては不愛想だった。最後の日も、ドアを乱暴にバタンと閉めて出て行ってしまった。

まだこれから荷造りを監督し、少なからず残っている用事や買い物を片付けた上で、デュムシェルにも暇乞《いとまご》いをしなければならない！

教授は今後も手紙で連絡を取り合い、文学の動向を伝えようと申し出た。それから再度お祝いを述べると、ペキュシェの健康を祈った。バルブルーは、ブヴァールの別れの挨拶に際して、もっと情に厚いところを見せた。やりかけのドミノの勝負をわざわざ投げ出すと、田舎まで会いに行くことを約束し、さらにアニス酒を二杯注文して、友を抱擁した。

ブヴァールは家に戻ると、バルコニーに出て胸一杯に空気を吸い込み、「いよいよだな」と自らに言い聞かせた。川の水に映る河岸の灯《あか》りが震え、遠くに聞こえる乗合馬車の響きは次第に静まっていく。この大都会で過ごした幸福な日々のこと、レストランでの割り勘の食事、夜の劇場、門番女のおしゃべりなど、数々の習慣が思い出されてくる。そして自分でも認めたくはなかったが、気弱になったのか、悲しみが込み上げてきた。

ペキュシェは、朝の二時まで部屋の中を歩き回った。もうここに戻ってくることもないだろう。結構じゃないか！　だが、何か記念を残しておきたくなって、暖炉の漆喰《しっくい》に自分の名前を彫り付けた。

大きな荷物はすでに前の日に発送しておいた。庭仕事の道具、簡易用寝台、マットレス、テーブル、椅子、焜炉《こんろ》、浴槽、さらにブルゴーニュ・ワイン三樽は、まずセーヌ川経由でル・アーヴルまで送り、そこからカーンへと回してもらう手筈《てはず》になっている。ブヴァールがカーンでこれらの荷物を受け取って、シャヴィニョールに運んでくる。一方、彼の父の肖像画、肘掛椅子、リキュール入れ、書物類、振り子時計、その他貴重品の一切は引っ越し用馬車に積み込んだ。ノナンクール、ヴェルヌイユ、ファレーズを通って行くこの馬車には、ペキュシェが同乗することになった。

彼は御者の隣の座席に乗り込んだ。一番古いフロックコートにくるまり、マフラー、指先の開いた手袋、役所で使っていた足炬燵《あしごたつ》などを身に着けて、三月二十日の日曜日、夜明け方に首都を後にした。

最初の数時間は、旅の景色の変化と物珍しさに気を奪われていた。そのうち馬車の速度が緩んできたので、御者と馬方を相手に口論が始まった。彼らの選んだ宿はひどいもので、ちゃんと荷物には責任を持つと請け合ったものの、ペキュシェは用心のあまり同じ宿屋に泊まることにした。翌日は明け方から出発した。どこまで行っても代わり映えしない道が、地平線の果てまで登り坂になって続いている。道端に置かれた小石の山が次から次へと過ぎ去っていく。溝には水がたまっており、単調な冷たい色調の緑の平原が見渡す限り広がっている。空には雲が流れ、時々雨が降ってくる。三日目には、突風が吹いた。荷車の幌がしっかり結わえ付けられていなかったせいで、まるで船の帆のように風にばたばたと鳴った。ペキュシェは鳥打帽をかぶったまま顔をふせていたが、嗅ぎ煙草入れを開ける度に、目をかばって真後ろを向かねばならなかった。馬車が揺れると背後で荷物ががたがたいう音が聞こえるので、どうしても小言が多くなる。だがそれも効き目がないと見て取るや、戦術を変えて、いかにも人が好さそうに、愛想を振りまいた。骨の折れる坂道では、男たちと一緒になって車を押し、食後はブランデー入りコーヒーまでおごってやった。その甲斐《かい》あって彼らは前よりも快調に飛ばしたが、逆に勢い余って、ゴビュルジュの近くで車軸が折れ、荷車が傾いてしまった。すぐにその中を調べたところ、陶器の茶碗が粉々に砕けて散らばっている。ペキュシェは腕を高く上げると、歯ぎしりしながら、これら二人の馬鹿者どもを呪った。しかも翌日は、馬方が酔っぱらったため、一日無駄になってしまった。だが、こうまで苦杯をなめた後では、もはや嘆く気力も残っていなかった。

ブヴァールはもう一度バルブルーと夕食をともにしたので、パリを発ったのはようやく翌々日になってからだった。時間ぎりぎりに乗合馬車の発着所に駆け込んだが、次に目を覚ますとルーアン大聖堂の前である。馬車を間違えたのだ。

その晩は、カーン行きの馬車はすでに満席だった。手持ち無沙汰なので、芸術劇場に足を運んだ。周りの観客をつかまえては、自分は商売から引退して、近郊に新しく地所を手に入れたところだなどとにこやかに吹聴して回った。金曜日にカーンに降り立ってみると、荷物はまだ届いていない。日曜日にようやくそれを受け取ったので、荷馬車に載せて送り出し、ついでに小作人には、自分も後からすぐに行くつもりだと知らせてやった。

旅の九日目、ファレーズで、ペキュシェは馬をもう一頭雇った。日没までは万事順調に進み、ブレットヴィルを過ぎたあたりで、街道を離れて、横道に入り込んだ。今にもシャヴィニョールの切妻が見えてくるような気がする。ところが、轍《わだち》が徐々に消えてなくなり、いつの間にか畑の真ん中にいるのに気付いた。夜は次第に更けてくる。どうなってしまうのだろう？　とうとうペキュシェは馬車を離れると、泥に足を取られながらも、道を探して前方に進んだ。農場に近づくと、犬が吠《ほ》えた。大声で叫んで、道を尋ねたが、返事はない。そこで怖くなって、逃げ出した。突然、ランプの灯りが二つきらめく。二輪馬車が通り掛かったのを見ると、駆け出して、それに追いついた。ブヴァールが中に乗っていた。

だが、引っ越し用の馬車はどこに行ってしまったのだろう？　一時間もの間、彼らは真っ暗な中を、大声で馬車を探し回った。やっと見つかって、無事にシャヴィニョールに到着した。

茨《いばら》と松かさを燃やした火が、広間の中でさかんに燃えていた。二人分の食器が並べてある。荷馬車で運ばれてきた家具が、玄関に所狭しと置かれている。何もなくなったものはなかった。彼らは食卓に着いた。

玉ねぎのスープ、若鶏、ベーコン、固ゆで卵などがあらかじめ調理されていた。年取った料理女が、何度か味加減を尋ねに顔を出す。すると二人は、「ええ、とても美味《おい》しいですよ！　とても美味しい！」と答えるのだった。なかなか切れない田舎パンも、クリームも、クルミも、すべてが喜ばしい！　タイル張りの床には穴があき、壁はじめじめと湿っていた。それでも彼らは、ろうそくが一本燃える小さなテーブルの上で食事をしながら、満ち足りた眼差しをあたりに向けるのであった。野外の空気にさらされて、顔は赤くなっている。お腹を突き出し、ぎしぎし軋《きし》む椅子の背にもたれて、何度も次のような言葉を繰り返した。「とうとう着いたぞ！　何て嬉《うれ》しいんだろう！　まるで夢のようじゃないか！」

もう真夜中になっていたが、ペキュシェは庭を一回りしようと思い立った。ブヴァールも反対しない。彼らはろうそくを手に取って、古新聞で火をかばいながら、花壇に沿って歩き回った。

野菜の名を大声で呼ぶと心が浮き立った。「ほら！　人参だ！　おや！　キャベツじゃないか」

次に、果樹垣を調べた。ペキュシェは芽を見付けだそうとした。時々、蜘蛛《くも》が壁の上を素早く逃げて行く。そして、壁に映し出された二つの大きな影が、彼らの身振りを繰り返すのだった。草の先からは露が滴《したた》っている。夜は真っ暗であり、穏やかな深い静寂の中、すべてがじっと動かぬままだ。遠くで、鶏が鳴いた。

二人の寝室の間には元々小さなドアがあったのだが、これまでは壁紙がそれを覆い隠していた。ところが、先ほど簞笥をそこにぶつけた拍子に、釘《くぎ》が外れてしまい、ドアの所がぽっかりと開いている。嬉しい驚きだ。

服を脱いでベッドに入ってからも、彼らはしばらくおしゃべりをしていたが、そのうち眠ってしまった。ブヴァールは仰向けになって、口を開け、何もかぶらずに。ペキュシェは右の脇腹を下にして、膝をお腹のところで折り曲げ、ナイトキャップをかぶっている。そして、窓から射し込む月明かりの下、二人とも鼾《いびき》をかいていた。

II

翌朝目を覚ました時は、何と嬉しかったことか！　ブヴァールはパイプをくゆらし、ペキュシェは嗅ぎ煙草を吸ったが、二人ともこんなに美味しい煙草は初めてだと言う。それから、窓辺に立って、景色を眺めた。

正面には畑が広がっている。右手には納屋が一棟と教会の鐘楼《しょうろう》が見え、左手にはポプラの並木が視界を遮っている。

庭は、十字に交わった二本の小道によって、四つに区切られている。野菜が花壇の中で育てられ、またその所々には、背の低い糸杉と紡錘形の果樹が立っている。庭の一方に設えられた四阿《あずまや》はぶどう棚のある築山へとつながっており、もう一方の側は、壁が果樹垣を支えている。さらに庭の奥は、四ツ目垣が畑に面している。壁の向こうには果樹園が、木陰道の先には木立の茂みが、また四ツ目垣の後ろには一本の小道がある。

彼らがこういった景色を眺めていると、黒い外套《がいとう》を着た、白髪まじりの男が一人、四ツ目垣の格子をステッキで引っ掻きながら、小道を通って行った。年取った女中が教えてくれたところによれば、この一帯で有名な医師のヴォコルベイユ氏だという。

その他の土地のお歴々は、まず元代議士のド・ファヴェルジュ伯爵で、その牛舎が評判である。村長のフーロー氏は、材木や漆喰など幅広く商いを手掛けているらしい。さらに、公証人のマレスコ氏、ジュフロワ神父、それに年金で生活している未亡人のボルダン夫人などがいる。かく言う女中自身は、亡き夫のジェルマンにちなんで、ジェルメーヌと呼ばれていた。日雇いで仕事をしているが、できれば二人の家で働きたいという。彼らはその申し出を承知すると、一キロ離れたところにある農場へと出掛けて行った。

中庭に入っていくと、小作人のグイ親方が男の子をどなりつけていた。女房は腰掛けに座って、足の間に押さえつけた七面鳥に、小麦粉の団子を呑《の》み込ませているところだった。男は額が狭く、鼻が細く、こっそりとこちらをうかがうような目付きに、がっしりとした肩をしている。女房の方は頬にそばかすのある金髪の女で、教会のステンドグラスに描かれた百姓のように素朴な様子である。

台所に入ると、麻の束が天井からぶら下がっていた。高い暖炉の上には、三挺《ちょう》の古い銃が並べて掛けてある。花模様の陶器を入れた戸棚が壁の真ん中を占めており、瓶ガラスでできた窓が、ブリキや純銅の器具の上にどんよりした光を投げ掛けている。

パリから来た二人の旦那は、領地をまだ一度しか、それもざっと見ただけだったので、この機会にきちんと視察しておこうと考えた。グイ親方とその女房がついてきて、次々と不平を述べ立てた。

荷車置き場から蒸留酒製造室にいたるまで、建物はみな修繕を要する。チーズ製造室はもう一つ必要だし、柵は新しい鉄具で補強した上に、「高塀」をさらに高くして、沼を掘り、さらに三つの中庭に林檎の木をたくさん植え替えねばならないという。

次に、耕作地を視察した。グイ親方は土地をくさした。肥料を食いすぎるし、運搬には費用が掛かり、小石を取り除くこともできず、雑草が牧草地を荒らしている。こうまでけちをつけられては、ブヴァールが自分の土地を歩くのに感じていた喜びも、さすがに削《そ》がれるのであった。

彼らはそこから、ブナの並木の下にある窪んだ小道を通って戻ってきた。こちら側からは、ちょうど家の前庭と正面が見えた。

家は白く塗られ、それに黄色の浮き出し装飾が施されている。建物の両側には、物置と酒蔵、パン焼き室と薪小屋《まきごや》が、低い翼となって張り出している。台所は小部屋とつながり、それから玄関、もっと大きな第二の部屋、そして客間へと続いている。二階の四部屋は中庭に面した廊下に沿って並んでおり、ペキュシェがそのうちの一つを、自分のコレクションのために使うことにした。最後の部屋は図書室にあてた。箪笥を開けると、前の住人が置いていった本が出てきたが、二人はタイトルに目を通そうとさえしなかった。何と言ってもまず大事なのは、庭のことだ。

ブヴァールは、木陰道のそばを通った際に、枝の陰に石膏《せっこう》の婦人像があるのを見付けた。二本の指でスカートをからげ、膝を曲げて、誰かに見られるのを怖れるかのように、肩の上で頭をかしげている。「いや！　これは失礼！　どうかご遠慮なく！」この冗談が大そう気に入ったので、それから三週間以上もの間、二人は日に幾度となく同じ言葉を繰り返した。

そのうちシャヴィニョールのブルジョワたちが彼らのことを知りたがって、四ツ目垣から覗きに来るようになった。そこで、その隙間を板で塞いでしまったが、住民たちはこれに気を悪くした。

日光にやられないよう、ブヴァールは頭にハンカチをターバンのように巻き付け、ペキュシェは鳥打帽をかぶっていた。ペキュシェはまた、ポケットが前に付いた大きな前掛けを着ていたが、そのポケットの中には、園芸用の鋏《はさみ》とハンカチ、それに嗅ぎ煙草入れが放り込んであった。腕まくりをして、二人並んで土を耕し、草むしりをし、枝を刈り込み、次々と新たな仕事を作り出しては、食事はなるべく早く済ませる。ただコーヒーだけは、見晴らしを楽しむため、わざわざ築山の上に飲みに行くのであった。

かたつむりを見付けると、すぐに近づいて行っては、まるでクルミでも割るかのように、口元を歪めながら踏み潰す。外に出る時には必ずシャベルを持って行き、力任せにそれで黄金虫の幼虫を叩き割ると、鉄の先端が三寸も地面にめり込むのだった。毛虫を退治するために、猛然と竿《さお》で木を叩いて回った。

ブヴァールは芝生の真ん中に牡丹《ぼたん》を一輪植えた。またトマトも植えたが、これは四阿のアーチの下で、いずれシャンデリアのように実をならせるはずである。

ペキュシェは台所の前に大きな穴を掘らせると、それを三つに仕切った。そこで堆肥《たいひ》を作れば、それがたくさんの作物を実らせるだろう。さらにその廃棄物が新たな収穫をもたらし、それがまた別の肥料を生み出して、といった具合にどこまでも続いていくはずだ。こうして彼は、穴の縁に立って夢想しながら、山と積まれた果実、溢《あふ》れんばかりの花、崩れ落ちるほど多くの野菜を未来に思い描くのであった。しかし、苗床にぜひとも必要な馬糞《ばふん》堆肥がない。百姓たちも宿屋の主人も売ってくれなかった。探しあぐねた挙句、ブヴァールが止めるのも聞かずに、恥も外聞もかなぐり捨てて、とうとうペキュシェは「自分で馬糞を拾いに行く」決心をした。

ある日、この作業をしている最中に、ボルダン夫人が街道で話しかけてきた。挨拶の言葉もそこそこに、夫人は彼の友人のことを尋ねる。小さいがとてもきらきらした黒い眼、血色のよい顔、落ち着いた様子（うっすらと口髭が生えてさえいる）などに怖気《おじけ》づいたペキュシェは、そっけない返事をして、背を向けてしまった。後でブヴァールはこの非礼をとがめるのだった。

それから嫌な季節になり、雪や厳しい寒さが続いた。彼らは台所に陣取って、垣根の格子《こうし》を作ったり、部屋から部屋へとさまよい歩いては、炉辺でおしゃべりしたり、雨が降るのを眺めたりした。

四旬節［復活祭前の四十六日間で、悔悛の期間。中日は第三週目の木曜日］の中日を過ぎると、早くも春の到来が待ち望まれた。毎朝「そろそろだぞ」と繰り返すが、なかなか暖かい季節にならない。彼らは「もうしばらくだ」と言いながら、はやる気持ちを抑えるのであった。

ようやく、グリーンピースが芽を出した。アスパラガスは大収穫だ。ブドウも大いに期待できそうである。

園芸が上手くいったのだから、農業でも成功しないはずはない。今度は自分たちで農場を耕したいという望みが湧いてきた。研究を怠らずに、良識をもってすれば、きっと上手くやり遂げられるに違いない。

まずは、他所《よそ》ではどうやっているのか見ておく必要がある。そこで彼らは手紙を書いて、ド・ファヴェルジュ氏に農園の見学の許しを願い出た。伯爵はすぐに承諾の返事をよこした。

一時間ほど歩くと、オルヌ川の渓谷を見下ろす丘の斜面に着いた。川が谷底を蛇行して流れている。赤い砂岩の塊が所々にそびえ立ち、遠くの方では、もっと大きな岩がまるで断崖のようになって、一面に小麦が実った畑の上に張り出している。向かいの丘には緑が生い茂って、人家も見えないほどだ。緑の草の中で、木々がひときわ濃い線となって浮かび上がり、斜面を大小様々な四角形に仕切っている。

地所の全景が、忽然《こつぜん》として視界に現れた。瓦屋根が農園の場所を示している。正面を白く塗った館が、森を背景にして右手に建っている。芝生の斜面のふもとには川があり、その水面にプラタナスの並木の影が映っている。

二人の友人は、ウマゴヤシを乾燥させている畑に入って行った。麦藁帽子や、インド更紗の頭巾や、紙製の目庇をかぶった女たちが、地面に散らばった干し草を熊手でかき上げている。野原の向こう端に見える積み藁のそばでは、三頭の馬を繋《つな》いだ長い荷馬車の中に、干し草の束を勢いよく放り込んでいる。伯爵殿が管理人を連れて現れた。

綾織《あやおり》の衣服を着て、背筋をぴんと伸ばし、頬髯を生やした様子は、司法官のようでもあり、洒落者《しやれもの》のようでもある。顔の表情は、話している時も微動だにしなかった。

最初の挨拶がすむと、彼は秣《まぐさ》についての持論を開陳した。刈り取った干し草の列は、散らかさないようにかき起こす。積み藁は円錐形《えんすいけい》に整え、束はその場ですぐに作って、数十個ずつまとめて積んでおく。イギリス製の草掻き寄せ機については、起伏の多いこのあたりの草地には、このような機具は不向きだとのこと。

素足にぼろ靴を履き、破れた服から肌を覗かせた一人の少女が、水差しを腰で支えて、女たちに林檎酒を注いで回っていた。伯爵がどこから来た子か尋ねたところ、誰も知らないという。刈り入れの間、諸々の手伝いをさせようと、女たちが拾ってきたらしい。彼は肩をすくめて、その場を後にすると、我らが田舎の風紀の乱れについて愚痴をこぼした。

ブヴァールはウマゴヤシを褒めそやした。確かに、ネナシカズラに荒らされた割には、まあまあの出来である。未来の農学者たちは、ネナシカズラという語を聞いて、目を見開いた。家畜をたくさん飼っていることを考えて、伯爵は人工牧草地にも取り組んでいた。その上これは、秣の根をそのままにしておく場合よりも、その後の収穫によい効果をもたらすはずである。「少なくとも、このことは私には異論の余地がないと思われます」

ブヴァールとペキュシェは、声を揃えて答えた。「ええ！　異論の余地がありませんな」

彼らは、丹念に耕された平坦な畑の端にやって来た。手綱を引かれた一頭の馬が、大きな箱のような三輪車を引っ張っている。箱の下に取り付けられた七つの鋤の刃が、細い畝《うね》を平行に開いては、地面まで伸びた管を通ってその中に種が落ちる仕掛けであった。

「ここには」と伯爵が言った。「カブをまくことにしています。カブは私の四年輪作の基盤になっているのです」そして種まき機の実演に取り掛かろうとした時、召使が彼を呼びに来た。館の方に用があるという。

管理人が代わりをすることになったが、これは狡《ずる》そうな顔をした、馬鹿丁寧な物腰の男である。

彼は「これらの旦那方」を別の畑へと案内した。そこでは刈り入れ人が十四人、上半身裸で、脚を広げて、ライ麦を刈り取っていた。鎌が鋭い音を立てると、麦が右側になぎ倒される。それぞれ自分の前方に大きな半円を描きながら、皆一列になって、同時に進んで行く。パリから来た二人の客人は、男たちの逞《たくま》しい腕に感嘆し、大地の豊饒《ほうじよう》さに対してほとんど宗教的な畏敬の念を覚えた。

次いで、いくつかの耕作地を見て回った。夕暮れが迫っており、烏が畑の畝に舞い降りてきた。

それから、羊の群れに出会った。あちこちで羊が草を食《は》む音が、絶え間なく聞こえてくる。羊飼いが木の幹に座り、番犬をそばに置いて、羊毛の靴下を編んでいた。

管理人に手伝ってもらい、ブヴァールとペキュシェは垣根の梯子《はしご》を越えた。それから、二棟の農家の庭を横切ったが、そこでは牛が林檎の木の下でもぐもぐやっているところだった。

農園の建物はすべて隣り合っていて、中庭の三方を占めている。作業はここではタービンを使った機械仕掛けで、わざわざそのために引いてきた水を用いている。皮の細紐《ほそひも》が屋根から屋根へと張り巡らされ、堆肥の真ん中では鉄のポンプが動いている。

管理人は、羊小屋では地面すれすれに穿《うが》たれた小さな穴に、また豚小屋では自動で閉まる扉の仕組みに、二人の注意を向けた。

納屋はまるで大聖堂を思わせるような円天井で、石壁の上に煉瓦《れんが》のアーチが載っている。旦那方を楽しませようと、女中が燕麦《えんばく》を何度か手につかんで、雌鶏《めんどり》にまいてみせた。圧搾機の心棒は、彼らの目にはとてつもなく巨大なものに映る。それから鳩舎《きゅうしゃ》にも上った。乳製品加工場は、とりわけ彼らを驚嘆させた。隅々にある蛇口から流れ出る水が敷石を濡らしており、建物に入るとひんやりとする。格子型の棚の上に並べられた褐色の壺は、牛乳をなみなみと湛えている。もっと浅い鉢にはクリームが入れてある。バターの塊が並んでいる様子は、まるで銅製の円柱のかけらのようであり、地面に置かれたブリキのバケツからは泡が溢れている。

だが、この農園の目玉は、何と言っても牛舎であった。天井から床へと垂直に嵌《は》め込まれた木の柵が、小屋を家畜用と作業用の二つに仕切っている。明かり取りの小窓がすべて閉め切ってあるので、ほとんど何も見えなかった。牛は鎖につながれたまま、餌を食べていた。体から発散している熱が、低い天井に押し戻されてこもっている。すると、誰かが陽の光を入れた。一筋の水が、突然、秣棚に沿って設えられた溝の中に流れ込む。牛が鳴き声を上げ、角が棒のぶつかり合うような音を立てる。すべての牛が、柵の間に鼻面を突っ込んで、ゆっくりと水を飲んだ。

耕作用の家畜や車が中庭に入ってきて、子馬がいなないた。建物の一階で、角灯の灯りが二つ三つ点っては、また消えた。働き手たちが、砂利の上を木靴を引きずりながら通って行く。すると、夕食を告げる鐘が鳴った。

二人の客人はいとまを告げた。

目にしたものすべてに魅了されてしまった。彼らの決意は固まった。早速その晩から、『田園の家』四巻を本棚から引っ張り出すと、ガスパランの『講義録』を注文し、農業新聞の予約購読を申し込んだ。

市場に行く際の便利を考えて、二輪馬車を一台買い、ブヴァールがそれを御することにした。

青い作業衣を身に着け、つば広の帽子をかぶり、膝までゲートルを巻き、手には馬商人のように杖を持って、家畜の周りをうろつき、農民たちを質問攻めにする。そして農業共進会には欠かさず顔を出した。

間もなく、彼らは何かと口を出してはグイ親方を煩《わずら》わせるようになった。特に土地を休ませる方法に文句をつけたが、小作人は従来のやり方を変えようとしない。霰《あられ》による被害を口実に、家賃の免除を申し出ただけでなく、小作料も一向に払わない。しごく正当な要求に対しても、女房が金切り声を立てるのであった。とうとう、ブヴァールは小作契約を更新しない旨を言い渡した。

すると、グイ親方は肥料をまくのをやめ、雑草のはびこるままにして、土地を駄目にしてしまった。さらに、立ち去る時のふてぶてしい態度は、仕返しをもくろんでいることを示していた。

ブヴァールは、最初は二万フラン、つまり小作料の四倍あまりの元手があれば十分だろうと考え、パリの公証人にお金を送ってもらった。

彼らの農園は、十五ヘクタールの中庭および牧草地、二十三ヘクタールの耕地、それに「塚山」と呼ばれている小石だらけの丘の上にある五ヘクタールの未開墾地からなっている。必要な道具類一式と、馬を四頭、牝牛を十二頭、豚を六匹、羊を百六十四手に入れた。使用人として馬方を二人、雑役婦を二人、下男を一人、羊飼いを一人雇い、それに加えて大きな犬を一匹飼うことにした。

早速お金を作るために、秣を売った。支払いは自宅で行われたが、燕麦の箱の上で数えるナポレオン金貨［二十フラン金貨］は、他の金貨よりも輝いて見え、何か特別な、より値打ちのあるものに思われた。

十一月には、林檎酒を醸造した。馬に鞭《むち》をくれるのはブヴァールの役割で、ペキュシェは桶《おけ》に乗っかり、林檎の搾りかすをスコップでかきまぜる。二人とも息を切らしながらねじを締め付けたり、杓子《しやくし》で桶から酒をすくい取ったり、栓がちゃんと閉まっているか気を配ったり、重たい木靴を履いて、大いに楽しむのだった。

麦はどんなにあっても多すぎることはないという原則に基づき、人工牧草地のほぼ半分をつぶしてしまった。そして肥料の持ち合わせがなかったので、油粕《あぶらかす》を用いたところが、細かく砕かずに土に埋めたため、収穫は散々だった。

翌年は、びっしりと種をまく。嵐がやって来て、穂がなぎ倒されてしまった。

それでも、今度は小麦に熱中すると、「塚山」から石を取り除こうと企てた。リヤカーを使って小石を運ぶ。一年中、朝から晩まで、雨の日も晴れの日も、いつも変わらぬリヤカーが、同じ働き手と同じ馬に引かれて、小さな丘を登ったり、降りたり、また登ったりするのが見られた。時々ブヴァールがその後ろを歩きながら、額の汗を拭うため丘の中腹でしばし立ち止まるのであった。

誰も信用できないというので、自分たちで家畜の手当てをし、下剤や浣腸《かんちょう》まで施した。

とんでもない不行跡が持ち上がった。家禽《かきん》飼育場の娘が妊娠したのである。そこで夫婦者を雇うことにしたところ、子供が次から次へと生まれてきた。さらに従兄弟《いとこ》、従姉妹、叔父、義理の姉妹などたくさんの人々が現れて、彼らにたかって暮らそうとする。そこで、二人は交代で農場に寝泊まりすることに決めた。

だが、夜は淋しかった。部屋が不潔なのも、不愉快だ。ジェルメーヌも、食事を運んでくる度に、ぶつぶつ文句を言う。皆があらゆるやり方で彼らをだまそうとした。麦打ち人たちは、水差しの中に小麦を詰め込んでいた。ペキュシェはそのうちの一人を捕まえると、肩をつかんで外に押し出し、どなりつけた。

「このろくでなし！　お前を生んだ村の恥さらしめ！」

彼の人柄はまるで人望を集めなかった。その上、庭仕事に心残りを感じてもいた。庭をきちんと手入れするには、それに掛かりっ切りになってもいいくらいだ。農場の方は、ブヴァールに任せればよい。二人で話し合った結果、このように取り決められた。

まず大事なのは、いい苗床を持つことだ。ペキュシェは煉瓦の苗床を一つ作らせた。枠には自分でペンキを塗り、強い陽射しを怖れて、釣り鐘形のガラスカバーには一つ残らず白墨を塗りたくった。

挿し木をする際は、葉と一緒に先端を取り除くよう気を配った。それから取り木に熱中し、また笛形、冠形、盾形、草本形、イギリス形など、色々な種類の接ぎ木を試みた。二つの植物の繊維を繋ぎ合わせるのに、どんなに心をこめたことか！　どんなにしっかり接合部を締め付け、またそこにどれほど多くの蠟を塗ったことだろう！

一日に二度、じょうろを手に取っては、まるでお香でも振り掛けるように、植物の上でそれを揺り動かす。霧雨のような水を浴びて植物が緑に色づくにつれ、彼自身もまた喉の渇きが癒え、生き返るかに思われた。さらに陶酔に我を忘れると、じょうろの口を取り外して、たっぷりと水を注ぐのであった。

木陰道の端、石膏の婦人像のそばに、丸太小屋のようなものが建っている。ペキュシェはそこに道具をしまっていたが、他にもそこで種の殻を剝《む》いたり、名札を書いたり、小さな植木鉢を整理したりして、甘美な時を過ごすのだった。一休みする際は、扉の前に置いた木箱に腰掛けて、庭をきれいにする計画を練った。

玄関前の石段の下にゼラニウムの円形花壇を二つ作り、糸杉と紡錘形の果樹の間にはひまわりを植えた。さらに花壇はキンポウゲで覆われ、小道のいたるところに新しい砂が敷かれていたので、庭は溢れんばかりの黄色に目も眩《くら》むほどだった。

ところが、苗床に虫がわいた。枯葉の堆肥をやった甲斐もなく、ペンキを塗った枠と白墨を塗ったガラスカバーの下では、貧弱な植物しか育たなかった。挿し木は根付かず、接ぎ木は剝がれてしまう。取り木は樹液が止まってしまい、木の根には白い斑点ができた。苗木は見るも哀れな状態だ。風がたわむれにインゲンの枝をなぎ倒してしまった。人糞肥料のやりすぎでイチゴは台無しになり、芽摘みをしなかったため、トマトも実らなかった。

ブロッコリーも、ナスも、カブも、またバケツの中で育てたクレソンも失敗である。雪解けの後、アーティチョークもすべて駄目になっていた。

キャベツがせめてもの慰めであった。とりわけそのうちの一つは、大いに期待できそうだ。それはどんどん成長して、終いにはとてつもなく大きな、絶対に食べられない代物になってしまった。だが、それが何だって言うのだ！　ペキュシェは化け物を手に入れたことに満足だった。

そこで、今度は園芸術の極致と思われるもの、メロンの栽培に取り組んだ。

腐植土を入れた皿に種々雑多な種をまき、それを苗床に埋めた。次にもう一つ苗床をこしらえると、それが熱を放出するのを待って、最も育ちの良い苗を移植し、その上に釣り鐘形のガラスカバーをかぶせた。庭仕事の名人の教えに従って、芽摘みをきちんと行い、花を大切にし、まずは実を結ばせた上で、蔓《つる》ごとに一つ実を選び、他は取り除く。そしてそれがクルミほどの大きさになったところで、その下に薄い板を置き、果実が堆肥に触れて腐らないように気を配る。水をやったり、風に当てたり、ガラスカバーの曇りをハンカチで拭き取ったり、さらに雲が出ると、慌てて藁覆いを持って来る。夜もろくろく眠らずに、何度か起き上がりさえした。そして素足に長靴を引っ掛け、シャツ一枚の姿で震えながら庭を横切って、植物を覆っているシートに自分のベッドの毛布を掛けに行くのであった。

マスクメロンが熟した。

まず一つ目を口にして、ブヴァールは顔をしかめた。二つ目も、三つ目もやはりいただけない。ペキュシェはその度に新しい言い訳を考え出したが、とうとう最後の一つを窓から放り出すと、まったく訳が分からないと白状した。

実際、様々な種類をあまり近くで栽培したために、甘みの強いのは酸味の強いのと、丸いポルトガル種は大きなムガル種と混じり合ってしまった。さらにトマトがそばにあったことが混乱に拍車をかけて、カボチャの味をしたとんでもない雑種が出来上がったというわけである。

そこで、ペキュシェは花の栽培に鞍替《くらが》えした。デュムシェルに手紙を書いて、灌木《かんぼく》と種子を取り寄せ、ヒースの腐植土をたっぷりと買い込む。そして、決然と仕事に取り掛かった。

だが、トケイソウを日陰に、パンジーを日向《ひなた》に植え、ヒヤシンスには堆肥をやりすぎてしまった。百合の花が開いた後に水をまいたり、枝を刈り込みすぎてシャクナゲを駄目にしたり、フクシアをにかわで刺激したり、柘榴《ざくろ》を台所で火にさらして干からびさせたりした。

寒さが近づくと、野バラを保護するため、蠟を塗った丈夫な紙でできた円蓋をかぶせた。その様子は、まるで円錐形の砂糖の塊が棒で宙に支えられているかのようだ。ダリアの添え木はとてつもなく大きく、その形作る直線の間には槐《えんじゅ》の曲がりくねった枝が覗いている。槐の木は萎《しお》れるわけでも、成長するわけでもなく、じっと動かぬままであった。

しかし、きわめて珍奇な植物がパリの庭園でちゃんと育っている以上、シャヴィニョールでも成功しないわけはないではないか？　そこで、ペキュシェはインドのリラ［百日紅《さるすべり》のこと］と中国のバラ［ハイビスカスのこと］、さらに当時評判になり始めたばかりのユーカリを入手した。だが、どの試みも失敗に終わり、その度に彼はひどく驚くのだった。

ブヴァールも、同じように困難に突き当たっていた。二人は互いに相談し合い、ある本を開いては、また別の本を調べる。だが、多種多様な意見を前にして、どうしてよいか分からないのだった。

例えば泥灰土《でいかいど》については、ピュヴィが強くこれを勧めているのに対し、ロレ百科事典は批判的である。

石膏に関しては、フランクリンの例にもかかわらず、リエフェルもリゴー氏もさして評価しているようには思われない。

土地を休ませるのは、ブヴァールに言わせれば、時代遅れの偏見である。ところがルクレールは、それがほとんど必要不可欠な場合を記している。一方ガスパランは、半世紀もの間、同じ畑で穀物を栽培したリヨンの男の例を挙げているが、これは輪作の理論を覆すものであろう。テュルは肥料をおろそかにしても、耕作を優先すべきだと考えており、ビートソン少佐に至っては、肥料も耕作も不要だと主張している！

天候の変化を予知するため、ルーク＝ハワードの分類法に従って雲を研究した。たてがみのように伸びた雲、島によく似た雲、雪山のように見える雲などを眺めては、乱雲と絹雲、層雲と積雲を見分けようと努める。しかし、名前を見付ける前に、雲は形を変えてしまうのだった。

晴雨計［気圧計のこと］は当てにならないし、温度計は何も教えてくれない。そこで、ルイ十五世治下にトゥーレーヌのある司祭が考え出した方法を試してみた。蛭《ひる》を瓶の中に入れると、雨の場合は上にのぼり、晴天の時は底にじっとしたままで、嵐が近づいてくると動き回るはずだという。だが、天候はほとんど常に蛭の動きと食い違った。新たに三匹、瓶の中に入れてみる。すると、四匹ともてんでばらばらな行動を取るのであった。

色々と考えた挙句、ブヴァールはこれまでのやり方が誤っていたことを悟った。彼の領地に必要なのは、大規模な集約農法なのだ。そこで、自由に使える資本の残り三万フランを思い切って注《つ》ぎ込むことにした。

ペキュシェに煽られて、彼も肥料に熱中した。肥溜めには、木の枝、血液、動物の腸、羽毛など、手当たり次第のものを放り込む。ベルギー産リキュールや、スイス製液肥、ダ＝オルミ溶液、ニシンの燻製《くんせい》、海藻、ぼろ切れなどを用い、グアノ［海鳥の糞で作った肥料］を取り寄せて、その製造まで試みた。さらに方針を徹底すると、誰にも尿を無駄にすることを許さず、トイレも潰してしまった。動物の死骸を中庭に持ち込んでは、それで土地を肥やすのである。細切れにされた腐肉が、畑にばらまかれていた。ブヴァールは、この悪臭の只中でほくそ笑んでいた。リヤカーに取り付けられたポンプが、作物の上に水肥《みずごえ》を吐き出している。嫌な顔をする人に向かっては、こう言うのだった。「だって黄金ですよ！　黄金ですよ」そして、これでもまだ肥料が十分でないと残念がった。鳥の糞だらけの自然の洞窟が見つかる国は、何と幸せなことか！

セイヨウアブラナは育ちが悪く、燕麦も今一つの出来だった。小麦は臭いのせいであまり売れない。奇妙なのは、ようやく石を取り除いたというのに、「塚山」の収穫が以前より減ってしまったことだ。

道具を新しくした方がよいと考えて、ギヨーム式土掻き機、ヴァルクール式除草機、イギリス製種まき機、マチュー・ド・ドンバール式の大型犂《すき》を購入した。馬方はこの犂を貶した。

「使い方を覚えるんだぞ！」

「じゃあ、やってみせてくださいよ！」

そこで手本を見せようとしたが、しくじってしまい、かえって百姓たちの失笑を買うことになった。

どうしても百姓たちを鐘の合図に従わせることができなかった。ブヴァールは絶えず彼らの背後でどなっては、あちこち走り回り、気付いたことを手帳に書きとめ、人と会う約束をしても、そのそばから忘れてしまう。頭の中は仕事のアイデアで一杯だった。阿片を採取するためにケシの実を栽培したり、また特にレンゲソウを育てて、それに「家庭コーヒー」という名を付けて売り出そうと目論んでいた。

もっと手っ取り早く牛を太らせようと、二週間おきに血を抜いた。豚は一匹も殺さずに、塩分を加えた燕麦をふんだんに与える。そのうち豚小屋が狭くなってくると、中庭に溢れ出した豚が、囲いを突き破って、人間に咬《か》みついた。

猛暑の時期に、羊が二十五匹、目を回したかと思うと、すぐに動かなくなった。その同じ週に、牛が三頭、ブヴァールの瀉血《しゃけつ》がたたって死んでしまった。

黄金虫の幼虫を退治するため、車輪の付いた鳥かごに鶏を入れ、それを二人の男が鋤の後ろから押すという方法を思い付いた。結果は、鶏の足を折っただけである。

樫の木の葉でビールを作り、林檎酒のかわりに刈り入れ人たちに振る舞ったところ、皆が腹痛を訴えた。子供たちは泣き叫び、女たちは呻《うめ》き声《ごえ》をあげ、男たちはかんかんに怒り出す。全員に仕事をやめると脅されては、ブヴァールも謝るほかなかった。

それでも、この飲み物には害はないと納得させるため、皆のいる前で幾瓶も飲み干してみせた。気分が悪くなったが、苦しいのを隠して、快活な風を装う。さらに、この得体の知れない飲み物を家にまで運ばせると、夜ペキュシェと一緒に飲んだ。二人ともなんとか美味しいと思い込もうと努めた。それに、無駄にするわけにもいかない。

ブヴァールの腹痛があまりにひどくなったので、ジェルメーヌは医者を呼びに行った。医者は額の突き出た、生真面目な男で、のっけから病人を脅かした。軽いコレラの症状で、原因はこの付近で話題になっている例のビールに違いないという。彼はその成分を尋ねると、肩をすくめて、専門用語でそれを非難した。最初にその製法を教えたペキュシェは、面目丸つぶれである。

危険を顧みずに石灰水をまいただけでなく、除草は手を抜き、アザミも適切な時期に取り除かなかったのに、翌年は小麦が豊作だった。ブヴァールは、オランダ流のクラップ＝マイヤー式発酵法で、これを乾燥させようと思い立った。すなわち、小麦を一斉に刈り取り、それを積み藁にまとめると、ガスが自然に抜けて、積み藁が崩れ、大気にさらされるという仕掛けである。作業を終えると、ブヴァールは何の心配もせずに家に戻った。

翌日、二人が夕食をとっていると、ブナの並木道の下あたりに太鼓の音が聞こえた。ジェルメーヌが様子を見に行ったが、太鼓を持った男はもう遠くに行ってしまっている。するとただちに、今度は教会の鐘が激しく鳴り出した。

ブヴァールとペキュシェは不安に襲われた。立ち上がると、一刻も早く何が起きたのか知りたくて、帽子もかぶらずに、シャヴィニョールの村の方へと進んで行った。

老婆が一人通り掛かったが、何も知らなかった。小さな少年を呼び止めると、「火事だと思うけど?」との答えである。太鼓は鳴り続けており、鐘の音もいっそう強くなってきた。ようやく、村の入り口の家々までたどり着く。食料品屋の主人が遠くから彼らに叫んだ。

「火事はあなた方の所ですよ!」

ペキュシェは駆け足になると、肩を並べて走るブヴァールに掛け声をかけた。「一、二。一、二。ちゃんと調子を合わせるんだ！　ヴァンセンヌの猟歩兵みたいに」

道はずっと登り坂になっており、その先はまったく視界から隠されている。やっと「塚山」の近くの高台に着くと、災害の有様が一挙に目に飛び込んできた。

夕べの静けさの中、むき出しになった平原の真ん中で、あちこちに置かれた積み藁がどれもこれも、まるで火山のように火を噴き上げている。

一番大きな積み藁の周りに、三百人ほどの人が集まっていた。三色綬《じゅ》を掛けたフーロー村長の指揮の下に、竿と鳶口《とびぐち》を持った若者たちが、火が他に移るのを防ごうと、上方にある藁を崩している。

ブヴァールはすっかり慌てふためき、そこにいたボルダン夫人をあやうく突き飛ばすところであった。そして、下男の一人を見付けると、知らせなかったと言って罵《ののし》った。事実はその反対で、下男は熱心なあまり、まず自分の家と教会に、次に主人の元へと駆け付け、それから別の道を通って戻って来たのである。

ブヴァールは逆上していた。召使たちが周囲を取り囲み、口々に話しかける。彼は積み藁を崩すのを禁じ、助けてくれと頼み込んでは、水を持ってくるように、また消防士を呼ぶように求めた！

「消防士などいるわけないじゃないですか！」と村長が叫んだ。

「あなたのせいですよ！」とブヴァールは食って掛かる。彼はかっとなって、無礼なことを散々口にした。この時ばかりは、誰もがフーロー氏の忍耐強さに感心した。もっとも、厚い唇とブルドッグのような顎《あご》が示すように、村長は普段は粗暴な性質《たち》なのである。

積み藁は、もう近寄れないほど熱くなった。焼き尽くすような炎の下、麦藁はよじれてぱちぱち音を立て、麦粒が散弾のように顔を打つ。そのうち、積み藁は大きな火の塊になって地面に崩れ落ちると、そこから火の粉が飛び散った。朱のようなバラ色に近い部分と、凝固した血のような暗褐色の部分とが互いに入り混じるこの赤い塊の上に、光が反射して波打っている。すでに夜になっていた。風が吹いており、渦巻く煙が群衆を包んでいる。時折、火花が一つ、真っ暗な空を横切った。

ブヴァールは静かに涙を流して、火事を見つめていた。目は腫れ上がった瞼の下に隠れ、顔全体が苦痛でむくんだかのようである。ボルダン夫人が、緑のショールの房飾りをいじりながら、「お気の毒なお方」と呼びかけ、彼を慰めようとしていた。どうしようもないのだから、「諦める」ほかないではないか。

ペキュシェは泣いていなかった。顔色は蒼白《そうはく》というよりはむしろ鉛色。口を開けたまま、髪の毛は冷や汗でべっとりはりつき、一人離れた場所でじっと物思いに沈んでいる。そこへ不意に現れた神父が、猫撫《ねこな》で声で囁《ささや》いた。「いや！　とんだ災難ですね！　本当にお気の毒です！　心からご同情申し上げます！」

他の連中は悲しそうな素振りさえ見せなかった。炎に手をかざして、笑いながらおしゃべりしている。老人が一人、燃えさしを拾って、パイプに火をつけた。子供たちは踊り始め、ある腕白小僧などは、こいつは愉快だと叫んだ。

ペキュシェはそれを聞きとがめて、「そうとも！　実にきれいだろ、楽しいだろ！」と言い返した。

火は下火になり、藁の山も低くなる。一時間後には、灰が平原に黒い円形の痕跡を残すだけとなった。そこで、一同は引き上げた。

ボルダン夫人とジュフロワ神父は、ブヴァールとペキュシェ両名を家まで送って行った。道すがら、未亡人は隣人に、日ごろの付き合いの悪さをやんわりとたしなめる。聖職者の方でも、自分の教区にこれほど立派な信者がいるのに、今までその知己《ちき》を得なかったことにとても驚いていると言った。

二人だけになると、火事の原因をあれこれ詮索した。湿った藁が自然に発火したと皆は考えているようだが、彼らは復讐ではないかと疑った。おそらくグイ親方の、あるいはモグラ取りの仕業ではなかろうか？　半年前、ブヴァールはモグラ取りの申し出を断った上に、人々のいる前で、こんな有害な仕事は政府が禁止すべきだと主張しさえした。それ以来、この男はあたりをうろついている。鬚《ひげ》ぼうぼうの姿で、とりわけ夕暮れに、モグラを吊《つ》るした長い竿を揺らしながら中庭の端に姿を見せる時など、恐ろしく思われるほどである。

損害は甚大であった。とりあえず財政状況を把握しようと、ペキュシェは丸一週間もブヴァールの帳簿をひっくり返したが、これはまるで「本物の迷路」のようだった。日記や手紙、そして鉛筆書きの注記や参照記号がびっしり書き込まれた台帳を照合した結果、ついに本当のところが判明した。売るべき品も、受け取るべき手形もなければ、手持ちのお金も皆無。

資本は三万三千フランの赤字ということになる。

ブヴァールが頑として信じようとしないので、二人で二十回以上も計算をやり直した。結論はいつも同じ。もう二年もこの調子で農業を続けたら、彼らの財産はなくなってしまう！

唯一の解決策は売ることだった。

とにかく公証人に相談する必要がある。交渉はさすがに辛かった。ペキュシェがそれを引き受けた。

マレスコ氏の意見によれば、掲示は出さないほうがよいとのことだった。彼の方から信頼できる客に農場のことを話しておくので、向こうから申し出があるのを待ってはどうかということ。

「結構じゃないか！」とブヴァールは言った。「まだしばらくは余裕があるしね！」彼は小作人を雇うつもりであった。その後のことは、いずれ考えればよい。「昔より惨めになることはないだろう！　ただ、少々節約しなければならないというだけのことさ！」

だが、これはペキュシェの園芸には痛手であった。そこで数日後、彼はこう切り出した。

「これからは果樹栽培に、それも趣味ではなく、ちゃんとお金をもうけるために専念してみてはどうだい！　三スーの費用でできる梨が、パリでは時に五、六フランで売られているじゃないか！　杏の栽培で、二万五千リーヴルの年金をこしらえた庭師もいるらしい！　サンクト・ペテルブルクでは、冬の間、ぶどう一房にナポレオン金貨一枚払うそうだ！　どうだい、商売としては悪くないと思わないか！　それに、いくら掛かるっていうんだい？　世話をする手間、堆肥、それから小鉈《こなた》を研ぐくらいのものさ！」

彼はしきりにブヴァールの想像力を煽った。そこで早速、二人で書物に当たり、購入する苗のリストを探した。そして、名前が素敵だと思う植物ばかりを選んで、ファレーズの苗木屋に問い合わせたところ、しめたとばかりに、売れ残っていた苗を三百本も送ってよこした。

木支柱を作るのに錠前屋を、針金を張るのに金物屋を、土台を作るのには大工を呼んだ。木をどういう形に整えるかは、前もって決めてあった。壁に据え付けた木板は、枝付燭台をかたどっている。花壇の両端に立てた二本の杭には、針金が水平にぴんと張られ、さらに果樹園では、箍《たが》が壺の形を、円錐形に結わえられた棒がピラミッドを形作っている。そのため、彼らの家に来た人々は、何か見知らぬ機械の装置か、あるいは花火の骨組みではないかと思うのだった。

穴を掘ると、良い根も悪い根も一緒くたに、その先端を切って堆肥の中に埋めた。半年後、苗は枯れてしまった。苗木屋に再度注文し、今度は前よりもさらに深い穴に植え付ける！だが、雨で地面が水浸しになったため、接ぎ木が自然に土に埋まり、そこから新しい木が出てきてしまった。

春が来ると、ペキュシェは梨の木の刈り込みに取り掛かった。まっすぐな堅い枝は払わずに、果芽《かが》のついた小枝を大切にする。そしてデュシェス種を片側水平仕立てに整枝しようと無理やり直角に寝かせては、きまって枝を折ったり、引き抜いたりするのだった。桃の木については、小枝、孫枝、第二孫枝の区別がつかなかった。その結果、不適切な場所に隙間ができたり、逆に枝が密集してしまう。さらに果樹垣を、全体が魚の骨をかたどるような案配に、二本の主枝を除いて、左右に六本ずつ枝を配した完全な長方形に設えようと試みたものの、どうしても上手くいかなかった。

ブヴァールは杏の木を整枝しようとしたが、なかなか思うに任せない。地面すれすれの所で幹を伐り落としたものの、後からは何も生えてこなかった。桜桃の木に切り込みを入れると、ゴムのような樹脂が出てきた。

最初彼らは大きく刈り込みすぎて、基部の幼芽をつぶしてしまった。そこで短く刈り込むと、今度は無駄な枝が増えてしまう。しばしば、木の芽と花の芽を見分けられずにとまどった。たくさん花がついたといって喜んだのもつかの間、やがてその誤りに気付くと、残りの花を強くするために四分の三を引き抜いてしまった。

二人は絶えず、樹液とか、形成層とか、枝の支柱とか、剪枝《せんし》とか、摘芽《てきが》などの話ばかりしていた。食堂の真ん中には、苗木のリストを額縁に入れて飾ってある。それぞれに番号が付けられており、それと同じ番号が果樹の下に立てた小さな木の板にも記されているのだった。

夜明けとともに起き出しては、イグサ入れを腰に巻き、夜まで働く。冷え冷えとする春の朝には、ブヴァールは作業衣の下にニットのセーターを、ペキュシェは前掛けの下に古いフロックコートを着込んでいた。四ツ目垣に沿って通る人たちには、霧の中で彼らが咳き込む音が聞こえてきた。

ペキュシェは時々ポケットからマニュアルを取り出すと、鋤をそばに置いて、立ったまま、その一節を調べる。その姿は、本の口絵を飾っている庭師のポーズにそっくりだった。このことが彼の自尊心を大いにくすぐってその分、著者に対する尊敬もいや増すのであった。

ブヴァールはピラミッド形に刈り込んだ木の前に高い梯子を置き、四六時中その上に腰掛けていた。ある日、急に眩暈《めまい》がして、降りられなくなり、大声でペキュシェの助けを求めた。

ようやく梨が実を結んだ。果樹園にはすももがなった。そこで、鳥よけのために推奨されているあらゆる手段を試してみた。だが、鏡の破片はきらきら光って眩《まぶ》しいし、風車のカタカタいう音には夜中に目を覚まされる。雀は平気で案山子《かかし》の上にとまっていた。そこで第二、第三の案山子を作り、衣装も替えてみたが、何の効果もない。

それでも、多少の収穫は期待できそうだ。ペキュシェがその見積りをブヴァールに渡して間もなく、突如として雷鳴が轟《とどろ》き、雨が降り出した。激しい土砂降りである。突風が時折、果樹垣を端から端まで揺さぶる。添え木は次々と倒れ、紡錘形に仕立てた梨の木が揺れて、せっかくの果実と果実がぶつかり合った。

ペキュシェはにわか雨に襲われ、丸太小屋に逃げ込んだ。ブヴァールは台所にいた。二人とも、木片や、枝や、スレートが目の前をくるくる回るのを見つめていた。ここから十里離れた海岸でその時沖を眺めていた水夫の女房たちでさえ、彼らほどじっと目を凝らしたり、胸が締め付けられたりはしていなかっただろう。それから突然、果樹垣の支柱と横木が、垣根の格子もろとも、花壇の上に崩れ落ちた。

庭を視察してみると、何たる惨状！　桜桃とすももが、溶けかかった雹《ひょう》にまじって、草を覆っている。パス＝コルマールも、ベジ＝デ＝ヴェテランも、トリオンフ＝ド＝ジョドワーニュ［いずれも梨の種類］もすべて駄目になっていた。林檎の中では、かろうじてボン＝パパがいくつか残っているだけである。桃の全収穫に当たるテトン＝ド＝ヴェニュス十二個が、根こぎにされた黄楊《つげ》の木のそばにできた水溜りの中に転がっていた。

食事はほとんど喉を通らなかった。夕食の後、ペキュシェが静かに口にした。

「農場の方もどうなってるか、一応確かめに行った方がいいだろう？」

「何だって！　この上さらにがっかりしに行こうっていうのかい！」

「やっぱりそうかな？　だって、僕らはついてないからな！」そして彼らは神の摂理と自然を嘆いた。

ブヴァールはテーブルに肘をついて、例のひゅうひゅういう音を出していた。苦悩にはどれも繋がりがあるとみえて、農業をやっていた時分の諸々の計画、ことに澱粉《でんぷん》製造と新種のチーズのことが記憶によみがえってくる。

ペキュシェは息づかいが荒かった。そして鼻孔に嗅ぎ煙草をつめこみながら、もし運がよかったならば、今頃は農業学会の会員になって、博覧会で注目を浴び、新聞にも名前が出ていたはずなのにと考えていた。

ブヴァールは悲しげな視線であたりを見回した。

「ええい！　いっそ何もかも手放して、どこか他所に行ってしまいたいよ！」

「好きなようにするさ」とペキュシェも言った。そしてしばらくして、こう付け加えた。

「著作家たちは、木の導管は直通させないようにと勧めている。だがそうすると、樹液の循環が妨げられて、当然木も弱ることになる。樹木を丈夫にしておきたかったら、あまり実をつけさせてはならないという。だけど、刈り込みもしなければ、肥料もやらない木が、なるほど小ぶりかもしれないけど、かえって美味しい実をつけることだってあるじゃないか。まったくその訳を説明してもらいたいものだね！　しかも、果物の種類ごとに特別の世話が必要なのはもちろんのこと、一本一本の木が、気候や温度や、他にも多種多様な条件によって変わってくるときてる。すると、いったいどこに規則があるというんだい？　どうやったら成功や利益を期待できるのかい？」

ブヴァールが答えた。

「ガスパランに言わせれば、利益が資本の一割を超えることはないんだそうだ。ということは、銀行にこの資本を預けた方が得だということさ。十五年経てば、自ずと利子が積み重なって、汗水流して働かなくても二倍の金になるんだから」

ペキュシェはうなだれた。

「果樹栽培術なんていんちきじゃないか？」

「農学だって同じことさ！」とブヴァールは答えた。

それから二人は、あまりにも野心的すぎたといって自らを責め、これからは労力もお金もほどほどにしようと決意した。果樹園はたまに枝を刈り込めば十分だろう。果樹垣の支えの柵は取っ払ってしまい、木が枯れても何も植え替えないことにしよう。だがそうなると、残っている木をすべて伐り倒してしまわない限り、見苦しい隙間ができてしまうことになる。どうしたらよいだろうか？

ペキュシェは製図道具を用いて、何枚か図面を描いてみた。ブヴァールがそれに助言を与える。なかなか満足いくものはできなかった。幸いにも、『造園術』という題のボワタールの著作が本棚から見付かった。

著者は庭園を多種多様な様式《ジャンル》に区分している。まず最初は、憂愁を湛えたロマンチック様式で、永久花［ムギワラギクのこと］、廃墟《はいきょ》、墓、さらに「領主が暗殺者の凶刃に倒れた場所を示す、聖母への奉納物」などをその特徴とする。恐怖様式は、今にも転がり落ちそうな岩や、折れた倒木、焼けた小屋などからなり、また異国趣味《エキゾチック》様式には、「植民者や旅行者にかの地の思い出を喚起するために」ペルーのサボテンを植える。森厳様式には、エルムノンヴィル［ルソーが死去したパリ近郊の村］のような哲学堂が欠かせない。オベリスクと凱旋門は壮麗様式を、苔《こけ》と洞窟は神秘様式を、湖は夢想様式をそれぞれ特徴づける。幻想様式などというものさえあり、その最も見事な見本がつい最近ビュルテンベルクのある庭園に見られたという。そこでは猪、それから隠者に出会い、さらにいくつかの墳墓を通った後で、小舟に乗り込むと、それがひとりでに岸を離れて、閨房《けいぼう》に連れて行ってくれる。そこでソファーに腰を下ろすと、噴水が上がって、こちらの体を濡らすという仕掛けらしい。

これら数々の驚異を前にして、ブヴァールとペキュシェはすっかり眩惑《げんわく》されてしまった。幻想様式は王侯のためのものに思われた。哲学堂は場所をふさぐし、暗殺者がいない以上、聖母への奉納物は意味をなさないだろう。また植民者や旅行者には気の毒だが、アメリカ産の植物はいかんせん値が張りすぎる。だが岩ならば、倒木や、永久花や、苔と同じく入手可能である。二人は次第に夢中になって、色々と試行錯誤を重ねた挙句、たった一人の下男に手伝ってもらっただけで、県下に二つとない住居をごくわずかな費用で作り上げた。

木陰道の所々を間引いて、迷路のように曲がりくねった小道を配した木立が見えるようにした。見晴らしをよくするため、果樹垣の壁にアーチ形の門を設えた。アーチの屋根が地面に落ちて、ばらばらになり、壁には大きな裂け目が残ってしまった。

アスパラガスを育てていた場所を潰して、そこにエトルリアの墓を建てた。高さ六ピエ［約二メートル］の、黒い石膏でできた直方体で、まるで犬小屋のように見える。墓の四隅には四本のトウヒが植えられている。やがては墓の上に骨壺を安置し、さらに碑銘を記す予定であった。

菜園のもう一方の側には、リアルト橋［ヴェネチアの有名な太鼓橋］のような橋が池にかかっていた。池の縁にはムール貝の殻が嵌め込まれている。土が水を吸い込んでしまうが、なに、気にすることはない！　そのうち粘土の底ができれば、水が溜まるようになるはずだ。

丸太の物置は色ガラスのおかげで、田園風の小屋に早変わりした。築山の頂では、六本の角材が、隅々の反り返ったブリキの帽子のようなものを支えていたが、これは中国の仏塔のつもりである。

オルヌ川の岸辺に行き、花崗岩を選ぶと、それを砕いて番号を付け、自分たちで荷車に積んで持ち帰る。それから、それらの石を一つ一つ積み重ねて、セメントで繋ぎ合わせた。こうして、芝生の真ん中に、まるで巨大なジャガイモのような岩がそびえ立つことになった。

調和を完璧なものにするには、この岩の向こうに何かが欠けている。そこで、木陰道の一番大きな菩提樹《ぼだいじゅ》（そもそもほとんど枯れかけていたのだが）を伐り倒して、あたかも急流に押し流されたか、あるいは雷になぎ倒されたかのごとく、庭一杯にそれを横たえた。

仕事が終わると、ブヴァールは玄関前の石段に立ち、遠くから大声で呼び掛けた。

「こっちに来いよ！　よく見えるぞ！」

「よく見えるぞ」と、声が反響した。

ペキュシェが答える。

「今行くぞ！」

「行くぞ！」

「ほう！　こだまだ！」

「こだまだ！」

これまでは、菩提樹が音の反射を妨げていたのである。また、納屋の正面にある仏塔の切妻が、木陰道より高くそびえているのも、この現象には幸いしていた。

二人はこだまを試してみたくて、色々と軽口をたたいて楽しんだ。ブヴァールはさらに卑猥な言葉をどなった。

ブヴァールはお金を受け取りに行くという口実の下に、何度かファレーズに足を運んだ。

そしていつも小さな包みを持って帰っては、それを箪笥にしまうのである。ペキュシェはある日の朝ブレットヴィルに行くと言って出掛け、夜遅くなって戻って来ると、持ってきた籠をベッドの下に隠した。

翌朝、目が覚めると、ブヴァールはびっくり仰天した。主要な小道のとっつきにある(昨日はまだ球形だった)二本のイチイの木が、孔雀《くじゃく》の形に刈り込まれている。しかもラッパと陶器のボタンが二つ、ちゃんと嘴《くちばし》と目をかたどっている。夜明けとともに起き出したペキュシェが、見つからないようびくびくしながら、デュムシェルが送ってくれた付属品［上記のラッパとボタンのこと］の大きさに合わせて、二本の木を刈り込んだのである。半年前から、この他の木も、ピラミッド、立方体、円柱形、あるいは鹿や肘掛椅子といった形を多かれ少なかれ模していた。だが、どれ一つとして孔雀の出来にはかなわない。ブヴァールは大いに賛辞を呈した。

鋤を忘れたという口実で、彼は相棒を木立の迷路の中へ連れて行った。というのも、彼もやはり、ペキュシェの留守を利用して、ある驚嘆すべきものを作り出していたのである。畑に通じる門には漆喰が塗られ、その上にパイプの雁首《がんくび》が五百本ばかり、整然と並べられていた。アブド・アルカーディル［フランスによるアルジェリアの植民地化への抵抗運動の指導者］や、黒人や、アルジェリア狙撃兵、さらに裸の女や、馬の蹄《ひづめ》や、しゃれこうべなどがかたどってある！

「さっきからどんなにこれを見せたかったか分かるかい！」

「もちろんだとも！」

そして二人は、感極まって抱擁した。

あらゆる芸術家と同様、彼らも称賛されたいという欲求を感じた。そこでブヴァールは晩《ばん》餐会《さんかい》を催そうと思い立った。

「気を付けたまえよ！」とペキュシェは言った。「お客をし始めたら、お金がどんなにあっても足りないぞ！」

とはいえ、話はまとまった。

この地方に住み着いて以来、二人は周囲と離れて暮らしてきた。誰もが彼らのことを知りたがっており、招待に応じた。ただド・ファヴェルジュ伯爵だけは、商用で首都に行っているという返事である。そこで執事のユレル氏に代わりに声を掛けることにした。

昔リジューで料理長をしていた宿屋の主人ベルジャンブが、料理を何皿か作ってくれる手筈になっていた。給仕も一人よこしてくれるという。ジェルメーヌは家禽飼育場の娘を呼び戻していたし、ボルダン夫人の女中マリアンヌも来てくれるはずだ。四時にはもう門の柵は大きく開け放たれ、二人の地主はじりじりしながら、招待客が着くのを待っていた。

ユレルはブナの並木道で立ち止まると、フロックコートを整えた。次に、神父が新調の法衣をまとって登場。またそのすぐ後から、フーロー氏がビロードのチョッキを着てやって来た。医師は、日傘をさして難儀そうに歩く妻に腕を貸している。彼らの後ろでは、バラ色のリボンがひらひらと揺れていた。玉虫色のきれいな絹の衣装を着たボルダン夫人のボンネットである。時計の金鎖が胸を打ち、指先の開いた黒い手袋をはめた両手には、指輪が光っている。最後に公証人が、パナマ帽をかぶり、片眼鏡をかけて現れた。というのも、裁判所付属吏になってからも、この男は社交家であり続けていたのである。

　客間はぴかぴかに磨かれ、立っていられないほどだった。ユトレヒト製の肘掛椅子が八脚、壁に沿って並べてある。中央の丸テーブルにはリキュール入れがのせられ、暖炉の上にはブヴァールの父親の肖像画が掛かっている。画面が変色してくすんだところに逆光が当たっているせいで、口元は歪み、斜視のように見える。また、頬骨のあたりに付着したわずかな黴《かび》が、まるで頬髯であるかのような錯覚をもたらす。招待客たちは、息子さんとそっくりだと言った。ボルダン夫人はブヴァールを見つめながら、お父様は大変な美男子だったに違いないと言い添えた。

　待つこと一時間、ペキュシェが食堂にお通りをと告げた。

　赤い縁取りをした白いキャラコのカーテンが、客間と同様、ここでも窓の前にすっかり引いてある。陽の光がカーテンの布地を通して、飾りといっては晴雨計があるだけの羽目板に、金色の光を投げ掛けている。

　ブヴァールは二人のご婦人方を自分の両隣に座らせた。ペキュシェの隣には、左に村長が、右に神父が座った。食事は牡蠣《かき》から始まった。泥の匂いがする。ブヴァールはがっかりして、しきりにお詫《わ》びの言葉を述べた。ペキュシェは立ち上がって、ベルジャンブに小言を言いに台所まで出向いた。

最初に、肉のパイ包み、ヒラメ、それから鳩《はと》の煮込みが出されたが、それらを食べている間、林檎酒の製法について会話が弾んだ。続いて、消化の良い料理と悪い料理のことが話題になると、当然のごとく、医師が意見を求められる。彼はまるで科学の奥義《おうぎ》を極めた人のように、すべてを懐疑的に判断したが、そのくせ他人には一切反論を許さないのであった。サーロインステーキと一緒に、ブルゴーニュ・ワインが注がれた。濁っている。ブヴァールはこれを瓶のすすぎのせいにして、さらに三本の栓を開けさせたが、どれも似たり寄ったりだ。次に、サン＝ジュリアン［ボルドー産赤ワインの一種］を注いだが、これは明らかにまだ熟していない。お客は皆、黙ってしまった。ユレルは絶えず愛想笑いを浮かべており、給仕の重々しい足音が、床石の上に響いている。

ヴォコルベイユ夫人はずんぐりした、気難しそうな女性で（その上、彼女は臨月間近であった）、一言も口を利かない。ブヴァールは何を話しかけたらよいか分からずに、カーンの劇場の話題を持ち出した。

「家内は芝居には行かないんです」と医師が答えた。

マレスコ氏はパリに住んでいた時分、イタリア座［イタリア・オペラを専門に上演しており、音楽通に人気があった］にだけは通っていたという。

「私の方は」とブヴァールが言った。「笑劇が観《み》たくて、時々ヴォードヴィル座の平土間を奮発したものです！」

フーローはボルダン夫人に、笑劇は好きかと尋ねた。

「種類によりけりですわ」

村長が夫人をからかうと、彼女はその冗談に対して切り返してみせる。それから、ピクルスのレシピを皆に披露した。そもそも、彼女の主婦としての手腕はよく知られており、また所有している小さな農場も見事に手入れされていた。

フーローがブヴァールに話しかけた。「あなた方の農場ですが、お売りになるおつもりですか？」

「そうですね、今のところは、まだ何とも……」

「何ですって！　エカールの土地も売らないというのですか？」と公証人が言った。「あそこなら、あなたにはおあつらえ向きなんですがね、ボルダン夫人」

未亡人はしなを作りながら答えた。「ブヴァールさんのお値段は張るんじゃないかしら！」

だが、彼に取り入ることだってできるのでは。

「私には無理ですわ！」

「なあに！　接吻《せっぷん》でもしてみたらどうです？」

「じゃあ、試してみましょうか！」とブヴァールが言った。そして一同が拍手喝采する中で、彼は夫人の両頰に接吻した。

すると間髪を容《い》れずにシャンパンの栓が抜かれ、その音が皆の陽気な気分をさらに盛り上げた。ペキュシェが合図する。カーテンが開かれ、庭が現れた。

夕暮れの中、それは恐ろしいような光景を呈していた。芝生には岩が山のようにそびえており、ホウレンソウ畑の真ん中では墓が立方体を、インゲンの畑の上ではヴェネチア風の橋が山形のアクセント記号をそれぞれ形作っている。さらにその向こうには、小屋が大きな黒い斑点のような姿を示していたが、これは二人がもっと詩情を添えようと、その屋根を火で燃やしたのである。鹿や肘掛椅子をかたどったイチイの木が連なるその奥には、雷に撃たれた木が、木陰道から四阿まで庭一杯に横たわっている。四阿にはトマトが鍾乳石《しようにゆうせき》のようにぶら下がっているのが見える。ひまわりがあちこちに黄色い円盤を広げており、赤く塗った中国の仏塔は、まるで築山の上に灯台があるかのようだ。孔雀の嘴は夕陽に当たって、光を反射している。板を取り外した四ツ目垣の向こうは、平らな野原がどこまでも続いていた。

　お客たちの仰天する様を見て、ブヴァールとペキュシェは心からの喜びを感じた。

ボルダン夫人は特に孔雀に感心した。だが墓も、燃やした小屋も、崩れた壁も理解してもらえない。それから、一人ずつ順番に橋を渡った。ブヴァールとペキュシェは午前中ずっと、池を満たすために水を運んだのであった。ところが、底石の継ぎ目の隙間から水が逃げてしまい、あとには泥が石を覆っていた。

　あちこち見て回りながら、皆は勝手な批判を口にした。「私だったらこうしましたがね。グリーンピースは生育が遅れてますね。率直に言って、この一角は清潔とは言いかねますな。こんな刈り込み方では、実は決してなりませんよ」

　ブヴァールは、果実などはなから問題にしていないと答えねばならなかった。

　一同が木陰道を歩いていると、彼はいたずらっぽい様子をしてこう口にした。

「おや！　誰かいらっしゃる！　お邪魔してすみません！」

冗談は受けなかった。皆、石膏の婦人像のことは知っていたのである！

しばらく迷路の中をさまよった後、ようやくパイプの門の前にたどり着いた。一同は唖然《あぜん》として、目を見交わす。ブヴァールはお客たちの表情をうかがっていたが、彼らの意見が知りたくなって尋ねた。

「どうです？」

ボルダン夫人が噴き出した。皆も彼女と同じく笑い出す。神父はくすくす笑いをし、ユレルは咳き込み、医師は涙を流し、その妻にいたっては神経性の痙攣《けいれん》を起こした。フーローは厚かましくも、アブド・アルカーディルをかたどったパイプを一つもぎ取って、記念にポケットに入れた。

木陰道の外に出たところで、ブヴァールは一同をこだまで驚かせてやろうと、力一杯叫んだ。

「何なりとお申し付けを！　ご婦人方！」

何も聞こえてこない！　こだまは返ってこなかった。納屋を修理して、切妻と屋根を取り壊したのがいけなかったのである。

コーヒーは築山の上で出された。そして紳士連がペタンクを一勝負始めようとした時、正面の四ツ目垣の後ろで一人の男が彼らを見つめているのに気付いた。

痩せて日焼けした男である。ぼろぼろの赤いズボンを穿《は》き、シャツも着ないで青い上着をはおっている。黒い髭は短く揃えてある。しわがれ声で、はっきりと言った。

「酒を一杯もらえませんかね！」

村長とジュフロワ神父にはすぐにそれが誰か分かった。以前シャヴィニョールで指物師《さしものし》をしていた男だ。

「ほら、ゴルギュ！　さっさとどこかへ行け！」とフーロー氏が言った。「物乞いなんかするんじゃないぞ」

「この俺が？　物乞いだって！」と男は激昂《げっこう》して叫んだ。「アフリカで七年も戦争をしてきたんだぞ［前述のフランスによるアルジェリア植民地化を暗示］。病院から出てみれば、仕事はないときてる！　人殺しでもしろっていうのかい？　畜生！」

彼の怒りはそのうち自然に収まった。そして両の拳を腰に当て、憂鬱そうな、しかも嘲《あざけ》るような様子で、ブルジョワどもをじっと見つめるのだった。野営の疲れ、アプサン酒、熱病、つまり貧窮と自堕落の生活全体が、その濁った目の中に映し出されている。青ざめた唇が震え、歯茎がむき出しになっている。真っ赤に染まった大空が、血のような微光で男の姿を包んでいる。じっと動こうとしないその態度が、恐怖心のようなものを引き起こした。

ブヴァールは、けりをつけようと、瓶の底にまだ残っている酒を探しに行った。浮浪者は貪るようにそれを飲み干すと、何やら身振り手振りしながら燕麦の茂る中へと姿を消した。

続いて、一同はブヴァール氏を責めた。このような親切が、かえって無秩序を助長するのだという。だが、庭の失敗にむしゃくしゃしていたこともあり、ブヴァールは民衆を擁護した。すると、皆が一斉にしゃべりだした。

フーローは政府を褒め称える。ユレルは世の中に不動産以外のものは認めていない。ジュフロワ神父は宗教が保護されていないことを嘆き、ペキュシェは税金を非難する。ボルダン夫人も時折、金切り声で口を挟む。「第一、共和国なんて虫唾《むしず》が走りますわ！」すると医師が、自分は進歩を支持すると言った。「だって要するに、我々には改革が必要なのです」「そうかもしれませんな！」とフーローが答えた。「だがそういった考えはどれも、商売の邪魔になりますよ」

「商売なんかどうだっていいじゃないですか！」とペキュシェが叫んだ。

ヴォコルベイユが続ける。「少なくとも、有識者には選挙権を与えるべきですよ！」ブヴァールはといえば、そこまでは主張しないという。

「それがあなたの意見ですか？」と医師は言い返す。「お考えはよく分かりました！　では、さようなら！　洪水でも起こったら、池を航海なさるがよかろう！」

「私もそろそろ失礼しようかな」と、しばらくしてフーロー氏が言った。そしてアブド・アルカーディルが入ったポケットを指差しながら、「もう一つ必要になったら、また来ますよ」と付け加えた。

神父は帰り際に、野菜畑の真ん中に墓を模した石を置くのはどうも穏当ではないと、ペキュシェにおずおずと打ち明けた。ユレルは立ち去るに当たり、一同に深々とお辞儀をする。マレスコ氏は、デザートの後、すでに姿を消していた。

ボルダン夫人はピクルスの詳しい説明を繰り返してから、この次はすもものブランデー漬けのレシピを教えようと約束する。そしてさらに庭の小道を三周したが、菩提樹のそばを通る際に、衣服の裾が引っ掛かってしまった。「もう！　何ていまいましい木なの！」とつぶやく声が、彼らにも聞こえてきた。

真夜中まで、二人の主人役は、四阿の下で鬱憤を吐き出した。

なるほど、食事については二、三細かな点を咎《とが》めることもできるだろう。それでも、お客たちがまるで鬼のようにがつがつ食べたのは、要するに満更でもなかった証拠ではなかろうか。だが庭のことでは、あんなにけちをつけるなんて、卑しい嫉妬心のなせるわざだ。そして二人とも興奮して、次のように言い合うのだった。

「ふん！　池に水が足りないだって！　そう慌てなさんなって。今に白鳥や魚だって見られるようになるさ！」

「仏塔にはまるで注目しなかったじゃないか！」

「廃墟が清潔でないなんて、実に愚かな意見さ！」

「それに墓が不穏当だって！　何故、不穏当なんだい？　自分の土地に墓を建てる権利もないっていうのかい？　僕なんか、あそこに埋葬してもらいたいくらいだよ！」

「もうその話はやめにしよう！」とペキュシェは言った。

次に、彼らはお客たちの品定めをした。

「医者は相当な気取り屋のようだね！」

「マレスコが肖像画の前で嘲笑ったのに気付いたかい？」

「何て不作法な奴だろう、あの村長は！　人の家に食事に招《よ》ばれた時は、ちぇっ！　そこの貴重品は大切にするものさ」

「ボルダン夫人は」とブヴァールが言った。

「ふん！　狡猾《こうかつ》な女だよ！　まあ、そっとしておいてもらいたいね！」

人付き合いに嫌気がさした彼らは、もうこれからは誰にも会わずに、ひたすら自分たちの家で、自分たちのためだけに生活しようと決意した。

何日も地下の酒蔵にこもって、瓶に付着した酒石《しゅせき》を洗って過ごしたり、家具のニスをすべて塗り直したり、部屋という部屋にワックスを塗ったりした。毎晩、薪が燃えるのを眺めながら、最もいい暖房方法について論じ合うのであった。

倹約のため、自分たちでハムを燻《いぶ》し、洗濯物を煮洗いする。ジェルメーヌは仕事を邪魔されて、肩をすくめた。ジャム作りの時期になると、ついに彼女の堪忍袋の緒が切れた。そこで二人はパン焼き室に落ち着くことにした。

そこは元の洗濯場で、薪の束の下に、ちょうど彼らの計画にはもってこいの大きな石桶がある。というのも、保存食をこしらえようと思い付いたのである。

十四本の瓶にトマトとグリーンピースを詰めた。生石灰とチーズで栓を密封し、その縁に布の細紐を巻いてから、沸騰する湯の中に沈める。お湯が蒸発すると、冷たい水を掛けた。急な温度の変化で瓶が割れてしまい、残ったのはたった三本だけだった。

次に、イワシの缶詰の空き缶を手に入れると、そこに子牛のロース肉を入れて、湯煎にかける。鍋から取り出してみると、缶詰は風船のようにふくらんでいた。熱が冷めれば、また平たくなるだろう。二人はさらに実験を続け、他の缶にも卵、チコリ、海老《えび》、魚の赤ワイン煮、スープなどを詰め込んだ！　そして、アペール氏のように「季節を封じ込めた」と言って自画自賛した。このような発見は、ペキュシェに言わせれば、征服者の武勲に勝るとも劣らないのである。

胡椒《こしょう》で風味を加えて、ボルダン夫人の酢漬けを一段と美味しくした。すもものブランデー漬けも、彼らの方がはるかに出来が良い！　木苺とニガヨモギをアルコールに浸して果実酒をこしらえ、またバニョール酒の樽に蜂蜜とアンゼリカを混ぜて、マラガ・ワインを作ろうと考える。その上、シャンパンの醸造まで企てた！　ブドウの汁で割ったシャブリ酒の瓶が自然に破裂すると、もはや彼らは成功を疑わなかった。

研究が進むにつれて、あらゆる食料品にいんちきがあるような気がしてくる。

パンの色のことで、パン屋に言いがかりをつけた。チョコレートにまぜ物をしていると言い張って、食料品屋を敵に回す。ナツメの実の咳止め薬を求めて、わざわざファレーズまで赴くと、薬剤師の見ている前で、その練り粉を水につけて試してみた。するとベーコンの皮のようになったが、これはゼラチンがまぜてある証拠である。

この勝利の後、ますます慢心《じょうご》した彼らは、破産した蒸留酒製造業者の器具一式を買い取った。間もなく濾過器《ろかき》、樽、漏斗、杓子、濾し袋《こぶくろ》、秤に加えて、鉄玉付きの木鉢、そして反射炉と排煙装置を必要とする、ムーア人の頭の形をした蒸留器が家に届けられた。

砂糖の精製法を学び、さらに大小のペルレ、スフレ、ブーレ、モルヴ、カラメルなど諸々の結晶化の方法を覚えた。だが、一刻も早く蒸留器を使ってみたくて仕方がない。そこで上質のリキュールを手掛けることにして、まずはアニス酒に取り掛かった。どうしても液体に原料の滓《おり》が混ざったり、あるいは滓が底にへばりついてしまう。また時には、調合を間違えることもあった。彼らの周りでは、大きな銅の鍋が光を受けて輝き、フラスコは先端の尖《とが》った首を突き出して、片手鍋が壁を飾っている。しばしば一人がテーブルの上で草を選り分けている間、もう一人は吊り下げた木鉢の中で鉄の球を揺らしていた。二人して匙《さじ》でかき回しては、混ぜた酒の味を確かめるのだった。

ブヴァールは常に汗だくで、着るものといっては、シャツと、短いサスペンダーでみぞおちのあたりまで吊り上げたズボンだけである。鳥のようにそそっかしいので、蒸留釜の仕切り壁を忘れたり、火を強くしすぎたりすることもしょっちゅうだ。ペキュシェは、袖の付いた子供のスモックのような長い作業衣を身に着け、じっとしたまま、計算をもごもごつぶやいている。二人とも自分たちを、有益な仕事に従事するきわめて真面目な人物だとみなしていた。

さらに彼らは、他のあらゆるクレーム［甘口のリキュールのこと］を凌駕《りょうが》するような逸品が作れないだろうかと夢想した。そこにはキュンメル酒のようにコリアンダーを、マラスキーノのように桜桃を、シャルトルーズのようにヤナギハッカを、ヴェスペトロのようにアンブレットを、クランバンブーリのように菖蒲《しょうぶ》を入れ、そして紫檀《したん》の木を使って赤く色を付けよう。だが、どんな名前で売り出そうか？　覚えやすくて、しかも珍しい名を見付ける必要がある。あれこれと頭をひねった挙句、「ブヴァリーヌ」と名付けることに決めた。

秋の終わり頃、三本の瓶詰の中に斑点が現れた。トマトもグリーンピースも腐っていた。きっと栓の締め方が悪かったのであろう？　今度は栓の問題が悩みの種となった。新しい方法を試みるには、お金が足りない。農場が二人の財産を蝕《むしば》んでいたのである。

これまでも何度か小作人が雇ってくれと申し出てきたのを、ブヴァールはすべて断っていた。だが、下男頭が彼の指示通りに、経費をぎりぎりまで切り詰めて耕していたので、当然のように収穫は減り、まさに危機的な状況である。そのため彼らが自分たちの窮状について話し合っていたところに、グイ親方が実験室に入ってきた。その後ろには、女房がおずおずと控えている。

色々と手を加えたおかげで、土地は以前よりも良くなっていた。そこで彼は農場を取り戻しに来たわけである。そのくせ小作地を貶して、二人の払った様々な努力にもかかわらず、利益はやはり覚束《おぼつか》ないと主張した。要するに、自分がここに戻りたいと思っているのは、土地への愛着と、親切な主人たちへの未練からなのだ。最初は冷たく追い払われたものの、その日の夜にまた戻って来た。

その間に、ペキュシェはブヴァールの態度を戒めていた。そうやって彼らが譲歩するつもりなのを見て取ると、グイは小作料の引き下げを求めた。相手が反対の声を上げると、彼は話すというよりはわめき出した。神様に訴えて、これまでの苦労を数え上げ、さらに自分の長所を自慢する。そこで希望の値段を言うよう促すと、返事をせずに俯いてしまう。すると、大きな籠を膝にのせてドアのそばにうずくまっていた女房が、傷付いた雌鶏のような金切り声を上げて、同じ文句を繰り返すのであった。

結局、年三千フランという、昔より三分の一も安い条件で賃貸契約が結ばれることになった。

すると即座に、グイ親方は農具を買い取りたいと申し出た。そこでまた交渉が始まる。器具の値踏みには半月もかかった。ブヴァールはへとへとに疲れ果て、その挙句、すべてを捨て値で手放してしまった。グイもさすがに最初は驚きで目を丸くしたが、すぐに「了解」と叫んで、ブヴァールの手を叩く。

話がまとまったので、慣習に従い、地主の側から家で一杯やろうと提案した。ペキュシェは自家製マラガ酒の瓶を一本開けた。気前のよさからというよりは、称賛を得たかったのである。

ところが、農夫は顔をしかめて、「甘草《かんぞう》のシロップみたいだな」と言う。女房の方は、「口直しのため」にブランデーを一杯所望した。

もっと重大なことが彼らの心を占めていた！　「ブヴァリーヌ」の材料がようやく揃ったのである。

それらの材料をアルコールと一緒に蒸留釜の中に詰め込むと、火をつけて、じっと待つ。

だがその間にも、マラガ酒の失敗が気に掛かっていたペキュシェは、戸棚の中からブリキの缶詰を取り出してみた。最初の缶、それから二つ目、三つ目と次々とふたを開ける。そして憤然としてそれらを投げ捨てると、ブヴァールを呼んだ。

ブヴァールは螺旋管《らせんかん》の蛇口を閉めて、缶詰の方へ駆け付けた。全くの失望であった。子牛の肉片はまるで靴底を茹《ゆ》でたみたいだし、海老はどろどろの液体に変わっている。魚のワイン煮はもはや元の形をとどめていない。スープの上にはキノコが生えており、耐えがたい悪臭が実験室を満たしている。

突然、砲弾が炸裂《さくれつ》するような音がして、蒸留器が爆発した。破片が天井まで飛び散り、鍋を破裂させ、杓子をぺしゃんこにし、コップを粉々にした。石炭は散乱し、かまどはめちゃくちゃになった。翌日、ジェルメーヌは中庭にへらが落っこちているのを見付けたほどだ。蒸留釜の上の栓が閉まっていたため、水蒸気の圧力で器具が破裂したのである。

ペキュシェはすぐに石桶の後ろにうずくまり、ブヴァールはスツールの上にくずおれるように座った。十分ばかりの間、二人ともこの姿勢のまま、身動き一つできず、恐怖で真っ青になって、破片の只中でじっとしていた。やっと口が利けるようになると、これほど不運が続くのは何故か、とりわけこの最後の災厄の原因は何だろうと尋ね合う。だが、危うく死ぬところであったということ以外は、何一つ分からない。最後にペキュシェが次のようにまとめた。

「おそらく僕らが化学を知らないからだろうよ！」

Ⅲ

化学を知るために、彼らはルニョーの『講義録』を取り寄せた。そしてまず最初に、「単体はおそらく化合物である」ということを学んだ。

単体は金属と非金属に分かれるが、著者によれば、この区別は「絶対的なものではない」という。酸と塩基についても同様で、「一つの物体は状況に応じて、酸としても、塩基としても作用する」とのことだ。

化学記号は、彼らにはへんてこりんに思えた。倍数比例の法則がペキュシェを混乱させた。

「Aの分子が一つ、Bのいくつかの部分と化合するとすれば、この分子は同じ数だけの部分に分解しなければならないはずだろう。だが、もし分解したら、それは単位というか、原初的分子であることをやめることになるじゃないか。どうもよく分からないな」

「僕もさっぱりだ！」とブヴァールが言う。

そこでもっと分かりやすいジラルダンの著作を参照することにした。そして、十リットルの空気の重さは百グラムであること、鉛筆の中に鉛は入っていないこと、ダイヤモンドは炭素にすぎないことなどを覚えこんだ。

彼らを何よりも驚かせたのは、土が元素としては存在していないということだ。それから、吹管《すいかん》の操作法、金と銀、布の漂白、鍋の錫《すず》めっきなどのことを把握した。それから、いささかもためらうことなく、ブヴァールとペキュシェは有機化学に取り掛かった。

鉱物を形成しているのと同じ物質が生物の体の中にも見出せるとは、何たる驚異であろうか！　とはいえ、自分たちの体に、マッチのように燐《りん》が、卵の白身のように蛋白質《たんぱくしつ》が、街灯のように水素ガスが含まれていると考えると、屈辱感のようなものを覚えずにはいられなかった。

色素と脂肪体について学んだ後は、発酵の番である。

発酵から酸の問題へと導かれた二人は、またもや等量の法則に当惑することになった。原子理論を使ってそれを解明しようとしたが、かえって何が何だか分からなくなってしまった。

これらすべてを理解するには、ブヴァールに言わせれば、色々と器具が必要だという。そのためには費用も馬鹿にならないが、出費はすでに莫大な額にのぼっていた。

だが、ヴォコルベイユ博士ならきっと教えてくれるのではないか。

彼らは診察の時間に医師を訪ねた。

「これはこれは、お二人して！　どこがお悪いのですかな？」

ペキュシェは、自分たちは病気ではないと答えて、訪問の理由を説明した。

「最初に、高位原子価について説明していただけますか」

医者は真っ赤になり、それから、彼らが化学を学ぼうとしていることを咎めた。

「もちろん、私だってその重要性を否定するわけではありませんよ！　だがこの頃では、いたるところに化学を適用しようとします！　実際、医学にも嘆かわしい影響が及んでいるのです」周囲の事物の光景が、これらの言葉に権威を添えていた。

膏薬《こうやく》と包帯が暖炉の上に散らかっており、机の真ん中には外科用具を入れた箱が載っている。部屋の片隅にはゾンデの入った洗面器が置かれ、また壁には人体標本図が掛けてある。

ペキュシェは医師に向かってこの標本を褒めた。

「きっと素敵な学問でしょうね、解剖学は?」

ヴォコルベイユ氏は、かつて解剖実習の場で感じた魅力について滔々《とうとう》と語った。するとブヴァールが、女と男の体の内部の関係はどうなっているのかと尋ねた。

彼を満足させようと、医者は本棚から解剖図版集を一冊取り出した。

「持って行ったらいかがです! お宅の方が、落ち着いてご覧になれるでしょう!」

骸骨は、その顎の突起、眼窩《がんか》のくぼみ、手のぞっとするような長さなどで、二人を驚かせた。解説書が必要だったので、ヴォコルベイユ氏のところに取って返す。アレクサンドル・ロトの『解剖学マニュアル』を頼りに、骨格の区分を学んだ。特に驚嘆したのは脊柱《せきちゅう》についてである。創造主によってまっすぐに作られたと仮定してみた場合より、今の形状の方が十六倍も強度があるという。だが、どうして他ならぬ十六倍なのだろうか?

中手骨《ちゅうしゅこつ》はブヴァールを途方に暮れさせた。ペキュシェは猛然と頭蓋骨に取り掛かったものの、蝶形骨《ちょうけいこつ》を前にしてすっかり意気消沈してしまった。もっとも、それは「トルコの、あるいはトルコ製の鞍」に似ているとのことではあるが。

関節はといえば、余りにも多くの靭帯《じんたい》がそれを隠してしまっている。そこで、筋肉に関心を向けた。

だが、その付着部を見付けるのは容易でない。さらに脊椎溝《せきついこう》にいたって、彼らは完全に匙を投げてしまった。

そこで、ペキュシェが言った。

「もう一度化学をやり直さないかい？　実験室を使わない手はないだろう！」

ブヴァールはそれに反対して、暑い国用に人体模型が作られているという話を思い出した。バルブルーに手紙で問い合わせたところ、情報を送ってよこした。月に十フランで、オズー氏の模型の一つが手に入るという。次の週、ファレーズの運送業者が門の柵の前に長方形の箱を置いていった。

彼らはわくわくしながら、それをパン焼き室に運んだ。蓋の釘を抜くと、藁がこぼれ落ち、絹の包装紙がまるで滑るように取り除かれて、人体模型が現れた。

それは煉瓦色で、髪の毛も皮膚もなく、無数の青、赤、白の線が全身を網目のように覆っている。死体にはまったく似ておらず、むしろひどく不格好だが、清潔で、ニスの匂いのする玩具を思わせる。

次に、胸郭《きょうかく》を取り外した。すると、海綿のような二つの肺、大きな卵のような心臓、その少し斜め後ろに横隔膜、さらに腎臓といったふうに、内臓を形作る諸器官が目に飛び込んでくる。

「さあ、仕事に取り掛かるぞ！」とペキュシェが言った。

昼も夜もこの仕事に費やされた。

医学生が階段教室でするように、上っ張りを着込んだ。そして、三本のろうそくの明かりに照らされて、厚紙でできた模型をいじっていた時、誰かがドアをノックした。「開けるんだ！」

フーロー氏が、警官を伴ってやって来たのだ。

ジェルメーヌの主人たちは、彼女に人形を見せてからかったことがあった。女中はすぐに食料品屋のおかみさんのところに駆け付け、このことを吹聴した。そこで、今や村全体が、彼らが家の中に本当の死体を隠していると信じ込んでいた。フーローも、噂を無視できなくなって、事実を確かめに来たのである。野次馬たちが中庭に詰めかけていた。

彼が入って来た時、人形は横向きに寝かされていた。顔の筋肉にあたる部品が取り外されていたので、目が異様に飛び出して、ぞっとするような様相を呈している。

「何か御用ですか？」とペキュシェが言う。

フーローは口ごもった。「いや！　別に何も！」そして、テーブルの上にあった部品の一つを取り上げて、「これは何ですか？」と尋ねた。

「頬筋です！」とブヴァールが答える。

フーローは口を噤《つぐ》んだ。だが、自分の能力を超えた趣味を彼らが持っていることに嫉妬を覚え、陰険な薄ら笑いを浮かべていた。

二人の解剖学者は、研究を続けるふりをしている。入り口のところで退屈した連中が、いつの間にかパン焼き室の中に入り込んできた。少々押し合ったので、テーブルが揺れた。「これはひどい！」とペキュシェが怒鳴った。「皆を追い出してください！」

警官は野次馬たちを追い払った。

「これでよし！」とブヴァールが言う。「我々は誰も必要としていませんからな！」フーローはこの当てこすりを解すると、医者でもないのに、こんなものを所持する権利があるのかと言いがかりをつけてきた。とにかく、このことは知事に手紙で報告しておくという。——何たる国！　これほど無能で、野蛮で、旧弊な所があるものだろうか！　自分たちを他の連中と引き比べることで、なんとか憤りを鎮めた。科学のために殉じようと心に誓うのであった。

医師もまた、様子を見にやって来た。模型が実物とかけ離れているといって貶しながらも、この機会を利用して、蘊蓄《うんちく》を傾けるのは忘れない。

ブヴァールとペキュシェはすっかり魅了されてしまった。二人の願いを聞き入れて、ヴォコルベイユ氏は蔵書を何冊か貸してくれたが、ついでに、とてもやり遂げることはできないだろうと断言した。

『医科学事典』の中から、出産、長寿、肥満、便秘などの異常症例を取り出し、ノートに取った。ボーモントの有名なカナダ人患者のこと、大食漢のタラールとビジューのこと、ウール県の水腫《すいしゅ》の女性のこと、二十日に一度しかトイレに行かないピエモンテの男のこと、全身が骨化して死んだミルポワのシモールのこと、また鼻の重さが三リーヴル［一・五キロ］もあるアングレームの昔の市長のことなど、今まで知らなかったことばかりである！

脳は哲学的な考察を呼び起こした。二枚の薄片からなる透明中隔と、赤いえんどう豆に似た松果腺《しょうかせん》は、脳の内部にはっきりと見分けることができた。だがその他にも、脳脚《のうきゃく》、脳室、脳弓《のうきゅう》、柱、段、神経節、そしてあらゆる種類の繊維や、さらにパッキオーニ孔やパチニ小体などもある。要するにこの錯綜した器官の集積を究めようとしたら、一生かかっても足りないくらいだ。

時々熱中しすぎては、人体模型を完全に解体してしまい、その後で元に戻すのに大いにてこずるのであった。

この仕事は、とりわけ昼食の後がしんどかった！　彼らはすぐに居眠りしてしまい、ブヴァールは顎を引いて、腹を突き出し、ペキュシェはテーブルに肘をつき、両手で頭を抱えた格好で眠っていた。

しばしばこの時間に、最初の往診を終えたヴォコルベイユ氏が、ドアからそっと中を覗きに来る。

「どうです、ご同僚たち、解剖の調子はいかがですか？」

「申し分ありませんよ！」と彼らは答える。

すると、医師は色々と質問をして、相手を困らせては喜ぶのだった。

一つの器官に飽きると、別の器官に移る。そうやって、心臓、胃、耳、腸と次々に取り組んでは、またすぐに放り出す。というのも、どんなに興味を持とうと努めても、厚紙の人形にはとうにうんざりしていたのである。とうとう医師は、彼らがそれを箱にしまって、釘を打ちつけているところを見付けた。

「万歳！　こうなると思っていたんですよ！」彼らの歳になって、こんな研究を始めることなどできっこないという。そう言いながら浮かべた薄笑いが、二人を深く傷つけた。

何の権利があって、自分たちには無理だと決めつけるのだろう？　科学はあの男のものだとでもいうのか！　まるでご本人は傑出した人物でもあるかのようじゃないか！

そこで、医師の挑戦を受けると、書物を買うためにバイユーまで足を運んだ。二人に足りないのは、生理学である。ある古本屋のおかげで、その当時有名だったリシュランとアドロンの概説書を手に入れた。

年齢、性別、体質などについての紋切り型は、どれもきわめて重要なものに思われた。歯石の中には三種類の微生物がいること、味覚の中枢は舌の上に、また空腹の感覚は胃の中にあることなどを知り、彼らはとても喜んだ。

胃の機能をもっとよく把握するために、モンテーグルやゴス氏やベラールの兄弟のような反芻《はんすう》する能力を持っていないのが残念だ。そこで、ゆっくりと嚙んでは、咀嚼《そしやく》し、唾液をまぜて、飲み込んだ後も、食べ物がお腹の中でたどる行程を頭の中で追いかける。さらに、方法的な細心さとほとんど宗教的な注意を払って、その最後の結果［糞尿のこと］にいたるまで観察するのであった。

人工的に消化を引き起こす目的で、家鴨《あひる》の胃液の入ったガラス瓶に肉を詰め込む。そして、半月の間、それを腋の下に入れて持ち歩いたが、その結果は体が臭くなっただけだった。陽の照りつける中を、濡れた衣服を着て、彼らが街道を走っているのが見られた。皮膚に水分を押し当てることで、渇きが静まるかどうかを確かめるための実験である。息を切らして戻って来ると、二人とも風邪を引いてしまった。

聴覚、発声、視覚などはさっさと片付けたが、生殖についてはブヴァールがこだわりを見せた。

この問題についてのペキュシェの慎み深さは、これまでも常に彼を驚かせてきた。友人の奥手ぶりがあまりに度を越していると思われたので、訳を話すように促したところ、ペキュシェは真っ赤になりながら、とうとう次のような告白をした。

その昔、悪戯者《いたずらもの》たちに悪所《あくしょ》に引っ張って行かれたことがある。だが、やがて愛するであろう女性のために、純潔を守って、そこから逃げ出した。その後、幸運な状況がやって来ることもなく、気恥ずかしさ、乏しい懐具合、病気の心配、依怙地《いこじ》、習慣なども手伝って、五十二歳にして、首都に住んでいながら、依然として童貞を通している。

ブヴァールはこの話を、最初なかなか信じようとしなかった。それからげらげら笑い出したが、ペキュシェの目の中に光るものを認めて笑うのをやめた。

それというのも、情熱がペキュシェに欠けていたわけではなかったのだ。綱渡りの女芸人、建築家の義妹、会計係の女性などに次々と恋をして、最後は小柄な洗濯女に夢中になった。そして、結婚がまさに取り決められようとした矢先、彼女が他の男性の子を身ごもっていることが分かったのである。

ブヴァールが彼に言った。

「失った時を償う手段は、いつだってあるものさ。悲しむことはないよ！　もしよければ、僕が世話をしてあげても……」

ペキュシェはため息をつきながら、もうこのことは考えないようにしようと答えた。そこで、二人は再び生理学の勉強に取り掛かった。

我々の体の表面から、絶えず微量の水蒸気が発散しているというのは本当だろうか？　その証拠には、人間の体重は刻々減っているという。もし日々、こうやって不足する分を補い、また過剰な分を取り除けば、健康は完全な均衡を保つことになる。この法則の考案者であるサンクトリウスは、半世紀もの間、食物のみならず排泄物の重さまで毎日測定して、計算を記す時以外には休みも取らずに、ずっと自分の体重を測り続けたらしい。

彼らはサンクトリウスの真似をしようとした。だが、二人同時に秤に乗ることはできないので、まずはペキュシェから始めた。

発汗の邪魔にならないよう、衣服を脱いだ。恥ずかしさを我慢して素っ裸になると、まるで円筒のような長い胴体、短い脚、扁平足、褐色の皮膚などをさらしながら、台座の上にじっとしている。そのそばでは、友人が椅子に座って、本を朗読していた。

学者たちの説によれば、体の熱は筋肉の収縮によって産み出されるのだから、胸郭と骨盤《こつばん》肢《し》「解剖学用語で脚部のこと」を動かせば、ぬるま湯の温度を上げることもできるという。

ブヴァールは浴槽を探しに行った。そして準備万端整うと、温度計を手に、その中に入る。蒸留器の残骸が部屋の奥の方に掃き集められているのが、薄暗がりの中にぼんやりとした塊を描き出している。時々、ねずみが何かを齧《かじ》る音が聞こえてくる。芳香植物の古い香りが立ち込めている。二人ともとても快適に感じながら、穏やかにお喋りをしていた。

そのうち、ブヴァールが少し寒気を感じた。

「手足を動かすんだ！」とペキュシェが言う。

ブヴァールがどんなに手足を動かしても、温度計の表示には何の変化もない。「いくらなんでも寒い」

「こっちだって暖かくはないさ」と、ペキュシェ自身もぶるぶる震えながら答えた。「とにかく、骨盤肢を動かせ！　もっと動かすんだ！」

ブヴァールは腿《もも》を開き、脇腹をねじって、腹を揺らしながら、クジラのようにぜいぜい喘いだ。それから温度計を見たが、目盛りは依然として下がり続けている。「どうなってるんだい！　ちゃんと動いているのに！」

「まだ十分じゃないんだ！」

そこで、再び体操を始める。

こうやって三時間も動き続けた挙句、もう一度温度計をつかんだ。

「何だって！　十二度だと！　ああ、もうやめだ！　もう御免だね！」

犬が一匹入って来た。番犬と猟犬の雑種で、毛並みは黄色く、疥癬《かいせん》にかかっており、舌をだらんと垂らしている。

どうしようか？　呼び鈴はない！　それに、女中は耳が不自由だ。二人とも寒さで震えていたが、咬みつかれるのが怖くて、身動きできずにいた。

ペキュシェは、目をぎょろつかせて脅すのが上手いやり方だと考えた。

すると、犬は吠え始め、秤の周りを跳びはねる。ペキュシェは秤の綱にしがみついて、膝を折り曲げ、できるだけ高く上ろうともがいた。

「そんなやり方じゃ駄目だよ」とブヴァールが言う。そして優しい言葉を掛けながら、犬に向かって微笑んでみせた。

どうやらこれが通じたのであろう。犬はブヴァールをぺろぺろ舐《な》めると、その肩の上に足をのせ、爪で軽く引っ搔いたりした。

「おや！　今度は、僕の半ズボンを持って行ったぞ！」

犬はその上に横になると、じっと動かなくなった。

ようやく二人は恐る恐る、一方が秤の台座から降りる間に、もう一方は浴槽から出てくる。

ペキュシェは服を着ると、思わず次のような叫びを漏らした。

「よし、こいつめ、我々の実験台にしてやるからな！」

どんな実験をしようか？

燐を犬に注射して、地下室に閉じ込め、鼻の穴から火を噴き出すかどうか見るというのはどうだろう。だが、どうやって注射しようか？　それにそもそも、燐を売ってもらえないのではないか。

この他にも、排気ポンプの下に犬を閉じ込める案、ガスを吸わせる案、毒を飲ませる案などを思い付いた。だが、どれもさして面白くなさそうでは？　結局、鋼鉄を脊髄に接触させて磁化するという実験を選んだ。

ブヴァールが動揺を抑えながら、皿の上にのせた針を差し出すと、ペキュシェはそれを犬の脊椎に突き立てていく。針は折れたり、滑ったり、地面に落ちたりする。そこでさらに何本か手に取って、無闇矢鱈《やたら》に突き刺した。犬は紐を引きちぎると、まるで砲弾のように窓ガラスを突き破り、中庭と玄関を通り抜けて、台所に現れた。

ジェルメーヌは、脚に紐を絡ませた、血まみれの犬を見て、悲鳴をあげた。ちょうどその時、彼女の主人たちが犬の後を追いかけて入ってくる。犬は跳び上がると、そのまま姿を消してしまった。

老女中は彼らに食って掛かった。

「また旦那方の悪さだね、まったくもう！　私の台所が、こんなになっちまったじゃないか！　あの犬だって、きっと狂犬になりますよ！　あんた方のような悪戯者は、牢屋《ろうや》にぶち込まれたって仕方ないんだから！」

彼らは針を調べるために、実験室に引き返した。どれ一つとして、わずかな鉄粉さえ引き付けなかった。

続いて、ジェルメーヌの憶測が二人を不安にした。狂犬病にかかった犬が不意に舞い戻ってきて、彼らに飛び掛からないとも限らない。

翌日はあちこち情報を探りに出掛けた。そしてその後数年の間は、野原で似たような犬に出くわす度に、すぐに回り道をするのであった。

その他の実験も失敗に終わった。本の著者たちの言っていることとは反対に、鳩の血を抜くと、満腹の場合も、胃が空っぽの場合も、同じ時間で死んでしまう。子猫を水の中に沈めると、五分で息絶える。鵞鳥《がちょう》にアカネをたっぷり食べさせても、骨膜は真っ白なままだ。

栄養作用の問題には悩まされた。

同じ液がどのようにして、骨や、血液や、リンパ液や、それに排泄物を作り出すのであろうか？　しかし、ある食物の変化をすべてたどることなど不可能だ。一つの食物しかとらない人も、化学的に見れば、色々なものを食べる人と変わりない。ヴォクランは、一匹の雌鶏の食べる燕麦に含まれる石灰分を計算してみたところ、同じ鶏の産んだ卵の殻の中にそれ以上の石灰分を見出したという。だとすれば、物質の創造が行われたことになる。だが、どうやって？　それについては何も分からない。

心臓の力がどの程度かさえ、実はよく分かっていない。ボレリは十八万リーヴルの重量を持ち上げるだけの力を認めているが、ケイルは約八オンス［二分の一リーヴル］と見積もっている。こうしたことから、彼らは生理学を（古い言い回しに倣って）医学の小説だと決めつけた。理解できなかったので、そもそも信じなくなったのである。

一ヶ月は、ぶらぶらしているうちに過ぎ去ったが、そのうち庭のことが気になりだした。

庭の真ん中に横たわっている倒木が邪魔である。そこでそれを角材に挽いたが、この運動ですっかりへとへとになってしまった。ブヴァールはしょっちゅう鍛冶屋《かじや》の元に出向いては、道具を手入れしてもらわねばならなかった。

ある日、彼がそこに向かっている途中、布の袋を背負った男に話しかけられた。暦書、信仰書、聖牌などに加えて、フランソワ・ラスパイユの『健康マニュアル』を勧められた。

この小冊子がいたく気に入ったので、彼はバルブルーに手紙を書き、同じ著者の大著［『健康と病の博物誌』（一八四三年）のこと］を送ってくれるよう頼んだ。バルブルーは本を送ってきたついでに、薬を注文するための薬局も手紙で教えてくれた。

理論の明快さが彼らを魅惑した。病気はすべて、寄生虫から生じるという。歯を損なうのも、肺に穴をあけるのも、肝臓を肥大させるのも、腸を荒らして、そこに音を立てるのも、みな虫のせいである。これを退治するのに一番良いのは、カンフルだという。ブヴァールとペキュシェは早速この方法を採用した。カンフルを嗅いだり、齧ったりするのはもちろんのこと、それを調合した煙草や、鎮痛薬の小瓶、またアロエの丸薬などを周囲に配って回った。さらに佝僂病《くるびょう》患者の治療まで企てた。

これは定期市の日に見付けた子供で、物乞いをしている母親が毎朝彼らの家に連れて来る。まずカンフルオイルで瘤《こぶ》をマッサージし、二十分間芥子《からし》の湿布を当ててから、膏薬を塗った絆創膏《ばんそうこう》で患部を覆う。そして、ちゃんとまた戻ってくるようにと、昼食をごちそうするのである。

四六時中蠕虫《ぜんちゅう》のことばかり考えていたおかげで、ペキュシェはボルダン夫人の頬に奇妙な斑点があるのに気付いた。医師はもう長い間、苦味剤でそれを治療していた。最初は二十スー硬貨くらいだった丸い斑点は、次第に大きくなって、今ではバラ色の円になっている。彼らは治療を申し出た。夫人は承諾したものの、薬を塗るのはブヴァールにして欲しいと注文を付けた。窓の前に腰を落ち着けると、ブラウスの上のホックを外して、頬を突き出したままじっとしている。ブヴァールを見つめる眼差しは、ペキュシェがもしその場にいなかったら危険なくらいに、思わせぶりなものである。水銀を用いるのは怖くもあったが、それでも許された分量の範囲内で、甘汞《かんこう》［塩化第一水銀］を処方した。一月後、ボルダン夫人は完治した。

彼女は二人の成功を吹聴して回った。そこで、収税吏も、村役場の書記も、村長自身も、終いにはシャヴィニョールの住民全員が鳥の羽の軸［カンフル煙草］を吸うようになった。

しかしながら、佝僂病の子供の体は真っ直ぐにならない。収税吏は息切れがかえってひどくなったので、カンフル煙草を手放した。フーローは、アロエの丸薬のせいで痔にかかってしまったと文句を言う。ブヴァールは胃が痛くなり、ペキュシェもひどい頭痛に襲われた。彼らはラスパイユへの信頼をなくしてしまったが、それでも自分たちの評判を落とすことを怖れて、何も言わないよう心掛けた。

次に、彼らはワクチンに熱中した。キャベツの葉を使って血を採る練習をし、さらにメスを買い揃えた。

医者が貧しい病人の所を往診するのについて行き、その後、家で本を調べる。書物に記されている症状は、彼らが見てきたばかりのものと一致しなかった。病名ときたら、ラテン語、ギリシャ語、フランス語と、まさにあらゆる言語のごった煮状態だ。

病気の数は何千とあるので、属と種に分けるリンネ式分類法が便利である。だが、どのようにして種を決めるのか？　かくして、彼らは医学哲学の領域に迷い込んだ。

ファン・ヘルモントのアルケー、生気論、ブラウン学説、器官因説などについてあれこれと夢想に耽《ふけ》る。それから医師に、腺病質の原因は何か、伝染性の瘴気《しょうき》はどんな場所に集まるのか、またあらゆる病気において原因と結果を見分ける方法について尋ねた。

「原因と結果はもつれ合ってます」というのが、ヴォコルベイユの答えである。

この論理性の欠如にはうんざりさせられる。そこで、自分たちだけで病人を訪ねることにして、慈善を口実に、勝手に家に入り込んだ。

部屋の奥にある汚い布団の上には、顔の片側が垂れ下がった病人が横たわっている。他の病人たちは顔が腫れ上がっており、その色も真っ赤だったり、淡黄色だったり、あるいは紫色だったり様々だ。すぼんだ鼻孔に震える口。喘ぎ声やしゃっくりの音が聞こえ、汗だらけで、皮革と古いチーズの臭気が漂っている。

二人は医者の処方箋を読んで、鎮静剤が時には興奮剤になること、吐剤《とざい》が下剤の働きをすること、同じ薬が多種多様な病気に効くこと、また同じ病が正反対の治療によって治ることなどに心底びっくりした。

それでも、色々と助言を与えては、病人を元気づけ、さらに大胆にも聴診まで試みるのだった。

想像力を掻き立てられた二人は、国王に手紙をしたためて、カルヴァドス県に看護師養成所を作るよう請願した。自分たちがそこの教師になろうというのである。

バイユーの薬剤師のもとに出掛けて行って（ファレーズの薬剤師はナツメの咳止め薬のことで相変わらず彼らを恨んでいた）、古代人のように下剤粒を作るように勧めた。これは手でこねると、体の中に吸収されるという丸薬である。

熱を下げれば炎症も治まるという理屈に従い、肘掛椅子を天井の梁《はり》にぶら下げると、その上に髄膜炎を患った女性を座らせる。そして力一杯揺すぶっているところに現れた夫が、彼らを外に叩き出した。

さらにまた、体温計を肛門に差し込む最新流行の方法を用いて、神父の顰蹙《ひんしゆく》を買った。

腸チフスが付近一帯に流行した。ブヴァールは、さすがにこれにはかかわらないつもりだと宣言した。ところが、小作人のグイの女房が泣きついてきた。亭主が半月も前から病気で臥《ふ》せっているのに、ヴォコルベイユ氏はほったらかしだという。

ペキュシエが世話を買って出た。

胸の上に扁豆《ひらまめ》のような斑点、関節の痛み、膨らんだ腹、真っ赤な舌、すべてドチエナンテリー［腸チフスの学術名］の症状である。食餌《しよくじ》療法をやめれば熱も取り除かれるというラスパイユの言葉を思い出し、スープと少量の肉を取るよう指示した。そこに突如として、医師が現れた。

病人はちょうど、枕を二つ背もたれにして、両側から女房とペキュシェに励まされながら、食べている最中である。

医師はベッドに近づくと、窓から皿を放り出して叫んだ。

「まさに人殺しだ！」

「何ですって？」

「腸に穴が開くじゃないですか。腸チフス患者は、腸の胞状膜が傷付いているんですよ」

「必ずしもそうとは限りますまい！」

そこで、熱の性質について議論が始まった。ペキュシェは熱の本質というものを信じている。一方、ヴォコルベイユによれば、器官の変調が熱を生み出すのだという。「だから、あまり刺激を与えるものは避けるようにしているのです！」

「でも、節食は生命原理を弱らせますよ！」

「生命原理とは、何を戯言《たわごと》を言っているんですか！　いったいそれはどんなものです？　誰か見た人でもいるんですか？」

ペキュシェは答えに詰まった。

「そもそも」と医者は続けた。「グイは食べ物を欲しがってなんかいませんよ」

病人はナイトキャップをかぶったまま、同意のしるしに頷いた。

「それが何だっていうんです！　食べる必要があるんです！」

「絶対にそんなことはありません！　脈拍が九十八もあるんですよ」

「脈拍なんか何の証拠にもなりませんよ！」そしてペキュシェは何人かの権威の名を挙げた。

「理論はやめましょう！」と医師は答える。

ペキュシェは腕を組んだ。

「すると、あなたは経験主義者というわけですね？」

「いいえ、全然！　ただ、実地に観察すれば……」

「もし観察の仕方がまずかったら？」

ヴォコルベイユはこの言葉をボルダン夫人の疱疹《ほうしん》への当てこすりだと受け取った。未亡人がこの一件をあちこち言いふらしたので、その記憶は未だに彼を苛立《いらだ》たせていたのである。

「まず第一に、実践の経験を積まねばならないのです」

「科学に革命を起こした大家たちは、実践などやっていませんでしたよ！　ファン・ヘルモント、ブールハーフェ、それにブルッセ自身も」

ヴォコルベイユはこれには答えずに、グイの方へ身をかがめて、声を張り上げた。

「我々二人のうちどちらを、医者として選ぶのかね？」

病人は、頭がぼうっとしているところに、二人の怒った顔を見せられて、泣き出してしまった。

女房もまたどう答えたらよいか分からなかった。というのも、確かに一方は腕利きだが、もう一方も秘密の治療法を握っているのではないだろうか？

「よろしい！」とヴォコルベイユは言った。「比べるに事欠いて、れっきとした免許医と……」

ペキュシェが薄ら笑いを浮かべた。「何がおかしいのですか？」

「免状が必ずしも論拠になるとは限りませんよ！」

医師は、その生計の糧《かて》、その特権、その社会的重要性を真っ向から攻撃されて、さすがに怒りを爆発させた。

「いずれあなたが不法医療行為で裁判所に引き出される時に、白黒はっきりさせましょう！」それから、農婦の方に向き直り、「好きなように亭主をこの旦那に殺してもらったらよかろう。何があろうと、私はもう二度とこの家には足を踏み入れないからな！」

こう言うと彼は、ステッキを振り回しながら、ブナの並木道へと消えて行った。

ペキュシェが家に戻ると、ブヴァールもまたひどく動揺していた。

痔のことでかんかんになったフーローが、先ほど押しかけて来たという。痔疾は万病の予防になるといくら主張しても、まったく聞く耳持たずに、逆に損害賠償を請求すると脅してきた。ブヴァールはすっかりうろたえてしまった。

ペキュシェも自分の方の問題を話した。こちらの方がずっと重大だと思っているのに、相手が無関心なのを見て、いささか気を悪くした。

グイは翌日、腹部に痛みを訴えた。おそらく食べ物を取ったのが原因ではなかろうか？ヴォコルベイユはきっと間違っていなかったのでは？　結局のところ、病気のことは、医者が一番よく分かっているに違いない！　ペキュシェは後悔の念に襲われた。人殺しになるのが怖かった。

用心のため、佝僂病の少年の治療も断ることにした。ところが、昼食にありつけなくなるので、母親が大いに騒ぎ立てた。こんなことなら、毎日バルヌヴァルからシャヴィニョールまでわざわざやって来た甲斐がないではないか！

フーローの怒りは収まった。グイも体力を取り戻してきて、今や回復は間違いない。この成功でペキュシェは自信をつけた。

「分娩《ぶんべん》の研究をしないかい、人形を使って……」

「もう人形はうんざりだ！」

「産婆の見習い用に作られた、ちゃんと皮膚の付いた半身模型だぜ。逆子を直している僕の姿が、目に浮かぶようじゃないか？」

だが、ブヴァールは医学にはうんざりであった。

「生命の原動力は我々には隠されている。病気は無数にあるというのに、薬はどれも不確かなものばかりだ。それにどんな本を見たって、健康や、病気や、病的素因や、それにたかが膿《うみ》についてさえ、納得のいく定義一つ見当たらないじゃないか！」

しかしながら、これらの書物を読み漁った結果、彼らの頭はすっかり調子が狂ってしまった。

ブヴァールは風邪を引いただけで、肺炎の始まりではないかと考えた。蛭を使っても脇腹の痛みが治まらないので、発泡薬を用いたところ、その作用が腎臓にまで及んだ。すると、今度は結石にかかったと思い込む。

ペキュシェは木陰道の枝打ちをした後、体の節々にだるさを感じた。さらに夕食を戻してしまったので、大いに心配になった。それから顔色が少し黄色いのに気付くと、肝臓が悪いのではないかと疑い出す。「痛みはあるだろうか?」と自問しているうちに、本当に痛くなった。

お互いに不安を煽っては、舌の状態を見たり、脈を測ったり、飲み水を変えたり、下剤を使ったりする。また寒さや暑さ、風、雨、蝿《はえ》などを怖れては、特にすきま風には注意を払う。ペキュシェは、嗅ぎ煙草は健康に悪いのではないかと考えた。それに、くしゃみが動脈瘤《どうみゃくりゅう》の破裂の原因になることも間々あるという。そこで、嗅ぎ煙草入れを手放すことにした。それでも習慣からそこに指を突っ込んでは、すぐにはっとして、自分の軽率さを思い出すのであった。

神経を刺激するというので、ブヴァールはブラック・コーヒーをやめることにした。だが、きまって食後に眠くなってしまい、目が覚めてから怯《おび》えるのだった。というのも、眠りの長いのは卒中の兆候だという。

彼らの理想はコルナロだった。このヴェネチアの貴族は、摂生に努めたおかげで、並外れた長寿をまっとうしたのである。完全に彼の真似をすることはできなくても、同じような用心を心掛けることならできるはずだ。ペキュシェは本棚からモラン博士の『衛生学マニュアル』を引っ張り出してきた。

いったいこれまで、どうやって生きてきたというのだろう？　二人の好物の料理が、この本では禁じられている。ジェルメーヌはすっかり困惑してしまい、もう何の料理を出したらよいか分からないほどだった。

肉類はすべて、体に良くないという。腸詰、豚肉製品、ニシンの燻製、海老、狩猟肉などは、どれも「消化に悪い」。魚は大きなやつほどゼラチンを含んでいるため、それだけ胃にもたれる。野菜は胸やけを起こすし、マカロニは夢を見る原因になる。チーズは、「一般的に考えて、消化が難しい」。朝、水を一杯飲むのは「危険」である。どの飲み物や食べ物にも、同じような警告、あるいは次のような言葉が添えられていた。「有害！——食べすぎ、飲みすぎには注意すべし！——誰にでも適しているわけではない」何故、有害なのか？　食べすぎとはどれくらいのことをいうのか？　ある食物が自分に適しているかどうか、どうやったら分かるのだろう？

昼食はそれこそ大問題であった！　あまり評判が悪いので、まずカフェオレをやめた。次にココアも、それが「消化の悪い物質の寄せ集め」だというので、断念することにした。すると残っているのは紅茶ぐらいだが、「神経質な人は完全にこれを控えねばならない」という。ところが、十七世紀にデッケルは、膵臓《すいぞう》の内部をきれいにするため、一日二百リットルの紅茶を飲むよう勧めていたらしい。

このことを知ると、モランに対する彼らの評価は揺らいだ。しかも、この著者がありとあらゆるかぶり物、山高帽も縁なし帽も鳥打帽も禁じているとあっては、とりわけペキュシェには納得いかなかった。そこで、ベックレルの『衛生学概論』を手に入れると、豚肉はそれ自体としては「良い食べ物」であり、煙草は完全に無害、コーヒーは「軍人には不可欠」だとある。

これまで彼らは湿気の多い場所は不衛生だと信じていた。ところが、そんなことはない！　キャスパーはそういった場所の方が死亡率は低いと言っている。海水浴の際は、普通、皮膚を冷やしてから海に入る。だがベジャンは、汗をかいたまま水に飛び込むように勧めている。スープの後にワインを生で飲むのは、胃にとてもよいとされている。レヴィに言わせれば、これは歯を悪くするらしい。さらにフランネルのチョッキ、この健康を保護し、守ってくれる衣服、ブヴァールも愛用し、ペキュシェに至ってはもはや手放すことのできないこの守護神を、著作家たちは単刀直入に、世論も憚《はばか》らず、多血質の人にはかえって有害だと断じている。

衛生学とはいったい何なのか？

「ピレネー山脈のこちら側の真実も、向こう側では誤りである」と、レヴィ氏は主張している。ベックレルは、衛生学は科学ではないとさらに付け加えている。

そこで夕食に、牡蠣、鴨《かも》、豚肉のキャベツ添え、クリーム菓子、ポンレヴェックチーズ、ブルゴーニュ・ワイン一瓶を注文した。まさしく解放であり、ほとんど復讐といってもよかった。そして、二人はコルナロを罵倒した！　あんな風に自分を虐げるなんて、よほどの愚か者だったに違いない！　いつも寿命を延ばすことばかり考えているとは、何という卑しい心根であろうか！　人生は楽しんでこそ、価値があるのだ。「もう一切れどうだい？」「喜んで」「僕もいただこう！」「乾杯！」「乾杯！」「もう他のことは気にしないぞ！」彼らは気勢を上げた。

ブヴァールは軍人でもないくせに、コーヒーを三杯も飲むと言い出す。ペキュシェは鳥打帽を耳が隠れるくらい深くかぶり、ひっきりなしに嗅ぎ煙草を嗅いでは、平気でくしゃみをする。二人ともシャンパンを少し飲みたくなったので、ジェルメーヌにすぐに居酒屋に行って、一瓶買ってくるように言いつけた。村は遠いので、女中が拒んだところ、ペキュシェがかっとなった。

「命令だぞ、分かったか！　早く走って行ってこい」

彼女はぶつぶつ言いながらも従ったが、心の中ではいずれ暇を取ろうと決心していた。それほどまでに主人たちの振る舞いは不可解で気まぐれである。

それから、以前のように、彼らは築山の上にブランデー入りコーヒーを飲みに行った。

収穫がすんだばかりであった。畑の真ん中に置かれたいくつもの積み藁が、青みがかった穏やかな夜の色調を背景に、黒々とした塊を描き出している。農場は静まり返っており、コオロギの鳴き声も聞こえてこない。田園全体が眠りについている。彼らは腹ごなしをしながら、頬のほてりを冷やすそよ風を吸い込んだ。

この後、Ⅲ章後半「天文学、博物学、地質学」。Ⅳ章「考古学、歴史」。Ⅴ章「文

学」。Ⅵ章「政治学、および二月革命からナポレオン三世のクーデターまで」。（略）

Ⅶ

陰鬱な日々が始まった。

後でまた失望するのではないかと思うと、もう何も研究する気が起きない。シャヴィニョールの住人たちは彼らに寄り付かなくなった。新聞も、刊行を許されているものは、何一つ情勢を教えてくれない。二人は深い孤独感に苛《さいな》まれ、完全に暇をもて余していた。

時折、本を開いては、すぐに閉じてしまった。読んだって何になるというのか？　またある時は、庭を掃除しようと思い立つ。だが十五分もすると、くたくたになってしまった。農場を視察に行っては、うんざりして戻って来る。家事に手を出そうとすると、ジェルメーヌが不満の声を上げたので、仕方なく諦めることにした。

ブヴァールは陳列室の目録を作ろうと考えた。だがすぐに、収集品はどれもくだらないものばかりだと言い放つと、投げ出してしまう。ペキュシェは雲雀を撃つために、ラングロワ［食料品店の主人］の鴨撃ち銃を借りた。銃は一発目から暴発して、あやうく命を落とすところだった。

こうして、二人は田舎のあの倦怠《けんたい》の中で暮らしていた。真っ白な空がその単調さで希望をなくした心を押しつぶす時には、この倦怠はとりわけ重苦しく感じられるものだ。誰かが壁に沿って歩く木靴の音や、雨滴が屋根から滴り落ちる音が聞こえてくる。時々、枯葉が窓ガラスをかすめては、くるくる回って、またどこかに飛んで行く。弔《とむら》いの鐘のかすかな音が、風に運ばれてくる。家畜小屋の奥で、牝牛が鳴く。

お互いに向かい合ったまま、あくびをしたり、暦を調べたり、時計を眺めたりして、食事の時間になるのを待った。それに、地平線の眺めはいつも同じである！　正面には畑、右手には教会、左手にはポプラの並木。その梢は霧の中で、絶えず物悲しげに揺れ動いている！

これまで大目に見てきたお互いの習慣が、我慢できなくなってきた。ペキュシェがテーブルクロスの上にハンカチを置く癖が、相棒の気に障る。ブヴァールの方は四六時中パイプをくわえっぱなしで、貧乏ゆすりをしながらしゃべる。料理やバターの品質のことで、しょっちゅう言い争いになった。差し向かいでいる時も、それぞれ別のことを考えているのだった。

ある出来事がペキュシェをすっかり動転させてしまった。

それはシャヴィニョールの動乱［VI章に出てくる事件］の二日後のことだった。政治問題についてあれこれ思い悩みながら散歩しているうち、茂った楡の木に覆われた道に入り込んでしまった。すると、背後に「待って！」という叫び声が聞こえた。

カスティヨン夫人［ゴルギュの元雇い主］だった。彼には気付かずに、反対側に駆けて行く。彼女の前を歩いている男が振り返った。ゴルギュである。そして、ペキュシェから並木を隔てて約二メートルほどのところで、男と女は向かい合った。

「本当なの？」と彼女は言った。「戦いに行くって？」

ペキュシェは溝の中に潜り込んで、聞き耳を立てた。

「ああ、そうだとも！」とゴルギュは答える。「戦いに行くのさ！　それがどうしたっていうんだい？」

「よくもそんなことが言えるわね！」彼女は腕をよじりながら叫んだ。「だけど、もしもあんたが殺されでもしたら？　ねえ、行かないでちょうだい！」彼女の青い目は、その言葉以上に強く訴えていた。

「ほっといてくれ！　行かなくちゃならないんだ！」

彼女は怒りを含んだ薄笑いを浮かべた。「あの娘は許してくれたってわけ？」

「黙れ！」彼は握り拳を振り上げた。

「ええ！　いいわ！　分かったわ。もう何も言わないわよ」そして大粒の涙が頬を伝わり、飾り襟の襞《ひだ》の中に流れ落ちた。

真昼であった。陽の光が、黄色い小麦で覆われた畑の上にさんさんと照りつけている。遠くの方では、一台の馬車の幌《ほろ》がゆっくりと滑るように動いている。あたり一面にけだるさが漂い、鳥のさえずり一つ、虫の羽音一つ聞こえない。ゴルギュは木の枝を伐って杖を作ると、その皮を削っていた。カスティヨン夫人はうなだれたままである。

哀れな女は、徒労に終わった犠牲のこと、肩代わりしてあげた借金のこと、将来の約束のこと、失われた自分の評判のことなどを考えていた。それでも泣き言を言う代わりに、男に二人のなれそめを思い出させた。あの頃は、彼に会うために、毎晩納屋に忍んで行ったものだ。一度などは、彼女の亭主が泥棒と間違えて、窓からピストルを一発ぶっ放したこともある。その銃弾は今でも壁の中に残っている。「初めてあんたのことを知った時から、まるで王子様のように素敵だと思ったものさ。あんたの目が、あんたの声が、あんたの歩き方が、あんたの匂いが好きなんだよ！」それから、声をひそめて付け加えた。「あたしはあんたに夢中なのさ！」

彼は自尊心をくすぐられて、にやにや笑っていた。

彼女は両手で男の脇腹を抱え、相手を崇《あが》めるかのように、頭をのけぞらせた。「あたしの大事な人！　あたしの愛しい人！　あたしの魂！　あたしの命！　ねえ！　何とか言ってよ！　何が欲しいの？　お金なの？　大丈夫、見つけてみせるわよ。あたしが悪かったわ。あんたをうんざりさせちゃったのね！　御免なさい！　仕立屋で服を注文するといいわ！　シャンパンを飲んだって、乱痴気騒ぎをしたっていい！　何だって、何だって許してあげる！」さらに、精一杯の努力を振り絞ってこうつぶやいた。「あの娘のことだって！……あんたがあたしのところに戻って来てくれさえすれば！」

彼は女が倒れないように、片腕を腰に回し、身をかがめて接吻した。その間、彼女はずっと囁いている。「大事な人！　愛しい人！　あんたは何て素敵なんでしょう！　本当に何て素敵なんだろう！」

ペキュシエは身動き一つせず、顎から上を地上にのぞかせて、固唾《かたず》を呑んで見守っていた。「弱気は禁物だ！」とゴルギュが言う。「馬車に乗り遅れちまう。もうすぐ大騒ぎ［一八四八年六月にパリで起こった労働者蜂起のことを暗示している」が始まるんだ。俺も加わらなきゃ！　おい、十スーくれ。御者にブランデー入りコーヒーをおごってやるんだ」

彼女は財布から五フラン取り出した。「いつか返してくれればいいのよ。もうちょっとの辛抱なんだから！　あの人ずっと中風で寝たきりだもの！　そうでしょう！　それに、もしあんたがその気なら、クロワ゠ジャンヴァルのチャペルに行って、聖母様の前で誓ってもいいわ。あの人が死んだら、すぐにあんたと結婚するって！」

「ちぇっ！　死にはしないよ、お前の亭主は！」

ゴルギュは踵《きびす》を返した。彼女は追いすがって、その肩にしがみつく。

「あたしも一緒に連れてってよ！　誰かあんたのお世話をしてあげる人が必要でしょう！　ねえ、行かないで！　あたしを捨てないで！　いっそ死んだ方がましだわ！　殺してちょうだい！」

彼女は男の膝にすがりつき、手を取って、そこに接吻しようとした。まず帽子が、次に櫛が落っこちて、短い髪の毛がばらばらにほどけた。耳の下には白髪が交じっている。瞼を真っ赤にして、唇を腫らし、すすり泣きながら下から見上げている女の姿を前に、ゴルギュは激しい苛立ちに捉えられて、彼女を突き飛ばした。

「どけ、この婆《ばばあ》め！　あばよ！」

彼女は立ち上がると、首に掛かっていた金の十字架をもぎ取って、男の方に投げつけた。

「えい！　この悪党！」

ゴルギュは杖で木の葉を叩きながら去って行った。

カスティヨン夫人は泣いていなかった。口をぽかんと開け、どんよりとした瞳で、身動き一つできずにいる。絶望のあまり石のようになったその姿は、もはや人間というよりは、壊れた物のようだった。

ペキュシェが図らずも目撃したものは、彼にとっては一つの世界、それもまったく新しい世界の発見であった！　そこにあるのは、目も眩むような輝き、咲き乱れる花々、大海、嵐、宝物、そしてまた底知れぬ深淵。何か空恐ろしい気がした。だが、構うものか！　彼は愛を夢みた。あの女のように愛を感じ、あの男のように愛を吹き込みたいと強く願った。

しかしながら、彼はゴルギュを憎んだ。そこで衛兵詰所でも、裏切らないようにするのに苦労したのである［第Ⅵ章のエピソードを暗示。ちなみに、ゴルギュとカスティヨン夫人のエピソードは、時間的には第Ⅵ章の半ばに遡行することになる］。

カスティヨン夫人の情夫のすらっとした体つき、きれいに揃えた巻き毛、ふさふさした髭、征服者然とした態度などは、ペキュシェを卑屈にするものだった。一方、彼自身の髪の毛はといえば、濡れた鬘みたいにぺたりと頭にはりついている。外套をはおった上半身はまるで長枕のようだし、歯は犬歯が二本欠けており、顔つきは険しい。天の不公平を嘆いては、自分は恵まれていないと感じた。それに、友ももはや彼のことを愛してくれてはいない。ブヴァールは毎晩、相棒を放ったらかしにしていた。

妻の死後、ブヴァールが別の女と結婚するのを妨げるものは何もなかったはずだ。もしそうしていたら、今頃はその女性がちやほやしてくれ、家事万端に気を配ってくれていたに違いない。だが、そんなことを考えるにはもう歳を取りすぎてしまった！

それでも、ブヴァールは鏡に自分を映してみた。頬骨のあたりは相変わらず血色がよく、髪の毛も昔のように縮れたままだ。歯は一本たりともぐらついていない。これならまだ女にもてると考えると、若さが戻ってくるような気がした。ボルダン夫人の姿が記憶の中に浮かんだ。実際、彼女は何度か彼に言い寄ってきたことがある。最初は積み藁の火事の時に、二度目は彼らの催した晩餐会で、それから陳列室で戯曲を朗読した際にも。近頃も、機嫌を悪くしたことなど忘れたかのように、三週続けて日曜日に訪ねてきた。そこで今度は彼の方から出掛けて行った。その後も足繁く通いながら、夫人を口説き落とそうと心に決めていた。

ペキュシェは小さな女中［第Ⅱ章のド・ファヴェルジュ伯爵の農園のエピソードに出てきた少女メリーで、その後ブヴァールとペキュシェの女中になる］が水を汲《く》んでいるところを目にして以来、前よりも頻繁に話しかけるようになった。彼女が廊下を掃いている時も、洗濯物を干している時も、鍋をかき混ぜている時も、飽きることなくその姿を眺めては、青春時代のようなときめきを感じることに自分でも驚くのだった。熱に浮かされたようになるかと思えば、またやるせない気持ちになる。ゴルギュを抱擁するカスティヨン夫人の思い出が、とりわけ彼を責め苛んでいた。

放蕩者が女を物にするのにどんなやり方をするのか、ブヴァールに尋ねた。

「贈り物をするのさ！　レストランでおごってやることもあるね」

「なるほど！　で、その後は？」

「女によっては、気を失ったふりをして長椅子まで抱かれていくのもいれば、わざとハンカチを地面に落とすのもいるよ。一番ましなのは、率直に逢引《あいびき》の約束をしてくれるけどね」さらに、ブヴァールは調子に乗って色々な例を描き出したので、それらが春画のようにペキュシェの想像力を掻き立てた。「第一の規則は、女が口にすることを信じないことだね。僕の知っている中にも、聖女のような外見をして、実はメッサリナみたいに淫乱だったのがいるよ！　何よりもまず、大胆に振る舞うことが肝要さ！」

だが、大胆さは持とうとしても持てるものではない。ペキュシェは毎日、決心を引き延ばした。その上、ジェルメーヌがいることで、気後れしてもいた。

女中が暇を願い出るよう期待して、今までより多くの仕事を押し付けた。彼女が酔っぱらう度にそれを書きとめ、不潔な身なりや怠け癖を大声で注意して、とうとう彼女を追い出すことに成功した。

さて、これでペキュシェは自由だ！

どんなにじりじりしながら、ブヴァールが外出するのを待ったことか！　ドアが閉まるや否や、どんなに胸が高鳴ったであろう！

メリーは窓辺の小さな円卓に向かって、ろうそくの灯りで仕事をしていた。時々、糸を歯で嚙《か》み切っては、目を細めて、それを針の穴に通す。

ペキュシェはまず、彼女はどんな男が好みなのか知りたがった。例えばブヴァールのようなタイプだろうか？　とんでもない。痩せた人の方が好きだという。さらに思い切って、これまでに恋人がいたかどうか尋ねてみた。「いませんわ！」という答えである。

そこで、彼女の方にさらに近づくと、そのすっきりした鼻、おちょぼ口、顔の輪郭に見惚《みと》れた。二言三言お世辞を口にして、今後も品行を慎むようにと勧める。

彼女の上に身をかがめると、ブラウスの中に白いふくらみが見える。そこから漂ってくる生暖かい香気が、彼の頬をほてらせた。ある晩など、うなじのほつれ毛に唇で触れると、骨の髄まで体が震えるのを感じた。またある時は、顎の下のあたりに接吻したが、そこの肌があまりに美味しそうなので、かぶりつきたくなるのを必死に抑えた。彼女の方も接吻を返してくる。部屋がぐるぐる回って、もう何も見えなくなった。

贈り物にブーツを一足買ってあげ、またしばしばアニス酒を一杯ふるまった。

彼女の仕事の苦労を減らしてあげようと、朝早くから起き出して、薪を割り、暖炉の火をつける。万事に気を配って、ブヴァールの靴磨きまでしてあげた。

メリーは気も失わなければ、ハンカチも落とさない。そこで、ペキュシェはどうしていいか分からなくなった。なかなか行動に移せない分、欲望はかえって掻き立てられるのだった。

ブヴァールはボルダン夫人に熱心に言い寄っていた。

夫人は、馬具のような音を立てる玉虫色の絹の服を少し窮屈そうに身に着け、彼を迎え入れた。平静をつくろうため、長い金鎖を手でいじっている。

二人の会話は、シャヴィニョールの住人たちのことから、昔リヴァロで執達吏をしていたという「彼女の亡き夫」の話になった。

次に、彼女はブヴァールの過去のことを尋ねた。「若い頃の道楽」を知りたがり、ついでにその財産や、どんな利害でペキュシェと結びついているのかなどについて質問した。

彼は、夫人の家の手入れが行き届いているのに感心した。食事の際には、食器類の清潔さと料理の素晴らしさを褒めそやした。次々と出てくる味わい深い料理の合間には、ほぼ一定の間隔をおいて年代物のポマール産ワインが振る舞われる。ようやくデザートになると、二人ともたっぷり時間をかけてコーヒーを飲む。ボルダン夫人は鼻孔を膨らませ、黒いうぶ毛がうっすらと影を落とした厚ぼったい唇を受け皿の中に浸した。

ある日のこと、彼女は襟ぐりの大きく開いた衣装を着て現れたが、その肩がブヴァールを夢中にした。ちょうど彼女の正面の小さな椅子に腰掛けていたので、両手でその腕を撫で始めた。未亡人は腹を立てる。彼はもう手を出すことはしなかったが、申し分なく豊満で引き締まった肉の丸みを頭の中で思い描いた。

ある晩、メリーの料理に嫌気がさしていた時、ボルダン夫人の客間に入ると喜びを覚えた。こここそが生活するための場所ではなかろうか！

バラ色のシェードで覆われた電球が、穏やかな光を投げ掛けている。彼女は暖炉のそばに座っており、服の裾からは足が覗いている。最初の挨拶がすむと、会話は途絶えた。

その間、彼女は半ば目を閉じたまま、物憂げな様子で、執拗に彼を見つめている。

ブヴァールはもう我慢できなくなった！　そして床板の上に跪《ひざまず》くと、早口にこう訴えた。

「愛しています！　結婚しましょう！」

　ボルダン夫人は大きく息を吸った。それから、無邪気なふうを装って、きっと冗談だろうと言った。からかっているのではないか。正気の沙汰とは思えない。この告白に彼女はうろたえていた。

　ブヴァールは、別に誰の同意も必要ないではないかと言い返した。「何の支障があるのです？　嫁入り衣装ですか？　それなら、私たちの下着には同じBのマークがついてますよ。二人の頭文字を結び付けましょう」

　この理屈は彼女の気に入った。だが、ある大事な用件のため、月末までは決心がつきかねるという。ブヴァールは不満を漏らした。

　夫人は、角灯を持ったマリアンヌをお供に、彼を送って行く気配りを見せた。

　二人の友はお互いに、自分の恋愛のことは秘密にしていた。

　ペキュシェは女中との関係をずっと隠しておくつもりだった。それに万一ブヴァールに反対されたら、女を連れてどこか他所に行けばよい。生活費も安いし、アルジェリアだって構うものか！　とはいえ、このような計画を思い巡らすこともめったにないほど、彼の心は恋に夢中で、その後のことなど考える余裕もなかった。

　ブヴァールは陳列室を夫婦部屋にしようと目論んでいた。もしペキュシェが同意しない場合には、妻の家に住めばよい。

　翌週のある日の午後、夫人の家の庭でのことだった。木の芽はほころび始め、雲の合間には、大きく青空が覗いている。彼女は身をかがめて菫《すみれ》の花を摘むと、それを差し出しながら言った。

「ブヴァール夫人に挨拶してくださいな！」

「何ですって！　本当ですか？」

「もちろんですわ」

彼は両腕で夫人を抱きしめようとした。彼女はそれを押し返す。「まったく、何て人なの！」それから真剣な調子になって、じきに一つお願いをすることになると告げた。

「何だって叶えてあげますよ！」

次の週の木曜日に結婚契約書に署名することに決まった。

最後の瞬間まで、このことは誰にも知らせてはならないという。

「承知しました！」

そして彼は空を仰ぎながら、鹿のように軽やかな足取りで帰って行った。

ペキュシェは、同じ日の朝、もし女中から愛の証が得られなければ、いっそ死んでしまおうと心に誓っていた。そこで、暗がりの方が大胆になれると期待して、地下の酒蔵まで彼女について行った。

何度も、彼女は出て行こうとした。だが、その度にペキュシェが引き止めて、瓶を数えさせたり、木板を選ばせたり、樽の底を検《あらた》めさせたりする。もうかなりの時間、そんなことが続いていた。

彼女は明かり取りの窓から射す光に照らされ、まぶたを細めて、口の端をちょっと吊り上げ、まっすぐ彼の前に立っていた。

「私のことが好きかい?」とペキュシェがだしぬけに言う。

「ええ! 好きですわ」

「じゃあ、その証拠を見せてごらん!」

そして、左腕で女の体を抱きかかえながら、もう一方の手でコルセットのホックを外し始めた。

「乱暴なさるんですか?」

「そんなことはない! 可愛い娘さんや! 怖がらなくてもいいから!」

「もしブヴァールさんが……」

「あいつには何も知らせないさ! 安心しなさい!」

薪の束が後ろにあった。彼女は胸をはだけたまま、頭をのけぞらせ、そこに倒れかかると、それから一方の腕で顔を隠した。他の男であったなら、彼女はこれが初めてではないとすぐに分かったはずである。

ブヴァールが間もなく夕食に帰ってきた。

二人とも秘密を漏らすのを怖れて、無言のまま食事した。メリーはいつものように平然と給仕をする。ペキュシェは彼女と目が合わないよう、周囲をきょろきょろ見回していた。その間、ブヴァールはじっと壁を見つめながら、家の補修のことを考えていた。

それから一週間後の木曜日のこと、彼はかんかんになって戻ってきた。

「あの性悪女め！」

「いったい誰のことだい？」

「ボルダン夫人さ」

彼は愚かしくも、あの女を妻にしようなどと考えていたことを打ち明けた。だがつい先ほど、マレスコの事務所で、すべて破談になった。

彼女は男の側の持参金としてエカールの土地を譲り受けたいと主張した。ところが、農場と同様、その土地は友人と共同で買い取ったものなので、彼が勝手に処分するわけにはいかないのである。

「その通り！」とペキュシェは頷《うなず》く。

「ところが僕の方では、浅はかなことに、彼女に何でも好きなものをあげると約束してしまったんだ！　それがあの土地だったってわけさ！　こっちも譲らなかったよ。もし僕のことを愛しているなら、向こうが折れたはずだろう！」だがそれどころか、未亡人はかっとなって彼のことを罵り出すと、その容姿や太鼓腹のことまで貶したのである。「太鼓腹だってさ！　いくらなんでも、呆《あき》れるじゃないか！」

その間、ペキュシェは何度か席を外しては、股を広げて歩き回った。

「具合が悪いのかい？」とブヴァールが訊く。

「ああ！　うん！　ちょっと痛むんだ！」

そしてドアを閉め、散々ためらってから、どうやら性病にかかったらしいと告白した。

「君がかい？」

「僕がだよ！」

「へえ！　気の毒に！　誰にうつされたんだい？」

彼はさらに真っ赤になると、一段と声をひそめて言った。

「メリー以外にはありえないさ！」

ブヴァールもこれには啞然としてしまった。

まず最初に、若い娘に暇を出さねばならない。

彼女はあどけない様子で不服をとなえた。

それにしても、ペキュシェの病状は重かった。だが、自分の醜態が恥ずかしくて、医者に行く勇気が出ない。

ブヴァールはバルブルーに助けを仰ぐことを思い付いた。

手紙で病気の詳細を知らせて、それを医師に見せてもらい、あとは通信で治療してもらえばよい。バルブルーは、てっきり病気にかかったのはブヴァールだと思い込み、熱心に対応してくれた。さらに、友人をひひおやじ呼ばわりして祝福した。

「この歳になって！」とペキュシェは嘆いた。「悲惨じゃないか！　だけど、どうしてあの娘は僕をこんな目にあわせたんだろう！」

「君のことが気に入ったのさ」

「せめて前もって知らせてくれてもよかったじゃないか」
「情熱が理屈を聞くとでも思うかい！」そして、ブヴァールはボルダン夫人のことで愚痴をこぼした。

彼女がマレスコとつれだってエカールの土地の前で立ち止まり、ジェルメーヌと話をしているところを、これまでも一度ならず見かけたことがある。あんな僅《わず》かな土地のために、こんなに駆け引きをするなんて！
「要するに、強欲なんだよ！　そうとしか考えられないね！」

こうして、小部屋の炉辺に陣取った二人は、お互いの幻滅について繰り返し語り合った。ペキュシェは薬を飲み、ブヴァールはパイプをふかす。それから、女について論じるのだった。

奇妙な欲求である！　だが、本当に欲求なのだろうか？　女は男を犯罪にも、英雄的な行為にも駆り立てれば、時には腑抜けにもしてしまう！　ペチコートの下の地獄、接吻の中の天国。雉鳩《きじばと》のようにさえずり、蛇のように身をくねらせ、猫のように爪を隠している。海のように不実で、月のように変わりやすい。彼らは、女について流布しているあらゆる常套句を口にした。

女を持とうなどとしたために、二人の友情も一時途絶えそうになったのだ。彼らは後悔の念に駆られた。もう女などいらないじゃないか？　女なしで暮らしていこう！　そして彼らは感動して抱き合った。

いつまでもしょげているわけにはいかない！　そこでブヴァールは、ペキュシェの病が治ると、水治療法が自分たちに良いのではないかと考えた。

ジェルメーヌが毎朝廊下に浴槽を運んでくる。彼女は、メリーと入れ替わりに戻ってきていたのだ。

二人は野蛮人のように素っ裸になって、大きな手桶で水を掛け合い、それから走って部屋に戻った。四ツ目垣からこの姿が見えたので、人々は眉をひそめた。

以下、Ⅷ章「体操、交霊術、哲学」。Ⅸ章「宗教」。（略）

X

［ブヴァールとペキュシェは、徒刑囚トゥアーシュの二人の子供ヴィクトールとヴィクトリーヌを引き取って、教育を施そうと試みるが、これまでの幾多の試みと同じく失敗に終わる。同時に、彼らはシャヴィニョールの住人たちとの対立を徐々に深めていく］

ある晩、ファヴェルジュの森の中を通り抜ける途中、監視人の家の前に出た。そこの道端で、ソレル［ド・ファヴェルジュ伯爵家の密猟監視人］が三人の男を相手に、さかんに身振り手振りを交えながらしゃべっていた。

最初の男は、ドーファンという名の小柄な瘦せた靴直しで、陰険な顔付きをしている。二人目は、この近辺の村々で使い走りをしているオーバン爺《じい》さんで、古びた黄色いフロックコートに、青いズックのズボンを身に着けている。

三人目のウージェーヌは、マレスコ氏のところの召使で、まるで司法官のように刈り込んだ顎鬚が特徴的である。

ソレルは一同に、輪差《わさ》と呼ばれる銅線の罠が、煉瓦に括《くく》り付けられた絹糸につないであるところを示していた。靴直しがこれを仕掛けているのを見付けたのだという。

「あんたたちが証人だな？」

ウージェーヌはその通りだという印に軽く頷いた。オーバン爺さんは、「あんたがそういうからには」と答える。

ソレルを憤慨させたのは、悪党が厚かましくも、ここならば疑われないだろうと考えたのか、彼の住居のそばに罠を仕掛けたことである。

ドーファンは泣きそうな口調になった。「あっしはその上を歩いていただけで、むしろ壊してやろうとしていたんですよ」いつも彼は責められてばかりいる。本当に運が悪い！

ソレルはそれには答えず、調書を書くために、ポケットから手帳とペンとインクを取り出した。

「そりゃ、いけない！」とペキュシェが口を挟んだ。

ブヴァールが続ける。「放してやりたまえ。真面目な男じゃないか！」

「こいつが！　密猟者ですぜ！」

「いや、たとえそうだとしても！」彼らは密猟の弁護を始めた。まず誰でも知っているように、兎は若芽を食い荒らすし、野兎は穀物を駄目にする。おそらくヤマシギだけは……。

「邪魔しないでもらえますかね！」監視人はペンを走らせながら、歯を食いしばっている。

「何て頑固なんだろう！」とブヴァールがつぶやいた。

「もう一言言ったら、憲兵を呼びますよ」

「この分からず屋め！」とペキュシェが言った。

「あなた方こそろくでなしだ！」とソレルも言い返す。

ブヴァールはかっとなって、相手を粗野な用心棒呼ばわりした！　その間、ウージェーヌは「落ち着いて、落ち着いて」と繰り返し、一方オーバン爺さんはといえば、少し離れた小石の山に座って、何やら呻いている。

この騒ぎを聞きつけて、猟犬も一匹残らず犬小屋から出てきた。爛々《らんらん》と輝く目と黒い鼻面を柵の向こうに覗かせ、あちこち駆け回りながら、恐ろしい声で吠え立てる。

「もういい加減にしてください」と飼い主がどなった。「さもないと、こいつらをけしかけて、あなた方の尻に咬みつかせますよ！」

二人の友は、進歩と文明の味方をしたことに満足して、その場を後にした。

翌日、密猟監視人を侮辱した廉《かど》で簡易裁判所への出頭を指示する召喚状が送られてきた。損害賠償金百フランの支払いを命じる旨に加えて、次のような言葉が添えられている。「ただし、彼らの犯した違警罪《いけいざい》に対する検察の訴えはまた別とする。費用、六フラン七十五サンチーム。執達吏、ティエルスラン」

どうして検察が出てくるのか？　頭がくらくらした。だが、じきに落ち着くと、裁判での弁論の準備に取り掛かった。

指定された日に、ブヴァールとペキュシェは村役場に赴いた。一時間も早く着いたので、まだ誰も来ていなかった。テーブルクロスを敷いた机の回りに、椅子が数脚と肘掛椅子が三つ並んでいる。壁の一部が刳《く》り抜かれているのは、ストーブを入れるためだ。小さな台に載った皇帝［ナポレオン三世のこと］の胸像が広間の全体を見下ろしている。

彼らはぶらぶらと屋根裏部屋まで上って行った。そこには消化ポンプや色々な旗にまじって、片隅に石膏の胸像がいくつか転がっている。帝冠をかぶっていない大ナポレオン、礼服に肩章を掛けたルイ十八世、垂れ下がった唇が特徴的なシャルル十世、弓形の眉に、ピラミッドのような髪をしたルイ＝フィリップ。屋根の傾斜がこの最後の胸像の襟首のあたりをかすめており、またどれもこれも蠅の糞と埃で汚れている。この眺めにブヴァールとペキュシェは意気阻喪《そそう》してしまった。政府とは哀れなものだという感慨を抱いて、大広間に戻った。

そこには、腕に記章を付けたソレルと、制帽をかぶった警官が控えていた。

ざっと十二人ほどの連中がおしゃべりしている。それぞれ、掃除をしなかったため、犬を放し飼いにしたため、夜ランプを点けなかったため、ミサの時間に酒場を開いていたためなどの理由で訴えられたのである。

やがて、クーロン［治安判事］が黒サージの法服をぎこちなくまとい、下の縁がビロード地になった丸いトック帽をかぶって現れた。書記がその左側に、三色綬をかけた村長がその右側に座る。直ちに、ブヴァールとペキュシェに対するソレル事件の審議が始まった。

シャヴィニョール村（カルヴァドス県）在住の従僕ルイ＝マルシアル＝ウージェーヌ・ルヌヴールは、証人の立場を利用して、この一件とは関係のない多くの事柄について、自分の知っていることを洗いざらい述べた。

日雇いのニコラ＝ジュスト・オーバンは、ソレルの機嫌は損ねたくなかったが、これらの旦那方に害を加えるのも心配であった。そこで、罵詈雑言《ばりぞうごん》を聞いた気はするが、定かではないと言って、耳が遠いのを口実にする。

治安判事は彼を着席させると、監視人に向かって言った。「原告の申し立ては変わりありませんね？」

「もちろんですとも」

クーロンは次に、二人の被告に何か言い分はないかと尋ねる。

ブヴァールは、ソレルを侮辱したわけではなく、ドーファンを擁護することで我々の田舎の利益を守ったまでだと言い張った。そうして、封建時代の悪弊や、莫大な散財をもたらす大領主たちの狩猟に注意を促した。

「それがどうしたっていうんです！　違警罪ですよ」

「ちょっと待ってもらいましょうか！」とペキュシェが叫ぶ。「違警罪とか重罪とか軽罪といった言葉には、何の値打ちもありませんよ。罰すべき行為を分類するのに刑罰を基準にするなんて、それこそ恣意的という以外にないでしょう。まるで市民に向かって、『自分の行為の価値など気にしなくてよい。それは権力の科す罰によって決まるのだから』と言うようなものじゃないですか。それにそもそも、刑法自体が、原則も何もない不合理な代物だと思いますね」

「まあ、そうかもしれませんな」とクーロンは答える。そして、「さて……」と判決を宣告しようとした。

すると、検察官を兼任しているフーローが立ち上がった。監視人は職務の遂行中に侮辱を受けたのである。もし所有権が尊重されなくなったら、すべてがおしまいだ。要するに、治安判事殿には是非とも最大限の刑罰を科されんことを、という主張である。

結局、ソレルに対する損害賠償は十フランですんだ。

「よろしい」とブヴァールは言った。

クーロンはまだ判決読み上げを終えていなかった。「検察の訴える違警罪の廉で、被告人たちに五フランの罰金を命ずる」

ペキュシェは傍聴席の方を向くと、こう述べた。「罰金は金持ちにとっては痛くも痒《かゆ》くもありませんが、貧乏人にはとんだ災難です。まあ、私にはどうでもいいことですが！」そして、法廷を嘲笑うかのような態度を見せた。

「驚きますな」とクーロンが言った。「才気のある紳士方だというのに……」

「法律のおかげで、あなた方は才気を持つ必要さえないのですからね」とペキュシェは言い返す。「治安判事の任期は無期限ですよ。最高裁判所の判事でさえ七十五歳まで、初審裁判所の判事は七十歳で定年だというのに」

その時、フーローの合図で、ブラックヴァン［警官］が進み出た。二人は抗議の声を上げた。

「ああ！　せめてあなた方が選抜試験で任命されるのだったら！」

「あるいは県議会によって」

「労働審判所でも構いませんがね！」

「それも、ちゃんとした資格に基づいて」

彼らはブラックヴァンに押し出されて、他の被告たちの罵声を浴びながら外に出た。この連中は、こうやって卑屈に振る舞うことで、裁判官の歓心を買おうと思ったのである。

憤りをぶちまけようと、その晩ベルジャンブの店に出掛けて行った。

お歴々は十時頃には引き上げる習慣なので、カフェには誰もいなかった。ケンケ灯もすでに下げてあり、壁やカウンターが蒸気にかすんで見える。

一人の女が不意に現れた。

メリーである。

彼女は悪びれた様子も見せず、にこにこ笑いながら、二人のジョッキにビールを注いだ。ペキュシェは居たたまれなくなって、すぐに店を出てしまった。

ブヴァールは一人でまたやって来ると、村長に対する皮肉でブルジョワたちを楽しませた。そしてそれ以来、居酒屋の常連になった。

ドーファンは六週間後、証拠不十分で無罪となった。何と恥知らずなことか！　彼らに不利な証言をした時には誰もが信じたあの同じ証人たちが、今度は疑われているという。

さらに、登記所が罰金を支払うよう通告してくるに至って、彼らの怒りはもはやとどまるところを知らなかった。ブヴァールは、所有権を損なうものだとして登記所を非難した。

「あなたは勘違いしていらっしゃる！」と収税吏のジルバルが言う。

「とんでもない！　公共の税金の三分の一が所有権でまかなわれているのですよ！　私としては、これほど苛酷なものでない課税方法、もっと整備された土地台帳、それに抵当制度の改革を要求したいところですね。ついでに、高利を貪る特権を享受しているフランス銀行も廃止すべきですな」

ジルバルは反論できずに、世論の評価を失って、もう二度と居酒屋には姿を見せなくなった。

それでも、ブヴァールは宿屋の主人のお気に入りだった。何と言っても、客を引き付けてくれる。また常連を待つ間は、女中といつも親しげにおしゃべりしていた。

初等教育についても奇怪な意見を披露した。本来、小学校を出たならば、病人の治療をしたり、科学の発見を理解したり、芸術に興味を持ったりできるようになっていなければならない！　その提案するカリキュラムの要求は、彼をプティ［シャヴィニョールの小学校教師］と仲違いさせた。さらに、兵隊は教練なんかで時間を無駄にする代わりに、野菜でも耕していた方がましだと主張して、大尉の感情を害した。

自由貿易の問題が持ち上がると、彼は再びペキュシェを連れてきた。そして冬の間中ずっと、カフェの中は、怒気を帯びた眼差しや、蔑むような態度に加えて、罵り言葉やどなり声にあふれていた。誰かが拳でテーブルを叩いて、酒の瓶が跳ね上がるようなこともしょっちゅうであった。

ラングロワをはじめとする商人たちは国内商業を、製糸工場主のヴォワザン、圧延工場の経営者ウドー、金銀細工師のマチューらは国内産業を、地主や小作人たちは国内農業をそれぞれ擁護する。各人が大多数の利害を犠牲にしてでも、自らのために特権を要求するのだった。——ブヴァールとペキュシェの言論は周囲を不安にした。

実践を知らないとか、平準化や不道徳を助長するなどと批判されたのを受けて、二人は次のような三つの着想を開陳した。

名前の姓を廃して、登録番号に置き換える。

フランス人に等級を付ける。自分の等級を維持するためには、時々試験を受けなければならないこととする。

懲罰も褒賞もなくして、その代わり、あらゆる村で個人記録を付けることとし、それを後世に残す。

こんな制度のことは、誰も相手にしようとしなかった。

彼らはこれを論文にまとめてバイユーの新聞に投稿した。同時に、知事には覚書を、議会には請願書を、皇帝には建白書を送った。

新聞はその論文を掲載しなかった。知事は返事もよこさないし、議会も梨の礫《つぶて》である。そこで、宮殿からの封書を長いこと待ちわびた。皇帝は何にかかずらっているのだろうか？きっと女に違いない！

フーローは、もっと慎重に振る舞うようにという副知事からの忠告を伝えてきた。

副知事も、知事も、県参事会も、さらには国務院でさえ、彼らは歯牙にもかけていなかった。行政は優遇したり脅したりすることで、不当に役人を支配しているのだから、行政裁判などまやかしにすぎない。一言でいえば、彼らは厄介な存在になったのである。そんな訳で、お歴々はベルジャンブに、この二人をもう店に入れないよう命じた。

するとと、ブヴァールとペキュシェは、何か皆の尊敬を勝ち得るような仕事をして、村人たちをあっと言わせてやろうと考えた。だが、シャヴィニョールの美化計画の他には、これといったアイデアも浮かばない。

この計画によれば、四分の三の家が取り壊されることになるはずである。村の中央には記念広場を作り、ファレーズの側には施療院を、カーン街道にはと畜場を設えて、またパ・ド・ラ・ヴァックの峠には多彩色のロマネスク教会を建てよう。

ペキュシェは墨で下図を描くと、その上にわざわざ森は黄色に、草原は緑に、建物は赤く色を塗った。理想のシャヴィニョールの情景が、夢の中までついてくる！ 布団の上で何度も寝返りをうつので、ある夜など、ブヴァールはそれで目が覚めてしまった！

「具合でも悪いのかい？」

ペキュシェは口ごもった。「オスマン［第二帝政下のセーヌ県知事。パリの都市改造を推し進めたことで有名］が眠らせてくれないんだ」

その頃、デュムシェルから手紙があり、ノルマンディー海岸の海水浴場の値段を問い合わせてきた。

「海水浴でも何でも、勝手に行くがいいさ！　手紙なんて書く暇があると思ってるのかね？」そして、測量用の鎖、測角器、水準器、コンパスなどが手に入ると、新たな調査が始まった。

彼らは他人の地所に勝手に入り込んだ。ブルジョワたちは、自分の家の中庭に二人が標柱を立てているのを見て、びっくり仰天することがよくあった。ブヴァールとペキュシェは落ち着き払って、これから起こるはずのことを知らせる。村人たちは心配になった。というのも、つまるところ、当局が彼らの意見に賛同しないとも限らないではないか？

時には、乱暴に追い払われることもあった。すると、ヴィクトールが壁をよじ登り、屋根に上って、そこに目印を吊るす。男の子はやる気満々で、一種の熱意さえ示していた。

彼らはヴィクトリーヌにも以前より満足していた。

洗濯物の皺を伸ばす時、彼女は優しい声で歌を口ずさみながら、台の上でアイロンを滑らせる。家事に興味を持ち、ブヴァールに縁なし帽を作ってくれた。特にそのピケ縫いはロミッシュに褒められるほどの出来栄えだった。

この男は農家を渡り歩いて衣服を繕っている仕立て屋の一人で、ちょうどその頃、半月ほど彼らの家に滞在していたのである。

この佝僂病にかかった、真っ赤な目をした男は、その肉体的な欠点をひょうきんな性格で埋め合わせていた。主人たちが外出している間、笑い話をしたり、舌を顎まで出してみせたり、カッコウの真似をしたり、腹話術をしたりして、マルセル［口唇裂で愚か者。第Ⅷ章の途中からブヴァールとペキュシェの召使になる］とヴィクトリーヌを楽しませる。夜は宿代を惜しんで、パン焼き室で寝ることにしていた。

ところで、ある朝早く、急に仕事がしたくなったブヴァールは、暖炉の火をつけるため、パン焼き室におがくずを取りに行った。

そこで目にした光景に、思わず凍り付いてしまった。

壊れた長持の後ろにある藁布団の上に、ロミッシュとヴィクトリーヌが一緒に眠っていたのである。

男は少女の体に片腕を回し、猿のように長いもう一方の手で、その膝を抱えている。瞼を半ば閉じ、顔は快楽の余韻でまだ引きつったままだ。少女の方は、仰向けに寝たまま微笑を浮かべている。はだけた肌着から覗いた幼い乳房には、佝僂病の男の愛撫でできた赤い斑点が残されているのが見える。ブロンドの髪の毛は乱れ、夜明けの明かりが二人の上にどんよりとした光線を投げ掛けていた。

ブヴァールはこれを見た瞬間、胸をえぐられるような衝撃を受けた。続いて、羞恥心に妨げられて身動きもできなくなった。痛ましい考えが頭に浮かぶ。

「あんなに幼いのに！　堕落だ！　堕落だ！」

それからペキュシェを起こしに行くと、手短にすべてを伝えた。

「ええい！　あの男め！」

「僕らには何もできやしないさ！　落ち着きたまえよ！」

二人はかなりの間、向かい合ってため息をついていた。ブヴァールは上着も着けずに、腕組みをしており、ペキュシェは裸足で、ナイトキャップをかぶったまま、寝台の端に腰掛けている。

ロミッシュはすでに仕事を終えていたので、その日に発つことになっていた。彼らは一言も声を掛けずに、見下したような態度で支払いを済ませた。

だが、神の摂理はなおも彼らに辛く当たるのだった。

マルセルが二人をヴィクトールの部屋にこっそり連れて行き、箪笥の奥に隠してある二十フラン硬貨を見せた。少年から、これを小銭にくずしてくれるよう頼まれたという。どうやってこのお金を手に入れたのだろう？　もちろん盗んだのだ！　それも、測量調査の際にやったに違いない。

もし誰かが訴えてきたら、自分たちも共犯者だと見られかねない。

結局、ヴィクトールを呼びつけて、引き出しを開けるよう命じることにした。硬貨はもうなくなっていた。

しかし、今し方、自分たちの手でそれを触ったばかりだ。それに、マルセルは嘘のつけない性分ときている。下男はこの出来事にすっかり動転していたため、朝から、ブヴァール宛ての手紙をポケットに入れたままであった。

「拝啓
ペキュシェ様がご病気ではないかと思われますので、あなた様のご厚意におすがりしたく……」いったい誰からだろう？「オランプ・デュムシェル、旧姓シャルポー」

夫妻は、クールスール、ラングリューヌ、ウィストルアムのうち、観光客が最も騒がしくないのはどの海水浴場か問い合わせてきたのである。他にも、交通手段、洗濯代など諸々についての質問が記されていた。

デュムシェルのこのしつこさには、二人とも腹を立てた。だがすぐに疲労のせいで、いっそう重苦しい落胆に沈んでしまった。

これまでの苦労のすべてを振り返っては、一生懸命教えた勉強のこと、数多《あまた》の心遣いや悩みのことを思い出す。

「考えてもみてくれたまえ」と彼らは話し合った。「あの娘を助教員にしてあげようと思っていたんだからな！　それに男の子の方も、ついこの間まで、土木工事の現場監督にでもと望んでいたなんて！」

「あの娘の身持ちが悪いのは、読書のせいではないよ」

「あいつを正直者にするために、カルトゥーシュの伝記［「引用集」のIを参照］を教えてやったというのに」

「多分あの子たちには家庭とか、母親の気配りといったものが欠けていたんじゃないかい？」

「僕が母親代わりだったじゃないか！」とブヴァールが言い返す。

「残念だけど！」とペキュシェが続けた。「生まれつき倫理感の欠如した性質の持ち主というのがいるんだろうよ。その場合、教育は何の役にも立たないさ」

「ああ！　確かに！　教育なんて下らないね」

孤児たちは何の技能も身に付けていなかったので、召使の職でも二つ探してやることにしよう。そしてその後のことは、神のみぞ知るだ！　もうかかわり合うのはよそう！　これ以後、おじさんとお友達［二人の子供がブヴァールとペキュシェを呼ぶ愛称］は子供たちを台所で食事させることにした。

だがじきに、二人は退屈を覚えた。彼らの精神には仕事が、生活には目的が必要だったのである。

それに、一度の失敗が何の証拠になるというのか？　子供に対しては不首尾に終わったとも、大人が相手だったらそれほど難しくないのではないか？　そこで、大人向けの講座を開設しようと思い付いた。

自分たちの考えを説明するためには、講演会を催さねばならない。それには宿屋の大広間がまさにうってつけだ。

ベルジャンブは助役として評判を危うくすることを怖れて、最初は断ったものの、じきに考え直すと、女中を通じてそのことを伝えてきた。ブヴァールは喜びの余り、メリーの両頬に接吻した。

村長は不在であったし、もう一人の助役のマレスコは事務所の仕事で忙しくて、こんなことには構っていられない。そういうわけで、講演会は次の日曜日の三時に行われることになり、太鼓がそれを告げて回った。

前日になってようやく、彼らは服装のことを考えた。

ペキュシェは、幸いなことに、ビロードの襟のついた古い礼服に加えて、白ネクタイを二本と黒手袋をしまっていた。ブヴァールは青のフロックコートに、南京木綿のチョッキ、それにビーバーの短靴といういでたちである。二人とも村を横切る時は、感無量であった。


［ここでギュスターヴ・フローベールの原稿は終わっている。次に、この作品の結末を記した草案を掲げる。］

講演会

宿屋。二階は両側に木造の歩廊があり、バルコニーが張り出している。奥には母屋。一階にはカフェ、食堂、ビリヤード室。ドアと窓は開け放されている。

聴衆はお歴々と民衆。

ブヴァール「まず問題となるのは、我々の計画の有用性を明らかにすることです。我々はこれまで研究を重ねてきたので、こうやって話す権利があるわけです」

ペキュシェの演説。衒学《げんがく》的な調子。

政府と行政の愚かしさ。高すぎる税金。二つの緊縮、すなわち軍事予算と宗教予算の削減に取り組むべきである。

聴衆に不信心だと責められる。

そんなことはない。だが、宗教の革新が必要なのだ。

フーローがいきなり現れて、集会を解散させようとする。

ブヴァールは、村長が考案したミミズク狩りのばかげた報奨金のことで、一同を笑わせる。そして、次のような反論を述べる。「もし植物に害のある動物を撲滅しなければならないとしたら、草を食む家畜だって撲滅しなければならないということになりますよ」

フーローは引き下がる。

ブヴァールの演説。くだけた調子。

諸々の偏見。たとえば司祭の独身生活。姦通など取るに足りない。女性の解放。その耳飾りはかつての隷属の名残である。人間の種馬飼育場。

二人は、自分たちの生徒の不行跡について非難される。また、どうして徒刑囚の子供など引き取ったのか？

復権の理論。彼らはトゥアーシュとだって食事してみせよう。

フーローが戻って来る。ブヴァールに仕返しをするために、彼が村議会に送った、シャヴィニョールに売春宿の設置を求める請願書を読み上げる。ロバンの挙げる理由〔「引用集」のIを参照〕。

講演は大混乱の中、閉会となる。


家に戻る途中、フーローの召使が馬に乗って、ファレーズ街道を全速力で駆けて行くのを見かける。

彼らは、皆の憎悪が自分たちに向けられているなどとは夢にも疑わずに、疲れ切って寝てしまう。神父、医者、村長、マレスコ、民衆、つまり誰も彼もが二人を恨んでいる理由。


翌日、昼食の際に、講演会のことがまた話題になる。

ペキュシェは人類の未来について悲観的に考えている。

現代人は衰弱して、機械になってしまった。

人類の終局の無秩序(ビューヒナー、I、十一)。

平和の不可能性(同右)。

行きすぎた個人主義と科学の錯乱による野蛮状態。

三つの仮説。〔一、〕汎神論《はんしんろん》的な急進主義が過去との一切の絆を断ち切り、非人間的な専制がそれに続くことになるだろう。二、もし有神論的な絶対主義が勝利を収めるならば、人類が宗教改革以来親しんできた自由主義は敗れ去り、すべてがひっくり返るであろう。三、八九年［一七八九年のフランス大革命のこと］以来存続する混乱が、二つの出口の間で際限なく続くようなことになれば、これらの動揺はそれ自体の力によって我々を運んでいくことになるだろう。

もはや理想も、宗教も、道徳もなくなるであろう。

アメリカが地上を征服するだろう。

文学の未来。

がさつな無教養があまねく行き渡ることになる。万事が、労働者たちの壮大などんちゃん騒ぎのようなものと化すだろう。

熱の消滅による世界の終わり。

ブヴァールは人類の未来について楽観的に考えている。

現代人は進歩しつつある。

ヨーロッパはアジアによって生まれ変わるであろう。なぜなら、歴史の法則によれば、文明は東洋から西洋へ移るのだから。中国の役割。二つの人類がついに融合するだろう。

将来の発明。旅行の方法。気球。ガラス張りの潜水艦。海が荒れるのも海面に限られているので、絶えず穏やかに航行できるはずだ。魚が泳ぐのや、海底の景色の変化が見られるだろう。飼い馴らされた動物。ありとあらゆる耕作。

文学の未来（産業文学との対照）。

未来の科学。磁力を調整すること。

パリは冬の公園になるだろう。大通りには果樹垣。セーヌ川の水は濾過されて、暖められる。いたるところに飾られた人造宝石。惜しげもなく使われる金箔。家屋の照明には、光を貯蔵して用いる。実際、砂糖や、ある種の軟体動物の体や、ボローニャ石など、いくつかの物体はこうした特性を備えている。家の正面には燐光を発する物質を塗ることが義務付けられ、そこから出る光が通りを照らすことになるだろう。

欲求の消滅による悪の消滅。哲学が宗教となるだろう。

あらゆる民族の共感。公共の祝祭。

宇宙にも行けるようになる。そして、地球が疲弊してしまったら、人類は他の星に移動するであろう。

彼が話し終えるや否や、憲兵たちが登場する。


憲兵の姿を見ると、子供たちは漠とした記憶を呼び覚まされ、恐れおののく。

マルセルの悲嘆。

ブヴァールとペキュシェの動揺。ヴィクトールを捕まえに来たのだろうか？

憲兵が拘引状《こういんじょう》を示す。

講演会が災いのもととなった。二人は宗教および秩序を紊乱《ぶんらん》し、反乱を扇動した廉で告発されたのだ。

そこへ突如として、デュムシェル夫妻が荷物を携えて到着。海水浴に来たのである。デュムシェルは変わっていない。眼鏡をかけた夫人は、寓話の作者でもある。彼らの呆然《ぼうぜん》とした様子。

村長は、ブヴァールとペキュシェのところに憲兵たちが来たのを知ると、それに力づけられてやって来る。

ゴルギュは、権力も世論も彼らに敵対しているのを見て取るや、これを利用しようと考えて、フーローについてくる。二人のうちブヴァールの方が金持ちだと見当をつけると、以前にメリーをたぶらかしたことがあると言い掛かりをつける。

「まさか、とんでもない！」すると、ペキュシェが震え出す。「それに、あの娘に病気をうつしたじゃないか」ブヴァールは憤慨する。ゴルギュはさらに続けて、少なくとも生まれてくる子供のために手当てを負担すべきだと主張する。なぜなら、彼女は妊娠しているのである。この第二の非難は、ブヴァールがカフェでメリーと馴れ馴れしくしていたことを根拠にしている。

野次馬たちが次第に家に入り込んでくる。

商用でこの地方に来ていたバルブルーは、宿屋で事の次第を聞き、すぐに駆け付けてくる。

彼はブヴァールに罪があると思い込んでおり、脇に連れて行くと、ここは譲歩して、手当てを支払うよう勧める。

医者、伯爵、レーヌ［神父の家の女中］、ボルダン夫人、日傘をさしたマレスコ夫人、さらにその他のお歴々がやって来る。柵の外では、村の腕白小僧たちが庭の中に石を投げ入れている。庭は今では手入れが行き届いており、それがかえって村人たちの妬《ねた》みを買うことになる。

フーローはブヴァールとペキュシェを牢屋に引っ張って行こうとする。バルブルーがとりなす。するとそれにならって、マレスコと医者と伯爵も、侮蔑的な憐れみの色を浮かべながらも仲裁に入る。

拘引状について説明すること。副知事は、フーローの手紙を受け取ると、二人を威嚇するために拘引状を送った。だが同時に、マレスコとド・ファヴェルジュに手紙を書いて、もし彼らが改悛の情を示すなら、あえて逮捕するには及ばないと伝えてきたのである。

（騒ぎに引かれてやって来た）ヴォコルベイユも彼らを弁護する。「この人たちを連れて行くとしたら、むしろ精神病院にです」

これが、第二巻の最後で問題になる知事への手紙の伏線となっている。というのも、この言葉を聞きつけた知事が、医者に意見を求めてくるのである。「あの二人を監禁すべきだろうか？」

すべてが落ち着く。ブヴァールはメリーに手当てを払うことになる。

しかし、彼らに子供たちの指導を任せておくわけにはいかない。二人は異を唱えるが、きちんと法律上の手続きを踏んで孤児たちを養子にしたわけではない。

結局、村長が引き取ることになる。

子供たちは目に余るほどの冷淡さを示す。

ブヴァールとペキュシェはそれを見て涙を流す。

デュムシェル夫妻も立ち去る。


こうして、彼らの手掛けたものはことごとく水泡に帰したのである。

二人はもはや人生には何の興味も抱いていない。

各々ひそかに温めてきた良いアイデア。互いに隠しているが、時折それが頭に浮かぶと、思わずほくそ笑む。やがて、同時にそれを打ち明ける。筆写《コピー》をしよう。

書台が二重になった仕事机の製作（そのためにある指物師に問い合わせる。彼らの思い付きを耳にしたゴルギュが、それを作ろうと申し出る。例の長持［第Ⅳ章のエピソード］を思い起こすこと）。

帳簿、文房具、艶付け用の樹脂、字消しナイフ等の購入。

彼らは仕事にかかる。

XI　彼らの筆写《コピー》

彼らは、手に入るものすべてを書き写した。長々と列挙すること。以前に読んだ著作家たちについてのノート。近所の製紙工場で目方で買い取った反古紙。

だがそのうち、分類を行う必要を感じる。そこで、大きな商業登記簿の上に写し直す。書き写すという物理的行為のうちに存する快楽。

各種文体見本。農業的文体、医学的文体、神学的文体、古典的文体、ロマン主義的文体、迂言法《うげんほう》。

比較対照。民衆の犯罪、王侯の犯罪。宗教の功績、宗教の犯罪。

美談、名句。世界史を美談、名句でたどり直す。

紋切型辞典。当世風思想一覧。

マレスコの見習い書記の原稿。詩的断章。

書き写した文章の下に注釈を付す。

しかし、しばしば引用文をどこに整理したらよいのか分からなくなり、大いにためらいを覚える。作業が進むに従って、ますます困難も増す。それでも、二人は仕事を続ける。

マレスコはシャヴィニョールを去り、ル・アーヴルに赴く。さらに投機に手を出して、パリで公証人になる。

メリーはベルジャンブの家に女中として入り、やがて彼と結婚する。ベルジャンブが亡くなると、ゴルギュと再婚し、宿屋を仕切ることになる。

等々。

XII 結末

ある日、彼らは（工場の反古紙の中に）ヴォコルベイユから県知事閣下に宛てた手紙の下書きを見付ける。

ブヴァールとペキュシェははたして危険な狂人かどうか、知事から問い合わせてきたのである。医師の手紙は非公式の報告書で、両人が無害な愚か者にすぎないことを説明している。この手紙は主人公たちの行動と考えをすべて要約することで、読者にとっては小説の批評になるはずだ。

「いったいこれをどうしたものか？」考えることはない！　書き写そう！　ページは埋め尽くされなければならないし、「記念碑」は完成しなければならない。すべてのもの、善と悪、美と醜、無意味なものと特徴的なものは等価である。真実なのは現象のみ。

二人が机の上に身をかがめて、書き写している姿で終わる。

引用集

I　以前に読んだ著作家たちについてのノート

〈科学的文体〉［以下、フローベールが引用文の欄外に付した注釈は〈　〉の中に記すこととする］

グアノは、ペルーの社会機構全体を支える礎石となった。（ランドラン兄弟『肥料の製造および応用についての新完全マニュアル』、ロレ書店、一八六四年、一三八ページ）

〈素敵な逸話〉

晩餐《ばんさん》の終わりに、一同はコーヒーに入れるクリームを所望する。そこで、著者は瓶を一つ開ける。クリームは素晴らしい出来だ。――それをこねて、バターを作る。――さらに、このバターでオニオンスープを調理する！（アペール『すべての家庭の書、またはあらゆる動物性および植物性の食物を数年間保存する術』第三版、一八一三年、一〇〇ページ）

海軍士官G氏は、「二十年以上もの間ずっと便秘を抱えながら、はるか遠く海を越え、諸大陸や島々を航海した。まことに驚くべきことだが、当時エクス島［フランス大西洋岸、ラ・ロシェルの沖合にある島］に投錨《とうびょう》していた船に乗り込んだこの病人は、ゴレ島［セネガル沖合の島］に向けて出帆する前に下剤を飲んだところ、やっとその効果が現れたのは、船舶がセネガルの停泊地に着いてからであった」（『医科学事典』、ルノルダン執筆、「便秘」の項）

腸の内部に聞こえる音は、蠕虫《ぜんちゅう》がそこを荒らしているか、あるいは死んだ虫が腐敗して生じるのだ。いずれにせよ、それは寄生虫がいることの確実なしるしである。（ラスパイユ『健康と病の博物誌』第三巻、一八四六年、二〇ページ）

フランソワ二世とマリーの結婚は、サン＝カンタンとカレー占領の前、一五五七年五月二十日に執り行われたものだとされている。『サヴォワ公爵の小姓』では、デュマはこの結婚の日付を一五五八年四月二十四日としている。（アレクサンドル・デュマ『二人のディアーヌ』）

〈美学〉

美とは、考えうる限りのあらゆる様式において、見識ある美徳にかなうものである。（ド・メーストル『ベーコン哲学試論』、一八三六年）

教父［アンファンタンのこと］は抒情的断章『期待』の中で、女性メシアの到来を待望している。「待つこと、待つこと！　今この時、彼女は何をしているのだろうか？　私が彼女を愛するようになってすでに久しい。教えてください、神様、彼女も私を愛しているかどうかを」（『サン＝シモンとアンファンタン著作集』第八巻、一八六五年、五六ページ）

旧約および新約聖書は霊感を受けた書物であり、真正かつ公正なる書物である。我々はそのことを、「ユダヤ教徒とキリスト教徒の証言によって、殉教者たちの証言によって、さらに異論の余地なき奇跡によってその無謬性《むびゆうせい》が証明されている教会の教えによって」知っているのだ。（ゴーム神父『継続公教要理概説』第三〇版、一八七二年、四二ページ）

ダライラマについてのユック神父の一節。ダライラマは神託を下すために腹を断ち割り、それから手で腹に触れると、すぐに元通りになるという。（グザヴィエ・パイユー神父『動物磁気、交霊術、悪魔憑《つ》き』、一八六三年）

カルトゥーシュはまず林檎《りんご》を一個盗んだのから始まり、それから林檎を数個、次に銀貨を一枚、さらに父親から二十五ルイという具合に次第に盗みがエスカレートしていった。この話を盗みを働く子供たちに聞かせなければならない。（カンパン夫人『教育論』、一八二四年）

まだ二十歳にもなっていない男性と十七歳未満の女性から生まれる子供は、往々にして発育不全であり、社会の重荷になる。それ故、社会にはこのような結び付きを妨げる権利がある。だが男性の場合、思春期は十四歳頃に始まるので、一時的な独身状態は避けられない。では、この期間、欲望をどうしたらよいのだろうか？　よって、売春こそが次善の策ということになる。(ロバン『知育と徳育』、一八七七年)

Ⅱ　目方で買い取った反古紙《ほごし》

コラ・シャルドン夫人、旧姓コラ・デグランジュは、雄犬一匹と雌犬三匹を無事出産いたしました。

母親も子供も健康状態は良好。

ディック・シャルドン氏は、謹んでこのことをお知らせいたします。

パリ、一八六三年十月二十九日木曜日。(印刷葉書)

無原罪の御宿りの化粧酢。

ル・アーヴル通りの博覧会場、フランソワ一世門近くの売店にて販売。

注記——小瓶一つ一つに無原罪の御宿りの像が刻まれた銀のメダル付き。これは教皇が鋳造させて、一八五四年十二月八日というこの永遠に記念すべき日に、教令発布の厳かなる儀式に参加すべく世界各地からやって来た枢機卿および司教たちに賜ったのと同じものです。瓶を購入する人にはまた、教義の歴史が述べられた小冊子も進呈。

一瓶、一フラン五十サンチーム。(印刷広告)

絵画、建築、詩、あるいは産業や科学における人類の天才の最もすぐれた記念碑を取り上げてみたまえ。それらの作者たちには模倣者もいれば、またライバルだっていることだろう。ところが、ジャガイモの創造という神秘的な問題を前にしては、人間の高慢は途方に暮れざるをえない。(『民衆の巣箱』、一八三九—四〇年)

我々が先ほど言及したように、一八三三年の裁判は無罪判決に終わったのだが、これは『演壇』紙の責任者リオンヌ氏にとってさえ予期せぬ結果であった。ここに付け加えておきたいのは、それから一年も経たない一八三四年四月九日に、「王へ！」と題された風刺詩が国王への侮辱罪に問われ、重罪裁判所に引き出されたバスティッド氏が、やはりわずかな刑罰で済んだという事実である。

この裁判では、特にある出来事が注目に値しよう。

論告が終わると、被告が立ち上がり、朗々とした声で話し出した。

「卑しむべき行為に染まった権力の犬たちに災いあれ！」

裁判長がそれを止める。「一体どういうことかね？」バスティッドが答えて曰く、「韻文で」弁論するつもりだとのこと。司法官たちはお互いに顔を見合わせる。かつてないケースであり、果たしてこのような前例を作ってもよいものだろうか？　早速議論が始まり、弁護士もそれに加わって、可否を論じる。それから一同、討議のために一時退出。再び戻ってくると、裁判長が次のような決定を読み上げた。

「当法廷は以下のように宣言する。裁判の当事者が自らを弁護することが認められているとしても、それはあくまでその言語が、弁護士の言語同様に、単純かつ厳粛で、真摯《しんし》なものである限りにおいてである。

一方、韻文による弁論には、厳粛、品位、単純さなどの性質が備わっておらず、云々《うんぬん》」

（新聞の切り抜き）

Ⅲ　各種文体見本

■農業的文体

〈腕白小僧〉

スグリの木には大きな美質と大きな欠点が備わっている。国立工芸学校でこの木を器の中に押し込め、垂直に仕立てようとしたところ、まるでパリの腕白小僧のように慎みのない仕草をしてみせた。（グレサン『果樹栽培術』、六四七ページ）

〈美徳〉

この貴重な野菜（インゲン豆）の発見はアレクサンドロス大王の功績である。彼はこれをガンジス川の岸辺で見付け、その後自分自身の庭園で栽培させた。確かにその征服のどれを取ってみても、社会のあらゆる階層にとってかくも有益でかくも必要なこの野菜、しかも貧しい勤労階級にとっては一層有益かつ必要不可欠なこの野菜の栽培を庇護《ひご》したことほど、我々から見て彼に栄光を付与するものはないのである。（カサノヴァ『農業事始め』、八七ページ）

〈偉大なる考え〉

収穫に当たる農民は、戦いに臨む将軍にも比べられよう。（A・ド・ロヴィル『田園の家』第一巻、三〇〇ページ）

■医学的文体
〈生殖〉

両性がお互いに対してあの抑えがたい衝動を感じるのは、適切にも年齢の花［「思春期のこと」］と名付けられたこの時期のことだ。異性に近づきたいというこのやむにやまれぬ欲求は、疑いなく最も甘美な悦楽の源であると同時に、自然が忌避する逸脱、あるいは健康を害する放蕩《ほうとう》へとしばしば導くものでもある。それに加えて、人生のこの時期に特有の混乱が、最も重大な病をもたらすことも少なくない。（『医科学事典』、「青年期」の項）

〈生殖〉

生殖行為はこの上なく重要であることをここに繰り返しておきたい。夫婦においては、自分たち自身のためにも、子孫のためにも、この行為にぜひ真剣な関心を払われんことを。（ドゥベー『多産術と産み分け術のヴィーナス』、八七ページ）

〈定義〉

女性の乳房は楽しみのためのものとも、実用のためのものともみなされうる。（『医科学事典』、ミュラ／パティシエ執筆の項）

■聖職者的文体
ご婦人方、キリスト教社会が世界のレールの上を進んで行くに当たって、あなた方女性は水滴のようなものなのです。この水の磁気的な力は、聖霊の火によって活性化され、純化されると、社会という列車を動かすに至るのです。その有益なる推進力のおかげで、この列車は進歩の道をひた走り、永遠なる運命へと前進して行きます。

だが、もし女性が神の祝福の水滴を与える代わりに、社会を脱線させる石となるならば、恐るべき災いが起こることになるでしょう。（メルミヨ猊下《げいか》『魂における超自然的生活』）

■カトリック的文体

哲学教育は、竜の胆汁をバビロンの杯に盛って青少年に飲ませている。（ピウス九世『声明』、一八四七年）

■革命的文体

私はリヨンで二百人の首をはねてきたところだ。今後も毎日、同じ数だけの首をはねる決意である。神聖なる感受性の働きの下、喜びと美徳の涙が私のまぶたを濡らしている。（フーシェ、後のオトラント公爵〔デュ・カン『コミューヌ』第四巻、四六七ページ〕）

政治体に貴族のけがらわしい汗を流させねばならない。それは汗をかけばかくほど、健康になるであろう。（サン゠ジュスト〔ティエールの書に引用〕）

■ロマン主義的文体

パリジェンヌは四月になると皆きれいになる。それも普段さほどでもない女たちでさえ華やぐのは、どんな媚薬《びやく》を用いているのであろうか？　エデンの園以来、彼女たちのことを熱愛してきた蛇から受け継いだ天性なのであろうか？（アメデ・アシャール『イリュストラシオン』、一八六五年四月十五日号）

〈間抜け〉

竪琴《たてごと》を奏でるシビルは、誰の目にも愛らしかった。彼女を見ていると、天使という言葉が自ずと口に出るのであった。（オクターヴ・フイエ『シビル』、一四六ページ）

■横柄な文体
——本気で生活を変えることを考えなければならないぞ。

——僕はすでに仕立て屋を変えたよ。これが始まりさ。（ミシェル・レイモン『親友たち』）

■大衆的文体
〈素朴な文体〉

愛情とダンスを混ぜ合わせることができるのは、お針子ぐらいなものさ。彼女たちなら、君の半ズボンが破れた時にも繕ってくれるし、朝は君の朝食を温めてくれ、夜は君のランプに火をつけてくれる。だが、今夜僕が会ってきたような優雅な貴婦人に、ボタンを付け直してくれとか、サスペンダーを繕ってくれなどと頼んでみたまえ。歓迎されると思うかい？お針子万歳！　これが僕の変わらぬ意見さ！（P・ド・コック『白い家』）

■演劇的文体
ジャンヌが歌う。

「ええ！　私こそ、この勝利の立役者。
神よ！　愛のために多くの女たちが、
毎日この世に生まれてくる！
栄光のためにも一人の女が生まれんことを！」（デュラフワ／ジェルサン『ジャンヌ・ダルク、あるいはオルレアン包囲』三幕、ヴォードヴィル座、一八二二年）

国王、ミロンに
「ああ！　親愛なる医師よ、汝《なんじ》は何とわが心を悲しませることか！
結局のところ、メディシスは良い妻であった！」（リュシアン・アルノー『ブロワ三部会でのカトリーヌ・ド・メディシス』、オデオン座、一八二九年）

■役所風文体、君主的文体
〈ナポレオン三世〉

一国の豊かさは、国民全体の繁栄にかかっている。（ルイ・ナポレオン『左岸』、一八六五年三月十二日号に引用）

〈大学人の文体〉

ユピテルは姉のユノと結婚し、そこからウルカヌス、へーべ、ルキナが生まれた。だが、

彼女の高慢な性格は彼に多くの厄介をもたらすことになった。（ブイエ『事典』、「ユピテル」の項）

国王たちよ！　権威の維持こそ、あなた方の地上における役割なのです。権威を維持したまえ。さすれば、我々もあなた方のまわりに身を寄せるでしょう。フランスを、そしてヨーロッパを救いたまえ！（ド・ヴォブラン、元内務大臣、一八二一年）

■大作家の文体

人は次のように自問するだろう。だが、どうして率直な説明が明日にもすべてを終わらせなかったのか？　何故、宮殿は民衆の不安を理解しなかったのか？　何故、民衆も宮殿の苦しみを理解しなかったのか？　だが何故、人間は人間なのだろうか？　この最後の質問で問いを打ち切り、人間性をあるがままに受け入れることにして、これらの悲しい物語を続けなければならない。（ティエール『フランス革命史』、一八二三年）

■迂言法《うげんほう》

〈船〉

はるかかなたの岸辺に
流れる道を切り開く

あれらの勇ましい建物。（ドラ）

〈眼鏡〉
徹夜によって疲弊して、水晶の助けを借りた目。（ラマルチーヌ）

〈ロココ風文体〉
（ハンカチーフのことを）「衣服のいわば一部であり、鼻から分泌される物質を受けとめるための布切れ」（ミシェル・レヴィ『公衆および私的衛生学概論』第二巻、一二九ページ）

〈嘔吐《おうと》の習慣〉
（食事の）合間には、ローマの風習に特有のある下品な方策で一息入れて、次の行為を準備することになる。（シャンパニー『ローマとユダヤ』第一巻、三二六ページ）

〈ワクチン接種〉
その恵み深い手は自然に先んじて、
信頼のおける毒の弱められた菌を
幸いなる傷の中に接種することで、
薬と病を同時にうつすのである。（カジミール・ドラヴィーニュ『種痘の発見』）

■ロココ風文体

「後生ですから、どうか放してくださいな！　あの大通りに、私を待っている人がいるんです」

「誰が僕のすることに気を悪くするというんですか？　分かったぞ！　幸運にもあなたの魅力を独り占めしている男だな。畜生、そいつからあなたを奪い取ってやる」

等々。プリュメは大司教に一杯のココナッツミルクをご馳走《ちそう》すると、この律儀な男からお返しに昼食に招待される。（オーギュスト・リカール『椰子《やし》の実売り』、風俗小説）

Ⅳ　美談、名句

〈老年の美談〉

この項の著者はかつて、極度の肥満と不治の臍《さい》ヘルニアに悩まされ、さらにきわめて忌むべき子宮熱に取りつかれた七十歳のご婦人を治療したことがある。六十八歳までは貞淑で慎み深かったこの女性は、突如として恐るべき淫乱になった。お金を与えることなど、彼女の用いる様々な誘惑手段の中では、あながち滑稽とはいえないくらいだ。苛烈な欲求を静めるために、しばしば最も淫らな行為に耽《ふけ》るのであった。（『医科学事典』、「夢」の項）

〈マラーの美談〉

ある委員の断言するところによれば、安寧を得るためには、二十七万人の首をはねる必要があると、マラーに進言する者がいたという。それに対する答えは、「なるほど！　私も同じ意見である」すると議会全体が立ち上がったのを見て、マラーは次のように付け加えた。「この連中が意見の自由について云々しながら、私にはそれを認めようとしないのはどうしたことか」（ルイ・ブラン『フランス革命』第二巻）

■著作家の謙遜
平凡な作品は数年間の命、
マレルブの書くものは永遠に生き続けるのです。（マレルブ、アンリ四世に）
パラケルススは、自分の髪の毛一本の方がすべての大学をあわせたよりも博識だと豪語していた。（パラケルスス〔ルジャンドル『意見論』、一七三一年に引用〕）

■文人の美談
〈学者の美談〉

カルダーノは自らの死の日時を予言していた。ところが、どうやら天体に一杯食わされて、生き延びそうだと見て取るや、占星術の名誉のために自身の手で命を絶った。（サルグ『誤《ご》

謬《びゅう》と偏見』第一巻、六四ページ）

〈シェークスピア〉

シェークスピアでさえ、たとえどんなに無教養だったとしても、まったく本を読まなかったわけでも、何も知らなかったわけでもないのである。（ラ・アルプ『文学講義』序文）

■秩序派の美談

〈政治、反動派の美談〉

代議士ドゥグゼは、一八四八年六月［パリの労働者蜂起とその鎮圧を暗示］、あらゆるジャーナリストの一斉国外追放を要求した。（M・デュ・カン『パリの痙攣《けいれん》』第四巻、二二九ページ）

〈道徳、秩序〉

最良の政体とは、現に人がその下で暮らしている政体である。（モレ『道徳・政治試論』）

〈古き時代の美談〉

アモリ・ド・モンフォールはクレルモンの町を包囲した際、突破を試みようとした敵方を百人ほど捕虜にすると、その右手を切り落とし、それを仲間たちに見せるようにと左手で持ち帰らせた。（アンクティル『フランス史』第二巻、九七ページ）

〈古き良き時代、美談〉

レスパール卿は居住指定令を破った廉《かど》で、ポワチエで斬首刑に処せられた上に、体を六つに引き裂かれ、それぞれ別々の場所に晒《さら》された。（オーギュスタン・ティエリ『イギリス征服史』、一八〇ページ）

■民衆の美談

パリの近郊においてさえ、田舎の住人たちの中には、ワクチン［牛痘］を接種すると、身体がその元の動物の姿になると愚かにも信じている者たちがいる。（C・ドラヴィーニュ『種痘の発見』の注）

〈革命の愚行、羞恥〉

カリエは共和国の厳格な風習の見本を示そうとして、街の売春婦を三百人拘留すると、それらのかわいそうな女たちを溺死させた。（ラ・ロシュジャクラン夫人『回想録』、二九四ページ）

病人は普通あまりにも愚かな返事をするので、多くの病気の診断にとっては、無言で検査をする方が、問診で得られるデータよりも好ましいといえる。（ブイヨー『医学哲学試論』、一

八三六年、四〇ページ）

■宗教の美談

〈教皇、矛盾〉

ピウス二世は、シエナのカテリーナの聖痕拝受についてミサの中で言及することを認めた。シクストゥス四世は、教会の定める罰の対象として、聖痕を受けたこの女性の姿を描くことを禁じた。（ミショー『世界人名事典』、「シエナのカテリーナ」の項）

〈聖処女〉

聖処女のマリアという名前とそのアクセントをラテン語に置き換えると、海を意味することになる。これは彼女が、神の恵みと恩寵に溢《あふ》れていたからである。（アグレダのマリア、『神秘の都市』〔ラングレ＝デュフレノワ『御出現についての歴史的、教義的概論』に引用〕）

〈宗教の残忍さ〉

ある時は、彼［デュ・シャイラ神父］は火箸を用いて彼らの髭《ひげ》や眉毛を引き抜いた。またある時は、同じ火箸を使って、真っ赤に燃えた石炭を彼らの手に握らせると、火が消えるまでその手を力一杯押し付けた。しばしば石油や油脂をしみ込ませた綿で彼らの両手の指を覆うと、次にそれに火をつけ、炎で指が骨のところまでぱっくり開くか、赤くただれるまで燃や

すのであった。〈クール『セヴェンヌ地方の混乱の歴史』〔フィギエ『驚異の歴史』第二巻、九九ページに引用〕〉

■君主の美談

〈シャルル十世〉

一七九五年、シャルレットの命を受け、ユー島に派遣されたドーティシャン氏は、アルトワ伯に謁見するのに四十八時間も待たされた。そこで、部屋のドアをこじ開けたところ、伯爵はトランプをしているところであった。〈ヴァンデの反乱の元指導者、ビヤール・ド・ヴォーの『回想録』、一八三二年〉

〈王侯の美談——ルイ八世〉

フィリップ尊厳王の息子、ルイ八世は過度の禁欲により一二二六年に亡くなった。医者たちがそのベッドに若い娘を潜り込ませても、無駄であった。〈デュロール『パリの住民史』、三六八ページ〉

アングレーム公爵夫人の善良さは、夜中チュイルリー宮殿で、誰も起こすことのないようにと、わざわざ外まで子犬を小用に連れて行くほどであった！〈バサンヴィル伯爵夫人『パリ年代記』、一八五〇年、三五九ページ〉

■君主の素敵な考え

〈カール五世〉

ニシンを塩漬けにする方法は、ギヨーム・ブッケルストによって発見された。その死の百五十年後、カール五世はこの男の思い出に敬意を表して、その墓の上でニシンを食べた。（ロゼ『有名な動物』第二巻、四八ページ）

V　奇談、目録

〈放蕩の罰〉

ある夫は、その妻が彼の口の中に放屁《ほうひ》したのが原因で急死した。（ラスパイユ『健康と病の博物誌』、一六八ページ）

〈狂人〉

晩年、自分は大麦の種だと思い込んでいた司祭がいる。彼は何事につけても正確な判断を下したが、鶏に食べられるのが心配で、決して家の外に出ようとしなかった。（ジマーマン〔レヴェイエ゠パリーズ『健康および病の状態における人間の研究』第二巻、一八四五年、一五九ページに引用〕）

〈列挙〉
喜びのあまり亡くなった人たち
ロードス島のディアゴラス、キロン、ソフォクレス、フィレモン、ポリュクラテス、叔父から相続した黄金のつまった宝石箱を見たライプニッツの姪《めい》、ミラノ占領の報を聞いた教皇レオ十世、妹のいたずらを知ったアレティーノ。(『医科学事典』、「喜び」の項)

VI 偉人

モリエールが書く術《すべ》を知らないのは残念なことだ。(フェヌロン)

ヴォルテールは哲学者としては無価値であり、批評家および歴史家としては権威がなく、学者としては時代遅れ、私生活も白日の下に暴かれ、その魂と性格の高慢さ、意地悪さ、さらに狭量さによって評判も失っている。(デュパンルー『知的高等教育』)

〈バルザックには想像力がない〉

確かに、かわいそうなバルザック氏よ、あなたの詩の女神《ミューズ》はまさしく記憶力の娘です。あなたは自分が思い出すものしか作り出せないのです。(A・カール『雀蜂』、一八四三年)

VII 美学

（ラシーヌの『フェードル』について）こういったことすべてが、キリスト教徒であろうと、無神論者であろうと、我々十九世紀の人間に何のかかわりがあるというのか？　これほど我々の習俗、我々の信仰、さらに我々の哲学と無縁なものはあるまい。（ド・メーストル『ベーコン哲学試論』第二巻、二九八ページ）

〈文学は女性に有害〉

文学は女性のために作られているのではない。それは女性の精神を損ない、軽薄で、移り気で、散漫で、むら気にする。（ドゥブレーヌ神父〔『姦通論』〕、一八五ページ）

哲学的、あるいは科学的精神は、画家や詩人の精神とは相反するものである。（ジュフロワ『美学講義』、一八四三年）

Ⅷ　批評

〈間抜け〉

非凡な人間は、それがどんな分野においてであろうと、自らの体質に元々備わっている優れた素質にその成功の一部を負っていることはまったく疑いない。（ダミロン『哲学講義』第二巻、一八七三年、三五ページ）

既に指摘したように、現代の小説、それも特に女性の自由思想家たちの作品においては、子供のことも母性のことも決して話題になることはない。（L・ヴィヨ『自由思想家』、一六一ページ）

〈ミケランジェロ〉

（ミケランジェロの『最後の審判』について）むき出しの肢体がキリスト教的観念を消し去っている。［中略］キリスト教的感情はそこにはほとんど見出されない。イエス・キリストの身振りはまるでユピテルかネプチューンのようだ。（ゴーム神父『現代社会を蝕むもの』、一七八ページ）

Ⅸ　小説への嫌悪

〈小説〉

女性の健康を損なってきたあらゆる原因のうちでも主要なものは、おそらくこの百年来の小説の急激な増加であろう。（ポム『両性の気塞ぎ病概論』第二巻、一七六九年、四四一ページ）

Ⅹ　書き直された古典

〈ウェルギリウス〉

ここに世に問う修正版は、もしウェルギリウスがもっと長く生きて、その作品を完成させることができたならば、おそらくこのようにその詩を書き直したであろうと私が推測する通りのものである。（オートロシュ『アエネーイス』の翻訳）

XI 歴史

〈方法、歴史の勉強〉

歴史の教育は、私に言わせれば、教師にとって現実的な不都合と危険をはらんでいる。生徒にとっても事情は同様であろう。

歴史は子供たちに、単に好奇心を満足させるにすぎない読書への嗜好《しこう》を目覚めさせる。知的かつ道徳的な教育の基盤をなすもっと真面目な勉強の妨げとならないよう、歴史教育はほどほどでなければならない。（デュパンルー〔『知的高等教育』〕）

〈歴史的見解、テーブル回し〉

テーブル回し（こっくりさん）は、マドロール氏によれば、キリストによる贖罪《しよくざい》を含めても、人類の歴史における最大の出来事である。（モラン『動物磁気とオカルト科学』第二巻）

■歴史についての誤謬

〈フランソワ一世とコロンブス〉

私は何度か、クリストファー・コロンブスがインドを差し上げようと申し出た際に、それをはねつけたフランソワ一世の顧問会議の盲目ぶりを嘆くのを聞いたことがある。（モンテスキュー『法の精神』第二十一篇、第二十二章）

フランソワ一世、一四九四年生まれ
クリストファー・コロンブス、一五〇六年没

XII　科学的見解

〈天国の場所〉

天国はカフカス山脈にあったのであり、地球の軸が移動する前は、この地方は今日より暖かかったはずだ。世界の終末についてのドルイド僧の考えは、この意見を裏付けている。（F・クレー『大洪水』、二二七ページ）

〈言語学〉

アメリカの薬剤師たちは、ヘブライ語、ギリシャ語、ラテン語が話せるようになる特殊な薬を売っている。（ロジャース『神秘的要因の哲学』〔グザヴィエ・パイユー神父『動物磁気、交霊術、悪魔憑き』、三八三ページに引用〕）

■科学の矛盾
〈ジギタリス〉
ジギタリスはブイヨーによって「心臓の阿片」と呼ばれている。だが、それは心臓の刺激剤でもあり、ボーはこれを「心臓のキナノキ」と呼んでいる。（ドゥボーヴ、博士論文、一八七五年）
〈下剤と収斂剤《しゅうれんざい》〉
下剤は時には収斂剤になる。衰弱療法が体を強くすることもあれば、鎮静剤、それも特に阿片が刺激を生み出すことも稀《まれ》ではない。要するに、特効薬などないのである。（ブイヨー『医学哲学試論』、一八三六年、三二六ページ）
〈瀉血《しゃけつ》〉
ピーター博士によれば、瀉血においては脈拍は速くなり、体温は上昇する。マーシャル＝ホールによれば、反対に体温は下がるという。（レダール『臨床検温法の研究』、一八七四年、四六ページ）

XIII　哲学
ノミはどこにいても白い色の上に集まるが、これは我々がそれをとらえやすいようにと与えられた本能である。（ベルナルダン・ド・サン＝ピエール『自然の調和』）
水は、「船と呼ばれているあれらの驚異的な浮かぶ建物を支えるために」作られているのだ。（フェヌロン）
自然は常に変わらぬ賢明さをもって、人体の中でも脂肪が役に立つ場所だけを選び、脂肪組織を案配したのであり、反対に脂肪が有害になりかねない部位には、この組織は欠けているのである。（アドロン『人間の生理学』第三巻、一八二三年、五七六ページ）

XIV　道徳
ただ君主のみが習俗を変える権利を持つのである。（デカルト『方法序説』、第六部）
〈自由への憎悪〉
こういった場合には過ちが必然的に取り返しのつかない結果をもたらすのだから、屁理屈をこねる連中は殺人者よりも罪が重いといえる。（ド・メーストル『教皇庁との関係におけるフランス教会』）

XV　宗教、神秘主義、予言

■予言

いずれ遠からぬ時期に、動物磁気は世界の表面を一新することになるだろう。（セグワン『魔術の神秘』、一〇〇ページ）

〈公会議の不可能性〉

世界司教会議はいまや絵空事となった。あらゆる司教を招集し、この招集を法的に批准させるだけでも、五、六年では足りないであろう。（ド・メーストル『教皇論』）

■奴隷制

聖霊は奴隷たちにその身分にとどまるように命じており、主人たちにも奴隷の解放を義務付けてはいない。（ボシュエ『プロテスタントへの警告』第五の警告、第五十節）

〈キリスト教と奴隷制〉

キリスト教のもたらした最も優れた成果の一つは、奴隷制を廃止したことである。（バグノー・ド・ピュシェス『その証拠の総体において提示されたカトリシズム』、二一〇ページ）

■宗教

〈聖処女〉

聖ブリギッドによれば、聖処女はイエス・キリストの包皮を取っておき、亡くなる際にそれを福音史家聖ヨハネに遺贈したという。さらにアグレダのマリアが付け加えて言うには、聖処女と聖ヨセフは、エジプトでそれを交代で持ち歩いていたらしい。マリア様がイエスを腕に抱いている時には、聖ヨセフに包皮を持ってもらい、次にヨセフがイエスを抱える時は、それを彼女に渡すのであった。(ラングレ゠デュフレノワ『御出現についての歴史的、教義的概論』第二巻、五六ページ)

XVI 低俗なものの称揚

〈村医者の方がパリの医者より有能〉

村や集落の医者たちは、決して軽率に診断を行うことはない。この点では、パリの医学部が作り出す医者とは大違いである。(ラスパイユ『健康と病の博物誌』序文、一八四六年、六七ページ)

『東方詩集』[一八二九年刊行のユゴーの詩集]を書くより、ローヌ川の船頭になる方がより多くの天才が必要である。(プルードン)

〈文芸批評〉

議会の法令によって思慮深いものとされ、王の名において精神性を認められた諸々のアカデミーや同業組合は、それぞれのドリールやラ・アルプで満足している。だが、知性や情熱の世界はそのベランジェ［十九世紀前半に人気のあったこの民衆詩人を、フローベールは忌み嫌っていた］を、そのバイロンを求めているのである。（モーガン夫人『一八二九年から一八三〇年のフランス』第二巻）

（菅谷憲興＝訳）

書簡選

フローベールの浩瀚《こうかん》な『書簡集』のうち、本巻収録の『十一月』『ボヴァリー夫人』『サランボー』『ブヴァールとペキュシェ』の四作品を読むうえでとくに参考になると思われる書簡を選定し、そのすべてについて部分的に訳出した。作品ごとにセクションを設けて書簡をまとめ、セクションごとに日付順に並べた。選定した書簡の種類、すなわち選定の基準は、「美学」「詩学」「生成」「伝記」の四つに大別される。つまり、一方に、芸術一般をめぐる思索（美学）や、文学一般をめぐる思索（詩学）があり、他方に、個々の作品の構想や生成過程を伝える記述（生成）や、執筆の動機や意図を伝える記述（伝記）がある。しかしこれら四つの要素はひとつの書簡のなかで輻輳《ふくそう》していることが多いから、これは仮の分類でしかない。それにもまして仮のものでしかないが、それぞれの書簡断片にその内容を要約する「見出し」を付した。

『十一月』

書簡1：反-散文、反-理性、反-真理

エルネスト・シュヴァリエ宛[*1]　〔一八三七年六月二十四日〕

ぼくは、純粋な詩や、魂の叫びや、不意の高揚、そして深いため息や、魂の声や、心に浮かぶ思いをはるかに愛している。ラマルチーヌとかヴィクトル・ユゴーの数行の詩句とひきかえに、過去、現在、未来のお喋《しゃべ》りどもの知識をまるごとくれてやり、穿鑿家《せんさくか》や解体屋や哲学者や小説家や化学者や俗物どもやアカデミー会員どものくだらない学識をそっくりくれてやってもかまわないと思うような日もある。ぼくはこうして、まさに反-散文、反-理性、反-真理となった。というのも、美とは不可能でなくして何なのか。詩とは野蛮でなくして何なのか――人間の心でなくして何なのか。だが、金持ちになりたい、そして自分のために

生きたいという、つまり自分の商売と消化にだけ専念したいという、ときには人の心を一生占めもするふたつの大きな願いに、たえず大方の人の心が引き裂かれている時代にあって、その人間の心というものを、いったいどこに見いだせばいいのか。

〔一八三八年九月十三日付〕

書簡2：世界をあざけり笑う
エルネスト・シュヴァリエ宛

実のところ、ぼくが心の底から尊敬しているのは、ラブレーとバイロンのふたりだけだ。このふたりだけが、人類に危害をくわえてやろう、そして面と向かってあざけり笑ってやろうという意図をもって書いたのだ。このように世界と対峙《たいじ》する人間の陣地とはなんと広大であることか。

［……］

ぼくはいまや、世界をひとつの見世物として見、それをあざ笑うようになった。いったい世界がこのぼくに何ができる？　そんなことにいっさいかまわず、心の流れと想像の流れに身をゆだねるつもりだ。人びとがあまりに大きな叫び声を上げるようであれば、たぶんフォキオン［紀元前四世紀のアテネの軍人・雄弁家］のようにふりかえって、こうつぶやくかもしれない。この鴉《からす》どものわめき声は何事だ、と。

書簡３：良俗の紊乱者

エルネスト・シュヴァアリエ宛

〔一八三九年二月二十四日付〕

書くのはどうかだって？　賭けてもいいけれど、まず印刷させることなどないし、上演させることもないだろう。けっして失敗を恐れてというわけじゃなく、本屋や劇場のごたごたにうんざりするだろうから。でも、もし万が一世界に積極的にかかわることがあるとすれば、それは思想家として、良俗の紊乱者《びんらんしゃ》としてだろう。ぼくはひたすら真実を語るつもりだ。しかし恐ろしく、残酷で、剝《む》き出《だ》しの真実を。といってどうなるかわかったもんじゃない！　なにしろぼくは、翌日にはきまってうんざりし、将来のことばかり心に思い描き、夢見るというかいつも夢見心地で、人に食ってかかっては害毒ばかりまきちらし、みずからの望むところを知らず、自分自身に退屈し、他人を退屈させもする、そんな人間のひとりだからだ。暇つぶしに淫売宿《いんばいやど》に行ってみたが、うんざりした。

書簡４：黄昏の感覚

エルネスト・シュヴァアリエ宛

〔一八四一年九月二十一日〕

それでも世界はかつて美しかったし、いまなお美しいのかもしれない。日没のとき黄金に染まる日の光は美しく、くちづけをうけ愛の慄《おのの》きにわなわな身をふるわせるとき、女はいつでも美しい。でも、いったいだれにとって？　いまどきだれが幸福なのか？　きっと不遜《ふそん》な徒刑囚くらいなものじゃないか。

　天上と地上が大いなる婚姻をとげていた時代はもはや過ぎ去った。太陽は色あせ、月はガス灯の傍らで輝きを失う。――毎日、星がひとつ姿を消す。昨日は神、今日は愛、明日は芸術。百年もすれば、いや、きっと一年もすれば、あらゆる偉大なもの、あらゆる美しいもの、つまり詩を愛するあらゆるものは、無為のあまり自分の喉をかき切りでもするか、トルコに行って背教者にでもなるしかないだろう。

〔一八四二年一月二十二日付〕

書簡5：感傷と恋心のごった煮《ラタトゥイユ》

*2グルゴー＝デュガゾン宛

　決定的瞬間をむかえています。退くべきか、進むべきか、ぼくにとってすべてはそこに懸かっています。生きるか死ぬかの問題です。いったんこうと決めたら、まわりからいくらやじられ罵倒されようが、何ものもぼくを押しとどめはしないだろう。［……］念頭にあるのは三つの小説、つまり三つの物語《コント》で、それぞれまったくジャンルが異なり、まったく特殊な書き方をしなければなりません。才能があるのか、ないのか、自分自身に証明してみせるにはこれで十分です。

［……］

四月には、先生になにかしらお見せするつもりです。以前お話しした感傷と恋心のごった煮《ラタトゥイユ》をです。筋立て《アクション》などありません。どう要約すればいいのか見当もつきません。心理的な分析と解剖に終始しているからです。よく書けているのかもしれません。しかし欺瞞《ぎまん》にみち、やたらに気取った、勿体《もったい》ぶったものではないかと不安になりもします。

〔一八四五年四月二日付〕

書簡6：幻滅

*3アルフレッド・ル・ポワトヴァン宛

ぼくは［マルセイユに］フーコー夫人、つまり旧姓ユラリー・ドゥラングラッドに会いに行くのだけれど、格別に苦々しく滑稽なことになりそうだ。思ったとおり彼女が醜くなっていれば、なおさらだね。ブルジョワであれば、「たいへん幻滅なさいますよ」とでもいうところかもしれない。といっても、ぼくはほとんど幻想を抱かないから、めったに幻滅も覚えやしない。あいもかわらず「詩は幻想を糧《かて》にする」なんてごたいそうなうそを並べるとは、いかにもつまらぬ戯言《たわごと》じゃないか。まるで幻滅はそれじたいで百倍も詩的ではないかのようにね！　もっとも、愚劣さをなみなみ湛《たた》えた二語ではあるけれど。

書簡7：人生の完全な予感

マクシム・デュ・カン宛[*4]

〔一八四六年四月七日〕

きみに長い手紙を書くつもりで大きな紙を一枚手にとった。ひょっとして、そう多くは書き送らないかもしれないが。空は灰色、セーヌは黄色、芝生は緑、木々には葉がわずか。葉はつきだしたばかり。春だ。歓喜と愛の時期。「わが心には、乾いた日射しに目を痛め、つむじ風に埃《ほこり》が舞いあがる本街道と同じくらい、春が欠けている。〔『十一月』のテクストと若干の異同あり〕」この一節がどこにあるか覚えているかい？　むかし書いた『十一月』の一節だよ。これを書いたとき、ぼくは十九だった。もう少しで六年になる。奇妙なことに、幸福を少しも信じないように生まれついた。ごく幼くして人生の完全な予感を抱いていた。それは換気口からもれでる、食べ物のむかむかする臭いのようなものだった。食べてみなくても、吐き気をもよおさせるものであることぐらいわかる。

書簡8：自伝と虚構

ルイーズ・コレ宛[*5]

〔一八四六年八月十五日〕

お送りした数行はあなたのために書かれたのかとお訊《き》きになるけれど、それがだれのためなのかよほど気にかかるようですね〔フローベールはこの数日前の手紙のなかで前年書きあげた『初稿感情教育』の一節を引用している」。嫉妬でしょうか。——だれのためでもありません。これまでに書いたすべてと同じように。作品のなかで自分のことなど何も書くまいとずっと戒めてきたにもかかわらず、ずいぶん書いてしまいました。〈芸術〉を独りの自己満足に矮小化《わいしょうか》してはなるまいと常々心掛けてはいるのです。愛をもたずしてひときわ情愛のこもった数頁を書き、なんら血をたぎらせることなく熱烈な数頁を書きもした。——想像をめぐらせ、記憶をたどり、そして組み合わせたのです。あなたが読んだものは何かの追憶ではまったくありません。

書簡9：ふたつの自我
ルイーズ・コレ宛

〔一八四六年八月三十一日〕

いま生きている男は、つまりこのぼくは、死んでしまったその別の男をただ眺めやるしかない。ぼくははっきり異なるふたつの存在を抱えこんでしまったのです。——表に現れたいくつかの出来事が前者の終焉《しゅうえん》と後者の誕生の象徴となりました。そのすべてが必然であったのです。活動的で情熱にあふれ多感な、相反する衝動と多様な感覚にみちたぼくの人生は二十二歳で終わりを告げました。この時期、ぼくは一挙に大きな進歩を遂げた。そしてほかのものがやってきた。ぼくはそのときから、世界にかかわる部分と自己にかかわる部分とをはっきり使い分けるようになった。一方の外的要素についていえば、変化に富み、多彩で調和のとれた、大きなものであってほしいと願うけれど、ぼくはただその眺めだけを、その眺めを楽しむことだけをみずからに許しているのです。他方の内的要素については、いっそう濃密なものとするために、ぼくはこれを凝集し、知性の開け放たれた窓を通して、〈精神〉の最も純粋な光がこのなかに燦々《さんさん》とふりそそぐようにしているのです。

〔一八四六年十二月二日〕

書簡10：青春を締めくくる小説

ルイーズ・コレ宛

ぼくは快楽以上に苦痛を感じるし、ぼくの心は喜びよりもいっそう悲しみを映しだします。おそらくそれこそが、ぼくが幸福にもたぶん恋愛にも向いていない理由なのかもしれない。あなたの目に、ぼくがどれほど愚かで、ときには意地悪で、頭がおかしく、わがままというか冷酷に映っているか、よく承知しているつもりです。でも、いっさいぼくのせいではない。もしあなたが『十一月』にしっかり耳を傾けてくれていたら、ことばにならないけれど、たぶんぼくが何者であるかを説明してくれる、たくさんの事柄を見抜いたはずです。しかしこの時代は過ぎ去りました。この作品はぼくの青春を締めくくるものでした。そこから残ったものはわずかですが、揺るぎなくあります。

書簡11：文体組織

ルイーズ・コレ宛

〔一八五三年十月二十八日〕

水曜日、好奇心から『十一月』を再読してみました。十一年前の自分が、まったくいまと同じ人間であったとは！（少なくともわずかな点を除いては。たとえば、まず除外するのは、娼婦に対する大いなる賞賛の念で、かつてそれは実践にもとづいていたけれど、いまでは理論上のものでしかない）。『十一月』はまったく新しいものに見えた。それほど忘れていたのです。しかし出来は良くない。おぞましいほどの悪趣味のかずかず。結局、全体として満足のいくものではない。これを書き直すいかなる手立てもありません。すべてを一から作り直さなければならないのでしょう。――ところどころ出来の良い文や、素晴らしい比喩があるにはある。が、文体組織がない。結論。『十一月』は『感情教育』と同じ道をたどり、ともにずっとお蔵入りとなるだろう。これを出版しなかったとは、ぼくは若いときずいぶん目先が利いたものらしい。出版していたら今頃赤っ恥をかいていたところです。

『ボヴァリー夫人』

〔一八五〇年十一月十四日付〕

書簡12：バルザックの死

ルイ・ブイエ宛[*1]

どうしてバルザックの死はぼくをひどく動揺させたのだろうか。敬服している人が死ねばいつだって悲しくなるもの。——いずれ知り合いになって寵愛《ちょうあい》を受けたいと願っていたのだから。まさしく、彼は傑出した人であり、自分の時代を心底理解していた。——女性のことを研究し尽くしたあげく、彼は結婚したとたんに死んでしまい、そして自分が知り尽くしていた社会が瓦解しはじめたそのときに死んでしまったのだ。ルイ＝フィリップと共に何かが消え去ったが、それが戻ってくることはあるまい。いまや何か別の気晴らしが必要だ。

書簡13：何についてでもない書物《リーヴル・シュール・リアン》／事物の絶対的な見方としての文体
ルイーズ・コレ宛

〔一八五二年一月十六日〕

ぼくにとって美しいと思われるもの、ぼくが書いてみたいもの、それは何についてでもない書物、外部との繋《つな》がりをもたず、地球が支えもなく宙に浮かんでいるように、文体の内的な力でみずからを支えている書物、できれば主題がほとんどないか、少なくとも主題がほとんど見えないような書物です。最も美しい作品とは、最も素材《マチエール》の少ない作品です。表現が思考に近づけば近づくほど、語は思考に密着して消えてゆき、いっそう美しくなる。ぼくは〈芸術〉の未来はこの道にあると信じています。エジプトの塔門からゴチックの尖頭アーチにいたるまで、インドの二万行の詩からバイロンの即興の詩にいたるまで、芸術は成長するにしたがって、その限界まで気《エーテル》化してゆくように見える。形式《フォルム》は、精巧になるほどゆるやかになり、あらゆる典礼や規則や節度から解き放たれ、叙事詩を棄て小説に、韻文を棄て散文に向かう。もはや形式に正統はなく、それぞれの形式を生みだす意思そのままに自由になる。こうした物質性《マテリアリテ》からの解放はあらゆるところに見いだされるもので、東洋の専制から未来の社会主義にいたるまで、政体もそれに従っているのです。

そうであるからこそ、美しい主題もなければ卑しい主題もなく、〈純粋芸術〉の視点に立てば、いかなる主題もないことをほとんど公理として確立できるかもしれない。というのも文体はただそれだけで事物の絶対的な見方であるからです。

〔一八五二年一月三十一日〕

書簡14：人間＝ペン
ルイーズ・コレ宛

ぼくの人生は、ねじを巻かれた歯車のようなもので、規則的に回転しています。今日やることを、明日もやるでしょうし、昨日もやりました。十年前もぼくは同じ人間でした。ぼくの身体の組成はひとつのシステムをなしているようです。みずから何も決定せず、白熊をして氷上に棲《す》まわせ、駱駝《らくだ》をして砂漠を歩かせる、そんな事の成行きになにもかも従っているのです。ぼくは人間＝ペンです。ぼくが感じるのは、ペンによって、ペンのせいで、ペンとの関係において、そしてよりいっそうペンを使って、なのです。

書簡15：複雑な機構《メカニック》
ルイーズ・コレ宛

〔一八五二年四月十五日〕

ぼくの人生はあまりに平坦なので、一粒の砂によっても、かきみだされてしまいます。――完全に動きのない生活をしていないかぎり書けない。あおむけに寝て目をとじているほうがものを考えられる。ほんのちょっとした雑音でも、自分のなかでいつまでも反響して、消えるまでに時間が掛かる。年齢《とし》をとるにつれて、この障害はますますひどくなっています。ぼくのうちで何かがしだいにぶあつくなってゆき、なかなか流れだしてくれません。――一年後、小説を書き終えたら、ためしに全部の草稿をお持ちしますよ。ぼくがどんな複雑な機構《メカニック》によって一文を生みだすにいたるのか、お目に掛けます。

書簡16：散文は昨日生まれた。
ルイーズ・コレ宛

〔一八五二年四月二十四日〕

ギリシャ芸術は単なる芸術ではなかった。それは一市民全体を、一民族全体を、さらに一国全体をさえ、一から創りだすことであった。彫刻家にとって、山々はそこではまったく別の稜線《ライン》を描き、大理石で出来ていた、等々。
　時代は美を置き去りにしました。人類は、そこに舞い戻ることがあるにしても、ほんの一時たりとも美を必要としていない。芸術は進展するにつれますます科学的になり、同様に科学は芸術的になるだろう。両者は基底で分離した後、頂点でふたたび合流することになるだろう。未来の作品がどのような光り輝く精神の日射しをあびて花開くことになるのか、いまだれがどう思いをめぐらせようと予見できるものではない。――それまでわれわれは薄暗い回廊のなかで、暗闇を手さぐりしているしかない。われわれには梃《てこ》がなく、足もとはすべります。われわれには拠り所がないのです。われわれ文学者や物書きのだれにも。そんな拠り所など、何の役に立つというのか？　こんな饒舌《じょうぜつ》は、いかなる必要に応えているというのか？　大衆とわれわれには、いかなる繋がりもない。――大衆にとって気の毒なことに、とりわけわれわれにとって気の毒なことにも。――しかし、いかなるものにも存在する理由がある以上、ひとりの人間の空想は百万人の食欲と同じくらい正当であるかもしれず、その空想は世界のうちで同じだけの場所を占めることができるのだから、いっさいを無視して、ましてやわれわれのことを認めようとしない人類などとは縁をきって、みずからの天職《ヴォカシイオン》のために生きなければなりません。自分の象牙の塔に上って、踊り子《バヤデール》がみずからの放つ薫香《くんこう》につつまれているように、そこでわれわれは自分の夢のうちにただひとり留まっていなければなりません。――ぼくは時として、この上なく無邪気な満足にひたっているときでさえ、ひどい倦怠《アンニュイ》や空虚や疑念に襲われ鼻白《はなじろ》みます。それでも仕方ありません。何かと引き換えにそうしたいっさいを手放すつもりなどないのです。ぼくはみずからの義務を果たし、ある至高の運命に従い、〈善きこと〉を為し、〈正しい〉途《みち》にいる、良心に照らしてそう思えるのだから。

〔……〕

しかし、このぼくはひとつの文体を思い描いているのです。だれかがいつの日か、十年後か十世紀後に生みだすであろう美しい文体、韻文のように律動し、科学の言葉のように正確で、波打ち、チェロの音色を響かせ、火花を散らし、短剣の一撃のごとく観念に突き入る文体、快い追風に乗ったボートで滑走するように、そこでついに思考はなめらかな表面をすべってゆくだろう。散文は昨日生まれた。そう自分にいってきかせなければなりません。韻文は旧《ふる》い文学のまとう形式《フォルム》の最たるもの。あらゆる韻律の組合せはすでにつくられていますが、散文については、まったくそうではありません。

書簡17：極限に達した喜劇《コミック》
ルイーズ・コレ宛

〔一八五二年五月八日〕

『ボヴァリー』になんらかの価値があるとすれば、この本は非情なものとはならないでしょう。それでもぼくには皮肉《イロニー》こそが人生を支配しているように見えるのです。――どうしてぼくは泣いているときしょっちゅう鏡を覗《のぞ》きこんでは自分の姿に見入ったりしたのだろう？――この自分自身を俯瞰《ふかん》しようとする性向は、あらゆる美徳の源泉なのかもしれない。この性向は、人を自我に拘泥《こうでい》させるどころか、自我から引き剝がすのです。

極限に達した喜劇《コミック》とは、人を笑わせない喜劇とは、戯言《ざれごと》にひそむ抒情《リリスム》とは、ぼくにとって、作家としてこれを手に入れさえすればあとは何もいらないと思わせるものだ。――人間の二大要素がそこにある。

書簡18：散文の理想 ルイーズ・コレ宛

〔一八五二年六月十三日〕

ぼくが好きなのは、鮮明で、まっすぐ立っていて、走りながら直立しているような文章だけれど、これはほとんど不可能なこと。散文の理想は前例のない難度に達しています。古めかしい言葉づかいや常套句《じようとうく》をふりはらい、その悪しき用語をつかうことなく同時代の諸観念をあやつり、ヴォルテールのように明晰《めいせき》で、モンテーニュのように濃密で、ラ・ブリュイエールのように力強く、そしてつねに色彩にあふれていなければなりません。

書簡19：散文としての小説 ルイーズ・コレ宛

〔一八五二年七月二十二日〕

いま『ボヴァリー』の第一部の全体を書き写し、修正し、そして削除しているところです。目が刺すように痛みます。これら一五八頁すべてをただの一瞥《いちべつ》で読みこみ、あらゆる細部とともに唯一の思考のなかで捉えたい。〔……〕散文とはろくでもない代物だ！　まったくきりがない。かならずどこかやりなおさなければならない。ぼくはそれでも、散文に韻文の稠密《ちゅうみつ》性《せい》を与えられると信じています。散文の優れた一文は、優れた韻文のように替えのきかないものでなくてはならず、韻文と同じようにリズムをもち、音を響かせていなければなりません。少なくともぼくの野心とはこのようなものです（確信していることがひとつあります。それはこれまでだれも、ぼくほど完璧な散文のあるべき姿を思い描いたことはないということです。しかし、いざそれを実行するとなると、なんたる力不足、まったくの力不足です！）。心理分析に演劇の語りに固有の迅速さと鮮明さとほとばしりを与えることも不可能であるとは思えません。それはいちども試みられていませんが、美しいものであるはずです。

書簡20：〈芸術〉は芸術家になんのかかわりもない。
ルイーズ・コレ宛

〔一八五二年七月二十六日〕

そう、たしかに、一方にペンが、他方に人間が、というのは奇妙なことですね。ぼく以上に古代を愛し、古代を夢見、古代を知るためにできることとすべてをやった者がいるでしょうか。ところが（ぼくの書物における）ぼくは、およそ最も古代的でない人間のひとりなのです。ぼくを見た目で判断すれば、叙事詩とか劇とか何かどぎついことを書いているにちがいないと人は思いこむかもしれないけれど、反対にぼくが自分のことを好きになれるのは、もしこういってよければ、分析や解剖のための主題を扱っているときだけなのです。結局、ぼくという人間は霧のようにぼやけているのです。さんざん辛抱して研鑽《けんさん》をつんだおかげで、筋肉をぼやかしていた白っぽい脂肪をごっそり削《そ》ぎおとせたのです。ぼくが最も書きたいと思っている書物は、ぼくにとって最も書きにくい書物にほかなりません。この意味で『ボヴァリー』は前例のない力技となるはずだし、ぼく以外のだれもそのことに気がつかないでしょう。主題、作中人物、効果など、どれをとっても自分のものではありません。これによってぼくは今後にむけて大きな一歩を踏み出せるはずです。この本を書いている最中のぼくは、指の関節ひとつひとつに鉛の玉をぶらさげてピアノを弾いている人のようなものだ。〔……〕何かを書くのは、自分のためではなく、他人のためなのです。〈芸術〉は芸術家になんのかかわりもない。赤が好きでなかろうと、緑が好きでなかろうと、あるいは黄色が好きでなかろうと、おあいにくさま、というしかない。ありとあらゆる色彩は美しい。肝心なのはそれを描くこと。

書簡21：書くことの不可能性
ルイーズ・コレ宛

〔一八五三年四月十日〕

神様！　ぼくのボヴァリーにはまったくうんざりだ！　ぼくはときおり、書く、こと、など、不可能という確信にいたります。女主人公と司祭との対話を書く必要があります。――くだらない対話！　でも濃い対話を。――ありふれたものだけに、言葉づかいはいっそう正確でなければならない。ぼくには観念と言葉が欠けている。ぼくにあるのは感情だけなのです。ぼくのプランは正しいとブイエは主張するけれど、しかしぼくは打ちのめされている。——一節書き上げるたびに、残りはもっと早く片付くだろうと期待する。ところが新たな障害がいくつも立ちふさがることになる！

書簡22：主題の通俗性
ルイーズ・コレ宛

〔一八五三年七月十二日〕

自分の主題の通俗性にときおり吐き気がこみあげてくるし、この先にはまだひどく月並みなあれこれがたくさん控えていて、それを上手《うま》く書きおおせることの困難を思えば、そらおそろしくなります。ぼくがいま躓《つまず》いているのは瀉血《しやけつ》と卒倒のところで、最も単純な部類の場面だといえるけれど、これがたいへん難しい。なんとも意気阻喪するのは、完璧に上手くいったところで、内容が内容だけに、まあまあといった感じにしかならず、けっして素晴らしい出来を期待しえないことです。

書簡23：文学創造と真理
ルイーズ・コレ宛

〔一八五三年八月十四日〕

創作するいっさいは真なるもの、このことを確信なさい。詩は幾何学と同程度に正確なものです。帰納は演繹《えんえき》と同じ価値を有しています。それゆえ、ある段階に達すると、魂のいっさいについてもはや間違うことはない。おそらく、我が哀れなるボヴァリー夫人は、まさにいまこのとき、フランスの数多くの村で同時に苦しみ涙をながしている。

〔一八五三年八月二十六日〕

書簡24：自然のように人を夢見させる芸術

ルイーズ・コレ宛

自分の何かを書けば、文はほとばしることで、あるいは優れたものになるかもしれないけれど（それに抒情的な精神の持ち主は、生来の傾向にしたがって容易に効果をあげるものだ）、統一性をもつことはない。反復、冗長な繰り返し、常套句、陳腐な言いまわしに満ち満ちているのですよ。反対に想像したことを書く場合、すべては構想から派生すべきであり、ちょっとした句読点さえ全体の計画によって左右されるから、おのずと注意はふたつに分かれる。地平線をたえず視界におさめつつも同時に足もとを見なければならないのです。細部とは残酷なもの、とりわけぼくのように細部を愛する者にとっては。真珠の組合せが首飾りだけれど、糸がなければ首飾りはつくれない。ところで、ひとつも失くさずに真珠に糸を通していきながら、もう一方の手でずっと糸をつかんでいる、これこそ手品ではないか。〔……〕ぼくにとって〈芸術〉において最も高尚だと（そして最も困難だと）思われるのは、人を笑わせることでもなければ、涙を流させることでも、情欲をかきたてることでも、猛《たけ》り狂わせることでもなく、自然と同じ仕方で働きかけること、つまり夢見させることです。現に傑作はこの特徴をそなえている。傑作は外観において明澄で、そして理解しがたきものです。その佇《たたず》まいは、断崖のごとく不動、〈大海〉のごとく波立ち、森のごとく草木に満ちあふれざわめきたち、砂漠のごとく悲愴《ひそう》、空のごとく蒼《あお》い。ホメロス、ラブレー、ミケランジェロ、シェイクスピア、ゲーテは、ぼくには仮借なきものに見える。底なしで、無限で、多様。いくつもの小さな開口部から深淵《しんえん》がのぞいている。底には漆黒が、めまいがある。しかしながら、独特に甘美な何かが全体にただよっている！　光の輝き、太陽の微笑。なんと穏やかなのか！　穏やかで、力強い［……］。

〔一八五三年十月十二日〕

書簡25：交響楽の効果
ルイーズ・コレ宛

農業祭の場面にさんざん手こずっているので、けりがつくまで、ギリシャ語とラテン語はやめにしました。で、今日からかかりきりになっています。まったくきりがない！　くたばりそうだ。あなたに会いにも行きたい。

　この本のなかで最も見事な場面になるだろう、とブイエは主張しています。ぼくが確信しているのは、この場面が斬新なものになるということ、そしてその意図が正しいということぐらいです。もし交響楽の諸効果が書物のなかに移されることがあれば、まさにこれがそうかもしれない。それは全体として咆哮していなければならない。牡牛の鳴き声と、恋のため息と、行政官の美辞麗句とが同時に聞こえてこなければならない。そのすべてに陽光がふりそそぎ、一陣の風が大きな縁なし帽をそよがせるのです。

書簡26：書くことの悦楽

ルイーズ・コレ宛

〔一八五三年十二月二十三日〕

今日はぼくの人生でも稀有《けう》な一日で、最初から最後まで完全に〈幻覚〉のなかで過ごしました。夕方の六時、神経発作という一語を書きつけた瞬間、ぼくはあまりにも激高し、あまりにも大声でがなりたて、そしてぼくのいとしい女《ヒロイン》の味わっていることをあまりに深く感じていたので、自分自身発作を起こすのではないかと恐くなった。それで机から立ち上がり、気を鎮《しず》めるために窓をあけた。頭がくらくらしていた。〔……〕

書くとは、なんと甘美なことなのか！　もはや自分ではなくなり、語っている創造物《クリエーション》のなかをくまなく駆けめぐることも。今日はたとえば、ぼくは男でもあればまったく同時に女でもあって、情人になりながら同時に情婦にもなって、森のなか馬にのって、秋の昼さがり、黄色くいろづいた葉叢《はむら》の下を散策したけれど、ぼくはさらに馬であり、木の葉であり、風であり、ふたりがささやきあう言葉であり、愛に溺れたふたりのまぶたをなかば閉じさせる赤い太陽でもあった。

傲慢でしょうか。あるいは敬虔《けいけん》なのか。度を越した自己満足に愚かにもひたりきっているだけでしょうか。あるいは漠然とした高貴な〈信仰〉の本能でしょうか。いずれにせよ、この悦楽を享受したのち、あらためて反芻《はんすう》してみると、もし聞き届けられると確信できれば、神様に感謝の祈りをささげたいという思いにかられます。

〔一八五七年三月十八日〕

書簡27：非人称性《アンペルソナリテ》[*2]
ルロワイエ・ド・シャントピー嬢宛

あなたのような読者に対しては、好感を抱かせるだけになおのこと、率直さは義務となります。したがって、ご質問にお答えしましょう。『ボヴァリー夫人』には本当のことなど何もありません。これは完全な作り話です。自分の感情にしても生活にしても、まったく何もこの物語のなかに込めてはいないのです。反対に幻想は（それがあるとして）、この作品の非人称性に由来します。これはみずからに課している原則のひとつなのです。すなわち自分を書いてはならない。神が被造物《クリエーション》のなかでそうあるように、芸術家はみずからの作品のなかで不可視かつ全能であるべきです。いたるところその存在を感じながら見えない、ということです。

『サランボー』

書簡28：真の、ゆえに詩的な東方《オリエント》
ルイーズ・コレ宛

〔一八五三年三月二十七日〕

ぼくの見た踊り子たちは、棕櫚《しゅろ》の木のごとく規則的に、というか感覚なき熱狂をたぎらせてからだを揺り動かしていました。あの眼はあらゆる深みを湛え、海のように濃密な色合いをおびていたけれど、そこに表れているのは、ただ穏やかさだけ、砂漠のような穏やかさと空虚だけなのです。男にしてもそうです。あの堂々たる顔つき！　この世で最も偉大な思想を抱懐しているとでもいわんばかり！　ところが叩《たた》いてみると、麦酒を飲みほしたあとの酒杯とか、からっぽの墓ほどにも、中から何も出てきやしない。

結局のところ、東方《オリエント》の人びとの挙措《きょそ》の威厳は何に由来し、何の結果なのでしょうか。それはおそらく、いっさいの情熱の欠如に由来するのでしょう。彼らの持つ美しさは、反芻する牡牛、疾走する猟犬、滑空する鷲《わし》の美しさです。宿命の感覚に心をみたされ、人間の虚無を確信しているがゆえに、その振舞いや仕草やまなざしには、どこか崇高で諦観《ていかん》した趣があるのです。あらゆる動作に対応できるゆったりした衣服のラインは、人間のからだの働きと常に関係があり、その色彩は空と関係がある、等々。それにあの太陽！　あの太陽ときたら！

そしてなにもかも呑み尽くす際限のない倦怠《アンニュイ》！　東方の詩を書くさいは（というのも、ぼくも書くつもりなのです。流行《はやり》だし、だれもが書いているから）、まさにそこを強調したいものです。これまで東方は、まばゆく、けたたましく、情熱的で、雑然たるものと理解されてきました。踊り子《バヤデール》だの、半月刀だの、狂信だの、官能の逸楽だの、人はそんなものしか見ようとしなかった。要は、いまだバイロンにとどまっているわけだ。このぼくが感じた東方は異なります。東方にあってぼくが好きなのは、反対に、あの自覚なき偉大さであり、ちぐはぐな事物が調和しているさまなのです。水浴をしていたある男のことをよく覚えていますが、その男は左腕に銀の腕輪をはめ、右腕に発疱薬《はっぽうやく》を貼っていました。これこそが真の、ゆえに詩的な東方なのです。飾り紐付の一張羅《いっちょうら》をぼろぼろに着古して、全身虱《しらみ》だらけの乞食たち。ともかく虱はそのままに、日に照らされると金の唐草文様《アラベスク》を描きだしますから。あなたにいわせると、南京虫はクチュク・ハネム［東方旅行中のフローベールが一八五〇年三月にエジプトのエスナで出会った踊り子にして娼婦］の値打ちを下げるけれど、ぼくが心奪われたのはまさにそこなのです。南京虫のむかつく臭気と、白檀油《びゃくだんゆ》でぬれた彼女の肌の香りとがまじりあっていた。ぼくはあらゆるものに苦々しさが含まれることを、勝利のさなかも変わらず口笛のやじがとぶことを、そして熱狂に悲嘆がまじることさえ望むのです。それで思い出すのはジャファ［現在のイスラエルに位置するヤッファのこと。地中海に面した港町］のことで、そこに足を踏み入れたとき、ぼくは檸檬《レモン》の木の香りと死体の腐臭を同時に嗅いだのです。掘りかえされた墓所で腐りかけた死骸が日にさらされている一方で、緑の灌木《かんぼく》は頭上で金色の果実を揺らしていた。ここにある詩《ポエジー》がどれほど完全であるか、これが大いなる総合《サンテーズ》であることが感じとれませんか？　この総合において想像と思考のあらゆる欲求が一挙にみたされます。あますところなく。けれども、趣味人たちは、つまり粉飾とか純化とか目眩ましとかに長《た》け、婦人向けの解剖学解説書《マニュアル》を物しもすれば、万人向けの科学を講じもし、俗情にこびて麗しい芸術とやらをでっちあげようと、ひたすら改竄《かいざん》し、こそげ落とし、削除する連中だけれども、そんな族《やから》が古典を気取っているのです。惨めなものたちよ！　ぼくに学者になる気さえあれば、「古代の解釈について」という表題の立派な本を書いてみせるのに！　伝統を踏まえているという自負はあるのだから。そこに何か付け加えるとしたら、それは近代的な感情です。それにしても、もういちど断っておきますが、古代人は高貴な趣味《ジャンル》などというものを知らなかった。古代人にとって、口にしてはならないことなどなかったのです。アリストファネスの作中では、舞台上で大便をします。ソフォクレスの『アイアス』では、喉をかき切られた獣の血が泣くアイアスのまわりを流れます。ところがラシーヌは、何匹かの犬を登場させただけで大胆だとみなされたというのだから！　もっとも犬を貪婪なと形容して高尚めかしているけれども……したがって、事物をありのままに見るようつとめなければなりません。それに神様よりも才気《エスプリ》をもちたいなどと思わないようにしよう。かつて人は砂糖黍《さとうきび》からしか砂糖はとれないと信じていました。いまでは、ほとんどどんなものからでも砂糖はとれます。詩《ポエジー》についても同じこと。どんなものからでも詩を抽出しよう。詩はすべてに、いたるところに宿っているのだから。思惟《しい》を含んでいない物質の原子などひとつもない。世界をひとつの芸術作品とみなすことに慣れ、この世界という芸術作品の術《わざ》をわれわれの作品のなかで再現しなければなりません。

〔一八五七年三月十八日〕

書簡29：現代世界からの脱出
ルロワイエ・ド・シャントピー嬢宛

しかし目下のところ、まったくからだが自由になりません。というのも田舎に帰る前に、古代のなかでも最も知られていないある時代に関する考古学的研究に専念しているからです。それは別の研究の下準備となるものです。紀元前三世紀を舞台とする小説を書こうとしているのですが、それは現代世界から脱出したいと思っているからなのです。これまで自分の筆は現代世界に浸かりきっていたので、それを再現するのはもうこりごりですし、見るだけで胸がむかむかしてくるのです。

〔一八五七年七月二十二日〕

書簡30：刑苦としての文学
シャルル・ドスモワ宛[*1]

二週間後、ぼくは新しいものに取り掛かる。これは紀元前二四〇年に起きる物語だ。おそろしく、漠然とした不安にさいなまれている。ちょうど長い旅に出発するときのように。戻ってこられるだろうか？　何が起こるのだろうか？　行くのが恐いのに、旅立ちたくてじりじりしている。もとより文学は、ぼくにとってもはや刑苦でしかない。〔……〕書くことは、ぼくにはしだいに不可能であるように思えてくる。

書簡31：うわべではなく魂　エルネスト・フェドー[*2]宛

〔一八五七年七月二十六日（？）〕

考古学についていえば、それは「もっともらしい」ものとなるだろう。それに尽きる。ぼくがでたらめをいったと他人がぼくに証明さえできなければ、それでいい。それ以外のことは望んでいない。植物学はどうかといえば、まったく知ったことじゃない。自分のこの目で必要なすべての植物と樹木を見てきた。

そもそも、そんなことどうだっていいし、二義的な側面にすぎない。本というものは、とんでもない間違いだらけであっても傑作たりうるのだ。こんな教説が認められると、とくにフランスのように無知がひけらかされるところでは、悲惨なことになりかねないとよく承知しているよ。それでも反対の傾向（残念なことに、このぼくの傾向なのだが！）に大きな危険がひそむとみているのだ。うわべの研究はわれわれに魂のことを忘却させる。ぼくがこの五カ月間で二百五十枚のノートを書きため、九十八冊の本を読んだのは、たった三秒間、自分の主人公たちの情熱《パッション》に現実に心動かされるためだった。

書簡32：濃厚かつ迅速
エルネスト・フェドー宛

〔一八五七年十一月二十四日（?）〕

やっとのことでついに第一章を終え、第二章を準備している。とんでもないこと、ねえ、きみ、とんでもないことに着手してしまったようだ。ひょっとして挫折して最後までいかないかもしれない。でも心配せずに、あきらめやしないから。陰気で、内気で、絶望していても、腰抜けじゃない。それでも、聡明なるきみよ、ちょっとは考えてもくれたまえ、ぼくが何をやろうとしているのか。なんの痕跡も残っていない文明をまるごとひとつ甦《よみがえ》らせようとは！

濃厚かつ迅速であるとはなんと難しいのか。しかしそうでなければなるまい。飲めるもの、食べられるもの、そして行為と色彩が各頁になくてはならない。

書簡33：純粋芸術
ルロワイエ・ド・シャントピー嬢宛

〔一八五八年一月二十三日付〕

いま書いている本は、現代の習俗とあまりにもかけ離れたものになるはずで、主人公たちと読者とのあいだにいかなる類似も可能ではなく、したがってほとんどだれの興味も惹かないでしょう。人はこの本のなかにいかなる観察も見いだせないはずだし、人をふつう喜ばせるようなものも、いっさいありません。この本は、〈芸術〉、〈純粋芸術〉以外のなにものでもないでしょう。

［……］

絶対にアフリカに旅立たなくてはなりません。それで三月の末ごろ、ナツメヤシの実の国へ舞い戻ります。うれしくてたまりません。ふたたび馬上の生活をし、テントの下で眠ります。マルセイユで蒸気船に乗りこむとき、どんなここちよい風を吸いこむことになるのか！もっとも、短い旅になりそうです。描写しようとしている風景を熟知するために、ケフ［エルケフ］（チュニスから三十里離れた）に行って、カルタゴ周辺の、二十里ほどの一帯を散策する必要があるだけなのですから。

アルジェリア・チュニジア旅行手帳[*3]：芸術への祈り

〔一八五八年六月十二日―十三日〕

これで三日間ほとんど眠りどおし。――あの旅はいちじるしく後退し、消え去った！頭の中がぐちゃぐちゃだ。まるで二カ月間つづいた仮面舞踏会から抜け出してきたようだ。仕事をはじめようか？うんざりすることになるのか？

吸いこんだ自然のすべてのエネルギーがぼくのなかに流れこみ、ぼくの書物のなかに放出されんことを。われに造形的感情の力を授けよ。このわれにこそ過去の蘇生を。〈美〉をとおしても、やはり生けるもの、真なるものをつくりださねばならない。わが意志に憐れみを。あらゆる魂の神よ、われに授けたまえ、〈力〉を、そして〈希望〉を！

書簡34：歴史感覚《サンス・イストリック》
ルロワイエ・ド・シャントピー嬢宛

〔一八五九年二月十八日付〕

ぼくの確信するところでは、最も猛り狂った物質的欲求は、観念論《イデアリスム》の衝動によって知らぬ間に形成され、同様に、最もけがらわしい性的逸脱は、不可能なものに対する純粋な欲望や、至上の歓喜に対する崇高な希求によって生みだされます。もっとも魂と身体の二語が何を意味するのか、一方がどこでおわり、他方がどこではじまるのか、ぼくは知りません（だれも知ってはいない）。われわれはさまざまな力を感じている、それがすべてです。いまなお唯物論《マテリアリスム》や唯心論《スピリチュアリスム》が人間の科学のうえにあまりにも重くのしかかっているせいで、これらの現象のどれについても偏《かたよ》りなく研究できないのです。依然として人間の心の解剖はなされていません。どうして心を癒すことをお望みなのでしょうか？　こうした研究に着手したことは十九世紀の唯一の栄光になるでしょう。歴史感覚はこの世界においてまったく新しいものです。いずれ事実を研究するように観念を研究するようになり、有機体を解剖するように信仰を解剖するようになります。人知れず研究している人びとがひとつの学派をなしていますが、この学派がそのうち何事かを成し遂げてくれるものと確信しています。

書簡35：現代生活への嫌悪
エルネスト・フェドー宛

〔一八五九年十一月二十九日〕

『サランボー』を読むとき、だれも著者のことなど思い浮かべないように！　どれほどの悲しみにうち沈んでいればカルタゴなどを甦らせる気になるのか、ほとんどだれも察しはしないだろう。カルタゴはまさに〈隠遁地《いんとんち》〉で、現代の生活を嫌悪するあまり、そこに身を隠したのだ。

書簡36：だれもかれもうんざりさせる男色家にして食人種
エルネスト・フェドー宛

〔一八六一年八月十七日〕

先に進めば進むほど、繰り返しが目につくようになり、それで百頁とか二百頁前にある文章をもういちど書きなおすことになるけれど、これはとても愉しい作業ですよ。黒人奴隷のように猛烈に仕事をしていて、何も読まなければ、だれにも会わず、司祭のように単調で敬虔でいろどりのない生活をおくっている。〔……〕

そう、たしかに、人はぼくのことを罵《ののし》るだろうよ。『サランボー』は、一、ブルジョワを、つまりだれもかれもうんざりさせ、二、感じやすい人の神経と心を逆なでし、三、考古学者をいらつかせ、四、ご婦人方には意味不明に映り、五、ぼくは男色家にして食人種という扱いをうけるだろう。乞うご期待！

〔一八六一年（？）〕

書簡37：古代人の憂鬱《メランコリー》・黒い穴
[*4]エドマ・ロジェ・デ・ジュネット宛

良い小説の主題とは、ひとかたまりに、一挙にやってくるものです。それが母なる着想となって、残りのいっさいはそこから流れでるのです。何を書くか自由に選ぶことなどできません。主題は選ぶものではない。この点を読者や批評家はまったく理解しない。傑作の秘密はここにあります。つまり、主題と著者の気質の符合のうちに。

ご明察のとおり、敬意をもってルクレティウスのことを語らねばなりません。ルクレティウスに比肩するのはバイロンただひとりだと見ているが、そのバイロンにしても、ルクレティウスの荘重さも、悲哀の真摯《しんし》さも持ちあわせていない。ぼくには古代の憂鬱《メランコリー》は〈近代人〉の憂鬱よりも深いものに見えます。近代人はだれしも、多かれ少なかれ、黒い穴の彼方に不滅性をほのめかすものです。ところが、〈古代人〉にとってこの黒い穴は無限にほかならなかった。古代人の夢は、不変の漆黒の底に描きだされ、そこを通りすぎる。叫びはない。戦慄《せんりつ》もない。凝然《ぎょうぜん》と思索に耽《ふけ》る顔しかない。〈神々〉はもはや存在しない。そしてキリストはまだ存在しない。したがって、キケロ［前一〇六―前四三］からマルクス・アウレリウス［一二一一一八〇］にいたるまで、人間だけが存在するという唯一無二の瞬間があったのです。

書簡38：挿絵の拒否
エルネスト・デュプラン[*5]宛

〔一八六二年六月十二日〕

けっして私の目の黒いうちは挿絵など認めません。なにしろこの上なく見事な文学的描写でさえも、これ以上ないほどお粗末なデッサンによって食われてしまうのですから。典型《タイプ》というものは、鉛筆によって固定されたとたん、その一般的な性質を、つまり読者に「これを見たことがある」とか「これは存在しているにちがいない」と思わせるたぐいの、人が見知っているあまたの事物との符合を失ってしまうのです。絵に描かれた女はひとりの女に似ている、というだけの話です。そうなると想念は閉じ込められて充足してしまい、あらゆる文章は無用のものとなりますが、それに対し書かれたひとりの女は、あまたの女を夢想させるのです。それゆえこれは美学上の問題にほかなりませんが、だからこそあらゆる種類の挿絵を断乎《だんこ》として拒否します。

書簡39：サント＝ブーヴに反駁する

サント＝ブーヴ宛[6]

〔一八六二年十二月二十三日—二十四日〕

ところで、シャトーブリアンのやり方《システム》は、私のやり方と完全に対立しているように思われます。シャトーブリアンは完全に理念的な視点から出発しました。彼は典型的な殉教者たちを夢想したのです。私はといえば、現代小説の諸々の手法を古代に適用して、ひとつの幻影を固定しようとしたのです。私は単純であろうとつとめました。好きなだけお笑いください。私がいうのは、単純であって、簡素ではありません。およそ〈野蛮人〉ほど複雑なものもありませんから。〔……〕

描写それじたいに関しては、文学的な視点に立てば、きわめて理解しやすいものであると、少なくとも私は思っておりますし、スペンディオスとマトーがたえず前景にいるので、劇《ドラマ》が描写に邪魔されているわけでもありません。スペンディオスとマトーを見失うことはないのです。私の本には孤立した無償の描写などひとつたりともない。すべての描写は作中人物に奉仕し、遠くからであれ直接であれ、筋立て《アクション》に影響を及ぼしているのです。〔……〕

私がギリシャ人のなかに、読者に対して道徳の講釈を垂れたり善行を為《な》したりする役回りの哲学者なり弁士なりを、とどのつまり「われわれのように感じる」御仁《ごじん》をひとりもまぎれこませなかったのは、いかにも残念だとのこと。まさか！　そんなことが可能であったでしょうか？　貴兄はアラトス［前二七一—前二一三。アカイア同盟の首長］のことを想起していますが、私はまさしくこの人物に依拠してスペンディオスを夢想したのです。アラトスは強盗と策略に長じた男で、夜陰にまぎれて歩哨《ほしょう》をものの見事に殺害する一方で、白昼ではめまいに襲われるような男でもあったのです。たしかに私は対比《コントラスト》に訴えることを控えました。しかし、安易な対比を、故意で偽りの対比を、です。

分析を終え、貴兄の下した判断にたどりつきました。古代に適用された歴史小説に関する貴兄の考察はおそらく正しいのでしょう。私が失敗したというのも、まさにそのとおりかもしれません。しかしながら、どう考えてみても、みずからの印象に照らしても、この私の信じるところは、カルタゴに似た何かを書きあげたということです。しかしそれは問題ではありません。考古学なんか、じつはどうだっていい！　かりに色彩が単一でないのであれば、かりに細部がまとまっていないのであれば、かりに習俗が宗教から派生せず、行為が情熱から派生していないのであれば、かりに人物の性格が一貫していないのであれば、かりに衣装が用途に合致せず、建築が風土に合致していないのであれば、要するに、かりに調和がないのであれば、私は間違っていることになります。そうでなければ、間違っていません。すべては関連しています。

そもそもこの環境が貴兄の神経に障《さわ》るのでしょうよ！　承知しています、というかむしろそう感じるのです。貴兄の個人的な視点、つまり文人にして〈近代人〉にしてパリの住人たる貴兄の視点にしがみついているかわりに、どうしてこちら側に来てくださらなかったのか。「人間の魂はけっしてどこでも同じではない」、ルヴァロワ氏［評論家。『サランボー』を批判した」がなんといおうとも。ほんのわずかでも世界に目を向ければ反証を得られるのですから。――私は『サランボー』では『ボヴァリー夫人』におけるほど人類に対して手厳しくなかったと信じてさえいるのです。消滅した宗教や民族へと私をおしやった好奇心や愛情は、それじたいどこかしら倫理的で共感あふれるものではないでしょうか？

〔一八六六年九月二十九日〕

書簡40：輪廻転生
ジョルジュ・サンド[*7]宛

あなたのように人生がこれからはじまるという感覚をおぼえることはありませんし、花開いたばかりの存在という感覚に茫然自失することもありません。ぼくは反対に、ずっと存在していたような気がするのですよ！　ファラオにまでさかのぼる〈記憶〉をぼくは所有しているのです。異なる歴史上の時代において、異なる職業に従事し、さまざまな地位にある自分の姿をじつにはっきりと思い描けるのです。現在の私という一個の人間は、消え去ったいくつもの私という個的存在の結果にほかなりません。――ぼくは、ナイル川の渡し守であり、ポエニ戦争時代のローマのぽん引きであり、次いでスブラの貧民街に住む南京虫に食われたギリシャ語教師であったのです。――十字軍のときには、葡萄《ぶどう》の食い過ぎでシリアの海岸で死にました。ぼくは海賊、修道士、軽業師、御者でした。おそらく、さらに東方の皇帝であったのではないか？

『ブヴァールとペキュシェ』

書簡41：少年ギュスターヴと愚言《ベティーズ》
エルネスト・シュヴァリエ宛

〔一八三一年一月一日以前〕

きみのいうとおり、正月なんてばかげているね。〔……〕ぼくのおしばいもきみにおくるよ。もしいっしょに書きたいなら、ぼくはおしばいを書くから、きみはじぶんのゆめを書いてよ。パパのところにくる女の人がばかなことばっかしゃべってるから、それを書くつもり。

書簡42：無限としてのブルジョワ
アルフレッド・ル・ポワトヴァン宛

〔一八四五年九月十六日〕

いまやぼくと残りの世界とのあいだにはあまりにも大きな隔たりがあるので、人がこれ以上ないくらい当然で単純なことを話すのを聞いても、ときどきびっくりすることがある。ときには、この上なく月並みな言葉さえもぼくを独特な賞賛の念につなぎとめておきもする。ぼくの心をさらってしまうような仕草や声音というものがあるし、ほとんどめまいのするような愚かさもある。ちんぷんかんぷんな外国語の会話に耳をそばだてたことが一度や二度はあるはずだね。まさにそんなぐあい。すべてを理解したいと思うあまり、すべてがぼくに夢見させる。けれど、こんなふうに茫然自失するからといって、それは馬鹿げたことではないような気がする。たとえばブルジョワはぼくにとって無限の何かだ。

〔一八五〇年九月四日付〕

書簡43：紋切型辞典Ｉ
ルイ・ブイエ宛

よくぞ『紋切型辞典』のことを考えてくれた。この本を完全に仕上げたうえで、立派な序文を付し、いかにしてこの著作が大衆を伝統やら秩序やら世間一般の慣習やらにつなぎとめることを目的として書かれるにいたったのかを示し、さらにこの序文に工夫をこらして、読者が自分がからかわれているのか、諾《ウィ》か否《ノン》か、わからないようにすれば、きっとこれは奇怪な作品になるはずだし、成功するかもしれない。なにしろまったくもって時宜にかなったものになるだろうから。

〔一八五〇年十月六日付〕

書簡44：揺るぎなき愚の遺跡《モニュメント》
叔父パラン宛[*1]

愚かさ《ベティーズ》とは揺るぎない何かです。愚かさを攻撃すればかならず自分が砕け散るのです。それは花崗岩《かこうがん》のような性質をおびており、硬く頑強です。アレクサンドリアでのことですが、サンダーランドのトンプソンなにがしが、高さ六ピエ〔一ピエは約三二・四センチメートル〕にもなる文字で自分の名前をポンペイの柱に書きこんでいるのです。それは四分の一里離れたところでも読みとれます。円柱を見ようとすればどうしたってトンプソンの名前を見ないわけにはいきません。そして、どうしたってトンプソンのことが頭に浮かんでくる。この大馬鹿者は遺跡《モニュメント》と一体になって、遺跡とともにいつまでも名を残すことになるのです。要するに何が言いたいのか。こいつはその巨大な文字の燦然たる輝きで遺跡を霞《かす》ませているのですよ。未来の旅行者に自分のことを考えるよう強い、記憶するよう強いるなんて、まったくとんでもないことではないでしょうか？　あらゆる馬鹿は多かれ少なかれサンダーランドのトンプソンだ。

書簡45：紋切型辞典Ⅱ
ルイーズ・コレ宛

〔一八五二年十二月十六日〕

ときどき人類をどやしつけたくて、どうにもむずむずしてくるから、いつの日か、いまから十年後にでも、なにか大きな枠組みの長篇小説のなかで、それをやりたいと思うけれど、さしあたって、ずっと前の思いつきがまた頭に浮かんできている。つまり『紋切型辞典』のことです（これが何か知っていますよね？）。とくに序文についてはやる気満々で、ぼくの構想では（それだけで一冊の本になるかもしれない）、そこで何を攻撃しても、いかなる法もぼくに嚙《か》みつけやしない。みなが是とするものを、史実に照らしてことごとく賛美してみせることになるでしょう。多数派が常に正しく、少数派は常に間違っていたと、そこで証明しようというわけです。あらゆる馬鹿のために偉人を犠牲にし、あらゆる死刑執行人のために殉教者を犠牲にしてみせますが、火花の散る過激な文体でそうしようというのです。たとえば文学についていえば、ぼくが立証しようとするのは、これは簡単なはずだけれど、凡庸こそ万人に理解できるがゆえに唯一正当であり、したがって、あらゆる種類の独創性は、これを危険で愚劣なものとして貶《おとし》めなければならない、といったことなどです。あらゆる面における人類の下劣さを賛美するこの本は、最初から最後まで反語的《イロニック》にわめきたて、引用やら、証拠やら（反対のことを証明するでしょう）、ぞっとするような文章やら（簡単なはず）が一杯詰まったものになるけれど、その目指すところは、特異性なんてものを、それが何であれ、これを最後に厄介払いすることにある、といえるかもしれない。これによりぼくは、近代民主主義的な平等の考えに与《くみ》し、偉人など無用になるだろうというフーリエの言《げん》に同調することになりますが、まさにこの目的のためにこそこの本は書かれる、といってもかまいません。だからそこには、アルファベット順で、およそあらゆる主題に関して、礼儀をわきまえた好人物になるためにかならず人前でいわなければならないことが並ぶはずです。

いくつか例をあげれば、

芸術家：みんな無私無欲。
ロブスター：オマール海老のメス。
フランス：鉄の腕によって統治されることを望んでいる。
ボシュエ：モーの鷲。
フェヌロン：カンブレの白鳥。
黒人女：白人女より情熱的。
建立《こんりゅう》：遺跡を話題にするときにしか使わない、等々。

全体は散弾のようなものすごいものになると思う。この本全篇を通してぼくのつくったことばがひとつもあってはならないし、一回これを読んでしまうと、そこに書いてあることがおのずと口をついて出てこないかと不安になり、二度とあえて口を開かなくなる、とならなければなりません。それにいくつかの項目はめざましい展開を生みだしてくれるかもしれません。「男」「女」「友人」「政治」「習俗」「行政官」といった項目です。さらに数行で典型をつくりだし、何をいうべきかだけでなく、どう見えるべきかをも示すことができるかもしれません。

書簡46：結論の愚かさ

ルロワイエ・ド・シャントピー嬢宛

〔一八五七年五月十八日〕

軽薄で狭量な連中、傲慢で熱狂的な精神の持ち主は、何事につけひとつの結論を欲しがり、人生の目的とやらを、無限の大きさとやらを探し求めるのです。その小さく哀れな手で砂をひとつかみ掬《すく》って、大海に向かってこう言い放ってみせる。「お前の岸辺という岸辺の砂を全部数えてみせる」と。ところが砂は指のあいだをこぼれおち、計算にはきりがないから、地団駄《じだんだ》を踏んで泣きだす。砂浜で何をすべきかご存じでしょうか。跪《ひざまず》くか、散歩するか、どちらかです。あなたは散歩なさい。

偉大なる天才が結論をくだしたことはないし、いかなる偉大な書物も結論をくだしていない。なぜなら人類そのものがたえず前進しているからであり、したがって結論をくだすことなどないからです。ホメロスは結論をくださない。シェイクスピアも、ゲーテも、聖書でさえも。だから、ちかごろ大流行の〈社会問題〉という言葉、あれに無性に腹が立ってなりません。そんなものが見つかった日にはこの世界もおしまいですね。人生は永遠の問題、歴史にしても、いや、すべてが。つぎつぎに加算されてゆくだけです。回っている車輪の輻《や》を、どうやって数えることができるでしょうか。十九世紀は、過去から解放されたとうぬぼれ、自分が太陽を発見したつもりになっています。たとえば宗教改革はフランス革命を準備したなどと人はいいます。すべてがそこに止《とど》まるのであれば、それもそうかもしれないが、このフランス革命それじたいも別の状態を準備しているのです。その別の状態もさらに別の何かを、以下同じように。われわれにとっては最も進歩的な思想でさえも、振り返ってながめれば、じつに滑稽で遅れたものに見えるにちがいありません。賭けてもいいけれど、「社会問題」やら「大衆教化」やら「進歩」やら「民主主義」やら、そうした言葉はたった五十年たらずで「擦り切れた文句」に堕し、「感受性」とか「自然」とか「偏見」とか「心の甘美な絆《きずな》」といった十八世紀末に大流行した言葉と同じくらいグロテスクなものと人の目に映るようになるでしょう。

書簡47：笑劇《ファルス》風の批評的百科事典
エドマ・ロジェ・デ・ジュネット宛

〔一八七二年八月十九日〕

これから書きはじめることこの本に数年専念することになりそうです。〔……〕これは筆写しているふたりのお人好しの物語で、一種の笑劇《ファルス》風の批評的百科事典です。どのようなものか見当がつきますか？　この本のために、自分の知らない多くのこと、たとえば化学、医学、農業について勉強しなければなりません。今は医学をやっています。

書簡48：大真面目で恐るべきもの

[*2]イワン・ツルゲーネフ宛

〔一八七四年七月二十九日付〕

貴兄の批評感覚《センス》に対する多大なる敬意にもかかわらず（というのも、貴兄にあって〈裁き手〉は〈製作者〉と同じ水準にあるからです。これが意味するところは重大です）、この主題をどのように取り上げるべきか、ぼくは貴兄とまったく意見を異にします。この主題を簡潔かつ軽妙なやり方で手短にあつかえば、多かれ少なかれ機知に富んだ奇抜な作品になりはしても、まるで効果のない、まったく真実味を欠いたものになるはずです。それに対し、細かく書きこんで大きく展開させれば、みずから書いている物語をぼくが信じているように見えるはずで、そうなると大真面目なもの、恐るべきものさえつくりだせます。

書簡49：見せ掛けの筋立て《アクション》

エドマ・ロジェ・デ・ジュネット宛

〔一八七五年四月十五日（？）〕

ぼくの頭はずたずたになってしまったのか？　睡眠から判断するかぎりでは。——なにしろ毎晩十時間から十二時間も眠るのだから！　とろけだしているのか？　『ブヴァールとペキュシェ』のことで頭が一杯で、ついに彼らになってしまった！　彼らの愚かさ《ベティーズ》は、ぼくのもの。そうなら堪えがたい。たぶんそれで説明がつきます。

呪われでもしないかぎり、だれもこんな本など思いつくまい！ ついに第一章を書き終え、第二章の準備もしたけれど、この第二章には化学と医学と地質学が含まれることになります［ここに言及されている第二章は最終稿における第三章］。そのすべてを三十頁におさめなければならないとは！ しかも副次的な作中人物たちもあわせて。というのも、哲学論文のように見えないためには、見せ掛けの筋立て《アクシヨン》、一貫した物語めいたものが必要だからです。ぼくを絶望させるのは、もはや自分の本を信じていないことです。いくつもの難所の見通しに、あらかじめ打ちひしがれているのですよ。この本はぼくにとって苦役になってしまった。

〔一八七六年四月三日〕

書簡50：壁としての書物
ジョルジュ・サンド宛

しかしふたりとも［ゾラとツルゲーネフを指す］、ぼくにとって〈芸術〉の目的を成しているもの、すなわち〈美〉にひたすらこだわってなどいない！ アクロポリスの壁、あの丸裸の壁（プロピュライア［神殿の前門］をのぼってゆくとき左手に見える壁です）をみつめていると心臓がばくばくしてきて、すさまじい悦びがこみあげてきたことを覚えています。で、こう自問するのです。一冊の本が、そこで語られていることとは関係なく、同じ効果を生みだすことはできないものか、と。組合せ《アサンブラージュ》の正確さや、要素の希少性や、表面の光沢《つや》や、全体の調和のうちには、ある〈内在的な力〉が、ある種の神的な力が、何か永遠なるものが――

原理のごときもの〈プラトン的な言い方をすれば〉が宿っていないでしょうか。

〔一八七七年四月二日〕

書簡51：思想の喜劇《コミック》
エドマ・ロジェ・デ・ジュネット宛

第二章「最終稿における第三章」、つまり〈科学〉の章の構成にのめりこんでいます。あわせてこの章のために、喜劇的な視点から、〈生理学〉、それに治療法についてもういちどノートをとっているけれど、この作業、朝飯前というわけにはぜんぜんいかない。しかも、それらを理解させたうえで、造形的に仕上げなければならないのです。まだだれも思想の喜劇《コミック》を試みていないのではないか。そこで溺れてしまうかもしれない。けれど、もしうまく切り抜けられたら、この世にもう未練などない。

〔一八七九年二月十三日〕

書簡52：人間の〈愚かさ《ベティーズ》〉の百科事典
ラウル＝デュヴァル宛[*3]

友よ、ぼくに向かってあまねく〈愚かさ《ベティーズ》〉についてお話しになるとは！　もちろん、それが何であるか知っている。研究しているのですよ。あれこそ敵です。ほかに敵などない、とさえいえます。自分の能力の限りをつくして、ぼくは執拗《しつよう》に攻撃を加えています。いま書いている作品に副題をつけるとしたら、「人間の〈愚かさ〉の百科事典」となるかもしれません。この企てはぼくを打ちのめし、この主題はぼくのなかに深く入りこんでいます。

書簡53：第二巻の構想
エドマ・ロジェ・デ・ジュネット宛

〔一八七九年四月七日〕

哲学とマニエティスムに関する三カ月半に及ぶ読書を終え、まさに今晩、第八章に取り掛かるつもりです（おびえています）。この第八章に含まれることになるのは、体操とテーブル回しとマニエティスム、そして絶対的なニヒリズムにいたる〈哲学〉です。第九章で扱うことになるのは〈宗教〉で、第十章は〈教育〉と道徳に加えて、それまでに獲得された全知識の〈一般幸福〉への適用です。残るは第二巻ですが、これはノートだけから成るもので、ノートはほとんどすべてとられています。最後に、第十二章は三、四頁の結論になるはずです。というわけで、五月に（五月の中旬かあるいは末頃でしょうか）、あなたに朗読してあげられるのは、第二章末尾、〈科学〉（第三章）、〈歴史〉（第四章）、〈文学〉（第五章）、〈政治〉（第六章）、〈恋愛〉（第七章）です。『紋切型辞典』を別にすれば、ということですが、これはもう完全に出来上がっていて、第二巻に配置されるべきものです。

書簡54：科学における方法の欠如／近代思想の総点検
ガートルード・テナント宛[*4]

〔一八七九年十二月十六日〕

副題があれば「科学における方法の欠如について」となるかもしれません。要するに、近代のあらゆる思想を点検しようというわけです。女の占める場所は、ここにはほとんどないし、恋愛については、まったくありません。〔……〕読者は多くを理解しないだろうと思っています。男爵夫人が子爵と結婚するかどうかを知るために本を読む手合いは欺《あざむ》かれることになるでしょう。しかしぼくは何人かの洗練された人に向けて書いているのです。きっとひどい愚作になるのか？　あるいはむしろ卓越した何かになるのか？　まったく見当もつかない！　それで疑念にさいなまれ、疲労困憊しているのです。

書簡55：夥《おびただ》しい資料
エドマ・ロジェ・デ・ジュネット宛

〔一八八〇年一月二十五日〕

わがふたりのお人好しのために、ぼくがこれまでに呑み込まなければならなかった冊数がどれくらいに達しているかご存じでしょうか。——千五百冊以上。ノートの書類は八プス［一プスは約二・七センチメートル］の高さです。それでも、すべてか、ゼロか、どちらでも同じこと。しかしこの夥しい資料によって衒学的《げんがく》にならずに済みました。これについては確信があります。
ついに最後の章に取り掛かりました。この章が終わったら（四月末か五月末）、第二巻のためにパリに足を運ぶつもりですが、六カ月もあれば仕上げられるでしょう。第二巻の四分の三は出来ています。第二巻はほとんど引用だけで構成されることになるでしょう。それが終わったら、もう限界に達しているこの哀れな脳みそを、やすめたい。

（山崎 敦＝訳）

「書簡選」訳注

＊ここに訳出した書簡の底本はすべてガリマール社のプレイアード叢書『書簡集』である（*Correspondance*, éd. Jean Bruneau, avec Yvan Leclerc pour le tome V, Paris, Gallimard,《Bibliothèque de la Pléiade》, 1973-2007, 5 vol.）。

＊フローベールの書簡の大多数には日付が記されていないか、あるいは不完全にしか記されていない。したがってここに示す日付の多くも、この『書簡集』の編者ジャン・ブリュノー（第五巻についてはイヴァン・ルクレールとの共同校訂）によって推定された日付である（その厳密さには定評がある）。反対に書簡そのものに日付が記されている場合には、推定された日付と区別するために、何年何月何日「付」と表記した。なお、『書簡集』には各書簡の発信地も記されているが、これは省略した。

＊底本において最初の文字が大文字の普通名詞は〈 〉で示し、作品名以外のイタリック体で表記されている語句には傍点を付した。また中略は［……］で示した。

＊訳文における行頭の「一字下げ」は底本の段落に対応している（しかし、これはかならずしも「底本の一段落内のすべての文章」を訳出していることを意味しない）。

＊［ ］内はすべて訳注である。

＊この「書簡選」は、一方では作品に即して編まれ、他方ではテーマ（美学・詩学・生成・伝記）に即して編まれているが、しかし一般に書簡というものは、名宛人を完全に捨象して読むことはできない。したがって、すべての名宛人について初出のときに注を付し、以下、それぞれごく簡単に紹介する。

『十一月』

1―**エルネスト・シュヴァリエ**　一八二〇―八七。フローベールの少年時代の親友。中学時代を通じてフローベールと文学を語りあう。

2―**グルゴー＝デュガゾン**　一八〇四年生まれ。没年未詳。ルーアンの中学校でフローベールの作文を指導した教師。

3―**アルフレッド・ル・ポワトヴァン**　一八一六―四八。詩人、弁護士。青年時代のフローベールに最も深い文学的・哲学的影響を与えた親友。三十一歳の夭折をフローベールは深く悼む。妹ロールはギー・ド・モーパッサンの母。

4―**マクシム・デュ・カン**　一八二二―九四。作家、ジャーナリスト、写真家。フローベールが大学で知り合った友人。ブルターニュ旅行と東方旅行に同行。フローベールとの共作に、生前未刊行のブルターニュの紀行文『野を越え、浜を越え』がある。

5―**ルイーズ・コレ**　一八一〇―七六。十九世紀中頃の文壇で詩の女神《ラ・ミューズ》と呼ばれもした美貌の女流詩人。一八四六年から五五年にかけて、途中長い空白期間をはさんで、十一歳年少のフローベールと恋愛関係にあった。

『ボヴァリー夫人』

1―**ルイ・ブイエ**　一八二一―六九。詩人、劇作家。高校以来、フローベールの唯一無二の親友。フローベールと戯曲をいくつか共作する。

2―**マリー＝ソフィー・ルロワイエ・ド・シャントピー**　一八〇〇―八八。アンジュー地方在住の作家。フローベールとジョルジュ・サンドの文通相手としてのみフランス文学史に名を残す。

『サランボー』

1―**シャルル・ドスモワ**　この書簡の宛名は推定の域を出ず、確証はない。オスモワ伯爵（一八二七―九四）。劇作家、のちに政治家に転身。一八六三年にフローベール、ルイ・ブイエと夢幻劇『心の城』を共同執筆（結局、この芝居が舞台にかかることはなかった）。

2―**エルネスト・フェドー**　一八二一―七三。詩人、小説家。ゴーティエ主宰の《アルティスト》誌を介してフローベールと知り合い、その後長きにわたって親交を結ぶ。

3―**旅行手帳**　直前の書簡33にあるとおり、『サランボー』執筆中のフローベールは、小説の舞台をその目で見る必要を覚え、一八五八年四月十二日にパリを立ち、アルジェリアを経由してチュニジアに入り、カルタゴやその周辺を一月かけて歩いたが、この旅行中に見聞きしたことを、デッサンもまじえながら手帳に克明に書き記している。クロワッセの自宅に戻ったのは六月八日のことだが、訳出したのはその数日後に同じ手帳に書きとめられた名高い一節である。『サランボー』執筆中はもちろんのこと、フローベールの生涯をつらぬく芸術への信仰をよくあらわす一節であり、書簡ではないものの、例外的にここに訳出することにした。なお、底本はプレイアード版全集（新版第三巻）である。

4―**エドマ・ロジェ・デ・ジュネット**　一八一八―九一。ルイーズ・コレのサロンの常連で、フローベールをはじめとして多くの作家と親交を結んだ（フローベールの親友ルイ・ブイエの恋人だった）。

5―**エルネスト・デュプラン**　生没年未詳。公証人。『サランボー』出版に際し、版元ミシェル・レヴィとの交渉役を務める。

6―**サント＝ブーヴ**　一八〇四―六九。十九世紀フランス最大の批評家。この書簡は、サント＝ブーヴが『サランボー』刊行直後に《コンスティテュショネル》紙に三回にわたって発表した評論に対する反論。サント＝ブーヴは『新月曜閑談』第四巻（一八六五年）にみずからの『サランボー』評だけでなく、補遺としてこのフローベールの書簡全文も収録している。他方、フローベールも、まず一八七四年にシャルパンチエ社から『サランボー』を再刊する際、この書簡全文を補遺として収録し、ついで一八七九年のルメール版でもこれを踏襲した。つまりこの書簡はただの私信ではなく、『サランボー』というフィクションを縁どる〈パラテクスト〉のひとつとみなすべきである。

7―**ジョルジュ・サンド**　一八〇四―七六。十九世紀フランス最大の女流作家。ふたりが知り合ったのは一八五七年のことであるが、この時期から交友関係がいっそう親密になったようで、この書簡の日付のちょうど一月前の八月二十八日から三十日にかけて、サンドはフローベールのクロワッセの住いに滞在している。以後、文通はますます頻繁になり、サンドはフローベールの文学上の良き相談相手となる。

『ブヴァールとペキュシェ』

1―**叔父パラン**　フランソワ・パラン（一七八二―一八五三）。金銀細工商を営む父方の叔父。

2―**イワン・ツルゲーネフ**　一八一八―八三。フローベールがツルゲーネフにはじめて会ったのは一八六三年のことだが、フローベールは、本人の言によれば、ツルゲーネフのすべての作品を読んだとかで、その才能を高く評価していた。

3―**エドガール・ラウル＝デュヴァル**　一八三二―八七。政治家。

4―**ガートルード・テナント**　一八一九―一九一八。フローベールの友人で、多くの文人と親交のあったイギリス人女性。

解説——堀江敏幸

揺るぎない愚かさ——「フローベール集」に寄せて

ギュスターヴ・フローベールの言葉にはじめて原語で触れたのは、大学に入学した年の春先、仏語初級文法の教科書として指定された蓮實重彥『フランス語の余白に』(朝日出版社)の、「例文」のなかでのことだった。学習指南書でありながら文法解説は最低限、あとはただ原典から採られた良質の短文が並んでいるだけという過激な一書で、私にはほとんど理解できなかったのだが、マクシム・デュ・カンやルイーズ・コレといった名前の響きも心地よく耳に残って、筑摩書房版の全集に収められている書簡を頼りに前後の文脈を探ってみたことを思い出す。

*

十九世紀の半ば、韻文に比べてまだ歴史の浅い、ほとんど「昨日生まれた」(一八五二年四月二十四日、ルイーズ・コレ宛)に等しい散文をどのように御していくのか、フローベールはそこに心を砕いていた。散文に韻文を潜ませること。韻文から遠く離れつつ、しかも韻文を抱え込む矛盾とともに、一種壮大な叙事の夢をもって地方の凡々たる日常を描くこと。

そして「何についてでもない書物、外部との繋がりをもたず、地球が支えもなく宙に浮かんでいるように、文体の内的な力でみずからを支えている書物」（一八五二年一月十六日、ルイーズ・コレ宛）を書くこと。わかったようなわからないような、しかしなにかを書きはじめようとする人間にとって、あるいはすでに書きはじめてしまった人間にとっては切実な一節である。主題もほとんどない文章を前にしてなしうるのは、とりあえず自分も書いてみるということしかないからだ。

＊

文章の形式は、精緻になればなるほど全体を曖昧にし、言葉もそれにともなって揮発していく。小説は中空に散らされた文の、雲状のまとまりでしかなくなる。フローベールの言葉は、二十世紀後半以後の文学を念頭において口にされたものかと疑いたくなるほど、私にとってあたらしいものだった。釣られるように手に取った『ボヴァリー夫人』の導入部は、たしかに、支えがなくても宙に浮いているという、強固さと頼りなさがひとつになった感覚をみごとに体現していた。主題は明示されえぬまま、文そのものに溶け込んでいたのである。ほぼ五年にわたって書きつがれたこの長篇の冒頭の、薄靄《うすもや》のかかったような空気感、「私たち」と名乗る一人称複数と、「新入生」を観ている語り手の消失、そして、のちの展開にあまり資することのない名前の明記。読者にしてみるとまことに不可思議な要素なのだが、じつは原稿の最後の最後といってよい段階で書き換えられた、作者の意識的な操作であることがわかっている。

＊

「何についてでもない書物」とは言いながら、十九世紀フランスの政治、歴史、経済、学問すべてにおよぶさまざまな領域をひととおり学んではじめて理解できることがらも膨大にあり、専門研究者の仕事が一般読者の楽しみをおぎないこそすれ、妨げることはない。見えないどころかはっきり口にされている「国王陛下」の監視のもと、ヨンヴィル＝ラベイの人々は、やがてその国王が倒れることなど想像してもいない。知っているのは読者だけなのだ。

＊

書き手にとって、散文の「地球」を支える宇宙は、書いている現在にしか現出しない。書き終わった瞬間に、それははかなく消える。だからこその苦しみと喜びがあるのだが、読み手の側は、果てのない曖昧な世界に、いつまでも心地よく身を委ねていたいと願う。文字を追い音を味わっているうち、いまなにが語られ、なにが進行しているのか一瞬わからなくなり、宙づりにされる。『ボヴァリー夫人』においては、その感触が人物ひとりひとりの魅力を少しも損ねていない。

＊

教室に入ってきた「新入生」は、自己紹介をするとき、緊張のためかちょっと寸詰まりになって、「シャルボヴァリ」という。この不可抗力としての縮約形ほど、長篇小説の主人公の、「歩道のように平々凡々」とした歩みに似合うものはない。「誰もが考えるありきたりの考えが、普段着姿で縦に並んで歩いてゆくだけで、感動も笑いも夢もそそりはしない」のに、得体のしれない生きもののように地に這いつくばっていたシャルルは、妻の夢想にあらがう意志すらなくあらがい、むしろその夢想を吸い取って完璧な鈍重さに変えていくことになる。

*

ボヴァリー夫人は三人いる。シャルルの母、前妻、そしてエンマ。ここではもちろんエンマを指す。同時代の、そして後世の多くの読者が、圧倒的な父権主義のなかで地方に閉じ込められていた美しい女性の姿を見つめてきた。しかし「シャルボヴァリ」と口走った少年時代からついに進化せず、最後まで影の薄かった娘の前で頓死するシャルルへの読者としての私の愛は、いっこうに冷めることがない。ただ鈍いだけではなく、その鈍さは徐々に磨きをかけられていくのだ。第二部の第9章、「夫は年を取るにつれて動作が活潑でなくなってきた」との一節は、まだ若いシャルルに対するエンマの倦怠を示すものであろうけれど、これはエンマがエンマという存在をもって無意識のうちに微量ずつ盛りつづけた、感情の砒素《ひそ》のなせるわざでもあるだろう。

＊

デザートのとき空瓶のコルク栓を切ったり、ものを食べたあと舌で歯を舐めまわしたりした。スープを飲むとき一口ごとに喉をごくごく鳴らした。そして、そろそろ肥りはじめてきたので、もともと小さかった眼が、頬骨についた肉のためにこめかみのほうに押しあげられ、いっそう小さく見えた。

＊

シャルル生来の鈍さが、右の引用の鮮やかな弛緩剤によってますます重くなる。言葉も気持ちも重くなる。それなのに文章は隙なく強固に育って、なにも言わないために言葉を尽くさねばならない散文の宿命を、みごとに引き受ける。シャルルはまさしく「空瓶のコルク栓を切ったり」する状態で、その平凡さの域を超えるのだ。

＊

本巻では省略されているが、ロドルフがエンマをものにしようと決意したあと農業祭でいっしょになった場面の、前者から後者への偽りの愛のつぶやきと、農業振興の言葉がまじりあいもつれあうさまは、性愛の行為そのものである。舞踏会の映像を招き入れる映画的切り返しのなかで言葉をくるくる舞わせて共に果てんばかりとなる展開とシャルルの立ち姿との、なんと対照的であることか。あいいれないふたつの事項を並列させながら、エンマと男は雌牛と雄牛になって体液にまみれ、息を切らす。その盛りあがりにいたるまでの「交響楽の諸効果」(一八五三年十月十二日、ルイーズ・コレ宛)があらわれる軌道の交錯も、じつはシャルルという動かない転轍機《てんてつき》あってのことなのだ。

＊

エンマとシャルルを等しく軌道圏内に導き入れながら、ここぞというとき外へはじき出す薬剤師オメー——「彼は最近レジヨン・ドヌール勲章を受けた」という最後の一文のすごみ——や万屋的《よろずやてき》なルールー、さらにレオンやロドルフ、妻を喪った娘婿に、七面鳥はいままでどおり送るから心配するなといって去って行く義父のルオー爺さん。登場人物はいずれも忘れがたい。にもかかわらず、『ボヴァリー夫人』に法規上の名字を与えているヨンヴィルの医師の鈍さは、ひときわ深く読者の胸に染みわたる。

＊

しかし、この鈍重な化けものめいた存在をふくむ『ボヴァリー夫人』がフローベールの手で宙に浮かされるのは、一八五一年九月から一八五六年四月までつづいた、「書くことなど不可能という確信」(一八五三年四月十日、ルイーズ・コレ宛)をしばしば抱きながらの、過酷な執筆の果てのことであった。すでに三十五歳。風俗紊乱のかどで裁判沙汰になったこの小説の胚胎と進展については菅谷氏の解題を参照していただきたいのだが、フローベールはほどなく、「紀元前三世紀を舞台とする小説」（一八五七年三月十八日、ルロワイエ・ド・シャントピー嬢宛）として『サランボー』の執筆に着手し、ノルマンディーの小村ヨンヴィル＝ラベイからアフリカ大陸の光のなかへ飛び込んでいく。フローベールを読もうとする者は、『ボヴァリー夫人』『感情教育』『三つの物語』、そしていくつかの印象深い書簡はすんなり通過できても、この『サランボー』でしばしば躓《つまず》く。かつての私もそうだった。一連の「代表作」のあと手にとったこの作品の印象は、いかにも茫漠としていた。宇宙どころか塩分が過度に濃い海に浮かびながら塩味のかけらも感じず、舌先にざらざらした砂粒を、頬に熱い大気のよどみを受けているようなのである。それなのに、シャルルの醸し出す鈍さの悲哀とおなじくらい、このよどみはながく胸にとどまった。抄訳であっても『サランボー』を一冊に加えたいと思ったのは、三十年以上もまえに知ったカルタゴの匂いを、もう一度体験してみたかったからにほかならない。

＊

カルタゴを戦に導き、かつ疲弊させていく主宰《スフェス》ハミルカルは、帰還兵たちの憎しみの対象である。報酬を求めて軍船の下で待っている傭兵たちのあいだには異語が飛び交い、驚くべき食事が供される。「角つきの羚羊、羽つきの孔雀、甘口葡萄酒で煮た丸ごとの羊、牝駱駝や水牛のもも肉、魚醤で味つけしたはりねずみ、蟬の揚げ物に、やまねの脂漬け」。メニューじたいがすでにひとつの言語になっている。女神をあがめる巫女サランボーは、ハミルカルの娘として、「右手に小さな黒檀の竪琴を持って」歩き、「あらゆる蛮人たちの言語を同時に用いて」彼らに語りかける。ざわつきから沈黙へ、そしてまたざわつきへ。さまざまな地域と国から集まった兵士たちは、戦場から帰還しても報酬の出ないことにいらだち、なにもないよりはと、当座の駄賃程度の金を得ていったん町の外に出ることを承諾する。ところが、カルタゴの国庫はもう底をついていた。彼らは、ついに不満を爆発させる。

＊

この空の国庫が、『ボヴァリー夫人』を書き上げたあとのフローベールの心象に重なるといったら大袈裟だろうか。なにもないところから食事をひねり出すわざは、ルイーズ・コレ宛の書簡を思い起こさせる。筋書きの真空状態を埋めるため、フローベールは磁針のような動きで、歴史に深く刻まれているわけでもない戦を描く。平坦な言葉の行軍が、ときおりサランボーの周囲で光を放つ。「紫色の砂を振りかけた髪は、カナンの乙女の流儀にしたがって塔のかたちに高く結ってあるので、実際よりも長身に見える。こめかみに留めた真珠の編み紐が口角のあたりまで垂れ、唇は割れかけた柘榴《ざくろ》に近い薔薇色《ばらいろ》をしている」。しかしそれは長つづきしない。彼女はリビア人傭兵マトーの心をまどわし、ヌミディア人隊長ナラヴァスの心を動かすだけで、戦乱のなかに入ってくるわけでもない。それでいて、物語ぜんたいを確実に麻痺させていくのだ。

＊

黒い衣装に身を包み、カルタゴを救うためマトーのもとへ人身御供を覚悟で出かけていくサランボーは、エンマの裏返しである。オリエントブームに乗ったかに見えるこの歴史小説もどきの散文は、頭のなかで交錯する異言語をひとつひとつ消していくように進展する。カルタゴが、ローマが、リビアが、ヌミディアがどういう状態にあって、なにで対立しているのか、細かい説明はいっさいなされない。主宰ハミルカルによって包囲され兵站《へいたん》を絶たれた傭兵たちの一部が餓えて死者の肉をむさぼる場面も、互いに互いを殺し合うよう命じられる場面も、叙事であって叙事でなく、歴史小説であってそうではない砂漠をゆく駱駝の動きになる。言葉が隊列を組んで進軍し、ただ言葉を維持するためだけに動きまわり、「壮烈」と「葬列」がおなじ音で記される日本語の不思議を無理にも提示したくなるほど傷ついて、最後には倒れる。一八五三年三月二十七日付のルイーズ・コレ宛書簡のなかで、フローベールは、現イスラエルのヤッファにあたるジャファで「檸檬の木の香りと死体の腐臭を同時に嗅いだ」と書いている。「掘りかえされた墓所で腐りかけた死骸が日にさらされている一方で、緑の灌木《かんぼく》は頭上で金色の果実を揺らしていた。ここにある詩《ポエジー》がどれほど完全であるか、これが大いなる総合《サンテーズ》であることが感じとれませんか？」。総合された死が、ここに出揃う。

＊

父親［シャルル］は頭を仰向けに塀にもたせかけ、眼を閉じ、口を開けて、一房の長い黒い髪の毛を両手に握っていた。

「お父ちゃま、いらっしゃいよ！」とベルトは言った。

そして、父親がふざけているのだろうと思って、ベルトはそっと父親を押した。彼は地面に倒れた。既に死んでいた。（『ボヴァリー夫人』）

あの腕をもう一度感じたい、あの言葉をもう一度聴きたい。叫びそうになった。男は仰向けにどっと倒れて、動かなくなった。（『サランボー』）

サランボーは夫に倣って、杯を手に立ちあがり、飲もうとした。ばたりと後ろへ倒れ、のけぞった頭を玉座の背もたれへ引っかけたきり、青ざめ、こわばって、唇を開いた。ほどけた髪が床まで垂れている。

こうしてハミルカルの娘は、タニト女神の衣に触れたがために死んだ。（同前）

＊

倒れて死んでいくものたち。言葉もまた、本を閉じる寸前で頓死する。ばたりと倒れるのは、流れを断ち切るためではない。べつの流れに私たちを投げ入れることによって、頓死に至るまでの展開がすべて虚空に浮いていたという事実を突きつけるのだ。三十歳で『ボヴァリー夫人』を書きはじめた頃から、フローベールは過去の甘ったるい習作時代を抜け出した。しかし、「なんらかの文体の断片」という副題のある二十一歳のときの作品『十一月』には、のちの貴重な種が見出せないわけではない。無器用な自意識にとらわれたひどく観念的な青年が、ついに観念を超える肉体関係を娼婦と結び、それがあとから恋に似たものであったと悟る前半三分の二のうち、娼婦が半生を語る部分の言葉の奇妙なはずみは、その前とあまりにちがっている。また、その書き手を知っているという第三者の「わたし」による語り手「わたし」の相対化は、「さまざまな気持ちを言い表すのに、言葉はあまり使いものにならないらしい、そうでなければこの本は一人称で書き終えられたはずだから」との一文をもって、使いものにならない言葉の運用からひとつの文体をつくりだす試みを予告している。

*

最後に顔を出すこの手記の、読者にして解説者によれば、語り手は独身で、パリに出て家具付きの貸部屋に住み、倦怠にさいなまれ、自殺を思いながら果たせず、「嘘や、支離滅裂な言葉に溺れ、形容詞を濫用する男だった」という。『十一月』の末尾では、この男が前年十二月に死んだとされ、「ゆっくりと、少しずつ、どこの器官も悪くないのに、思考の力だけで死に至ったところは、いわば悲しみで死んだようなもので」と冷静に分析されている。フローベールの作品を、執筆順に読んでいく読者はおそらく少ないだろう。専門の研究者にしても、はじめは代表作から入っていったであろうし、創作の時期に関する知識は、たいていあとから知るものなのだ。『十一月』は、どちらかと言えば、大きな作品がこのあと書かれることをすでに学んでいる読者が手を付けるものなのである。新しい語り手は、「彼は生きたまま埋葬されるのを怖れて、解剖してくれるよう頼んだが、防腐処理を施すことは固く禁じた」と述べる。これは要するに、開陳されてきた「なんらかの文体の断片」は、解剖に値するかもしれないけれどそのまま朽ちていくのが正解であり、安易な防腐剤で飾り立てるなと言っているに等しい。フローベールはここでもう、防腐処理を行わずに腐らせない特殊な方法を夢見ていたとも考えられるだろう。自分が死んでいくさまを見届けるには、もうひとりの自分が腐敗せずに残らなければならない。では、もうひとりの自分、自殺もしくはそれに匹敵する頓死を、後ろにひっくり返って息絶える自分を見届けうる存在は、どこにいるのか。

*

それは、みずからが創り出した他者の言葉のなかにしかいない。『ブヴァールとペキュシェ』は、この防腐処理を拒みながらそれと同等の効果をあげるための、つまり「何についてでもない」散文を構築するために残された手段だったと思われる。しかし私は、この筆耕をしていた同年齢のじつに対照的なコンビがくりひろげる、知識と情報がつねに実践に先立ち、「思考の力だけで死に至った」男から悲壮さをとりのぞいて滑稽さを植え付けたような田舎暮らし（カーンとファレーズの間にあるシャヴィニョール）の一部始終に、つよい親近の念を覚えずにはいられない。農業、酪農、園芸、醸造、化学、医学、天文学、博物学、考古学、歴史、文学、そして政治。百科全書的な知を蒐集《しゅうしゅう》しているようでいて、じつはすべて「マニュアル」の実践にすぎず、しかもそのマニュアルを壊していくこの未完の小説には、幸い、どのような結末になるのかを示唆する草稿が残されている。ふたりのどたばたのいっさいは、いずれ美しい文字で写された引用文となって、カルタゴ軍と傭兵たちをへだてる壁と同質の囲いのなかにすっぽり収められることになるのだ。「三十三度の暑さなので、ブールドン大通りにはまったく人影がなかった」とはじまるこの小説の、三十三度と明示する語り手の律儀さは、最後まで乱れることがない。一方で、生理学の勉強をする箇所には、こんな言葉が見られる。

＊

学者たちの説によれば、体の熱は筋肉の収縮によって産み出されるのだから、胸郭と骨盤肢［解剖学用語で脚部のこと］を動かせば、ぬるま湯の温度を上げることもできるという。

ブヴァールは浴槽を探しに行った。そして準備万端整うと、温度計を手に、その中に入る。

＊

手足をどんなに動かしても温度は上がらない。ブヴァールとペキュシェに、言葉のエネルギー保存の法則は通用しないのである。彼らはひたすら失いつづけ、ひたすら受け入れつづける。流し温泉のように、ただ漏れてあふれる状態を維持しているだけだ。舞踏会も社交界もないこのだだ漏れの専門用語は、解釈しだいで、「あらゆる蛮人たちの言語」になり、頭のなかで唸りつづける羽虫になる。ブヴァールとペキュシェ。BとPという両唇破裂音を頭文字とするふたりの結び付きには、「納得のいく定義一つ見当たらない」。定義をひたすら博捜し、定義することに情熱を傾ける行為そのものが定義から逸脱していく無垢について、フローベールは叔父パランに宛てて言う。「愚かさ《ベティーズ》とは揺るぎない何かです。愚かさを攻撃すればかならず自分が砕け散るのです」（一八五〇年十月六日）。ブヴァールとペキュシェの、裏表を相おぎなう愚かさは、かぎりなく強固である。ここにはなんの結論もない。結論という愚かさは、彼らが身に付けている愚かさの対極にあるものなのだから。

*

もはや言うまでもない。ブヴァールとペキュシェの「愚かさ」は、「シャルボヴァリ」のそれに通じている。この圧倒的な、「揺るぎない」「愚かさ」をもって立ち向かうべきは、たとえば本巻が読まれる二〇一〇年代の日本の愚かさであり、「紋切り型」にすらなりそこねている政治の言語だろう。フローベールは十九世紀フランスの、政治の変遷のなかに生きた人である。「社会問題」や「民主主義」なる言葉が、五十年後には十八世紀の「感受性」や

「自然」とおなじくらいグロテスクなものになる（一八五七年五月十八日、ルロワイエ・ド・シャントピー嬢宛）とする彼の見解は、もちろん当時の思想的な文脈のなかで理解しなければならない。しかし、BとPの両唇性にあてはめるなら、グロテスクな民主主義とは、筆耕の正しい愚かさを理解できない、偽の愚かさに近いものとなるだろう。散文とは、徒労である。徒労の重要性を真剣に受け止めなければ、自分の力だけで宙に浮かぶ言葉など使いこなせるはずがない。フローベールを読むことは、彼の「愚かさ」から遠ざかっていくおのれの愚かさを苦々しく認めることだ。そして、その苦さから、あらためて「揺るぎない」なにかを摑むために、意を決して歩を進めることなのである。

作品解題

『十一月』*Novembre* (1842)

作家はいつ自らの天職に目覚めるのか。この点について、フローベールほど典型的な生涯を送った例は、古今東西の文学史の中でも決して多くはないだろう。実際、現在残されているもっとも古い書簡の一つ（一八三一年一月一日、エルネスト・シュヴァリエ宛）には、九歳にしてすでに複数の執筆プランを温めていた様子を伺うことができる。その後も終生、「書く」ことはフローベールにとって唯一、最大の関心事であり続けたのであり、文学以外の経歴がその心を捉えたことなど一度たりともなかった。そのように考えた時、むしろ我々を驚かせずにはいないのは、この文学青年が独自のスタイルを身に付けるために要した期間の長さであろう。実質的な文壇デビュー作である『ボヴァリー夫人』を三十五歳で発表するまで、フローベールは実に多種多様な習作をものしているにもかかわらず、それらはすべて多かれ少なかれロマン主義の模倣の域にとどまっているといってよい。個々の作品の出来栄えには確かに差があり、年を追うごとに巧みになってはいるものの、近代の散文芸術としての小説が孕《はら》む本質的な新しさと困難に対して、若き小説家はあまりに無自覚であったといえようか。

ここでフローベールの初期作品を概観すると、それらは大きく三つのカテゴリーに分かれるというのが現在では常識になっている。まずは、ロマン主義の歴史小説の流行に対応する「歴史もの」

のカテゴリーで、一八三五年から三六年頃に書かれた若書きの短編がいくつか残されている。次に、一八三六年から三九年までの「哲学的作品」で、『地獄の夢』(一八三七年)などの幻想譚や、「哲学的短編」という副題を持ち、『ボヴァリー夫人』の源泉の一つともみなされる『情熱と美徳』(一八三七年)などがこのカテゴリーに含まれる。最後に、やはりロマン主義における告白の流行に影響を受けた「自伝的作品」のカテゴリーで、一八三八年の『狂人の手記』や、一八四〇年から四一年にかけて胸中に去来する諸々の思いをつづった『覚書』、さらに本巻に訳出した『十一月』がそれに当たる。

『十一月』の執筆過程に関していえば、おそらく一八四〇年のピレネー・コルシカ旅行から帰って間もなく(作品のタイトルを額面通りに受け取るならば、この年の十一月に)書き始められ、その後、執筆が一度中断したことはほぼ間違いないと思われる。そのおもな原因として考えられるのは、家族に強いられた法律の勉強が青年の心身に与えた強いストレスであるが、同時に、作品の内的構造の観点から見ても、娼婦《しょうふ》マリーのエピソードの後、物語が完全に袋小路に陥っているのは紛れもない事実であろう。若きフローベールは、これに対して、一人称の語り手を無理やりテクストから退場させ、新たな語り手にその最期を語らせるというなかば強引な手法で、この破綻しかけた自伝的小説を終わらせることになる。作品が完成したのは、自筆原稿の最後に記されている日付を信じるならば、一八四二年の十月二十五日であり、執筆には約二年を費やしたことになる。

ところで『十一月』は、フローベールが自らの初期作品のうち、おそらくもっとも愛着を持っていた作品である。書簡には後々までこの自伝的作品への言及が見られるのみならず、愛人ルイーズ・コレやマクシム・デュ・カン、ルイ・ブイエといった古くからの親友、さらにはゴンクール兄弟など『ボヴァリー夫人』の成功以後にできた多くの文壇仲間たちにも、わざわざこれを朗読して聞かせたことが知られている。作品の完成度については一貫して留保を付けながらも、それでもフローベールが最後までこの「感傷と恋心のごった煮《ラタトゥイユ》」（一八四二年一月二十二日、グルゴー＝デュガゾン宛）にこだわったのは、そこに自らの青春の総決算を見ていたからであろう。物語として描かれているのは、すべてが作者自身の「自我」の内部で展開する世界、つまり事件性には乏しいものの、心の中には激しい嵐が吹き荒れているという典型的にロマン主義的な青春の自画像に他ならない。『十一月』はまさにこのような「ことばにならないたくさんの事柄」（一八四六年十二月二日、ルイーズ・コレ宛）を言語化しようとした試みであり、その意味で本質的に不可能な企てであったといってもよい。「なんらかの文体の断片」という副題が示唆するごとく、そのしばしば弛緩《しかん》した饒舌体《じょうぜつたい》は、言葉に対する経験の圧倒的な優位、言いかえれば言葉の本質的な無力（「さまざまな気持ちを言い表すのに、言葉はあまり使いものにならないらしい」と第二の語り手も言っている）を前提にして、いわば文体の不在を意図的に目指すものである。もちろんこれは、フローベールの傑作群を特徴づける言語観とはまさに対極にあるものであり、だからこそ後に作家はこの初期作品に「文体組織」（一八五三年十月二十八日、ルイーズ・コレ宛）がないことを嘆くことになる。とはいえ、『ボヴァリー夫人』の作者が誕生するためには、一度はここを通過しておかねばならなかったこともまた事実であろう。フローベールは、過剰な自我の表出を徹底的に推し進めることによって、自我を葬り去ることを学んだのである。

作品の構成はおおむね三部に分かれており、一人称の語り手のモノローグに当てられた第一部、娼婦マリーとのかりそめの愛を描いた第二部、そして第二の語り手によって物語の後日譚が述べられる第三部からなっている。このうちテクストの中心をなすのは疑いなく第二部のマリーのエピソードであるが、実はこのロマン主義の紋切型のような娼婦の人物像には実在のモデルがあることが明らかになっている。一八四〇年、ピレネー地方とコルシカ島への旅行からの帰り、マルセイユに立ち寄った十九歳のギュスターヴは、投宿したホテルの主人の娘ユラリー・フーコー・ド・ラングラッドと肉体関係を持った。当時三十五歳の植民地生まれの女性との官能的な一夜の経験は、その後も長く記憶に刻まれることになるのだが、『十一月』のエピソードはこの時の思い出をフィクション化したものだと言うことができる。しばしば指摘される物語上の矛盾した設定も、とりあえずは現実の経験の反映ということで説明されるだろう（実際、娼館の場所を知らないはずのない語り手が、その日以来マリーを「ほうぼうで探した」のに、「それきり二度と会わなかった」という記述を、いったい誰が信じることができようか）。ところで、この自伝的小説に特徴的なのは、永遠に満たされぬ愛の理想を求めてついに娼婦にまで身を落としたというこの女版ドン・ジュアンが、物語の中では語り手と同じ感性を共有する分身として描かれていることである。従って、この二人の対話は鏡を介して二重化されたモノローグのような様相を必然的に呈することになるのだが、言うまでもなく、このような他者性の不在からは物語的な展開など生まれようがない。実際、このエピソードの後すぐに作品の執筆が行きづまった原因の一つは、おそらくこの点にあると思われる。いずれにせよ確かなことは、二十歳の文学青年には自分自身を書くことはできても、本当の意味でのフィクションの作中人物を作り出すことはできなかったということであろう。

その意味でも、第三部における語り手の交代はきわめて重要である。作者は自らの分身でもあった第一の語り手をテクストから退場させるに当たり、代わりに彼の友人であったという第二の語り手を召喚して、前者の最期を三人称で語らせている。見出された手稿という仕掛け自体は、この時代の文学にはよくある月並みな手法にすぎないが、ここでは袋小路に陥った物語を強引に終わらせるべく、事後的に持ち出されたことが明白である。むしろ特筆すべきなのは、この第二の語り手が最初の語り手に対して取る批判的な距離であって（「嘘や、支離滅裂な言葉に溺れ、形容詞を濫用する男だった」）、それによってテクスト全体にアイロニーが導入され、それまでのモノローグ的な語りに小説的な奥行きが付与されることになる。同時に、作品の最後で語られる第一の語り手の死が必然的に象徴性を帯びるのであり、いささか大仰な言い方をすれば、そこで一つのエクリチュールが葬られたのだと考えることもできるだろう。「思考の力」だけで引き起こされたというその奇妙な死は、一人称の「わたし」が支配する自伝的テクストから、三人称小説の「非人称性《アンペルソナリテ》」の領域への決定的な移行を印付けているのである。ここで明らかにフローベールは、それまでの自我の一部を意識的に手放したのだといえようか。一八四六年八月三十一日付（ルイーズ・コレ宛）の書簡に記されている「はっきり異なるふたつの存在」という表現はそのことを指し示しているのであり、作家の内面においては、「いま生きている男が、死んでしまったもう一人の男をただ眺め」ている。従って、フローベールがまた別の書簡の中で（一八四六年十二月二日、ルイーズ・コレ宛）、「この作品（『十一月』）はぼくの青春を締めくくるものでした」と述べる時、その言葉は字義通りに受け取らねばならないだろう。しかしながら、ロマン主義的な「告白」をようやく抜け出したばかりの作家が、『ボヴァリー夫人』の濃密かつ圧縮された文体に達するためには、さらに十五年近くを要することになるのであり、その間にポン＝レヴェックでの発作、父や妹の死、『聖アントワーヌの誘惑』の失敗、さらに東方旅行などの様々な経験を経る必要があったのである。

『ボヴァリー夫人』*Madame Bovary*（1857）

一八五一年六月、一年半以上にもわたる東方旅行から帰国したフローベールは、オリエントで取ったノートを『旅行記』（生前未刊）としてまとめる作業に従事するかたわら、長編小説の執筆に向けて本格的に構想を練り始める。コンスタンチノープルの地でバルザックの死の報に接し、深い感慨を覚えたのがその半年余り前のことであり（一八五〇年十一月十四日、ルイ・ブイエ宛）、新たな時代にふさわしい近代小説の誕生に向けてまさに機は熟していたといえよう。すでにオリエント旅行中からフローベールが複数の作品のプランを検討していたことは、ブイエ宛の同じ書簡からも伺える通りだが、このうち「フランドルの小説」と呼ばれていたものが、ノルマンディーの片田舎を舞台とする姦通《かんつう》小説の原型になったというのが今日では定説になっている。いずれにせよ、マクシム・デュ・カンがフローベールに宛てた一八五一年七月二十三日付の手紙の中で、ドン・ジュアンの話と「とても美しいドラマール夫人の話」とどちらに決めたのか尋ねているところをみても、後者の事件をモデルとする『ボヴァリー夫人』の構想が最終的に固まったのは、帰国後しばらく経ってからであると見て間違いはなかろう。この意味で、やはりデュ・カン自身によって後に広く流布された伝説、すなわちナイル川の第二瀑布《ばくふ》を見下ろす高台の上でフローベールが「エンマ・ボヴァリー」というヒロインの名前を思い付いたという『文学的回想』に記された証言は、眉に唾して聞く必要がある。もちろんそれは、『ボヴァリー夫人』の多分に三面記事的な主題が、フローベールの生来の抒情性を抑えるために選ばれたというもう一つの証言の価値をいささかも損なうものではないのだが。

ところで、一八五一年九月に開始した作品の執筆は、当初の見込みを大幅に超えて、一八五六年四月末まで、完成までなんと四年半以上の月日を要することになる。それ以前の初期作品がそれこそ筆の赴くままに書かれていたのに対し、『ボヴァリー夫人』に取り組むに当たって、フローベールはまずセナリオと呼ばれる綿密なプランを作成し、いわばその設計図をもとに、一つ一つ石を積み上げるようにして、文章を練り上げていった。その徹底した推敲《すいこう》ぶりは現在ではほとんど伝説になっており、一つの段落や場面を十度以上書き直すことも決して珍しくなかった。実際、ルーアン市立図書館に保存されている草稿（口絵参照）に直接当たってみれば分かるように、全体の構成といったマクロなレベルから、段落間の繫《つな》ぎ、さらに個々の文章のリズムや音の繰り返しといったミクロなレベルまで、作家の配慮はありとあらゆる側面に向けられていたといえる。従って、「ときおり、書くことなど不可能という確信にいたる」（一八五三年四月十日、ルイーズ・コレ宛）というフローベール自身の言葉も、単なる誇張やレトリックと受け取るべきではないだろう。そこで問題になっているのは、より良く書くことへの作家的良心などといったあらゆる時代に共通する普遍的なものであるよりは、むしろ現代的な意味での文学の不可能性そのものに『ボヴァリー夫人』の作者が向き合っていたと考えるべきなのである。

ここでとりわけ重要だと思われるのは、書くことに対するこのような特異な姿勢が、ある明晰《めいせき》な歴史的認識に支えられていたという事実である。というのも、小説家自身が自らの文体、あるいは現代的な言葉で言いかえるならばエクリチュールを一つの断絶とみなしていたのであり、そのことを問わずして、しばしばレアリスム（写実主義）の巨匠とみなされもするこの作家の本質的な新しさを理解することはできない。フローベールが『ボヴァリー夫人』の執筆を通して試みたのは、従来、文学史の中でも非正統的で、卑俗なものとして軽んじられてきた小説というジャンルを、散文による言語芸術へと鍛え上げることであった。この時期の書簡の中で一度ならず、小説が韻文とのライバル関係において捉えられているのはそのために他ならない。「散文は昨日生まれた」(一八五二年四月二十四日、ルイーズ・コレ宛)ばかりのものであり、散文のテクストを構成する言葉に詩作品に劣らぬ密度を与えるという途方もない企てこそ、ポスト・バルザック世代の小説家の喫緊の課題となる。フローベールの際限のない書き直しはこの新たな文学上の要請に応えるためのものであり、そこでは究極的には、作品は決して完成することとさえなく、あらゆる終わりがとりあえずのものでしかないだろう。「散文とはろくでもない代物だ!」(一八五二年七月二十二日、ルイーズ・コレ宛)という絶望とも諦めともつかぬ言葉は、まさにこのような意味に解するべきなのである。

小説の創作をあくまで言語の位相で捉えようとするこの発想は、作品の主題についてのやはり独特の考え方と結び付いている。実際、我々が今日フローベールの書簡を読んでもっとも驚かされることの一つは、『ボヴァリー夫人』の主題に対する作者自身による否定的な見解、それも時に過剰なくらいに激しい反応である。そもそも、「自分の主題の通俗性にときおり吐き気がこみあげてくる」(一八五三年七月十二日、ルイーズ・コレ宛)のだとしたら、いったい何故そんなものを書く必要があるのか? この問いに対するフローベールの答えは、きわめて現代的なものだ。「文体はただそれだけで事物の絶対的な見方」である以上、芸術にとっては「美しい主題もなければ卑しい主題もない」(一八五二年一月十六日、ルイーズ・コレ宛)のだし、少なくとも芸術家の名に値する作家は、あらゆる主題から美を引き出すことができなければならない。文体の力に対するこのような信念が、飽くなき文章の推敲を支えていたわけだが、この考え方をさらに突き詰めたところに出てくるのが、有名な「何についてでもない書物」(同前)という夢であろう。二十世紀後半の文学的前衛によってしばしば特権化されたこの永遠に実現不可能な理念が、一見オーソドックスな近代小説でもある『ボヴァリー夫人』を執筆中の作者によって表明されたことの意義は計り知れないものがある。要するに、フローベール以降、文学は他ならぬ言葉の問題となったのだといえよう。

　言語の構築物としての小説は、しかしながら、ほとんど生身の女性の声を響かせることもできる。ボードレールの卓抜な批評以来（《アルティスト》誌、一八五七年十月十八日）、多くの論者がこの作品の女主人公に魅了されてきたが、実際、十九世紀のフランス社会の中で、その父権的な制度・慣習に抗《あらが》って不可能な夢を追い求め、最後には自殺へと追い込まれるエンマの悲劇は、今日でも十分にリアルであるといえよう。その空転するエネルギーは、単なる一作中人物の性格《キャラクター》の問題というよりは、むしろ「地方風俗」という副題の示唆する社会性と関連付けて理解すべきだろう。『ボヴァリー夫人』のヒロインの逸脱は、当時の少なからぬ女性たちの声にならざる声を体現していたはずであり、それこそがまさしく文学の表象に固有の真実性とでも呼ぶべきものだ。「我が哀れなるボヴァリー夫人は、まさにいまこのとき、フランスの数多くの村で同時に苦しみ涙をながしている」（一八五三年八月十四日、ルイーズ・コレ宛）のであって、そのことと作品の中で描かれる運命の単独性とはまったく矛盾しない。

　ところで、このような不穏な「声」を響かせるためのテクスト的な仕掛けが、よく知られた「自由間接話法」であり、フローベールはおそらく小説家としてのある種の直観から、同時代の文法学者たちの知らなかったこの話法を多用したものと思われる。直接話法のような会話の文字通りの再現ではなく、あくまで適度な距離を保ちながらも作中人物の言葉や主観を舞台に乗せる自由間接話法は、皮肉《アイロニー》と共感の入り混じったフローベールの文体にもっともふさわしいものだといえよう。これによって、読者は匿名の話者を介して、作中人物の内面に寄り添うことができ、物語をいわば内側から生きることが可能となる。フローベールの作り出した散文のフィクションが、作者の介入を極力排した三人称のテクストであるにもかかわらず、レアリスムという語が想像させがちな無味乾燥な客観性からはいかに遠いものであるかは、このことからも明らかであろう。「ボヴァリー夫人は私だ」というあまりに有名な言葉は、実際には作者によって書き残されたものではなく、きわめて信憑性《しんぴょうせい》の薄い伝聞の伝聞にすぎない。とはいえ、このような伝説にも一抹の真実が含まれているとすれば、それはこの作品の同時代の読者たちが女主人公の夢と挫折を、それ以前の小説にはなかったような強度において、追体験したことを示していよう。もちろんそれは、今日の読者がこの小説を、たとえばシャルルの物語として読み直すことを妨げるものではない。フローベールがしばしば書簡で主張する「非人称性《アンペルソナリテ》」とは、畢竟《ひっきょう》、作者が自らの創造物のいたるところに遍在すべく、自分自身の存在を希薄化しつつ押し拡げる能力のことなのである。

　女性という当時のマイノリティー、それも社会規範を侵犯する女性に声を与えた『ボヴァリー夫人』の作者は、案の定、司法の場に引き出されることになる。すでに雑誌連載（一八五六年十月一日―十二月十五日）をめぐって、マクシム・デュ・カンら《パリ評論》編集部から原稿の一部削除を求められたフローベールは、最終的にはそれに対する抗議文を掲載するという条件で妥協。ところが、このような配慮にもかかわらずというべきか、あるいは自己検閲がかえって検察側の注意を引き付けることになったのか、『ボヴァリー夫人』は「良俗紊乱《びんらん》・宗教冒瀆《ぼうとく》」の廉《かど》で訴えられる。一八五七年一月二十九日にパリ軽罪裁判所第六法廷において公判が行われ、二月七日に無罪の判決が下されたことは周知のとおりである。とはいえ、この判決自体はいささかも文学の勝利を意味しているわけではなく、この機会に田舎のブルジョワの本性をむき出しにしたフローベールが、様々な人脈を活かして、時の有力者に対して働きかけた結果と理解すべきだろう。この点、フローベールの見苦しい奔走ぶりは、数ヶ月後に堂々と有罪判決を受けてみせる『悪の華』の詩人ボードレールとは対照的だといえる。いずれにせよ、この裁判によってスキャンダルとなった作品は、かえって商業的には大成功し、ミシェル・レヴィ書店から四月十六日に出版された単行本も、瞬く間に版を重ねる。だが、フローベール自身はこの半ば誤解にもとづく成功には不満を隠さず、後々まで『ボヴァリー夫人』出版をめぐる騒動にこだわり続けることになる。

※収録訳底本＝『集英社ギャラリー「世界の文学」7　フランスⅡ』（集英社、一九九〇）。

『サランボー』 *Salammbô* (1862)

フローベールの主要作品群の中でも、『サランボー』はおそらくもっとも読者を戸惑わせずにはおかない作品である。少数の熱狂的な崇拝者が常に存在してきた一方で、『ボヴァリー夫人』や『感情教育』といった代表作に親しんだ大多数の読者にとっては、古代カルタゴを舞台とするこの歴史小説がいささかとっつきにくいものに思われるのは否定できない事実であろう。しかも、このような違和感は出版当初から表明されていたものでもあり、たとえばサント＝ブーヴの有名な『サランボー』批判も、要するにそのポイントは、『ボヴァリー夫人』の作者が同時代のフランス社会を写実的に描くという「前衛」の役割から撤退したという点に向けられていた。その後も、ユイスマンスら世紀末デカダンス文学の流れの中での再評価にもかかわらず、フローベールのこの長編第二作は、依然として比較的マイナーな作品にとどまっている。今も昔も、『サランボー』はフローベール作品の読者の「期待の地平」を裏切るものであり続けているといえようか。

とはいえ、十九世紀フランスの文化的なコンテクストを考慮に入れるならば、この一見特異な作品が当時のオリエンタリズムの流行の中に位置付けられることが容易に見て取れるはずだ。青年時代に東方に強く憧れ、現実に中近東の国々を旅行した経験も持つフローベールにとって、古代世界と結び付いたオリエントの主題そのものは初期作品の頃からなじみ深いものであった。従って、『ボヴァリー夫人』の執筆の困難、さらにその出版をめぐるごたごたの後に、小説家が「現代世界から脱出したい」(一八五七年三月十八日、ルロワイエ・ド・シャントピー嬢宛)と感じたとしても、そのこと自体はさして驚くべきことではない。ちなみに、ここで作品の執筆経過を簡潔に整理しておくと、『ボヴァリー夫人』裁判が終了した直後の一八五七年三月に、フローベールは書簡で「紀元前三世紀を舞台とする小説」(同前)に取り掛かることを宣言しており、早速その準備のための資料調査を開始したものと思われる。九月には本格的に執筆を始めるものの、なかなか筆が進まないことに業を煮やして、翌年の四月から二ヶ月間、アフリカの光と色彩を求めて現地への調査旅行を敢行。その後再び最初から執筆を再開すると、結局四年半もの歳月を掛けて、一八六二年四月にようやく原稿を完成することになる。

ところで、同時代の感性とオリエンタリズムという文脈を共有していたにもかかわらず、『サランボー』が出版当時、多くの批評家および読者を当惑させたとすれば、そこにはやはりなんらかの理由があったはずだと考えねばならない。実際、十九世紀に生み出された古代オリエントを主題とするおびただしい数の文学作品、歴史、学術論文の類に共通するのは、それらが基本的にある特定の歴史観、より具体的にはヨーロッパのキリスト教文明をクライマックスに置くような歴史観に支えられていたことであろう。今さらサイードを援用するまでもなく、オリエンタリズムとは西洋が他者を支配する様式に他ならず、歴史に意味を付与する行為は往々にして諸文明間の明確な序列を前提としている。それに対して、フローベールの選んだ主題は、当時流行の進歩の観念とはおよそ無縁な、いわば歴史の「徒花《あだばな》」とでもいうべきエピソードであり、おそらくはそれこそが大方の無理解や困惑、また時に激しい反発を招いた深い原因ではなかったかと思われるのだ。

この点とりわけ興味深いのは、先ほども触れたサント＝ブーヴの反応であろう。この高名な批評家によれば、『サランボー』の作者の最大の誤りは、そもそも、カルタゴと傭兵《ようへい》たちとの争いという世界史の観点から見て何の重要性ももたない主題を取り上げた点にあるという。蛮人たちによる不毛な暴力の応酬や、迷信に基づいた残虐な生贄《いけにえ》の儀式を長々と描写する代わりに、むしろローマとカルタゴの三度にわたる戦い（ポエニ戦争）を通して西洋文明の優位が確立していく過程をこそ物語るべきであったというわけだ。このように十九世紀は歴史に一つの目的論的な意味を見出そうと躍起になった時代であるが、『サランボー』はまさにそのような歴史観の根底的な否定と映ったに違いない。もはや我々のものではない別種の合理性に支配された世界を舞台に（一例を挙げれば、タニトの衣に触れたためというヒロインの死の理由に本気で納得する現代の読者がはたして何人いるであろうか）、文明の発展になんら寄与するところのないエネルギーの蕩尽、それもしばしばサドを思わせる無償の破壊行為を描くことは、確かに現代の我々が想像する以上にラディカルな試みだったに違いない。それは、オリエンタルな情緒にも歴史の目的論にも回収されることのない根源的な他者性を浮かび上がらせることにもつながるものであり、フローベール自身はそれを「純粋芸術」（一八五八年一月二十三日、ルロワイエ・ド・シャントピー嬢宛）という名で呼んだのである。

サント＝ブーヴの批判に反駁して、フローベールは自らの意図を「ひとつの幻影を固定しようとした」（一八六二年十二月二十三—二十四日、サント＝ブーヴ宛）と説明している。ここで「幻影」と訳したmirage《ミラージュ》という語は元々「蜃気楼《しんきろう》」を意味しており、いわば無の上に美を築き上げるような『サランボー』の作者の野心を的確に表しているといえよう。実際、十九世紀半ばの考古学にとってカルタゴはいまだ謎の都市であり、共和政ローマに破壊されたこの古代都市国家についてフローベールの同時代人たちはほとんど何も知らなかったのである。ところで、「カルタゴを甦《よみがえ》らせる」（一八五九年十一月二十九日、エルネスト・フェドー宛）というこの無謀な企てに取り組むに当たって、きわめて逆説的ながら、フローベールは徹底した文献調査を行ったことが知られている。といっても、カルタゴそれ自体についての厳密な学問的知が未発達であった以上、問題となるのはあくまで古代世界一般についての知識を積み重ねて、そこから「カルタゴに似た何か」（一八六二年十二月二十三—二十四日、サント＝ブーヴ宛）、言いかえれば古代世界のプロトタイプのようなものを抽出する作業であったはずだ。ここで一つだけ例を挙げれば、フローベールはカアン訳の聖書をしばしば参照したことが知られているが、これは古代人の風俗や心性を推測する上での大きな助けとなったと思われる。ところで、サント＝ブーヴはこのことを批判して、聖書は古代カルタゴについて知るための典拠にはならないと主張している。このきわめてまっとうな指摘は、しかしながら、「蜃気楼」を作り出すというフローベールのいささか倒錯した企ての本質を突いているとはいえないだろう。膨大な資料はあくまで文学的な想像力を刺激するためのものであり、虚構の物語を立ち上げるための方法なのである。

大多数の論者の否定的な評価にもかかわらず、『サランボー』は出版直後から大成功をおさめることになった。とはいえ、それはあくまでジャーナリスティックな現象という側面の強いものであり、作者自身が言うところの「純粋芸術」とはまったく無縁なものであったということは忘れてはならない。カリカチュアやパロディー、あるいはオペラ化の企画に加えて、サランボー風モードが社交界で流行。とりわけ皇妃ウジェニーが仮装舞踏会用のサランボーの衣装に興味を示したものの、体の線が出すぎて節度を欠くという理由で断念し、その代わりに、リムスキー゠コルサコフ夫人がカルタゴの王女に扮して登場したというエピソードは有名である。『ボヴァリー夫人』裁判以降、フローベールは自らの意に反してメディア的な存在になってしまったといえようか。いずれにせよ、風俗的な現象としてのサランボー・ブームは、むしろこの作品の現代小説としての決定的な新しさを覆い隠す働きをしたことは間違いない。その意味では、二十一世紀に入ってフランスで『サランボー』の信頼できる校訂版が相次いで三つも出版され、この不幸な作品を正当に評価する基盤がようやく整ってきたのは喜ぶべきことであろう。『サランボー』はいまだ発見されておらず、その課題は他ならぬ我々自身に委ねられているのである。

『ブヴァールとペキュシェ』*Bouvard et Pécuchet* (1881)

フローベールの未完の遺作長編『ブヴァールとペキュシェ』は、全部で三つの版を残した『聖アントワーヌの誘惑』と並んで、まさに作家の「生涯の作品」であったといえよう。その着想は一八四三年にまで遡るというマクシム・デュ・カンの証言（『文学的回想』）は必ずしも鵜呑《うの》みにできないとしても、一八三七年、まだ十五歳の時に書いた初期作品の一つ『博物学の一課——書記属』が、この小説の源泉の一つであることは疑いえない事実である。これは当時流行した「生理学もの」という風刺的ジャンルの形式を借りて、あたかも動物の種の一つであるかのように、書記という社会的な職業集団の風俗、習慣を面白おかしく描き出したものだ。さらに一八五〇年代に入ると、東方旅行中、あるいは帰国後の書簡の中に、『紋切型辞典』への言及が散見されるようになる。特に興味深いのは、『辞典』そのもの以上にその「序文」が重視されていることで、現在のフローベール研究の定説では、この序文が拡大して、元々その本体であったはずの『辞典』を逆に包み込むようになったのが、『ブヴァールとペキュシェ』という特異な作品の成り立ちであるといわれている。いずれにせよ、この百科全書的な小説の起源に、紋切型という生命力を失って凝固した言葉への関心があったという点は、ここで強調しておいてもよいだろう。

とはいえ、現在見られるような作品の大まかな輪郭が出来上がったのは、一八六〇年代になってからにすぎない。『サランボー』執筆後、フローベールは次作の主題について、『感情教育』と『ブヴァールとペキュシェ』という二つのプランの間で迷っていた時期があるのだが、その際、両者についてかなり詳細なセナリオを書き記している。当初は『二人のワラジムシ』と名付けられていた後者のプランは、結局この時点では取り上げられることはなく、一八六九年まで作家は『感情教育』の執筆に専念することになる。とはいえ、『ブヴァールとペキュシェ』の構想自体はその間もずっと温められていたものであり、一八七二年に『聖アントワーヌの誘惑』の決定稿を書き終えるとすぐ、フローベールは今度こそ本格的にこの作品に取り組むことを決意する。この頃の書簡を読むと、外的・状況的な要因がこの決断に与《あずか》って力があったことが見て取れる。実際、第二帝政の崩壊、普仏戦争の敗北とそれに続く占領（クロワッセの館もプロシア兵に占拠された）、さらにパリ・コミューンといった一連の政治的混乱が、「愚かさ《ベティーズ》」に対する作家の生来の嫌悪感を掻《か》き立ててやまなかったであろうことは容易に想像できるところだ。だが、執筆は思いのほか難航し、さらにそこに姪《めい》夫婦の破産という財政問題も加わって、精神的な打撃を受けたフローベールは、一八七五年、すでに三章の途中まで書き進めていた作品を一時放棄することになる。その後、短編集『三つの物語』によって作家的自信を取り戻した上で、一八七七年に再び『ブヴァールとペキュシェ』に着手。今度は執筆もそれなりに順調に進んだが、一八八〇年五月八日、第Ⅹ章の完成まであとわずかというところで起こった作者の突然の死により、この作品は永遠に未完のまま残されることになった。

フローベールは書簡の中で、自らの作品を「一種の笑劇《ファルス》風の批評的百科事典」（一八七二年八月十九日、エドマ・ロジェ・デ・ジュネット宛）と定義している。実際、この奇妙な小説を読んだ誰もが驚かされるのが、そのロマネスクな筋立ての欠如と、膨大な知の言説《ディスクール》の引用であろう。すなわち、『ブヴァールとペキュシェ』は「反＝小説（アンチ・ロマン）」だということができようが、それにしても、その準備のために作者が行った文献調査の規模はさすがに驚嘆に値するものだ。まずは執筆に先立って、一八七二年八月から一八七四年七月まで丸々二年間、物語の中で扱う諸学問分野の専門書を読んでは、ひたすらノートを取る作業に専念する。いちおう普通の小説の体裁を備えている第Ⅰ章と第Ⅶ章は別にしても、農学（第Ⅱ章）、医学、地質学（第Ⅲ章）、考古学、歴史学（第Ⅳ章）、文学、美学（第Ⅴ章）、政治学（第Ⅵ章）、神秘学、哲学（第Ⅷ章）、宗教学（第Ⅸ章）、教育学（第Ⅹ章）といった文字通りありとあらゆる領域の参考文献を渉猟《しょうりょう》して得たデータは、現在、その大部分がルーアン市立図書館に、二千枚以上の紙片からなる『『ブヴァールとペキュシェ』資料集』として保存されている。一八七四年八月一日に執筆を開始した後も、各章ごとにそこで扱う学問についての文献調査を補いながら書き進めた結果、最終的に読んだ本の数は、作者自身の計算によれば、なんと千五百冊以上にも上るという（一八八〇年一月二十五日、エドマ・ロジェ・デ・ジュネット宛）。まさに図書館、それもおもに科学的言説からなる図書館から、一篇の小説が生み出されたわけである。

この作品のある種の読みにくさは、従って、ある程度意図されたものだと考えられる。実際、膨大な知の引用によって織り上げられた小説のテクストが、多少とも不透明な印象を与えるのは当然といえば当然であろう。また作品の主眼が筋立ての妙にではなく、科学の言説や理論から引き出される独特の滑稽味にある以上、物語が単調になるのはどうしても避けられない。この点、ツルゲーネフとテーヌが、フローベールに長編ではなく、「スウィフト風、あるいはヴォルテール風の」短編を執筆するように勧めたことは興味深い。読書、実験、失敗という同じ図式の繰り返しでは、せいぜい百ページの短編がいいところだという友人たちのもっともな忠告に対し、『ブヴァールとペキュシェ』の作者の答えは一見必ずしも説得的とはいえないかもしれない。曰《いわ》く、短編では「多かれ少なかれ機知に富んだ奇抜な作品」を作ることはできても、それでは「真実味を欠いたもの」になってしまうだろう。反対に自分が書きたいのは、「大真面目なもの、恐るべきもの」であり、そのためには単調さと退屈という危険を冒しても、徹底的に主題を掘り下げる必要がある（一八七四年七月二十九日、イワン・ツルゲーネフ宛）。このように主張するフローベールは、自らの意図が伝統的な修辞学や美学の要請とは相容れないことに、本能的に気付いていたといえようか。

モーパッサンは、フローベールの死の四年後に発表されたすぐれた論考の中で、『ブヴァールとペキュシェ』の真の主人公は他ならぬ思想、観念であると喝破している。二人の主要作中人物の役割は、小説的な行為《アクション》の主体となることではなく、むしろ書物の中に書かれた言葉を実践することにより、科学の言説に目に見える形象を与えることにある。肥満型のブヴァールとやせ形のペキュシェという身体的特徴のコントラストも、理論をいわば戯画化するための仕掛けであり、たとえば医学の章（第Ⅲ章）において、ペキュシェが裸で秤《はかり》にのっている間に、ブヴァールが浴槽の中で激しく体を動かすエピソードなど、フローベールが「思想の喜劇《コミック》」（一八七七年四月二日、エドマ・ロジェ・デ・ジュネット宛）と呼ぶものを見事に例証している場面だといえよう。また、知が主役であるというのは、この作品特有の時間の扱い方にも影響していることを指摘しておこう。実際、『ブヴァールとペキュシェ』のテクストの中に見られる時間についての記述を単純に加算していくと、物語の本当らしさとは大幅に矛盾する突飛な数字になることが知られている。これも一つだけ例を挙げるならば、ブヴァールとペキュシェが油粕《あぶらかす》を肥料にして麦の収穫に失敗した「翌年」、今度は「びっしりと種をまいた」という文章を読む時、我々としては、なにも物語の中で本当に一年の月日が流れたと理解する必要はないだろう。ここで問題になっているのは、あくまで様々な失敗のバリエーションを二人の主人公に演じさせることであり、それ故、犯すべき失敗の数だけ小説の時間は延びていくことになる。要するに、この作品の中で流れているのは、直線的で不可逆的なレアリスムの時間ではなく、どこまでも伸縮自在な百科事典の時間なのである。

最後に、この小説の第二巻についても簡単に触れておこう。結局書かれることはなかった第Ⅺ章と第Ⅻ章がはたしてどのような形式におさまったかについては、実はいまだにはっきりとした定説はない。とりあえず確かなのは、数々の幻滅にすっかり嫌気がさした二人の主人公が、以後、他人の言葉をひたすら書き写す作業に専念するという決意で第Ⅹ章が終わっていることである。だとするならば、第Ⅺ章はほとんど物語的要素のない、純粋な引用集のようなものになるはずだったととりあえずは推測されよう。実際、作者自身が死の数ヶ月前に、第二巻は「ほとんど引用だけで構成される」ことになり、『紋切型辞典』も含めて、すでに「四分の三は出来て」いると述べていたことは重要である（一八八〇年一月二十五日、エドマ・ロジェ・デ・ジュネット宛）。しかも、これらの引用のうち多くが、最初の十章の執筆のためにすでに利用されたものであることを考えると、『ブヴァールとペキュシェ』第二巻は第一巻の物語の種明かしという側面を備えており、一種のメタテクストのようなものになっていたであろうと予測されるのだ。このように、しばしば「コピー」と呼ばれるこの未完の引用集が、十九世紀の小説としては型破りの構成を持ったであろうことは疑いの余地がない。とはいえ、実際に執筆作業が進められる中で、物語的な繋ぎの占める比重が自然と高まったであろうことも、これまた容易に想像されるところではなかろうか。いずれにせよ、フローベールの遺作である百科全書的小説が、同時代の「愚かさ《ベティーズ》」に対する抵抗の試みであると同時に、現代文学の先端的な営みをはるかに先取りするような射程を備えていたことは、いくら強調しても強調しすぎることはないだろう。

『書簡選』 *Correspondance*

作家の書簡を読むというのは、一般にそう思われているほど自明なことではない。そもそも、公開書簡のような特殊なケースを除くと、特定の相手に宛てられたものである私信を読むという行為は、言ってみれば一種の覗《のぞ》き行為だといえよう。我々読者としては、どうしてもそこに作家の私生活や創作にかかわる「秘密」を探らずにいられないものだし、作品を読み解くためのヒントになるような情報や証言を見つけ出そうとするものだ。もちろん、それはそれである程度は正当な行為であり、書簡を小説作品を解釈するためのサブテクスト、または資料として用いること自体は、決して間違ってはいない。事実、フローベールの膨大な書簡に少しでも目を通せば分かるように、そこには作品の構想や生成についての貴重な情報がいたるところにちりばめられている。とりわけ『ボヴァリー夫人』執筆中に愛人ルイーズ・コレに宛ててつづられた数多くの手紙は、この傑作の創作のプロセスを伝える一種の日記のような役割をはたしているのみならず、ところどころに記されている文学理論的な言述により、この作家の小説美学に関心を持つあらゆる読者にとって興味深いテクストとなっている。また、普仏戦争からパリ・コミューンへと至る一八七〇年代初頭の混乱期にジョルジュ・サンドに宛てて書き送られた手紙には、時勢を反映して、おもに政治や社会についての見解が披瀝《ひれき》されている。そこで表明されている民主主義に対する懐疑は、当時の知的エリートたちの多数に共有されていたものであり、フローベール作品の根底にある世界観を伝えるという意味でも重要である。いずれにせよ、これらはまず何よりも「作家フローベール」の書簡として読まれることで価値を持つものであることは言うまでもないだろう。作家の書簡とは、少なくともそれを読む読者にとっては、作品のような自律性を持つものではなく、あくまで作品に従属するものなのだ。

だが一方で、書簡を読む際には、それが本来置かれていたコンテクストにも注意を払う必要がある。最初から出版を前提として、不特定多数の読者に向けて書かれる作品とは違い、手紙の言葉とは本質的に「対話的」なものであり、私的領域に属するものなのだ。作家の書簡を読む難しさとはまさにこの点にあって、個々の言述を解釈する際には、それが誰に向けて、どのような状況において言われたものかを、常に考慮に入れなければならない。典型的な例を一つだけ挙げれば、一八五七年三月十八日のルロワイエ・ド・シャントピー嬢宛の書簡のなかに見られる、「『ボヴァリー夫人』には本当のことなど何もありません。これは完全な作り話です」という言葉をどのように捉えるべきかというのは、実はかなり微妙な問題を孕んでいる。というのも、そもそも生身の人間である作家がものを書く場合、意識的であろうとなかろうと、そこに自らの経験が反映せずにはいられないのは明らかであるし、またそのような原理的な問題を別にしても、フローベールのこの長編小説のなかには、作家自身が体験したり、あるいは観察する機会を持った様々な「本当のこと」が流れ込んでいることは、研究者たちがこれまで明らかにしてきた通りである。だが、だからといって、フローベールが手紙で嘘をついていると考えるのもあまりに短絡的であろう。ここで鍵となるのは、おそらく『ボヴァリー夫人』発表後のメディアの反応に対するフローベールのいら立ちであり、この作品をモデル小説とみなす一般の論調に対する強い不満に他ならない。ヒロインと自分をナイーブに一体化させ、さらに作品の背後に実在のモデルを探ろうとする愛読者の熱烈な賛辞に対して、その真摯《しんし》さには心から感謝しながらも、自らの作品を現実をうつしとったレアリスムとしてではなく、芸術家の作り出したフィクションとして見てほしいという作家の矜持《きょうじ》をそこに読み取ることができるだろう。フローベールの強調する「非人称性《アンペルソナリテ》」とは、創作の指針となる美学理論であると同時に、このような具体的な文脈のなかで表明されたものであることを忘れてはならない。

　私的な対話でありながらも、作品と関連付けられることにより、その本来のコンテクストをゆるやかに抜け出して、多少ともパブリックな意味を獲得する言葉。「作家の書簡」とは、とりあえずこのように定義できるだろうか。ところで、ここでもう一つ確認しておきたいのは、フローベール自身にとって、手紙を書くという行為が何を意味していたかということである。というのも、「クロワッセの隠者」とも呼ばれたこの作家の生活において、手紙の執筆は、文学創造と切っても切り離せない重要な役割を果たしていたと思われるのだ。一日の仕事に疲労困憊《こんぱい》した小説家が、夜中にもう一度ペンを握り直して、今度は恋人や友人に向けて長文の手紙を書きつづる。フローベールにとって、書簡とは本質的に夜のエクリチュールであり、それはまた作品の推敲というもう一つのエクリチュールといわば対になっている。特にこれは『ボヴァリー夫人』制作中にルイーズ・コレに宛てた手紙の場合に見て取れることだが、作家はその日の執筆を通して頭に浮かんだことを、手紙のなかに書きつけることにより、徐々に自らの方法とでも呼ぶべきものを練り上げていったのである。いわゆるフローベールの美学なるものは、初めから確立していたわけではなく、まさにこの処女長編小説を試行錯誤しながら執筆する過程を通して、はっきりした形を取るに至ったものなのだ。従って、この時期の書簡に文学をめぐる原理的な考察が数多く記されているのは、なんら驚くにはあたらない。いまだ無名の文学青年がなかばモノローグのような形で、自己の文学観を一方的に開陳する有様は、なるほど手紙の相手へのデリカシーを欠いているといえばいえようが、当の本人にとってはきわめて切実なものがあったこともまた確かなのである。書簡は、作品の執筆と文字通り表裏一体をなす文学的思考の実験室なのだ。

最後に、書簡をめぐるエクリチュールとエロスの関係について一言しておこう。これまたルイーズ・コレ宛の書簡に顕著なように、手紙を書くことは、しばしば愛の代償行為でもある。不在の恋人に対して書きつづる言葉の内部で、エロスの欲望とエクリチュールの欲望とが交錯し、あたかも前者が後者へと昇華していくかのような趣を呈するこれらの手紙を読むと、フローベールが何故あれほど躍起になってルイーズを遠ざけようとしていたかが理解できるように思われる。エクリチュールとは他ならぬ距離の経験であり、いまここにはない対象をめぐって想像力を働かせることで、真っ白なページの上に虚構の現存《プレザンス》を刻みつけることができる。一人の小説家にとって、書くとはまさに不在を介してフィクションを立ち上げることであり、そこには常になんらかの意味でエロスがかかわっているようだ。例えば、次のような書簡の有名な一節は、エクリチュールがいかに性愛に似ているかを明快に示しているといえよう。「ぼくは人間＝ペンです。ぼくが感じるのは、ペンによって、ペンのせいで、ペンとの関係において、そしてよりいっそうペンを使って、なのです」（一八五二年一月三十一日、ルイーズ・コレ宛）。ここで繰り返し「ペン」と訳されている語は、原文では人称代名詞の女性単数形「彼女elle」にあたり、作家は明らかに、ペンを使って書く行為を女性とのエロチックな交わりに重ね合わせている。同様に、ルイーズとの関係もあくまでペンを介したものでなければならず、それが年上の愛人にとってどんなに残酷であろうとも、二人の間の距離を縮めることは、この「人間＝ペン」にとっては問題にならないのである。

　フローベールの書簡は膨大な量にのぼるため、本書ではまず、上に述べた資料としての側面を重視して、収録された四作品の各々を読む上で、直接に参考になるようなテクストを選んで訳出した。取り上げた断章は、執筆の動機や主題の狙いを説明するもの、創作の経過や困難を報告するもの、作者自身による作品の評価に関連するもの、さらに作品創造の基盤にかかわる人生観や芸術理論を提示するもの、などである。限られた紙幅の中でできるだけ多様なテーマを扱うよう努めたつもりであるが、フローベールの書簡の豊饒さをいったいどこまで伝えきれているかは正直心もとない。なお、書簡の選定は、まずは山崎が選んだ抜粋をもとに、菅谷がそれを補うという形で行った。

（菅谷憲興）

フローベール　著作目録

〈全集〉

フランスでは、現在刊行中のプレイアード版フローベール全集が、全五巻中第三巻まで刊行されている（G. Flaubert, *Œuvres complètes*, édition publiée sous la direction de Claudine Gothot-Mersch et Guy Sagnes, Paris, Gallimard,《Bibliothèque de la Pléiade》, t. 1, 2001; t. 2, t. 3, 2013）。日本語では次の全集が主要作品のみならず、おもな初期作品や書簡の抜粋、さらにはフローベール研究の代表的な論考まで含んでおり、今のところもっとも参考になる。

- 『フローベール全集』筑摩書房、全一〇巻および別巻、一九六五—七〇年。

〈主要作品〉

【*Madame Bovary, mœurs de province*（1857）】

- 『ボヴァリー夫人（上・下）』伊吹武彦訳、岩波文庫、一九六〇年。
- 『ボヴァリー夫人』生島遼一訳、新潮文庫、一九六五年。
- 『ボヴァリー夫人』菅野昭正訳、『世界文学全集一七』（集英社、一九七六年）に所収。
- 『ボヴァリー夫人』山田𣝣訳、河出文庫、二〇〇九年。
- 『ボヴァリー夫人』芳川泰久訳、新潮文庫、二〇一五年。

【*Salammbô*（1862）】

・『サランボオ（上・下）』神部孝訳、角川文庫、一九五三―五四年。
・『サラムボー』田辺貞之助訳、『フローベール全集二』（一九六六年）に所収。

【*L'Éducation sentimentale. Histoire d'un jeune homme*（1869）】

・『感情教育（上・下）』生島遼一訳、岩波文庫、一九七一年。
・『感情教育（上・下）』山田爵訳、河出文庫、二〇〇九年。
・『感情教育（上・下）』太田浩一訳、光文社古典新訳文庫、二〇一四年。

【*La Tentation de saint Antoine*（1874）】

・『聖アントワヌの誘惑』渡辺一夫訳、岩波文庫、一九八六年。

【*Trois contes (Un Cœur simple, La Légende de saint Julien l'hospitalier, Hérodias)*（1877）】

・『三つの物語』山田九朗訳、岩波文庫、一九四〇年。
・『三つの物語』太田浩一訳、福武文庫、一九九一年。
・『三つの物語』山田稔訳、『新装版　世界の文学セレクション三六』（中央公論社、一九九四年）に所収。
・「ヘロディア」工藤庸子訳、『サロメ誕生　フローベール／ワイルド』（新書館、二〇〇一年）に所収。

【*Bouvard et Pécuchet*（1881）】

・『ブヴァールとペキュシェ（上・中・下）』鈴木健郎訳、岩波文庫、一九五四―五五年。
・『ブヴァールとペキュシェ』新庄嘉章訳、『フローベール全集五』（一九六六年）に所収。

〈その他のおもな作品（翻訳のあるもの）〉

【*Bibliomanie*（1837）】

• 『愛書狂』生田耕作訳、平凡社ライブラリー、二〇一四年。

文字の読めない本屋を主人公にした短編で、初めて活字になったフローベールの作品でもある。一八三六年十一月に執筆され、翌年二月に《コリブリ》紙に掲載された。

【*Une leçon d'histoire naturelle (genre《commis》)*（1837）】

• 『博物学の一課——書記属』山田𣝣訳、『フローベール全集六』（一九六六年）に所収。

当時流行していた「生理学もの」のパロディーであり、二人の書記を主人公とする『ブヴァールとペキュシェ』の源泉の一つと考えられる。一八三七年三月に《コリブリ》紙に発表。

【*Passion et vertu*（1837）】

• 『情熱と美徳』松田穣訳、『フローベール全集六』（一九六六年）に所収。

『ボヴァリー夫人』の原型とみなされている姦通小説。異国で暮らす恋人に会うために夫と子供を毒殺した主人公マッツァは、最後は自ら毒を飲んで果てる。

【*Les Mémoires d'un fou*（1838）】

• 『狂人の手記』飯島則雄訳、『フローベール全集七』（一九六六年）に所収。

ルソー、ゲーテ、シャトーブリアンなどのロマン主義的告白小説の強い影響下に書かれた一人称小説。

【*Smar*（1839）】

- 『スマール』篠田浩一郎訳、『フローベール全集六』（一九六六年）に所収。

作者自身により「古い神秘劇」と名付けられたこの作品は、『聖アントワーヌの誘惑』の源泉の一つとみなされている。

【*Souvenirs, notes et pensées intimes*（1841）】

- 『思い出・覚書・瞑想』山田𣝣訳、『フローベール全集八』（一九六七年）に所収。

一八四〇年から四一年にかけて青年フローベールが取っていた私的な覚書。タイトルは後に姪カロリーヌが付けたものである。

【*Novembre*（1842）】

- 『十一月』桜井成夫訳、『フローベール全集七』（一九六六年）に所収。
- 『十一月』蓮實重彦訳、『世界文学全集三七』（講談社、一九七五年）に所収。

【*L'Éducation sentimentale*（1845）】

- 『初稿　感情教育』平井照敏訳、『フローベール全集七』（一九六六年）に所収。

ポン＝レヴェックの危機をまたいで執筆されたこの長編は、途中で主人公が入れ替わるなど作品の構想自体が大きく変化して、当初の姦通小説から、最終的には作家の誕生を描く芸術家小説になった。

【*Par les champs et par les grèves*（1848）】

- 『ブルターニュ紀行　野を越え、浜を越え』渡辺仁訳、新評論、二〇〇七年。

一八四七年にフローベールが友人マクシム・デュ・カンと行ったブルターニュ旅行の記録。フローベール自身が執筆した奇数章のみの翻訳。

【*La Tentation de saint Antoine*（1849）】

- 『初稿　聖アントワーヌの誘惑』（抄訳）平井照敏訳、『フローベール全集四』（一九六六年）に所収。

ブイエとデュ・カンによって失敗作の烙印を押されたこの一八四九年版は、現代では作家フローベール固有の主題系をもっとも直截に表現するものとして評価が高い。

【*Voyage en Orient*（1851）】

- 『フロベールのエジプト』斎藤昌三訳、法政大学出版局、一九九八年。

一八四九年から五一年にかけて行った東方旅行の旅行記のうち、エジプトに関わる部分の全体を訳出したもの。

- 『パレスチナ紀行』（抄訳）山田九朗訳、『フローベール全集四』（一九六六年）に所収。

同じくパレスチナに関わる部分の抄訳。

【Préface aux *Dernières Chansons*（1872）】

- 「『最後の歌』序文」平井照敏訳、『フローベール全集一〇』（一九七〇年）に所収。

作家は自らの個人的な見解を公にすべきでないという信念から批評文を書かなかったフローベールが、親友ルイ・ブイエの遺作詩集のために生前ただ一度だけ自らの文学観を披瀝した貴重な文章。

【*Le Château des Cœurs*（1880）】

- 『心の城』柏木加代子訳、大阪大学出版会、二〇一五年。

友人のブイエ、ドスモアと共作した夢幻劇で、邦訳版には《現代生活》誌掲載時の貴重な挿絵も収録されている。

【*Le Dictionnaire des Idées Reçues*（1880）】

・『紋切型辞典』山田𣝣訳、平凡社ライブラリー、一九九八年。
・『紋切型辞典』小倉孝誠訳、岩波文庫、二〇〇〇年。
『紋切型辞典』は本来『ブヴァールとペキュシェ』の未完の第二巻に挿入されるはずであったが、しばしば独立した作品としても出版されている。

〈書簡〉

フローベールの『書簡集』は、フランスではプレイアード版全五巻としてまとめられている（G. Flaubert, *Correspondance*, édition de Jean Bruneau et Yvan Leclerc, Paris, Gallimard,《Bibliothèque de la Pléiade》, 1973-2007, 5 vol.）。現在日本語で読めるものとしては、『フローベール全集』第八、九、一〇巻のほかに以下のものがある。

・『ボヴァリー夫人の手紙』工藤庸子編訳、筑摩書房、一九八六年。
『ボヴァリー夫人』執筆中に書かれたルイーズ・コレ宛の手紙を中心に抜粋。フローベールにとって、作品を書きながら同時に手紙を書くという行為が、いかに本質的なエクリチュールの経験であったかが見事に浮き彫りになっている。
・『往復書簡　サンド＝フロベール』持田明子編訳、藤原書店、一九九八年。
文学観も人生観も正反対のこの二人の作家は、にもかかわらず、熱い友情と信頼で結ばれていた。お互いの差異を認め合った上での、文字通り「対話的」な往復書簡。

（菅谷憲興＝編）

フローベール　主要文献案内

〈伝記・評伝〉

- アンリ・トロワイヤ『フロベール伝』市川裕見子／土屋良二訳、水声社、二〇〇八年（原著一九八八年）。現在日本語で読める唯一のフローベールの伝記。事実の間違いが多く、学術的には大いに問題があるが、平明な語り口は読みやすくて好感が持てる。

フローベールは「エクリチュールの人」というイメージがあるためか、伝記・評伝の類は比較的少ない。この作家の生涯に関心のある読者のために、フランス語の最新の文献を三つだけ挙げておく。

- Pierre-Marc de Biasi, *Gustave Flaubert. Une manière spéciale de vivre*, Paris, Bernard Grasset, 2009.
- Éric Le Calvez, *Gustave Flaubert. Un monde de livres*, Paris, Textuel, 2006.
- Michel Winock, *Flaubert*, Paris, Gallimard,《folio》, 2015.

〈同時代の証言〉

- ポール・ブールジェ『現代心理論集　デカダンス・ペシミズム・コスモポリタニズムの考察』平岡昇／伊藤なお訳、法政大学出版局、一九八七年（原著一八八三年）。

「フローベールのニヒリズム」といわれても今の読者にはピンとこないだろうが、これは確かに十九世紀末に流通したフローベール像の一つである。ニーチェのフローベール理解は、おそらくこのブールジェの論考からきているのではないかと思われる。

• カロリーヌ・コマンヴィル「懐しき想い出」篠田俊蔵訳、『フローベール全集八』(筑摩書房、一九六七年)に所収(原著一八八七年)。
フローベールの姪が、シャルパンチエ版『書簡集』の序文として書いた、悪名高い回想録。記述の客観性については疑いが残るものの、肉親によって残された唯一の証言という意味ではやはり貴重である。

• マクシム・デュ・カン『文学的回想』戸田吉信訳、冨山房百科文庫、一九八〇年(原著一八八二―八三年。抄訳)。
フローベールの病を暴露したために、同時代の読者たちの顰蹙を買うことになった「呪われた書物」。多くの事実誤認にもかかわらず、フローベールに対する友情の記述は真情に溢れたもので、時に感動的ですらある。

• ゴンクール兄弟『ゴンクールの日記(上・下)』斎藤一郎編訳、岩波文庫、二〇一〇年(原著一八八七―九六年。抄訳)。
ゴンクール兄弟が文学仲間たちに向ける視線は、しばしば辛辣である。フローベールについても、ノルマンディーの田舎者としての一面を的確にあぶり出している。

• ギー・ド・モーパッサン「ギュスターヴ・フローベール」宮原信訳、『フローベール全集一〇』(筑摩書房、一九七〇年)に所収(原著一八八四年)。
フローベールの公認の弟子による、第一級のフローベール論。邦訳は、第二章のみの抄訳。

• エミール・ゾラ「作家ギュスターヴ・フロベール」、『文学論集　一八六五―一八九六』(佐藤正年編訳、藤原書店、二〇〇七年)に所収(原著一八七五年)。
「自然主義小説」の創始者としてのフローベールの肖像。ゾラの党派的な姿勢が少々鼻につくものの、フローベールを敬愛していた年下の作家による貴重な論考である。

〈二十世紀の作家から見たフローベール〉

・ジュリアン・バーンズ『フロベールの鸚鵡』斎藤昌三訳、白水社、一九八九年（原著一九八四年）。

それ自体がフローベール作品に対するすぐれた批評にもなっている、痛快なフィクション。

・ヘンリー・ジェイムズ「ギュスターヴ・フローベール」渡辺久義訳、『ヘンリー・ジェイムズ作品集八　評論・随筆』（国書刊行会、一九八四年）に所収（原著一九〇二年）。

晩年のフローベールとも個人的に交流のあったジェイムズは、様々な留保をつけながらも、『ボヴァリー夫人』の作者を「小説家の小説家」と認めている。

・ウラジーミル・ナボコフ『ナボコフの文学講義（上・下）』野島秀勝訳、河出文庫、二〇一三年（原著一九八〇年）。

近代小説の傑作をまるで精巧な機械のように分析するナボコフの手つきは、繊細で、また何よりも快楽に満ちている。『ボヴァリー夫人』の中でももっとも鈍重な作中人物に見えるシャルルこそが、その愛によって、この作品の中で救われる唯一の存在であるというナボコフ一流の逆説は傾聴に値する。

・マルセル・プルースト「フローベールの『文体』について」鈴木道彦訳、『プルースト評論選一　文学篇』（ちくま文庫、二〇〇二年）に所収（原著一九二〇年）。

フローベールの文章に特有の文法的な特徴に、カントの哲学にも比すべき一つの世界観の転換を見て取っている。テクスト論全盛の時代にもてはやされた論考。

・アラン・ロブ＝グリエ『新しい小説のために』平岡篤頼訳、新潮社、一九六七年（原著一九六三年）。

ヌーヴォーロマンのマニフェスト。現代の読者の目から見ると、バルザック流の伝統的な小説とフローベールの現代性をあまりに図式的に対比させている観は否めない。

〈雑誌特集号〉

・《文学》第五六巻・第一二号、岩波書店、一九八八年十二月。日仏の第一線の研究者による論文を収録。蓮實重彥・小倉孝誠「フローベール研究の現状（一九六五—一九八八）」は、さすがに若干情報が古いものの、『フローベール全集別巻』所収の蓮實重彥「フローベールと文学の変貌」とあわせて、今でも十分に参考になる。

〈総合的研究・批評〉

・エーリッヒ・アウエルバッハ『ミメーシス　ヨーロッパ文学における現実描写（上・下）』篠田一士／川村二郎訳、ちくま学芸文庫、一九九四年（原著一九四六年）。ホメロスからヴァージニア・ウルフまで、レアリスムの系譜を追った古典的名著。第一八章では、フローベールのレアリスムが、十九世紀前半のスタンダールやバルザックのそれからの断絶であることを説得的に示している。

・ロラン・バルト『零度のエクリチュール』石川美子訳、みすず書房、二〇〇八年（原著一九五三年）。バルトが素描するエクリチュールの歴史において、フローベールは一八五〇年前後に起こった古典主義的エクリチュールの崩壊を体現する作家となる。バルトはフローベールについて他にもいくつか短い論考を残しているが、『新＝批評的エッセー』（花輪光訳、みすず書房、一九九九年。原著一九七二年）におさめられた「フローベールと文」は必読である。

・モーリス・ブランショ「ヴィットゲンシュタインの問題」清水徹訳、『フローベール全集別巻』（筑摩書房、一九六八年）に所収（原著一九六三年）。ブランショにとって、フローベールは小説家であるよりは、書簡の中で「何についてでもない書物」を構想した点で重要な作家である。よくも悪くも、前世紀の後半に流行した現代文学の先駆者としてのフローベール像を代表する論考だといえよう。

・ピエール・ブルデュー『芸術の規則（Ⅰ・Ⅱ）』石井洋二郎訳、藤原書店、一九九五—九六年（原著一九九二年）。

『感情教育』を社会学的アプローチで分析したプロローグは、特に示唆に富んでいる。ここで提唱された「文学場」の概念は、その後、批評のタームとして完全に市民権を得た。

• アントワーヌ・コンパニョン『アンチモダン　反近代の精神史』松澤和宏監訳、名古屋大学出版会、二〇一二年（原著二〇〇五年）。
この本の著者が主張するごとく、フローベールがはたして典型的なアンチモダンであるかどうかは異論のあるところだが、少なくとも前衛作家フローベールという一時期流通したイメージに対する有効な批判にはなっていよう。

• ジェラール・ジュネット「フローベールの沈黙」和泉涼一訳、『フィギュールⅠ』（書肆風の薔薇、一九九一年）に所収（原著一九六六年）。
テクストを構成する言葉が「物語」という意味に回収される手前の、いわば無償の細部に着目した論考。本邦未訳のジャック・ランシエール『無言の言葉』における刺激的なフローベール論の発想源でもある。

• ルネ・ジラール『欲望の現象学　ロマンティークの虚偽とロマネスクの真実』古田幸男訳、法政大学出版局、一九七一年（原著一九六一年）。
有名な「三角形的欲望」の理論を展開した書物。フローベールも取り上げられているが、ジラールの図式がどこまで『ボヴァリー夫人』や『ブヴァールとペキュシェ』に当てはまるかは大いに疑問である。

• ジェルジ・ルカーチ『小説の理論』原田義人／佐々木甚一訳、ちくま学芸文庫、一九九四年（原著一九二〇年）。
近代社会において叙事詩が小説という形式に必然的に取って代わられるプロセスの中で、『感情教育』は「幻滅のロマン主義」を代表する作品であるとみなされる。

• ジャック・ネーフ「フローベール、散文の近代芸術」山崎敦訳、《文學界》二〇一三年四月号。
フローベール研究の碩学による鋭利な分析。散文のフィクションを近代芸術にするというフローベールの企ての現代性《モデルニテ》を明らかにしている。

• マリオ・プラーツ『肉体と死と悪魔　ロマンティック・アゴニー』倉智恒夫／草野重行／土田知則／南條竹則訳、国書刊行会、一九八六年（原著一九六六年）。
『サランボー』や『聖アントワーヌの誘惑』を、ファム・ファタルを描いた文学の系譜に位置づけた労作。フローベールを象徴派やデカダンス文学と結びつけている。

• ジャン＝ピエール・リシャール『フローベールにおけるフォルムの創造』芳川泰久／山崎敦訳、水声社、二〇一三年（原著一九五四年）。
テーマ批評の金字塔。書簡や草稿まで含めたフローベール作品に見られる主題《テーマ》の分析を通じて、最終的には「書くとは何か？」という根源的な問いに迫る。

• マルト・ロベール『起源の小説と小説の起源』岩崎力／西永良成訳、河出書房新社、一九七五年（原著一九七二年）。
フロイトの「家族小説」の概念を発展させて、近代小説を「私生児」型のレアリスムと、内向的・幻想的な「捨子」型に二分する文学理論はそれなりに説得力がある。とはいえ、最終章で扱われているフローベール作品にこのような精神分析的読解が有効であるかどうかは議論の分かれるところだろう。

• ジャン＝ポール・サルトル『家の馬鹿息子　ギュスターヴ・フローベール論（一八二一年より一八五七年まで）』平井啓之／鈴木道彦／海老坂武／蓮實重彥訳（一－三巻）、鈴木道彦／海老坂武監訳、黒川学／坂井由加里／澤田直訳（四巻）、人文書院、一九八二－二〇二五年（原著一九七一－七二年）。
おもにフローベールの初期作品を分析の対象として、一人の作家がいかに誕生したかをあとづけようと試みた記念碑的な批評。父・母・息子というエディプス的な図式に依拠しすぎているきらいはあるものの、今なお十分に刺激的な著作たりえている。翻訳は鋭意進行中であり、現在までのところ、原著全三巻のうち第二巻の終わりまでをカバーしている。ちなみに、まだ訳されていない原著の第三巻は、狭義の精神分析的なアプローチから離れて、マラルメやルコント・ド・リールなどを含めた一八四八年世代の「神経症」を社会学的視点から検討しており、読み応えがある。

• トニー・タナー『姦通の文学　契約と違犯――ルソー・ゲーテ・フロベール』高橋和久／御輿哲也訳、朝日出版社、一九八六年（原著一九七九年）。
近代の家族制度を契約として捉え、それに対する違犯としての姦通を問題にするという、現代の文化批評にも通じる視点から書かれた名著。第四章は『ボヴァリー夫人』の分析にあてられている。

• アルベール・チボーデ『ギュスターヴ・フロベール』戸田吉信訳、法政大学出版局、二〇〇一年（原著一九三五年）。
フローベール研究の古典的名著。「人と作品」ふうのオーソドックスな叙述の下に、現代でも通用する卓見がちりばめられている。フローベールが二十年近くに及ぶ習作の後に、突如、『ボヴァリー夫人』という文学史に残る傑作を作り出すにいたった謎を、「空白」という美しい比喩で呼び分析した「フローベールの実験室」の章は秀逸。

• 工藤庸子『近代ヨーロッパ宗教文化論　姦通小説・ナポレオン法典・政教分離』東京大学出版会、二〇一三年。
民法に支えられた父権制という歴史的文脈の中に、『ボヴァリー夫人』をはじめとする十九世紀フランスの姦通小説を置きなおす独創的な試み。

• 斎藤昌三『フロベールの夜　モンスターの森』白水社、一九九六年。
フローベールの作品に登場するモンスターに注目して、この作家の秩序についての思考に切り込んだフィクション仕立ての評論。

• 中村光夫『フロオベルとモウパッサン』筑摩書房、一九四〇年。
初期作品の時代のフローベールを扱った評伝。中村光夫にとって「青春」とは、作家がいまだ何者にもなっておらず、その生が様々な可能性に開かれている時代のことであり、言いかえれば作家が混沌の中から自分自身を創造していくプロセスのことである。

・蓮實重彥『凡庸な芸術家の肖像　マクシム・デュ・カン論（上・下）』講談社文芸文庫、二〇一五年（初版・青土社、一九八八年）。
マクシム・デュ・カンの明晰な凡庸さを描き出すことにより、いわばその陰画《ネガ》としてフローベールの凶暴な愚鈍さを浮き彫りにすることに成功した評伝。

・松澤和宏『生成論の探究　テクスト・草稿・エクリチュール』名古屋大学出版会、二〇〇三年。
生成論とは、作家の草稿を読み解く最新の批評方法である。スリリングな『ボヴァリー夫人』論と『感情教育』論を含む。

・山川篤『フローベール研究　作品批評史（一八五〇―一八七〇）』風間書房、一九七〇年。
『ボヴァリー夫人』『サランボー』『感情教育』の三作品の同時代における受容の研究。綿密な資料調査にもとづいた考察は、フローベールの作品が当時の読者にとっていかに衝撃であったかを明らかにしている。

〈作品論〉

【『ボヴァリー夫人』】

・シャルル・ボードレール「ギュスターヴ・フローベール著『ボヴァリー夫人』書評」、『ボードレール批評三　文芸批評』（阿部良雄訳、ちくま学芸文庫、一九九九年）に所収（原著一八五七年）。
サント＝ブーヴの批評を意識して書かれたもので、同時代の『ボヴァリー夫人』論の中では、今なお読むに値するほとんど唯一の論考。とりわけエンマの男性性を指摘したボードレールの慧眼には驚かざるを得ない。

・サント＝ブーヴ「フローベールの『ボヴァリー夫人』」、『月曜閑談』（土居寛之訳、冨山房百科文庫、一九七八年）に所収（原著一八五七年）。
『ボヴァリー夫人』のレアリスムについて、「医師がメスを手にするようにして筆をとる」作家という、いささか通俗的なイメージを広めた批評。ただし、この当時の批評界の大御所が、フローベールの新しさを心底評価していたことは見逃されてはならない。

・M・バルガス＝リョサ『果てしなき饗宴　フロベールと「ボヴァリー夫人」』工藤庸子訳、筑摩書房、一九八八年（原著一九七五年）。
このラテンアメリカのノーベル賞作家は、若い頃、パリで『ボヴァリー夫人』に出会い、ヒロインのエンマに夢中になったという。小説家による興味深い小説論。

・工藤庸子『恋愛小説のレトリック　「ボヴァリー夫人」を読む』東京大学出版会、一九九八年。
タイトルや序文（の不在）をめぐる素朴な疑問から出発して、視点や描写といった小説技法の問題から身体性の問題まで、『ボヴァリー夫人』のテクストが提起する諸問題を解き明かしている。入門書的な体裁にもかかわらず、深い考察に満ちた小説論。

・蓮實重彥『「ボヴァリー夫人」論』筑摩書房、二〇一四年。
『ボヴァリー夫人』の「テクスト的現実」に徹底的にこだわり抜くことにより、このフローベールの処女長編小説が備えていた歴史的な「事件性」を明らかにしている。ただし、「テクスト的現実」とはテクスト論のことではない、という点は注意が必要であろう。

・蓮實重彥『「ボヴァリー夫人」拾遺』羽鳥書店、二〇一四年。
同じ著者による『「ボヴァリー夫人」論』をめぐって行われた講演や鼎談の原稿がおもにおさめられている。最後に収録されている『ボヴァリー夫人』の長大な要約は、これ自体がすぐれた小説の批評になっている。

・松澤和宏『「ボヴァリー夫人」を読む　恋愛・金銭・デモクラシー』岩波セミナーブックス、二〇〇四年。
膨大な草稿を参照しながら、作品の紋切型的な読みの更新をはかった書物。十九世紀を「平等化の情念」（「平等」ではない）の時代とみるトクヴィル的な視点を、『ボヴァリー夫人』の作者にも見出している。

・芳川泰久『「ボヴァリー夫人」をごく私的に読む　自由間接話法とテクスト契約』せりか書房、二〇一五年。
フローベール作品に頻出する自由間接話法を解説した第一部は、この問題に興味のある読者にはとりわけ有益であろう。『ボヴァリー夫人』の新訳を出したばかりの著者による作品論。

【『サランボー』】

・ジェルジ・ルカーチ『歴史小説論』、『ルカーチ著作集三』（伊藤成彦訳、白水社、一九八六年）に所収（原著一九三七―三八年）。
このマルクス主義の理論家にとって、『サランボー』は一八四八年の革命の挫折以降の歴史小説の矛盾を体現するものである。いまだに日本語訳の存在しないサント＝ブーヴによる『サランボー』批判を丹念に解説している点でも重要な論考。

・朝比奈弘治『フローベール「サラムボー」を読む　小説・物語・テクスト』水声社、一九九七年。
おそらく日本語で書かれた『サランボー』についての唯一の解説書。この特異な歴史小説をあくまで現代小説として読みなおす試みである。

【『感情教育』】

・小倉孝誠『「感情教育」歴史・パリ・恋愛』みすず書房、二〇〇五年。
フローベールの小説を「同時代の人々の精神史」と捉え、歴史の表象と愛の物語とが交差する地点から読み解いている。一八四八年の二月革命については、同じ著者の『革命と反動の図像学　一八四八年、メディアと風景』（白水社、二〇一四年）も参考になる。

・工藤庸子『フランス恋愛小説論』岩波新書、一九九八年。
第四章が『感情教育』の分析にあてられている。ラファイエット夫人からコレットにいたる恋愛小説の系譜の中に位置づけることで、フローベールの作品に特有の主題や仕掛けが浮かび上がってくる。

【『聖アントワーヌの誘惑』】

・ミシェル・フーコー『幻想の図書館』工藤庸子訳、哲学書房、一九九一年（この翻訳はその後、『フーコー・コレクション二　文学・侵犯』ちくま学芸文庫、二〇〇六年に所収。原著一九六七年）。

『聖アントワーヌの誘惑』論という枠を超えて、その後のフローベール研究の趨勢を決めた圧倒的な論考。作者に帰属する作品の言葉を、書かれたものの匿名のつぶやきへと開いていくフーコーの手つきは、文学について本質的な思考を誘発せずにはおかない。

・ポール・ヴァレリー「（聖）フローベールの誘惑」、『ヴァレリー集成Ⅰ』（恒川邦夫編訳、筑摩書房、二〇一一年）に所収（原著一九四二年）。

ヴァレリーのフローベールについての無理解は、散文の通俗性に対する韻文の側からの抵抗として解釈できるのではなかろうか。『聖アントワーヌの誘惑』へのこだわりも興味深い。

【『三つの物語』】

・大鐘敦子『サロメのダンスの起源　フローベール・モロー・マラルメ・ワイルド』慶應義塾大学出版会、二〇〇八年。

『ヘロディアス』におけるサロメのダンスのエピソードを手掛かりに、比較文学的な視点からサロメ像の変遷をたどった書。

【『ブヴァールとペキュシェ』】

・ホルヘ・ルイス・ボルヘス「『ブヴァールとペキュシェ』擁護」土岐恒二訳、『フローベール全集別巻』（筑摩書房、一九六八年）に所収（原著一九五七年）。

自らも図書館の人であったボルヘスによる、フローベールの百科事典的小説の擁護。反レアリスムの奇談として

『ブヴァールとペキュシェ』を論じている。

• エズラ・パウンド「ジェイムズ・ジョイスとペキュシェ」小佐井伸二訳、『フローベール全集別巻』（筑摩書房、一九六八年）に所収（原著一九二二年）。
ジョイスの『ユリシーズ』を、フローベールの未完の遺作長編の発展と見て取り、この二作の比較を通して、フローベールの現代性を明らかにしている。

• レーモン・クノー「ギュスターヴ・フローベールの『ブヴァールとペキュシェ』」宮川明子訳、『棒・数字・文字』（月曜社、二〇一二年）に所収（原著一九五〇年）。
「不正確科学百科事典」なる発想を含む『リモンの子供たち』の作者が、フローベールの「笑劇風の批評的百科事典」を偏愛するのは、容易に予想できるところであろう。ボルヘスの場合もそうだが、二十世紀にはおそらく『ブヴァール』派とも呼ぶべき一群の作家たちがいたのである。

〈サイト〉
ルーアン大学のフローベール・センターが運営しているサイト（http://flaubert.univ-rouen.fr/）には、最新の研究成果や同時代の証言から、主要作品の電子テクスト、さらに『ボヴァリー夫人』および『ブヴァールとペキュシェ』の草稿の電子版まで多様な情報が掲載されており、非常に参考になる。フローベール関連の図像も多数収録されており、フランス語の読めない読者でも楽しめる。

（菅谷憲興＝編）

フローベール 年譜

一八二一年
十二月十二日、ルーアン市立病院にて、同病院の外科部長アシル＝クレオファス・フローベールと、その妻アンヌ＝ジュスティーヌ＝カロリーヌ・フローベール（旧姓フルーリオ）との間にギュスターヴ誕生。一八一三年生まれの兄アシルはのちに父の跡を継いで、市立病院の外科部長におさまることになる。

一八二四年（三歳）
七月、妹カロリーヌが誕生。生涯打ち解けなかった優等生の兄に対してとは異なり、ギュスターヴはこの妹に深い愛情を注ぐようになる。なお、フローベール家の子供六人のうち、三人は幼くして死亡している。

一八三〇年（九歳）
七月革命。友人エルネスト・シュヴァリエ宛の手紙が示唆しているように、この頃すでに文学の魅力に取りつかれていたフローベールは、喜劇などの創作に手を染め始めていたと思われる。シュヴァリエはのちに司法官という堅実なキャリアを選んで、フローベールとは次第に疎遠になる。

一八三二年（十一歳）
五月、ルーアン王立中学に入学。フローベールの成績はおおむね良好であったが、規律の厳しい学校生活には反感を抱いていたようである。妹カロリーヌやシュヴァリエらと、父の玉突き部屋を舞台に芝居の上演に熱中する。その中から生み出されたのが「ガルソン」と呼ばれるブルジョワの戯画的人物であるが、これはのちに『ブヴァールとペキュシェ』の遠い源泉になったと考えられている。

一八三六年（十五歳）
夏休みに家族で滞在したノルマンディーの避暑地トゥルーヴィルでエリザ・シュレザンジ

ェと出会う。当時二十五歳だった夫人に対するこの思春期の少年の恋情は、『狂人の手記』の中で生々しく描かれることになる。さらに一八六九年の『感情教育』にも、より文学的に昇華された形でのその反映を認めることができる。

一八三七年（十六歳）　ルーアンの文芸新聞《コリブリ》に『愛書狂』（二月）と『博物学の一課——書記属』（三月）を掲載。多様なジャンルの創作を試みるが、中でも『情熱と美徳』はいくつかの点で『ボヴァリー夫人』を予告する姦通小説である。

一八三八年（十七歳）　自伝的作品『狂人の手記』を執筆。ロマン主義の強い影響下に書かれたこの一人称小説は、五歳年長の友人アルフレッド・ル・ポワトヴァンに捧げられている。アルフレッドはフローベールにスピノザ等の哲学の手ほどきをしたことで知られており、実際、『聖アントワーヌの誘惑』の一八七四年版の献辞は早逝したこの親友に宛てられている。

一八三九年（十八歳）　六月、兄アシル結婚。中等教育の最終学年に当たる哲学クラスに進級するも、十二月、教師に対する反抗を組織した廉で、ルーアン王立中学を放校処分になる。以後、独力で大学入学資格試験（バカロレア）の準備に取り組むことになる。

一八四〇年（十九歳）　八月、バカロレアに合格。その褒美として、父の友人であるクロケ博士を付き添いに、ピレネー地方とコルシカ島を旅行する機会を与えられる。帰路立ち寄ったマルセイユで、ユラリー・フーコー・ド・ラングラッドと行きずりの恋に落ちる。その官能的な経験は『十一月』の中に反映されることになる。

一八四一年（二十歳）　十一月、パリ大学法学部に登録。ブルジョワ家庭にはありがちな、父親によって半ば押し付けられたこの選択は、実務的なキャリアにまったく関心のないギュスターヴを深く苦しめることになる。この時期の書簡には、いまだ自らの才能に確信が持てずにいる文学青年の悩みが吐露されている。

一八四二年（二十一歳）　八月、法科の試験を受けるはずだったが、受験せずに帰省。原因は不明。十月、すでに前年から書き始めていた『十一月』を完成。十二月、法科の第一回試験に合格。

一八四三年（二十二歳）　二月、『初稿　感情教育』（一八六九年の『感情教育』とはまったく別の作品）の執筆開始。三月、マクシム・デュ・カンと知り合う。ともに作家志望の法学部生という同じ境遇にあった二人は、たちまち意気投合する。八月、法科の第二回試験に失敗。法律の勉強にまったく興味の持てないフローベールは、おそらくこの頃、かなり危機的な精神状態にあったと考えられる。

一八四四年（二十三歳）　一月、田舎に帰省していたフローベールは、ポン゠レヴェック付近で馬車を運転中、突然発作に襲われ昏倒する。一緒にいた兄アシルがその死を信じたほどの激しい発作であった。この病の原因については諸説あり、たとえばサルトルは神経症説を唱えているが、現在では多くの研究者がこれを器質性の癲癇とみなしている。いずれにせよ、この病気の結果、フローベールは学業を放棄して、以後まるで年金生活者のような暮らしを送りつつ、文学作品の執筆に専念することが可能となった。この年ルーアン近郊のクロワッセに家族が新たに購入した邸が、その死に至るまで作家の生活と文学創造の場となる。

一八四五年（二十四歳）　一月、『初稿　感情教育』完成。三月、妹カロリーヌが、ギュスターヴの級友エミール・アマールと結婚。当時の良家の慣習に従って、フローベール家の一同がイタリア、スイスへの新婚旅行に同行する。ジェノヴァで観たブリューゲルの絵画『聖アントワーヌの誘惑』に強い感銘を受ける。

一八四六年（二十五歳）　一月十五日、父アシル゠クレオファス死去。さらに、長女を産んだばかりの妹カロリーヌも、三月二十二日に産褥熱で死去。残された娘（フローベールにとっては姪に当たり、母親および祖母と同様にカロリーヌと名付けられる）の養育は、すでに精神疾患の兆候を呈していた父親アマールに代わって、フローベールとその母親が引き受けることになる。この頃、中学時代の級友ルイ・ブイエと再会。急速に親しくなった二人は、これ以降、文学上の助言者としてお互いになくてはならない存在となる。七月、彫刻家プラディエのサロンで女流詩人ルイーズ・コレと出会い、恋仲になる。性格および価値観の相違から、二人の関係はすぐに波乱含みの様相を呈する。

一八四七年（二十六歳）五月から七月にかけて、デュ・カンとブルターニュを旅行する。さらにその紀行文『野を越え、浜を越え』を、フローベールが奇数章、デュ・カンが偶数章を担当するという特異な形式のもとに執筆。

一八四八年（二十七歳）二月革命が勃発すると、フローベールはパリに上京し、ブイエ、デュ・カンと連れ立って動乱を野次馬として見物する。三月、ルイーズ・コレと最初の破局。四月三日、アルフレッド・ル・ポワトヴァン死去。深い悲しみに打ちひしがれる。五月、この哲学好きの友人の思い出にあたかも突き動かされるかのように、『聖アントワーヌの誘惑』の執筆を開始する。

一八四九年（二十八歳）九月、完成したばかりの『聖アントワーヌの誘惑』をブイエとデュ・カンの前で朗読。二人の友人の否定的な判断に、フローベールは強いショックを受ける。十月、デュ・カンと東方旅行に出発。十一月、マルセイユからエジプトへ渡る。アレクサンドリアで梅毒にかかる。

一八五〇年（二十九歳）ナイル川を川船で第二瀑布付近までさかのぼる。その途中に立ち寄ったエスネーで舞妓クシウク・ハーネムと過ごした一夜は、おそらくその後の創作にも多大な影響を与えたと思われる。七月、海路アレクサンドリアからベイルートに渡り、パレスチナ、シリア、レバノン、小アジアを訪れてから、十二月にアテネに到着。当時まだ発明間もないカロタイプを用いて、精力的に現地の歴史的建造物を写真におさめていったデュ・カンには、無為に徹することによって自然と交感するかのようなフローベールの姿勢は理解しがたいものと映ったようである。東方旅行から帰国後まもなく、二人の友人はおもに芸術上の理想の相違から仲違いすることになる。

一八五一年（三十歳）　ギリシア、イタリアを経て、六月に帰国。七月、ルイーズ・コレとの関係を再開。パリとクロワッセに離れて暮らす二人は頻繁に手紙をやり取りするが、特にフローベールが愛人宛にしたためた書簡は、現在では彼の文学創造の秘密を解き明かすための貴重な資料として参照されることが多い。九月、『ボヴァリー夫人』の執筆を開始。九月末―十月、万国博覧会を見物に、母を伴ってロンドンに旅行。十二月二日、ルイ＝ナポレオン・ボナパルトによるクーデター。フローベールはたまたまパリに居合わせる。

一八五三年（三十二歳）　ヴィクトル・ユゴーとルイーズ・コレの間の手紙の仲介役を務める。亡命中のユゴーの手紙が当局の監視の対象となっているのを欺くための手段。

一八五四年（三十三歳）　十月、ルイーズ・コレと決定的な破局を迎える。

一八五五年（三十四歳）　三月、ルイーズの側から関係修復を試みるも、失敗に終わる。

一八五六年（三十五歳）　四月三十日、『ボヴァリー夫人』の執筆終了。修正と自己検閲をめぐるデュ・カンら《パリ評論》編集部との激しい交渉を経て、同誌上に十月一日から十二月十五日まで六回にわたって掲載。結局、『ボヴァリー夫人』は「良俗紊乱・宗教冒瀆」の廉で起訴されることになり、編集部の不安がけっして杞憂ではなかったことが逆説的に証明される。またこの間に、『聖アントワーヌの誘惑』を書き直した上で、いくつかの断章を《アルティスト》誌に十二月二十一日から翌年二月一日まで四回にわたって掲載する。十月、パリのタンプル大通りにアパルトマンを借り、以後は定期的に冬の間パリに滞在することになる。

一八五七年（三十六歳）　一―二月、『ボヴァリー夫人』裁判。地方の名士である家族の人脈を臆面もなく活かすことにより、なんとか無罪を勝ち取る。四月、ミシェル・レヴィ書店から『ボヴァリー夫人』の単行本出版。裁判でスキャンダルになっていたこともあり、予想をはるかに上回る商業的成功をおさめる。九月、『サランボー』の執筆開始。

一八五八年（三十七歳）　四―六月、チュニジアとアルジェリアに『サランボー』のための調査旅行を行う。またこの頃から、サント＝ブーヴ、ゴーチエ、ゴンクール兄弟、フェドー、ルナンら文学者仲間との交流の機会が増える。

一八六二年（四十一歳）　四月、『サランボー』の執筆終了。十一月にミシェル・レヴィ書店から出版。サント＝ブーヴをはじめとして批評の反応は概して不評だったにもかかわらず、古代カルタゴを舞台としたこの小説は、社交界を中心に一種のブームを巻き起こす。十二月、文士・芸術家仲間の集いであるマニー亭での晩餐会に初めて参加。以後、常連となる。

一八六三年（四十二歳）　ジョルジュ・サンドの好意的な『サランボー』評をきっかけに、この十七歳年上の女流作家と深い親交を結ぶ。この後二人の間に交わされることになる膨大な書簡は、お互いの文学的主張の相違が友情と敬意を損なうことのないきわめて美しいものである。二月、マニー亭の晩餐会でツルゲーネフと出会い、友情を結ぶ。次の小説の題材を何にするか、『感情教育』と『ブヴァールとペキュシェ』の二つのプランの間で大いに逡巡する。その一方、ブイエとシャルル・ドスモアとの共作で夢幻劇『心の城』を執筆。

一八六四年（四十三歳）　姪カロリーヌが実業家エルネスト・コマンヴィルと結婚。九月、『感情教育』の執筆を開始。十一月、皇帝ナポレオン三世にコンピエーニュ城に招待される。すでに前年から皇帝の従妹マチルド皇女の知遇を得て、そのサロンの常連となるなど、フローベールには、「名誉は不名誉であり、肩書は堕落させるもの」という書簡の中にみられる威勢の良い言一八六五年（四十四歳）　葉にもかかわらず、権威にちやほやされると舞い上がるという一面もあった。
夏、ロンドンに旅行。おそらく愛人ジュリエット・ハーバートにひそかに会うためであったと思われる。姪の元家庭教師だったこのイギリス人女性との関係は、当時から周囲にも隠されており、今でも詳しいことは分かっていない。

一八六六年（四十五歳）　七月、ロンドンに旅行。八月、レジオンドヌール勲章を授与される。

一八六九年（四十八歳）　五月、『感情教育』の執筆終了。七月十八日、ルイ・ブイエ死去。『ボヴァリー夫人』以降の諸作品の創造に文字通り寄り添っては、適切な助言を与え続けたブイエを、フローベールは「私の文学的良心」と呼んで、その死を嘆いた。十一月、ミシェル・レヴィ書店から『感情教育』出版。売れ行き、批評の反応ともにかんばしからず。

一八七〇年（四十九歳）　七月、『聖アントワーヌの誘惑』の執筆に再度取り掛かる。作家自らが「私の生涯の作品」と呼ぶこの演劇形式の散文作品の、これが三度目にして最後の版となる。時を同じくして勃発した普仏戦争のため、まもなく執筆中断を余儀なくされる。九月、スダンの戦いの結果、第二帝政崩壊。代わって第三共和政樹立。フランス全土を覆う好戦的な雰囲気の中、フローベールも国民軍の中尉となるが、すぐに嫌気がさして辞任してしまう。十二月、クロワッセがプロシア軍に占拠されると、フローベールは母親を伴ってルーアンに避難する。

一八七一年（五十歳）　三月、ブリュッセルに避難しているマチルド皇女を訪問した後、そのままイギリスへ。四月、クロワッセに再び落ち着くと、本格的に執筆を再開する。

一八七二年（五十一歳）　一月、ルイ・ブイエの遺作詩集『最後の歌』が、フローベールの序文を添えてミシェル・レヴィ書店から出版。四月六日、一八四四年の発作以来ずっと生活をともにしてきた母親が死去。十月にはゴーチエも亡くなるなど、肉親、友人の相次ぐ死に深い孤独感を覚える。六月、『聖アントワーヌの誘惑』執筆終了。七月、ブイエの喜劇『弱き性』の書き直しに着手。フローベールの奔走にもかかわらず、結局この戯曲がパリの劇場の舞台にのぼることはなかった。八月、『ブヴァールとペキュシェ』の執筆を決意し、そのための資料調査を開始する。この百科全書的小説のために読んだ本の数は、最終的には千五百冊以上にものぼることになる。

一八七三年（五十二歳）『ブヴァールとペキュシェ』のための資料調査を続けるかたわら、九月から十一月にかけて、喜劇『立候補者』を執筆する。

一八七四年（五十三歳）三月十一日、ヴォードヴィル座で『立候補者』の初演。大失敗に終わり、上演は四度で中止となる。四月、シャルパンチエ書店から『聖アントワーヌの誘惑』を出版するものの、ほぼ黙殺される。七月、スイスで療養。八月、『ブヴァールとペキュシェ』の執筆を開始。

一八七五年（五十四歳）姪カロリーヌの夫エルネスト・コマンヴィルが破産。姪夫婦を救うべく自らが所有する土地を売るなどして、フローベールの財政状態も極度に悪化する。精神的に大きなダメージを受け、三章の途中まで書き進めていた『ブヴァールとペキュシェ』の執筆を断念する。九月、友人の博物学者プーシェに誘われ、コンカルノーで療養。自分にまだ作品を生み出す力が残っているかどうかを試すため、短編の創作を思い付くと、さっそく『聖ジュリアン伝』を書き始める。

一八七六年（五十五歳）二月に『聖ジュリアン伝』を書き終えると、引き続き『純な心』（二―八月）、『ヘロディアス』（八月―翌年二月）を執筆。三月八日、ルイーズ・コレ死去。六月八日、ジョルジュ・サンド死去。後者については、この貴重な年上の友人を意識して構想した『純な心』の完成前に、彼女を失ったことを嘆く。

一八七七年（五十六歳）四月、『純な心』『聖ジュリアン伝』『ヘロディアス』の三篇をまずは別々に雑誌に発表した上で、『三つの物語』として一冊にまとめてシャルパンチエ書店から刊行。批評、売れ

一八七九年（五十八歳）

行きともに好評を博す。六月、満を持して『ブヴァールとペキュシェ』の執筆を再開する。一月、氷の上で転んで、足を骨折する。ジャーナリズムに面白おかしく書き立てられたことに苛立つ。財政状態はますます悪化。友人たちの尽力の甲斐あって、年三千フランの収入のあるマザラン図書館特別司書に教育相ジュール・フェリーにより任命される。とはいえ、公的な役職にはつかないという自らの信念を曲げての決断に、内心深い屈辱を覚える。十月、晩年の友人の一人であり、『ブヴァールとペキュシェ』の資料収集を手伝ってくれていたエドモン・ラポルトと、姪の借金をめぐる金銭トラブルから絶交する。

一八八〇年

一―五月、一八六三年に執筆した『心の城』が《現代生活》誌に連載される。四月、『メダンの夕べ』に収録されたモーパッサンの『脂肪の塊』にいたく感心する。モーパッサンはフローベール晩年の最良の友人の一人であり、『ブヴァールとペキュシェ』執筆のための様々な調査にも協力した。五月八日、脳出血でフローベール死去。十一日、ルーアンのモニュマンタル墓地に埋葬。この突然の死により、『ブヴァールとペキュシェ』は未完のまま残されることになった。すでに第X章の終わり近くまで書き上げられており、整理した原稿を元に、十二月十五日から《新評論》誌で遺作長編小説の連載開始。

一八八一年

三月、ルメール社から単行本『ブヴァールとペキュシェ』刊行。

（菅谷憲興＝編）

執筆者紹介

堀江敏幸

（ほりえ・としゆき）1964年岐阜県生まれ。作家・早稲田大学文学学術院教授。主な著書として、『郊外へ』（白水社）、『おぱらばん』（青土社／新潮文庫）、『雪沼とその周辺』『いつか王子駅で』『河岸忘日抄』『その姿の消し方』（新潮社）、『熊の敷石』『燃焼のための習作』（講談社）、『回送電車』『一階でも二階でもない夜』『アイロンと朝の詩人』『象が踏んでも』『時計まわりで迂回すること』『正弦曲線』『戸惑う窓』（中央公論新社）、『なずな』（集英社）、『余りの風』（みすず書房）、『振り子で言葉を探るように』（毎日新聞社）などがある。

菅野昭正

（かんの・あきまさ）1930年生まれ。フランス文学者・文芸評論家・東京大学名誉教授。著書に『変容する文学のなかで 上 文芸時評 1982-1990』『変容する文学のなかで 下 文芸時評 1991-2001』『変容する文学のなかで 完 文芸時評 2002-2004』（集英社）、『憂鬱の文学史』（新潮社）、『明日への回想』（筑摩書房）、訳書に『マラルメ全集』（共訳、筑摩書房）、ミラン・クンデラ『不滅』（集英社）、ル・クレジオ『パワナ』（集英社）、フィリップ・ソレルス『ルーヴルの騎手』（集英社）ほか多数。

菅谷憲興

（すがや・のりおき）1966年名古屋市生まれ。東京大学大学院人文科学研究科仏語仏文学専攻博士課程単位取得退学。パリ第八大学文学博士。フランス十九世紀文学。現在、立教大学文学部教授。著書に『認識論者フローベール』（フランス語）、編著に『人文資料学の現在Ⅱ』（春風社）など。

笠間直穂子

（かさま・なおこ）1972年宮崎県串間市生まれ。東京大学大学院総合文化研究科地域文化研究専攻博士課程単位取得退学。近現代フランス語小説。現在、國學院大學文学部外国語文化学科准教授。訳書にマリー・ンディアイ『みんな友だち』『心ふさがれて』（インスクリプト）など。

山崎 敦

（やまざき・あつし）1975年東京都生まれ。早稲田大学大学院文学研究科博士後期課程退学。専門はフランス文学。現在、中京大学国際教養学部准教授。共著書に *Bouvard et Pécuchet: archives et interprétation*（Édition Cécile Defaut）、共訳書にジャン＝ピエール・リシャール『フローベールにおけるフォルムの創造』（水声社）など。

読者のみなさまへ

『ポケットマスターピース』シリーズの一部の収録作品においては、身体的なハンディキャップや疾病、人種、民族、身分、職業などに関して、今日の人権意識に照らせば不適切と思われる表現や差別的な用語が散見されます。これらについては、著者が故人であるという制約もさることながら、作品の歴史性および文学的な価値を重視し、あえて発表時の原文に忠実な訳を心がけました。

偏見や差別は、常にその社会や時代を反映し、現在においてもいまだ存在しています。あらゆる文学作品も、書かれた時代の制約から自由ではありません。現代の人々が享受する平等の信念は、過去の多くの人々の尽力によって築きあげられてきたものであることを心に留めながら、作品が描かれた当時に差別があった時代背景を正しく知り、深く考えることが、古典的作品を読む意義のひとつであると私たちは考えます。ご理解くださいますようお願い申し上げます。

（編集部）

ブックデザイン／鈴木成一デザイン室

集英社文庫ヘリテージシリーズ

ポケットマスターピース07
フローベール

2016年4月25日　第1刷　　定価はカバーに表示してあります。

編　者　堀江敏幸《ほりえとしゆき》
発行者　村田登志江
発行所　株式会社 集英社
東京都千代田区一ツ橋2-5-10　〒101-8050
電話　【編集部】03-3230-6094
【読者係】03-3230-6080
【販売部】03-3230-6393（書店専用）

印　刷　凸版印刷株式会社
製　本　凸版印刷株式会社

フォーマットデザイン　アリヤマデザインストア　　マークデザイン　居山浩二

Printed in Japan
ISBN978-4-08-761040-6 C0197